俯仰人间

伍文龙 著

作家出版社

伍文龙

杭州市余杭区作协会员。1976年出生于宁夏银川市永宁县，1998年宁夏大学中文系新闻专业本科毕业，先后于银川、北京、杭州任记者、编辑近10年，获各类新闻奖十余次。2004年移居杭州。2017年底开始创作长篇小说《俯仰人间》，历时五年完稿。

生存也罢，爱情也好，
你拼命逃离的所在，往往是最想回去的地方。

目录

1	第一部	出村传
87	第二部	三步曲
205	第三部	寻情记
309	第四部	黄粱梦
433	第五部	桃花源

第一部

出村传

1

这片狭长的黄土平原，西靠贺兰山，东倚黄河，边角布满森林、沙漠、草原、丘陵甚至喀斯特地貌。这里自古至今没啥存在感，却是兵家必争之地。

自秦至明的长城遗迹，诉说着曾经的兵荒马乱；驻军首领的名字诸如吴忠、李俊、王太等，如今都变成地名；中卫是军团驻地名称，镇北堡带着凌厉杀伐的霸气，兵沟是当年的战场……

后来这里取名宁夏，意谓"夏地安宁"，道尽百姓内心的渴望，也喻示喧嚣人生的终极归宿。

裹泥挟沙的黄河流到中途，分出一条百米宽度被称作"黄渠"的支流，与黄河曲折并行，滋养着这片干涸辽阔的土地，终点又汇入黄河。

距黄渠五六里地，有条东西走向的黄土路，串联整个宁和村。整条路自东向西，分布了六个生产队。每个生产队沿路向两侧延展，是一排排低矮的土坯平房，都用长方形的土坯院墙合围，简陋中蕴含天圆地方的哲学。

宁和三队百余户人家、七八百人，村民几乎全部姓石，且地势低洼，被称为"石家洼"。据老辈人讲，这支石姓人家逃难而来，建了两个大堡子安家落户。村里不少六七十岁的老人家，竟与襁褓中的婴儿兄弟相称，说明这支石姓人家源远流长。

村头村尾，南看北望，是一望无际的田野，一排排笔直的新疆杨伸向远方，构成阡陌纵横。用于灌溉和排涝的沟渠两侧，夹杂着柳树、臭椿、槐树、沙枣树等等，给广袤的田野增添了些许生动的表情。

宁和村大队书记石爱，是石家洼仅有的三个高中生之一，另外两个到外面捞世界去了，他便成了生产队唯一的"文化人"。石爱国字脸，一米七五的个子，性情温和，永远不紧不慢的样子。

时值1976年，夏。

这天晚上，热得风都懒得动。石爱在院里攥着双拳，来回不停地走着，时而焦急地往屋里张望。从中午到现在，晚饭过了两个点，他水米未进。

婆姨素珍要生了，这是第三个孩子。前面两个生的时候没费啥劲，偏偏这个老三，接生婆从下午折腾到现在，还没个动静。

门帘掀起，接生婆满头大汗地冲出来，惊慌失措地喊道："快！快送医院吧，再晚怕是大人也保不住了……"

石爱蒙了，具体啥情况也没听真切，但从生产队借辆车套好牲口，送到五六里开外的乡卫生院，恐怕来不及。况且这个点，卫生院应该关门了。

他不容分说将接生婆三两把推进屋里，大吼道："赶快进去想办法，你必须给我生出来！"

石爱毫不犹豫地用做门闩的一根小铁棍，将屋门从外面别死。接下来两个小时，是他人生中最难熬的辰光。

天黑得像墨，6月晴朗的夜晚，居然奇怪地看不到一颗星，加重了石爱内心的压抑和不安。随着时间的推移，他绝望地倚着墙根坐下来，双腿并拢抱头，肩膀一耸一耸地，显然哭了。

六岁的老大灵灵和三岁的老二斌斌，蹲坐在另一边墙根下不敢吭声，在屋内昏黄灯光的映衬下，黑魆魆地隐约看见两双眼睛一动一动地闪着光。

突然，"哇"的一声，小孩的哭叫从屋里传出。石爱打个激灵，忽地跳起来拉开门闩，两三个箭步冲进里屋，对接生婆说："生了？大人娃娃好着没？"

"是个男娃娃，好着呢，这狗日的命大呀！"接生婆有气无力地说。她单腿跨坐炕边，头脊倚靠在墙上，浑身被汗水浸透，像从水里捞上来一样。

原来，正常小孩出生是头先出来，稍加牵引，整个身体就随着羊水滑出来了。然而这个娃娃出生，接生婆居然恐怖地只看见一只小脚，这就是她忙不迭地跑出来、嚷着要石爱赶紧送医院的原因。

眼看门被闩住出不去，接生婆紧咬牙关，一次次把小脚推送上去，愣是将孩子在子宫里转了一圈，才给折腾出来。

天可怜见！小家伙居然活着，两只细小的眼睛眯成一条缝，张着嘴，小手小脚不停地动着。

屋里瞬间热闹起来。两个小孩叽叽喳喳地闹个不停，隔一会儿就爬过去看新出生的弟弟。石爱怜爱地看着炕上筋疲力尽、奄奄一息的婆姨素珍，轻声道："这狗日的来得这么不容易，小名就叫宁宁吧。"

躺在炕上的素珍面色苍白，全身挤不出一丝力气。稍缓，她热泪盈眶，怜爱地摸摸宁宁的头说："娃啊，你是闯过鬼门关的人，大难不死、必有后福……"

彼时距离素珍嫁给石爱，已有八年时间。

素珍娘家叫阮家庄，从宁和村沿黄渠一路向西，到贺兰山脚下就是。那是一片布满沙土和石头的戈壁滩，低洼处是盐碱地，高处长满芨芨草。

素珍家祖上是阮姓大户人家，为躲避战乱，扶老携幼来到这荒无人烟的地方，盖了连绵的宅院，梦想建立一座遗世独立的桃花源。没承想，莫名其妙的一场大火，将连绵的宅院烧个精光。

后辈被迫陆续搬进附近的村庄，到素珍父亲这一辈，就剩下三户人家还留在庄外，凄凉得很。

素珍父亲那间房，盖的时候下了一场罕见的大雨，淋倒一堵墙。没有多余的土坯，只能拆东墙补西墙地盖起来，房顶低得抬不起头，只有跪倒在炕上，才能晃着屁股把裤子提到腰上穿起来。

即使这样一间房，还腾出半间养了两头驴。

素珍父亲游手好闲，吸鸦片成瘾，连祖上整出来的几亩薄田，也吸到别人手里。如今吸得家徒四壁不说，连那两头驴也吸掉了。

但他有一副好口才，整日东游西荡地给人说媒，倒也能勉强活下来。

而素珍母亲的身上，还遗留着大户人家的教养，会裁衣绣鞋、扎针拔罐。在兵荒马乱的年代，她阴差阳错地成了孤儿，被一户普通人家收养。

遇到素珍母亲时，他一见钟情，欺骗说给她寻了个好人家，还费尽心机地找了长相俊朗的年轻人做托——掀开盖头，素珍母亲才发现上当受骗，眼前的新郎居然是这个男媒婆！

当晚素珍母亲奋力挣扎，无奈生米煮成了熟饭，哭了三天三夜，也就认了命。

素珍母亲之前生了三个孩子，分别在两岁到七岁间，因为一场感冒，甚至咽喉炎等小病得不到医治，相继夭折。后来生的老四老五勉强活下来，变成素珍的大哥和二哥。二哥经历一场高烧，命保住了，但一只耳朵聋了。

素珍母亲靠着裁衣绣鞋、扎针拔罐的手艺，赚来的几个小钱都被丈夫抢去抽掉，甚至连那盘炕也被拆掉一半换了鸦片。

没过几年，素珍的阮姓父亲一命呜呼。彼时素珍母亲才二十六岁，带着两个儿子艰难度日。三年后，经人介绍，她嫁给了乡公所食堂的同姓厨师，相继生了素珍三姐妹，素珍最小。

素珍的亲生父亲婚后从乡公所食堂辞职，搬进这间窝棚房。他为人勤快、心灵手巧，在原先养驴的半间屋里开起了豆腐坊，顺带卖凉粉，五更起床、深夜才睡，没有驴就自己推磨……

短短两三年时间，抵押给别人的几亩地，被他重新赎回。

十年后，也就是素珍五岁时，他带着一家六口，在庄里盖了三间土坯新房，日子过得越来越好。

庄里很多女孩都没读书。而素珍十岁那年，已经念小学三年级了。

这年冬天年二十九，一家人盘算过年的事情。素珍大哥阮素兴突然没头没脑地说："爹，你要是能去县城买张毛毡给咱铺炕就好了，冬天太冷了……"

素珍的亲生父亲手里当时有粮票、布票和零碎凑起的十几元钱，买张毛毡绰绰有余。他想想儿子说得有理，便挑了扁担出发，思谋着来回四五十里路，脚程快一点，年三十晚上就能赶回来。

然而年三十没见人回来。年初一，素珍家里来了几个公安局的人。

一家人这才知道，素珍的亲生父亲路过一片小树林时被歹人打劫，粮票、布票和钱被抢走不说，身中数刀，耳朵和生殖器也被割掉。可见他为保住那点财产，经历了多惨痛的折磨。

素珍母亲又一次变成寡妇，带着五个孩子艰难过活。幸好大哥二哥已长大成人，算是村里数一数二的精壮劳力，才不至于食不果腹。

素珍读书成绩好，全班女生只有她考上了镇里的初中。无奈已经当家做主的大哥死活不肯让素珍去读，素珍三番五次哀求不成，就连老师前来劝说都被拒之门外。

"你不让我读书，我就去死！"素珍愤愤地说。

"那你去死好了，西干渠上又没盖着盖子……"大哥阮素兴斩钉截铁地说。阮家庄边上的西干渠，是黄河的另一条支流，阔而深。

阮素兴认为，能让素珍读到小学毕业，不当睁眼瞎，他已经仁至义尽。

苦命的素珍只能回家务农，除了学习母亲裁衣绣鞋、扎针拔罐的手艺外，凭着小学喝的那点儿墨水，组织庄里失学的孩子办起了耕读班，农闲之余教他们读书认字。

素珍十八九岁时，上门说亲的人络绎不绝，但清高的素珍一概拒绝。阮素兴很懊恼，却也无计可施，因为素珍在村里的威信比他还高，况且当年他阻止素珍读书，对这个同母异父的妹妹心存亏欠。

石爱高中毕业，便卷铺盖回了家。村里文化人稀缺，父亲石伏祥又是老支书，三五年后，他顺理成章地当了宁和村大队书记。

贺兰山脚下的荒滩，长着羊儿吃不完的蒿草。彼时已是村支书的石爱，冬天时节就带着饲养员六爷爷，把宁和三队的羊送到那里放牧。他们在阮家庄借宿时，遇到了素珍。两人一见倾心，石爱就托人说媒，把素珍娶回家。

第二年便有了灵灵，三年后又生了斌斌。如今宁宁有惊无险地降生，给这个和美的小家庭，增添了无限的欢乐。

转眼已是深秋。

这天，石爱整个上午待在村委，召集各生产队长商议安排水稻、玉米、大豆等农副作物的秋收工作。中午回家，他抬头看到门楣上拴的那根有些褪色的红布条，猛然记起没几天就是宁宁的百日生辰。

"这狗日的娃娃，来得太不容易了！"石爱咂巴着嘴、眉开眼笑地自言自语。

往后几天，石爱盘点家里的粮食，又从自留地摘些菜囤起来，还交代灵灵和斌斌到各家各户讨了些零碎布头，让素珍给娃缝了件百家衣和一条一米见方的花被子。

宁宁百日那天，石爱花两块钱到乡里肉铺割了几斤肉，准备晚上叫上本家亲戚和邻居，热热闹闹地给娃张罗生辰宴。

日落时分，石爱到村委后面端头的一间土坯房去请周大庆——他以前是记者，被下放到村里劳动改造，已经好几年了。

周大庆鼻梁上架一副近视眼镜，文绉绉的样子。他身材过于单薄，穿啥衣服都感觉里面空荡荡的，夏天光身子干活，根根肋骨清晰可见。

周大庆下地干活挣工分，手里不出活，却没人敢嫌弃他，就因为有石爱撑腰。石爱敬他文化高，经常向他请教，张口闭口称呼他为"周先生"。村民学了石爱的样，也称他"周先生"。

有一次干活时刮起了龙卷风，村里有个年轻人打趣道："周先生啊，赶紧找棵树抱紧啊，当心被风吹到城里去喽！"说得周大庆尴尬不已。

这时石爱走过来，冲着年轻人呵斥道："你狗日的吃饱了撑的啊，没事嘴里乱嚼蛆，再敢胡说八道，老子把你工分扣了！"从那以后，再也没人敢随便开周大庆的玩笑，见面也是毕恭毕敬的。

"周先生，一会儿到家里吃个饭吧，娃娃过百天了。"石爱邀请道。

"恭喜老弟！一定去、一定去！"周大庆忙不迭地说。

"另外请周先生给娃取个名字吧，我这半瓶子墨水，怕是取不好。"石爱又说。

周大庆谦虚地推托几句，勉为其难地答应想想再说。两人闲谝一会儿，周大庆从小木箱里舀出一碗有些发黄的白面，用报纸包好，再用头巾裹紧，绕个结提着，这才有说有笑地随石爱往家里走去。

石爱家已经叽叽喳喳地聚集了二十几口人，各自从家里拿来板凳坐在院里，吐出的瓜子皮薄薄地覆盖了半个院子。

家里饭桌仅够男人坐，石爱用分家时老房子拆下的两块门板，拼搭成桌子的模样，才勉强挤下女人和娃娃。

直到最大的硬菜——两大盆热乎乎的白菜粉条炖猪肉吃个精光，整整五斤散装白酒也基本喝个底朝天，才算是筵席的高潮。

只见周大庆挥舞着手，给大家讲着不知从哪里获知的新闻。他那件已经磨破袖子而且掉了一只扣子的灰色干部服早已敞开，露出里面好几个破洞的白色背心，上面印着"为人民服务"几个遒劲的大字。

"你们知道不，就在今年年初，东北吉林下了一场陨石雨，磨盘一样大的石头，下雨一样从天上掉下来，轰隆隆的，砸出来的坑有二十米深……

"还有夏天最热的时候，唐山大地震，整座城市震平了，死了二十多万人。二十多万人呢！石家洼七八百人，整个宁和村才五千人不到，相当于四十多个宁和村的人，一下子没有了……"

这些毛骨悚然的事情，令男人们瞪大了眼睛，有的人嘴角垂下哈喇子也顾不上擦。他们虽然不知道吉林和唐山在哪里，却丝毫不影响他们的震惊程度。

邻桌的女人娃娃也围拢过来，站在男人身后，抻长了脖子听得入神。

"天生异象，注定有大事发生啊！先是周总理，后有朱德大元帅，再后来你们都知道，是我们伟大的、敬爱的毛主席……"说到这里，周大庆神情悲戚。

围坐一圈的村民，个个低下头、哭丧着脸。一个多月前，当他们从村头广播听到噩耗时，所有人都哭了，他们主动在胸口的像章边，别上一朵用纸铰成的小白花，以示哀悼。

就在大家沉浸在悲戚中时，睡在里屋的宁宁却凑起了热闹，挥舞两只小手哇哇大哭。石爱慌忙跑进里屋，从素珍手里接过宁宁，"嗷嗷嗷"地轻声哄着。

席上的女人们也进屋围拢，你接过来哄一哄，她接过去哄一哄。无奈宁宁眼也不睁只顾哇哇大哭，无奈又回到素珍怀中。

手足无措的石爱灵机一动，取下插在胸前的钢笔，塞进宁宁手里当玩具。宁宁果然不哭了，而且睁开眼睛，满脸笑意地看着手里的钢笔。

"嗯，这是个好兆头啊，你家娃指不定是文曲星下凡哪，三山五岳，文采斐然，要不娃的官名就叫石岳文吧……"站在一旁的周大庆见状，侧身对石爱说。

"好！好！这名字好！"石爱兴奋地答道，心想人家名牌大学毕业的先生，想出来的名字到底不一样，能把建军、红旗、国庆之类的名字甩出好几

9

里地。

聊了会儿,客人陆续回家,这时的宁宁在房梁上吊下来一只当作摇篮的柳条筐里睡着了。灵灵和斌斌也钻进被窝,你捅我一下,我捅你一下,憋住声音闹着玩儿,不多辰光也相继睡着。

石爱和素珍并排躺在炕上,有一搭没一搭地聊着天。

素珍说亲戚邻居每家一碗送来的面粉,估摸着得有二十几斤,赶明儿空的时候,让石爱拿去换些鸡蛋给娃补补营养。

石爱则一直念叨着宁宁的官名,越品越觉得有味道,索性和素珍商量把灵灵的官名改为石岳灵,斌斌的官名改为石岳斌,以后他们这代人就是"岳"字辈了。

夜越来越深,石爱和素珍熄灯睡觉。整个小村慢慢陷入无边的黑暗与宁静,只有生产队的饲养圈里,能听到牲口偶尔打个响鼻的声音。

2

宁和三队村尾大路向北约摸两里地,有一条东西走向的大水沟,昼夜不停地流着。水沟畔上有个圆形废弃的土砖窑,无声诉说着当年大炼钢铁的火热场景。

这里有个专有名词叫"沟北",是北边水沟的意思。水沟的官名"团结沟",倒是鲜有人提。

春寒料峭,大人们犁地耙田、播种育秧,娃娃们便聚集在沟北,上蹿下跳地玩耍。他们在砖窑里捉迷藏,在窑顶比赛跳高跳远,在砖窑边一排排尚未烧制的砖坯之间耍打仗和抓特务的游戏……

窑场外围,是大片沟壑纵横无法灌溉的废弃坡地,长满芨芨草、车前草、苦苦菜、马兰花、苜蓿、打碗碗花、蒿草,以及各种叫不上名字的花草，远远望去，像一块铺展开来的硕大绿地毯，绣满各色鲜艳的小花。

日落时分，娃娃们带回家的，是一筐筐用小铲子挖的车前草和苦苦菜。大人们把这些野菜焯熟，挤干水分切成丁儿，调上油盐酱醋就是顶好的下饭菜。吃不完就腌制成酸菜或咸菜，成为长期吃早饭的必备。

砖窑南坡一个两米见方的凹槽，被六爷爷用木棍和茅草依势搭成一个窝棚。那是他的专属地盘，用如今的漂亮话形容，就叫行宫或者别墅。

六爷爷当饲养员已有些年头，砖窑外围就是他常年放牧的据点。

每天早晨，六爷爷背上那只满是补丁的粪筐，手持粪铲，将牛、马、驴、骡以及四五百只羊，赶到砖窑四周的草地上，路上将牲畜拉下的粪便捡进筐里——他那专属的窝棚旁边，牲畜粪便堆得跟小山似的。

六爷爷屁股后面，永远跟着一群"粉丝"，那是村里几乎所有的学龄前儿童。娃娃们骑驴遛马的本事、抓鱼游泳的技能，都拜六爷爷所赐。

六爷爷肩上油光锃亮的褡裢里面，有炒黄豆、炒葵花子、爆玉米花、煮土豆、烤红薯、生番茄、生黄瓜等零嘴，是娃娃们的最爱。他靠这些吃食"统治"着这批小"粉丝"，并依靠他们，把近百头大牲口及四五百只羊，管理得服服帖帖。

夏天，娃娃们喜欢光溜溜赤条条地在水沟里耍水，每天中午雷打不动，筋疲力尽才依依不舍地爬上岸，在砖窑顶上撒欢儿跑，边跑边喊："麻利麻利干干，不干羞你家先人……"

六爷爷夏天不放牧，因为牲畜一旦放出来，会不要命地去啃田里的庄稼青苗，根本管不住。所以一天的劳作快结束时，生产队长会安排青壮年割青草，成捆送到牲口圈旁六爷爷那两间土坯房前面，靠墙码成垛子，供他喂牲口用。

尽管不放牧，六爷爷仍然定了闹钟一样，午饭后出现在他的地盘上，笑咧着嘴看娃娃们耍水，自己也经常脱掉汗衫和大裤衩子跳下去，教娃娃们狗刨技能。

秋天是瓜果飘香的收获季节，必须烧熟吃的有玉米、大豆、蚕豆、土豆、红薯以及水沟里摸上来的鱼，直接生吃的有西瓜、香瓜、哈密瓜、番茄、黄瓜等，都是那个缺衣少穿年代里舌尖上的诱惑。

这是六爷爷权威达到巅峰的季节。

每天早晨和中午，六爷爷会像一个志得意满的司令，在他专属的窝棚前面，对学龄前"粉丝"发号施令：

"羊羔、鸡羔、狗蛋，你们三个带上斌斌和秋子去摸鱼；凤香、秋燕、毛子你们三个，去捡豆子和玉米、红薯；老羔、猪生、猴子你们和我看管牲口……"

任务布置完，六爷爷照例在最后强调："还是老规矩，谁干得好干得多，谁就可以吃得多，耍得好！"

所有战利品归拢交公，六爷爷便带着娃娃们在他金贵的窝棚旁大展厨艺。只见他跪在地上撅起屁股，从那堆牲口粪里扒拉出一些快要风干的硬块，用火柴引燃后投进捡来的木柴堆里，熊熊燃烧的火堆熄灭后，就从灰烬里扒拉出各样吃食给大家分享。

日落之际，六爷爷根据牲畜性情的乖顺程度，结合娃娃们年龄大小，安排他们分别骑到牛、马、驴、骡的背上，浩浩荡荡地一路唱着歌，从砖窑回到生产队。

六爷爷只会唱《打靶归来》《弹起我心爱的土琵琶》。不知为什么，这种雄壮的革命歌曲，六爷爷偶尔也会唱得哽咽甚至泪流满面。

六爷爷最难熬的是冬天。冬天太冷，娃娃们都不来沟北玩。

那时的六爷爷孤零零地，隔三差五赶着生产队的大牲畜去沟北放牧。他多数时间蜷缩在窝棚里不出来，偶尔站在窑顶向牲口吃食的地方看一眼。他身材佝偻，挂一根棍子，远望就像插在地上的一张弓。

六爷爷是石岳文的爷爷石伏祥的堂弟，排行老六。他原先有个婆姨，娶进来没两年就跟人跑了，连个种也没给他留下。

六岁的石岳灵，是六爷爷诸多"粉丝"中的一员。她扎两只小辫儿，眼睛骨碌碌透着伶俐劲儿，不但长得漂亮可爱，而且干活麻利。六爷爷拿她当亲孙女一样宠爱，动辄就把她举起来骑到自己脖子上耍，有好吃的也会多分她一口。

石岳文出生后，石岳灵被剥夺了去沟北疯玩的权利，在家照看襁褓中的弟弟。

素珍是村办小学民办代课老师，教学生语文、数学和美术课。她每天给全家弄好早饭吃完，就背着布包去村头小学教书。石爱则背着手，溜达着去村委会上班。村委设在村头，走几步路的事情。

父母去上班，家里就剩石岳灵照看两个弟弟。她一会儿逗着炕上的石岳文玩，一会儿带石岳斌屋里屋外地窜，间或给石岳文换尿布喂两口米糊，直到父母回家做饭，才有机会跑出去和邻居小孩玩一会儿。

也是年龄小耐不住寂寞，时间一久，石岳灵居然召集了五六个学龄前儿童来家里玩。每天大人离家后，孩子们便聚集到石岳灵家，躲猫猫、过家家、抓特务、跳格子，石岳斌跟在屁股后面也玩得不亦乐乎。

石岳文则躺在从房梁悬挂下来的吊篮里，自己和自己玩。

吊篮悬空炕面约二十厘米高，两端分别用绳子拴住，绳子的另一头拴吊在房梁上。每次把石岳文放进篮子，往任何方向稍稍一推，吊篮会像秋千般荡来荡去。这时石岳文就挥舞着小手，含混不清地呜啊呜啊叫着，无限畅快的样子。

这天，石岳灵照旧把石岳文抱进篮子，使劲推了几下，随即跳下炕，带着孩子们到院里耍去了……

村办小学紧靠村庄西边，正中央一条笔直土路与那条连通各生产队的主干道相连，土路两侧依次是一方长满蒲公英和芨芨草的池塘，一块足球场大小的土操场，一片立着锈迹斑驳篮框架的篮球场和四排土坯房教室。路尽头是一排教师办公用房，房前插一杆国旗。

学校没有围墙，四面均有灌溉水渠和排水沟，将学校与村庄天然区隔开来。

学校后面是晒粮场，四季都有小山似的麦垛或稻垛堆在场上，是孩子们玩乐的天堂。

村办小学不管学生多少，每年都会招收一个班，班主任从一年级带到六年级，毕业后再从头带过。除校长和炊事员外有六位老师，人人都当班主任，并且轮流给各班上课。

这天上午第三节是自习课，素珍照旧坐上讲台，批改厚厚两摞作业本，偶尔用眼神制止个别学生的窃窃私语或小动作。

作业批改得累了，素珍抬头伸腰打个哈欠，瞥见前排一个男生嘴巴大张、满脸惊恐地看着她。

"老师、老师，你后面有、有人！"孩子伸出小手，满脸涨得通红，指着她断断续续地说。

素珍转头左右看看，空荡荡的哪有人！她不耐烦地说："胡说八道，好好学习你的！"

"老师，你身后真有人，是个白胡子老爷爷……"其他孩子也叽叽喳喳地指着她说。

素珍突然感到后背发冷。她知道，学校所在是铲平很多坟头盖起来的。一个孩子说看见有人可能是调皮捣蛋，可孩子们都说看见了，没准就是真的。

她突地起身，瞬间感到天旋地转，闭着眼睛怔了一会儿，迅即三两步走下讲台，回头再看讲台，仍旧空荡荡的。

"到底哪里的人？！"素珍硬撑着底气问学生。

"刚才明明在的，一下就不见了！"有个孩子怯生生地说，其他孩子也随声附和。

"好了！你们认真写作业，大白天哪里来的鬼，我们要相信科学……"素珍交代班长监督大家继续上自习，便收拾作业本走出教室。

素珍站在教室门口嘘气定神，无奈还是心烦意乱。她把作业本放回办公室，便鬼使神差地回家了。

学校虽然没有围墙，但有沟渠阻隔，师生仍然从南边的主干道绕路进出学校。这天素珍却径直来到排水沟边，垫了几块破砖和木板，从排水沟跳过去回家，至少省了十分钟的路。

素珍走进院门，石岳灵和小伙伴们正玩得不亦乐乎，没想到妈妈提早回家，嘴巴半张着愣在那儿。

素珍一句话没说，推门迈进屋里。

"啊——天哪！"屋里的素珍一声惊呼，跟跟跄跄向炕头扑过去。

原本躺在吊篮里的石岳文，不知啥时候竟从吊篮里掉出来，脖颈被吊篮的绳子勒住，吊篮斜倚在一边，孩子却被吊得直立起来，仅两只脚尖撑在炕面上，偶尔有一点轻微向前的抽搐。

素珍泪流满面，三两下解开绳子，把石岳文平放在炕上，大呼小叫地喊着。

石岳文一动不动，面目青紫，气若游丝。

素珍不停地晃动石岳文的胳膊，掐人中、按胸口，抱起来拍背。如此折腾一番，石岳文才"哇"地哭出声来，嘴里流出尚未消化的混着小米粥的呕吐物。

素珍喜极而泣，抱着石岳文亲了又亲，生怕他的魂飞走一样。良久，她才把石岳文重新放回炕上，盖好小被子。

她迅即转身，看见身后满脸惊恐的石岳灵，一巴掌将她打翻在地。

倒在地上的石岳灵捂着半边被打的脸，号啕大哭。她另一只手撑着身子往后挪到墙角，蜷缩着哭得撕心裂肺，眼泪鼻涕糊了满脸。

将近四岁的石岳斌跪在姐姐身边，用手扳着姐姐的胳膊，扯开嗓门陪姐姐一起号。

没过多久，石爱从村委会下班回来。听说这次意外后，他拿把剪刀将吊在房梁上的绳子剪断塞进炕洞，用纸引火烧掉了。

午饭时，蜷缩在墙角的石岳灵死活不肯吃饭。石爱刚抱起她放在饭桌边，她又挪下来坐在墙角，期期艾艾地哭。两口子无奈地摇头叹气，也就由着她了。

素珍托人给校长带话请了半天假，待在家里照看石岳文。缩在墙角的石岳灵哭睡着了，素珍便把她抱到炕上盖好被子，摸着石岳灵额前的头发和半边还没消肿的脸，眼泪吧嗒吧嗒地往下掉。

晚上，石岳灵仍然执拗地不肯吃饭。从外面玩回来的石岳斌见姐姐不吃饭，也学了姐姐推开碗筷不吃。

石爱推开饭碗，领着俩孩子到六爷爷的饲养场，拿了捆青草，带他俩喂养刚出生的小羊羔和小驴驹。一捆青草喂完，俩孩子兴高采烈地跟随爸爸回家。

素珍重新燃起柴火把灶台留的两小碗面热了，孩子们才狼吞虎咽地吃起来。吃到最后，竟然惊喜地发现各自碗底都有一颗荷包蛋。

入夜，素珍把孩子安顿睡着，跳下炕打开屋门，从水缸里舀出一碗水搁在地中央，碗边放了一摞剪出很多铜钱模样的草纸、一把菜刀和三根筷子。

素珍在碗前跪倒，抓住三根筷子细的那端捏拢，垂直竖在碗中央，轮流念着村里过世的人名。她每念一个名字手就松一下，眼看筷子倒了，赶紧再捏住，念下一个人的名字。

她念到石岳文三太爷爷名字的时候，筷子居然神奇地垂直立在碗中央。

素珍有些激动，她念念有词地说："是娃的三太爷爷吗？你就放过咱家宁宁吧，我烧些钱你拿去花，别再为难咱家娃娃了……"说着，她拿起旁边的草纸在那碗水上面用火柴引燃，一边烧一边念叨。

直到纸钱全部烧光，素珍拿起旁边备好的菜刀，用刀刃从中央一下把筷子砍翻在地，再拿菜刀铲起散落在碗四周的纸灰倒入碗中，起身向门外走去。

素珍边走边说："娃三太爷爷，你跟我走……"走到门口，她用菜刀磕了三下门框说："娃三太爷爷过来了吗？你跟我走……"

素珍一手端着盛了水和纸灰的碗，一手拿着菜刀，念叨着出了院门一路向西，在学校东侧的排水沟边停下来，将水泼进沟里才回家，边走边念叨让宁宁随她回来。

走到院门口，素珍用菜刀磕一下院门问道："宁宁回来了吗？"

这时，在屋里炕上的石爱应声："宁宁回来了！"

问答三遍后，素珍闩好院门走到屋门口，又用菜刀磕三下门框问："宁宁回来了吗？"

石爱再回答："宁宁回来了！"

如此连续问答三遍，素珍才迈进屋里，闩好门，将碗倒扣在门背后，捡起地上的三根筷子，斜倚门框倒立在碗底上，将菜刀压在石岳文的小枕头下面，嘴里念叨着："好了，宁宁回来了，宁宁回来了……"

石岳文的三太爷爷，年轻时被抓去当兵，逃回来没两年的一个秋夜，被发现吊死在牲口圈里。

整个夜晚，石岳文睡得很踏实。第二天早晨，他又咿咿呀呀地在炕上爬来爬去，精神头好得很。

倒是石岳灵，因为受了这番惊吓，又挨了素珍一巴掌，晚上惊醒好几次，小手高举在空中乱抓，呜啦呜啦地喊着谁也听不懂的梦话，搅得两口子一夜没睡安稳。

第二天早晨，一向乖巧机灵的石岳灵显得迟钝木讷，一句话要重复一两遍才有反应，一碗稀饭吃了半碗又咳嗽着吐出来。两口子轮番摸她额头，没有发烧迹象，便商量不用带娃去诊所，过两天兴许就好了。

只是石岳文不能再让石岳灵带了。一来两口子不放心，再说眼看就要放暑假，假期后石岳灵要上小学了。

两口子商量来商量去，决定去问问对门邻居石志国，请他家老丫帮忙带看石岳文。

老丫是石志国的小女儿，三个哥哥都在念书。石志国负担不起，老丫念到四年级便辍学在家。这么小的孩子，干不动重体力活，挣不了几个工分，便闲在家里等长几年再说。

素珍每月工资二十一块六毛，她提出每月给石志国五块钱，请老丫在两口子上班时照看石岳文。

石志国听说家里吃闲饭的女儿每个月能赚这么大一笔钱，笑得脸上褶子绽放成一朵花，忙不迭地说："行！行呢！"

他似乎意识到自己的失态，羞红了老脸又不好意思地说："这咋行呢，乡里乡亲的帮一把是应该的，哪能让你费钱呢……"

此后，老丫每天像上班一样，吃过早饭就跑到素珍家里照看石岳文，中午素珍两口子下班回家，她就回家吃好中饭再过来照看，直到素珍两口子下班回家。

已经十二岁的老丫，照看石岳文甚是妥帖，有好吃的零食自己舍不得吃，都拿来喂他。石岳灵和石岳斌也与老丫相处甚欢，整天围着她姐姐长姐姐短地叫。

老丫不乐意被困在院里,经常背着石岳文,带着三姐弟从村头遛到村尾,不但去学校逛过,甚至带他们去沟北砖窑玩过好多回。

暑假过后,石岳灵便背书包上学了。偶尔老丫会背着石岳文、拉着石岳斌去学校玩,课间休息时把石岳灵喊出来,掏出一颗糖果或一把瓜子给她。

3

娃娃们见风就长,不到三年时间,石岳斌眼看要读小学,石岳文也长到三岁多,跟在老丫屁股后面跑来跑去。

石岳灵的成绩一直是班里第一名,水灵灵的大眼睛,又黑又粗的小辫子,越发显得聪慧可爱。

家里养了两头猪、四只羊、十几只鸡。从春到秋,那几只羊没有交给六爷爷代管时,石岳灵放学后就撂下书包,拿一把小镰刀背起箩筐,到渠堤上、田埂边割草回来喂羊。

渐渐地,家里拌食喂猪、喂鸡扫地的活儿石岳灵都包了,她也成了村里小孩的楷模,大人管教孩子动辄会提一句:"看人家阮老师家的灵灵,你给人家舔脚指头都不配!"

夏粮马上要收了,村里各项繁琐事务一波接一波涌来,麦田最后一次灌溉、套种的大豆和玉米施肥、农药喷洒、收割、运送、麦场整理、脱粒机检修、仓库整理……石爱忙得焦头烂额,每天中午都要石岳灵把饭送到村委给他吃,晚上又很晚才能回到家。

就在这个节骨眼上,出事了。

宁和二队和三队共用一条水渠灌溉,每豁开一个渠口,水量就会减少,两个生产队如果同时豁开渠口,水量太小会导致灌溉时间过长降低效率,而且渗透过量淹死庄稼。因此两个生产队严格排好时间轮流豁开渠口灌溉，由近及远，多年相安无事。

偏偏头天晚上值班灌溉的三队村民薛自华在渠堤上睡着了，水渠被冲开一个缺口没发现，大量的水流进排水沟，等他醒来叫人帮忙堵上缺口时，已经五六个钟头过去，这时段豁开渠口的几十亩地，才灌溉了不到三分之一。

薛自华心虚地蹲守在水闸边，二队值班的人来轮岗时，他死赖着让人家等他把那几十亩地灌满再说。如果对方豁开渠口，他就关掉水闸，谁都灌溉不成。

二队值班的人自然不答应，吵来吵去就打起来了。

石爱闻讯赶到现场时，个体纠纷已升级为群殴事件。两个生产队长各自带着几十号人，拿着铁锨棍棒短兵相接，有人已经挂了彩。

尤其是薛自华，后小腿被铁锨砍出一条血淋淋的伤口，狰狞地向外翻开，看得瘆人。

石爱见状，抢过一把铁锨，咣咣地敲着水闸的生铁挡板，大声呼喝道："住手！狗日的全都给我住手！"

毕竟是村书记，震慑力还是有的，大家见状纷纷停手，退到各自生产队长身后，斗鸡一样互相瞪着。

简单了解事情的来龙去脉后，石爱迅速做出决断：三队先把未淌完的几十亩地灌满，再把渠口交给二队。打架的人各自回生产队干活，两个生产队长跟他去村委商量善后事宜。

就在两个生产队长在村委争得面红耳赤时，一个村民连滚带爬地闯进来，结结巴巴地喊道："出、出事了！薛自华的婆姨，喝、喝农药自、自杀了……"

原来薛自华一瘸一拐地回家后，婆姨见他腿上有伤，急忙找纱布给他缠住，边干边数落他不该睡觉、别人砍他就应砍回去、这下要被扣工分云云，嘴里还不干不净地骂他窝囊废、不如死了算尿子。

薛自华耳边聒噪得受不了，顺手抽了婆姨一耳光。

婆姨不依不饶，又是扭打薛自华，又是撒泼撞墙，家里老人也拉不住。

后来她索性跑到放农具的柴房，翻出自留地里用剩下的半瓶敌敌畏，一仰脖子喝下去。

眼看婆姨躺在院里浑身抽搐、口吐白沫，薛自华大惊，赶紧让老人找村民帮忙，自己抱起婆姨哭喊着往乡卫生院的方向跑。

六爷爷套好马车追上薛自华，把他和婆姨送到卫生院时，人已经软得不省人事。大夫履行完一整套灌肠洗胃的程序后，无奈宣告了薛自华婆姨的死亡。

当天下午，薛自华用一块白布把婆姨的尸体裹严实，放进家里那辆瘦骨伶仃轮胎没气的板车里，推到村委门口讨说法，任谁劝都无济于事。石爱没辙，只好陪在村委回不了家。

第二天晚上，瓢泼大雨从天而降，砸得盆瓦瓶罐叮当乱响。石爱吩咐队长和会计搞来一卷塑料薄膜盖在板车上，硬是把蹲在板车旁的薛自华拉进屋，按住脖子灌了一碗姜汤。

薛自华油盐不进，石爱困在村委回不了家，素珍只好派石岳灵把饭送到村委。石岳灵虽然穿着塑料雨衣，仍被淋成落汤鸡。石爱瞅着心疼，给娃喝了碗姜汤，将两张椅子拼起来让娃睡在上面，身下垫了他那件灰干部服，等雨停了再回家。

好说歹说，薛自华总算同意先安葬婆姨，雨停后便拉着板车回了家。石爱心疼地抱起石岳灵，却感觉娃身上热得滚烫，他叫了几声摇了摇，石岳灵迷迷糊糊地嗯了两声，便不再回应。

石爱惊出一身冷汗，赶紧派人跑去家里给素珍捎话，自己抱着石岳灵，跌跌撞撞地往许大夫家里跑。

许大夫是赤脚医生，在家里开了私人诊所。村民们平时头疼脑热的都来他这里瞧病，只有大病才送去乡卫生院。

许大夫给石岳灵搭了脉，又用听诊器听了前胸后背，说是淋雨发烧。他给石岳灵注射了青霉素加柴胡，又开了些药，就让石爱抱着娃回家了。

石岳灵整夜没有睡安稳，两口子不停地用湿毛巾降温、灌开水，折腾得筋疲力尽。

发了一星期烧，石岳灵才慢慢好转。自打痊愈后，她饭量明显下降，时而恶心呕吐，原本瘦小单薄的身子，越发显得弱不禁风。

原先割草喂猪，石岳灵都一个人干。她虽然瘦弱，单手拎一大桶猪食却走得稳稳当当；背箩筐出去，两小时内必然会背着满满一筐青草回到家。

现在石岳灵双手拎着猪食却脚步踉跄，好几次摔倒在地，猪食洒了一身。她也不哭，顾不上弄干净身上的猪食，跪在地上慌忙用铲子将猪食铲回桶里，再一步步挪着倒进食槽。

有时候素珍碰巧看见，心疼得抹眼泪，赶紧把娃拉起来，自己动手喂猪。再以后，素珍就不让石岳灵喂猪了。

又有几次，石岳灵背着箩筐出去割草，天黑透了还不见回家。素珍着急出去找，就见石岳灵佝偻着腰，手里拄一根木棍，走几步就停下来歇歇脚，背上箩筐里的青草还没装满。

素珍敏锐地发现，石岳灵睡觉不如以前踏实了，起夜频繁，有时娃困得起不来，就迷迷糊糊地尿炕了。清早发现自己尿炕，石岳灵就惊恐地看看素珍，害怕素珍用笤帚疙瘩揍她，并且迅速卷起炕单跑去院里洗掉。

为避免尿炕，石岳灵拼命忍住不喝水。有时看见石岳灵嘴唇干得起了皮都不肯喝水，素珍心疼得直掉眼泪。

"你说咱灵灵不会有啥病吧？"晚上孩子们睡着后，素珍疑惑地问石爱道。

"哼，别瞎说，咱娃娃好着呢！"石爱粗暴地对素珍说——这是他最害怕提及的事情，一提到就感觉揪心地疼。

沉默良久，石爱又心虚地缓缓道："咱灵灵可千万别有啥事，娃要是有个三长两短，咱们可咋活呀……"

"咱们再给娃叫叫魂吧，指不定村里哪个挨千刀的把娃给缠住了呢。"言毕，素珍翻身下炕，照例准备好筷子、纸、菜刀和一碗水，在堂屋中央捣腾起来。

可是任凭素珍把村里过世老人的名字挨个儿念了好多遍，甚至连她娘家过世的人、邻村她知道过世的人名字都念过了，那三根筷子就是立不住。

素珍只能抓住筷子另一个端头，念叨疑似为难石岳灵的亡人的名字，依照程序砍翻筷子、烧纸钱、送走死魂灵、给娃招魂……

连素珍都记不清这是多少次给石岳灵叫魂了,可之前屡试不爽的筷子就是立不住。一次次徒劳地试过后,她打算放弃。

"你还是带灵灵去县医院看看吧,乡卫生院怕是水平不行,查不出来啥病呢。"再一次给石岳灵叫魂失败后,素珍对石爱说。

"嗯,也好。"石爱答道,心想反正夏粮已经收掉,最近空闲一些,乡里也开了几次会,说了安徽那边包产到户搞试验田的事情。他正好借着送娃看病的机会,去县城打听打听包产到户到底怎么个搞法。

第二天吃过早饭,石爱让六爷爷套了马车,带石岳灵去县城看病。石岳斌和石岳文撒泼打滚,非要和姐姐一起去。无奈,石爱答应给石岳斌带水果糖,安顿他在家陪素珍干家务,这才抄起石岳文放到马车上,四个人顺着笔直的主干道向县城出发了。

六爷爷驾车的水平是顶呱呱的,他心疼马,坚持不给马嘴上戴嚼子,只是虚牵着缰绳指挥。

马儿在六爷爷的指挥下仿佛通了人性,听话得就像部队里的士兵,只要他拖长声音吆喝一声"驾——",马儿自然就放开四蹄小跑起来;他发出"吁、吁"的短音,马儿就会向左拐;他发出"嗷、嗷"的短音,马儿就会向右拐;他要是拖长声音吆喝"吁——"马儿就会停下来。

马蹄在坚硬的土路上嘚儿嘚儿地响着。石岳灵和石岳文按捺不住内心的激动,一行行整齐排列的玉米地,金灿灿垂下头的向日葵,树上叽叽喳喳的麻雀,路边突然蹿出的野兔,偶尔一辆绝尘而去的汽车,都令他们兴奋得叫嚷起来。

约摸过了半个钟头,马车来到黄渠桥头。时值仲秋,是黄渠水量最大的时候,混浊的水流在桥底汹涌翻滚,甚是壮观。

六爷爷勒停马车,跑到远处玉米地里解手。石爱把姐弟俩依次抱下车,到桥下向黄渠里扔石子玩。渠坝后面是乡办初中,整齐划一的土坯房教室有三十多间,外围是近一人高的青砖墙,墙外有约摸两米宽的排水沟。

"爸爸,将来我要到这个中学念书!"石岳灵仰起头,直愣愣地看着学校，神往地说。

"好！好！"石爱难过地抱住石岳灵，忙不迭地说，"咱们灵灵将来不但要上中学，还要到县城上高中、到省城上大学咧！"

"我也要上！我也要上！"一旁的石岳文抱着爸爸和姐姐的胳膊，兴奋地喊叫着。

"好！好！你们都上！你们都上！"石爱忙不迭地回应，眼里满是温情。

"山丹丹那个花开哟，红艳艳……"远处玉米地里传来六爷爷高亢的歌声。石爱摸着俩娃的头笑着说："看你六爷爷，又会唱一首新歌了。"

马蹄声又在路上欢快地响起来，车上的石爱却思绪万千……

石岳灵不但聪明漂亮，而且乖巧懂事。家里缺吃少穿，娃几乎没穿过新衣服，都是素珍把他俩穿不了的衣服改小了给娃穿，娃从来不闹；逢上家里吃好的，娃总是让着两个弟弟，实在忍不住才吃上一点点；每当弟弟犯错挨揍，娃总是用身体护着弟弟，由着素珍的笤帚疙瘩落在自己身上；娃眼里也有事，家务活只要能干得动，总是抢着帮素珍干；娃嘴甜有礼貌，不但对自家人这样，遇到村民也是爷爷奶奶叔叔婶婶地打招呼，谁见谁喜欢……

想到这里，石爱心里隐隐作痛："灵灵可千万别有啥事，否则就是砸锅卖铁出门讨饭，也要把娃给治好了！"

时近中午，县城已在眼前。

县城入口道路两侧，是一个硕大的农贸市场，每个月逢三、六、九的日子，村民们会从四面八方会聚过来赶集。

大家把自留地里出产又从嘴里省下来的蔬菜瓜果、自家喂养的鸡狗猪羊等连挑带赶地送到这里，卖给城里人，再添置锅碗瓢盆油盐酱醋布匹肥皂之类的日用品。

县城这天正逢农贸市场赶集，大路两侧人流熙攘，混杂着城里人和乡下人。沿路最近一排是农民交易"自贸区"，后面才是职业商贩的经营摊点。

马车上的姐弟俩好奇而兴奋地看着这一切，金灿灿的油饼，香喷喷的炒葵花子，绿皮红瓤的大西瓜……馋得俩娃直咽口水。

六爷爷早已跳下马车，使劲地勒住马笼头，小心翼翼地穿过集市，生怕哪个愣头青扯嗓子一吆喝惊了马。

马车走到一个油饼铺子前面，石爱跳下马车花三毛钱买了两个油饼和一小袋瓜子，递给石岳灵和石岳文，看着姐弟俩狼吞虎咽吃得爽快劲儿，他脸上荡漾着久违的笑意。

马车穿过农贸市场就是县城主街道，人流少了很多。道路两侧排布着公安局、县政府大院及招待所、邮局、新华书店、百货商店、县城中学……街道末端电影院广场的对面，就是他们要去的县医院。

石爱让六爷爷拴好马车，拉着姐弟俩找到一家小面馆，给每人点了碗羊肉臊子面，又给自己和六爷爷各自多要了一个面饼，便狼吞虎咽地吃起来。

石岳灵吃了半碗面后又想呕吐，却又舍不得放弃这逢年过节才能吃到的牙祭浪费钱，急得泪水在眼眶里打转儿。

石爱心疼得紧，拉过石岳灵的碗，把羊肉臊子夹出来放进旁边的蒜碟，剩下的面和汤则一股脑儿倒进六爷爷碗里。

石爱夹起羊肉臊子，一粒粒喂给石岳灵吃。石岳灵慢慢嚼着，脸上洋溢着幸福喜悦的神情，嚼着嚼着，大颗的泪从眼角滚落……

吃好饭，石爱带着几个人在电影院周围给石岳斌买了几颗糖，给素珍买了头巾，又扯了几尺土布。六爷爷自己也买了几样零碎东西，还买了几颗糖塞进俩娃口袋里。

估摸着医生上班了，石爱这才带着他们进了县医院。

一个戴着深度近视眼镜的老医生坐诊，他把脉听诊后仔细询问石岳灵的症状。

"嗯，娃恶心呕吐，夜间睡眠不好，没有胃口，还容易疲劳，身上痒不？"老医生问道。

"你给爷爷说说，你夜间尿频尿量少，身上觉得冷吗？过来给爷爷看看你的手腕脚踝……娃你是不是老觉得气喘不上来？眼睛周围有没有肿胀的感觉？"老医生又问。

老医生仔细询问半天，方才缓缓对石爱说："你娃这是肾病，亏得厉害，想要治好，怕是要去市医院了。"

石爱心跳陡然加速，他涨红脸，一把抓住老医生骨节发白的手，结巴着问："那、那娃的病能、能治好吗？"

老医生费力挣脱手说："这个也不好说，我先给娃吊些葡萄糖营养液，再开些药稳住病情，要想治好，还得去市医院给娃看呢……"

从县医院出来已是下午四点光景。石爱抬头看看已不耀眼的太阳，觉得有些眩晕，他木然地坐上六爷爷的马车，一句话也不说，气氛压抑得让人喘不过气。

石岳灵不安地看着石爱，小心翼翼地拉拉他的衣袖，安慰道："爸爸，不要紧，灵灵会好起来的，灵灵要上中学，将来还要上大学呢。"

石爱侧头看看石岳灵，心里一阵绞痛，抚摸着她的头说："灵灵啊，你得相信爸爸，爸爸会给你治好的！"

"嗯！"石岳灵答应一声，又幽幽地说，"爸爸，你说人要是死了，会变成天上的星星吗？它一眨一眨的，能不能看见家里的人——"

"别瞎说！"石爱粗暴地打断女儿的话，"你没听医生说吗？咱家灵灵就是营养不好休息不够才没有力气，回家后我们多吃些好的，多休息，自然就好了！"

"真的？！"石岳灵眼泛亮光，惊喜地问。

"当然是真的，爸爸啥时候骗过你！"石爱慈祥地摸着女儿的头说。

"嗷——嗷——姐姐病好喽！"半懂不懂的石岳文高举双手兴奋地叫着。姐弟两个又搂又抱地玩成一团，不多时，便在马车上相继睡着。

马车到村口时，残阳如血，红霞满天。四周涌动的黑色不停地吞噬着鲜艳的红霞，在红色与黑色的边缘，镶上一条条金色的光线。随着金色的光线变细缩短，黑夜逐渐笼罩了整个世界……

从县医院回来第二天，两口子商量的头等大事，便是石岳灵休学和去市医院看病的事。

听说要去市医院看病，石岳灵很配合，但一说到休学，她就执拗地喊道："我要上学！我就是要上学！你们不让我上学，还不如让我死了算了！"说完就呜呜地哭。

后来，两口子再提休学这茬事，石岳灵就默不作声，眼泪扑簌簌地流，看得人揪心。素珍无奈，每天早晨把石岳文交给老丫，便一左一右牵着石岳灵和石岳斌去上学。

石岳灵走得慢，没几步就要歇脚。素珍担心迟到，只能带石岳斌前面先走，留下石岳灵拄根棍子，自己慢慢去学校。老师知道石岳灵生病，不管她迟到多久都不会批评。

没两天，老丫得知石岳灵生了病，早晨便提前来素珍家，让素珍和石岳斌先走，等石岳灵慢吞吞吃完饭，就和石岳文陪她一起去学校。石岳灵走不动，老丫就把她背在身上。

有一回，趴在老丫背上的石岳灵触手碰到老丫额头，汗津津的，她马上溜下来，坚持拄着棍子自己走。老丫懊恼地劈手夺过石岳灵手里的棍子，扔进路边渠沟里，直勾勾地瞪着石岳灵。

"姐，我这么重，压得你一头汗，我、我是心疼你呢，我走得动！"石岳灵不安地拧着衣角，怯怯地说。

老丫面色潮红，气鼓鼓地说："灵灵啊，姐姐四年级退学，差不多就是睁眼的瞎子，那是姐命不好。但你要上学呀，一定得忍下去，姐姐每次背上你心里别提多开心了，感觉像姐姐自己又在念书一样……"

说话间，老丫眼泪吧嗒吧嗒往下掉。石岳灵赶紧凑上去，用袖子给老丫揩眼泪。两个女娃抱头大哭，一旁的石岳文见状，也扯开嗓子哇哇大哭。

良久，老丫收拾好眼泪，把石岳灵的黄书包重新套上脖子，弯下腰两手往后一勾说："灵灵啊，爬上来吧，姐姐背你去上学……"

石岳灵生病的事情很快在村里传开，各家各户都来素珍家探望，有的提一篮鸡蛋，有的索性就提一只鸡，还有的特意跑到集市上买来猪腰子，还有红糖、花头巾、糕点、油饼……都是家里平时舍不得吃用的稀罕货。

"灵灵是个好娃娃，你们千万要给娃治好啊……"

"灵灵是咱村最好的娃娃，聪明懂事，有礼貌，啥时候都笑着跟人打招呼，娃善得很……"

"你说灵灵看病得多少钱，咱们全村人凑，以后娃娃指定能考大学，给咱村里争光……"

"唉，好人不长命，王八活千年……灵灵多好的娃娃，要是糟了多可惜，你们可千万别把娃娃给耽搁了！"

尤其六爷爷，瞅着石岳灵没上学的当儿，就把她带到牲口圈旁的屋里，拿出珍藏的好东西给她吃；他还套好马鞍牵住缰绳，将石岳灵抱上马背，让她骑马绕着牲口圈一圈圈走——石岳斌和石岳文两个跟屁虫，跟着沾了不少光。

每当村里人来看望石岳灵时，石爱和素珍就很难受。两口子比谁都想把石岳灵治好，也早就带娃去过市医院，确诊娃是肾衰竭，不治之症。

每隔两周左右，两口子都要带石岳灵去市医院做透析治疗，把娃体内的毒素和废物排掉，身心疲累不说，钱也花得差不多了，石岳灵的病非但没治好，反而感觉越来越严重了。

"我看这样下去不是个事，不行的话我带灵灵去北京治病！"一天晚上睡觉前，石爱对素珍说。

对于宁和村的农民来说，县城就是他们整个世界的尽头，绝大多数人没去过市里，而北京更加遥远，遥远到在他们的脑海里只是个空洞的名词。

石爱也不例外，但他豁出去了。

素珍毕竟是看过几张地图的小学教师，她怔了一下，转头看看旁侧熟睡的石岳灵，咬牙道："想去咱就去吧！娃还这么小，要是糟了，我也不知道咋活了……"

一旦做出决定，两口子就睡不着了，索性从被窝里爬起来翻箱倒柜地搜罗，确认再也找不出一毛钱时，便盘坐在炕上，一遍遍数着花花绿绿的钞票和钢镚儿，加上粮票、布票和油票的折算，总数一百三十八块六毛五分——这是他俩所有的积蓄了。

两口子像是泄了气的皮球，大眼瞪小眼地坐在炕上叹气，直到东方泛起鱼肚白，才不甘心地躺下睡觉。

连续几晚，他俩都盘坐在炕上算账：圈里的两头猪、四只羊、十几只鸡都卖了，能凑到约摸两百块。素珍回趟娘家，估计五十块钱能借到。虽然婚后已经分家，石伏祥总不能眼看着亲孙女病死不救吧，如果把他家的羊猪鸡也都卖掉，估计还能凑出百来块钱……

两口子商量妥当后的星期天，素珍便坐六爷爷的马车回了娘家。

兵荒马乱的年代，素珍祖上选择在这片土地扎根，考虑的显然是越偏远、越安全。这里虽然是背靠西山的风水宝地，却没给村里人带来好运，地势高的地方是厚厚的沙土，低洼处又是白花花的盐碱地，粮食产量一直很低。

这块宝地也并非一无是处，漫山遍野膝盖高的蒿草、芨芨草、马兰头、甘草、苜蓿……这些植物倔强地生长，给羊提供了丰富的草料。

因为地处偏远，当地农民数量庞大的羊群没被当作资本主义尾巴割掉。靠着这些羊，农民们像那些植物一样倔强地活着，挨过一个又一个饥荒之年。

虽然亲生父亲去世后家里没了豆腐坊，但大哥二哥这些年勤俭持家，应该会有些积蓄，想必借来五十块钱没啥问题。

几十里的路程，清早出发，中午就到了。

听完素珍的哭诉，阮素兴沉默良久，唉声叹气地从裤腰带上解下柜门钥匙，交给素珍大嫂，吩咐她从柜子里拿出五十块钱交给素珍。

临走他嘱咐素珍说："素珍啊，低标准我们都活过来了，再难的事咱也要扛过去。你看这漫山遍野的芨芨草，现在看着都枯死了，可一到春天，还不是绿油油一片片的？你让石爱抓紧时间走，娃的病不能耽误，有啥要帮忙的，你托人捎话就行……"

这边厢，石爱去找父亲石伏祥凑钱。老人家盘腿坐在炕上，两撇山羊胡子一抖一抖地听石爱说完，精瘦有力的身板逐渐蔫了下去，吧嗒着抽完一锅旱烟后，他把烟锅在鞋底磕了磕扔在炕柜上，双眼炯炯有神地说："救娃娃要紧，你说咋办就咋办！"

这时，石爱最小的妹妹凤香正躺在炕上，有气无力地盯着父亲和大哥看。

凤香和石岳灵一般年纪，患的是心脏病，不能干重活，好几次喘不上气昏厥过去，而且最近犯病的频率明显提高，只能从县医院开几片药维持。

石爱转头看看这个最小的妹妹，长呼一口气说："我这次想把凤香也带到北京，两个娃娃一起治！"

石伏祥诧异地张大嘴。在他看来，凤香并不像石岳灵病得那么严重，现在连石岳灵治病的钱都凑不够，再拉上凤香，难度可想而知！

他了解自己的儿子，虽然性格温顺话也不多，但这样的人狠，他决定做啥事情，执拗得九头牛都拉不回来，这也是村民们佩服并选他当村支书的原因。于是，石伏祥又重复了刚才那句话——"你说咋办就咋办！"

石爱带灵灵去北京看病的消息，像长了翅膀一样传遍生产队。乡邻接二连三地来石爱家，五块、十块、二十块地送钱过来。素珍用一个小本子，把这些钱一笔笔记上，心想以后有钱了一定还给人家。

一周时间，两口子筹集了五百多块钱。石爱揣着这笔巨款和村委介绍信，带着两个娃娃坐上六爷爷的马车，在村民们的集体目送下，去往首府的火车站。

从那里，他们将登上从未坐过的绿皮火车，去北京……

4

11月底的一个黄昏，石爱带着石岳灵和凤香从北京看病回来。他们拄着棍子出现在村口时，看上去就像逃荒要饭的叫花子。

石爱头发蓬乱，胡须浓密且长，眼眶深陷，身上那件灰色卡其布干部服破旧得不像样，里面白色的确良衬衣露出的领子泛着黑黄的光，油腻腻地看着恶心。

他神情萎靡，背一捆用草绳扎的铺盖卷儿，拎一只大号塑料网兜，里面是一个白色搪瓷脸盆、三只摞起来的白釉搪瓷碗以及破得像渔网一样的毛巾。

看上去有些筋骨力气的，就是脸盆底部"为人民服务"那五个鲜红大字，而且愈发显得苍劲霸气。

石岳灵和凤香虽然也有些脏，但体面多了。担心天冷冻坏孩子，石爱给她俩每人置了件碎花棉袄，每人脖子上系一块头巾，和出发时的装扮大不一样。

消息箭一样传遍生产队，路遇村民热心地接过石爱身上的行李，其他听到消息的也急忙赶去素珍家打听，想知道灵灵的病到底治得咋样。

素珍在里屋慌忙给俩娃收拾干净，又跑到堂屋烧火做饭。石爱则端着脸盆到院里打水洗脸擦身，再进屋换掉脏衣服。

赶来打问情况的亲戚邻居挤满半间屋子，挤不进去的就在门外踮着脚、伸长脖子往里看，像是里面有了不起的节目在表演一样。

三个人显然饿得不轻，石爱和俩娃吃起饭来狼吞虎咽，风卷残云般地把饭菜扫个精光。俩娃似乎连上炕的劲儿也没了，素珍一个个把她们抱到炕上，没几分钟都睡着了。石爱疲惫地朝大家挥挥手："你们都回咯吧，今天乏了，北京的事明天再跟你们说……"

说罢，石爱伸手按住一个刚要打出来的哈欠，脚步虚浮地回里屋睡觉了。

晚上约摸十一点多，石爱醒来，睁眼看见素珍盘腿坐在炕上，背靠着墙，眼睛眨也不眨地注视着他——她急于了解石爱这一路的情况，又不忍心叫醒他。

看着素珍急切的眼神，石爱心里五味杂陈，一个多月来遭的罪蓦地涌上心头，一颗泪便顺着眼角滚下来。

素珍见状，身子陡然绷直，哆嗦着问道："哎！咱娃娃，病看得咋样了？"

"唉——"石爱长叹一口气，"估计、估计是——"石爱话说不下去，眼睛拼命盯着屋顶，不让泪水掉下来。

素珍失声哭了出来。砸锅卖铁地筹钱，一个多月的煎熬，但就这样一个可怜的、并不过分的希望，瞬间成了泡影。

担心吵醒睡在炕上的娃娃，素珍拼命捂住嘴，身体筛糠一样剧烈抖动，先是头靠着墙哭，后来又跪倒在炕上哭，眼泪浸湿了脸盆大小的一片炕单。

良久，素珍止住啜泣，听石爱讲述去北京看病的情况——

出发前石爱知道北京很远，却没想到那么远，三个人在绿皮火车的木制座位上摇了两夜一天，第三天上午到北京火车站下车时，感觉腿都不是自己的了。

石爱胸前挂着铺盖卷儿，背着石岳灵；凤香拎着装满生活用品的塑料网兜，跟在他后面。三个人一路打听找到协和医院，已是下午光景。

当天，俩娃就被安排住院了。医院见石爱可怜，就把俩娃安排在一间住院病房，方便他照顾。石爱则在病房等俩娃睡着，就出来睡在走廊里的靠背长椅上，次日天亮再把棉被捆好塞进娃的病床底下。

一系列检查下来，俩娃的病情最终确诊：石岳灵的肾病已至尿毒症阶段，凤香的风湿性心脏病也积重难返，治愈的可能性都不大。石爱听完主治医师的诊断，只觉得天旋地转，双膝一软就跪倒在地上了。

虽然不能治愈，医院每天的治疗还是给石爱带来莫大的希望。石岳灵在血液透析、腹膜透析以及营养素吊瓶等治疗手段下，精神比以前好很多。凤香在特效药的刺激下，也和健康孩子毫无二致。

石爱每天说服自己要乐观，期待着奇迹出现。直到有天早晨，主治医生把石爱叫进诊室闭门长谈，大意就是娃没救了，而且石爱交来住院的钱也不够了，出于革命的人道主义精神，医院可以让他们免费多住一天。

走出诊室的石爱，仿佛一下老了十多岁。他坐在走廊长椅上用手顶住额头沉默很久，又脚步沉重地去洗手间洗把脸，在病房门口定定神，这才推门进去。

"灵啊、凤香，刚医院的大夫叫我过去说，你俩的病基本治好了，给咱开些药回家吃着就好，明天咱就出院……"生平第一次撒谎，石爱没敢看俩娃，低着头一口气说完。

"好哦好哦！"俩娃高兴地喊了出来。她们第一次出远门，一下子竟待了差不多一个月，着实想家。另外，这么小的孩子整天困在医院里，确实憋得慌。

石爱给俩娃脱掉病号服，换上她们来时的衣裳，给护士说过后，带她们去天安门照相、下馆子，还去国营商店给每人买了件碎花薄袄和一块头巾。

俩娃精神出奇地好，都没叫过累，一直逛到太阳下山，才意犹未尽地回到医院。

第二天上午，石爱办妥出院手续，在病房打点好行装，准备带俩娃走出病房时，几位主治医生走进来，将一只牛皮纸信封硬塞进石爱手里说："小石啊，这是我们科室医护人员的一点心意，看路上有啥好的，给娃买一些！"

"不行！不行！你们这是干啥呢！"石爱连忙伸手推拒。

"你这个年轻人，这是给娃娃的，又不是给你的，怎么能拒绝呢？要不灵灵你拿着，这是伯伯阿姨的一点心意……"主治医生言毕，转身把信封向石岳灵手里塞。

石岳灵摇摇头，退后两步，眼睛看着爸爸。

石爱见状，无奈地说："灵灵你就收着吧，这是伯伯和阿姨的心意。"继而涨红脸搓着手对主治医生说："真是太感谢你们了！给我们治病不说，还给钱，你看我也没什么拿出手的东西给你们……"

"看你这年轻人说的！救死扶伤是我们应尽的职责，什么感不感谢的。我看你真不简单，从农村出来，大老远的到北京来给娃看病，真了不起啊！"另一位主治医生说。

从病房出来，走廊已经站了五六位医护人员，塞过来苹果、面包糕点、崭新的文具……站在远处的医护人员窃窃私语，有的甚至抹起了眼泪：

"这家人真是可怜呢，俩娃儿都得这么重的病……"

"这个年轻人真是了不起！上千公里的路程，倾家荡产地来给娃儿看病，多少农村人别说北京了，就是省医院都不一定给看呢，就让在家里等死……"

"您看这娃多懂事儿，这么乖巧可爱，老天咋这么不长眼的……"

石爱带着俩娃，一边唯唯诺诺地点头致谢，一边往门外走。医护人员簇拥着三人一直走到医院门口，才相继回去上班了。

去往火车站的公共汽车上，石岳灵把那个已经捏皱的信封递给石爱。石爱打开一看，里面是一元、两元、五元、十元的纸币，足足有五六十元。

回想这趟北京之行的艰苦，想想灵灵和凤香终究治不了的病，再想想这些医护人员捐款送物的好心，石爱百感交集……

石爱讲述这一路的经历，时而叹气，时而沉默，直至鸡鸣天亮，方才渐渐睡去。

从北京回来后，石岳灵就被强制退学了。不再进行透析治疗的石岳灵，病情恶化得非常迅速。

早晨吃过饭，石爱一如既往地去村委上班，素珍一如既往地带石岳斌去学校，老丫也一如既往地来家里带看石岳文。

只有石岳灵，每天在家一本正经地摊开课本，用北京带回来的文具认真自学。她还强制把石岳文按在饭桌边教他认字，严肃得像个老师，而且像学校上课一样，将近一小时就下课休息一会儿。

四岁多的石岳文耐性不够，学一会儿就闹着要玩，石岳灵就很生气，像素珍一样拿来炕上的笤帚疙瘩打石岳文的屁股。石岳文号得撕心裂肺，也动摇不了石岳灵教他读书认字的决心。

日子一天天过去，天气逐渐变冷。石岳灵的身体越来越差，有时上课不到一半，就头晕眼花得支撑不住。

这时的石岳灵，倔强得就像那漫山遍野的芨芨草——虽然已经干枯，却仍然倔强地直立在大地上。她一只手肘费力地在桌上支撑着头，努力不让自己趴下去；另一只手则慢慢在书上移动，逐字指着教石岳文。

实在看不下去，老丫就拉着石岳灵的胳膊劝她去炕上躺会儿。石岳灵死活不肯，哭着求老丫不要逼她上炕，她要尽可能地多教石岳文读书认字，只要她能动弹，就一定不放弃。

晚饭后是石岳灵最快乐的辰光。素珍忙着备课、批改学生作业或做针线活，石爱捯饬完家畜就陪三个孩子玩，出一些谜语、歇后语、古诗、算术题让孩子们抢答。石岳灵多数时间躺在炕上，看两个弟弟争先恐后地抢答问题，幸福地笑着，偶尔会大展神威地帮忙答题。

放寒假后，石岳灵浑身浮肿，基本走不动路了。

石爱两口子在这难得的农闲和假期时光，舍不得离开石岳灵哪怕一会儿。他们让六爷爷套好车，带着三姐弟逛过好几次县城，还去过素珍娘家一次。而在平时，石爱就背上裹着小棉被的石岳灵村头村尾到处逛，村办小学、晒粮场、饲养棚、村委会等，甚至还和六爷爷一起去沟北的砖窑烧玉米吃……

乡邻也热情地邀请两口子带娃去家里吃饭，拿出平时舍不得吃的好东西招待石岳灵，彼此心照不宣地绝口不提石岳灵生病的事情。

眼看就要过年，两口子带三姐弟去县城赶集，给娃们从头到脚买了新的罩衣。石岳灵则从里到外、从上到下全是簇新的，而且成为全村唯一穿皮鞋的孩子。

回家路过乡办中学，躺在马车里的石岳灵弱弱地说："爸、妈，我想去那个学校看看。"她似乎连抬胳膊的力气也没有，眼神却很坚定。

石爱忙不迭地说："好、好！我们去！我们去！"声音颤抖。

学校保安听说石岳灵的情况后，赶紧打开大门放他们的马车进去，还在前面小跑着引路，带他们看了操场、篮球场、教室、食堂、阅览室、礼堂……但凡能进去的地方，都带他们遛了一圈。

石爱把石岳灵背在身上，每进一间屋就告诉她是哪儿，那些教具是做啥用的。石岳灵看着各式物件，认真听石爱讲解，一句话没问，眼角却是大颗的泪。

当天晚上，石岳灵精神特别好，她固执地让石岳文当面复习了她教的知识，又考了石岳斌几道语文和数学题，最后又和弟弟们玩了古诗、儿歌、谜语和歇后语的游戏……直到两个弟弟睡着，她才恋恋不舍地闭上眼睛睡觉。

约摸到深夜十二点，两口子迷迷瞪瞪地快要睡着了，听见黑暗中的石岳灵幽幽地说："爸、妈，我怕是要走了，我舍不得你们。"

两口子一惊，几乎同时从炕上翻滚起来，打开灯，半趴着摸石岳灵的头，觉得没啥异样，这才定下心来。

素珍怜惜地颤抖着说："傻娃娃，别瞎说！我和爸爸一直和你在一起呢。"

石岳灵自顾自地说："你们说的上天，究竟是个啥地方呀？会不会很冷很黑没有人？我会不会像天上的星星一样，每天晚上都能看见你们？你们能看见我吗？斌斌和宁宁能看见我吗……"

素珍呜咽着哭起来，石爱也带着哭音回答说："娃呀，别再瞎想了，我和你妈一直和你、和你在一起呢。我们要送你上学，我们要带你逛县城，我们——"他已经语无伦次。

"爸、妈，能抱着我睡觉吗？我害怕！"石岳灵说。

"好！好！好！"两口子异口同声忙不迭地回答，随即起身，一左一右把石岳灵拥在中间，两只手轻轻慢慢地在石岳灵的被子上拍着，嘴里重复着"灵灵乖、灵灵睡觉"之类的话。

第二天凌晨，第一缕阳光照进窗户的时候，石爱的家里，传出一声凄厉的哭喊："我的——娃——娃呀……"

一只在院里树上蹲了一夜的乌鸦，被这声哭叫惊醒，"呱——"的一声，箭一般地向远方飞走了。

天色完全亮透的时候，石爱家屋里院外挤满了闻讯而来的亲戚邻居。大家都知道这一天会到来，但谁也不愿相信眼前的事实。

石爱和素珍难过得没有力气，在炕上盘腿坐在石岳灵身边，眼神空洞一语不发，就像两尊雕塑。

石岳斌和石岳文趴在爸爸妈妈的腿上，哭喊着要叫醒姐姐。

奶奶在灶上烧好早饭端过来，无奈两口子入定了一样不闻不问，她叹着气把两个孙子拖过来，看着他俩边哭边吃。

爷爷走上前来，缓缓地说："儿啊，你们两个不要一直坐着啦，娃娃已经走了，留也留不住，咱就让她好好上路吧……"

两口子这才回过神来，他们烧了一洗衣盆热水，把所有人关到门外，一寸寸擦洗过石岳灵的身体，从里到外一件件给她穿上簇新的衣裤鞋袜，再用新棉被把她裹起来放到炕上，只露出一张依旧生动的脸。

时近中午，两口子打开门来，与主事的亲戚邻居商量送石岳灵上路。

黄昏时分，嘴里衔一枚铜钱的石岳灵，被装进一具用木板临时打造的小棺椁里。棺椁放在堂屋中央的两个条凳上，前面的小方桌上放着两盏长明灯和一些供品，旁边竖着两对用黄表纸剪的幡。

整个夜晚，粒米未进的两口子，双眼浮肿呆坐在棺椁前，机械地在面前的火盆里烧着黄表纸，不时呜呜咽咽地哭一会儿，直到天明。

十点左右起灵，棺椁被稳稳当当地放在胶车上。六爷爷前面牵着马，石爱与素珍一左一右扶着棺椁，石岳斌和石岳文紧随其后。爷爷奶奶则每人挎一只装满黄表纸钱的篮子，时不时向天空撒一把纸钱。

一行人亦步亦趋，沿着那条笔直的大路，向乡中学旁的黄渠桥走去。

按照当地风俗，中途夭折的孩子不能入土，人们通常把孩子用棉被一卷送到沟北砖窑，再从沟北桥上扔下去，最终漂到哪里谁也不知道。

石爱两口子坚持不这样做，因为这条水沟弯多水缓，小棺椁被搁浅在哪儿亦未可知。而宽阔的黄渠水量大、流得急，直通黄河。他们真心希望石岳灵真能变成天上的一颗星宿，每晚眨着眼睛与他们对望。

虽然晴空万里，但寒冬的朔方依然冷得伸不出手。人们穿着或蓝或黑臃肿的棉袄，扶老携幼地跟在队伍后面为石岳灵送行。沿途不断有人加入进来，足足百余号人，浩浩荡荡地朝着黄渠桥的方向走去。

如此浩大的队伍，却一路静默，静得只能听到窸窸窣窣的脚步声。

这是宁和村亘古未见的送殡盛况！淳朴的村民赶来相送的，是有口皆碑的石岳灵。她漂亮精致，她聪明伶俐，她淳朴善良尊重长辈，她爱笑嘴甜遇人主动打招呼，她懂事抢着帮家里干活，她爱学习并且勤奋刻苦……她是整个宁和村孩子的楷模——可是瞎了眼的老天，才这么一点年纪就把娃收了！

约摸五六里路，这支队伍却走了近两个小时。

走到黄渠桥头，素珍"哇"的一声号啕大哭。孩子们也扯开嗓子大声号哭，妇女们都小声啜泣着。一时间，整座桥上哭泣声此起彼伏。

前来送殡的精壮汉子，也都红了眼睛。一些老人嘴唇颤抖着、含混不清地咒骂老天不长眼。

石爱两天来仿佛老了十多岁，头发蓬乱，双眼红肿，胡子拉碴，他带着哭音招呼村里几个青壮年，在桥中央用两条胳膊粗的麻绳吊住棺椁一点点往下放，等棺椁接触到水面后便滑开麻绳，石岳灵随着平静的黄渠水一路漂向黄河……

原本晴朗的天，突然就起风了，形成两个小漩涡，在黄渠上忽远忽近地打转儿。就在石岳灵落水的一瞬，两个小漩涡合并成一个并围绕在棺椁周围，围着棺椁快速向远处漂去……

"挨刀的老天啊！你把我收了放过娃娃吧……"爷爷老泪纵横，颤抖着嘴唇自言自语，"多好的娃娃呀，就这么给糟践了，真是瞎了眼的老天，你咋就不睁眼看看呢……"

村民们你一言我一语，说着怨天尤人的话。几个妇女抹着眼泪，搀起早已哭得站不住脚的素珍。大家簇拥着两口子，把带过来的两对幡以及石岳灵穿过的旧衣物，在桥边的黄渠岸畔点一堆火烧掉。纸灰和未及烧尽的碎布片，借着风势在空中飞扬，顷刻间没了踪影。

良久，送殡队伍才三三两两相继散去，只剩下石爱素珍两口子呆坐在桥墩上，眼神空洞地望着石岳灵消逝的远方。几个本家亲戚劝不动，便带着小哥俩先回家了。

当晚，素珍便生病了，整夜发烧。直到过春节，才慢慢好转起来。

按照往年习惯，乡邻们除夕前三五天，会陆续带着裁好的红纸到家里来，请石爱给他们写春联。石爱也乐得帮忙，提前备一饼砖茶，在堂屋的炉子上嗞嗞地烧好开水，给来访的乡邻泡上一杯边喝边聊。

乡邻喝水的当儿，石岳灵已经备好笔墨，双手把红纸在小饭桌上抻平压住，看石爱运笔写字。石爱每写好一幅字，石岳灵就双手托着平放在一边的地上晾着，再拿出另一张红纸铺在小饭桌上，认真专注地看石爱写字。

如此续上两三次水，茶没了味道，字也写好晾干。乡邻便会起身，说着感谢的话，小心翼翼地拿着春联回家去贴。

乡邻一般会多带一两副对联的红纸，以防写坏了备用，剩下的红纸也不拿走。这时石爱就会用那些红纸，一笔一画地教石岳灵写毛笔字——四年级的时候，石岳灵已经写得有模有样，家里贴的对联，就是她写的。

石岳灵的变故，让石爱心灰意懒。乡邻先有一两户人家拿了红纸过来，石爱就说他写不了，让乡邻到别处去写。乡邻说几句劝慰宽心的话，也悻悻而归。一传十十传百，这一年就没人来家里请石爱写春联了。

石爱自家的门框上，没有贴春联。整个春节期间，家里鞭炮都没放一只——过年有多热闹，他家就有多冷清。

5

往年春节一过，村民们在马尾上绑一串鞭炮点着，惊得马儿在旷野中疯跑，算是下地耕种的仪式。

大家套好马车将粪肥拉到地里撒开，再用犁铧翻一遍，然后平整、耙地、播种、灌水……等小麦青苗长出来，已经4月份了。

春雷滚滚，春风拂面；翻土耙地，播种育苗。每一片土地，都孕育着向上生长的力量，洋溢着蠢蠢欲动的气息。

不知哪里飞来的鸟儿，在树枝间叽叽喳喳地跳跃，惹得花骨朵儿好奇地张开眼；冬眠中蛰伏的虫子，兴奋地蠕动着；草尖儿拼命顶破压在头顶的土块，不知不觉间绿了整片田野……

一年之计在于春。每一粒种子都孕育着希望，会变成艳丽的花儿、累累的果实。

这时村庄上空的炊烟，也仿佛有了生气；静静的渠沟里，鸭子欢快地游来游去；牛羊成群结队地跑出来舒展筋骨，贪婪地嗅着空气中青草的香味……

大人边干农活边聊着将来的收成，孩子在田野中兴奋地撒着欢儿，老人满是褶皱的脸上绽放出笑容……混合了泥土和青草味道的空气，是奇妙的兴奋剂。

然而这一年春节过后，各生产队的喇叭里，并未传出召集村民下地干活的声音。大家疑惑地互相打听，因为过了节气，粮食就种不下去了。

原来早在大年初六，石爱就派大队会计把各生产队长召集到村委开会。生产队长们一头雾水地跑来后，只见屋当中的铝铁壶嗞嗞地冒着热气，头发蓬乱、眼睛布满血丝的石爱正夹着一支香烟，稳稳地看着进来的每一个人。

他手指被烟熏得发黄，面前的破碗里堆满烟屁股，见人到齐了，就让会计给每人倒一搪瓷缸茶水，盯着生产队长一个个看过去，眼神深沉得令人发怵。

良久，他缓缓说道："给你们说件事情，我想把咱们村的土地，全都给各家各户分了……"

真是平地一声惊雷，生产队长们突然蒙了，大眼瞪小眼，惊得一句话也说不出。这个平日里话不多的头头，一张口就让人惊掉下巴。

"这件事情我已经想过好些天了。"石爱慢条斯理地说，"早在去年，听说我们这里的西海固地区，还有隔壁贺兰县就有村这么干，收成很好，亩产小麦比我们高出差不多三百斤，水稻亩产也高出两百斤的样子，主要原因我看就是田地变成自家的，都会下死力气干活……"

"石书记呀，土地自古就是国家的，上面没有政策下来，咱们这么分掉不会犯法吧？说不定坐牢枪毙都有可能！"一位上了年纪的生产队长，惊恐地提出反对意见。经历过土改、大炼钢铁、低标准和"文革"，他的神经已变得非常敏感。

"上面确实没有具体政策让咱这么干，但你看人家那些已经干了的村不也没事嘛。再说年前我去乡里开会，乡里意思是上头也发过文，文件精神支持土地联产承包责任制……"石爱说。

众人默不作声，石爱接着说："现在具体咋干，不可能有人告诉咱们，因为谁也不想担责任。咱们先摸着石头过河，要等上面发通知，黄花菜都凉了！"

原本安静的办公室瞬间喧闹起来，生产队长们七嘴八舌地表达自己的意见，总体的意思是劝石爱谨慎行事，等上面政策下来再遵照执行，免得闯出大祸，在座的人扛不起。

时近中午，还没讨论出结果。石爱思忖这样乱纷纷讲来讲去也没个完，便端起搪瓷茶缸，"砰"的一声重重地砸在桌上。

他面带杀气、阴沉着脸说："我今天就把话撂这儿了，宁和村几千口人，穷了这么些年因为啥？不就是有力气没处使嘛，大家干与不干一个样，干多干少一个样，反正都是集体的。如果田地变成自家的，大家一定会拼死干，谁不希望过上好日子，娃娃有书念，手里有钱花——果真闯了祸，就由我一个人来扛，就算枪毙就枪毙我一个人好了！"

话说到这份儿上，各生产队长闭了嘴。那位年纪大的生产队长跷起腿，把烟屁股狠狠地在鞋底搓灭，郑重地表态说："石书记，你说咋办就咋办，头砍掉也就是个碗大的疤，我们听你的！"

见此情景，另外几位生产队长也随声附和。宁和村一场轰轰烈烈的农村改革，就在这间小办公室里决定下来。

自从石岳灵走后，石爱像被抽掉筋骨一样蔫下来，本来话就不多，现在甚至整天不说一句话，失魂落魄的样子让人发怵。

有时实在憋得慌，又要控制不把这种情绪传染给素珍，他就自己跑到沟北砖窑，在凌厉的北风中扯嗓子吼几声，吼到泪不能禁。

房前屋后、村办小学、自留地、晒粮场、饲养场……他去哪里，脑海中就会浮现石岳灵的面影，有时恍惚间觉得石岳灵就在身边，一转眼又看不见。有人遇见打招呼，他就像没听见一样沉浸在自己的思绪里，连续叫他好几声才有回应。

有时睡梦中，又是石岳灵和家人说笑干活的场景，醒来却发现物是人非，扎心扎肺地痛。好几次，他发现素珍也一样梦见了石岳灵，两口子执手相看泪眼，无语凝噎。

此情可待成追忆，只是当时已惘然。

病愈后的素珍，疯狂地让自己整天忙得团团转，喂猪喂鸡洒扫庭除，监督孩子做作业、做饭、写教案、画画、看医书……家里所有的被子，都被她拆洗重新缝过。甚至石岳斌和石岳文的毛衣，也被她拆掉重新织了一遍。

石爱理解素珍内心的痛苦，也清楚素珍像旋转的陀螺一样疯忙，就是不想让刻骨的思念折磨心灵。

痛定思痛，他旋即做出这个重大决定，让自己也像素珍一样疯忙起来，包产到户不仅能让自己忙得团团转，还会带来巨大的心理压力。

减轻痛苦最有效的办法，往往是去经历另一种痛苦。此时的痛苦不是翻倍，而是转移。

在石爱的安排下，各生产队长挨家挨户和村民签订承包协议，按照人均二亩半的比例，将耕地全部变成"自留地"。年底粮食下来，按照上面的规定交够国家的、留足集体的，剩下才是村民自己的。如果哪户村民家的产量不够上交国家和集体，这户人家就是不吃饭，也要把差额补足。

协议是秘密签订的。石爱交代队长，让所有村民守口如瓶，如果乡里来人检查，就一口咬定还是大集体模式。

于是，签了协议的各生产队长带领村民在田间地头，默默地用几把同样长度的铁锨，丈量和分配一块块庄稼地，连同生产队的车马牛羊、池塘果园也都承包出去了。

整个过程进行得无声无息，没有一户人家因为顺序先后和耕地好坏争吵。这种集体沉默的力量，就像当时给石岳灵送殡一样，让石爱感动不已。

这一切，石爱都是在担惊受怕的状态下操办，虽然经常被坐牢或枪毙的噩梦惊醒，白天又担心乡干部下来检查，折磨得他不成人形，但他豁出去了！

他早已和素珍商量好，家里给石岳灵看病欠下五六百元外债，如果承包村里耕地，不出两年肯定能还清。如果出了事，无论坐牢还是枪毙，他都一个人扛，素珍负责把小哥俩拉扯大。

这段时间的石爱，虽然眼眶血红胡子拉碴，却像打了鸡血一样精神抖擞，带领大家居然神奇地在分配好耕地的同时，没有错过播种时节。

4月中旬的样子，宁和村广袤的田野里，已经长出四指高的小麦青苗，一片生机勃勃的景象。

彼时村办小学也开学了，素珍还和以前一样，吃过早饭带石岳斌去学校，放学再一起回家。

学校供老师使用的只有五间办公室。两间是邻村老师的宿舍，他们平时住校，每周回一趟家；一间是校长办公室，一间是盛放教具的库房，还有一间大办公室，所有老师集中在这里办公。

办公室一角，靠墙有一个六层的长书架，陈列着学校所有的藏书。

素珍原本教语文，只看书架上的语文教辅资料。那些书不知被她翻过多少遍，已经提不起任何兴趣。

这天，她批改完作业伸个懒腰，习惯性地瞥向那个书架，心念一动，顺手拿了抹布去擦拭书架上的灰尘，逐个抽出那些书抖一抖再插进去。

当她抽出一本音乐书时，怔了怔——学校以前有位念过高中的老师，她平时用学校的脚踏风琴和手风琴教音乐课。这位老师调到乡中心小学后，这里就再也没人教音乐了。

素珍在书架前沉吟良久，鼓起勇气敲开校长办公室的门，径直说道："校长，我想教音乐！"

五十多岁、头发花白的老校长被素珍的话吓了一跳："啥？你会教音乐？以前没听说过你会音乐呀……"

"我可以学！"素珍坚定地说。

"算了吧你！"老校长轻蔑地说，"你高小毕业，当初你当代课老师，你们当家的费了多大劲你心里不清楚？眼下你最要紧的是把中学语文数学先补起来，将来才有机会转成公办老师。"

"我不会耽误教学和学习的，你给我个机会吧，只要学校的手风琴和脚踏风琴让我用就行！"素珍执拗地说。

见素珍态度坚定，老校长无奈地说："你要学就去学吧，别给我搞坏了！"言毕摆摆手，示意素珍出去。

素珍激动得心都快要飞起来了！她罕见地给老校长鞠了躬，转身就去了盛放教具的库房。

为啥她就不能学音乐？别人能做到的她咋就做不到！如果不是家里穷，她素珍也能念中学！她要是上了高中，就会成为公办老师，也不至于一个月挣这点钱，而被那些每月挣四十二块钱的公办老师瞧不起！

素珍越想越兴奋，她做这件事情的初衷，原本是不想让自己在学校有空闲，心里好受一点，但结果已超出她的目的本身。

说干就干！素珍当天花了一下午时间，从库房里翻出已经蒙尘许久的手风琴和脚踏风琴，又把其他杂七杂八的东西规整一遍。这两件宝贝占半间房，杂七杂八的教具占半间房。

她又抽出周四没课的下午，如获至宝地揣着平时看都不看一眼的音乐书，徒步五六里路来到乡中心小学，请教那位做过同事的音乐老师。从那以后，无论刮风下雨，素珍雷打不动地周四下午徒步去学音乐。

不到半年时间，沉寂两年的村办小学又响起悦耳的琴声。路过的村民听到久违的琴声，以为学校来了新老师呢。后来学校扩建，老校长特意分出一间房给素珍做音乐教室。

学校空闲时间解决的同时，素珍又开始琢磨家里的闲余时间。

村里实行包产到户的改革后，石爱忙得脚不沾地，出入都是一阵风。两口子难得静下来唠嗑，也默契地绝口不提石岳灵，但相互都知道对方心里难受。

于是不管有病没病，素珍得空就往赤脚医生许大夫家里跑，看许大夫治病，没有病人时就讨教各种药品的性能和用法、疾病的症状和疗法。平日在家，她抽空就翻看许大夫那里借来的几本医书，那些竖版且缺页掉角的医书看起来虽然费力，但她乐此不疲。

久而久之，素珍学会了一些常见病症的基本疗法，她还特意买了常用药品、注射用的针筒、各种型号的针头、医用纱布、消毒用的铝制饭盒等医疗器械。家人有个小病小灾的，她就自己治了。

说来素珍算是半吊子医生，那些常见药不至于吃死人，她还敢大着胆子给家人吃，但稍重一点的病需要打针，素珍就手软得扎不下去。

思来想去，素珍决定从自己身上下手。

逢到自己生病，她只让许大夫给她开好注射针剂，拿回家后把针筒、针头包着纱布放进铝制饭盒，用水煮至沸腾。水稍凉后，她用镊子装上针头，再把针剂吸入针筒，褪下裤子，一手拿针筒、一手拿棉球，侧转身体在屁股上按来按去，选准地方就眼盯着扎下去……

有时素珍给自己打针，石岳文就在旁边目不转睛地看着，落针的瞬间，石岳文吓得赶紧捂上眼睛。再后来石岳文也不害怕了，直愣愣地看着素珍扎下去，还上前问妈妈疼不疼，一副怜惜和骄傲的样子。

时间久了，村里人都知道素珍会看病。因为许大夫的家在隔壁邻村，大家有个头疼脑热的怕麻烦，就去素珍那里咨询，或者拿着许大夫或乡卫生院开好的针剂请素珍帮忙注射。素珍来者不拒，而且分文不收。

于是，素珍变成一个会教音乐的语文老师，和一个懂医术的农民。石爱则边当干部边种地，还是个能帮村民写春联和信件的半桶水书生。两口子凭着令人望尘莫及的才能和乐于助人的品德，在村里树立了很高的威望。

地里活儿忙不过来，村民们会主动凑过来帮一把；逢到家里杀猪宰羊，也会提一块来让他们尝尝；地里的时令蔬菜，更是经常有人主动送上门……

石岳文仍由老丫来家里照看。和以往不同，老丫也学了石岳灵的样，每天逼着石岳文跟她学认字、做算术题，俨然一副老师的模样。

石岳文不听话，她会带他到外面逛一逛，偷出家里的零嘴给他奖励，或者带他到学校里转一圈，像亲弟弟一样待他。

这一切，素珍都看在眼里。一个星期天上午，素珍叮嘱石岳文去老丫家把她叫过来，她打算和老丫谈一谈。

"灵灵走了。"素珍坐在小餐桌的凳子上平静地说。

"嗯，我知道！"老丫坐在另一端的凳子上捏着衣角说。突然凝重的气氛，让她不知所措。

"你是个好娃娃，对宁宁也好。"素珍又说。

"咋了婶婶？我是不是哪儿做错了？"老丫开始紧张，她感觉素珍要说什么重要决定，会不会不让她带看石岳文了？

果然，素珍顿了顿，缓缓道："宁宁再过两年就上学了，到时候你咋办？"

"我、我不知道！"老丫嗫嗫地说。说完她把头埋得很低，过了一会儿，大颗的泪珠滴落在坚硬的地上——她舍不得石岳文，她对未来更是迷惘。

素珍慈爱地摸着老丫的头说："丫头啊！其实我早把你当成女儿了。你娃命苦，本来应该念书的，这也是没办法的事。以后我就在家教你吧，让你把书念完，不至于做个睁眼瞎，将来有机会，你可以顶我的班，当个代课老师……"

"真的?"老丫抬起头，脸上挂着泪，惊喜地问道。

"当然是真的！我啥时候骗过你？"素珍说，"以后有时间我就教你语文数学，学习教材送你一套，考试卷子也跟学校里一样。只要你下苦学，没啥学不会的。说实话，灵灵走了，我心里到现在都过不了这个坎儿，要不、要不你就当我干女儿吧。"

"妈——"老丫喜极而泣，一头栽进素珍怀里，母女俩抱头酣畅淋漓地哭了一场。

旁边的小哥俩拍着手叫好："我有姐姐了！我有姐姐了！"

当天回到家，老丫迫不及待地把这个消息告诉石志国。

姑且不论将来有啥好处，能攀上石爱两口子这么近的关系，就是脸上有光的喜事。石志国两口子忙不迭地带老丫赶到素珍家，当即让老丫改口拜了他俩做干爹干妈。

果然如素珍所言，后来老丫在素珍的帮助下自学了小学所有的课程，还有幸被送到培训班脱产学了一年半的中师课程——就在石岳文考大学那年，石爱全家搬到县城，彼时素珍已是小教一级教师，老丫也成功地从民办代课老师转成了公办教师。这是后话。

20世纪80年代，对于宁和村来说，是绝对的黄金年代！

秘密实行包产到户的改革后，村民们爆发出不可思议的热情和能量，天麻麻亮就下地干活，中午舍不得回家，老人或小孩就直接把饭送到田间地头，干到天不摸黑不收工。

这年夏收虽然遭遇了几次暴风雨的侵袭，但宁和村小麦的产量仍然达到了前所未有的高峰，汇总上报的产量不但没有因为灾害造成减产缩水，而且比前一年高出一大截，成了全乡亩产上报最高的标兵村。

不但如此，各家各户的库房也前所未有地饱满。以往夏收时分，各家各户的粮食均已基本见底，男丁多的家庭还要问乡邻借粮吃。而今年各家的余粮，多到敞开肚皮三年也吃不完。

于是，石爱和各生产队长在夏粮缴库后的总结大会上，被乡领导请到台上大肆表彰，石爱甚至被乡领导带去县里汇报过。

屡次大出风头，石爱却始终头脑清醒，将偷偷实施包产到户的事情瞒得密不透风。

村民们也如此，逢县乡领导到村里调研，也都守口如瓶，只说村队干部如何辛苦、大家如何甩开膀子种地的事情，其余一概装糊涂。

深秋10月，宁和村水稻、玉米、大豆等农作物产量，依然遥遥领先。同样的表彰大会和调研，石爱和各生产队长以及村民们又经历了一遍。

哪有不透风的墙！

其他村来宁和村交流时，从农户家养的牲口、粮场堆垛的大小、村民干活分配劳力的主次等，一眼就看穿是咋回事儿。有些与宁和村沾亲带故的人，私底下也问过亲戚。尤其乡领导，都是种地的老把式，又有那么多信息源，咋可能不知道！

奇怪的是，大家从上到下装糊涂，没有人去揭穿。

于乡领导而言，上面如果不知道宁和村私自包产到户，他们还会受表彰；上面如果知道，他们自己也脱不开干系。所以他们采取视而不见并且打掩护的态度。

于其他村队干部来说，包产到户也是他们渴望做的，早就在私底下思忖来年也像宁和村一样大干一场，谁又会去捅这种马蜂窝？

宁和村村民是受惠者，更不可能向上面告状，况且以他们的能耐，也不可能把信息传到上面去。

这正是石爱智慧的地方，他早意识到包产到户是不可阻挡的趋势。他下决心干这件事，也分析过上面领导和其他村的心态——只是当时他不能向生产队长全盘托出，这有损他的威信。

沉默的人做事，往往比话多的人狠。

石爱最常去的地方，是沟北砖窑附近宁和三队的果园——集体的牲口分配给各家各户后，六爷爷就失了业，于是他申请承包了这个果园，而且自家的两亩半耕地就在果园边，方便他料理。

大集体时看管果园的一个孤寡老人，和六爷爷一起住在果园的土坯房里。开春时节，孤寡老人离世，就剩六爷爷鳏夫一枚。

石爱常去果园的原因不是六爷爷，而是看望另一个人——周大庆。

大集体时，周大庆干着集体的活，吃着集体的粮。宁和村包产到户后，周大庆分不到耕地，也没了干活的地方。石爱便劝他去六爷爷的果园住——

周大庆喜清静，平时又喜欢写点东西，这里再合适不过了。

从周大庆被下放到宁和村至今，已有差不多九年时间，其间石爱做村支书也有六年光景了。

与上任村支书以力气论英雄不同，石爱很尊重周大庆，两人也结下深厚的友谊。石爱对世界以及人生的很多看法，都是从周大庆那儿听来的。

这天傍晚，石爱忙完村里的事没回家，一路踱着步就往果园走去。

太阳离山还远，映着金灿灿的云霞，给远处粮场上刚堆不久的稻草垛镶了一圈圈薄薄的金边。时间流逝，云霞逐渐变红变黑，新鲜的稻草垛也逐渐变黑，如同一个个碉堡。

道路左侧是轮种旱地，小麦早在七八月份被收割，剩下一行行被掰掉果实的玉米秆还伫立在那里，泛着墨绿的光。

玉米秆下是套种的大豆，豆叶已经泛黄，累累的豆荚一串串弯着腰，与攀附在豆株上的菟丝草金黄的丝线纠缠不清地缠绕着，不屈服，但也没办法。

道路右侧的排水沟，各种杂草也呈现出衰败迹象，偶尔从水沟里传来几声青蛙清越嘹亮的鸣叫。越过水沟就是轮种的水地，地里的水稻刚被收割，剩下一片光秃齐整的新鲜稻茬，泛着青白的光。

大小道路、水沟渠坝两侧的杨树、柳树、槐树、臭椿等，虽然拼命抓住盛夏的尾巴，却也感知到命运的必然，变黄坠落的树叶、变硬干枯的枝条，像是鬓角逐渐增多的白发，诉说着时间的无情。

约摸半小时，石爱便踱到果园。

果园占地十几亩，栽种了苹果、梨、桃、杏、核桃等树种，这些果树在经历过百花争艳、果实累累的盛景后，也呈现出萧杀的模样。

杏、桃早已过季，晚熟的梨和苹果还有一些。核桃树上的果实严严实实地包裹着绿色外皮，六爷爷会用长竹竿把它们敲下来，收集在一起晾晒、剥皮，取走藏在里面的核桃。

果园四周的土坯外墙近两米高，最上一层的土坯下，密密匝匝地压着干枯的沙枣和红枣树枝，树枝布满尖锐的刺，防范夏秋两季动歪脑筋的小偷。

果园大门宽约两米五、高约一米五，用胳膊粗的木棒与细柳枝编排。大门边上，便是六爷爷和周大庆住的土坯房。

石爱进来时，六爷爷正在烧水做饭，周大庆则坐在房前小凳上择黄豆荚，脚边躺着几具肥硕的田鼠尸体。

"这个也能吃？"石爱指着田鼠尸体问道。西北人把田鼠、老鼠统称为老鼠，而老鼠被认为决然不能吃的。

"当然！在我们南方老家都吃的，而且相当美味……"周大庆一边笑着回答，一边拿来小凳给石爱让坐。六爷爷麻利地泡了一缸子砖茶，递到石爱手上。

和往常一样，两人有一搭没一搭地闲聊。石爱把最近村里的事情一股脑儿说了一遍；周大庆也滔滔不绝，一晚上能讲完半个月的话。

"你的苦日子应该熬到头了。我早知道，你终究不是待在这里的人……"说话间隙，石爱冷不丁冒出一句。

周大庆陡然睁大眼睛，眼中瞬间焕发出的神采石爱从来没见过。

石爱嗞溜喝了口茶水，继续说："今天到乡里开会，领导亲口告诉我说，应该过不了几天，通知就会下来，调你去县里上班，好像是县委宣传部……"

没等石爱讲完，这个大男人已经肩膀耸动，嘤嘤地啜泣起来。

是啊，九年时间！九年青春！自从北京大学新闻系毕业，他这个浙江人自告奋勇申请到最穷苦的地方支援，被分配到报社当记者，谁知干了不到两年，就被下放到这里劳动改造了。

可是，改造他什么呢？这个问题他始终没想明白，身体的苦累越重，内心的苦闷就越深！

原以为此生会蹉跎在宁和村，周大庆也认命了，把自己变成一个比农民还标准的农民——幸好他学富五车的才能，令石爱这样的人青眼有加，提醒他自己还是个文化人。

石爱带来的消息，周大庆听来就是生命的一次新生，他一会儿哭，一会儿笑，一会儿站起来搓着手来回走动。

三个人在果园里就着炒田鼠、煮毛豆、煮土豆片及一碟青菜，大快朵颐。喝到深夜，周大庆和六爷爷醉得不省人事上炕睡觉，石爱跌跌撞撞地沿原路回家。

走到半路，石爱撒了泡尿，打了个激灵抖了抖，抬头看见漫天闪烁的星斗。他喏喏自语："灵灵啊！我的灵灵啊！到底哪颗星星是你呀！天啊……"

石爱一直仰着头，嘴里叫着石岳灵的小名，有时撞到树上，有时滑到路边的渠沟里，摔倒了爬起来，再摔倒再爬起来……

老天依旧沉默，那些星星依旧眨着眼沉默，沉默地看着这个醉酒的男人，沉默地看着这个泪流满面的男人，沉默地看着这个踉跄走路的男人……天地不仁，天若有情天亦老！

连续喝了几天大酒后，石爱亲自送周大庆去县城任职。这对难兄难弟就此作别，他们将沿各自的轨道书写不同的人生。

组织村民修整沟渠、灌完冬水后，就等过年了。石爱和素珍趁这段空闲时间，把余粮拿出来碾米的碾米、磨面的磨面，换来的钱把家里的债还了大半。

临近除夕的最后一个集市，两口子带娃去了趟县城，购置了一堆花红柳绿的年货。石爱特地买了一摞红纸，裁好后一口气写了很多副春联，派小哥俩给亲戚和要好的邻居送去。

石爱家又像以前那样热闹起来。堂屋正中火炉上的铝铁水壶嗞嗞地冒着热气，来家里求字的村民喝着泡好的砖茶，有一搭没一搭地聊天。

石岳斌和石岳文抢着裁纸、研墨、压纸。石爱每写好一副春联，小哥俩赶紧小心翼翼地端着铺在地上，等晾干了人家拿走。

剩下的红纸，石爱便用来教小哥俩写毛笔字。石岳斌已经写得有点模样，石岳文还是涂鸦状态。

两口子商量，把家里的一口大猪杀掉，给亲戚和帮过忙的邻居送一点，再卖掉一些，剩下的肉给孩子们过个肥年——这一年因为还债，家里经常一两个月都不见荤腥，可苦了俩娃娃了。

次日清晨，两口子早早起来，把头天借来的那只口径足有一米五的大锅在院里架起来，从村子中央的老井挑水盛了大半锅，在锅底架起一堆柴火烧起水来。

屠夫石义宽如约而至。他头发平短，脸膛黑红，一圈黑胡楂，牙齿焦黄，穿着鞋、裤、衣连成一体的黑胶皮服装，拎着的小篮盛放着各式刀具——那是他吃饭的家伙。

寒暄几句后，石爱带石义宽及几个青壮年来到猪圈旁。大家斜趴在猪圈墙外抽着烟，对圈里等待喂食的黑猪评头论足，不时开几句玩笑。小哥俩则和几个小伙伴兴奋地在猪圈外跑来跑去，看着比大人还忙。

几根烟抽完，石义宽招呼小伙子跳进猪圈，将黑猪牢牢按倒在圈里。只见他嘴里衔着尺余长明晃晃的杀猪刀，一手抓住猪耳，膝盖死死压住猪头，腾出另一只手迅速抽刀捅进猪脖子，动作流畅麻利，毫不拖泥带水。

随着一声凄厉的嚎叫，热烘烘的猪血顺着刀口喷涌而出。石爱赶紧在下面塞进一个脸盆，接了满满一盆猪血。

整个过程说来简单，实则需要精准配合。如果按得不牢，或者石义宽手艺不精，捅刀的位置就有偏差，狂躁绝望的猪会力气奇大地挣脱压制跳起来，见啥咬啥，一口咬瘪脸盆算是轻微事故。就算最终将其屠宰，因为大量的血留在体内，肉也不好吃。

几个人干净利落地杀掉猪后，素珍这边一大锅水也烧得翻滚冒泡。

石义宽招呼大家把猪拖到锅边，他在猪的一条后腿关节朝上三寸处割开一个小口，拿根小指粗细约一米五长的铁棍，将猪的皮下周身捅一遍，喝上两三口白酒权当消毒，跪地伏身对着小口拼命吹气。

约摸十来分钟的样子，那头猪便像气球一样被吹得浑身鼓胀。

石义宽用一小截铁丝捆住吹气口，招呼大家抬起猪放入那口大锅，再用几只砂轮把猪身上的毛和垢甲锉掉。随后，他在锅上搭一块门板，在上面解猪。

小哥俩早已迫不及待地拿着石义宽扔过来的猪膀胱，跑到草垛那里，弄半截空心的麦秆插进去，轮番对着麦秆吹气。三两轮就把猪膀胱吹成气球的模样，再扎紧气孔，在院里和小伙伴们玩起踢足球的游戏。

时近十二点，那头猪已经浑身雪白地挂在阴凉干燥的库房里，素珍的灶台也飘来阵阵肉香。

石爱、石义宽和几个帮忙的年轻后生坐在院里喝茶聊天，等饭菜上桌后打一顿牙祭。石义宽额外会得到一副猪下水和两斤肉提回家，算是工钱。

整个下午，石爱和素珍都在商量给哪户人家送猪肉的事情。因为要感谢的乡邻太多，东家一块，西家一块，最后就剩下一只猪头和一条后腿，两人决定剩下的肉不卖了，腌起来吃到来年6月应该不成问题。

从初一到初六，全宁和村的人家都过了一个肥年，孩子们有肉吃，有新衣穿，有炮仗放，给老人拜年的时候还能拿到一两块压岁钱。

初七晚上，两个孩子睡着后，石爱貌似随意地对素珍说："有个叫石炭井的地方，开发了一个煤矿，正在各地招工，我想去干，少说三年要待在外地，差不多半年回家一次……"

素珍瞬间睁大眼睛，眼前这个男人说出的话，第一次让她感到陌生。

她不知道石炭井煤矿在哪里，不能接受好不容易家里安坦一年，日子也发生了翻天覆地的变化，一切都在变好，凭啥又要折腾她受牛郎织女的苦楚？

"好好的日子不过，折腾个啥！"素珍激动地说，"你要是走了，剩下我们孤儿寡母的咋办？我要教书，要带娃，还要种家里的十亩地，怎么顾得过来！"素珍说着眼眶就红了。

"你听我说嘛！"石爱慢吞吞地说，"年前乡里召集我们开会说招工的事，如果我不带头，村里这帮人连东南西北都分不清楚，咋敢去呀？最主要是乡里说如果去了，那就是工人身份，我也想这辈子咱们总不能一直待在农村，斌斌和宁宁不能也像我们一样一直待在农村——我们就算不为自己想，也得为娃娃们想吧。"

素珍沉默。

石爱继续说道："打从上次带娃去北京看病我就发现，农村人和城里人不是一个命——煤矿招的都是下井工，没一个有文化的，我算是矬子里面拔将军，想来煤矿也需要有支笔，弄不好我转成国家干部都有可能，到时候我回来把你们娘儿几个接走，咱们就是城里人了。"

素珍继续沉默。

见素珍不搭茬儿，石爱又说："家里我想好了，我爹那边有三个妹妹加一个弟弟，我给他们说道说道，帮你干好地里的活计——你想想，咱们再苦三年，往后日子就顺当了，娃们以后也会高人半截，改变命运的事情，值得的！"

"你像现在这样干下去，迟早也会到乡里去的，不照样有城市户口了？而且，说不定三年都不需要。"素珍倔犟地说。

石爱一时竟哑口无言。

沉默片刻，石爱叹口气说："我知道你苦，其实我心里也苦，灵灵走后我觉得活着都没啥意思，到现在我心里还过不去这个坎，不管走到哪里，眼里都是娃的影子——我想这么着也不是个事儿，咱们干脆咬牙忍个三年，离开这个伤心地。"

素珍没搭腔，眼泪却吧嗒吧嗒往下掉。

良久，石爱捅了一下素珍："这个事你觉得咋样？"

"你爱咋办就咋办！"素珍赌气翻身，留给石爱一个后背。

她心里清楚，石爱平时沉默寡言，然而他一旦决定做个啥，就不到黄河不死心。再说石岳灵的事情，石爱内心的痛苦只有她心里清楚，她不忍心爱的男人再这么痛苦下去，而石爱描绘的变成城里人的图景，也着实令她心动。

素珍清楚，从村里到乡上的路径，毕竟八字没一撇。就像公公石伏祥，当了半辈子村支书，到现在还不是一个下了台的村支书？她就算不为自己想，也要为娃的将来打算，她和石爱这么煎熬，不就是为了俩娃吗？

这个骨子里刚强坚毅的女人，心里已经认同了男人的想法，并且做好受苦三年的打算。但此时她内心悲苦，现实的苦难马上就要来临，不是说说那么轻松的。

"啥时候走？"过了约摸半个钟头，素珍问道。

石爱心里一喜，明白素珍这是答应他了，忙不迭地回答："估计这个月就下来招工，具体啥时候走还不知道。"

"睡吧！"素珍幽幽地叹口气道，"人这一辈子，只有享不了的福，没有受不了的罪。你安心去矿上，家里的事情有我呢。"说罢，她又叹口气，翻过身自顾自睡了。

6

时间过得飞快，转眼近两个月过去了。

石爱如愿以偿地招了工，全村和他一起去的还有十来个青壮后生。整个乡被选中招工的足有四五十人。

一星期后，他们将身披大红花，参加一个简单而隆重的欢送仪式后，爬上煤矿派来接送的卡车，去往那个遥远而陌生的地方。

这个星期，石爱异常忙碌，召集家庭成员开会、安顿弟弟妹妹帮素珍种地的事情，与关系好的亲邻打招呼请多关照家里，到村委以及乡里交接工作……

几乎每个晚上，娃娃们睡着后，石爱都要和素珍亲热一番，精力旺盛得像一头发疯的牛犊。

出发这天，与那些兴高采烈的后生不同，石爱情绪低落，无数次眼神关切地望着抹眼泪的素珍，轮番抱起小哥俩叮嘱了又叮嘱。

卡车启动的那一刻，素珍双腿灌铅似的一屁股瘫坐在地上。小哥俩则跟着卡车一路跑，直至卡车在飞扬的尘土中没了踪影……

石爱走后，原本忙碌的素珍脚下像踩了风火轮，走进学校是教师，回到家是个标准的农民，没有一丝空闲的时候。

日常农活如淌水、薅草、施肥、锄草、喷洒农药、挖渠等，素珍都自己干了。村里人经常快收工时，才看见下班后换了衣服的素珍扛着农具去地里干活；早晨出工时，又碰见素珍干完地里的农活往家里赶。

逢到犁地、播种、插秧、夏收、秋收等农忙期，石爱弟妹们干完自家的活后会过来帮一把，却免不了说些难听的话。有些话素珍听不下去，也只能假装听不见，只一个劲儿拼命干活——弟妹们也认为这理所当然。

有些活儿素珍拉不下脸找弟妹们帮忙，就央求校长允许她组织班里的学生课后来地里帮忙，以解燃眉之急。

活得像热锅上的蚂蚁般，反倒减轻了素珍精神上的痛苦——她没有时间悲伤，因为娃要吃饭、学生要教、地里的活要她去干——当一个人面临生存问题，那她的人生就只有生存这一个烦恼。

有几次累得实在撑不住，素珍就撂下农具跪坐在地里大哭一场，发泄内心的悲痛。然后，继续干活。

石岳斌和石岳文也被剥夺了很多童年的乐趣，跟着妈妈下地劳作，干些力所能及的活儿。别的孩子光着屁股在水沟里摸鱼、在稻草垛后面躲猫猫时，两兄弟却被禁锢在家里分配的十亩地里。

劳作间隙休息时，小哥俩就对着远处沟北砖窑上那些玩耍的小伙伴发呆，望眼欲穿。

除了过年偶尔有件新衣裳，小哥俩平时的穿着，几乎全靠心灵手巧的素珍将石爱的衣服改小了穿。一件改两件，都拼成一个模样儿。

劳作时，素珍会告诉他俩，一斤小麦或水稻能卖几毛钱，一斤甜菜能卖几分钱——这些钱在小哥俩的脑海中，会换算成衣裤鞋帽或者各种学习用具。虽然素珍的话兑现极少，小哥俩的算术却因此有了不小的长进。

老丫自从认了素珍当干妈，几乎把素珍家当成了自己家，石岳文在哪儿她就在哪儿，还经常帮素珍干地里的活儿。

石志国觉得这个姑娘算是白养了，但想想今后老丫没准儿真能通过素珍当上老师，心气也就平了。

石爱离家两个月后，素珍发现自己又一次怀孕了。

素珍又喜又悲，喜的是上天收走了石岳灵，却给她送来一个新生命；悲的是自己孤身一人扛着这么重的负担，如何才能保全这条小生命。

她给石爱写了封信，大意是自己怀孕了，希望是和石岳灵一样机灵乖巧的女儿；同时又告诉石爱她应付得来，让石爱安心工作、注意身体云云。

石爱的回信半个月后到了，附信邮寄了两斤补血的红糖，一块方格子头巾，一袋子杂七杂八的糖果和五十块钱。

石爱在信中表达了素珍怀孕后的喜悦，讲述了煤矿里发生的新鲜事，同时还有素珍保重身体带好娃娃之类的话。这封信素珍几乎每晚睡觉前都给小哥俩念，小哥俩每回都听得津津有味。

喜也好、悲也罢，日子仍将继续。素珍照常去学校教书、下地干活，除了日渐隆起的肚子证明她是个孕妇外，其他方面与往常无异。至于这个胎儿能否平安出生和长大，一切听天由命，这是这个农村亘古不变的逻辑。

这年8月，石爱最小的妹妹凤香，终于没能扛过病魔的纠缠，撒手人寰。

凤香走的这天，夏收行将结束，村里晒粮场上麦垛林立，三台脱粒机在晒粮场轰轰地鸣叫着。

这天正好轮上素珍家的麦垛"打场"。

石岳斌站在麦垛顶上，一捆捆往下摞麦子。石岳文在麦垛下捡石岳斌解下来的草绳。石爱最小的弟弟、老爸爸石万则接过石岳斌扔下来的麦子，塞入脱粒机，麦粒儿就从脱粒机的肚子底下掉出来。

麦草则从脱粒机硕大的屁股喷出来。素珍和一帮妇女用三股叉将麦草抖到远处，远处的人再将麦草捆了堆成垛，用的草绳就是石岳文一趟趟送过来的旧绳。

然后就是"扬场"，村里少数几个老把式将直径一米多的风扇通上电，拿木锨铲起麦粒撒向空中，杂质和灰尘就被吹得干干净净，剩下一堆干净漂亮的小麦。

打一次麦场要用近二十人，村民们只好互相"变工"，你家出个人给我家干，到时我家再出个人给你家干，打场的半个月，是全村人"变工"最忙碌的时候。

石岳斌和石岳文加起来算一个工，每天回到家，浑身都黏糊糊地粘满灰尘，就像两只土拨鼠。

素珍家的麦垛打场，从午后持续到约摸晚上六点，才把脱粒的小麦，一袋袋搬进家里的库房。

素珍洗脸擦身后正准备给孩子们做饭,奶奶迈着小脚风风火火地跑进来,说凤香没了。她扔掉手里的物什,随着奶奶一溜小跑。

大屋的炕中央,平躺着凤香瘦弱单薄的躯体。凤香旁侧的小炕桌上,是一只被打翻的铝铁水壶,水壶边上的搪瓷缸里没有一滴水。

"就因为给你家打场,家里没人管,凤香连一口水都喝不上渴死的!"大妹妹凤花率先发难。

紧接着,妹妹和弟弟七嘴八舌地数落素珍,把平日里所积的怨愤一股脑儿发泄出来。素珍咬牙一句话不说,泪花儿却在眼眶里打转。

石伏祥一声断喝,几个人才面面相觑地不作声了,一个个根据石伏祥的指令,开始忙活凤香的后事。

和石岳灵一样,凤香年少夭折,被送到黄渠里。因为是打麦场时节,乡邻们都很忙,只有家下的亲戚二十多人送殡。

素珍又一次在黄渠桥墩上哭得上气不接下气,为凤香的苦命,为石岳灵的苦命,也为自己的苦命。到家后,她下体大量流血,在床上躺了近一个月。

这个月,八岁的石岳斌带着五岁的石岳文生火做饭、端药送水照顾素珍,同时小哥俩还要去给别人家里"变工"。

石岳斌只会熬粥、做蛋炒饭,炒的青菜要么煳了,要么就像水煮的。这时素珍就在炕上用被子垫起半个身子,指挥石岳斌炒菜做饭。石岳文则在旁侧打下手。一个星期下来,小哥俩做得有模有样。

12月最后一个星期天的早晨,素珍挺着大肚子扛着铁锨,去给自家地里灌溉冬水——灌完冬水保墒,这一年就算苦完了,就等着生孩子和过年。

凌厉的北风,刮到脸上刀割般疼。素珍缩缩脖子,把头巾重新系紧些,又回屋拿了两个坚硬的馍馍塞进口袋——她估摸把冬水灌满至少要到下午时分,中午就不回家吃饭了。

走到半道,素珍突然肚痛,阵阵痛感翻江倒海般袭来,顷刻间满头大汗。同时她感到下身湿漉漉的,弯腰看时,黄色混杂红色的血水从裤脚流下来。

"羊水破了?"素珍大骇。她赶紧扔掉铁锨,两手托着肚子往家里走。她嘴里紧咬头巾下垂的部分，五官痛得扭曲变形，头上白气升腾。

一步、两步、三步……走了不到三百米，素珍坚持不住，一屁股坐倒在路边。

她挣扎着拉扯棉袄纽扣，心想如果运气好的话，把孩子生出来，就用牙齿咬断脐带，再用自己的棉袄把孩子裹起来，没准能捡回孩子的一条命——她心里完全没有自己的安危，这是一个伟大母亲的本能反应。

然而，事情并没有她想得那么容易，疼痛已将她折磨得精疲力尽，把手伸到下面又啥都摸不到，天知道这个孩子啥时候才能生出来！

走又走不了，生又生不下来，环顾四周，空旷辽远。只有凌厉的风，鞭子一样抽打着身体。素珍索性闭眼平躺蓄积力量，感觉下面有反应了，再拼命一搏。

一秒钟、两秒钟；一分钟、两分钟……时间不知过了多久，素珍努力了一次又一次，仍然没有动静。素珍第一次感到绝望，大颗的眼泪夺眶而出。

她开始想念石岳灵，那活泼可爱聪慧懂事的面影，过电影一样在脑海中闪回；她又想念石爱，快一年没见了，要是他回来知道自己的婆姨横尸荒野该是啥感觉，应该会后悔抛下家人跑去矿上招工吧？她又想到石岳斌和石岳文，小哥俩的年龄加起来还是个孩子的岁数，家里要是没了她，两个苦命的娃咋活下去……

"不！我不能死！我一定不能死在这里！"

想到这些，素珍浑身又充满力量，呼号着一次又一次使劲，一次又一次伸手探到下面看能否摸到孩子的头——她一次次绝望，一次次从绝望中生出气力，直到力竭，直到意识逐渐模糊……

此时远在矿上的石爱，正躺在宿舍的床上，盘算着回家过年的事情。

离家差不多十个月，小哥俩一定长高不少，素珍按时间推算应该快生了——真是苦了她，教书、种地，还有两个年幼的孩子要抚养，就算她浑身是铁，又能捻几颗钉？

他本想写封信回去，告知自己回家过年的具体时间。信都写好了，却没有寄，他想反正再有差不多一个月时间就回去了，这封信在路上跑跑也要半个月，而素珍收到信后，肯定要揪心揪肺地盼，这对她娘几个来说也是煎熬。

躺在宿舍床上的石爱，想象着与素珍母子见面时的模样，这种画面他不知假想过多少次——有的画面是又笑又叫，有的画面是喜极而泣，他想象着素珍对他的埋怨，想象着孩子收到糖果、文具和新衣服时的欢呼雀跃……不知不觉，脸上便浮现出温柔的神情。

他要告诉素珍，事情果然像他计划的一样，他已经不用排班下井了，而且成功地从工人转成干部身份——原来他利用业余时间，把下井的见闻、井下工作涌现的先进事迹、工友的生活趣事等，写成一篇篇文章投到矿报，不到半年便引起矿领导的注意，水到渠成地被调到矿部当了一名文书，同时负责给矿报写稿，从此不再三班倒，星期天固定休息。

他现在的工资加补贴一个月有近六十块，刨掉吃喝花销，每个月就能攒下四十多块，如今手头已经有四百多块，领导说年终还有奖金发。这笔钱要是拿回家，素珍该有多高兴！

石爱越想越开心，他甚至想寻机会去和矿领导说，价格低一点卖给他一车煤，他直接坐拉煤的卡车回家。

如果这个想法实现，那在村里是极有面子的——村里一半以上的家庭冬天还在烧柴火，最多从乡上的煤场买些煤渣子，加土拓成煤饼烧。真正大块的煤他们舍不得买，也买不到。

很多个星期天上午，他都像这样躺在宿舍床上，沉浸在对家人的思念中。当矿部广播响起，提醒已经中午十二点，他这才爬起来胡乱洗把脸，拎着饭盆向食堂走去……

素珍意识完全醒转时，发现躺在自家炕上。她努力回忆刚刚过去的事情，迷迷糊糊感觉有几只手把她抬起放到一辆车上，颠簸一段时间后便失去意识，醒来就发现躺在自家炕上了。

石岳文的奶奶用一块湿毛巾擦拭她的身子，地上有一大盆热水，炉子上还有一壶正在烧的水，嗞嗞地冒着热气。

素珍愣神时，剧烈的痉挛和疼痛再次袭来，她顺势大叫使力。"哇——"

的一声，清亮的婴儿啼哭声传出来。力竭的素珍再度瘫躺在床，泪水肆意滂沱。

奶奶手忙脚乱地将剪刀刀刃在炉火中烧了烧，便拿过来剪断脐带，抱着孩子在地上的水盆中洗干净，包上新的碎花被子，端到素珍眼前。

"是个男娃娃！"奶奶眉开眼笑地说。

"嗯，好呀！男娃娃也好！"素珍有气无力地说。

"你不是想要个女娃娃吗？"奶奶挤眉弄眼地笑问。

"都是自己的娃娃，人差点儿都没了，男的女的也没啥打紧的。"素珍回复道。

"唉，也是！"奶奶继续说，"人家石志国爷俩拉着一车柴火，正往回走呢，看见你躺在路边像个死人一样。爷俩赶紧把装了满满一车的柴火卸掉，把你拉回来，现在他们又回去重新装柴火了——迟一点儿的话，兴许就没有你们娘俩了……"

默默听完被救的过程，素珍心潮澎湃。

这就是她善良淳朴的乡亲！大家彼此像亲人一样，即使再穷再苦，也是路不拾遗、夜不闭户。谁家有难，首先想到的是主动帮忙，而不是计较得失——这是千百年来中国农村的道德根基，也是千百年来中国农村无论经历怎样的浩劫却仍然延续的密码——大家只有挽起手来，才能与那些生存最大的敌人抗争，诸如饥饿、灾害、战争、瘟疫等，才能在抗争中获得胜算，并且活下去。

"嗯，我算是鬼门关前走了一遭，我们娘俩的命也是人家捡回来的，真要好好谢谢人家呢。"素珍感慨道。她暗下决心，一定帮老丫当上村里的民办老师。

素珍家的门楣很快拴上一根红布条，奶奶则住在素珍家伺候月子，端屎端尿、烧火做饭。

石岳斌已经放寒假，带着石岳文整天在外面疯玩，吃饭和睡觉时才知道回家。

有一回，哥俩玩得乐不思蜀，奶奶在院里一遍遍呼唤他们回家吃晚饭，他俩却假装听不见，气得素珍作势要拿刀割掉俩人的耳朵，把小哥俩吓得够呛。

　　此后,只要素珍在院里唤几声,小哥俩就像踩了风火轮般,不知道从哪儿冒出来的,飞快地跑到素珍面前。

　　这天,哥俩正在村头玩,村道远处席卷过来一团尘土,继而从飞扬的尘土中钻出一辆蓝色大卡车,"吱——"地放出一股声气,稳稳地停在村委前的空地上。

　　"爸爸!爸爸!"发现车上跳下来的人是石爱时,哥俩愣了一下,异口同声地大喊着扑向石爱,两只小脑袋钻进石爱怀中哇哇大哭。

　　石爱也红了眼眶,深弯着腰,摸摸这个的头,拍拍那个的背,随即重新拉开车门,分别把两个小家伙抱上车。

　　随石爱一起到矿上的几个青壮后生,此次搭顺风车一起回来。车没完全停稳,他们已相继从车上跳下去,迫不及待地背着半口袋年货,喜气洋洋地往家里跑,招呼都顾不上打。

　　石爱给围上来的老乡发了一圈纸烟,寒暄几句后,便在车头指挥卡车从狭窄的村道往家里开。

　　小哥俩坐在副驾驶座上紧紧地互相挽手,目不转睛地盯着前方,神情就像凯旋的将军,洋溢着兴奋与骄傲。

　　村里不少人这辈子第一次看见汽车,消息很快像风一样刮遍全村,大家纷纷赶来瞧热闹,围满窄窄的村道,议论着石书记是个多么有本事的人。

　　很快,汽车开到家里院墙外,石爱瞥见门楣挂的红布条,便知道素珍生了。他急忙指挥司机打开翻斗将煤卸在院墙外的路上,安顿他在堂屋抽烟喝水,便一头扎进里屋。

　　看见石爱的一刹那,素珍眼眶湿了,嘴巴哆嗦却说不出话——她一年没见的男人、朝思暮想的丈夫,胡子拉碴、满面尘土、突然活生生地站在面前。

　　怔了片刻,素珍撩开小被子,对石爱说:"你过来看看,这就是咱家娃娃,是个男娃,长得可心疼呢。"

　　石爱笑了。他搓着手跪倒在炕上,笨手笨脚地抱起孩子,用脸蹭蹭孩子的脸蛋,满溢着慈爱的神情:"看这狗日的,长得和咱俩都很像咧。"

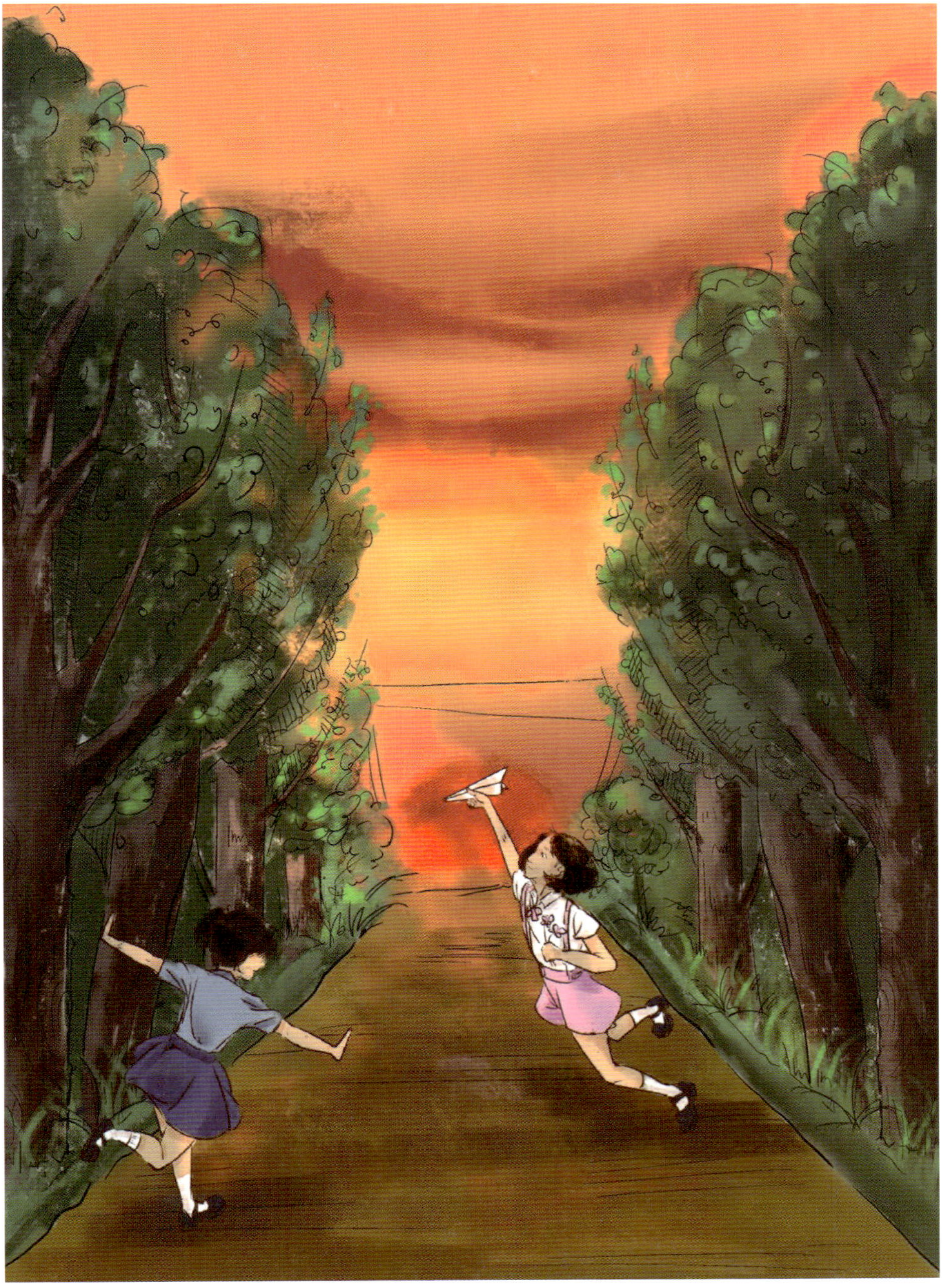

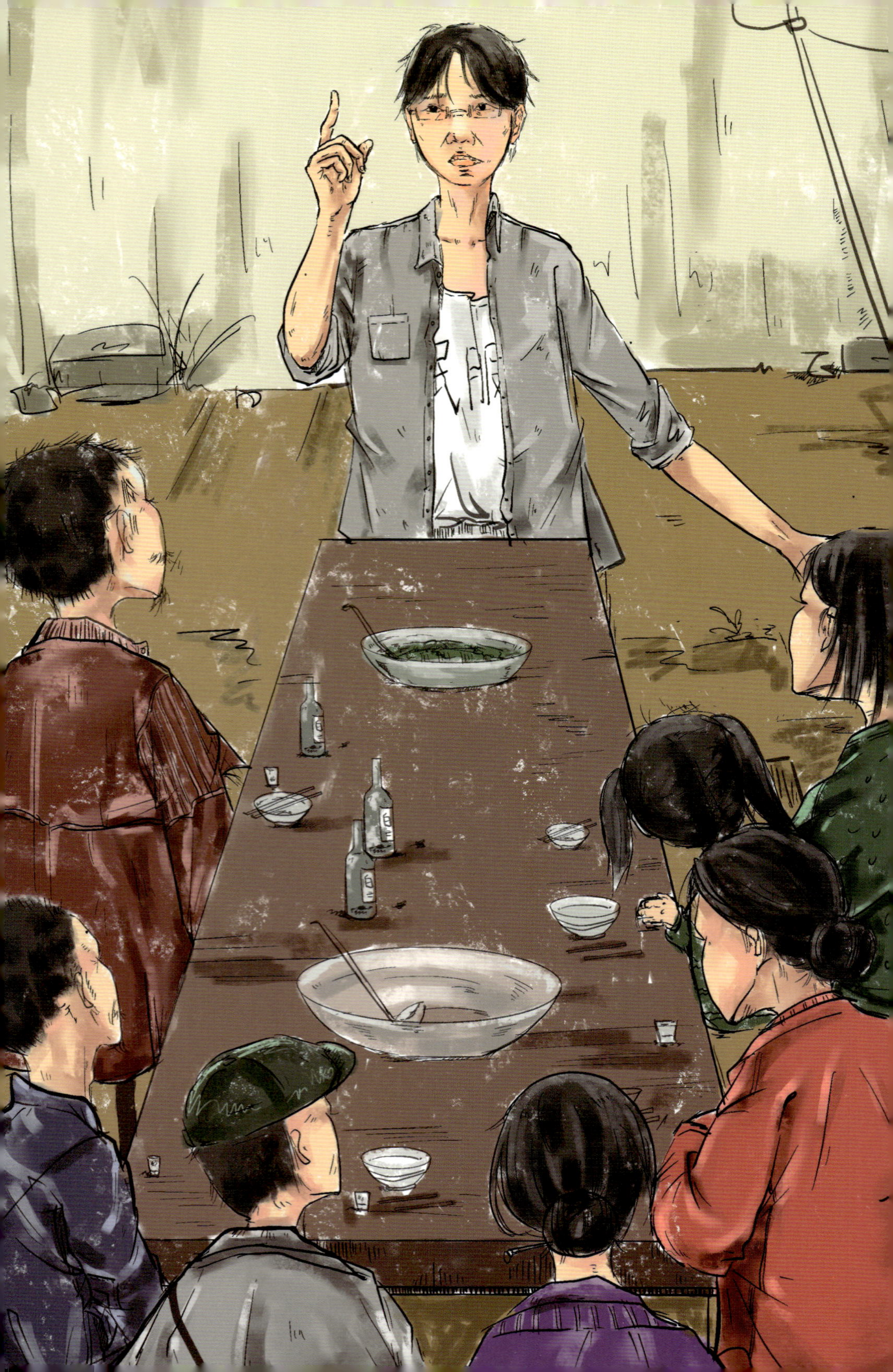

"嗯，可不是，他奶奶说简直和你一个模子拓出来的。这几天你也思谋思谋，给娃取个名字吧！"

接下来的日子，小哥俩比过年还开心，提前试穿了新衣服，还有小伙伴从来没穿过的人造革棉鞋，口袋里分别有了一两块零用钱以及崭新的文具，算是伙伴中的富豪。

石爱带回的糖果和点心，给石伏祥送去一份，剩了一些被素珍锁在柜子里，作为平时给小哥俩的奖励。因为石爱回来，家里连着好几天吃饭都有肉菜……

小哥俩最开心的是，石爱带回两盒据说装炸药用的橡胶套，能吹成西瓜那么大的气球。他俩因此成了全村最受欢迎的小孩，带着气球和伙伴们玩得昏天黑地。

石爱接手了伺候月子的活儿，给素珍剪脚指甲、擦身，给孩子换洗尿布、做小米粥……他抽空把院墙修葺一新，买回的煤给石伏祥拉过去一半，剩下的块状煤转运到院里，煤渣拓成煤饼，齐整地码在墙边。

得知石志国爷俩救了素珍后，石爱特意买了酒肉和矿上带回来的新鲜年货，到石志国家拜谢。

石爱是村里稀有的文化人，又是曾经的村支书，现在又成了国家干部，而且坐回一辆村里人鲜有机会看见的汽车，这样的人物提一堆礼物来家里做客，那可了不得！

石志国看见石爱时，高兴又慌张，忙不迭地招呼婆姨端茶上水烧火做饭，颠三倒四地说着石书记太见外的话，嗓门比平时高了好几度，说啥都要留石爱喝两杯。他还让老丫把饭菜分出一份，端去给素珍和两个娃娃吃，断掉石爱操心家里的顾虑。

盛情难却，石爱只好留下来吃饭。酒至半酣，石爱掏出两百块钱塞给石志国，感谢他爷俩的救命之恩。

"石书记，你这是干啥呢？瞧不起人咋的！"石志国涨红了脸，吵架一样地高声拒绝道。

"没、没有的话！"石爱连忙解释，"没有你老哥救素珍的命，现在我家啥情况想都不敢想！这个钱你不收下，那我石爱就是忘恩负义——"

"你快别说了！"石志国打断道，"我石志国一辈子没有服过谁，就你石爱我们全村人都感谢，那年你带我们包产到户，才让我们细米白面吃了个够，大家心里都有杆秤呢，这个恩情你说咋算？我石志国碰巧遇见素珍做了这么点事情，那是我修来报恩的机会，咋能要你的钱呢？"

最终石爱的钱没送出去，提来的两瓶酒倒是喝了个底朝天，直喝到石志国舌头僵硬、说话颠三倒四，这才摇摇晃晃起身回家。

7

再过几天就是除夕，有的孩子已经迫不及待地穿上新棉衣，时而几声清亮的鞭炮声传来，预示新的一年马上到了。

素珍还在月子里，石爱给村民们写春联的地方就换到石伏祥家。就在他家堂屋，炉子上的铝铁壶同样嗞嗞地冒着热气。

石爱一边写春联，一边与前来的村民聊天。石岳斌和石岳文一边打下手，一边趁机练几笔字。

黑瘦精干的石伏祥坐在一旁，山羊胡子一耸一耸地吸着旱烟，没有外人在场时，和儿子商量着决定家里来年的所有大事。

第一桩事，石爱的大妹妹凤花已经二十四岁，过了谈婚论嫁的年龄，她和村里一个叫荀建安的后生有情有义，平时眉来眼去的石伏祥也看在眼里，成全他俩理所当然——只是荀建安家里条件一般得很，凤花嫁过去怕是要受苦。

爷俩很快达成共识：首先，小伙子吃得下苦、脑子活络、性格好，将来不会混得差；其次，人家对凤花百依百顺，凤花嫁过去吃不了亏；最要紧的是凤花性格刚烈，她想嫁给谁，天王老子也挡不住。

爷俩叫来凤花听她的想法。心直口快的凤花直言不讳："荀建安虽然长得一般，经济条件也不好，但他对我好呀！靠脸又不能当饭吃，而且他指定将来能干大事。退一万步，嫁在同村，将来两家我都能照应……"

石爱当即让凤花去告诉荀建安，请他父母过年来家里提亲，赶在春种前把婚事办了。

"好的，哥！"凤花开心地答应着，转眼没了踪影。

第二件事，六爷爷自打周大庆搬走后，就孤零零一个人守着果园，后来他收留外来逃荒的年轻人金刚，两个人相依为命过得还不错。眼下金刚有老乡过来投奔，六爷爷养不起，看能否请到家里做长工。

这几年的乡村，经常有乞丐上门讨饭，形成了独特的乡村文化。每当有乞丐敲门，无论哪户人家，都会好心地端碗水喝，盛上半碗米面倒进乞丐的褡裢。如果正逢吃饭，还会盛上一碗饭菜，倒进乞丐的饭盆。

乞丐多数是老人和残疾人，偶有年轻人到家门口，家主就会商量雇来帮几天忙，俗称"打短工"。年轻人也乐得这种既能吃饱肚子又有尊严的事情，这家干完干那家，常年游走生活在村子里，相当于没有"编制"的村民。

村民们雇短工常有，若论雇长工，常年吃喝拉撒睡都要东家管，每年还要定期结算工钱，因此绝少人家会选择。

为这件事，爷俩专门去了六爷爷的果园，和这个名叫小培的年轻人聊过后，当天就带到家里来，安排他睡在最边上的农具房里。爷俩商议吃喝拉撒睡归石伏祥一家负责，每年定期的工钱则由石爱家支付。

第三件事，石爱最小的弟弟石万天性好玩，念不进书，这让石伏祥头疼不已。石伏祥生性好强，做什么事情都不甘人后，没想到这个小儿子，让他操心又丢人。

石万逃学被揍得最惨的一次，是石伏祥拿着鞭子一路追到沟北，在他背上留下十数条青紫色的鞭痕，最后用鞭子套住他的脖颈拖回学校。

这件事情很多村民亲眼目睹，个别老人和小孩全程跟踪目击。六爷爷甚至还骂石伏祥下手太黑，差点儿抢走他手里的鞭子。

没想到石伏祥没走出学校，就有学生气喘吁吁地跑来报信儿，说石万又从教室里逃走了,"跑得像风一样快!"

"唉,各人各命,他不是那块料……"石爱劝石伏祥别再执拗地逼石万念书,俗话说"荒年饿不死手艺人",以后给他寻个手艺学出来,未必不如读书。

听石爱这么说,石伏祥也就不再执拗,盘算着过完年就让他辍学——毕竟五年级他都念了两年,也不存在小学没毕业的说法。

最后一桩事,却是避开家庭其他成员,在素珍家里屋秘密商议的。

"我娘家的堂侄媳妇,一个月前也生了,已经是第五个丫头了,两口子一直想要个儿子续香火,可就没这个命。"石岳文的奶奶说。她的意思是如果两口子愿意,她可以回娘家说道说道,将两个孩子交换养育,两家都遂心了。

"灵灵的确是个好娃娃,可惜天不长眼,好容易素珍又生一个,却是个娃子——老话说'半大小子,吃死老子',这事你俩要认真思谋的……"石伏祥说完,吧嗒吧嗒猛吸两口旱烟。

素珍和石爱详细问了奶奶娘家堂侄那边的情况,就不作声了。虽然他俩想要女儿,但眼下这个孩子毕竟是亲生骨肉,出生时又经历劫难,换给别人家养,就感觉扯心扯肺的。

"嗯,我们再商量商量。"石爱用模棱两可的态度,结束了这场密谋。

深思熟虑三天,两口子最终决定换养孩子,他们似乎已看穿孩子未来的人生——他俩不是少了个儿子,而是多了个女儿。

农村香火延续的观念非同小可,娃去对方家里,一定会被对方父母视为掌上明珠,家产也会留给这唯一的儿子;几个姐姐就这一个弟弟,也是含在嘴里怕化了、顶在头上怕吓着,娃不至于受苦;再者,奶奶娘家就在隔壁邻村,来回一趟十几里地,啥时想见也方便。

两口子绞尽脑汁地想尽各种理由,论证换养孩子的正确性。最后石爱一锤定音:"如果家里将来生活变好,咱对亲生骨肉自然会多加帮衬;如果家里将来日子难过,孩子也不至于跟着咱们受苦……"

事不宜迟,奶奶当天下午颠着小脚回了娘家,晚上便带着对方的父亲及褓褓中的孩子，坐上一架驴车来到素珍家里……

大年初六，借着过年的喜庆，素珍家摆了一场阔气的满月酒，邀请亲戚和平时交好的邻居，从下午一直喝到晚上。

前来吃酒的人，都亲眼目睹素珍生的这个女儿，而且清晰地记得娃的小名叫小妮，大名叫石岳华。

尤其石志国，亲手接过孩子抱在怀里摇了又摇，醉眼乜斜地说："亏了你娃命大，差点儿把你妈害死，这是大难不死必有后福……你看这长相、这眉眼，和石书记简直一模一样——哟！快！尿了尿了……"

五岁的石岳文，酒席散后爬到炕上，揭开小被子看了又看，眼珠子骨碌碌转着说："妈呀，我觉得妹妹和以前不一样咧……"

"别瞎说！"素珍一声暴喝打断，伸出一只巴掌作势打过去。石岳文眨巴着小眼睛笑着逃开，跑去和石岳斌玩了。

春节罢了，石爱再度回煤矿上班，素珍则留在村里拉扯三个娃娃过活，幸亏有老丫搭手帮忙照顾石岳华，日子虽然辛苦，倒也平安顺遂。

白驹过隙，转眼间三年过去。村里人的生活，发生了翻天覆地的变化。谁都没想到，全村最早成为万元户的，居然是鳏夫六爷爷。

包产到户后，六爷爷带着长工金刚专心经营果园，不但新栽了很多果树，还把果园边的两亩多地种出花——有时候种两三茬瓜菜，有时候种小麦套玉米和大豆。后来，他索性连村里的鱼塘也承包了。

6月里桃红杏黄，六爷爷就让金刚在果园、瓜菜地和鱼塘干活，自己则套上胶车，到村巷、街面甚至县城集上去兜售他的果实，杏、李、桃、苹果、西瓜、哈密瓜、番茄、核桃……一直卖到10月终了，才算消停。

每到春节前，六爷爷约上一众亲戚，穿上黑胶皮连体衣，用拉网清理鱼塘，捕获上千斤的鲤草鲢鳙，张家三五条、李家七八斤，不用到县城赶集就卖光了。

长工小培回河南老家时，约金刚一起回去。金刚摇头拒绝，六爷爷像对儿子般待他，与他同吃同住相依为命，两个人相濡以沫五六年，已经分不开了。

荀建安日子也过得红红火火，证明了凤花判断的准确。

荀建安脑子灵活人勤快，逢集必赶，向屠宰户收购猪头、羊头、牛头以及各类牲畜下水，卖给城里饭馆赚差价。他还骑自行车到各家各户收购鸡蛋，一块钱九只买入，七只卖出。他甚至买了一台炒葵花子的机器，把炒好的葵花子卖到副食品店及村里各家各户……

最让人惊诧的，是混得跟二流子一样的薛自华。老婆喝农药死后，他过了几年混乱不堪的日子，有一天撂下自家的庄稼地，突然就消失了。

他再回村时，居然带着如花似玉的婆姨，而且开一辆半新的东风汽车，成了村里当年最大的新闻。

原来他跑到外地混生计，一路卖过狗皮膏药、耗子药，机缘巧合遇到一位开车的老师傅，跟着人家跑运输。几年下来，老师傅先认他做干儿子，又把唯一的女儿嫁给他。

年前，老师傅一场车祸丢了性命。薛自华索性变卖家当，把跑运输的那辆车买下来，带着老婆一路跋山涉水开回宁和村，算是衣锦还乡。

薛自华发迹的故事像神话一样在村里流传，就连小孩玩的时候，也时常复刻他的故事——他们在面前摆一溜土坷垃，装腔作势地吆喝："快来看啊快来买！南来的北往的、哈尔滨的香港的，都过来瞧一瞧啊看一看，走过路过不要错过……"

因了这些"能人"的刺激，老爸爸石万坐不住了，死缠烂打地要石伏祥给他买一辆四轮拖拉机，农忙耕地、农闲跑副业。

石伏祥坐镇宁和村十余年，儿子石爱又当村书记，算是响当当的一家人，眼瞅着别人都富裕起来，自家的光景却不咸不淡，确实有些遮不住脸。现在最心疼的小儿子闹着买车，自己又力不能逮，真是坐立不安。

思前想后，石伏祥找素珍商量借了一千五百元，又向女婿荀建安张口借回两千元。一台四轮拖拉机的价格五千多元，加上杂七杂八的配套设备近七千元。石伏祥把所有钱凑到一起，仍然有两千元缺口。

左右没办法，石伏祥便拄着棍子，提着两瓶酒去了六爷爷的果园，绕了半晚上圈子才说了借钱的想法，这是他这辈子唯一一次向外人开口借钱。

六爷爷二话不说，第二天就揣了存折，到乡信用社取了两千块钱交给石伏祥。没两天，一辆崭新的四轮拖拉机便停在家里。

石万如获至宝，每天拿块破毛巾把小四轮擦了又擦，吃中饭端了饭碗蹲在边上吃，开车下地干活更是眉飞色舞地将喇叭揿得山响，生怕村里人听不到似的。

当年夏收，石万开了小四轮去地里运麦，他用三股叉把一捆捆小麦叉上车。石伏祥则站在车上码垛，码出将近三米高时，石伏祥道："够了！够了！下一车再装！"

石万哪里肯听，他一个劲地把成捆的小麦向车上递，直到麦垛堆得他站在车头上叉都够不着时才作罢——他想把麦垛堆到全村第一高，让大伙儿瞧瞧，他的小四轮能抵得上牲口胶车好几倍的运力。

捆好麦垛，石万发动小四轮往麦场赶。石伏祥则坐在麦垛顶上，等到了麦场后再将小麦一捆捆扔下去重新堆垛。因为麦垛堆得太高，石万车又开得飞快，在麦场附近的转弯处，车上的麦垛轰然倒塌……

当石万及过路村邻七手八脚地把石伏祥从麦捆堆里扒出来时，石伏祥已经口吐白沫浑身抽搐。石万赶紧开着四轮，将石伏祥送到乡卫生院。

收到家里出事的电报，石爱迅速请假，心急火燎地赶回来。

石伏祥从乡卫生院回来时，已是两个月后的事情。他脖子上打着石膏，腰弯得像一只煮熟的虾，挂一根棍子，在子女的搀扶下上了炕。

罪魁祸首老爸爸石万，在挨了石爱几个巴掌后，负气走了薛自华的路——他约了两个同伴，跑到外省去卖狗皮膏药。

家里一下少了两个重要劳力，田地里的活计马上变得紧张起来。素珍就像一张拉满的弓箭，没有松弦的时候，去学校教书，回家做饭，到地里干活，给石伏祥扎针……走到哪儿都像踩着风火轮。

小哥俩上学以外的所有时间，尽数被剥夺了玩的权利，拉粪、灌溉、犁田耙地、除草、施肥、淌水、打农药……迅速成长为标准的农民。就连刚上小学三年级的石岳华，也要学着做半生不熟的饭菜，送到地里给大家吃。

一年后，临近春节，外出闯荡的老爸爸石万，突然回家了。

彼时石伏祥已能拄拐在院里走来走去。那天中午，他穿着羊皮袄坐在墙根下打盹，牲口圈前拴着的看门狗突然冲着院门"汪汪汪"地叫起来。他定睛一看，大门口探进一颗头来——正是老爸爸石万。

石万蓬头垢面，穿一件黄色军大衣，两个破袖口冒出白色的棉花骨朵，脖子上系一条鲜红但很脏的头巾——显然不是捡的就是偷的。他唯唯诺诺地来到石伏祥身边，怯生生地喊了一声："爹！"

石伏祥闷哼一声，费力地站起来，自顾自地拄着拐回屋。石万连忙走过去，搀扶着石伏祥进屋上炕。

正收拾屋子的奶奶王玉兰看见石万，惊喜地迎上去，用笤帚疙瘩上上下下把石万身上衣服扫干净，忙不迭地燃起灶台的火给石万烧饭。

石万显然饿得不轻，狼吞虎咽地吃了两大碗米饭，又端起盘子把剩菜舔个精光，这才打着嗝，说起他在外面捞世界的经过。

他没有薛自华那样的好运气，又没有一技之长，只能靠一身蛮力到处打零工，风餐露宿、食不果腹，眼看冬天熬不过了，才和两个同伴一路混了回来。

石万到外面浪了一遭，得出个结论：好出的门不如赖在的家，以后打死也不出去了。此后他也确实收了心，在家老老实实种起地来。

8

石岳文到乡办中学上初中时，石爱已经在矿上工作了整整九年。素珍三番五次地催促，石爱总算从矿上调回来，通过矿友帮忙，在邻乡政府干文书。

当年石爱怀着把全家人带出农村的理想，背井离乡到煤矿打拼，如今回到家乡，生活似乎没什么变化。唯一不同的是他有了国家干部的身份，那是正经的城市户口，万里长征算走了一半。

他最显而易见的成就，就是石岳斌因了干部子弟的关系，有资格在初中毕业时报考技工学校并且如愿以偿——这可是其他农村学生望尘莫及的待遇。

如果当年石爱留在村里当支书，未必能像现在一样在乡政府工作，就像他的继任者，只是一个下了台的村支书，终究是个农村人。

这一步，他应该算走对了。

家里十亩地，石爱调回来后，石伏祥那边就没啥帮衬了，长工小培回了河南老家，地里的活计就靠两口子下班和假期时间干。

石爱上班是国家干部，回家就是个标准的农民；素珍也一样，上班是老师，回到家也是个农民。

石岳斌去首府银川读书，石岳华年龄还小，都帮不上忙。石岳文倒是懂事，尽可能地帮父母多干些地里的活儿。

经常出现的一幕是，石岳文放学后直接背着书包去自家地里干活，老远看见田边立着一辆自行车——石爱早已经在地里了，他便撂下书包和石爱一起干。

直到夜幕降临，爷俩这才收拾停当一起回家，彼时素珍将香喷喷的饭菜刚刚做好端上桌。

虽然家庭条件比不上村里的种粮大户，但石爱和素珍都是挣工资的人，家里不但翻建了新房，还陆续添置了电视机、自行车、手表、缝纫机等大件物品，三兄妹一年四季也有体面的衣裤鞋袜可穿。

石爱在矿上工作那些年，素珍和几个娃娃受了不少苦，她自己一件外套穿好几年，孩子身上的衣服，多数也是她把石爱的衣服改小了给哥俩穿；好不容易有件的确良衬衫，也只有上半截领子；石岳文不慎弄丢一只塑料凉鞋，被素珍耳光抽得嘴里出血……

因了那些穷困潦倒的往事，石爱对这个家心存亏欠，愈加小心呵护他们娘儿几个，日子虽然不宽裕，但一家人过得其乐融融。

又三年过去，石岳斌技校毕业，石岳华也升到初中，石岳文则考上高中，距离他的大学梦想近了一步，很可能是全村第一个上大学的娃娃。

石爱和素珍决定一起去送石岳文上学，他们要用满满的爱意和仪式感，在孩子成长路上的关键处，留下深刻的印记。

石爱骑一辆二八自行车，后座架上坐着石岳文。座架外侧挂的蛇皮袋里装有几十斤大米，到学校后要交到食堂，给石岳文换回一沓饭票。

素珍则骑另一辆自行车，挂在车把上的网兜里装着新买的脸盆、毛巾及肥皂盒等，车架后面束一卷簇新的棉被铺盖。

秋高气爽，晴空万里。两辆自行车在宽阔笔直的村道上走了约摸二十分钟，拐上一条沿着黄渠的土路。在一个又陡又高的桥坡前，石岳文赶紧跳下来，从后面推素珍的自行车，过桥坡后重新坐回石爱的后座架上。

下坡约摸一公里，自行车右拐从黄渠桥上穿过，就上了那条又黑又亮通往县城的柏油路。

柏油路的宽度几乎是他家那条村道的两倍多，两边杨柳树的枝叶在空中几乎合起来，带来一路的阴凉。

石爱一路蹬得溜快，素珍在后面紧随，约摸半小时辰光，穿过两个乡的街面后，他们来到县城。

学校门口，已聚集众多骑车送孩子上学的家长。三人看过校墙公告栏的新生入学启事，将自行车停在指定的车棚锁好，背着铺盖和生活用品去办理报到和住宿手续。

县城的高中很大，进门是一条笔直的林荫大道。大道左侧是两片水泥地面的篮球场，右边是一个硕大的田径运动场。再往里走，杨柳依依，间或分布着两片用网拦住的足球场。中轴大道尽头，是一片宽阔的空地和一幢三层办公楼，中间空地竖着鲜艳的五星红旗。

石岳文边走边东张西望，脸上洋溢着新奇和激动的神情——这么大的校园，给他带来的冲击无疑是巨大的。

办完入学手续，三人出门左拐，眼前是一座有很多拱形门廊的教学大楼，初中生的教室安排在一楼，高中生的教室则安排在二三楼。

教学大楼后面，是一排排破旧平房改造的宿舍。每间宿舍都很大，里面摆了足有十多张高低床，不少床位已放好铺盖。

三人找到石岳文的宿舍，找个空铺安顿好，又去食堂用大米换回一沓饭票交给石岳文，已经中午了。

石爱留下一辆自行车给石岳文，带素珍和石岳文到校外找家面馆，点了三份烩肉米饭和一盘凉拌三丝。吃饭时石爱点了一瓶啤酒，听素珍给石岳文交代要好好学习和照顾好自己之类的话，感慨万千。

石爱20世纪60年代读书的高中，就是石岳文报到的这所学校。如今石岳文的宿舍，就是当年他读书的教室改造的。

当年石爱报到时，石伏祥带着六爷爷赶着村里的胶车送来。那时学校压根儿没有围墙，四周的水沟长满齐腰高的蒿草和芨芨草，水沟外是白花花的盐碱地。

石爱读书的三年里，一半时间在地里劳作，一半时间读书。

那时候太饿了！家里没有余粮可以带到学校换饭票，学校则按照工分等级给学生发放伙食凭证。早晨是清汤寡水的稀饭，中午是掺了几块红薯或土豆的稠一点的稀饭加个馍，晚饭是漂着几片白菜叶的面食。每餐饭都掺了糠或者麸皮，搁现在都是喂猪的饲料。

实在饿得不行，石爱就和同学到学校周围收割过的地里找吃食。多数时候是徒劳的，因为那些地已经不知被翻了多少遍。偶尔运气好，找到一根手指粗细的胡萝卜或半块生红薯，就像中彩票一样惴惴不安，捂在被窝里舍不得吃。

吃的时候也不敢嚼出声，担心会有同学发现来抢。

高中毕业，石爱考上当地的农林学院，但他选择回家种地。他认为种地的活计自己都会，不值得念书去学，不如种地挣工分来得实在——能念到高中，整个宁和村算上他也就三个人，这些墨水足够用。

1966年，也就是石爱辍学回家第二年，全国取消高考，进一步证明石爱选择的正确性——十年后全国恢复高考，石爱蓦然发现，当初放弃念大学，是他一生追悔莫及的事情。

如今把儿子送进这所学校，情景与当年已有天壤之别。如果自己当初做了正确的选择，不至于全家跟着他一起吃那么多苦。

从饭馆出来，素珍从兜里掏出十块钱递给石岳文，叮嘱他这是一周买菜票的生活费，要省着花，也不能丢了。石岳文连连点头允诺。

临走，素珍红了眼眶。她抓着石岳文的手，一再叮嘱要记得吃饭、周末骑车回家要当心之类的话。石岳文一再点头允诺，她才不放心地跳上石爱的自行车，两人顺着原路骑回家。

石岳文读高中未满一年，他的爷爷、石爱的父亲石伏祥，走了。

石伏祥生于军阀混战的年代，当时号称"西北王"的马家军统治着这片背山面河的土地。

马家军起于草莽、兴于乱世，后来发展成当地"土皇帝"。更早时期的清政府奈何不了他们；军阀混战时蒋介石派孙殿英带七万人前来剿匪，丢盔弃甲、落荒而逃；红军长征路经此地与之交战，据说两万人里折了四分之三；日军侵华打到这里，马家军死命抵抗，有支队伍被逼得几乎全部跳了黄河也不投降……

战事多，抓兵就多，两个成年的兄弟就有一个要被迫当兵。石伏祥在堂亲兄弟六人中排行老二，按照当时的籍册规定，理应老大当家糊口，石伏祥去当兵。

部队前来抓兵进门之际，石伏祥提起菜刀，手起刀落，硬生生砍掉了右手可以扣扳机的那截食指。

情势所迫，老大只好抵了他的名额去当兵，这一去再无音信。石岳文的大奶奶因此守了一辈子活寡。

侥幸活下来的石伏祥，克勤克俭，将祖传的几亩薄地扩展至十几亩。日本投降那年，长子石爱出生，后来陆续生下三个女儿，到老爸爸石万出生时，石伏祥已经四十五岁了。

石伏祥经历了解放、土改、大炼钢铁、低标准、"文革"年代，因为脑子活、力气大又为人仗义，被推选当了村书记，才见了比村民都多的世面，他咬牙把石爱供到高中毕业，为石爱接班当村书记奠定了基础。

石岳文上小学时，石伏祥已经六十多岁，短发花白，留一撇山羊胡子，两排牙齿被一根长烟管熏得黑黄。他多数时间都慈祥和蔼，但偶尔发怒时，目露精光，令人胆寒。

这一辈子，石伏祥对婆姨王玉兰，没动过哪怕一指头，但王玉兰却对他言听计从——真正的厉害人深藏不露，却有着凌厉的气场。

石爱身上也遗传了这个特质，他平日里性情温和、言语谦逊，行事四平八稳，是村里有口皆碑的"慢人"。但有一次他和一户霸道人家起了冲突，抽出腰间的皮带上去一顿猛抽，导致这户人家的婆姨三天两头来家里哭诉，说她男人差点儿被打死。

事后石爱说："虽然忍耐是一种美德，但过度的忍耐，就是懦弱。"

石伏祥心地善良，村里多数人家都受过他的帮助。同辈兄弟数他威望最高，逢年过节都会带着子女来家里拜年喝酒，有啥事也请他拿主意。包括跑了婆姨的六爷爷——六爷爷当饲养员，承包生产队的果园、鱼塘，都是石伏祥下了话的。

石伏祥对子女严格，对孙子辈却疼爱有加，不知有多少次，石岳斌三兄妹想吃零嘴、买文具，从素珍那里讨不到钱，就对着石伏祥软磨硬泡地哼哼，没有一次不得逞。

石伏祥从四轮车上摔下来受了伤，干不了重活，常常挂一根棍子，赶着羊去野外放牧。

三兄妹跟随石伏祥去野外放过好多次羊，他们总是让石伏祥蜷在窝棚里，自己吃东喝西地去管羊，间或弄来几个红薯、土豆、几条鱼或几个黄豆枝，撅起屁股生一堆火，烧熟了爷孙一起分享，就像他们小时候石伏祥对他们做的一样。

这时候，石伏祥就乐呵呵的，混浊的眼睛闪着亮光，把手里的吃食清理干净再递回给三兄妹吃。

石岳文周末回到家时，石伏祥辞世五天已经入殓，没能见到爷爷最后一面。远在首府读书的石岳斌暑假回来时，只见到一座新坟。

石爱张罗的葬礼简单却隆重，灵柩搁在家里祭奠超度的时候，前来吊唁的亲戚及村民络绎不绝；出殡那天，送葬队伍延绵百余米长，曾受过石伏祥恩惠的村民争相抬重举幡。

下葬地点选在沟北凤花家麦地的一角,紧挨村里那条宽阔的团结沟。岸边是几棵高大的臭椿树,伸展开来的枝叶遮挡了一半的坟地。作为交换条件,石爱家在隔壁的麦地让给凤花家一缕,面积相当于坟地大小。

荀建安提前铲掉坟地的青苗,堆起一条堤坝,防止麦地的水灌进去。棺椁入坟的当口,原本晴好的天空刮起阵阵阴风,吹得人身上起鸡皮疙瘩。吹鼓手更加起劲地吹着唢呐,阴阳先生踱着方步,嘴里念念有词,手里拨浪鼓一样的摇铃急急如律令,催促抬重的人抓紧起棺入土。

家里念"五七"经超度亡灵前一天,凤花早晨起来,突然六亲不认,她眼神呆滞、表情狰狞,坐在炕上用手和牙齿把自己的衣物撕成一条一条的,嘴里含混不清地用怪异的声调说着"等我回来可饶不了你""让你们不管我""淹死我了"之类的话。

屋里挤了一堆人,着急得团团转,却也无计可施。当听到"淹死我了"几个字后,荀建安一拍脑门转身跑到院里,提一把铁锹骑自行车就跑。

众人面面相觑。一个疯了,怎么另一个也疯了?

约摸过了半小时,凤花居然奇迹般地好了。众人问她刚才咋了,为啥把衣服撕烂,她说那些话是啥意思时,凤花一概不知,而且和大家一样惊诧,不清楚自己怎么突然会变成那个样子。

荀建安气喘吁吁地赶回家后,众人才明白他跑出去的原因:原来头天夜里荀建安灌溉麦地了,听到凤花说"淹死我了"的时候,他突然想到莫非是麦地的水淹了坟地。

当他赶到坟地时,果然发现整座新坟泡在水里。他赶紧挖开豁口排掉坟地里的水,又把坟圈加高加固。这不,当他到家时,凤花全头全尾地好了。

石爱也认为这是石伏祥"五七"回来显灵所致,便把"五七"超度亡灵的道场升级得更加隆重,甚至临时请来当地最具名望的阴阳大师念经。凤花因为得知被父亲附体,更触及了思念之情,在道场上哭得极为伤心。

送走石伏祥,石爱更加勤勉地工作和种地,他要凭一己之力,带着家人离开这片土地。他发现,这片土地上的人们从出生到死亡,都被动地经历着千篇一律的故事和苦难，希望渺茫。这令外面闯荡过的他难以接受，更无法接受孩子们也这样活一辈子。

彼时已是副乡长的石爱，位高权重，村民们但凡有事相求，他都有求必应。娃娃招工、干副业贷款、老人住院、外乡人落户等，他都尽力帮忙，典型的老好人一个。

石岳文高二上学期那个冬天的一个下午，家里来了位不速之客。

客人浓眉大眼，年龄与石岳斌相仿，黑色的棉衣、棉裤、棉布鞋，戴一顶黑棉帽，暗红围巾，背上的蛇皮袋里装着换洗衣物。

客人把门拍得山响，石岳文跑去开院门。客人见到他张口就问："这是俺姨妈家吗？她在不在家？"

"你是谁？你姨妈又是谁？"石岳文疑惑地问。

"俺姨妈就是阮素珍呀，你是石岳斌还是石岳文？"

"哦，我是石岳文。"石岳文说着敞开门，将客人带进屋，叫了素珍一声。

客人进屋将蛇皮袋子往地当中放下，起身对刚从里屋出来的素珍说："姨妈呀，俺是山宝，俺妈让俺代她向你问好呢，你好着没？"

"喔，山宝呀！好着呢，好着呢，你妈身体咋样？好着没……"素珍知道了面前的小伙子，就是远嫁陕西的姐姐的儿子，神情有些激动。

"嗯，好着咧！好着咧！姨妈你家还有饭不，俺饿得厉害！"山宝直截了当地问。

"哦，瞧我光顾着说话，把这茬儿给忘了……"素珍手忙脚乱地把中午的剩饭剩菜混到一起，做了一碗调和饭，端给山宝先垫肚子，转身去准备晚饭。

低标准时期姐姐远嫁陕西富平县山区的一个农村后，素珍两姐妹再没见过面。1980年初，姐姐带一家老小回来探亲，三个孩子蹲在存放油饼的陶缸前舍不得离开，没几天把一整缸的油饼吃完了。

后来石爱到外地出差，顺路去过素珍姐姐家一次，回来描述一家人的生活状况：犁地没有牛，姨父带着孩子纤夫一样拉着犁铧耕地；山区缺水，他们要走很远的路，才能从极深的水井里汲水上来担回家；除了早晨吃稀饭外，午饭和晚饭永远是面饼馍馍就咸菜，年节之外轻易见不到一丝荤腥……

75

素珍听得好几次哽咽落泪，此后每年都惦记着给姐姐寄一袋大米过去，偶尔还会寄一两百块钱。

姨妈家日子艰苦，读书考学成了他们脱离苦海的唯一出路。老大、老二先后考上大学并在城里落脚，现在轮到山宝，按理说他应该在家发奋读书才对，怎么孤身一人来了宁夏？素珍疑惑，晚饭时忍不住问山宝。

"今年高考俺没考上，家里种地也挣不了俩钱，这次来俺就不回去了，姨父不是在政府当官嘛，让姨父给俺安排个工作……"山宝大咧咧地说道。

"嗯，这个事情没你说的那么容易，恐怕还得从长计议。再说你来这里给你爸妈说了没？书念到这个分儿上不考大学可惜了……"石爱缓缓说。

"俺自己来的，没给俺爹俺娘说呢。"山宝回答。

素珍心里"咯噔"一声，心想这么大的儿子突然不见，姐姐该有多担心！她当即嘱咐石爱第二天上班时，务必找到姐姐那边乡里的电话拨过去，托人给姐姐代话报个平安，话语中也数落山宝不懂事。

晚上临睡觉，素珍和石爱商量怎么安置山宝的问题：如果劝山宝过完春节回家，他指定不肯；如果真在家门口帮山宝找工作，那他上大学的前途就毁了……两口子左右为难，商量不出个好办法，怀着心病沉沉睡了。

春节期间，素珍同样给山宝置办了新衣。山宝和三兄妹也玩得不亦乐乎，和大家一起亲历杀猪、宰羊、燎干、放鞭炮、拜年、喝酒、社火等一系列春节活动，越发喜欢待在素珍家里。

素珍两口子见状，心里却越发不踏实，想不出个好办法，却又说不出劝山宝回家的话，一筹莫展。

春节后，素珍和石爱狠下心，托人给山宝在乡里的针织厂寻了份临时工，让他先吃一番苦头，然后再想办法劝说他回家考大学。

不出所料，山宝干了两个月不到，就诉苦说工作太苦，工资又低，希望姨父给他换一份工作干。

素珍生气地说："哪里是你想的那样说换就换的！这份工作你姨父费了多大劲才帮你找到，工厂里上班哪有不吃苦的？你看石岳斌，我就后悔没让他考大学，结果技校毕业照样从早苦到晚，挣的钱还不够他自己花呢……"

山宝蒙了，他没想到姨妈对他说这么硬的话，转念又觉得姨妈说得也没错，石岳斌虽然技校毕业，照样在工地上搬砖和泥筛沙子。这些事情石岳斌老早对他说过，还表示自己不想干，却又不知道干啥好。

"有本事你就回家复读考大学，考上大学国家分配工作，你就是干部身份，那时候你才有资格吃香喝辣……"素珍情绪激动，连珠炮一样对山宝絮叨了半天。

山宝垂下头默不作声，眼泪吧嗒吧嗒往下掉。素珍意识到话说重了，歉疚地拍拍他的肩膀，语重心长地说："山宝呀，姨妈也盼着你好呢，这两天你再好好想想，姨妈觉得你回家念书才是正路，现在你可能觉得姨妈心狠不帮你，将来你会知道姨妈都是为你好呢。"

两天后，山宝主动提出回家继续念书考大学。

素珍如释重负，塞给山宝三百块钱，又拖出一袋大米，和石爱一路把山宝和大米送到乡上的公交车站，再三叮嘱着把山宝送上车。

两口子的决定，改变了山宝一生的命运。后来山宝刻苦读书，果然考上大学并且留校任教，成就斐然。

9

这年元旦放假，素珍给全家人做了一顿丰盛的晚餐，鸡鸭鱼肉全有。

自打石爱离开家乡到煤矿工作，每年除夕、中秋、元旦，素珍都执拗地要求大人小孩回家聚餐。逢上家庭成员过生日，素珍也尽量让家人能回来的都回来，美美地做一顿长寿面给大家吃。

多年过去，这套规矩雷打不动。聚少离多，所以素珍特别看重这种难得的家庭聚会，而且每次都整得颇具仪式感。

彼时石岳华念初中二年级，她整个下午择菜、刷锅、刮鱼鳞、烧水……

在厨房给素珍打下手，锅灶上的事情已然做得有模有样。

当天石岳斌从宿舍坐公交车到县城中学，找到石岳文后哥俩骑车一起回家，进门快六点钟了。

石爱后脚到家，他嘴里哼着小曲，兴致颇高地打开一瓶白酒，给素珍、石岳斌和石岳文各倒一杯，一席家宴就此开动。

席间，孩子们照例汇报自己的生活、学习情况，石爱和素珍则把家庭重大事项或计划说一说，一家子欢声笑语、其乐融融。

石岳斌考上建筑技校后，回家次数就少了，后来被分配到市里建筑公司，半个月都回不了家一趟。上学还好，上班就不一样了，他每天的工作就是砌墙、放线、和水泥砂浆、搬钢材、搭脚手架……一天下来，浑身像散架了一样。

考取技校必须是城市户口，所以石岳斌的同学大都是城里孩子，根本吃不了这份苦，上班没半年，已有大半学生托关系转了行。有的同学转不了行，就干脆撂挑子不干，做了贩卖服装、水果甚至菜场卖肉的个体户。

时下改革开放方兴未艾，同学中几个胆子大的索性卷铺盖去了深圳，倒卖录音机、卡带以及各种新鲜的电子产品，干得风生水起。

石岳斌也动过这方面的脑筋，但他宅心仁厚、心思单纯——他知道父母不会同意，也没有给他做生意的本钱，就心灰意懒地得过且过，绝口不提想换工作的事情，免得父母烦心。

空闲时间，他就和留在建筑公司的同学抽烟喝酒、打牌、溜旱冰、进舞厅……日子过得狼狈不堪。

虽然宿舍脏乱得跟猪圈一样，但每次回家，他都认真地把自己打理干净，换上光鲜体面的衣服。父母问他干得咋样，他永远报喜不报忧，让父母放心。

两年来，石岳斌分别去学校找过石岳文和石岳华，每次都带他们去校外吃顿炒面、烩肉之类，临别再塞十块钱、五块钱的给他俩，有时还有钢笔、笔记本之类的礼物，叮嘱他俩好好念书。

这晚多喝了几杯，石岳斌就把自己的状况一五一十地讲透彻，他下定决心说："爸、妈，我不想再干下去了，那里没有前途！"

此一时，彼一时。如果石岳斌知道十年后房地产行业蓬勃发展，并在长达二十年时间里炙手可热令人垂涎，他打死都不会说出这样的话。人生最关键的两步，一是考大学，二是留在建筑行业，他都完美错过。

石爱和素珍听了石岳斌的话，心疼得紧，自责对儿子关心不够。现在石岳斌说他不想干，两口子心下非常理解，又不知让儿子干啥好，竟一时语塞。

石爱缓缓道："斌斌，你听爸爸说，现在你的工作虽然苦累也似乎没啥前途，但这也是很多人想干也干不了的工作呢。你现在不干这个那干啥好呢？你先干着，我也想想办法，过了春节咱们再做打算！"

石岳斌听完不吱声，过了一会儿，他喝了口酒说："宁宁、小妮，你俩一定要好好念书考大学，你们看我，当时死要面子考技校，现在后悔死了……"

素珍叹气吃菜，语重心长地说："儿啊，人一辈子路长着呢，不吃苦中苦，难为人上人，你换个干的我也同意，但是行行出状元，以后你不论干啥，都要舍得吃苦，干得比别人好才行……"

"你们看我上小学，两个哥哥上初中；我上初中，两个哥哥又都出去了——我才是最可怜的那个呢。"石岳华笑着插话道。

石岳华小的时候，老丫一天到晚让她骑到脖子上、趴在后背，带她到处晃悠。后来上小学，她又跟屁虫一样缠着石岳文。小哥下沟摸鱼，她就在岸上串；小哥爬树折柳条，她就在树下捡；小哥冬雪后抓麻雀，她跟着撒粮食支筛子……

石岳文上初中带不了她，她有事没事又往老丫家跑。如今她念初中，老丫已在村办小学教书，嫁到邻村而且生了娃，她还时而去老丫家玩，揣两只烤红薯、一塑料袋瓜子、几只煮鸡蛋甚至几把炒黄豆，拿去给老丫的娃娃吃——两个人好得像亲姐妹一样。

从灵灵开始，家里所有的孩子老丫都带过，这可是用钱也买不来的恩情。素珍也确实把老丫当女儿看，说服校长让老丫当了代课老师，家里有啥好吃的，也会顺嘴邀请老丫一道享用。

老丫如今已是正经的民办老师，她拿了素珍那套中师语文教材刻苦钻研，准备着拿个类中专学历，将来有机会能当上有编制的公办教师，吃皇粮。

一家人聊到老丫唏嘘不已，石岳华甚至忍不住落泪。最后素珍说："人活着心安最重要，人家对我们有恩，你们一定要记住，切不可忘恩负义，否则要遭天谴的！"

热热闹闹吃到筵席将尽，桌上白酒也去了大半瓶。石爱到底没忍住，公布了一个天大的好消息：

"最晚到明年底，咱们一家就搬到县城去了！"

原来县里讨论决定，划出一块地方建造房子，给下辖乡镇的领导班子成员分配，独门独户带小院那种，总计收取三万元建造成本，相当于集资建房。县里下午才通知各乡镇领导，所以石爱还没来得及给家人说。

这是一个太过震撼的消息！大家先是惊诧，接着是欢呼，尤其三个孩子高兴得手舞足蹈——眨眼间，他们就要变城里人了？！

他们不用再上露天厕所而且每次拉完屎还要铲一锹土盖上，不用再养鸡养猪割草喂牲口，不用再走刮风尘土飞扬、下雨泥泞不堪的土路，不用再去村子中央的那口老井担水，也不用干那些没完没了的繁重农活了……

他们进城看到花花绿绿的世界，羡慕、留恋却又惶恐不安，怯生生地畏手畏脚，由内心深处生发出自卑感，他们不属于那里——而现在，他们很快将变为城里的一员！

晚上睡觉，躺在炕上的石爱对素珍说："当年我去煤矿时，说过要把你们一起带去城里，让你和娃娃受了那么多苦，今天总算对你有个交代了……"

素珍嘤嘤地哭了。这个承诺的兑现，她足足等了十五年！

春节过后，石爱紧锣密鼓地运作起来，他要把石岳斌调回县城玻璃厂当工人。去年元旦家庭聚会石岳斌说了他的困境，石爱虽然表示无计可施，心里却急得像热锅上的蚂蚁。

他盘算差不多到暑假，县城分配的房子就能交钱入住，届时石岳文不用再租房读书，石岳华正好到县城上高中，这都是水到渠成的事情。如果能把石岳斌调到县城玻璃厂，不但解决他的生存困境，全家人也能在县城落户生根。

为此石爱打听了不少人，得知县城玻璃厂有个本家亲戚当了个不大不小的领导——这个亲戚就是当年宁和村的三个高中生之一，如果找他帮忙，兴许能够带编制调动过来。

彼时作为副乡长的石爱，自然有点面子，这位亲戚很爽快地答应帮忙——三个月时间不到，石岳斌顺利调入县城玻璃厂，暂时住在职工宿舍。

转眼临近暑假，石岳华如愿以偿地考上县城中学，意味着开学后，全家人就能在县城新家团聚。

暑假里的一天中午，石岳文从地里干活回家，发现清锅冷灶，素珍坐在炕上抹眼泪，心下奇怪，便问一旁的石岳华咋回事。

"姑妈和姑爹来家里，说要买咱家房子，刚刚走。"石岳华红着眼睛说。

"这一院房子，你姑妈说要一万二买走，咋说也不止这个价呀！"素珍坐在炕上唉声叹气地说，"我们盖这院房花了多少精力！你看这大梁、这桁条、这些椽子全是上好的木料，我们没日没夜地垫地基、盖房、栽树，你说就值一万二？我们县城的房子，就那么丁点大，也要给人家交三万块钱呢……"

"你爸爸肯定要当老好人，他自己的妹妹说多少就是多少。咱们家经济条件好也就罢了，可现在又是柴米油盐，又要供你们念书，用钱的地方很多，而你姑妈家又种地又做生意，光景比我们好——我们为啥要耍这个穷大方呢？"素珍说着，眼泪又下来了。

"那你答应了吗？"石岳文问道，胸脯一起一伏的。

"不答应又能咋办？等着你爸爸回家来吵架？你姑妈和你姑爹一口咬定咱家房子就值这个钱……"素珍委屈道。

沉默半响，石岳文慢悠悠地说："妈，这事你别烦心了，你就告诉我，这院房子你想卖多少钱？"

素珍犹豫了一下，断断续续地说："我估摸、我估摸怎么着也要、也要嗯嗯、值一万五千块钱吧。"

"妈，其他事情你别管！最晚明天，我姑爹姑妈还会来咱们家，出一万五千块买咱家房子。"石岳文笃定地说。

素珍疑惑地看着嘴上绒毛没有褪尽的儿子，问道："你、你想怎么做，

81

才、才能卖到这个价?"

"这你就别问了,反正明天他们来家里,你就一口咬定咱家房子最低一万五千块钱,嗯、嗯,今天晚上我爸下班回来,你千万别对他提卖房子的事就行了。"

素珍不知儿子葫芦里卖什么药,含混着答应了,心想反正死马当活马医,这个儿子鬼点子多,没准儿真能干成呢。

整个下午,素珍眼看着石岳文在前院忙活着浇菜地,没啥异样;晚饭时,她又看了儿子很多次,还是没啥异样;吃完饭,石岳文撂下饭碗出去,差不多一小时就回来了,和往常相比也没啥异样。

素珍绝望了。她想儿子中午不过是意气用事吹了个牛皮安慰她,可能早把这件事忘到九霄云外了。睡觉前她想对石爱说卖房子的事情,好几次话到嘴边又咽回去——既然答应了儿子,就该说到做到。

素珍心意难平,在炕上翻来覆去睡不着觉,直到窗外隐约有了些微光亮,才沉沉睡去。

第二天早晨,石爱骑车出去上班不久,突然院门被拍得震天响。素珍等人还没来得及出门迎见,石岳文的姑妈、姑爹带着大儿子就气势汹汹地闯进院里来。

凤花人没进屋,声音先传进来:"素珍!哪有你这种做人的!说好这院房子卖给我们,让你的亲外甥住,咋转眼就卖给别人了……"

平日里,凤花称素珍"嫂子",今天直呼其名,可见她有多愤怒。一旁的荀建安也随声附和。一家三口站在堂屋中央,虎视眈眈地盯着素珍,连珠炮般数落起素珍来。

素珍一时没反应过来,只听明白凤花一家听说她把房子卖给了村尾的石兴庆,现在跑过来兴师问罪。她刚要辩解,瞥见一旁的石岳文给她眨眼睛,又硬生生把话咽了回去。

"姑妈、姑爹你们坐,咱有话好好说。"石岳文赶紧给凤花一家三口搬来凳子,又和石岳华端来白开水给他们喝。

凤花一家别别扭扭地坐下来,气呼呼地瞪着素珍,等一个交代。

"姑妈姑爹，这事我妈根本不知道！"石岳文顿了顿说，"昨晚我去石兴庆家串门，随口说起我家要卖掉房子搬去县城，人家就说要买我家房子，我说这事儿得和我妈谈，然后我就回来了——估计是他对你们说买了我家的房子吧？"

凤花一家三口面面相觑，说不出话，又一起将头转向石岳文。

石岳文心里便有数了，他接着说："这事怪我多嘴，不关我妈的事。不过我想都是自家亲戚，我妈肯定也会想着卖给你们的……"说罢这番话，他又转头对素珍说："妈，你是不是这个意思？"

凤花一家又齐刷刷地把头转向素珍，眼神中已没了愤怒，反而隐隐有些着急。

饶是素珍一直被蒙在鼓里，此时心下也明白了，于是她爽快地说："那当然，我肯定要优先卖给自家人……"

素珍话音刚落，石岳文马上补了一句："石兴庆出一万七买我们家房子，要是给姑爹姑妈这个价格，可能不合适吧？"

"啥！一万七？不是说好的一万二吗？"凤花蒙了，着急地问。

"昨晚石兴庆确实出价一万七，他没给你们说吗？要不我找他来问一下？"石岳文顺势逼宫。

"这是咱们自家的事，不用外人搅和！"凤花断然拒绝，尔后转头问素珍，"嫂子你说要多少钱？"眼神咄咄逼人。

素珍同样蒙了，自己明明和儿子商量是一万五，怎么又一万七了？她得捋一捋，嘴巴嗫嗫地说不出话来。

此时就听凤花和荀建安你一言我一语，说着这些年对石岳文一家的帮衬，盖这院房时他们出了多少力，以及自家亲兄妹不看僧面也要看佛面云云。

眼见这话扯得没完没了，石岳文担心素珍心软，赶紧瞅个空当插话道："你们说的这些，我妈心里都有数的，一万七我也觉得不合适。我估摸要不就一万五咋样？要是石兴庆，他出一万九也不能卖给他！"

凤花和荀建安对望，少顷，她咬牙切齿地说："嫂子，一万五就一万五！这话咱们今天就搁这儿说死了，再不能变了！"

83

"嗯，既然这么说，那就一万五吧，这院房子说啥也不能卖给外人——"素珍赶紧说，心里一阵窃喜。

素珍话音未落，凤花站起来掉头就走，显然她很愤怒。苟建安带着大儿子赶紧起身追上去。三个人像来时一样，风风火火地走了。

凤花一家走后，素珍心情大悦，迫不及待地问石岳文究竟咋回事。

原来石岳文早盘算好要找人抬价格。昨天下午干活时，他就想妥了去找村尾的石兴庆——小学时他曾把抓来的一串鱼成功地卖给他。

石兴庆两口子带着俩儿子和父母一起住，他婆姨心直口快脾气暴，一直瞅着老人不顺眼，嚷嚷着要分家，为此两口子不知吵过多少次——全村人都知道石兴庆的苦恼。

但盖房是件大事，花钱不说，吃苦也是必然，而且原地翻建房子也等于没分家。因此他们最好的选择，就是在别处买一院房子。

石岳文吃准这一点，晚饭后便直奔石兴庆家里，放出他家想要一万九千块卖掉房子的风声——没错，是一万九千块！

石兴庆两口子果然很感兴趣，而且认真地和石岳文讨价还价。双方谈妥一万七千的数字后，石岳文表示要回家给素珍汇报。

临走，他特意提醒石兴庆两口子，最好去凤花家说一下，因为凤花也想买这院房子，恐怕得她同意才行。

果然不出所料，石兴庆两口子后脚就急匆匆地去了凤花家，这才出现今天早晨凤花一家前来兴师问罪的一幕。

石爱下班回家，凤花指使大儿子过来叫了他过去告状，但木已成舟，石爱只能对凤花两口子一通安慰后悻悻而归，回家后对素珍发了一番牢骚，又狠狠地骂了石岳文多嘴不懂事，这事也就过去了。

临近开学的一周，石爱和素珍带着孩子们频繁去县城布置新家，最后雇了薛自华家的卡车，把老房子的家当装车搬走了。两口子商量除了必要的家当外，其他能留下的尽量留下，算是给凤花多出三千块钱买房留些补偿和安慰。

新家在县城东面城乡接合部，一排排整齐划一的砖房小院兵营式排列，与旁边高低错落、形制不一的农村房区别显著。这些房子虽然和那些农民房隔壁相望，却在人心里隔出一条无法逾越的鸿沟。

走进院门，左侧是厨房和卫生间，右侧是石爱和素珍的卧室。穿过中间三十平方米见方的庭院，是面朝南的两大间房，被隔成了三间卧室和一个客厅，三个孩子各睡一间卧室。

终于进城了！一家人兴高采烈地忙东忙西，花两天时间安置好所有家当后，素珍做了一桌大菜，一家人和和美美地吃了一顿。

入夜，喝多酒的石爱，趔趄着出门去紧贴厨房的洗手间解手，仰头看见了漫天灿烂的星斗。

星河边缘最闪亮的那颗星，就像认识他一样，朝他忽闪忽闪地眨着眼。

"爸、妈，你们说的上天，究竟是个啥地方呀？会不会很冷很黑没有人？我会不会像天上的星星一样，每到晚上就能看见你们？你们能看见我吗？斌斌和宁宁能看见我吗……"

石爱脑海里回响着那个晚上灵灵说的话，仰着头一动不动，嘴巴一翕一张地抖动着，眼角逐渐湿润。

终于，两行热泪不受控制地顺着脸颊流了下来。

第二部 三步曲

1

石岳文出生时脚先出来，差点儿造成一尸两命，此外看不出啥非凡之处。那双小眯缝眼倒是很有特点，貌似发育得草率了些。但这双眼睛，因为小而显得特别有神，骨碌碌乱转，很是惜人眼。

宁和村的能人石爱，为逃避丧女之痛，怀揣把全家人带进城的梦想，一咬牙辞掉村书记的位子，背井离乡去了远方的石炭井煤矿，丢下婆姨素珍拉扯两个嗷嗷待哺的儿子艰难度日。

离家前，他成功地在素珍肚里播下一粒种子，家里又添男丁。两口子咬牙换养了一个女儿，就是石岳华。

石爱到矿上工作三年后，随着工龄增长，一年可以在夏收、中秋和过年时节回三趟家，加上家里雇了长工，素珍的压力减轻许多。

大儿子石岳斌眼看要上初中，小儿子石岳文上了小学二年级，整天跟在哥哥屁股后面形影不离。还未上学的石岳华，仍然交给邻居石志国的女儿老丫带看。

石岳文未满六岁被送进学校，上课憋不住尿了裤子，老师就让他去学校西边的渠堤上，平躺着等太阳晒干再回教室。课间有高年级的学生凑过去，故意拿高难度的字考他怎么写，他竟然都能歪歪扭扭地在地上画出来。

大家视石岳文为神童。他自己也信以为真，扬扬自得地感觉和其他同学不一样，其实这都因为早前石岳灵和老丫手把手教他的缘故，属于吃老本。

石岳文的语文老师兼班主任，是一个姓刘的慈祥老头，对石岳文青眼相加。石岳文显摆自己学习好，故意在语文课上翻看数学书或者做小动作，刘老师都权当没看见。结果，他愈发地胆大妄为。

仲夏的一天，学生们和往常一样，回家吃完午饭，先跑去学校西边的鱼塘耍水，耍够了才赶回教室上课。刘老师下午上课清点学生时，发现石岳文不见了。

刘老师盘问班里几个男生，得知石岳文中午确实在鱼塘耍水，顿时慌了，担心他或许溺死鱼塘，便派学生兵分几路去寻，还赶紧叫了素珍往鱼塘跑。

一小时过去，鱼塘池底几乎被搜遍，却没见到石岳文的影子。素珍绝望地脱下一只鞋子，把石岳斌的屁股抽出好几块乌青，呵斥他没有管好弟弟，而后校里校外地跑，声音颤抖着一遍又一遍呼喊石岳文的名字。

而此时的石岳文，正被同学用草绳捆住双手，押解回学校。他束腰的汗衫里塞满东西，鼓胀得像个孕妇，边走边哼唧，一副满不在乎的样子。

原来石岳文耍完水后，突然发现塘边一株不大的榆钱树开花了，便偷偷躲开大家的视线，一路向沟北溜达过去。他印象中沟北附近，有一小片榆钱树林。

往年这个时节，素珍会摘很多榆钱，拿回家给孩子们蒸了吃，味道鲜美极了。石岳文琢磨着反正下午是两节语文课，刘老师教的内容他早学会了，还不如旷课去摘榆钱，拿回家给素珍蒸了吃。

如他所料，那片树林榆钱花开得正艳，一串串金黄色带黑红眉眼的榆钱挂在树上，馋得人流口水。树影中间或传来鸟儿的鸣叫，与田野里的青蛙、鹧鸪、蛐蛐的叫声，混成热闹的乐曲，妙不可言。

石岳文几乎耗尽气力，爬上一棵榆钱树的枝丫，迫不及待地用手捋下一串串生榆钱塞进嘴里猛吃，贪婪地咀嚼着榆钱花的清香和甘甜。吃饱后，他将榆钱塞满口袋，几把就塞满了——他将汗衫下摆塞进裤腰扎紧，从领口把榆钱一把把塞进衣服，撑得腰部鼓鼓囊囊，滑稽得像是待产的孕妇。

石岳文被推到素珍面前时，就是这副模样。

素珍急怒攻心，伸手一巴掌抽在石岳文脸上，三两下拆开捆着石岳文的草绳，拉开他的腰包，一堆金灿灿的榆钱花掉落地上。

素珍不停地斥责喝问，石岳文却倔强地一声不吭。他跪倒在地上，脸上挂着泪，肩膀一耸一耸地，两只小手徒劳地抓着地上的榆钱，重新塞回腰包，塞进去的榆钱又从衣服下摆滑落出来。

素珍更怒了！她转身回教室拿出一根手指粗细的教鞭，"呼"地抽到石岳文脊背上，喝问他究竟去哪儿了。石岳文痛得龇牙，却依旧低头去抓地上的榆钱，犟得一声不吭，大颗的泪珠却滴落在榆钱上。

素珍喝问一句，抽打一下。旁观的学生咬牙揢眼，但石岳文的沉默，赛过了村里最犟的驴。

就在素珍打得手软又不知道怎么收场时，闻讯赶来的刘老师拦住她，一路拉劝着她去了教师办公室。

石岳斌腾空自己的书包，和石岳文一起跪倒在地，将榆钱收拢装进去，带他去教室上最后一堂自习课。起身时，石岳文"哇"地哭出来，一路哭着随哥哥进了教室……

办公室里，刘老师怒气冲冲地对素珍说："娃还小呢，你咋狠心下那么重的手？打出啥毛病你后悔都来不及！"

"我也是急眼了！"素珍说，"娃要真出个啥事，让我这个当妈的咋活呀？打的是他的身，疼的却是我的心呀……"她后悔自己刚才的鲁莽，心疼起儿子来。

见素珍平静下来，刘老师严肃地说："教育娃不能这么打，我教书这么多年，石岳文是我见过最聪明最善良的娃娃，你不把他供到读大学，我死都不甘心……"

"嗯，我也觉得娃念书不错，就是淘得很，鬼主意太多，你多费心帮我管教，要是长成歪脖子树可就糟了……"素珍说。

晚上回到家，素珍把石岳斌书包里的榆钱倒进盆里洗干净，掺了些面粉和水，搅成絮状放进锅里蒸熟，给三个孩子每人盛了一碗。

石岳文端着碗递回给素珍，拍着肚皮说："妈你吃这碗吧，我今天下午在树上已经吃饱了，不信你看——"

"嗯，你吃吧，我锅里还有。"素珍慈爱地说。

其实三兄妹明白，这是一句谎话。石岳斌和石岳华也嚷着要把自己的榆钱给妈妈吃。素珍只好再拿出一个碗，将榆钱重新分配，保证每个人都能吃到。

吃榆钱时，素珍摸摸石岳文的脸，关切地问："宁宁疼吗？你不怪妈吧？你不知道当时我有多心急……"

"嗯，不疼不疼！我知道，以后再也不惹妈担心了。"石岳文懂事地说。

一波未平，一波又起！

过了不到一个月，村头小卖部的石兴顺找到家里来，说小哥俩去他店里买雪糕，付的钱不对。

石兴顺掏出四枚五分钱硬币递给素珍看，说他开始也没留意，盘账时才发现这几枚钱不对劲。

素珍疑惑，那四枚硬币颜色黑暗陈旧，边缘的锯齿是平的，个别地方还有破损缺口，此外没啥不对劲。

石兴顺又掏出一枚五分钱硬币递给素珍说："阮老师啊，你看那几个钱的图案和我这个钱的图案有啥区别，再比一下重量和厚度就知道了。"

经石兴顺提醒，素珍这才发现，前面四枚硬币和这枚硬币的图案凹凸居然是反的，而且又厚又重，显然是假钱。素珍羞恼，立即回屋把正在做作业的小哥俩揪进院子，当面询问他俩。

眼看事情败露，石岳斌这才嗫嗫地说明原委——原来石岳文禁受不住雪糕的诱惑，又没钱买，便鼓动石岳斌一起，干了造假币的事情。

哥俩找来一块砖，凿出一个五分钱硬币大小的圆洞，再架起一堆火，把一截锡铁丝在破缸子里烧熔化，拿着向同学借来的两枚五分钱硬币，一枚硬币正面朝上垫在底部，将烧熔的锡液倒一点进去，上面再盖一枚正面朝上的硬币，拓出一枚五分钱的硬币来。

为了造得逼真，哥俩煞费苦心地在石头上打磨很久，才做出正经硬币的样子。

"你俩给我说！这谁出的主意？"素珍又懊恼又想笑，懊恼的是俩人这么小就学会了骗人；想笑的是这么精巧的制作工艺，亏他俩能想得出来。

小哥俩面面相觑，低着头谁也不承认，素珍逼问得快要发火了，石岳文才伸出一根手指，指指自己的胸口。

"我就知道是你，真不是个省油的灯！"凤珍狠狠地剜了石岳文一眼，厉声问道，"你俩一共做了几个？买了多少东西？"

石岳文掰着手指算了算，结结巴巴地说："我们一共做了嗯、做了八个，四个买了雪糕，其他都向六爷爷买了葵花子。"

素珍拉过哥俩的小手，发现他俩为了造钱，双手又黑又脏，有的部位磨脱了皮，甚至隐隐磨出水泡。她心疼得紧，说了句"等会儿再找你俩算账"，赶紧回屋拿出两角钱硬塞给石兴顺，忙不迭地赔不是。

石兴顺原本并不想要回那两角钱，只是提醒素珍管教这俩小子，见素珍执拗地赔钱，便讪讪地收下钱走了，临走还摸了摸小哥俩的头。

石兴顺走后，素珍叫来小哥俩，语重心长地说："你俩给我听好了，咱家虽然穷，但要穷得有志气，不能贪人小便宜，更不能骗人，活得让人瞧不起！以后你俩想吃啥问妈要，千万不能再干这种事了！"

小哥俩如释重负，赶紧向素珍表态认错。为了让他俩长记性，素珍责罚他俩把屋里院外的卫生打扫一遍。

小哥俩麻溜地干完了，打扫得比以往更干净、更彻底。

素珍取出三角钱交给哥俩说："这两毛钱赔给六爷爷，向人家承认错误，把你们造的假钱给我拿回来，少一分都不行！另外一毛钱去买一罐葵花子吃。"

小哥俩接过钱，欢天喜地地跑了。素珍则把四枚假币小心翼翼地藏在箱底，微笑着，想象着等石爱回家来一定讲给他听，让他知道儿子干了多了不得的事情。

果园里，六爷爷听小哥俩说完事情的来龙去脉，笑呵呵地说："你们两个龟孙给我听好了，爷爷早知道这个钱是假的，爷爷就是假装不知道，亏你们能想出这种馊主意，了不得啊，了不得！"

六爷爷坚决不肯还那四枚假币，扬言将来要带到棺材里陪他这把老骨头。另外一毛钱六爷爷收了，他盛了满满一塑料袋葵花子，嘱咐哥俩带回家吃。

当晚，素珍和三个孩子以及老丫，把整一塑料袋葵花子嗑得精光，屋里洋溢着欢声笑语。

昼短夜长，转眼到年底。每年腊八晚上，家家户户和往年一样，都会举行"燎干"仪式。

村民们在自家门口燃堆火,向火堆中撒把盐,一家老小排着队,依次从火堆跨过三个轮次,把一年来的歹运秽气统统甩掉。燎干后,家主拿一把铁锨,将火堆灰烬铲起来抛向空中,响亮地叫着"稻子花""玉米花"或者"麦子花"……如果某一铁锨抛出的灰烬星星点点的红得特别艳丽,就预示着家主喊到的某种农作物来年会大丰收,占卜一样。

小哥俩每年在自家"燎干"后,就加入村里孩子的"燎干大军"——他们像一群发狂不受控制的牲口,成群结队满村巷跑,看见谁家门口燃起火堆,就毫不犹豫地冲过去跨过火堆。

每年都会发生火堆中相撞的事故,结局大都是额头起包、衣服烧出洞甚至眉毛被烧光的情形,给全村人增加两三天的笑料。

孩子们密密匝匝的脚步声忽近忽远、忽东忽西,直到各家各户的"燎干"仪式结束,这些脚步声才会转移到村外。

村外属于下半场戏码,同样属于勇敢者的游戏,由几个青壮后生作为组织者,决定先"打仗"还是先"比武"。

"打仗"是在白亮清冷、伴着星辉的月亮下,在两村之间开阔的田野里,两个生产队的孩子各占一条沟渠作为阵地,互相投弹进攻,哪边有人攻入对方的阵地就算赢。

从裤裆没缝严实的学龄前儿童,到二十岁左右早已离校种地的青壮后生,加起来近百人的军团,乌泱泱铺开的阵势,着实骇人。

大家可以投掷的弹药只有一种——土坷垃。

腊月里北方的田野,到处是拳头大小带着冰碴子的土坷垃,特别硬实,砸在头上起包是必然的,又轻易不会砸破——待到春暖花开,这些解冻的土坷垃会化成一抔黄土,或者化成掺了土和尿的一坨屎,养育着庄稼。

组织者显然精心考虑过,所以严禁投掷石头,违禁者将受到严厉的殴打处罚,并且会被开除。

双方阵地距离超过三十米,没有人能直接把土坷垃扔到对方阵地。想攻入对方阵地就必须冲出去,代价是一旦进入对方"射程",会有无数带冰碴子的土坷垃凌空飞来,距离对方阵地越近,扔过来的土坷垃越多,砸得越狠。

"打仗"的常态，就是一方选派若干勇士，有的甚至用衣服裹头，提着篮子或别的器具，里面盛放弹药，向对方阵地发起冲锋，被对方密集砸回。对方趁势攻出若干勇士，再被这一方密集砸回——几年过去，两个军团没有分出过胜负。

但是这一年，三队居然赢了，赢在石岳文捡来的一只破粪筐上。

早在"打仗"前，石岳文在路边捡到一只破粪筐，背到阵地上来。双方激战正酣，他背着破粪筐来到头领身旁，附耳告诉头领如此这般，听得头领禁不住眉开眼笑。

果然，新一轮进攻发起时，头领亲自冲锋陷阵，并让两个助攻帮忙抬着那只破粪筐——粪筐很沉，显然装满弹药，上面还搭了件头领的外套。

不出所料，这轮进攻距离对方阵地十余米时，又一次被打得抱头鼠窜，甚至顾不上拿回这只破粪筐——头领显然担心破粪筐被对方抢去，带着残兵败将，在退后粪筐十余米远的地方逡巡，伺机抢回粪筐，无奈一次也冲不到粪筐旁边。

二队头领见三队头领如此看重那只破粪筐，便组织最精锐的力量发动抢粪筐大战。他奋勇当先，亲自带领人马冲出去，头上被砸出大包也在所不惜，终于连滚带爬地抢回那只破粪筐。

然而，他喜不自胜地揭开破粪筐上面的衣服时，差点儿没哭出来。蜷缩在粪筐里的石岳文，脏兮兮地憋着笑，正和他打招呼呢！

按照游戏规则，对方只要有人冲进阵地就算赢。二队显然输了，而且输得委屈和窝囊——对方并非自己攻上来，而是自己冒着危险抬回来的！

宣布胜负后，二队头领着实懊恼，把那只破粪筐扒筋拆骨，还在上面浇了一泡热辣辣的尿来泄愤。

多年后，当石岳文在影院看到那部经典的《木马屠城》电影时，想起儿时这件事，不禁莞尔。

"打仗"后便是"比武"，所有的项目都是"单挑"，包含更多个人英雄主义色彩。

"比武"在学校篮球场上进行。这群孩子分别从粮场上各自家的草垛，背来两三捆稻草、麦秆或木柴，在半片篮球场四角燃起熊熊大火。组织者会让同龄孩子站出来，随机给他们安排两两一组进行比赛。

"比武"形式是单挑对打，唯一的规则是必须赤手空拳。每年都有被打急眼找棍棒的、被打哭找爹妈的，还有被打伤流血不止的……然而这阻挡不了孩子们内心火一样燃烧的武打情结，这情结来自于村头广播每天中午播放的评书如《三国演义》《隋唐演义》《杨家将》《薛仁贵征西》等等。

后来村里买了黑白电视机，放映室每晚挤满人。《鸡毛信》《小兵张嘎》《南征北战》《四渡赤水》等一系列战争片，使得"打仗""反特"题材的游戏风靡全村，成就了二队和三队娃娃们一年一度的"打仗"。而《霍元甲》《侠女十三妹》《少林寺》《射雕英雄传》等连续剧，又使大家对武术痴迷得欲罢不能，两个队的"比武"也一年比一年红火。

这一年"比武"，石岳文的对手是个硬茬子，石红旗。

村里和石岳文年纪一般大的还有三人，分别是石红旗、石道吉和石广财。四个人中手最黑的，就数石红旗。

石红旗的爸爸坐过牢，妈妈管不住他。他胆子肥、好勇斗狠，甭说同龄的娃娃，就是大他两三岁的，也照样被他揍得哭爹喊娘。所以，村里的孩子大都怕他。

有天晚上，石红旗带一帮小孩翻墙去偷队长院里的葡萄，一帮人窸窸窣窣地在葡萄架下爬来爬去，弄出了声响。只听屋里大喝一声，队长提一根棍子出了门。

孩子们作鸟兽散，纷纷爬墙逃窜，到约定地点清点人数，才发现少了石红旗。

大家在碰头的地方干等一个多小时，猜测石红旗指定被抓住了，正准备各自回家时，黑魆魆的夜幕里走出一个人，正是石红旗。

这家伙腰包鼓鼓囊囊地塞满水果，手里还拿着青枣儿、苹果和一串葡萄边走边吃，摇头晃脑的好不得意。

原来当时石红旗距离队长家门口最近，队长出来时，他自忖逃跑来不及，便屏住呼吸，隐在茂盛的葡萄藤下。

队长用打草惊蛇的手段来回搜索，从他身边经过三回，愣是没发现他。队长回屋后，这家伙从容地偷了各样水果，满载而归。

孩子们吃着石红旗偷来的水果，听着惊心动魄的小偷故事，对石红旗的大胆和沉着，崇拜得一塌糊涂。

石红旗成了名符其实的孩子王，没人敢不听他的话，没人敢违拗他的意愿。

石岳文看不惯石红旗颐指气使的样子，动辄和他对着干，为此挨了不少揍，以至于很多孩子怕连累自己，不敢和石岳文玩。

为了争口气，石岳文也曾大着胆子，在漆黑的夜里，独自去六爷爷沟北的果园，偷来苹果、桃子招呼伙伴们分享，显示自己的大胆。

石岳文还废寝忘食地自学武术：他无数次从家里柴房的屋顶跳到地上练习轻功，单手撑地连续翻三四十个筋斗练习灵活度，在柴房正中央吊起装满细沙的蛇皮袋练习拳脚力量，用手翻炒锅里的黄豆练习铁砂掌……

有段时间，他甚至隔空去打池塘的水，异想天开地想象着有朝一日通过内力，将平静的水面打出涟漪。

石岳文心里，还是惧怕石红旗的。此次单挑，石红旗装模作样摆出虎拳造型；石岳文则硬着头皮，摆出猴拳架势左右游走。

拳脚相遇，却是毫无章法地乱打乱踢。石岳文鞋子掉了一只，弯腰捡鞋时，被石红旗趁机在头上和背上连踢带打。石岳文急眼，起身冲石红旗的裤裆，一脚踹出去。

伴随一声惨叫，石红旗双手捂住裤裆，虾米一样弓背倒在地上，痛得滚来滚去。

比赛立即被叫停，组织者拉了石红旗到火堆边脱下裤子检查伤情，貌似他的小鸡鸡被踢肿了。

这局比赛石岳文被判罚犯规，石红旗胜出。比赛大奖——两毛钱加一块橡皮也颁给石红旗，条件是回家后不许对大人说。

石岳文觉得冤屈。虽然他踢人裤裆犯规，但他捡鞋时石红旗趁机打他也不符合规则；明明他把石红旗踢翻在地，为啥胜出得奖的反而是石红旗？

虽然心里一百个不情愿，但石岳文惊奇地发现，自己心里再也不惧怕石红旗了，反而从他的眼神中，看出一丝对自己的忌惮。

2

春天来临，河流解冻，僵硬的柳枝变得柔软，骨节处生发出嫩黄色的绿芽，光秃秃的黄土地处处冒出草尖儿，所有表征预示着，一个新的繁华盛景开始了。

这学期结束，石岳斌就要升初二，石岳文升小学五年级，石岳华升二年级。

素珍终于在一年前寻到机会，帮助老丫当了临时代课老师。彼时她工资已经涨到四十二块六毛，老丫的工资也有二十一块。

于老丫而言，能走到这一步，是她做梦都想不到的事情。干妈的深谋远虑、隐忍负重以及决不认输的精神，她相当仰慕，并在模仿素珍一举一动的同时，对素珍一家人涌泉相报。

开学没两星期，班里转来一个名叫杨丽的插班生。

看到杨丽那一刻，石岳文脑袋发蒙，第一次，莫名其妙地心神不宁。

杨丽一张略圆的瓜子脸，干净整齐的齐耳短发黑亮地飘出一弯刘海，忽闪闪的大眼睛满含笑意，皮肤略黑但很干净，鼻翼微翕、鼻梁挺翘，嘴唇略厚、两端微微上翘，下颏一粒小痣可爱地点缀着生动明朗的面部。

她穿一件干净且没有褶皱的蓝粉两色方格子上衣，蓝色长裤下面是一双黑色人造革皮鞋，鞋带上缀着两颗可爱的粉色毛线球。

杨丽个子高，班主任刘老头儿简单介绍杨丽后，安排她坐到后排去了。

石岳文坐第一排，整节课都在胡思乱想，满脑子都是杨丽的面影。他原本觉得班里的女生都挺顺眼，杨丽一来才觉得她们都是丑小鸭。他趁老师不注意，偷偷回头看了杨丽多次，无意中和杨丽眼神相触，马上做贼一样回身坐正，心头小鹿乱撞。

真是不可思议！杨丽转学过来后，石岳文的生活发生了微妙的变化。

原本隔三差五的，素珍会逼着给孩子们拿热水洗头，用篦子从头发里梳出很多虱子和虮子。这些吸血虫平日里藏在孩子们乱蓬蓬的头发里胡作非为，痒得令人发疯。

几乎每个晚上，孩子们会脱下贴身内衣，在昏暗的灯光下，从衣服的拼接缝里寻出一只只虱子和虮子，用两只大拇指的指甲盖把这些吸血虫挤爆，睡觉时身上才不会痒。

孩子们似乎很享受吸血虫被挤爆的声音，每晚做游戏一样比赛谁抓到的虱子和虮子多，谁挤爆的声音响，乐此不疲。

这是一个悖论，大家宁愿每天身体头上发痒，耗费大量时间去抓那些吸血虫，也不愿意勤洗头洗衣洗澡。这片土地流传千年的传统陋习，很难改变。

现在的石岳文，却经常烧壶热水烫洗内衣，外套只要衣领有些黑，就用肥皂水洗干净。

他开始勤修指甲，不像以前只要伸出手，盘踞在指甲盖下的泥垢就很嚣张地恶心人，仿佛是他身体不可分割的一部分。

尤其是头发，他三天两头用肥皂洗，每次洗完都对着镜子梳来梳去，梳出最满意的发型。

即便如此，每次和杨丽近距离接触，石岳文仍然自惭形秽。

石爱每次从矿上回家探亲，会给孩子们带回不少礼物，有象棋、军棋、羽毛球具、乒乓球具等，并且教会孩子们怎么玩。

每次下课，大家立马把课桌拼成乒乓球桌的样子，中间用砖头或翻开的书做网，就你来我往地厮杀起来。僧多粥少，每个人上桌前，都要发一个球向赢家挂号，赢了才有机会打总计六分的一局球，输了就得把球拍让给下一位挂号。

石岳文是班里永远的赢家，总是霸占着半张球台等人挂号。而杨丽只要发球不失误，每次都能挂上号，邪门得很。

时间久了，大家看出些端倪，就有人取笑石岳文心里有鬼。这时石岳文脸红得猪肝一样，会跟取笑他的人急眼。

有一次课间打球，石岳文又故意放水。杨丽急了，把球拍往桌上一扔，气呼呼地跺脚道："你不要让我好吗，谁稀罕你让呢！"说罢转身走了。

石岳文愣在那儿，脸颊发烫、视物不清，恨不得找个地缝钻进去。幸好后面等挂号的同学多，早有人抢过球拍迫不及待地要发球，才化解了他的尴尬。此后接连好几天，石岳文和杨丽都没说话。

杨丽借住在舅舅家。舅舅家在村头第一排，院外有条四五米宽的排水沟，沟里乱七八糟地长着芦苇、芨芨草以及一些叫不出名字的植物。每逢春夏，青蛙从水沟爬进爬出，时不时有鱼儿冒出头吐泡泡。

周末或农忙假期空闲时，石岳文就拖一根自制的木棍鱼竿，挖一小盒蚯蚓到水沟边钓鱼。

毒辣的太阳晒得人头大，石岳文浑然不觉。他大多时候不看浮标，却不时瞟向杨丽舅舅家的大门。当那扇门响起咯咯吱吱开关的声音，石岳文的心就悬起来，不敢瞧那扇门，平静后再偷瞄一眼，确认进出的人是不是杨丽。

令人难过的是，他一次都没有巧遇杨丽，也一条鱼儿都没钓上来过。

这天下午，就在石岳文被太阳晒得昏昏欲睡时，身后突然传来一句问话："咦，石岳文，你这是在钓鱼呀，让我看看你钓多少了。"

石岳文一激灵，没错，就是杨丽！他手足无措地站也不是、蹲也不是，语无伦次地编了一句瞎话："没、没、没钓到呢，我、我刚来！"

"呵呵，可能天太热了，鱼在水底睡午觉呢，我舅爷说下雨天钓鱼最好，鱼儿咬钩可欢实了……"杨丽撸一下碎花长裙，蹲在石岳文身边说。

石岳文没吱声。他不知道说啥，自恨平日伶牙俐齿，现在却嘴拙得像个傻瓜。

"要不——咱俩去学校，你教我打乒乓球咋样？"百无聊赖看了半天，浮标一点儿动静没有，杨丽提议说。

"嗯，好、好呀！"石岳文磕磕巴巴地说，"你先等会儿，我回家拿一下球拍。"他本来就醉翁之意不在酒，杨丽的提议正中下怀，说完他迅速收起鱼竿往家里跑，快得像阵风。

教室门锁着，只能从里面打开。石岳文带着杨丽，一扇扇窗试着往里推，果然发现有扇窗的插销没插牢。他蹲在窗台上，使尽吃奶的力气，把钢筋格栅掰弯一点，想把头先伸进去，再侧身挤进教室，从里面把教室门打开。

哪知他好不容易头伸进去，身子却咋都挤不进去，脖子被卡在钢筋格栅里进退不能，整张脸憋成猪肝色。

杨丽见状爬上窗台，手拉脚蹬地帮忙。两人耗了一头汗，总算把石岳文塞进教室。

当天下午，石岳文和杨丽酣畅淋漓地打了两个多小时乒乓球，直到吃晚饭的辰光，才意犹未尽地回家。

石岳文把杨丽送到家门口，看着杨丽进去关上门，才蹦蹦跳跳地回家，心里比吃饱红烧肉的感觉还要美。

此后，他俩经常偷偷相约去学校打球，石岳文还发展了班里另外两个同学掩人耳目。一学期结束，杨丽的水平已相当不错，偶尔和石岳文旗鼓相当。

一放暑假，石岳文就感觉日子淡得像白开水，因为杨丽要回县城家里，开学时才回来。杨丽父母是县城制药厂工人，每天工作三班倒，没时间管她。平日照顾她的奶奶去世了，父母无奈给她转了学，让她借住在舅舅家读书。

抛开杨丽不说，暑期生活对于农村孩子而言，却是天马行空、多姿多彩的自在人生。大自然赏赐的乐趣，是城里孩子难以想象的，他们掏鸟蛋、挖茨菰、抓鱼、折玉米秆当甘蔗一样吃、比武、抓特务、耍打仗……

每天中午，例行的节目是结伙去沟北耍水。花样翻新的部分，是大孩子趁耍水时，到水沟边的地里偷西瓜、哈密瓜、香瓜等，偷偷摸摸地摘好瓜后，骨碌碌扔进沟里漂走。下游的小孩子早已候在那里，捞起瓜果，大家一起分享。

万一大孩子被抓住，就会死命抵赖。瓜田主人不能拿他们怎么样，因为人赃俱获才算实锤。

孩子们偷窃的目标除了瓜菜地，还有六爷爷的果园、薛自华家的草莓田以及田间地头的向日葵……大人防不胜防，却也不怎么介意。

甚至到村里卖水果和杂货的小商贩，孩子们也不放过。趁小贩不注意，抽冷子顺走一只苹果、桃子或小物件，击鼓传花一样转手递给下一个，三传两传就像变戏法般消失了。

这些对于石岳斌和石岳文而言，却只有羡慕的份儿，因为他家缺少劳动力。

老爸爸石万辍学后成了大家庭的主要劳动力，暑假里他把小哥俩盯得很牢。麦田稻田淌水、薅草、施肥、打农药、割草、收蚕豆、搓草绳、拉土垫牲口圈等，这些农活他都喜欢拽上小哥俩一起干。

毕竟老爸爸的年龄也只比石岳斌大三岁，说到底也还是个孩子，独自干活会觉得无聊。

即使这样，小哥俩仍然有大把时间可以闲晃。石岳文还想出主意，召集小伙伴一起去他家干农活，其间还有分组比赛的桥段，奖赏就是家里的棋类、球类用具拿出来一起玩。

即使玩得最疯时，石岳文间或还会想起杨丽。他下决心开学时，送给杨丽一副崭新的乒乓球拍。

石岳文早到乡里商店打听过，一副红双喜球拍六块多钱，这笔钱是断然无法从素珍那里讨要的。于是，一个赚钱计划在他脑海成形。

邻镇逢集的一天清晨，石岳文只身徒步从家里出发，午后辰光终于走到镇上，他到卖鱼钩鱼线的摊点，拿出辛苦积攒的一元多钱，买了各式鱼钩、鱼线以及浮标，走回家时天已黑透。

虽然一整天没吃饭，他却不觉得饿，迫不及待地召集小伙伴，说有渔具可以卖给他们。他不停描绘钓鱼的乐趣、吹嘘自己曾经钓过很大的鱼——两小时后，他手里的货全部售罄，赚了一倍的钱。

又一天午后，石岳文去沟北耍水，成功躲过老爸爸的搜索，独自来到一条小水沟里摸鱼。他嘴里衔一根末端打了结的柳条，俯身在水沟岸边的浅水区域摸来摸去。每抓到一条鱼，他就用柳条穿过鱼嘴将鱼穿起来，再将柳条衔在嘴里——夕阳西下，柳条上穿了二三十条小鲫鱼。

石岳文提着那串鲫鱼路过村尾，那户人家的男主人石兴庆正蹲在家门口的半截土坯墙上吃面。他径直走过去，拎着那串鱼在石兴庆面前招摇。

"哟喂，你这几条鱼还挺漂亮啊！"石兴庆笑呵呵地打招呼说。

"嗯，那当然，我摸了整整一下午呢。"石岳文骄傲地显摆。

"不错，要是油炸了，至少能炸出一碗。"石兴庆打趣说。

"我觉着两碗应该不止。"石岳文说着话，没有要走的意思，仍然在石兴庆面前晃来晃去，直勾勾地盯着石兴庆吃饭。

"你这鱼卖不？要不给你一块钱卖给我算了。"石兴庆瞧出石岳文的心思，试探问道。

"卖给你也行，要不你给我一块五毛钱，反正回家我妈那里免不了一顿打。"石岳文说。

石兴庆扑哧乐了，问："你把鱼卖给我你妈会打你？"

"因为我下午没干活，偷偷溜出去摸鱼，我妈肯定得收拾我。就算我把鱼提回家，我妈照样打我，因为我犯的错和摸鱼不是一回事。我不如干脆把鱼卖给你，拿这个钱买本子橡皮啥的，这顿打也挨得值！"石岳文认真地说。

石兴庆被石岳文逗得捧腹大笑，干净利落地说："行！一块五就一块五！"他一边提着那串鱼回屋取钱，一边摇头晃脑地自言自语："这小王八蛋，脑瓜子机灵得很……"

就这样，石岳文顺利地积攒了四块多钱的财富，距离那副乒乓球拍，已经不远了。

乡上有家废品收购站，平日里收购废铜烂铁，但夏秋之际还会收购另外一样东西：柳条儿。

假期空闲时，孩子们会在村里的柳树上爬上爬下，用镰刀将那些柳枝割下来，用中指粗细的柳棍儿对折做成夹子，将柳枝的外皮捋下来变成光溜溜的柳条儿，晒干捆好后，背到收购站卖钱——收购站会将这些柳条儿卖给柳编厂，最后变成集市上卖的柳条筐、簸箕等日常用具。

这个假期，石岳文捋柳条儿特别卖力，哥俩把一大捆柳条儿背到收购站，一上秤居然有二十斤。结算到六块钱后，石岳斌分给弟弟三块钱，叮嘱他省着点花。

石岳斌在乡上的商店里，买了一顶当时流行的黄军帽，并在路边捡了张废报纸折成手掌宽的一条衬在帽子里，戴到头上神气得很。

石岳文则小气地给自己买了一双白袜子了事，令石岳斌很诧异。

商店出来四五十米，石岳文谎称有东西忘在柜台，急速跑回商店买了他"觊觎"已久的乒乓球拍，塞进事先背来的黄书包，这才赶回去说自己记错了，神不知鬼不觉地把石岳斌蒙在鼓里。

回到家，石岳文小心翼翼地把球拍藏起来，期待着赶紧开学。他心里不止一次设想过把球拍送给杨丽的方式，并想象杨丽拿到球拍时惊喜的表情。

每当想到这些，他都开心极了。

这天午饭时间，村民们又像往常一样，各自端一只盛满米饭的大碗，上面尖尖地盖着菜，或蹲或坐地在院门外，听着屋檐下的广播匣子讲评书，一边吃，一边不咸不淡地和邻居聊天。

这时，一声声锣响由远及近，只见薛自华骑一辆破自行车远远驶来。石红旗坐在后座架上，拎着一面破锣，脖子上套着草莓枝编就的一个大项圈。

石红旗每敲一声锣，就喊一声"我是贼"。薛自华则偶尔喊一句："大家看看，这就是贼娃子的下场……"自行车后，不远不近地跟着一群瞧热闹的小孩。

大人们议论纷纷，一面警告自家小孩不要学石红旗偷东西，一面评说薛自华这种杀鸡"骇"猴的行为太过分。

这场杀一儆百的游村闹剧持续了将近一小时，直到石红旗的妈妈闻讯赶来，扯着嗓子和薛自华哭闹一场，才在纷纷扰扰中结束。

原来石红旗上午去薛自华的草莓园偷吃，被抓个正着。薛自华自打婆姨喝农药死掉后，性情更加乖张暴戾，成了远近闻名惹不起的狠人，他提出要么把石红旗捆在木桩上喂蚊子，要么随他去游村。石红旗自忖惹不起他，无奈选择了游村。

次日中午，大家去沟北耍水，石红旗召集十多个小伙伴，商议拿着棍棒去毁掉薛自华的草莓园报仇。谁不跟着干，他就修理谁。

石岳文觉得不妥，不愿和石红旗一起干，还劝说和自己关系好的几个伙伴，不要跟着石红旗瞎折腾。

三两句争论下来，石红旗火了："你妈的要不要和老子去？"

"我为啥要和你去做这种坏事，平时偷吃几个也就算了，这么毁掉人家的草莓园，对你有啥好处？"石岳文答。

"我日他妈的就是咽不下这口气！让他狗日的记住我石红旗也不是好惹的！"石红旗恨恨地说。

"反正这样做就是不对！到时候人家跑你们家算账，你赔得起吗？"石岳文针锋相对地说。

"赔不起他有本事打死我好了！反正你要是不去，我有你好果子吃！"石红旗进一步威胁道。

"反正我不去——"石岳文嘴硬地说。

"啪！"石岳文话音未落，石红旗一个耳光抡过来。石岳文大叫一声冲上去，两人扭打成一团。

石红旗比石岳文大一岁，个头也比石岳文高，而且下手黑。不消几分钟，石岳文鼻青脸肿，衣服也被扯破了。

无奈石岳文不依不饶，每次被石红旗打翻在地，就挣扎着扑上去，一副同归于尽的疯狂架势。石红旗有些手软，他一边后退一边说："反正你打不过我，你不去总行了吧！"

但石岳文像疯了一样，拼命的样子令人胆寒，边上的玩伴拦不住他也不敢拦，索性看着两个人一轮又一轮地扭打。

石红旗越打越心虚，嘴里不干不净地骂着其他人，让他们拉住石岳文这狗日的疯子，一边还手一边后退，局势竟是石岳文逐渐占了上风。

又持续一阵子，石红旗居然撒腿逃跑了。

石岳文仍不罢休，沿路追打石红旗，直到石红旗被逼得和着衣裤鞋子逃到水稻田里才停下来。俩人一个站在路上不下水稻田，一个站在水稻田里不肯上来，喘着粗气僵持对骂。

这一战，使得孩子们对石岳文刮目相看，大家都知道石红旗是个狠角色，没想到石岳文狠起来命都不要，自然对石岳文多了几分敬畏。石红旗经此一役，在石岳文面前再也不敢颐指气使了。

最终，石红旗毁掉草莓园的计划泡汤。石岳文则带着几个玩伴，去村头生产队队部门口的空地玩弹珠。

小伙伴石道吉小心翼翼地问石岳文："你咋打起架来那么不要命的？"

石岳文没吭声，他也不知道自己为啥那么拼命，只是当时脑海里浮现的，竟是父亲石爱曾经用皮带抽打那个霸道村民的景象，耳边还回响着石爱当时的话："虽然忍耐是一种美德，但是一味地忍耐，就是懦弱！"

在村头玩得正酣时，杨丽舅舅家的门"吱呀"一声开了。石岳文定睛一看，竟是那个他朝思暮想的身影——杨丽过完暑期回来了！

热血瞬间涌上脑门，石岳文赶紧让玩伴聚集在前面挡住他，免得被杨丽看到他这副熊样。

杨丽还是款款走了过来。他心里小鹿乱撞，感觉杨丽走近的每一步都踩在他心上。杨丽走到跟前时，他已经脸红得抬不起头。

"咦！石岳文，你的脸咋了，怎么都是伤呀？"杨丽好奇地问。

"哦，刚才不小心摔倒碰的，过两天就好了。"石岳文撒谎说。

杨丽疑惑地看看石岳文，大方地说："你过来一下，我有话跟你说。"

石岳文全无打架时的气势，随杨丽来到附近一堆柴火旁，温顺得像只绵羊。

两人聊了各自的暑期生活。杨丽假装漫不经心，石岳文前言不搭后语，后来都不停地用脚尖在地上画圆圈。

"我带了样东西送你，我自己做的——"话音未落，杨丽把一个小纸盒塞进石岳文手中，转头就走，脚步慌乱得趔趄了好几下。

石岳文一愣，没来得及开口说话，杨丽已经在几米开外。他做贼一样四下看看，赶紧把盒子塞进口袋，若无其事地向小伙伴们走去……

晚上回到家，石岳文悄悄打开盒子，发现里面是个鸡蛋壳做的不倒翁。

原来杨丽将鸡蛋细的一端顶部敲破，倒出蛋黄蛋清，将蜡烛泪滴进去，再用胶水在敲破的地方粘了一顶纸做的帽子，在蛋壳上画了一副憨态可掬的老头儿的五官。蛋壳放在柜子上用手拨弄一下，就会晃个不停，煞是可爱。

很长时间，石岳文都把那只不倒翁拨弄得摇来摇去看个没够，甚至睡觉时也攥在手里舍不得放下。

3

新学期开学不到两星期，石岳文迫不及待地邀约杨丽周末去教室打球，盘算到时候拿出新球拍送给杨丽，给她个惊喜。他没约另外两个同学，因为不想被人知道。

好不容易熬到星期天下午，石岳文照例去杨丽舅舅家门口等她。左等右等不见杨丽出来，他又不敢敲门进去问，烦躁地在路边晃来晃去。

杨丽舅舅已经进出家门两三回，见石岳文一直在那里晃悠，疑惑地问："哎！你这个娃娃在这儿晃悠半天，是找我们家杨丽吧？"

"嗯、是的，我想问杨丽借本书。"石岳文红着脸撒谎道。

"那你早说呗，这大热的天你说！"杨丽舅舅顿了顿说，"你先回咯吧，杨丽出去了，等她回来我告诉她啊。"说完进院了。

"哦——"石岳文失望地应了一声，心想不是约好一起去打球的吗，人到哪儿去了？

石岳文疑惑地琢磨着，脚却不由自主地去往学校，寻思自己先去教室等着，如果杨丽知道他去找过她，说不准会来教室找他。

走近教室时，他听到里面打乒乓球的声音，听不真切的聊天声中，有个声音分明是杨丽的。

被欺骗的感觉电流般袭遍全身——他从窗户偷偷望进去，果然杨丽和那两个同学玩得不亦乐乎。

这时候如果他空手进去，球拍不知道搁哪里；如果他带着球拍进去，又没办法送给杨丽；如果不进去，他又不死心。他想玩，但他更想知道，杨丽为啥不像以前那样在家等他，反而和那两个人一起玩？

石岳文伏低身子纠结了好一阵，最终咬牙切齿、很不甘心地回家了。

第二天，杨丽下课上厕所的路上，石岳文追上她，问了横亘心底的问题。

杨丽无辜地睁大眼睛说："哦，我以为你约好他俩了呢？所以我也约了他俩，然后我们就一起去打球了呀。我还想问你咋没来呢？"

石岳文蒙了，支支吾吾说不出话。

"哦，对了！我舅舅说你要问我借书？你没来学校咋又知道我和他俩打球呢？"杨丽又问。

石岳文傻眼了，感觉自己就是天底下最大的傻瓜。幸好厕所到了，他胡乱敷衍着逃也似的跑进男厕所……

这件事不了了之。四个人仍旧星期天相约打球，只是石岳文在与不在，似乎不那么重要了。

10月末，秋场打完，田野又是一片萧杀景象，粮场上小山一样耸着各家各户的麦秆垛和稻秆垛。孩子们晚饭后经常在那里躲猫猫、抓特务，玩得乐不思蜀。

这天晚上大家正玩得起劲，石道吉附耳对石岳文说："我看见薛自华和一个女人偷偷摸摸地去粮场最边上那个稻垛底下，估计不干好事……"

石岳文来了劲，他示意石道吉噤声。俩人猫腰偷偷摸摸地来到那个稻垛边，想看一场大戏。

俩人未到近前，就听见草垛另一面窸窸窣窣地响，伴随着男人喘粗气的哼哼声，还有女人像是哭泣又像是愉悦的声浪。

俩人忍着笑，比划着爬过去看看究竟是怎样一番景象。哪知石道吉爬过去时，被一根稻草撩到鼻孔，忍不住打了个喷嚏。

"谁？"草垛背面一声厉喝。

俩人的魂吓掉一半，"腾"地跳起来撒腿就跑。

"这样坏了人家的好事，要是被抓住，不扒了皮才怪……"石岳文心下想着，陡然生出无穷的力气，双脚踩了风火轮似的，一口气跑到生产队队部门口的柴火堆后藏起来。

石道吉被远远甩在后面，眼看就要被薛自华追上，他心一横拐了弯，跳进路边一条十多米宽齐腰深的臭水沟，连滚带爬地逃到对岸，钻进玉米地里没了踪影。

石岳文惊魂未定、呼呼地喘着粗气胡思乱想："如果被薛自华抓住，我就警告他如果敢动我一指头，我就把这桩丑事让全村人知道，没准儿他还要被抓去坐牢呢！"

就在一年前，石岳文随素珍去县城赶集，碰巧遇上一场审判大会。他半懂不懂地听到，审判台上有个犯人因为和好几个女人一起在黑屋子里跳迪斯科舞，好像还一起睡觉，结果犯了流氓罪，判死刑枪毙了。

藏在柴火堆后的石岳文还没想好脱身之计，却无巧不巧地看见一幕让他伤心欲绝的场景：杨丽和平时一起打乒乓球的石进，面对面站着，在柴火堆旁的大树底下说悄悄话呢。

他分明看见，石进不停地说着什么，还拿出一样东西给杨丽。杨丽没有拒绝，临走两个人还拇指对拇指地保证着什么……

石岳文内心混乱的感受难以言表。他紧攥双手，攥得仿佛能听见自己骨骼咯咯作响的声音；他面目狰狞又紧咬双唇，让自己不发出任何声音；他将脊背拱起来，头深埋在臂弯里，忍不住想呕吐……他觉得时间过得比一个世纪还要漫长，直到杨丽和石进聊完悄悄话走得不见踪影，这才起身偷偷溜回家。

接下来几个晚上，石岳文很晚才能睡着，而且经常做噩梦——在一个天不亮的凌晨，他蹑手蹑脚地站在凳子上将手伸到立柜顶上，偷偷取下父母睡不着时吃的"冬眠灵"药吞下两颗，感觉表皮甜甜的。

早饭时，石岳文照常坐在餐桌小凳上，等素珍给他盛粥。他刚端起碗，

"咣啷"一声连人带碗摔倒在地,粥饭撒了一身。

素珍大惊,冲过去一把揽起石岳文,不停地喊:"宁宁,你咋了?宁宁、宁宁、宁宁你咋了呀这是?你别吓唬妈呀……"

饶是素珍半个赤脚医生出身,又是掐人中、又是灌水,石岳文依然紧闭双眼毫无声息。素珍扒开石岳文的眼皮,发现瞳孔也是散的……

素珍大呼小叫地抱起石岳文就跑,还没出工的邻居见状很快聚拢,七手八脚地帮忙套好胶车,由老爸爸石万赶车,载着母子俩一溜烟往乡医院跑去。

在乡医院,医生问素珍给孩子吃了啥,问不出个所以然,查也查不出来啥毛病,只能给石岳文灌了差不多两升生理盐水。折腾一个多小时于事无补,医生无奈地摊开双手,对着素珍摇头。

素珍抓着医生的手,双膝跪地,涕泗横流地哀求医生再想想办法。医生难过而无奈地不停摇头或者看看屋顶,后来干脆挣脱素珍的手逃回诊室了。

绝望的素珍突然跳起来,冲到病床边抱起石岳文,急促地对老爸爸石万喊道:"快!快去赶车,我们去县医院!"

马儿轻快地在碎石子路上奔跑,车上的素珍紧紧抱住石岳文,一会儿摸他的脸,一会儿埋头哭泣,一会儿失神地望着前面的路,眼睛肿得像两只桃子。

约摸十二点,县城轮廓隐约在望,紧盯县城方向的素珍突然感觉怀里的石岳文动了一下,随即听到石岳文的声音:"妈,刚开过去的是辆大卡车吧?"

"天哪!宁宁醒了!宁宁醒了!"素珍目不转睛地看着悠悠醒转的石岳文,惊喜地喊道。

"吁——"老爸爸石万拉满缰绳,马车在路边停下来。

石岳文茫然地看看四周,再看看素珍:"妈,这是哪里呀?我这是咋了?"

"儿子呀,你差点儿把妈吓死了!"素珍开心地将整个过程详细说了一遍。

听完素珍的话,石岳文明白咋回事了,他低头看看自己湿漉漉的裤裆,下车又撒了一大泡尿,上车对素珍说的第一句话就是——"我饿了!"

开心的素珍吩咐石万把车赶进县城,带着俩人找了一家羊肉面馆,大方地点了三碗羊肉刀削面以及一碟凉拌牛肉，大快朵颐。

回家路上，石岳文憋不住，告诉素珍他偷吃安眠药的事情。意外的是，素珍并没有过多地苛责他——比起儿子的失而复得，没有什么可以使她当时的心情变糟糕。

回到家，素珍便把放在立柜顶上的安眠药收进柜子，上了锁。

"冬眠灵"事件后，石岳文像是变了一个人。

素珍发现，石岳文不像以前活泼了，长吁短叹话少了很多，而且经常发呆走神反应迟钝。有时素珍问话他就像没听见一样，拍一下肩膀才猛然惊觉。

石岳文又恢复了以前的邋遢相，不再对着镜子一遍遍梳头，也不再隔三差五烫洗内衣了。有时外衣领口脏得实在看不过眼提醒他，他都不肯洗。他还经常穿错袜子，鞋帮裂开露出脚趾，他照样穿着去学校……

素珍坚信石岳文吃错药、脑子受了刺激才变成这样。事实上那晚杨丽和石进说悄悄话的那一幕，给他幼小的心灵造成了难以磨灭的伤害。

石岳文不再和杨丽星期天相约打球，下课后的乒乓球活动也只是偶尔参与，不像以前总是霸占着半张课桌。

他对杨丽的态度也冷淡很多，杨丽好几次问他原因，他却闭口不谈。而那副球拍，他藏在家里一处隐秘所在，再没拿出来过。

不疯魔，不成活。

素珍惊奇地发现，石岳文突然对读书产生了极大的兴趣：吃饭时端着书看，睡觉时端着书看，下地干活也揣着一本书，有空闲就一头扎进书里，就连上厕所，胳膊下面也要夹本书……

他什么书都看，除平时学习的课本外，他还看素珍的《中师语文》《本草纲目》，甚至连《陈云文选》《毛选》都不放过……

石岳文自己的课本，几乎被他翻烂。他记得某篇课文的标题在第多少页，记得某段重要的文字或算式在某一页的哪个部位。他还缠着素珍教他弹脚踏风琴和手风琴，几个月下来，右手主音、左手配 Do Mi Sol 或者 Re Fa La 和弦的简单曲谱，他也能磕磕绊绊地弹出个眉目。

毫无悬念，石岳文每门功课的考试都全班第一，而且甩开第二名一大截。杨丽的成绩却截然相反，不出意外的话，留级复读是肯定的。

好几次杨丽在课堂上被叫起来回答问题，引来老师恨铁不成钢的长篇大论，石岳文的神情都冷漠得令人可怕。

两个月后，就是小升初考试。在一次测验成绩公布后，杨丽又一次被老师骂得抬不起头，下课还在座位上抹眼泪。石岳文来到杨丽旁边，语气平静、面无表情地说："我帮你补课行不行？保你考上初中。"

杨丽抬起头，眼神错愕。眼前这个人，大半年来几乎没主动和自己说过话，偶尔相遇也像陌生人，甚至当自己是空气一样擦肩而过，怎么今天突然主动凑过来说要给自己补课？

"嗯、哦，是真、真的吗？"杨丽结结巴巴回答说。

"如果你按照我说的做，保你能考上初中。"石岳文笃定地说。

"那、那好吧！"杨丽清楚自己考不上初中的后果，哪怕一棵稻草她也会抓。

石岳文要求杨丽每天上学早到学校一小时，放学晚回家一小时，以往星期天打球的时间，就换成在教室里补课。如果杨丽答应就要说到做到，否则就算了。

杨丽爽快答应。为了不被同学碎嘴取笑，石岳文还特意放了几颗烟幕弹——邀请另外几个平时关系不错的后进同学，一起给他们补课。

多数时间，杨丽都按照约定做了。有时杨丽打趣说："你就不能对我笑一笑的，我哪儿得罪你了？"或者"要不我们玩会儿乒乓球吧……你这个人真没意思。"诸如此类的话，石岳文都不搭茬儿，仿佛压根儿就不是对他说的一样。杨丽发过几次火，发现无效，也就无奈作罢。

补习完功课，石岳文仍会陪杨丽回家，却闷罐子一样说不了几句话，无聊到宁可踢着路上的石子玩。送到杨丽家门口，他淡淡地道个别，就头也不回地自顾自走了，不像以往眼看着杨丽进家门后再走。

小升初考试成绩出来，果然如石岳文保证的那样，杨丽虽然成绩不怎么理想，但终于被录取了。

公布成绩那天下午，杨丽高兴得手舞足蹈，时而用饱含感激的眼神看看石岳文。石岳文依旧无动于衷，偶尔眼神相交立马转头，表情漠然。

毕业生照相以及互赠礼物时，杨丽送给石岳文一本豪华的塑料皮笔记本，里面夹了一张自己的单人照片，扉页上写着六个字：友谊地久天长！

作为回礼，石岳文将那副乒乓球拍送给杨丽，附了一张明信片，上面写着他从《中师语文》教材上抄来的一句话："曾经沧海难为水，除却巫山不是云。"

1988年暑假结束，杨丽如愿以偿，到黄渠桥畔的乡中学念初中。她不在舅舅家住，而是住在学校分配给她舅爷的教职工宿舍。

杨丽的舅爷是学校的几何老师，头发花白、精瘦，虽然操一口江南口音，脾气却不似江南人温婉，据说因为脾气暴躁，婆姨和他离了婚。

老爷子虽然婚姻失败，教书却很成功，活成了学校里的传说。

虽然他是几何老师，上课却很少用教具，随手在黑板上画个圆，感觉比圆规画得还要圆，看得学生惊掉下巴。他学习打台球，从学会到成为独孤求败只花了一个月时间。

他还有个神奇之处，就是经常周末去黄渠游泳，哪怕风再大浪再急，他都可以平躺在水面上不下沉，偶尔慵懒地翻身扑腾几下，闲庭信步一样悠然。

老爷子对学生很严厉，却对杨丽宠爱有加，即使杨丽胆大妄为地做了出格的事，他也一味袒护，连句狠话都没骂过，这间接导致了那起惊动派出所的学生群殴事件。

学校有两个篮球场和一片操场，还在一片空地上砌了六张水泥乒乓球台，那是学生们下课、午休以及放学后最热闹的地方。

杨丽经常在乒乓球场地活动，并且成为全校乒乓球打得最棒的女生。石岳文有时远远地看见杨丽打球，心痒难耐，最终还是忍住，悻悻回了教室——他心里的疙瘩，始终没有解开。

杨丽球打得好，人又漂亮，身边很快聚集了一群男生，甘愿对她俯首听命。

那年初一行将结束，杨丽等人和另一帮学生因为抢乒乓球台起了争执，便相约在黄渠桥畔打一架，参与者达三四十人，结果数十人挂彩，杨丽也被带到派出所做笔录留底。

这起事件，杨丽是核心组织者，结果被学校开除。

几天后的一个下午，杨丽来到教室窗外，做手势让石岳文出来一趟。石岳文很意外，因为上初中后两个人基本不来往。他心里咯噔一下，低头走出教室。

"咱俩去学校外面聊吧，我有事跟你说。"杨丽说着，带石岳文前后脚走出学校，在黄渠边的一棵老柳树下坐下来。

"我被学校开除了，你知道吧？"杨丽笑着说。

"嗯，听、听说了一些。"石岳文支吾道，他不明白杨丽说这件事情时，居然笑得出来。

杨丽细致地说了事件的经过，轻松得就像是在说别人的故事。然后，长时间的沉默。再抬起头，她热泪盈眶。

"你不会也认为我是个坏人吧？"杨丽问道。

"那、那哪能呢？我、我没觉得你是坏人，只是、只是——"石岳文支支吾吾，他早认为杨丽学坏了，甚至感觉自己和杨丽是两个世界的人。

杨丽凄然一笑扯开话题："我想问一件事情，小学六年级时，你为啥突然不理我了？"

石岳文搪塞不了，索性心一横，把当年撞见杨丽夜会石进的事情说出来，包括自己睡不着觉偷吃安眠药的往事。

"哈哈哈、咳咳、哈哈哈——"杨丽止不住地一直笑到咳嗽，随即直视石岳文的眼睛问道："你老实说，那时候你是不是喜欢我？"

在那个流行在桌上画"三八线"的年代，男女生之间的相处有严格界限，杨丽直截了当地说出"喜欢"两个字，石岳文差点儿惊掉下巴。

"嗯——算是吧！"石岳文很久才憋出几个字，脸红到耳根，眼睛低垂。

"我要是和石进好上了，为啥你没看见我和他在一起耍呢？"杨丽反问。

石岳文怔住了。

杨丽长叹一口气说："石进那天找我，是因为他偷了家里的钱买球拍，他妈妈发现丢钱后打了他一顿，逼着他坦白。石进咬牙不承认，又不敢把球拍拿回家，才交给我替他保管，等风头过了再还给他——那天晚上我和他东拉西扯说了很多话，都是关于你的，我也告诉他我觉得你人挺好的……"

石岳文脑袋"嗡嗡嗡"地响了很久，以致杨丽后面说的话也没听清楚。他失眠、孤僻、发奋学习，他幼小脆弱的心被折磨好几年，居然因为这样一个狗血的误会！

"你知道吗？我每次去球场，都盼着能见到你，盼着像以前一样，和你开开心心打球说笑话；我和别的男生接触，故意想看你会不会生气和在乎我；我组织打群架，也是希望引起你的注意——可是你没有，你连话都不和我说，你说我是不是很傻？"

杨丽每句话，都像雷一样在石岳文心里炸开。他后悔、自责，恨自己小心眼，恨自己冲动，他紧攥手里的一根小树枝，攥到骨节发白——他一句话也说不出。

杨丽一如既往地笑得很可爱，像极了四年前她插班走进那间教室时的笑容。只是，笑里有泪，滴落在脚下的尘土里。

石岳文想安慰杨丽，却找不到词。他同样需要安慰，感觉说啥都是多余。

两个人默默地坐在柳树下，良久。

"明天我就回县城了，我爸说给我在厂里找个工作替他的岗，以后咱俩就见不着面了。你学习好，将来肯定能考上大学，我先预祝你成功吧！"说完，杨丽拿出一个东西塞进石岳文手里，头也不回地跑了。

石岳文定睛一看，那是一个用蛋壳新做的不倒翁，和几年前送给他的那个几乎一模一样，只是背面用钢笔写着娟秀的四个字："曾经沧海"。

杨丽已离开很久，石岳文却仍然呆坐在柳树下，雕塑一样。

他和杨丽之间懵懂的喜欢，算不上爱情，却纯洁得容不下一粒尘埃。见面时的心动、玩耍时的欢乐、误会时的心痛、补课时的执拗、互赠礼物时的良苦用心、刻意装出的冷漠……一切的一切，都是他生命中最珍贵的时光，却像这眼前的黄渠水，翻腾东逝，一去不返。

西边的云霞着了火一样通红，从云霞缝隙中透出道道金光，直射到翻滚浑浊的黄渠水上。水面上金光点点，精灵一样跳跃着，渐跳渐暗，直至变成酡红色的一片，有规律地荡漾着，最终消失不见。

4

作为各生产大队的政治、经济和文化中心，乡政府所在地虽然只有一条街道，但在石岳文眼中，俨然是一个热闹非凡的广阔世界。

乡街道连接宁和村那条宽阔村道的丁字路口，首先是许大夫的"许氏诊所"——做了多年江湖郎中，许大夫终于鸟枪换炮，经营了这个体面的诊所。

许氏诊所里仍是青霉素、黄霉素、庆大霉素、柴胡、食母生等治疗感冒发烧拉肚子之类的寻常针药，但有了门面及两个固定床位，就显得正规了。

许大夫喜欢病人进屋称他一句"许大夫"，这样他就眉开眼笑。倘若病人省了称呼直愣愣地要他看病，他眉头就会皱起来。许大夫终日像模像样地穿件白大褂，戴顶白帽，胸前挂一副听诊器，临时出去办事，也舍不得把听诊器摘下来。

许氏诊所对面是废品收购站，装了两扇生锈的铁栅栏门。以前石岳文哥俩的柳条、破铜烂铁就卖到这里。在孩子们眼中，收购站的老头可比诊所的许大夫可爱多了，因为到诊所一般免不了挨针，而到收购站却通常是去拿钱。

收购站和诊所旁边依次是碾米厂、杂货店、面馆、理发店，转角处是乡上最大的购物中心——供销社，里面商品琳琅满目，应有尽有。蓝色工装戴袖套的营业员，斜倚在柜台边，好像和全乡每个人都认识。

转弯来到街道，是一片繁华盛景。临街面最气派的建筑是全乡唯一的二层小楼——乡卫生院。卫生院隔壁是乡政府大院，依次排开的有理发店、饭馆、修车铺、副食品店、肉店、布店，直到街道尽头，就是乡办集体企业针织厂。

针织厂斜对面，就是黄渠桥头的中学了。

每天，街上来往的人群车流络绎不绝，上班的、上学的、牵着牲口下地干活的。饭馆烟囱冒出火烧火燎的忙碌劲儿，供销社涌进一波又一波生意，卫生院里老少病患进进出出，针织厂的机器传出的声音透着悦耳的神秘，偶有汽车驶过，喇叭揿得山响，增添了这里的热闹。

修车店门面不大，但各样零件齐全，胶车、自行车、农具都能修，甚至车大梁断了都能给你焊上——这是个神奇的所在，墙根下永远聚集着一群晒太阳的人，老少皆有，他们嗑着瓜子、眯着眼睛，嘴里流淌着乡里所有的事情，大到包产到户，小到鸡毛蒜皮。

街面上的人大多相熟，来来往往都要打个招呼。但每天必然出现的那个人，却没人和他打招呼，看见他只是呵呵一笑，最多说一句："看，傻子又来了！"

傻子姓甚名谁从哪里来，从没听人提起过，只是经常见他破衣烂衫、蓬头垢面，乱糟糟粘在一起的头发胡子越发凸显出一口牙齿的洁白。

傻子靠人施舍度日，他的出现和这个街面毫无违和感，彼此相安无事的相处状态，就像一棵树的生长那么自然。

有时一群不懂事的小屁孩追着他跑，还朝他丢土坷垃，傻子也不怒，只是嬉笑着躲避，这一切都是那么自然。有时学生们早晨在街面上跑步锻炼，傻子也嬉笑着跟在后面一起跑，学生们也不害怕，这一切也是那么自然。

这一切，石岳文上初中前就存在了，每天自然而然地发生着。石岳文唯一想不通的是，傻子是全乡活得最惨的一个人，看上去却最开心——永远一副无尽欢乐的嘴脸，他怎么做到的？

有时看见傻子，石岳文竟会心生羡慕，自己无法像傻子那样开心——杨丽夜会石进，给他造成莫大的伤害，虽然表面和杨丽断了联系，但他的心他的眼始终在她身上；他没想到杨丽聚众斗殴被开除，如此悲惨的下场竟因自己而起，这又让他愧疚和自责。

117

但初中生活在一个少年的心目中，是新鲜刺激的。这个年龄的石岳文，完全一副向前奔跑的姿态，他顾不上悲伤。

他每日天蒙蒙亮就爬起来，自己做个蛋炒饭一吃，背上书包徒步五六里路到学校上课，中午徒步回家吃饭，晚上仍然徒步回家，一天约摸二十里路，却不觉得累。

虽然家里有干不完的农活，但他一如既往保持了学霸的地位，他的理想是上高中考大学，成为全村第一个大学生。

唯一困扰石岳文的，是小霸王赵良军。

赵良军是邻村来的学生，黑而结实，胆大拳头硬，喜欢寻衅滋事，初二初三的学长都不敢惹，因此搏得"小霸王"的称号。

这天，石岳文和小伙伴石道吉去逛街，顺便玩三毛钱一局的台球。玩得正嗨，赵良军带着几个同学走过来，横手夺过石道吉手里的球杆，撸掉石岳文正在打的球，痞里痞气地说："来来来，我和你打两把！"

石岳文直起身，垂头，没吭声。

"哎！你咋了，看不起我是吧？"赵良军用台球杆点点石岳文的胸，"你他妈的到底打不打，你不打球信不信我打你？"

石岳文紧攥台球杆，攥得骨节发白，身子微微颤抖，但他不敢动手。

"你他妈的不打就给老子滚！"失去耐心的赵良军夺过石岳文手里的台球杆，顺势一脚，将石岳文踹得向后趔趄好几步，随手招呼几个随扈，自顾自地玩起来，根本无视石岳文和石道吉的存在。

石岳文脸涨得通红，头嗡嗡响，眼泪在眼眶打转儿，但他忍住没动手——他听过赵良军的传说，自忖这是个惹不起的货色，不像曾经的石红旗，靠他发疯就可以打败。

石道吉拉了拉石岳文的衣袖，示意他赶紧走。最终，石岳文像木偶一样被石道吉推搡着，灰溜溜地回学校了。

从此，赵良军只要遇见石岳文，都要上前挑衅几句，偶尔动手动脚地欺侮几下。石岳文每次都默不作声地赶紧走开，又害怕又气愤——赵良军成了他的心病。

石岳文忍不住向石岳斌告状。石岳斌怒不可遏地去学校找到赵良军，威胁说以后再敢欺侮石岳文，就让他吃不了兜着走。此后赵良军确实有所收敛，但石岳斌毕竟不在学校读书，没过多久，赵良军又原形毕露。

赵良军虽然号称"小霸王"，但学校仍然有他不敢招惹的存在——人高马大的邓红军，他比赵良军更高更壮实，两个人偶有交集，赵良军对他客客气气的。

石岳文发现这一点后，便主动结交邓红军，帮他抄作业，请他打台球，约他到家里玩，还一起去果园偷青货……没几个月，两人便形影不离。邓红军的几个随扈，也和石岳文打成一片，结成一个小团伙。

赵良军再也不敢招惹石岳文了，因为招惹石岳文，就等于招惹邓红军，等于招惹了这个团伙，那他真要吃不了兜着走。

邓红军家住邻村，骑自行车上学。这天心血来潮，石岳文去邓红军家玩，他托石道吉回家给素珍带个话，就跳上了邓红军的自行车后座。

笔直的村道伸向远方，道旁两排柳树唰唰后退，石岳文甚至听到了耳边的风声。稻田里的禾苗已经抽穗，在夕阳下泛着金黄的光。蛙声此起彼伏，间或有头牛仰头"哞——"地一声长啸。

许久没有如此放松的石岳文，感觉就连空气中也弥漫了欢快的味道。

偶尔有辆四轮拖拉机突突地冒着翻滚的黑烟从后面超过，邓红军就深吸一口气，拱背伏低身子，把自行车蹬得飞快，追上那辆小四轮，一只手撒把抓住车厢拐角，让小四轮连车带人拖着他们风一样地向前跑。

这时，石岳文忍不住眯了眼睛，紧咬牙齿，两手死死抓住邓红军胁下的衣服，体验那种生死时速的感觉。

直到驾驶员意识到后面有人，转头大声呵斥，邓红军才会撒手，再度两手抓紧车把向前蹬。

邓红军的父母是憨厚的庄稼人，父亲黢黑的脸上沟壑纵横，母亲头上搭一块灰头巾。二老非常热情，忙不迭地做了四个菜：炒土豆丝、炒豆角、韭菜炒蛋和猪肉炖白菜——这种规格在当时的农村家庭，一年也吃不上几回。

饭后，邓红军的父母和石岳文唠嗑，无非是学校的情况、石岳文家里的情况、希望石岳文学习上多帮邓红军之类。石岳文得知，邓红军父亲身体不好干不了重活，母亲负担很重，家里的光景过得也是全村倒数。

上炕睡觉时，邓红军说他初中念完就不读书了，希望能回家帮父母干活。

"谁能给我爸妈三万块钱，想要我这条命，都可以拿走！"他甚至这样说。

石岳文苦口婆心地劝解，动情处甚至说："你父母就是我父母，你家农活我们帮你一起干！"邓红军深受感动，抓住石岳文的手久久不松开。两个好朋友聊至深夜，困得睁不开眼时才不甘心地睡了。

石岳文言出必行，农忙时节去邓红军家干过好几次农活。邓红军读书也确实下了一段时间苦功，无奈基础太差，中考后他没有回家种地，而去县城一家餐馆当了学徒，后来成为一名厨师。这是后话。

这天中午，石岳文趴在桌上打盹，睁眼看见邓红军趴在对面，他神秘地说："告诉你件事，你妈昨天去我们村小学监考，和咱们班的王茉莉骂架，王茉莉一直追到校门口……好像、好像和你弟弟有关。"

"弟弟？哪来的弟弟？"石岳文一头雾水。

"哎呀！你不知道啊，我们村都传开了，你妹妹和王茉莉的弟弟，生下来的时候交换了，都念五年级……"从邓红军口中，石岳文得知素珍将孩子换回石岳华后，曾几次去邻村瞧儿子，回回都吃了闭门羹。

素珍这次去那个村办小学监考，无意中发现学生王宝就是自己的亲生儿子。午休时，她带王宝到校旁小卖部买了一堆东西，哪知下午监考完回家时，被王茉莉堵在门口。王茉莉将素珍买的东西扔在地上踩个稀烂，骂素珍不安好心。素珍骑自行车落荒而逃，王茉莉一路追骂到校门外……

石岳文惊呆了，表示不相信，邓红军却指天戳地赌咒发誓。放学后，他急忙赶往家里，心里琢磨邓红军的话，越发觉得邓红军不像编瞎话。

他和哥哥石岳斌的皮肤都随素珍，细腻白净，石岳华的皮肤却黑而糙；哥俩都是瞳人发黄的细长丹凤眯眯眼，石岳华双眼却大得炯炯有神、瞳人乌黑；全家人的头发都软而略黄，石岳华的头发却黑而硬；哥俩平时做事情轻手慢脚、脾气温顺，石岳华却性子急、脾气大，开窗能把插销拉脱；素珍教三个孩子唱歌，小哥俩很快就能学会，石岳华却咋教都唱不准音调……

左思右想，石岳文发现石岳华无论模样相貌，还是脾气性格，都和全家人有差异。遗传真是个怪东西，假的真不了，真的也假不了。

一进门，石岳文看见素珍坐在灶台边耸肩抽泣，还时不时拿围裙擦眼泪。他走上前问道："妈你咋啦？"

"宁宁回来啦？我没事，烟熏了眼睛，马上饭就好了。"素珍神情有些慌乱。

石岳文四周看看，见石岳华不在屋里，便坐在素珍面前的小凳上，支支吾吾问道："妈，听说妹妹不是你亲生的，昨天你去看弟弟，她姐姐还和你吵架？"

素珍一愣："胡说啥呢！压根儿没有的事情！赶紧拿碗盛饭，热饭还堵不住你的嘴！"

石岳文伸伸舌头，不敢再问。

第二天到学校，石岳文鼓足勇气约王茉莉到教室拐角没人的地方，事先早有预谋地问道："你星期天和我妈吵架了？为了我的亲生弟弟？"

王茉莉圆脸、黄发、肤色黑、嗓门大，行事泼辣，和石岳华就像一个模子拓出来的，因为两人平时鲜有交集，所以她脑袋转了半天，才疑惑地反问道："那个阮老师是你妈？"

石岳文点头承认。他问话时先入为主地确称王茉莉的弟弟就是自己的亲弟弟，就看王茉莉咋回答。

王茉莉蒙了，心直口快地说："咋就是你亲弟弟了，当年两家换了就是我弟弟——"说完她意识到自己失言，立即闭了嘴。

石岳文嘴角浮出略微阴险的笑意，再看王茉莉大眼睛、黑而硬的头发、皮肤略黑、嗓门大、容易冲动，和石岳华几乎毫无二致，愈加确定邓红军所言非虚。

"这事你咋知道？王宝本来就是我亲弟弟……"王茉莉想亡羊补牢，不甘心地解释道。

石岳文无心再听王茉莉辩解，又怕王茉莉翻脸，便顺着她的话说："既然两家换了，那他就是你亲弟弟，就像石岳华是我亲妹妹一样，谁也要不回去！"

王茉莉疑惑地看看他，神情不像刚才那样激动了。石岳文瞧在眼里，继续说："你也很想念我妹妹吧，咱俩其实一样。我保证继续保密，绝不打扰他们的生活……"

王茉莉深有同感："其实我也不想和你妈吵，但你妈那么待王宝，分明是想把我弟弟要回去，搁谁都会急的。"

"嗯，我明白你的心意。要不这样如何，哪天你带我去你家看看王宝长啥样——我保证不说他的身世，你一百个放心；作为条件，我也让你见石岳华，你也不要对她透露身世，咋样？"石岳文见时机成熟，趁热打铁地说。

"那不行！就是不行！"王茉莉断然拒绝，"你想得美，我才不上你的当咧……"

石岳文计划落空。他不理解父母怎会将亲儿子换给别人家，也想不通王茉莉为啥拼了命护着外人，甚至不去看自己亲妹妹一眼。

三个孩子中，素珍和石爱最疼爱的恰恰是石岳华。

彼时五年级的石岳华，已出落成大姑娘，梳两只俏皮小辫，扑棱棱的大眼睛黑白分明，和石岳文细长的丹凤小眼相比，标致太多。

素珍总把石爱的衣服改小了给小哥俩穿，石岳文还要穿石岳斌穿过的衣服。哥俩过年时才偶有新衣服穿，这种状况延续到哥俩各自上初中以后。石岳华就不同，素珍给她穿的，全是集市上买来布匹新做的衣服，把石岳华打扮得像花蝴蝶。

家里有好吃好喝的，素珍总是提醒哥俩让着妹妹，分配方式是哥俩一半、石岳华一半。割草、喂猪、扫地、洗碗之类的活计，素珍总是吩咐哥俩去干，每当哥俩有意见，素珍就说"妹妹还小，你们要让着点"。兄妹三个起了冲突，在素珍眼里，错的一定是小哥俩……

石爱疼爱石岳华更甚，每次回家探亲带回来的礼物，哥俩加起来还没有石岳华多。而且他总是习惯性地把石岳华扛上脖子玩个没够，还时不时带她去小卖部买这买那。

父母不公平的待遇，使得石岳文一度怀疑自己不是亲生的，甚至难过到想离家出走。他偶尔会想，要是姐姐石岳灵还在，一定会对他特别好，父母就是看重大的、心疼小的、中间夹个死不了的。

石爱和素珍过分偏袒石岳华，一方面因为思念石岳灵；另一方面，却恰恰因为石岳华不是亲生的，才更令他们心疼。

石岳华上小学后，老丫就没空带她了——她变成了大姑娘，在村办小学顶了一位代课老师的缺，闲时还要干地里的农活。石岳斌忙着上初中，回家又要干农活，和石岳华也玩不到一起了。

虽然心生不满，石岳文仍然对妹妹照顾有加，上学带妹妹随素珍去学校，晚上回家监督石岳华写作业，出去割猪草时也带着石岳华。多数时候他走到哪儿就带石岳华到哪儿，就像当年石岳斌去哪儿都带着他一样，活脱脱一只跟屁虫。

石岳文上初中，石岳华也四年级了，才逐渐步了哥哥的后尘，帮助素珍承担了不少家务活，尤其炒土豆丝，比素珍做得还好吃。

"如果让他们各自相认，彼此多一对父母，难道不好吗？"石岳文多次想这个问题，他无法理解。

当晚，石岳文吃饭时仔细端详石岳华，脸盘、头发、眼睛、神情……越看越像王茉莉。遗传这东西很神奇，石岳文清晰地记得王茉莉嘴角有一粒痣，石岳华嘴角同样的地方也有一粒小痣。

"小哥，看啥呢？我脸上有啥东西吗？"石岳华被看得不自在了。

"没、没！小哥就是看看，果然又长高不少。"石岳文觉得妹妹在毫不知情的情况下，被换到一个没有血缘关系的家庭，连自己的亲生父母都没见过，真可怜，便忍不住夹了两筷菜放进妹妹碗里。

"小哥，你今天咋怪怪的？"石岳华扒着饭，疑惑地问。

"没啥、没啥！你多吃点，好有力气帮家里干活。"石岳文敷衍道。

晚上睡觉，石岳文翻来覆去回想和王茉莉的对话，愈发心疼妹妹，下决心今后一定要像父母那样待妹妹好，谁也不能欺侮她。他又想起那个素未谋面的亲弟弟，不知道他长得和自己像不像……

意外得知有个亲弟弟流落在外，石岳文心里猫抓一样难受。他一定要想法见见这个弟弟，看他过得咋样。

石岳文得知邓红军的堂弟和王宝是同班同学时，心里便有了数。他提出放学后去邓红军家玩，并在他家住一宿。

"你不会想见你弟弟吧？"邓红军敏感地问道。

"嗯，不、不！嗯——是的！"石岳文难为情地说。

"这事好办！"邓红军爽快答应，他很乐意帮助这个弟弟一样的同学办这件事。

吃过晚饭，石岳文便和邓红军来到他堂弟家，派堂弟约王宝来家里写作业，约摸二十分钟就见到了。念五年级的王宝脸上稚气未脱，头发略微偏黄，偏圆形的瓜子脸、丹凤细眼，皮肤白皙、黄色瞳人，分明是石岳文的翻版。

王宝打过招呼，和邓红军堂弟趴在一旁的桌上写作业，看上去细声细语、老实巴交。

石岳文呼吸急促，眼睛在王宝身上扎了根——他特别想过去抱抱眼前的亲兄弟，告诉他自己就是他亲哥。邓红军在一旁急得大声咳嗽、使眼色，还使劲拉石岳文的衣襟，示意他不要冲动。

当晚，石岳文心潮起伏，向邓红军讲述自己的感受，激动时甚至流了泪。

"王宝虽然出身农村家庭，却是家里唯一的儿子，上面有五个姐姐护着，啥活儿都舍不得让他干。父母对他更好，在我们全村也找不出第二家……你把事实说出去，又改变不了啥，反而糟糕。"邓红军提醒道。

邓红军的话在理，石岳文也就认了命，他暗下决心，以后自己考上大学，一定要帮王宝过上好日子。

后来，石岳文到邓红军家玩过多次，谨遵和邓红军的约定，绝口不说穿真相。王宝只知道石岳文是邓红军的同学，不知道他居然是自己的亲哥。

石岳文在家也守口如瓶，他清楚父母的态度，也担心石岳华知道真相的后果——兄妹多年相处，石岳文早就认同石岳华就是亲妹妹，哪怕她不是父母亲生的。

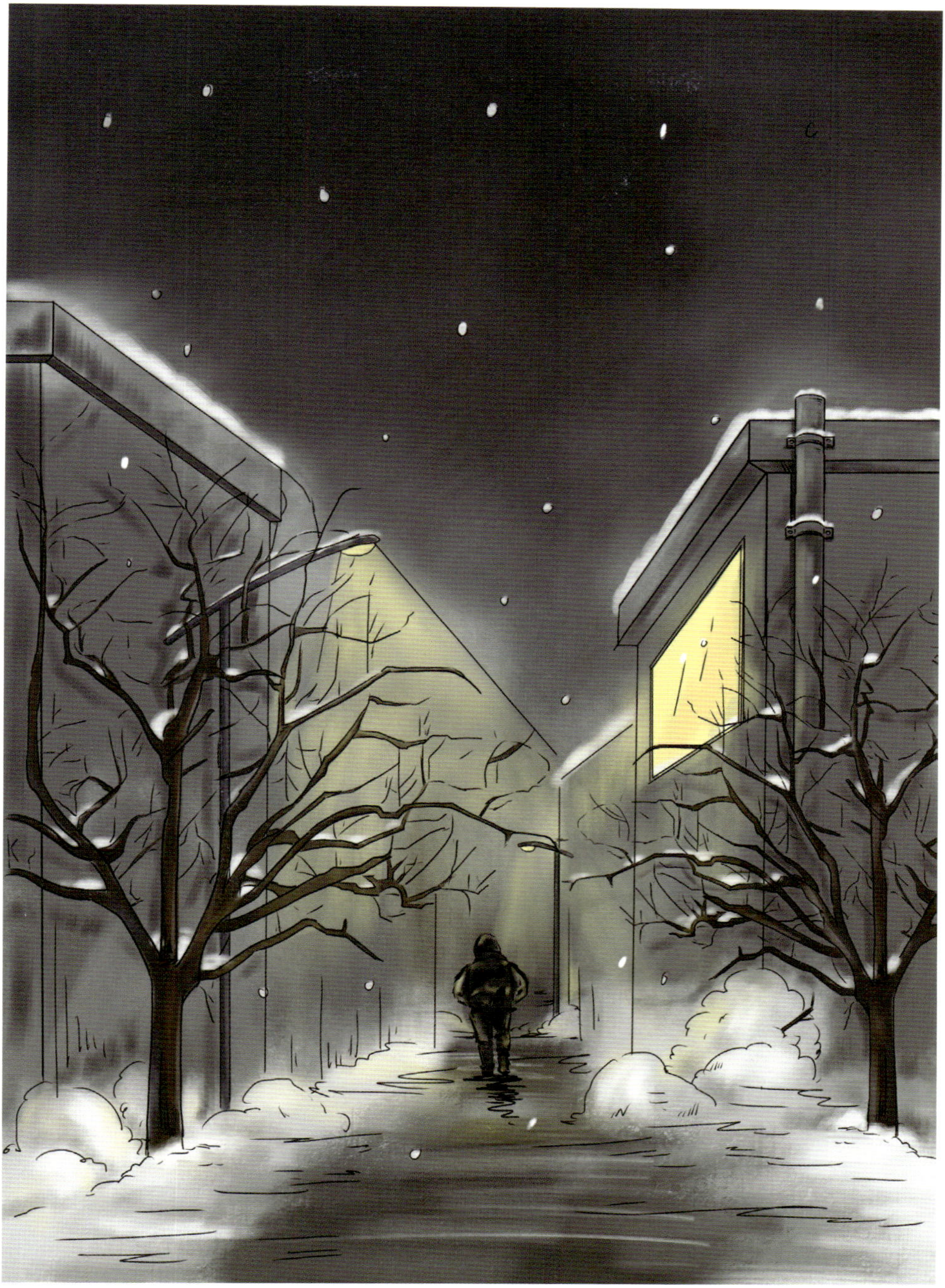

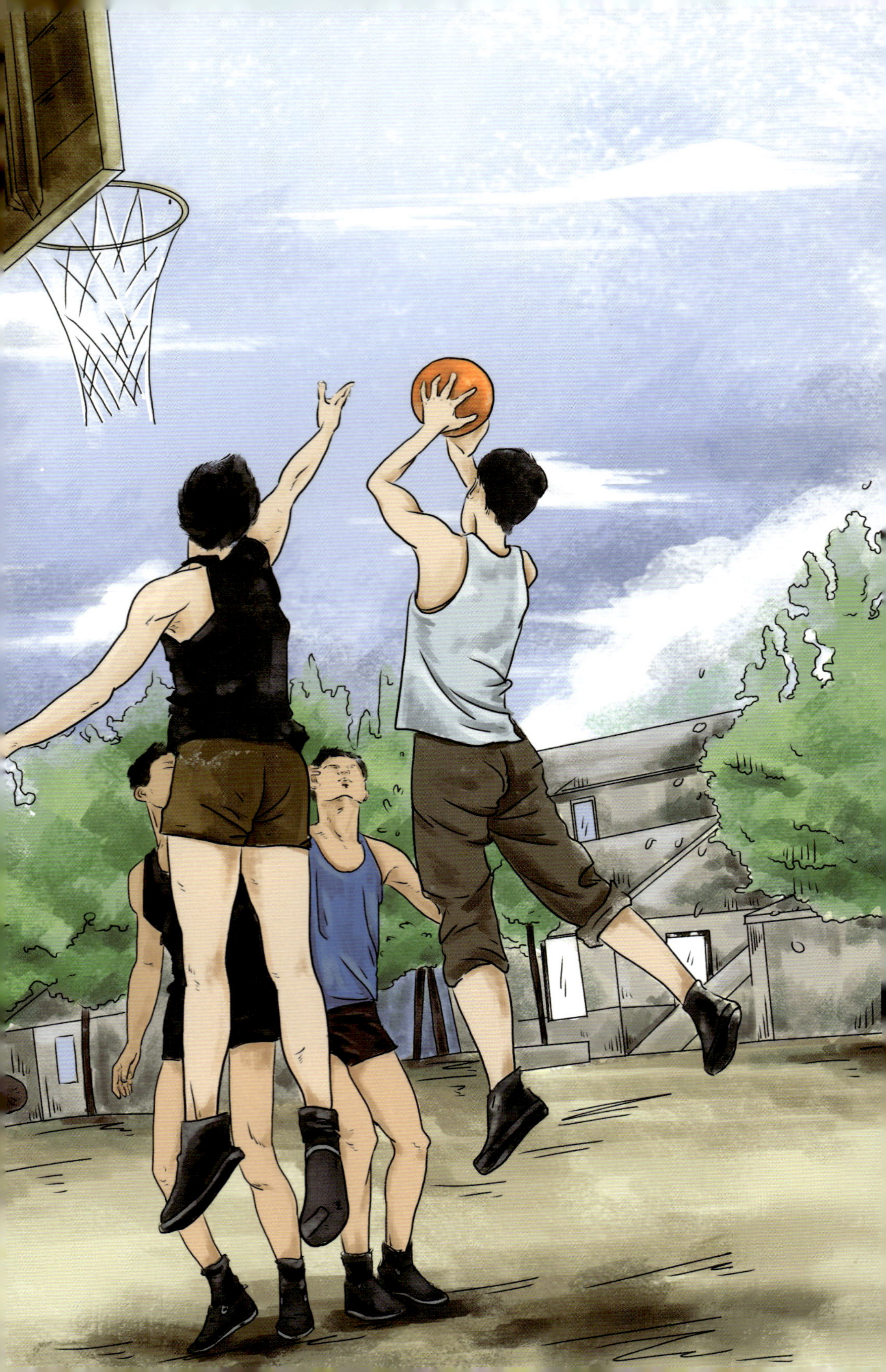

石岳文给自己出过一道残忍的选择题：如果时光倒流，让他在王宝和石岳华中选择一个，他会选谁？

虽然人们总说血浓于水，但石岳文的选择是石岳华。他想到石岳华时，历历在目的，全是这些年相处的过往；而想到王宝，脑海中却一片空白。

5

升到初三，石岳文向素珍提出住校，因为走路上学太浪费时间，影响中考。邓红军也住校，两人同住一个宿舍，同吃同睡，同进同出，形影不离。

班里有个叫徐静的女生，她妈妈在乡中心小学教书，就是当年教素珍弹脚踏风琴的老师，和素珍一直保持着亲密的同事关系。因了这层关系，石岳文和徐静成了好朋友。

徐静明眸善睐，嘴巴小巧玲珑，蝴蝶结扎起的一头长发，走起路来左右摇摆，如微风拂柳，衬托得一副好身材更显婀娜多姿。

石岳文觉得徐静是美人坯子，美中不足的是皮肤略黑。他偶尔瞥见徐静脸上油未抹匀留下的白痕，心里略微有小遗憾，但这抹煞不了她的美。

徐静经常给石岳文带早餐，馒头、包子、油条、豆浆变着花样来。石岳文照单全收，在学习上也尽心尽力地帮助徐静，他心里最妙的打算，就是两个人一起读高中、上大学。

每天晚自习结束，石岳文会护送徐静和她闺蜜回家，在夜阑人静的街面上嬉笑打闹。

这天，三人正说笑着回家，路旁饭馆走出三个喝多酒的痞子，趔趄着拦住他们的去路，嘴里不干不净地浪笑着，动手动脚地要徐静和闺蜜陪他们进去喝几口啤酒。

这种街头混混可比赵良军可怕多了，惹了这种人被打残打死的可能都有。石岳文的第一反应是逃跑，双腿却瑟瑟发抖、灌铅一样迈不出脚步——如果逃跑，以后可就没脸见人了。

街上几个下晚自习的学生，害怕地伫立在路边，远远看着，不敢走近。

徐静和闺蜜双臂紧抱胸部，带着哭音哀求混混放过她们。痞子愈加肆无忌惮，脏手在两个女生脸上乱摸，甚至搂住徐静脖子往饭馆里拖。

石岳文热血上头，他心一横，两三个箭步冲上前去，猛地推搡那个搂着徐静的痞子一把。对方没提防，加上喝醉酒脚步不稳，一屁股坐倒在地上。

倒地的痞子猛地从地上弹跳起来，抬手就给了石岳文一个大嘴巴，另外两个痞子也撸起袖子冲上来揍石岳文。

石岳文边躲边退，饶是如此，还是被揍得连滚带爬。两个女生吓傻了，带着哭音哀求痞子住手，脚却生了根似的不敢上前。

石岳文屁滚尿流地退进路边小巷。巷子很短，尽头是一堵死墙，经常有人来这里解决内急，又脏又臭。石岳文鼻青脸肿，身上粘满了便溺。

痞子狂笑着堵在巷口，每次石岳文爬起来，就站出来一个人三两脚把石岳文踹翻在地。石岳文再爬起，再被踹倒……

石岳文已感觉不到身上的痛，也没了先前的恐惧，脑袋却异常清醒，他自忖如果不逃出去，被几个酒鬼这么打下去怕是凶多吉少。于是，他一次比一次爬起来得慢，眼睛却滴溜溜观察着逃出去的机会。

又一次被踹翻倒地时，石岳文手底已经按住一块破砖头，眼睛也瞄见墙根下半截小臂粗细的木棍。当痞子上前踹他时，说时迟、那时快，他一跃而起，拿砖头准准地拍在痞子头上，顺手抄起墙根下的木棍冲上去。

头上挨砖的痞子"啊呀"一声抱头蹲地号叫，另外两个狂笑的痞子还没反应过来，这个发疯的少年已抡着木棍猝不及防地砸到他俩头上……

俗话说："兔子急了会咬人。"此时石岳文比疯子还令人胆寒，他大声呼喝着，将那根棍子抡得上下翻飞，不停地砸在痞子的头上脸上，直打得他们连连后退，双手抱头，蜷缩在巷子尽头的墙根下。

按常理论，即使石岳文拿着木棍，也不是三个痞子的对手，无奈他猝不及防发动进攻，对手又是反应迟钝的醉鬼，而且胳膊粗的木棍直接落在头上脸上，三两下就能把人打蒙。

那个年代打架大多往身上招呼，没人敢拿重器打头，出了事要坐牢。饶是三个痞子混充打过几次架，如此狠的手段也是头一回经历，只剩下挨打的份儿。

石岳文一直打到脱力，感觉胳膊抬不起来时才罢手。他喘着粗气，冲着痞子啐了口唾沫，方才一脸狰狞地扔掉木棍，跟跟跄跄地走到巷口，招呼两个女生送她们回家。

回到宿舍，邓红军已熄灯入睡。石岳文脸上身上火烧火燎地痛，浑身散架似的挤不出一丝力气，想睡又睡不着，脑袋异常清醒地胡思乱想着会不会被派出所抓走，后半夜方才沉沉睡去。

邓红军早晨起床，见石岳文脸上有伤而且推了两次没醒，便自己去上课了。他找到班主任，以拉肚子的理由帮石岳文请了半天假。

中午时分，邓红军到食堂多打了一份饭端回宿舍。石岳文吃饭时讲了昨晚事件的经过，听得邓红军目瞪口呆。

没几天，石岳文力战街头混混的壮举在校园偷偷地流传开来，而且添油加醋地形容他就像天神下凡，打得混混鬼哭狼嚎跪地求饶。一些不认识的学生见了石岳文会交头接耳指指点点，甚至有女生给石岳文写情书——就连赵良军再遇到石岳文，眼中也有了几分忌惮。

徐静对石岳文更是殷勤有加，不但早餐升级，还从家里弄来红药水给他治伤。她甚至买了支崭新的钢笔送给石岳文以示感谢，看他的眼神充满欣喜和崇拜。

这一战的后遗症，就是每天中午和晚上放学时，校门口会聚集七八个街头混混，其中三个头上缠着白纱布，目不转睛地在学生中搜寻石岳文——他们要报仇雪恨。

石岳文清楚这帮人惹不起，一直不敢出校门，有事就让邓红军帮忙代办，周末早早从学校后门翻墙回家。一个月后，那帮混混没了踪影。

距离中考越来越近，早操变成早自习，副课提早结束，体育课也被取消，班里沉闷压抑的氛围逐渐浓重。

石岳文依然疯魔，困的时候甚至学古人的样儿，用圆规戳大腿以保持清醒。他的每一本书都翻得面目全非，破烂得不像话。他对自己的要求是无论文章、段落、公式、概念，只要老师要求记住的内容，都要清晰地记住，甚至要记住在书页的哪一面以及所在的位置。

不止一次，徐静和邓红军请教学习方法，石岳文都不遗余力，无奈这些方法如同他自己的衣服，穿在别人身上就是不合身。比如先死记硬背再触类旁通，这是他的法宝，那两个人却今天记明天忘。

"记忆最好的办法，就是不断重复！"石岳文说，"就像咱们的父母，他们任何一个微小的特征，哪怕是一颗痣长在哪里咱们都能记住，就是因为天天和他们见面。"

两个人每次被石岳文鼓动得热血沸腾，最终却沮丧地发现无济于事——他们复习一本书的时间，石岳文已经把整个科目从初一到初三的六本书全复习完了。

石岳文自我感觉甚好，甚至错误地认为自己的智商令同学望尘莫及。同学请教问题，他会掩饰不住地流露出令人厌恶的优越感；每次模拟考试，他会提早交卷，独自在校园讨人厌地晃荡，显摆他的游刃有余。

"木秀于林，风必摧之；行高于众，众必非之。"一个十四五岁的临风少年，哪里懂得这些！

这种骄傲情绪严重拉低了石岳文的威信，每次三好学生和优秀班干部评选，石岳文的票选得分都不高，如果不倚仗成绩加分，他会和这两项荣誉绝缘。

中考考场设在县城的完全中学。石爱托了关系，安排石岳文住进县城一个同事的宿舍。

三天考试，石岳文每天中午到饭馆吃碗面，就在校门口的冷饮摊买瓶老酸奶，坐在那里等待下午的考试，期盼着看到徐静的身影——直到考试结束，也没看到徐静的影子，他垂头丧气地收拾东西回家，等待录取通知。

一周后的某天中午，石岳文独自在家，院外响起敲门声——徐静和闺蜜骑自行车来看他。

进屋后，石岳文给两人各倒了一杯水，坐在凳子上不知道说啥好——突如其来的拜访令他惊喜，又有点发蒙，令屋里的气氛显得怪异。

僵持片刻，徐静打破尴尬，没话找话地问道："我送给你的钢笔还在吗？"

这可把石岳文给问住了！考试前某个晚上，他和邓红军回宿舍时追打玩闹摔了跤，把那支钢笔摔成两截。

愣了一会儿，他支支吾吾地说："你送给我的那支钢笔，我、我不小心给摔、摔坏了——"

"我送给你的东西就这么不珍惜！"徐静突地站起来，涨红脸，拉了闺蜜转身就走，还把屋门摔得山响。

石岳文错愕地坐在那儿，他没想到这么小的事情，徐静会发那么大的火！等他反应过来追出院门，徐静和闺蜜早已没了踪影。

原本两人许久没见面，石岳文应该主动联系人家才对，他没有做。徐静约闺蜜主动来见面，哪知石岳文沉默得令人家尴尬不已。徐静没话找话地问起钢笔的事情，天知道歪打正着地哪壶不开提哪壶，得到一个更尴尬的回应。徐静面子挂不住跑出去，石岳文却不知铺个台阶及时追回来……

三年时间建立的友谊，这位少年只用三分钟就给毁掉了。事实证明，情商和智商是两码事，智商越高的人，往往情商越低。

6

逐渐长大的石岳文学会了感慨，他发现从前的生活，已经不属于自己了。

小学暑假就是放浪形骸地疯玩，平时在村里滚铁环、打四角、赢烟盒、弹玻璃珠、做弹弓、抓特务；午饭后相约去沟北耍水，屁股后头跟着一堆碎娃娃放牲口、偷青货；闲得无聊，就去溪沟摸鱼、折柳条、抓天牛送到收购站卖钱……

然而上中学后，却被家里当大人用，薅草、施肥、拉土垫牲口圈、割草、打农药……整天干不完的农活，恨不得再念回小学去。

石岳文初中毕业的这个暑假，劳动量额外增加，漫长难熬的暑假还没过完，他的心已经飞到县城高中去了。

作为最有希望成为全村第一个大学生的孩子，石爱和阮素珍蹬着两辆自行车，郑重地把石岳文送去学校报到，还带他在校外饭馆打了一顿牙祭。

彼时的石岳文，剪了倍儿精神的平头，穿一件黄绿色短袖衬衫，腰间系一根黑色人造革皮带，衬衫下摆束在藏蓝色长裤里，脚下蹬着素珍花二十块钱买的人造革皮鞋，英姿飒爽，意气风发。

辞别父母再度回到校园，石岳文的感觉完全变了——他已经是这所学校的一员，正宗的高中生，他将在这里度过整整三年时光，通过努力和汗水实现心中的远大梦想。

整个下午，石岳文都和新认识的舍友四处游荡，逛遍校园的角角落落。在食堂吃过晚饭，大家又相约去街上遛了个把小时，走得两腿沉重酸软，才依依不舍地回到宿舍。

开学一个月，石岳文逐渐适应了学校的节奏：早晨做完广播体操，回教室上课；中午到食堂排队打饭，肥硕油腻的食堂大妈会用肩上的汗巾抽打插队的学生；下午放学吃完饭，到操场上打篮球，晚自习后回宿舍关灯睡觉；周五放学骑自行车回家驮粮食拿生活费，周日下午骑车返校……

就在这一个月里，石岳文发现县城学生和农村学生之间，有一条无形的鸿沟。

石岳文这类住校生，是边远农村来的；每天骑自行车上学的，是城郊农村的；而那些走读生，就是家住县城的学生。

县城学生穿着洋气得体，并且经常换穿不同的衣服；城郊和边远农村的学生，穿着土气，而且一成不变。

城里学生胆子大，活泼很多，嬉笑玩乐好不开心；农村学生胆小自卑，行事唯唯诺诺，说话小心翼翼。

城里学生零花钱多，经常会在课间去校门口的摊点买葱花饼、油条及其他名目繁多的零食；农村学生一周十块钱左右的生活费都买了菜票，只有咽口水的份儿。有的农村学生怕被瞧不起，就从家里带咸菜，省下菜票钱当众买零食，打肿脸充胖子。

城里学生搭伙玩，农村学生搭伙玩，彼此间没有太多交集，就像活在两个世界。石岳文不出意外地交了几个边远农村来的朋友，而且一半是他初中同学，他感叹命运不公，心有不甘。

第一学期期末考试，石岳文的成绩全班第一，同时位列全年级前十名，因了这份帅帅的成绩单，他当选为班长，这让他有翻身农奴把歌唱的自豪感。

石岳文最喜欢的女同学，是林玲。

林玲瓜子脸，眉弯眼大，樱桃小口，皮肤白皙，齐耳短发，穿一件赭色小西装，里面套着波浪褶边的白衬衣，手提黑色皮夹一样的书包，看上去精致洋气。

林玲性格文静，笑的时候会抬手掩口。她笑的时候，石岳文会想起徐志摩那句诗："最是那一低头的温柔，像一朵水莲花不胜凉风的娇羞。"想着想着，就会莫名其妙地红了脸且心跳加速。

石岳文想亲近，又自惭形秽。幸好有林玲的闺蜜贺敏，才使他有机可乘——贺敏和石岳文的渊源，得从双方的父亲说起。

石爱当年在煤矿工作，最好的朋友就是贺敏的父亲贺政泉。贺政泉先申请调回来，几年后当了乡长。石爱申请调回的时候，贺政泉拉他去乡政府一起干，做了一枚文书。

贺政泉早两年就调至县城，还分配了住房，贺敏自然变成了城里的学生。两家人早年就有交集，如今石岳文和贺敏成了同班同学，自然比其他同学走得近一些。因了这层关系，石岳文便有条件游离在县城同学的圈子边缘。

贺敏留短发，大脸盘，高个子，走路风风火火，做事干脆利落，说笑叽叽喳喳，颇有点《红楼梦》里凤姐的味道，人未到、笑先闻。

每晚自习课，贺敏和林玲形影不离，雷打不动地坐在第三排的固定位置。石岳文观察很久后的一个晚上，他早早来到教室，一屁股坐在贺敏的位置上。

贺敏进教室后，发现座位被石岳文占了，便径直走上前说："你起开，这是我的位子。"

石岳文假装没听见，厚着脸皮装模作样地看书。

贺敏重复一遍，石岳文才转头若无其事地说："你坐后排吧，你个子高。"终究又心虚地补充道，"你坐后排吧，我找林玲说个事……"

此时窗外响起老师的脚步声，贺敏无奈地噘嘴坐到第四排。林玲自始至终没说话，被动地成了石岳文的同桌。

哪知石岳文死猪不怕开水烫，每天都提前占贺敏的位子。久而久之，贺敏习惯了，石岳文偶尔晚到，她也会主动坐到第四排去，只是忘不了撂一句："你这个坏尿！"

春天风多，来自内蒙古额济纳旗的沙尘暴动辄席卷而来，严重时遮天蔽日，白天就像夜幕降临一样。路上行走的女人只好拿头巾遮面，男人往往黄沙灌一嘴，硌得牙齿很不舒服。

每年这个时节，学校会组织学生到贺兰山脚下的沙地边缘栽种树苗，阻止良田沙化。同学们每两人分配一把铁锹，书包里装了面包和水，骑上自行车，一路来到指定的沙地区域。

彼时早有小四轮车将成捆的树苗运到那里，学生们挖坑、栽树、浇水、填土。

石岳文所在的班级植树时，已是高一第二学期开学两个月的样子。已是班长的他，组织同学分发完树苗，自己也抱一捆，带大家一起栽种树苗。

这时，农村学生的优势显现，栽树这种小活，与他们长期经历的繁重农活相比，甚至算不上体力活。当城里学生撅着屁股吭哧吭哧挖坑时，他们早已解决战斗，扔掉铁锹打闹嬉戏了。石岳文只能跑来跑去，呼喝着让他们帮城里学生尤其女同学。约摸三个小时后，所有树苗成功栽进沙地里。

干完活，农村学生三三两两地跑去附近一片沙枣林，把树上或掉落在沙地上熟透的沙枣捡进书包，有的人吹一下就塞进嘴里，讲究的洗一下再吃。

隔年的沙枣酸甜可口，但皮硬心实沙瓤，噎得大家直伸脖子，纷纷跑去附近村庄的一眼水井汲水上来，仰头咕咚咕咚地喝个没够。

城里学生已然筋疲力尽，躺在沙地里吃着干粮喝水，盼着老师通知回校。

彼时贺敏胸前挂一架时兴相机，跑前跑后地给大家照相。看见林玲正和一位女同学摆造型，石岳文赶紧凑上去同框照相，鬼使神差地从林玲背后伸过手去，假装不经意地握了一下那只纤纤细手。

"嗨，你抓我的手干吗?!"林玲旁边的女生嚷道。

石岳文臊得老脸通红，意识到自己过于紧张，竟抓错了手。林玲一脸羞涩，站在中间红着脸哧哧地笑。

正尴尬间，老师招呼大家说时间还充裕，学校决定让大家把一条已被沙土填塞的水渠重新挖开。石岳文趁机开溜，跑去组织分工挖水渠了。

结果农村同学又提前干完，石岳文再去号召他们帮忙，却应者寥寥。因为挖渠更耗体力，农村同学也筋疲力尽了。

尽管石岳文分配任务时已经很照顾了，但贺敏和林玲所在的组仍然连一半活儿都没干完。女生已经扔掉铁锹，男生则像过家家一样，每锹铲一丢丢沙土，貌似也没有力气扔到渠堤上。

石岳文向手心吐了两口唾沫搓一搓，拿起林玲撂在一边的铁锹跳进渠底，大开大合地挖起来。他身材瘦弱，但孔武有力的样子，令那几个城里男生自愧不如，给他递水送饼干，忙不迭地示好。

石岳文正干得起劲，铁锹铲到渠底的一块石头，"咣啷"一声脱手掉到地上。他的手蹭到渠边放倒的一把铁锹刃上，血汩汩地顺着伤口流出来。

众人见状，纷纷上前探看伤势。林玲急忙拿出书包里的手帕，小心翼翼地缠在石岳文的伤口上。

石岳文手疼得钻心，却激动异常。他目不转睛地看着林玲，看她专注的神情，看她灵巧却又小心翼翼的双手，仿佛林玲处理的伤口，压根儿就不是他的。

"还愣着干啥，赶紧上来这边！"旁边贺敏一声娇喝，才把石岳文游离的魂给叫回来。贺敏一边让石岳文休息，一边呼喝着叫来几个男生，自己站在渠边鼓劲说笑话，总算让他们把剩下的活干完了……

返校后十多天，伤口好了。石岳文用肥皂把那块手帕洗了又洗，晾干后叠得整整齐齐地压在枕头下，每晚睡觉时都拿出来闻一闻，还要端详好久。那块白底印着蓝色碎花的手帕，是他青春期懵懂爱情的见证。

学期末，石岳文的爷爷石伏祥，走了。

鉴于石伏祥生前在村里的地位以及受人敬仰的程度，儿子石爱为他举办了一场声势浩大的葬礼，以示生的伟大、死的光荣。

石岳文的儿时玩伴石道吉，彼时已经是一位阴阳先生。他初一辍学，拜了位阴阳先生当师傅，农忙干活，农闲就干超度亡人的活计，十五六岁已练就一笔抄写经幡的好字。村里人常惋惜地说，如果他拿这股聪明劲念书，必成大器。

葬礼结束当晚，石道吉脱下道袍，到家里和石岳文聊知心话。自打他辍学后，两个人很少见面。

"我今天看见你爷爷了……"石道吉眨巴着眼睛，神叨叨地说。

"嗯？那是我爷爷入殓的时候吧？你说人过世了到底啥样子？"石岳文没见过死人，他不敢看。

"不是！我今天看见的，就在埋棺的时候，你爷爷站在坑边，看着大家把棺材放进去的……"

石岳文倏然感觉冷气直透脊背，忍不住打个寒战，再看石道吉的表情，透着一股阴森森的诡异，令他汗毛倒竖。

"你快别说了！瞎说八道的，再说我跟你急……"石岳文赶紧打断。

"唉，你不相信就算了，当我没说！"石道吉浑不在意，又神叨叨地说别的事情。

石岳文不敢再和石道吉聊下去，随便扯个理由把他支使回去。临走，石道吉打趣道："我咋看你脸上有桃花啊，是不是看上班里哪个女生啦？"

石岳文心下一惊，当即想到林玲，他涨红着脸，嘴硬地辩白道："哪有的事！真把自己当神仙啦，胡说八道！"

当晚，石岳文睡得很不踏实，梦里把自己吓醒好几次。门外风吹草垛的声音、狗吠的声音、鸟儿扑棱展翅的声音，他都疑神疑鬼地以为爷爷走进来了，出了好几身冷汗。

葬礼过后的很长一段时间，石岳文周末骑车回家，都会绕行到石伏祥的坟前，拔一拔坟头草，再规规矩矩地跪下磕几个头才走。

暑假里，石爱与素珍商量把前后院捯饬一下，从入户院墙开始，把前院变成菜园，种上西红柿、茄子、辣椒、豆角之类的蔬菜；接近半亩地大小的后院，原本只有猪圈、厕所和一堆乱七八糟的柴火，重新整修后，腾出空地来栽种苹果、桃、杏等，变成果园。

说干就干，地里没有农活时，素珍就带着石岳文和石岳华和泥砌墙、平整土地。石爱下班回来也一起干。彼时石岳斌已在市里建筑公司当施工员，两周回家一次，也和大家一起干。

暑假临近尾声，前院菜地已经种上应季蔬菜，后院的果园也和六爷爷打好招呼，等来年开春移来果树栽下去。石爱琢磨着还有时间，就带全家人把自家和后面邻居家的隔墙拆掉重新砌了。

他家后面的邻居，就是薛自华，那个外出晃荡撞了大运的薛自华。

平日里薛自华开车跑运输，他带回来的婆姨就在家种地。婆姨肚子争气，先后给他生了两个儿子，老大上小学，老二还在襁褓中。

薛自华在不在家，看他家院里是否停着那辆卡车就知道了。

这天傍晚，石岳文干完活独自躺在后院里，突然听到隔墙传来窸窸窣窣的声音，便把脸贴住土坯墙的洞眼偷看过去——那是薛自华家的厕所，他婆姨正蹲在那里，露出一截雪白的大屁股小便。

石岳文红着脸，叉着腿偷偷溜进屋，趁素珍不注意，拿了半卷卫生纸，去柴火堆把那些精液擦拭干净，又回屋找条裤子换上，顺手把脏裤子拿到院里洗掉。

当晚，石岳文翻来覆去睡不着，满脑子都是那截白花花的大屁股，下面的玩意儿又不争气地硬起来。他又一次遗精了……

这天晚上，石岳文正躺在炕上看电视，听到远处传来汽车喇叭声——薛自华回来了。他谎称上厕所，动作麻利地翻身下炕，蹑手蹑脚地到老地方潜伏。

石岳文揣测，薛自华回家，他婆姨必然要下炕给他张罗饭菜，就有可能上厕所。他把眼睛凑近洞口，目不转睛地瞅着薛自华家的院子。

不可思议的一幕发生了：只见薛自华家的屋门吱扭一声打开，却从里面挤出一个男人。男人机警地左右望了望，快速向石岳文躲藏的地方跑来。

石岳文吓得大气也不敢喘，牢牢盯着男人，生怕他过来将自己揪出来。只见男人敏捷地绕过厕所，像猴子一样灵巧地翻过后墙，跑了。

薛自华的婆姨这才从屋里悠悠地出来，穿着大花短裤、松松垮垮的汗衫，朝石岳文躲藏的方向望了望，又咳嗽两声，慢吞吞地过去拉开院门——石岳文看着那两扇院门，竟荒唐地感觉就像薛自华婆姨张开的两条腿。

薛自华在院里停好车，端一盆水洗脸擦身。他婆姨在厨房脱下那条大花短裤扔进盆里，换上长裤，开始生火做饭。

厨房门敞开着，明晃晃的灯光照亮半个院子。薛自华婆姨脱短裤的瞬间，石岳文瞅见她下身黑黑的一团——他又一次不争气地弄脏了裤子。

石岳文屏住呼吸，等薛自华吃完饭，两口子进屋关门，才悄悄从柴火堆里钻出来进屋。他从柜里找出一条干净裤子换上，脏裤子扔进洗衣盆，端到院里去洗。

"大半夜的你洗啥裤子?!"素珍从电视上收回眼光，疑惑地问道。

"哦，我突然想起明天没有干净裤子穿了。"石岳文撒谎道。对于事情的真相，他感到羞耻。

"真是发神经了你!"素珍嘟囔一句，目光又回到电视上。

睡觉时，石岳文回想晚上发生的一切：那个男人究竟是谁？上小学时撞见薛自华偷的女人又是谁？薛自华偷女人，没想到婆姨又背着他偷汉子，狗日的真是有趣……想到这里，石岳文差点儿笑出声来。

7

秋高气爽的开学季，石岳文再度走进校园，脚步轻快——他又能见到朝思暮想的林玲了。

林玲依旧是干净的齐耳短发，清澈明亮的眼睛，精致的五官和迷人的笑容。而且她的装束升级，一根红色的腰带配碎花裙子，更显楚楚动人。

好几次见到林玲，石岳文脑海里居然浮现出薛自华婆姨那截雪白的屁股，还有下身黑黑的一团，还忍不住和林玲的形象交织在一起浮想联翩，真是精虫上脑。

然而令他郁闷的是，自己内心电闪雷鸣，对方却完全无感，剃头挑子一头热。

更令他烦心的是，自己不得不搬出宿舍。

原来经过一年相处，他成功弥合城乡差别，既和农村同学和睦相处，又与城里同学打成一片。而城里同学以贺敏为核心的一群花枝招展的女生，有一位被王战看上了。

人如其名，王战虽然干瘦，但狠辣凶悍，是打架高手，又在社会上结交了一帮混混，更是无人敢惹。他也住宿舍，平日在校园里颐指气使、嚣张跋扈，屁股后面几个随扈也趾高气扬地横着走。

石岳文每次碰到王战都小心翼翼地绕道而行，避免招惹这个瘟神，一年下来倒也相安无事。

然而石岳文和这帮女生走得近，就动了王战的逆鳞。他每次看到石岳文，嘴里会不干不净地招惹，警告石岳文离他女人远点，甚至有两次抢过石岳文的饭盒，直接丢进垃圾堆。

王战的骚扰，令石岳文如芒刺在背。他思忖良久，便对素珍提出到校外租房住，理由是宿舍人多嘴碎，影响他学习。

　　石岳文约了舍友于建社，在学校附近合租一间房，每月租金三十元，两人各承担一半。他俩还顺带添置了锅碗瓢盆、油盐酱醋之类，自己做饭吃。如此，他和王战就没啥见面机会，清静很多。

　　每天早晨，石岳文和于建社上学途中买豆浆、葱油饼当早饭，在学校吃好午饭回出租房休息，晚饭也在学校吃。那套做饭的家当，只有晚自习后，或者周末不回家时才用得上。

　　闲余时间，石岳文大都花在运动场上。

　　学校各班级间的篮球比赛很频繁，每场比赛都会引来大批观众。篮球打得好，就会引来女生们夸张的惊呼和鼓掌。然而石岳文只是替补队员，多数时间都没机会上场。

　　他自认为性格懦弱，小时候和伙伴偷瓜菜水果，总是最先逃跑；仅有的几次打架经历，也是被逼狗急跳墙而非勇敢；就连对林玲的单相思，也尿得不敢表白。他羡慕赛场上敢闯敢拼的同学，甚至对惹是生非的王战有些模糊的崇拜——他要让自己足够强壮，从而变得自信勇敢，去和王战抗衡。

　　又应了那句老话：不疯魔，不成活。

　　石岳文天麻麻亮就抱着篮球到学校，练习投篮和运球；他放弃午休时间苦练，下午放学后也练到天黑才罢休；从学校往返出租屋的路上，他左右手互换运球，手边没篮球就空手比划找感觉；由于个头矮小当不了中锋，他愈加苦练投篮……

　　学期末，石岳文已经是有名的投篮高手。尤其三分远投，总能引来一波波惊呼和赞叹。

　　鼓掌的人中，就有贺敏和林玲，那是石岳文最为开心和得意的时刻。那种感觉就像兴奋剂，刺激得他更加痴迷地苦练篮球。

　　这天晚饭后，石岳文又到操场打篮球。于建社大老远跑过来加入，对着地上滚动的篮球一记重脚，篮球"嗖"地飞出去，撞到篮球架下一颗凸起的铆钉上，"噗"地泄了气。

　　傻眼了！那是石岳文省了很久的菜钱才买的篮球，平时像宝贝一样地爱护着。于建社这一鲁莽行为，毁了他的爱好。

石岳文脸涨得通红，一声不吭。于建社则不停地道歉赔不是。最终石岳文拂袖而去，留下于建社傻呆呆地站在操场上。

当晚，于建社没上晚自习，也没回出租屋，第二天上午也消失不见。石岳文心里憋着气，没有理会这件事。

午饭后石岳文回出租屋休息，路上觉得自己可能过分了，说来也就一个篮球，况且于建社不是故意的。临进院门，他心里已经彻底原谅于建社，打算下午上课还见不到他，就骑车去他家一趟——想到这里，他又莫名地担心起于建社来，这个家伙莫不是遇到意外了？

他推开门，却看见于建社扬扬得意地坐在床沿，左右手互换着玩一只崭新的篮球。

"嗨——接球！"说着，于建社将篮球掷到石岳文手中。

"咋样？这个篮球赔给你！比你原先的那个好吧？"于建社一副嘻皮笑脸的欠揍模样。

"你、你哪来的钱？"石岳文又惊又喜，疑惑地问道。于建社出乎意料的这一手，令他不知所措。

"反正不偷也不抢的，你就放心收着吧。"于建社笑呵呵的。

"你不说哪来的钱买的，这个球我就不要……"石岳文固执地说。他清楚于建社兜里有多干净，不希望朋友因为一个篮球去做犯法的事。

"嗯，我昨晚回了趟家，从库房拿了点米过来——你放心，我把三个米袋子都打开，每个袋子盛一点出来，家里人发现不了……"于建社解释说，他大清早就骑自行车，把米驮到俩人经常吃饭的小饭馆卖了，又去县城最大的商场买了这只篮球。

"我还剩点钱，咱俩出去吃顿好的？"于建社兴致勃勃地说。

"嗯，我吃过了。"石岳文思忖一下说，"这球以后算咱俩的，一起玩——这些钱来得不容易，咱们省着点花，不能铺张浪费是不是？"

于建社见石岳文不去，兴味索然地出去买了两个面饼，就着开水充饥。

晚饭前，两个人抱着新篮球说笑着去操场，想试试新球的手感。刚走出教学楼,听到走廊里有人喊他名字,石岳文打眼一看,可把他乐坏了——那是邓红军,初中毕业至今,他俩两年没见面了。

邓红军双手插在裤兜里,正眯着眼笑。他一头遮眼长发,穿着流行的黄色夹克、黑色灯笼裤,裤腰和口袋间还有半截铁链装饰,脚蹬黑色陆战靴,找不出一丝学生模样。

石岳文三步并两步跑过去就是一个熊抱,两个人你拍拍我、我拍拍你,你看看我、我看看你,一下就回到初中时的感觉。

老友重逢,自然有聊不完的话。邓红军提议石岳文晚自习请假,他要请石岳文下馆子。石岳文满口答应,叫上于建社一道去。

在县城招待所对面的饭馆,邓红军阔气地点了五六个菜和一整箱啤酒。石岳文惊慌阻止,邓红军执拗地说自己是挣工资的人,不差钱。

聊天中石岳文得知,邓红军中考落榜后,去县城一家餐馆当学徒,出师后辗转托了关系,在对面县城招待所当厨师,如今快一年了。

邓红军讲述自己当学徒时,睡在厨房后面一床宽的房间里,天不亮就起床,一把菜刀能把纸箱切出土豆丝的形状云云,听得石岳文和于建社唏嘘不已。

酒至半酣,邓红军起身去招待所,回来时用塑料袋提着一只酱猪肘和两个凉菜,身后还跟着一位漂亮姑娘。

"这是我对象英子,在招待所当服务员;这是我弟兄石岳文和于建社,你们认识一下!"邓红军介绍英子落座,又兴致勃勃地喝起来。

英子五官周正,模样俊俏,眉眼带笑,令人如沐春风。石岳文惊讶地发现,林玲和英子居然是同样的齐耳短发,衣服款式也一模一样——他这才想到林玲的姐姐也在县城招待所上班,她的衣服应该是姐姐送给她的工作服。

饭后走出酒馆,无巧不巧地碰见了王战。彼时王战已经把那位女生追到手,正带着女生和两个随扈逛街。

席间石岳文聊过他和王战的过节,他俯耳对邓红军指认了一下。没想到邓红军竟摇摇晃晃地走过去,挡住了王战的去路。

"你就是王战?"邓红军抬手指着王战说,醉眼乜斜。

王战一愣，看到邓红军后面的石岳文，便明白过来。

"是又咋样?！你又是谁?"王战是惯于打架的人，虽然邓红军膀大腰圆，他也不怯，同样盛气凌人地回答说。

"老实告诉你，这是我兄弟！"邓红军指着石岳文继续说，"你以后再敢欺侮他，就是不给我面子，我让你吃不了兜着走！"

"想找事吧？谁怕谁呢！"王战紧握双拳，随时准备动手。

"整条街上你打听打听，我邓红军怕过谁？大名鼎鼎的四哥你听过没有？那是我兄弟……"邓红军道。

"哦，你认识四哥？"王战立马换了一副嘴脸，疑惑地问道。他结交的几个痞子，就是跟四哥混的，所以听过四哥的名头。然而他只是在校高中生，和四哥的层级差了好几截，至今没见过四哥本人。

"那当然，不信你等着，我把四哥给你叫来?"邓红军嚣张地说。

"那、那、那不用了，"王战忙不迭地说，"都是自家兄弟，咱们犯不着惊动四哥的。"

"那我说的意思你懂了吗？"邓红军又指着石岳文说。

"懂的！懂的！其实这就是个误会。"王战老早松了拳头讨好说，"邓哥啥时候有空，帮我引见一下四哥?"

"那没问题！好啦！以后大家都是兄弟，有福同享、有难同当，谁也不要为难谁了……"邓红军说着话，搂着石岳文的肩膀过来，让他俩握了握手。

本来邓红军还要拉着众人再去喝酒，但彼时已近十点，石岳文和于建社要回出租房，晚了房东会锁院门，推辞掉了。王战想到要费力气翻墙回宿舍，也拒绝了邓红军的好意。于是，两拨人就此作别。

回出租屋的路上，石岳文向邓红军打听四哥的情况，方才知道这位四哥因故意伤害罪刚从监狱出来没两年，是盘踞县城的大混子。

有一次四哥到县城招待所吃饭，喝到很晚也不走，当时值班的邓红军又不敢赶他们，便硬着头皮陪四哥喝到半夜。四哥当即对邓红军兄弟相称，允诺邓红军以后有事找他。

邓红军清楚自己和四哥不是一路人，平时也不和他有任何交集，只是每次四哥来招待所吃饭，他都会从后厨出来知会一声，偶尔瞅机会做一两个免费菜送过去，倒是博得四哥和他一众兄弟的认可。

这次邓红军狐假虎威地搬出四哥恐吓王战，药到病除，直至高中毕业，王战见了石岳文都客客气气地井水不犯河水。

石岳文对邓红军感激不尽——初中时替他挡了赵良军，高中时替他挡了王战，冥冥中因缘注定，他就是石岳文的护身符。

转眼元旦。那晚饭桌上，石爱宣布全家人即将搬到县城的消息，让全家人乐翻了天。

石爱带石岳灵和凤香去北京医病，回来后认为农村人和城里人不是一个命，加上经历丧女之痛，便咬牙出走石炭井煤矿，立志把全家人带进城，如今费了十五年时间，终于得偿所愿。

石岳文是三兄妹中最兴奋的一个。小学初遇县城来借读的杨丽，就感觉她鹤立鸡群；如今他读高中，面对那些城里同学，仍会自惭形秽；他不敢向林玲表白，除了自觉性格懦弱，另一层顾虑就是两人身份不对等，就像癞蛤蟆想吃天鹅肉，特别难为情。

而现在，他心里激荡着向林玲表白的冲动，遏制不住。城里同学在他心中不再高不可攀，他们的生活也不再令他自惭形秽，他将和他们成为一样的人！

临近寒假的那个星期五，鹅毛大雪纷纷扬扬地下了整晚。

石岳文和于建社早晨醒来头晕目眩，恶心得想吐，立马意识到是铁炉煤烟泄漏中毒了。两人挣扎着爬下床，跌跌撞撞地推门透气，才发现门被外面的积雪堵住了，费了九牛二虎之力，总算挤了出去。

天哪！好一个银装素裹的世界！快要没到膝盖的雪，让惯常见到的风景、物件、道路全都变了样。然而他俩无心赏景，一头栽进雪地里，不停地呕吐。

脑袋清明后，两人互相搀扶着回屋洗脸，才发现铁炉上的水壶被冻住了，壶里的水也结了冰。他俩用火钳捣碎壶里的冰，凑合着洗把脸。彼时，炉膛边烤的几只土豆倒是熟了，尚有余温，便捡起来狼吞虎咽地吃掉，算是早饭。

上学路上，整个世界都白了，各种形状的屋顶、光秃秃的树枝、草垛以及县郊广阔的田野，都被厚厚的积雪覆盖了，像是静止的画。只有远处工厂的烟囱冒着清冷的烟气，让人感觉这个世界还是活的。

两个人莫名地感到亢奋，一路上你搓个雪球砸我，我搓个雪球砸你，贪婪地呼吸着新鲜冷冽的空气，打闹着跑到学校去了。

课间时分，石岳文听贺敏、林玲叽叽咕咕地商议着，大意是贺敏的妈妈剁了一大盆饺子馅儿，她们要端去另一个女同学的出租屋包饺子。

石岳文听得心痒，暗忖这是向林玲表白难得的机会，却又不好意思过去打问。中午放学，惯常他会和于建社回出租屋，但他却在教室门口磨蹭着不走，一边和于建社心不在焉地扯闲话，一边偷偷拿眼瞄贺敏几人的动向。

"石岳文，你俩这星期回不去了吧，和我们一起包饺子咋样？"贺敏走过来，笑嘻嘻地问道。

石岳文窃喜，又觉得着急答应没面子，便明知故问："哦，你们啥活动？"

贺敏具体介绍了她们的计划，强调说她妈妈头天晚上就剁好饺子馅，再次盛情邀请他时，他才转头佯装问于建社："你看咋样？"

于建社不明就里地积极回应，石岳文这才爽快地答应下来。

两人当即一溜小跑赶回出租屋。一路泥泞，把鞋子搞得又湿又脏；路上偶尔开过去的汽车，甩起的泥点子又溅得身上到处都是。

他俩勉强烧了一锅半生不熟的米饭，翻出两个发蔫的胡萝卜切丝拌上油盐酱醋，就着半罐头瓶咸菜凑合着吃过中饭，又脱掉脏衣裤洗掉，换上干净衣服，披着被子坐在床上，眼巴巴地等时钟过了五点，便迫不及待地出门了。

仍然是一路泥泞，被铲掉的雪高高地堆在道路两侧，脏得不像话。但他俩的心情是愉悦的，竟比约定时间早到很多。他俩蹦跳着向手心哈气取暖，直到约定的四男六女都到齐，便说笑着去了女同学的出租屋。

大家七手八脚地和面、擀面皮、包馅儿、煮饺子……开心得像过节一样。林玲在哪儿干，石岳文就蹭到哪儿帮忙，一旁贺敏捂着嘴咪咪笑着说：

"你这个没羞没臊的家伙！"

石岳文假装不在意，厚着脸皮我行我素。

饭后，谁也没有想走的意思，大家便买了扑克牌打升级。林玲不会玩，石岳文也推脱不会玩，陪在一旁当看客。

林玲出去上厕所，石岳文主动说天黑路滑陪她。回出租屋的路上，他拦住林玲说："你等一下，我有话和你讲！"

出租屋外冷得刺骨，石岳文浑然未觉。他红着脸支支吾吾说了一堆无关紧要的往事，重点强调他们一家人马上要搬到县城了，绕了很大的圈子，这才吞吞吐吐地表示对林玲爱慕有加，到了朝思暮想的地步，希望能和林玲处朋友。

林玲猫腰跺脚，时不时哈出热气捂脸。她开始还捂着嘴笑，听到石岳文要和她处朋友时，便敛住笑，表情严肃地说："咱们还是高中生，我根本没考虑过要处朋友，而且我觉得咱俩也不合适！"

"为啥呀？"热脸蹭到冷屁股，石岳文有些发蒙。

"不为啥，就是不合适！"林玲沉着脸答道。

石岳文不甘心地絮叨着，希望能打动林玲。林玲冷得鼻涕水流出来，一遍遍催促他回屋，并一再表示处朋友的事情免谈。

眼看表白要黄了，石岳文从怀里掏出杀手锏——那是事先备好的情书，以及林玲曾经给他包扎伤口的碎花手帕，继续碎烦，说到动情处，竟忍不住想去搂一搂瑟瑟发抖的林玲。

林玲显然懊恼了，她拨开石岳文的手嚷着："你不要这样！这样我可真生气了，到时连普通朋友都没得做！"言毕，她逃也似的跑回出租屋。

石岳文愣在原地，他失望、后悔、懊恼又不知所措。良久，他慢慢踱着步子，朝着他和于建社的出租屋走去——他没脸再进那个出租屋，不知如何面对林玲以及正在打扑克牌的同学。

月朗星稀，弱光清冷。路灯昏黄，把他孤独的身影一会儿拉长、一会儿变短。他踩着混了泥水的雪，脚下发出"咯吱咯吱"的声音，在冷寂空旷的街道清脆地响着。

清冷的寒夜，冻透的人，麻木的不止身体，还有心。石岳文佝偻腰身，瘦小单薄的样子，像一条无家可归的野狗。

周一，林玲没来上学。课间，石岳文在座位上魂不守舍，回想周六晚上发生的事情，懊悔不已。

这时贺敏走过来，敲着课桌问道："你这个坏尿，前天晚上到底把林玲怎么着了？害得人家连课都上不了……"

"她咋了？"石岳文疑惑地问。他内心一阵窃喜，看来林玲那晚回出租屋没对大家说他表白的事情。他又担心林玲，什么原因居然上不了学？

"那晚你俩叽叽咕咕地在外面聊啥呢？那么长时间，人家林玲发烧了，肺炎！"贺敏接着问，"对了！你那晚出去也没回来，你俩该不是吵架了吧？"

"没！没有的事！"石岳文斩钉截铁地说了谎。

既然林玲守口如瓶，那就是给他留面子，他自然也不会抖搂出实情。石岳文伤感地想，或许林玲根本没拿他当回事儿，又何必自作多情？罢了、罢了，大路朝天，各走一边！

一周后，林玲上学了，一如既往地妆容精致，一如既往地带着甜甜的笑，只是看见石岳文时，却换了一副高冷面孔，偶尔还对他翻个白眼。

起初石岳文会尴尬，时间一长也就习惯了。此后，他晚自习不再抢贺敏的座位，只是每次见到林玲，还是会忍不住多看几眼，心跳加速，泛着苦涩的意味。

8

寒假期间，石岳文大多闲待在家里，看书、做题，间或去找石道吉聊天，还去石红旗家设的赌场玩过几次。

石红旗小学毕业辍学在家，如今已十八岁。别看他年龄小，生产队里没几个人惹得起。每到冬天,他就在家里设赌场赚钱。

这个时节,乡亲们粮食交公的交公、卖掉的卖掉,手里都有几个活钱,却又无所事事,所以石红旗赌场的生意特别火爆。

每日午后,石红旗坐在家里那张大方桌的端头,一只手端着大茶缸,另一只手底下压着一副骰盅,下面扣着两只骰子,赌博的村民陆续到来后,便开始坐庄开张。

骰盅前面有一根竹筹将桌面隔成两半,里"单"外"双"。村民们等石红旗骰盅落定之后,便往桌上押钱。押对了石红旗赔钱,押错了他就把钱收走。

每场赌局总有三到五把,石红旗看桌面上押的钱多,就会长呼一声:"灯——火——钱——"大家便明白了,押对的人主动把放在桌面上的钱拿走,等于白押;而押错的人,放在桌面上的钱会直接被石红旗收走。

石红旗做的另一桩买卖,俗称"放板"——输红眼而手里没钱的村民,石红旗会借钱给他继续玩,借一百元只给九十元,还钱时则按一百元计算。没有哪个村民敢赖账,超过一个月不还,石红旗就带着弟兄上门讨钱。

总有村民胆大心贪,一个冬天下来,输得连买种子和化肥的钱都没有,还被石红旗逼得不敢回家。还有村民因为输钱太多跟婆姨干架的,有离婚的,还有婆姨喝农药被拉到卫生院洗胃的。

靠着这个营生,石红旗在宁和村混成一号人物,不缺钱花,娶了貌美的婆姨,还有一帮弟兄前呼后拥。后来公安部门严厉打击,他就买了面包车,拉着各地好赌的村民进山里赌,与警察玩捉迷藏的游戏。

石岳文每次去石红旗家,石红旗会热情地和他打声招呼,然后继续乜斜了眼等大家下注。石岳文大着胆子押过几把,刚开始有一两把押输,石红旗会让他把钱拿回去。石岳文再押输,他就皱着眉头把钱收走。

石岳文还去邓红军家玩,照样让邓红军堂弟邀王宝过来。彼时王宝念初中二年级,石岳文给他倒啤酒喝,他眉头不皱一饮而尽,像极了石岳文。

借着酒劲,石岳文用邓红军家宝贝一样的电话机给小团伙其他成员打了电话,约好年前在邓红军家聚会。

邓红军家还是那三间没翻新的土坯房,外加半间低矮的厨房。家具陈旧、灯光昏暗，新添置的电视机、洗衣机周正地摆在堂屋最显眼的位置，用缀了流苏的花布盖着。

邓红军父母一如既往地热情，只是做菜的人多了英子。英子不但长得漂亮，而且乖巧伶俐，对邓红军父母亲热又敬重。看着这个懂事能干的准儿媳，老两口脸上笑得拧成一朵花。

这场大酒喝得昏天黑地，大家把上学时的故事全翻出来，又聊了各自当前的苦辣酸甜——这个小团伙除了石岳文还在读书、邓红军做厨师外，都回家种地了。

"石岳文，我们几个人数你最有出息，将来发达了，可不要不认识我们啊！"邓红军醉醺醺地喷着酒气说。另外几个人也随声附和。

石岳文激动地说："那怎么会！苟富贵，勿相忘！"

"对！'狗'富贵，勿相忘！谁忘了谁是狗！"邓红军拍一下桌子说，"今天咱们让英子做个见证，没有同年同月同日生，但求同年同月同日死！干了！"

这个初中结交的小团伙，夸着虚幻的海口，发着不切实际的誓言，反复碰了很多杯酒，喝到全部醉倒——那青春年少的意气风发啊，那珍贵的往日时光！

回家途中，石岳文帽子歪戴，外套敞开，歪歪扭扭地骑着自行车，一头撞进路边的排水沟里——幸好是深冬，水沟里只有石头般坚硬的冰面和干枯的芦苇。

他呼哧呼哧地喘着粗气，将自行车连推带扛地搬回到路上，兜里揣着一只摔断的脚蹬推车回家，嘴里含混不清地自言自语："终有一天，我会让你林玲心甘情愿去我家做饭，就像英子去邓红军家那样……"

与往年不同，新学期一开学，班里自然形成一股沉闷压抑的紧张氛围。各科老师上课时，都会忍不住提醒大家，这是至关重要的冲刺阶段，决定命运的时刻到了！

石岳文的成绩一如既往地名列前茅，班主任便在班会课上树他做榜样，给其他学生打鸡血。他要求石岳文上讲台分享学习经验，石岳文却抓耳挠腮地憋了半天说："嗯、嗯，其实我、我没怎么用功……"

全班同学"轰"地笑了。班主任恼羞成怒地把石岳文赶下台，长篇大论地讲道理，说到动情处甚至红着眼眶说："你们不好好读书对得起父母吗？我们那时读书吃不饱饭，只能漫山遍野挖苦苦菜吃，你们现在细米白面的，谁尝过苦苦菜的味道！"

这时，一位县城女同学举手插话道："老师，老师！苦苦菜我吃过，饭馆里有卖，一盘八块钱，特别好吃！"

班主任几乎崩溃，呵斥着让那位女同学去最后一排靠墙站着，下课后又单独批评石岳文，说他带坏班风云云。

石岳文深感委屈，因为自己读书确实不用功，不但开小差追求女同学，甚至迷上那本厚厚的小说《红楼梦》，整天沉迷在书里伤春悲秋——班主任让他分享经验，他总不能睁眼说瞎话吧！

原来他从素珍那排老书架上，发现一本簇新的《红楼梦》。每晚十点钟左右，素珍会到他屋里转一圈，他便装模作样地端起课本看。素珍一出去，他迅速翻出《红楼梦》如饥似渴地看起来，一熬就是凌晨两三点。

石岳文艳羡贾宝玉可以那么好命，不但长得帅，而且不用干活，整天混迹在美女堆里卿卿我我。石岳文也怜惜红颜薄命的林黛玉，为她长吁短叹甚至垂泪。

石岳文把班里女生和金陵十二钗对号入座，意淫与小说类似的香艳画面。尤其那章"王熙凤毒设相思局　贾天祥正照风月鉴"，他看了好几遍，经常联想到林玲的一颦一笑，以及薛自华老婆那截雪白的屁股，没少遗精。

饶是如此，在高考前的会考中，石岳文仍然考出全年级前十名的好成绩，不出意外的话，他被名牌大学录取的可能性相当大。

于建社及平时和石岳文一起玩的几个同学就惨了——他们没有通过高考会考。换句话说，就是丧失了高考资格。

没资格参加高考，又不能被家里知道，他们便每天装模作样地来学校复习冲刺。高考那几天，宿舍或出租房已经退了，几个人便商量干脆住到石岳文家里继续蒙骗家人。

他们早就商量好，每天早晨从石岳文家里一起出来，他们将石岳文送到校门口，便拐弯去街上的录像厅或台球房混，等石岳文考试完再和他一道回家。

这事先得素珍允许，石岳文便编出一套谎话骗素珍。素珍心软，见这些孩子在高考关键时刻还没住处，勉强答应。

高考前一天，几个人在屋里打闹，听见素珍在院里把东西摔得震天响，警告他们关键时刻要认真复习考出好成绩，便赶紧识趣闭嘴，装模作样地陪石岳文看了一整天书，差点儿没憋出病。

但石岳文还是失误了，而且是考试第一天。

那天上午考完语文，大家凑到身边和石岳文对答案。走出校门，林玲瞥见石岳文手里捏着一张答题卡，疑惑地问："你手里怎么会捏着答题卡？"

石岳文低头一看，可不是！他魂都吓飞了，转身就往教室跑。当他气喘吁吁地跑到教室门口，监考老师已经收走卷子，只留下了空荡荡的大教室。

当天中午，石岳文心神不宁没敢回家，而是去班主任张老师家里报告情况。张老师约摸六十岁，一头长发全白，颏下胡须剃得精光，穿着得体，是全校最有风度的老师。

张老师眉头紧锁听完前因后果，轻言缓语地安慰石岳文，劝他接下来的考试放下思想包袱，正常发挥。

下午数学科目的考试，石岳文心神不宁。考试结束他也没心情和同学对答案，无精打采地回家了。

到家后，素珍问石岳文考得咋样，他三两句敷衍过去。素珍见儿子心不在焉，也没多问。

填报志愿时，石岳文再次来张老师家里，请他指导填报志愿。

"没了这张语文答题卡，你觉得自己还能考上大学吗？"张老师问道。

"嗯，我估计勉强能考上普通大学，但我吃不准数学成绩——考数学我状态不好……"石岳文如实答道。

"我建议你填报志愿时护个底，前两个志愿仍然填报你想读的大学，第三志愿填报咱们本地的大学，这样保险一些。"张老师说。

石岳文沮丧地点点头，难过得说不出话来——这辈子，他应该和心目中的名牌大学无缘了。

"孩子，人生无常！"张老师摸着石岳文的头缓缓说，"这只是你人生经历中的小插曲，往后的路还很长，只要你坚守理想并且不断努力，仍然能成功，将来考研究生也是一条路……"

言毕，张老师起身，从立柜顶上取下一只琴盒打开——里面是一把做工考究的小提琴。他调了调音准，拉开琴弓，一曲优美的《牵手》曲子缓缓流淌。

"因为爱着你的爱，因为梦着你的梦，所以悲伤着你的悲伤，幸福着你的幸福……"石岳文不觉听痴了，情不自禁地跟着琴声哼唱起来。

张老师专注地拉着小提琴，拉着拉着，眼中竟隐隐有泪涌出。曲终，他长叹一口气，悲伤地望向窗外，缓缓说道："你不知道，我是上海人，而且我是复旦大学毕业……"

考上名牌大学，怀着一腔热血加入知青大军，经历屈辱的批斗，与妻子女儿一刀两断，平反后做了中学语文老师……听着张老师讲述自己的人生，石岳文不觉湿了双眼。

"他说风雨中，这点痛算什么，擦干泪，不要怕，至少我们还有梦……"回家路上，石岳文耳边回响着《水手》的旋律，心想如果自己逢到张老师这种遭遇，没准会选择结束自己的生命，自己和张老师的经历相比，不值一提！

填报志愿后，石岳文跑到家里隔壁一处建筑工地，和带工老板谈妥当个小工，每天做工十一个小时，报酬八块五毛钱。

他着急找活干，给素珍的理由是磨炼意志、锻炼身体，真实意图却是不想因答题卡事件胡思乱想——那种感觉，如百爪挠心。

石岳文当天铆足劲，早晨七点半从床上爬起来，八点前赶到工地干活，搬砖、筛沙子、和砂浆、运水泥……晚上六点半下班回到家，浑身像散架一样。他甩掉沾满泥浆的衣裤，一头扎到床上，先睡一觉再爬起来吃晚饭。

第二天早晨被闹钟惊醒，他躺在床上与自己斗争很久——身体酸痛脑袋昏沉，感觉下床都困难，哪里来的力气去工地干活？但他硬是咬紧牙关爬了起来……

看见石岳文又出现在工地，带工老板愣了——工地上像石岳文这种高中生他遇见过，先是激情满满不惜力气蛮干，一般到第二天，人就不见了。

"小伙子，不错啊！你听我说，活要慢慢干，这样才能持久，像你昨天那种干法，就是老师傅也撑不了几天……"带工老板嬉笑着说。

"哦！"石岳文答应着，心想这老板挺有人情味，但仍然我行我素，实在累得干不动了，才休息一会儿。

两三天时间，石岳文手上就磨出水泡和血泡，钻心地疼。连续十几天，石岳文硬是咬牙坚持下来，惊得带工老板合不拢嘴——他没见过这么卖命干活的小工，更没想到如此超负荷的工作量，一个高中生居然能坚持这么久！

于是，工地上出现了滑稽的一幕：带工老板总是一副骂骂咧咧的嘴脸，不停地督促其他人干活；转过身，却和颜悦色地提醒石岳文慢慢干、多休息。

每天回到家，石岳文浑身泥浆，头发也被汗水和尘土粘成块状，双手磨出的血泡沾水疼得咧嘴。素珍心疼地劝他别干了，石岳文就是不听。他身体越受罪，精神痛苦就会减轻一点。

十几天时间，石岳文后悔没有用功读书，后悔自己高考还读什么《红楼梦》，后悔将答题卡带出教室。他假想如果自己像工地上干活这样拼命读书，考上清华北大都有可能！否则，自己就要像现在这样，一辈子在工地上干活，想想都觉得齿冷。

时间一天天过去，却没有录取的消息传来。石岳文心里发虚，愈发拼命地干活，对抗等待的煎熬。

这天，石岳文正在工地上筛沙子，石岳华举着一封挂号信气喘吁吁地跑来，边跑边喊："小哥、小哥！赶紧来看呀，你的信！你的信……"

石岳文扔下铁锹，在衣服上擦干净手，小心翼翼地拆开信封，抽出一张粉色的纸——"考上了！我考上了！"他激动地大笑。

所谓人生四大赏心乐事：久旱逢甘霖，他乡遇故知，洞房花烛夜，金榜题名时。此时的石岳文，泪花儿都笑出来了。

工地上干活的人围拢过来，传看那张录取通知书，啧啧赞叹着，眼中满是艳羡。

带工老板笑着说:"看吧,我就知道你这个娃娃不简单,干活不惜力,我这里吃得下这种苦的高中生就你一个,果然是块上大学的料!赶紧回家吧,这里不是你娃待的地方……"

转头他就对其他人呵斥道:"看什么看!看进眼里拔不出来了!都给老子干活去!你家祖坟就没冒那股子青烟,活该受苦的命!"

说罢,带工老板带石岳文去工棚结算工钱,他摇头晃脑,嘴里哼着不着调的曲子,显见说不出的开心。

十五天时间,石岳文赚了一百二十七块五毛钱,带工老板直接给了石岳文十三张面值十块的人民币,不好意思地说:"不用找了,你娃我佩服的!"

石岳文说啥也不依,硬拿出十块钱还给老板,说自己该挣多少是多少。因为老板对他照顾有加,少掉的七块五毛钱算他休息被扣罚的钱。带工老板推脱不开,无奈收下。

当晚,全家都沉浸在石岳文考上大学的喜悦中,唯独石岳文若有所思。他试探地问素珍:"妈,我能不能复读一年?我应该能考上重点大学!"

素珍惊愕地看着石岳文,语重心长地说:"你是咱们村第一个大学生,又是做梦都想不到的新闻专业,毕业后就是记者,多风光!如果你想深造,将来考研究生也不晚——你看咱家的情况,负担也不轻,明年高考谁也说不准……"

"妈我知道了,我会好好念的!"石岳文笃定地说。他虽然不甘心,纠结要不要上这所大学,听完素珍的话,他心里敞亮多了——事不如意十八九,学会放下遗憾往前走,这才是关键。

接下来的几天,石岳文买了水果糕点拜谢张老师,又请于建社等同学吃喝玩乐一整天,打工挣来的钱就所剩无几了。

他想到了林玲——这个令他魂牵梦萦却又狠心拒绝他的女孩,却在关键时刻提醒了他,虽然为时已晚,但这份恩情还是要偿还的。

石岳文胡思乱想好几天,最终用所有剩下的工钱,加上从素珍那儿连哄带骗讨来的钱凑了一百多块,买了一部时下最流行的卡带随身听想送给林玲。

石岳文大略知道林玲家住的小区,却不知道是哪幢楼。他鼓足勇气在林玲家的小区门口苦守两天后，悻悻而返。

石岳文决计想不到，他在小区门口徘徊时，林玲就站在自家窗前瞧得真真切切，这个自卑的姑娘无数次想下楼，最终选择了退缩。

"唉，你那么聪明，我配不上你！如果和你处朋友，我压力大不说，还可能毁了你的前途。将来、将来……"林玲胡思乱想着，两行清泪顺颊而下，手里紧捏着那块白底印着蓝色碎花的手帕。

临近开学，素珍带着石岳文，去商店花九十元给他买了一套西装，又花三十元买了一个打折的手提旅行箱，饭盒、洗脸盆、毛巾、牙刷都簇簇新地备了全套，就等开学了。

9

1994年8月底的一天，是石岳文到大学报到的日子。石爱借了乡里的北京吉普车，载着一家五口，风风光光地送石岳文去报到。

路上看着迅速后退鳞次栉比的高楼，石岳文心潮起伏。以前的宁和村，对他而言就是整个世界；后来他到乡里读书，再举家搬迁到县城，格局大了不少。如今看到首府银川雄伟宏大的气势，恍如隔世。

这世界到底多大呢？以前课本上学到的地名，只是一个个空洞的名词，如今只经过银川的一条路，他便感受到前所未有的震撼，也激起了他的雄心——这座地图上不起眼的小城市，已经令自己眼花缭乱，将来一定要去更远的远方，看看世界究竟长啥样！

车子到了校门口，石岳斌和石岳华争抢着帮石岳文提行李。石爱和素珍则打问报名的地方，带着一家人进了校园。

学校正门在一个十字路口旁侧，两侧依次排布着当时大名鼎鼎的"必青神"运动鞋店、大学商场、餐馆、文化宫等等，人流如织。

走进校门，一条笔直宽阔的道路直通主楼。一侧是一幢幢青砖灰墙的教学楼；另一侧是足球场、田径场、篮球场、网球场等等。

运动场上到处是学生飞奔的身影。主干道上每隔七八米就有一条欢迎新同学的红色横幅，横幅下摆放着两三张课桌，桌上的水牌写着各类社团名称，有文学社、话剧社、科技社、英语社等等。课桌后面高年级学生或坐或站，热情地招呼着过往的新生。

学校广播里，流淌着经典的校园民谣《同桌的你》，那是白衣飘飘的年代，那是爱情发生的年代，那是梦想飞扬的年代……

石岳文新奇、兴奋又自惭形秽，亦步亦趋地跟着家人报名、找宿舍，又和家人到校门口的饭馆吃了午饭，梦游般地和家人挥手作别。

再次回到校园，他神采飞扬、脚步轻盈，心里哼着歌，见到每个展位都要打问一下，逢到长发披肩的漂亮女生，更是问个没完没了——他报名参加了学校通讯社，觉得自己学的是新闻，算是专业对口。

再次回到宿舍，上铺盘腿坐着一个男同学，圆脸大眼小眼镜、淡蓝色西装，嘴里含着半根香烟，乜斜眼睛看着他。

石岳文怯生生地打了招呼，得知对方名字叫郭宗江，出身市区，便爬到门背后的床铺整理自己的东西去了，心里嘀咕着这种同学以后离远一点为妙。

下午两三点钟，宿舍八名同学全部到齐，大家互相打招呼，聊了各自的身世背景，有市区的，也有来自边远山区的，都是挤过独木桥的天之骄子。

往届学生都是公费读书，考不上大学就只能复读或回家自谋出路。到石岳文这一届，国家实施"双轨制"——没达到录取线也可以自费念书，区别是每学期额外缴纳约三千元学费。

虽然石岳文是班里十余个公费生之一，却没啥优越感，聊天时他就明显感觉到，他们这些来自县城和乡下的学生，见识相当浅陋。

饭后，大家相约闲逛。郭宗江话最多，带着大家东游西荡，就像学校是他家开的一样。其他人也有明显分野，城里学生大方开朗，乡下学生畏缩少语。

郭宗江大方地请大家吃冰淇淋。石岳文头一次吃这种火炬形状的冰淇淋，吮完上面的小山丘后，费劲地剥着外面的硬壳。郭宗江轻蔑地瞥了一眼嘲笑道："你个土尿，外面的硬壳你吃掉就完了么，还费力地剥个啥！"

石岳文霎时脸红，吐了吐舌头，尴尬地笑笑。

在路边的台球室，郭宗江的技艺堪称一树梨花压海棠。石岳文自认为不错的水平，在他面前不堪一击。郭宗江边打边嘲笑说："傻了吧！一看你就是打野案子的，不懂击球的力度和走位，就这水平，我单手单脚就能把你打败！"

这句话伤了石岳文的自尊心，他不服气地说："我承认你比我厉害，但你说仅用单手单脚，那你当心闪了舌头……"

几位舍友随即起哄，撺掇两人一决高下。于是，一局奇葩的比赛就地开始，赌注是谁输谁买单。

郭宗江击球时果然撩起一条腿，另一只手烧包地插在裤兜里和石岳文比赛。石岳文则平声静气、全神贯注地打好每一杆——人家已经这样了，如果再输掉，面子如何挂得住？

然而现实就是如此骨感，郭宗江侥幸赢了。石岳文很不服气，坚持三局两胜制。郭宗江把球杆往桌上一扔道："啰嗦啥呀，开始又没说好三局两胜，输了就是输了，赶紧去买单就完了嘛……"

晚上睡觉，石岳文躺在床上辗转反侧：高中时自己可是学校的焦点人物，活在老师的赞许和同学的羡慕中，意气扬扬；如今踏入大学，仅在同宿舍的八个人中就相形见绌，显得寒酸、土气和见识的浅陋。

这种感觉令他很不舒服，却又无所适从。

入学整个星期，都没啥正经事。贴在宿舍墙上的课表，居然好几天下午不上课，预示他们未来生活的安逸——这和以前冲刺高考玩命学习的节奏相比，简直天渊之别。

其间，系书记带辅导员开班会，因为石岳文高中时期担任过班长职务，便顺理成章地被任命为班长。

石岳文入学时的新鲜感和兴奋感荡然无存，取而代之的是优越感向自卑感的转换、对学校新生活的茫然以及突如其来当了班长的惶恐。幸亏新生军训如期而至，使他没有时间胡思乱想。

每天吃完早饭就是没完没了地踢正步、分列式操练，偶尔穿插军体拳教学。北方的秋天艳阳高照，老虎发威一样把光和热倾泻到光秃秃的操场上，晒得人头昏脑涨，睁不开眼。

教官是附近军营调派过来的士兵，训练起来心狠手辣不留情面。新生们一个动作动辄练习几十遍，军姿一站十几分钟，加上踢正步和持枪训练，一天下来腿和胳膊灌了铅般沉重。

新闻专业录取的大都是城里来的学生，哪里吃得消这个苦，没几天时间，中暑晕倒的、感冒发烧的、腹泻拉肚子甚至来例假的……各种假条塞到石岳文手里，搞得他狼狈不堪。

石岳文新官上任，每天捏着一摞假条去找教官和辅导员签字，日子过得惴惴不安，却又无计可施，心里无数次诅咒过这个该死的班长职务。

真是怕啥来啥。这天早晨，班里的女生秦雨姗找石岳文请假，问她啥原因，又扭扭捏捏地不说。于是，石岳文以没有合适的理由拒绝了，哪知训练中途，秦雨姗突然软塌塌地倒下，脸色白得像纸。

石岳文大惊，他以极快的速度冲过去揽起秦雨姗的身子，又招呼两个男同学帮忙把秦雨姗扛到背上，迅速跑去校医务室。短短五六百米的路程，他跑得汗流浃背。

在医务室待了约摸十分钟，秦雨姗渐渐恢复正常。校医判断秦雨姗不是中暑的症状，问她是不是来例假了，或者还有哪里不舒服，秦雨姗都摇头否认。

"你应该是缺乏锻炼身体太虚的缘故，没啥大问题。"校医说完，给秦雨姗开了些补气消暑的药，嘱咐石岳文送秦雨姗回宿舍休息。

"对不起哦，我不是有意的……"石岳文在路上难为情地说。

"这不怪你，我确实感觉不舒服，但我也说不上来，难怪你不相信。"秦雨姗善解人意地回答道。

中午，石岳文执意去食堂帮秦雨姗打饭，顺带买了几只水果，并且再次向秦雨姗表达歉意。

"我说你这人咋这么啰嗦的，都说过没关系了。"秦雨姗笑嘻嘻地说，

"谢谢你哦，总共花了多少钱，我还给你……"石岳文连连摆手，转身逃也似的跑了。

第二天上午刚训练一半，郭宗江跑来找石岳文请假，理由是拉肚子。

郭宗江额宽口阔、蚕眉星目，长得文质彬彬，却自由散漫。他没有一丝拉肚子的迹象，所以石岳文笃定他说谎。

"你最好不要请假，这几天请假的人比较多，我很为难的。"石岳文说。

"有啥为难的！为啥别人能请假而我不能？是不是也逼着我像秦雨姗一样躺倒了你才甘心？"郭宗江理直气壮。

"我不是那个意思！主要是你身体情况也不像生病的样子，如果辅导员或教官问起来我不好说。"石岳文赶紧辩解。

这下激怒了郭宗江，他破口大骂石岳文不相信他，侮辱他人格。

石岳文忍住没说话，但郭宗江不停地碎烦，甚至嘴里不干不净地辱骂，这下惹恼了他。他拽住郭宗江的领口，嚷着要拉郭宗江去医务室检查开证明。

眼看两人要打起来，其他同学赶紧挤上来劝架。郭宗江见势不妙，抽冷子挣脱衣服，撒丫子往宿舍急走。石岳文不依不饶地边追边骂，引得路人纷纷侧目。几位同学紧跟苦劝，总算稳住石岳文的情绪，事态才没有扩大。

第二天，辅导员紧急召开班会，要求石岳文站起来解释前一天发生的事情，并且狠狠剋了石岳文一通，批评他不称职，居然在校园里当众追骂同学，给班里造成恶劣影响云云。

"如果这是我的错，那请问老师，这种情况下如果是你，应该怎么办？"石岳文昂起头，毫无畏惧地直视着老师问。

"你这是什么态度！"辅导员惊怒道。自打留校当辅导员以来，他从来没经历过学生如此赤裸裸的挑衅。

"我的意思是我没做错，你不应该批评我！"石岳文一字一顿地说，"凡事总要讲个道理，我如果答应他请假，你会批评我做滥好人没有原则；我不答应他，他又说我故意为难他——"

"住口！"辅导员怒了，他原本计划将两人各打五十大板批评几句，大事化小小事化了，没承想碰到个一根筋，让他下不来台。

如果搁在几十年后的石岳文，一定会笑骂自己爱较真情商低，遇到这种心知肚明的事情，自然是在班会上给辅导员留足面子，课后再向老师私下解释。因为他惹怒辅导员的，不是他和郭宗江的冲突本身，而是他的态度。

鉴于石岳文课堂上顶撞老师的恶劣行为，辅导员罚他在学校主楼下面的环道跑步十圈，再写一份检查。

班会课结束，石岳文一言不发地到主楼下的环道跑起来。环道一圈大概三四百米的样子，石岳文相当于罚跑三四公里的路程。

郭宗江斜倚在主楼门边的柱子上，一副幸灾乐祸找抽的模样。石岳文憋着气，对他视而不见，偶尔瞥过一个恶狠狠的眼神。

石岳文跑了近半，郭宗江意外起身跟在石岳文后面跑起来，一圈过后，他加速和石岳文并排跑。这时，他才有点难为情地扭头对石岳文说："兄弟，对不住啊，我没想到事情会变成这样……"

石岳文"哼"了一声，一言不发地继续跑。郭宗江没再吱声，陪着石岳文跑，嘴里没皮没脸地哼着黄色小调。

十圈跑完，石岳文顿住脚步，转头对郭宗江说："这次就算了，但这种事情我不希望再有第二次！"

"那当然、那当然！"郭宗江忙不迭地说，"我对天发誓，以后军训，就算屎拉到裤裆里，我也不会请假！"

那天以后，班里再没有一个人请假，直到军训结束，石岳文代表全班同学，从校领导手里领到一面锦旗——新闻班在军训中获得全系第一名的好成绩，着实扬眉吐气一把。

刚结束军训的新生，识别度很高。他们走路挺胸抬头、收腹翘臀；他们穿着簇新的便宜货，过于精心的修饰像在麻袋上绣花：人造革皮鞋擦得锃亮无尘，头发油光水亮能滑倒苍蝇，不合身的西装搭配滑稽的领带……他们凡事都有超乎寻常的兴趣，以及与人初次见面时过分的热情。

学长们对此嗤之以鼻，鼻腔里不屑地哼一声，意思是瞧你们没见过世面的样子！当新生自我感觉好到遭人厌恶时，就有学长貌似诚恳地提醒他们：大学会经历四个阶段，大一是不知道自己不知道，大二是知道自己不知道，大三是不知道自己知道，大四才是知道自己知道——意思不言自明：现在的你们，就是一群傻子。

彼时的石岳文，就是这种状态，经历报到时短暂的失落后，却在军训中春风得意地获奖，便很快倒向另一个极端。

新官上任的石岳文，沿袭高中传统，力排众议给大家排座位，并且作弊留下中央区域的一张课桌，神不知鬼不觉地和秦雨姗做了同桌。对于同学们的冷嘲热讽，他充耳不闻。

秦雨姗一米六出头，肤白貌美，体态婀娜，笑点很低。每次见到她，石岳文心旌摇曳，于无声处有惊雷。

石岳文没意识到，自己的所作所为，已经成功地在同学心中激起反感，包括秦雨姗。他组织了几次班级活动，配合度都不高；又有几次他半真半假地向秦雨姗献殷勤，也惨遭打脸。

大学生活的标配，是至少旱冰滑过几场，看过《魂断蓝桥》《飘》《苔丝》等经典影片，参加过学校食堂的舞会，读过几本文学名著，文学社、英语角、体训队等社团也参加过几个，还少不了谈一场大概率没有结果的恋爱。

石岳文的恋爱，从班级组织的一场滑旱冰活动开始萌芽。

活动伊始，郭宗江和几个来自市区的同学一马当先地冲进滑冰场，得意扬扬地炫耀着各种花式动作。来自县城和农村的学生，生平第一次滑旱冰，换上鞋子站也站不稳，只能手扶场地四周的铁栏杆，一步步挪着走。

蹒跚两圈后，会滑的同学开始搀着生手现场教学。不时有人摔倒，惊叫声、笑谑声此起彼伏。石岳文也摔倒好几次，同样遭到嘲笑，加上身体某些部位隐隐作痛，便沮丧地坐在场边歇息。

这时秦雨姗滑过来，笑嘻嘻地和石岳文打招呼："班长，过来一起滑呀，我教你好不好……"

很正常的一句话，石岳文却感觉伤了自尊，他撇着嘴酸溜溜地说："我休息会儿，其实我会滑，不用你教！"

"嗯？你会滑？"秦雨姗疑惑地问，她分明看见石岳文张牙舞爪地摔倒好几次，那狼狈的样子是装不出来的。

石岳文吹出的牛皮收不回来，只好打肿脸充胖子："你不信？那咱俩打个赌，我保证不摔一跤地滑给你看——"他灵机一动，又补充一句，"如果我赢了你就请我吃饭，我输了同样请你，咋样？"

"好，赌就赌！"秦雨姗随口应了一声，向远处滑走。她笃定石岳文吹牛，但她没想到，石岳文打赌是假，约会却是真，因为无论输赢，两个人一起吃饭的约定是实实在在的。

秦雨姗滑了好几圈，见石岳文始终坐在那里纹丝不动，像个水泥桩。她似乎明白了，脸上泛起一抹红晕嘀咕道："这个滑头——"

然而没过几分钟，她大张了嘴，不可思议地看着眼前活见鬼的一幕：石岳文冲她说了一声"你看好喽——"话音未落，就起身向远处滑去，虽然速度不快，虽然姿势笨拙，但他确实安然无恙地滑了两三圈。

原来坐在场外的石岳文，一直在观察场地里那些流畅的身姿，揣摸他们的一举一动，心里一遍遍模拟动作找感觉——他人没动弹，心里其实已经滑过很多遍，加上自小练拳打架、打篮球、跑步，协调性很好，所以立竿见影地学会了。

有约在先，两人当即商量妥当，三天后的星期五晚上石岳文先请客看电影《泰坦尼克号》；择日，秦雨姗再回请他吃饭。

轻而易举、不动声色地约到心目中的女神，石岳文甭提多高兴了，骨头轻了好几两，遇见谁都是一副春光灿烂的嘴脸。

10

很快到了星期五，石岳文整天上课心不在焉，脑海里装的全是晚上和秦雨姗看电影的画面。

最后一节课结束，石岳文迫不及待地往宿舍跑，趁大家去食堂吃晚饭的时间，先去浴室洗了澡，回宿舍换上干净衣服，把皮鞋擦了又擦，头发梳了又梳，还认真地剪了指甲，这才怀揣提前买好的电影票，向校外的文化宫电影院走去。

一路上石岳文脚步轻快，看见啥都感觉妙不可言。到电影院时间还早，他又到附近的理发店理了发，特意喷了些摩丝，才心满意足地回电影院门口等秦雨姗。

彼时三五成群或成双成对的大学生，从他身边走过。石岳文从长相、穿着、举止、语言来揣测他们的性格、专业，判断谁在追谁，哪一对会长久……这种消磨时间的心理游戏，他以前坐在街边看来往的人流、坐在宿舍门口看来往的女生，很是熟稔，并得出结论说夏天的女人比冬天好看。

眼看电影快要开演，仍然不见秦雨姗的影子。石岳文不淡定了，他伸长脖子紧盯来往的每一个人，神色凝重焦虑。不幸的是，直到电影开演，他都没能等到秦雨姗。

石岳文绝望地把电影票转卖给路边一对闲逛的大学生。两张总计十块钱的电影票，他打了五折，总算没有全砸手里。

怀着难以言状的失落情绪，石岳文到路边饭馆点了一碗青拌面填饱肚子，就着一碟凉拌三丝，独自喝掉大半瓶白酒……至于怎么结账和回宿舍，全然忘了。

当石岳文睁开眼时，发现躺在宿舍床上，窗外阳光明媚。

舍友都出去逛了，只有张卫骞躺在床上安静地看书。他见石岳文醒了，故意咳嗽两声，嬉笑说："哎哟，我们的酒神醒啦?!"

石岳文从张卫骞的描述中得知，一整瓶白酒他喝掉大半瓶，趴在桌上不省人事。饭馆老板叫不醒他，无奈从他口袋里翻出学生证验明身份，找来一辆自行车跌跌撞撞地把他驮回学校，费了很多周折才送到宿舍楼下。

舍友们七手八脚地把他抬回宿舍，石岳文进门就抡圆了嘴巴，吐得一地狼藉。大家忍着愤怒，换衣服的换衣服，拿脸盆的拿脸盆，洗毛巾的洗毛巾，拖地的拖地……折腾两三轮，总算把这个祖宗弄到床上睡觉了。

躺下不久，就听"咕咚"一声，石岳文滚落地上。大家拿着手电筒，费力把他重新抬上床，又抬来一张桌子拦在床边，防止他摔到地上。

哪知早晨醒来，发现他居然神奇地翻过桌子，躺在宿舍正中的地上，貌似很香地打着呼噜。

大家面面相觑、哭笑不得，只好把石岳文重新抬上床。张卫骞不放心，在大家出去逛的时候留下来，还细心周到地帮石岳文打了一份早饭，等他醒来。

听完张卫骞的描述，石岳文难为情地又是道歉又是感谢。他一边吸溜着吃早饭，一边说："大家定个时间，我请你们吃顿饭……"

"你先把昨晚垫的饭钱还给我吧，人家老板挣你那十几块饭钱，可是费老鼻子劲了！"张卫骞揶揄说。

其实，秦雨姗并非故意爽约，她父亲临时约了老专家给她瞧病，电话里不容分说地让她赶回家，她慌乱间顾不上通知石岳文，只能自我安慰，等周一上课时再解释。

周一晚上，秦雨姗请石岳文吃饭算是补偿。回校园的路上，凉风习习，石岳文却紧张得手心冒汗。他故意走得很慢，好几次鼓起勇气表白却欲言又止——心里纠结得一塌糊涂。

"你这是咋了？"见石岳文魂不守舍，秦雨姗好奇地问道。

"哦！没、没什么，哦，不！我有事情和你说。"石岳文支支吾吾。

秦雨姗"扑哧"一下乐了，她停下脚步，定定地看着石岳文："你说！"

"嗯，咱俩相处快一学期了，你、你觉得我咋样？反正、反正我挺喜欢你的……咱俩做朋友如何？"石岳文颠三倒四地说。

"我一直把你当朋友的呀，难道不是吗？"秦雨姗笑呵呵地说。

"我、我说的不是这种朋友，是关系更近的男女朋友，我的意思是——"

"你人挺好的，但咱俩不合适，再说我也不想谈对象。"秦雨姗迅速打断石岳文的话。

这是石岳文最害怕听到的答案，他脑袋"嗡"的一声，感觉瞬间涨大了好几倍。深吸几口气安抚情绪后，他缓缓问道："为啥？"

"就是感觉而已，我对你——嗯，没有那种感觉，就是那种感觉你懂吗？所以，我觉得咱俩还是做普通朋友比较好。"秦雨姗小心翼翼地说。

石岳文彻底蒙了。他自忖长得虽然算不上帅，可也不丑，学习成绩也不赖，而且是班长。再说，如果她不愿意和自己好，为啥处处留情，又是滑旱冰搭讪，又是相约看电影吃饭，还对自己笑得那么灿烂？

石岳文洪水开闸般地喋喋不休。他提醒自己这是最后的机会，死缠烂打地想要改变秦雨姗的想法。

"我再说一遍，上学期间我不打算谈恋爱。再说你也许觉得自己学习好、又是班长，我就应该答应你，可是为什么呀？说句你不爱听的话，我没觉得你有多优秀……"秦雨姗厌倦了石岳文的碎烦，不留情面地说。

"你是说如果我足够优秀的话，你会考虑的?"石岳文胡搅蛮缠。

"嗯，也许吧！将来的事谁知道呢？"秦雨姗咻咻笑了笑道，"咱们不要再说这个话题了好吗？时间不早了，我也该回宿舍了，再见！"说罢，她转身蹦蹦跳跳地回宿舍了。

石岳文木桩一样伫立很久，才拖着沉重的双腿走了。他没回宿舍，转向去了校园里的凌波湖——失意的学生大都会去那里疗伤。

凌波湖约摸两三个足球场那么大，微波荡漾，成片的浮萍顺势起伏。一轮大而肥白的月亮倒映在湖心，随风微动，呈现出凄冷魅惑的意象。湖边芦苇荡里，有虫鸟窸窸窣窣在动。

湖边的小径和石阶上影影绰绰的有些人影，或坐或走，大多是成双成对的学生，他们窃窃私语、互诉衷肠。

石岳文寻了一处偏僻地方坐下，黯然神伤。

秦雨姗的一颦一笑、一举一动，在他脑海放电影般闪回。她拒绝自己那笃定的话语，让人心碎。他后悔自己不该着急向秦雨姗表白，也拿不定主意第二天上课该如何面对她。

直到教学楼里上晚自习的灯尽数熄灭，石岳文才起身回宿舍。哪知一动不动坐得太久，双腿已经麻木不听使唤。他像狗一样爬了几步，咬牙起身跺跺脚，才瘸着腿往宿舍走去。

宿舍楼灯火通明，上晚自习的学生都回来了，廊道里弥漫着泡面的味道。一间高年级学生的宿舍里，传出优美的吉他旋律。

门敞开着，一个留长发的男生跷腿坐在床上，抱着吉他忘情地弹奏着，正是当时流行的校园民谣《同桌的你》。

石岳文大着胆子走进去，默默地坐在吉他手对面。曲中白衣飘飘的清纯恋情，勾起他的伤心与神往。

学长无视石岳文的存在，忘情地弹了一首又一首，《睡在我上铺的兄弟》《青春》《流浪歌手的情人》……直到宿舍的灯快要熄了，他拨完最后一个音，目光迷离，长长地叹口气，喃喃地说："我想我女朋友了！"言毕，他斜身扬手卸下吉他，端起洗脸盆去卫生间洗漱。

那晚，思绪紊乱的石岳文辗转反侧，睡着前他做了两个决定：一是买把吉他，像学长一样能弹出忧伤的情歌；二是收心写作向报社投稿，他要成为全校发表文章最多的学生。

石岳文固执地认为，秦雨姗拒绝他，是因为他不够优秀。他要成为同学中的佼佼者，吸引她、打动她……

第二天上课，秦雨姗像头天晚上的事根本没有发生一样，这让石岳文大跌眼镜。他有些欣慰，终于不用纠结怎么和她相处；同时又有些许失落，自己在她眼里居然如此不值一提？

多年后，当石岳文端详着秦雨姗的照片，回想这一幕时还忍不住发笑。当时的自己该有多傻，非要逼着人家姑娘承认和他处朋友，林玲这样，秦雨姗也这样，哪条法律规定对方同意了才能追求？水到渠成瓜熟蒂落的事情，让它自然而然地发生不就得了？！

冬去春来，转眼两年过去。班里的男孩们，个个有了脱胎换骨的变化。

郭宗江仍旧一副玩世不恭的样子，但因帅而大方，情商又高，到哪里都是一枚开心果，颇受同学欢迎。

自二年级开始，郭宗江多数时间是旷课状态。班委会成员却集体盲目打掩护，因此教务处并不知道系里还有一号他这么奇葩的学生。

其间郭宗江的母亲来学校看过他几次，也没遇到他。

从郭母口中大家得知，郭宗江在家里居然是十分懂事、乖巧听话的好孩子，作息规律，学习用功，抢着帮她做家务，各项事情安排得井井有条，而且讲得头头是道，深得父母欢心。

郭母压根儿不知道，她儿子是学校鼎鼎有名的混世魔王，足球赛上没少和人打架，组织同学赌博，在食堂和宿舍嚣张地抽烟等等。尤其二年级后，据说经常和社会上的混混一起玩，很少在学校露面。

即使旷课严重到令人发指的程度，郭宗江仍有一项本事令人惊诧，并且有效地掩盖了他旷课的劣迹——每次期末考试前一个月他回到学校，会突然且彻底地转变成一个励志好学的青年——就像他妈妈口中描述的一样，而且几乎每门课程的考试都能通过，顺利拿到学分。

郭宗江这门绝活让同学们对他刮目相看，尤其是一直勤奋努力却每学期都有几门课挂掉的学生，心里更是五味杂陈。

郭宗江在学校的表现，让作为班长的石岳文压力山大，尤其是帮郭宗江蒙混过关的时候。他也和郭宗江认真谈过，希望郭宗江遵守班级纪律，哪知郭宗江根本不在乎、不配合、不领情，令他头疼。

每次面对郭母，石岳文和大家一样，心照不宣地隐瞒郭宗江长期不在校的事实。送走郭母后，石岳文会心绪复杂地纠结半天，反思这样隐瞒究竟是对是错。

与郭宗江生活境况相反的，是祝必成。

祝必成颧骨稍凸，肤色略黑，架一副眼镜，有点驼背。他是班里年纪最大的学生，看起来像个老师。

祝必成来自边远山区，每学期回一次家，每次返校都会拿出好多罐咸菜塞进床底下的纸箱里。他去食堂一般只打白米饭，回宿舍就着罐头瓶里的咸菜吃。

一年多来，祝必成只穿过两套衣服，一套是他刚进大学时穿的黑蓝搭配套装，另一套则是军训时学校发的军绿色作训服。

有一次刮大风，对面女生宿舍楼晾在外面的一件红色大花裤头，无巧不巧地被风送到男生宿舍窗台上，祝必成拿来一试——嘿，刚合适！这件大花裤头，他从宿舍到盥洗室进进出出地穿了两年。

祝必成秉承"城里娃娃惹不起"的家训，在宿舍遇到啥事都退一步海阔天空，绝对人畜无害的好人一枚。大家乐得和他相处，有活动都会邀他一起参加。

一般需要掏钱凑份子的活动，祝必成都找理由推托掉。大家好容易劝他参加一次，就发现代价是他生活品质的急遽降低；大家又商量替他分摊承担，他却犟得说啥也不同意。

学期末，系里发通知要求各班级上报特困学生补助申请名单。石岳文找到祝必成，希望他能申请名额，在一定程度上解决生活困难。

令人意外的是，祝必成拒绝了，理由是他有吃有穿，每月和大家一样有国家六十多元的生活补贴，算不上特困生。石岳文知道祝必成不想背上特困生的标签，怕被大家瞧不起，也就不勉强。

因为祝必成树了标杆，整整四年，班里愣是没有一个人申请特困生补助——老祝生活那么困难都没申请，其他人谁申请都感觉是骗国家的钱。

平凡的老祝总能给大家带来惊奇。二年级的某一天开始，老祝居然有钱了！

他添置了好几件光鲜衣服，告别了咸菜就白米饭的生活，偶尔还请大家到校外饭馆打顿牙祭，宿舍和班级组织摊钱的活动更是场场不落。

不偷不抢的，老祝的钱究竟哪里来？宿舍每个人都有这样的疑问。

宿舍里和石岳文关系最好的，就数张卫骞了。

张卫骞出身教授家庭，眉目俊朗，举止儒雅，显现出良好的家教。石岳文多次教唆他抽烟喝酒，均未得逞。

但每次石岳文喝醉酒回宿舍，张卫骞都会悉心照料，这让石岳文深受感动。又因为两人都属班委会成员，渐渐成了形影不离的好兄弟。

张卫骞内敛闷骚，虽然平日在宿舍也和大家一样对女同学评头论足，也开些荤素搭配的玩笑，但和女同学相处时却是绝对的正人君子，不越雷池半步。然而就是这个柳下惠，却最先有了女朋友，吃的还不是窝边草。

石岳文知道这个秘密，缘于张卫骞悄悄约他一起去看电影。

"疯了吧你！两个老爷们儿去看什么电影？要是让人瞧见，还以为我取向有问题呢。不去！"石岳文干净利落地拒绝。

"去了你就知道了，外语系的姑娘——你陪我，过去给我壮壮胆！"张卫骞挤眉弄眼地说。

石岳文恍然大悟，这位仁兄表面是柳下惠，实际却是登徒子。原来他经常去外语系英语角是要一箭双雕啊——整个外语系男生只有个位数，活脱脱一个女儿国，张卫骞这张网撒得有水平！

"我这叫普遍撒网，重点培养！"张卫骞坦言，他一年来积极参加外语系包括英语角的各种活动，确实是奔着提高英语水平去的，结果顺手牵羊地认识不少女生，陪她们踢毽子、丢沙包、跳舞——这个名叫姜水云的女生他心仪已久，这是他第一次请对方看电影，也是他第一次谈恋爱……

石岳文见到姜水云时，对张卫骞羡慕嫉妒恨——姑娘不但长得漂亮，那双会说话的大眼睛还善解人意，像他高中以来一直崇拜的女神关之琳。

路上为化解尴尬，石岳文主动插科打诨，三个人有说有笑挺热闹。看电影时，就剩下张卫骞与姜水云头挨着头窃窃私语。电影结束离场，石岳文分明看见，两人的手已经拉在一起了。

"真是有异性，没人性！"石岳文心里嘀咕，自己扎扎实实地当了电灯泡，起初给人家照亮，现在人家嫌你太亮。怀着莫可名状的酸意，石岳文一出影院门，就找个借口溜了。

他去了凌波湖边，独自伤春悲秋。整整两年过去，老祝有钱了，张卫骞恋爱了，郭宗江神龙见首不见尾……自己呢，是否还在坚持曾经的梦想？

11

石岳文清晰记得，自从被秦雨姗拒绝后，他立志要成为全校发表稿件最多的校园歌手。

每天吃好晚饭，石岳文不去教室上晚自习，就去图书馆看书，几乎以每周一本书的速度，贪婪地把那些世界名著往脑子里装。

空闲时，他会沉浸到另一个世界，绞尽脑汁地构思文章，整个人变得迟钝呆傻——别人叫他不应，拍一下才会惊觉。

然而事与愿违，他向报社邮寄很多稿件都石沉大海，持续半年，几乎摧毁了他所有的自信。

石岳文坐公交车按图索骥去了晨报社——他想向编辑请教，为什么自己的作品不被采纳？报社采用稿件的标准是什么？如果确认自己不是那块料，那就选择放弃。

几经周折，才找到晨报社那幢灰色的四层小楼，它安静地蜷在几株高大的柳树后面，质朴而有内涵。

一路打听找到副刊编辑部，石岳文探头探脑地敲敲虚掩的门，紧张得心快从胸腔跳出来，他怯怯地问："请问木心老师在吗？"

他每天必看晨报副刊，对这个名字烂熟于心。

"哦，我就是。你哪位？"一位三十多岁齐脖剪发的女编辑转过身，疑惑地问道。

石岳文磕磕巴巴地表明来意。木心老师始终微笑着听他讲完，温和地说："我知道你，你坚持不懈地写作投稿我印象很深，我做编辑这么多年，像你这样锲而不舍的作者不多……"

木心老师说话缓慢温和，小心翼翼地怕伤了这个倔犟少年的自尊——正是这个小小的细节，鼓舞石岳文在创作路上最终小有成就。

当天木心老师和石岳文聊了一个多小时，告诉他以前投的那些稿件，都是为赋新词强说愁的无病呻吟，要写真情实感才行。

"你记住，只有出自内心，才能进入内心。"送他出门时，木心老师强调说。

当晚石岳文彻夜难眠，反复回想木心老师的话，直到曙光初现，他脑海突然灵光闪现——要写出真情实感，只有从自己的经历和最熟悉的人入手，把自己所经历的、所见所想的人和事真实地表达出来，这才是出自内心的东西！

石岳文最终选择写父亲石爱。他写了家里生活困难，父亲从村书记到煤矿招工，最终带着全家人进城的故事，反复斟酌后，给这篇文章取名《土豆人生》。

担心同学笑话，石岳文做贼似的悄悄寄出这封投稿信。接下来的一周，他惴惴不安地盼着，每天抢着去指定信箱帮班里取报纸。然而他失望了——他甚至连中缝广告都仔细查验过，仍然找不到那篇文章。

这天，石岳文刚走进教室，张卫骞挤眉弄眼地走过来说："臭小子可以啊，啥时候请客？"说着，他拿出当天的晨报摊在课桌上——那是石岳文熟悉的副刊版面，左上角头条文章的标题赫然映入眼帘：《土豆人生》。

霎时，石岳文的心颤抖了，眼底热热的要流出泪来。他强忍狂喜的心情，一连串回复说："好！好！你说怎么吃咱就怎么吃！"言毕，他迫不及待地坐下来，把文章看了一遍又一遍，直到上课铃响，才恋恋不舍地把报纸挂到陈列架上。

当天中午，石岳文跑到校外报刊亭买了份晨报带回宿舍，抽出副刊小心翼翼地折好压在枕头下。连续好几天，没事就拿出那页报纸看，心里又哭又笑。

周末到家，未等石岳文开口，石爱就笑嘻嘻地拿出一份晨报，迫不及待地对他说："儿子啊！你的文章我看见了，单位同事都夸你呢……"当天晚上，全家兴高采烈地吃了一顿大餐，庆祝石岳文在报纸上发表处女作，石爱还打开一瓶酒和哥俩分着喝了。

前车后辙，石岳文一发不可收拾，他写母亲、哥哥和妹妹，写村里的事情，写学校的事情，写看到和经历的一切……他投稿的发表率极高，至少两篇文章就有一篇被刊载。

石岳文的名气迅速从班里传到系里，甚至学校通讯社。半年后，他被学校通讯社聘为记者部部长。

有了稿酬收入，石岳文校园歌手的梦想开始生根发芽。他揣着积攒的一百块钱，约张卫骞陪他转了好几家市区琴行，发现最便宜的吉他也要一百八十块钱，便灰心丧气折戟而返。

169

家里到处都是花钱的地方，他不好意思向素珍张口。石岳斌的月工资三百元出头，刚刚够自己吃喝花销。张卫骞也是穷学生，没有闲钱借给他……

周末表姐来家里串门。表姐在县城造纸厂当库管，每天以卡车量级向外出货。石岳文灵机一动，问表姐能否用出货的批发价格卖给他两袋卫生纸，他带到学校卖掉赚差价。

表姐欣然允诺，连连夸赞石岳文有商业头脑，当天就带他去了造纸厂。他用九十元私房钱换回两蛇皮袋卫生纸，扛上公交车去了学校。

回到宿舍，石岳文打开大蛇皮袋，把卫生纸掏出来码在床上数了又数——他傻眼了！

石岳文的卫生纸共两百卷，参照楼下门房老头那里每卷五毛钱的价格，也只能卖一百元钱——况且这根本做不到，门房老头的卫生纸有塑料包装袋。

他瘫坐在床上，对着这堆卫生纸无计可施——他想不明白，为啥自己以批发价买来没有包装的卫生纸，反而与门房老头零售有外包装的价格一样，难道表姐赚了差价？

思忖良久，他认为表姐是体面的上班人，不至于从他身上抠这点小钱。但问题究竟出在哪里了呢？他不甘心地跑到楼下门房，买了一包卫生纸回来。

将两种卫生纸一比较，石岳文才发现自己的一卷卫生纸，比门房老头卖的卫生纸要厚很多，差不多是三倍的量。

山重水复疑无路，柳暗花明又一村！石岳文迅速做出决定：把卫生纸一卷拆分成两卷，每卷按照四毛钱的价格卖出去——自己的纸与楼下相比虽然没有塑料包装袋，但价低量大，一定会有市场。

每天晚上，石岳文在宿舍楼熄灯前两小时，拆分好一批卫生纸装进蛇皮袋，拎着袋子逐个宿舍敲门推销。

其间紧张、欣喜、屈辱、失望、愤怒等各种情绪，他都体验遍了——天可怜见，这些卫生纸居然被他卖掉了！

剩下一点尾货，石岳文送给舍友每人五包。大家见他赚钱如此辛苦，都把钱硬塞给他。

这桩生意赚了七十元钱，加上新收到的一笔稿酬，石岳文终于凑够两百元钱。他兴冲冲地约张卫骞去市区，背回一把崭新的吉他，凭着琴行附赠的《吉他基础教程》，开始了自学音乐之旅。

从此，舍友们饱受噪音之苦，时而吱呀、时而嗡嗡、时而尖厉的琴声就像一个醒不来的噩梦，日复一日地刺激着大家的神经。

有时石岳文看到大家嫌恶的表情，就识趣地去厕所边的盥洗室练琴，结果那里又成了整个楼层的噪音源，搞得整层宿舍的同学狂躁不已。

因了张卫骞的关系，石岳文也成了外语系的常客，两人经常去外语系英语角流窜，和姜水云的舍友一起踢毽子、跳舞、聚餐，忙得不亦乐乎。

姜水云生日这天，张卫骞要为她办一席生日宴，邀请石岳文参加，其他都是姜水云的闺蜜好友。石岳文打扮得油光水滑，特意准备了一支精致的钢笔作为礼物，给张卫骞长脸。

宴席安排在一家名为"过把瘾"的小餐厅，石岳文穿过摆放着六七张散台的外间，来到餐厅唯一的包厢。饭桌上已然坐满花枝招展的姑娘们，石岳文瞅到最后一个空位坐下来。

紧挨石岳文的是姜水云的同学孟晓晚，她身材娇小、五官精致，颇有淑女风范，席间体贴地帮石岳文夹菜倒水，令他受宠若惊。

筵席吃到一半，虚掩的包厢门探进一张脸，令石岳文和张卫骞惊讶不已——那是祝必成。

"咦，老祝啊，你也在这里吃饭啊？"张卫骞惊讶地问。

"呵呵，我来看你们吃得咋样，菜对不对胃口。"祝必成搓了搓手，笑着说。

"既然来了，那就坐下一起吃……"张卫骞热情地邀请老祝。石岳文赶紧拉过椅子放在自己旁边，招呼祝必成落座。

席终人散，姑娘们在店外等，石岳文陪张卫骞结账，只见老祝大手一挥对老板道："他们是我同学，今天的饭钱免了，算我头上……"

石岳文和张卫骞面面相觑，这是咋回事？

"这家店是我和老板合伙的，我也是半个老板。"老祝笑呵呵地解释道。

"啊！这、这怎么可能?!"两人丈二和尚摸不着头脑，朝夕相处的同班同学兼舍友，怎么摇身一变开饭馆当老板了？

看着两人惊诧的表情，老祝得意地说明了原委。

原来老祝写一手漂亮的毛笔字，因生计所迫，便满街找那些新开以及过于陈旧的店铺，和老板商量是否需要换个漂亮的门头招牌，他可以帮忙写字和制作，一来二去居然接了不少生意，手头攒了好几千块钱。

这家店铺的原老板不干了，他便和老板的厨师合伙凑钱接手了这家店铺，因此算是半个老板。

听完老祝的传奇故事，石岳文和张卫骞满是震惊、敬佩和羡慕。一个穷到连衣服都买不起的书生，通过自身努力，短短两年便逆袭成一个光鲜体面的老板，学习也没耽误。反观自身，还在象牙塔里浑浑噩噩地混日子，真是汗颜！

返校路上，孟晓晚特意问石岳文能否绕路送她回家——孟晓晚住学校教职员工家属楼，父亲是教授。

石岳文欣然答应，两个人说说笑笑边走边聊。石岳文向孟晓晚讲了老祝的传奇经历，一时间豪气干云，声称自己也不能虚度光阴。

"你也很优秀呀！"孟晓晚羞涩地说，"看你多有才，能在晨报上发表那么多文章，多少人梦想着能在校报上发表一两篇就不错了，你不能妄自菲薄……"这些话石岳文很受用，不觉对孟晓晚的好感增加了一层。

"张卫骞说你最近在练吉他？有空教教我咋样？"孟晓晚笑着问道。

石岳文耳热心跳羞愧难当，支支吾吾地说："哎呀，你别听张卫骞瞎说，我自己都没学会呢，当不了老师！"他将自己制造噪音、几乎把大家逼疯的糗事说得活灵活现，笑得孟晓晚花枝乱颤。

在孟晓晚家楼下道别时，孟晓晚有意无意地拉了石岳文的手说："好啦，我到家了，谢谢你……"

石岳文窃喜而惶惑，他从来没被女孩主动牵过手，几乎能听见自己怦怦的心跳声。他紧张得满面通红，却又不敢抽回手，担心伤了女孩的自尊；他也不想抽回手，那种像被电流穿过的感觉很享受。

石岳文回过神时，孟晓晚已经蹦蹦跳跳地上楼了。

回宿舍的路上，石岳文反复回味那种感觉，心里一阵高兴，又一阵莫名的失落，心想如果拉他手的女孩是秦雨姗，该有多好！眼随心动，石岳文朝秦雨姗的宿舍楼瞥了一眼，望眼欲穿，又满怀伤感。

老祝创业当老板的故事，风一样迅速传遍整个班，这令他饭馆的生意一时爆红。同学们看他的眼神，不再有同情和怜悯，而是敬佩和羡慕。

而老祝还是以前的老祝，一副老实巴交人畜无害笑呵呵的模样。

石岳文更加高产地发表作品，自己熟悉的人和事写完后，他就憋着写小说、评论甚至诗歌。他逐渐发现，写作已经成了自己生命的一部分，有段时间不写东西，他会憋得难受，内心深处的冲动，就像刚出生的婴儿必须吃奶一样，饿了就会哭出声来。

与以往不同，他的身边多了一道倩影。

有天吃中饭，石岳文端着饭盆走到食堂门口，发现孟晓晚拿了饭盆招手对他笑。他疑惑地走上前问："咦，你家不是住在学校吗？怎么也来食堂吃饭？"

"家里的饭菜吃腻了，想换个口味。"孟晓晚调皮地笑着说。

孟晓晚打了很多肉菜，吃饭时一个劲地往石岳文碗里夹。石岳文推辞，孟晓晚却说自己要减肥，吃不了那么多肉，可每次又馋得忍不住要买。

石岳文没想到，自打那天起，孟晓晚每天中午都在食堂门口等他，而且习惯性地给他碗里夹菜夹肉。刚开始他还有些别扭，后来也就习以为常。

渐渐地，孟晓晚会单独约石岳文去图书馆看书，去凌波湖边散步，去文化宫看电影。她每次都会变戏法一样，从背包里掏出各色零食和他分享。有时约不到他，她还勇敢地躲开门房老头去宿舍找他。

孟晓晚送给石岳文一条围巾，打眼就知道是她亲手织的。这条灰色围巾的拐角处，用红线绣了一颗心形图案。

好几次孟晓晚邀约，石岳文都想拒绝，虽然他很享受和孟晓晚在一起的感觉，心里却执拗地装着另一个人。然而他开不了口，担心伤了孟晓晚的心。这种懵懂的情感，就像可爱又让人无奈的小狗，你跑它就追，你追它就跑。

寒冬，雪。鹅毛般的大雪，纷纷扬扬地飘了整个晚上，营造出一个奇妙无比的世界。

早晨一出宿舍楼，寒气扑面而来。整个世界干净得一尘不染，高低错落的大楼，高低错落的树木花草，全部被白色包裹，在太阳下泛着刺目的光。一脚踩下去，发出刀切白菜一样的声音，深及足踝。

雪还在下，斜斜地被风刮在脸上，随即融化，有些痒。通往教学楼的路上，学生们把书包顶在头上，冒雪赶路上课。有的人干脆头上啥也不顶，只把一只手放在额角位置挡雪，聊以自慰。

石岳文、老祝、张卫骞互相追赶着打雪仗，一路嬉笑着往教室赶。快进教室时，张卫骞拿出早已搓好的一团雪球，冷不丁地塞进石岳文的后脖领，顺势抓住领口一提一抖，雪球便滑溜溜地滚进他的后腰。

石岳文弯腰跳了好几次，没能抖出来，正打算冲去厕所解了裤带拿出来，老师已迈进教室，而且那团雪球已经化得差不多了，跑进厕所也无济于事。

整个上午，石岳文后腰一大片湿漉漉地难受，咬紧牙关也忍不住瑟瑟发抖。下课回到宿舍，他额头热得发烫，索性连饭也不吃了，爬到床上蒙头睡觉。

孟晓晚在食堂门口等了许久没见到石岳文，便鼓起勇气骗过门房老头来宿舍找他。张卫骞看见孟晓晚，满怀歉意地说明了情况。

孟晓晚没说什么，去盥洗室绞了一条冷毛巾敷上石岳文额头，又下楼买了水果和感冒药，伺候他吃完药和水果，坐在床头怔怔地看着他，满脸心疼。

舍友们识趣地提前去上课，宿舍就剩下两个人，气氛有些尴尬。石岳文劝孟晓晚回去上课，孟晓晚油盐不进。无奈，他索性转头假寐。

没想到他真睡着了，醒来发现孟晓晚坐在床头看书。她眼神专注，鼻翕微张，精致的五官与凝脂般的皮肤交相映衬，秀丽动人。

石岳文不觉看痴了。

"醒啦？"见石岳文醒来，孟晓晚赶紧扔下书说。

"嗯，几点了？我睡了多久？"石岳文答。

"你睡了一下午啦，你们宿舍的人差不多快回来了，中午没吃饭饿坏了吧？我去给你弄点吃的咋样？"孟晓晚关心道。

"我还好！你自己忙去吧，陪了我一个下午，辛苦你了。"石岳文难为情地说。

"说哪的话，你等着——"说完，孟晓晚转身离开。

晚饭时，张卫骞给石岳文带饭，石岳文推辞说没胃口——他知道孟晓晚一定会来，又不好意思对张卫骞明说。

大家离开宿舍去上晚自习，孟晓晚才姗姗来迟。她提了一个精致的方形食盒，里面有小米粥、花卷、几样咸菜、水果，还有一份凉拌牛肉，在桌上摆好后，搡起石岳文一起吃。

雪已停，窗外夜幕低垂，宿舍暗得几乎看不见人影。孟晓晚从抽屉翻出半截蜡烛点亮，室内立马充满温暖和暧昧的味道。

"这些饭菜是你从家里拿来的吧？"石岳文没话找话问道。

"嗯，我自己做的。不知道做啥好，我妈说感冒要吃清淡些，但是感冒更需要营养才对呀。"孟晓晚顿了顿继续说，"你下午睡觉打呼噜了，扑哧扑哧的，猪一样的——唔，好可爱！"

石岳文挠挠头，不好意思地笑笑，而后一阵静默。

"这雪好美啊！要是你没生病，我们这会儿在做什么呢？"孟晓晚自言自语，顺势起身拉上窗帘，假装自然地坐在石岳文身旁，悄悄抓住他的手。

石岳文浑身僵硬，脑袋有些眩晕——他害怕这个场景，却又隐隐有些期许。不知不觉，孟晓晚靠到他肩上，眼神迷离，双颊在跳动摇曳的烛光下，红得艳丽。

石岳文迟钝的鼻子嗅到阵阵清香，脖颈被孟晓晚的发丝撩得很痒，这令他迷醉。他用另一只手拉住孟晓晚的手，抽出被拉的那只手揽上她的肩，一转头，嘴巴已凑近她的面颊——他沦陷了。

孟晓晚"嘤咛"一声，倒在石岳文怀里。

他们贪婪地接吻，吮吸对方的香甜。他们彼此缠绕，恨不得将对方融化到身体里。

石岳文忘情地将手伸进孟晓晚的衣服，揉捏那对软玉温香，脑海中居然异常清晰地浮现出薛自华老婆那截白花花的屁股，手便无耻地向下游走……

孟晓晚及时阻止了那只不知廉耻的手，呓语着调整姿势，再次陷入浓情绵绵的热吻。石岳文清醒地意识到，他又一次不争气地遗精了……

12

转眼到了大三寒假，三兄妹照例回老家看望奶奶。

爷爷过世后，奶奶就一直和老爸爸石万同住——农村的传统，就是老人随小儿子过活，身后遗产也归小儿子继承。

奶奶盘腿坐在炕上，见孙子孙女来看自己，忙不迭地从炕角小柜里拿出平时不舍得吃的罐头、糕点、柿饼之类，硬塞给三兄妹，随即打开话匣子，把村里的事情说个遍。

"你们知道不？石兴庆的老妈过世了，唉！那也是个可怜人呢。"奶奶说，"解放前的一年，军阀来村里抓兵，你们爷爷拿菜刀剁掉食指才躲过一劫，可你们知道军阀到石兴庆家干啥了？"

见孩子们听得津津有味，奶奶兴味盎然地把那些陈年旧事翻了个底朝天。

原来石兴庆的老妈是村里最漂亮的美人，还是个黄花大闺女，军阀头子一见她就被迷上，当即给糟蹋了，还在她家住了好一阵子，直到部队开拔才离开。军阀头子也算有情有义，临走给了她不少银元，许诺说安顿好后派人来把她接走。可他这一走，就再没回来。

可怜石兴庆的老妈，孤零零在家熬了好几年，因为名声传出去了，没人来说亲，却经常有人深更半夜敲门，为此她没少被爹妈打。石兴庆的老爹是外地来逃荒的破落户，不知道前因后果，又见人长得如花似玉，阴差阳错地娶了她，当了倒插门的女婿。

这件事情村里没人再提起,日子也算过得安稳。她生的三个儿子婚后相继分家,老两口相依为命地活到石兴庆的老爹过世,就剩她一个孤老婆子没法活。三兄弟一商量,就让她随石兴庆过,一院房子也归了他。

头几年老婆子还能帮忙喂猪做饭,后来腿脚走不动路,眼睛花得看不清东西,石兴庆的婆姨就开始嫌弃她,饭也不给及时吃,屎尿也不给清理,日子过得猪狗不如。

据说老婆子临去世那几天,石兴庆的婆姨天天逼问那几根金条的下落,可老婆子直到咽气也没告诉她金条藏在哪里。

"金条?!金条是咋回事?"石岳文插嘴问道。

奶奶笑着说:"据说军阀头子当年不但给了她银元,还有好几根金条。石兴庆的婆姨愿意给她养老,就冲着她手里那几根金条呢。"

"我问过老婆子金条的事情,她说有个屁的金条,那是老头临去世前教她说的!人这一辈子啊,说不得!说不得!"奶奶一脸调皮的神情。

奶奶欣慰地看着炕头坐着的孙子孙女,感慨道:"我这辈子虽说遭了不少罪,到底算是享福的,你老爸爸一家对我算是不错喽——咦,有空你们去看看六爷爷,那个老不死的现在可劲地活着呢,真是生的不如养的好……"

当天下午,三兄妹依奶奶的话去看望六爷爷。

还是那片熟悉的果园,里面盖了簇新的砖房。六爷爷须发尽白,牙齿几乎掉光,但红光满面精神矍铄,乐呵呵地把三兄妹引进屋。

金刚两口子忙不迭地端茶倒水,殷勤招待。六爷爷边嗑瓜子边聊天,瓜子皮混着溢出的口水粘得嘴角都是。金刚媳妇拿毛巾过来,提醒六爷爷及时擦掉。

临别,六爷爷吩咐两口子给三兄妹装了两大袋干果,嘱咐一袋给奶奶带去,一袋给石爱和素珍带回家。

回奶奶家的路上,三兄妹热烈地讨论着,虽然六爷爷是鳏夫,但认了个长工做干儿子,倒是比亲生的还要亲;石兴庆虽说是亲生儿子,但小两口对老妈做的事情却令人发指。

"做人可不能忘本!咱们兄妹发誓,今后谁敢对父母不好,另外两个就和他老死不相往来，咋样？"石岳文提议道。

"好！"石岳斌和石岳华异口同声地回答。三兄妹当即在路边手指青天，发誓做个孝顺父母的人。

第二天，石岳文抽空去拜访了老同学石道吉。

石道吉已是十里八乡闻名遐迩的大师。他不止干超度亡灵的事情，还经常在自家设的道场练功练气、给人看病消灾，而且还有一项奇异的本事——他能通灵，能看穿人的未来，因此好多村民找他算命……

石道吉家里老早盖起崭新的砖瓦房，气派的砖门楼子边蹲了两尊石狮子。因为比例不协调，显得有些怪异。

石岳文推开石道吉家阔气的院门，看见呈"L"形布局的两排房子围成方形的院子，正对院门的瓦房开着和院门一般大小的门，门两侧挂着蓝底白字布料材质的经幡，经幡旁立着两根涂了红漆的柱子。很显然，那是他作法的道场。

石道吉身着厚厚的棉布道袍，坐在院子中央的蒲团上打坐练气，对石岳文视而不见。因气场所慑，石岳文不敢贸然上前打招呼，凝神屏气地站在一旁等着，冻得他双脚发麻两股战战。

过了约摸十分钟的时间，石道吉睁眼起身迎上来，冲石岳文打招呼道："来啦！来，屋里坐！"

石道吉带石岳文进了面南平时起居的屋子，端来炕桌，摆出几样干果，沏了两缸子砖茶，和石岳文盘腿坐在炕上聊。

"你以前说看见我爷爷，你是真看见了？"寒暄后，石岳文好奇地问道。

"当然！我记得那时你死活不相信我。"石道吉呵呵笑着。

"那我爷爷当时啥样子？"石岳文问道。

"嗯，和他活着时你见到的一模一样。"石道吉答。

"哦，怪不得别人说你能通灵，那你额头上的天眼开了？"石岳文好奇地追问。

"没有吧？其实我也啥都看不见，只是有时看着空荡荡的地方，脑子里就像看见人一样，真切得很，我也说不清楚。"石道吉说得很玄。

"别人说你算命准，你又咋算的？"石岳文问。

"感觉！就是靠感觉。当我看着一个人，感觉到哪儿就说到哪儿，别人要问我怎么看的，我也不知道，反正都说挺准的。"石道吉答道。

"那你帮我看看，我将来发展如何？"石岳文笑嘻嘻地问道。他不太相信这些，但也没啥正经事可干，聊胜于无。

石道吉仔细端详石岳文半天，低头用右手拇指在另外四指的第一指节内侧点来点去地掐了一会儿，自顾自地说道："你呀，将来前途光明得很！生意做得大，四十岁左右身家何止千万！不过，嗯，你四十岁以后有几年不顺，不过有惊无险，扛过去就好了，富贵着呢……"

"生意？"石岳文一头雾水，心想自己擅长写文章，学的又是新闻专业，将来十有八九要当记者的，怎么会和八竿子打不着的生意扯上关系？而且这些情况自己明明已经告诉他，他咋没头没脑地说起自己做生意来了？

虽然不相信，但石岳文内心窃喜，他每月生活费一百五十块钱，听说自己会有上千万的财富，这话又出自一个对上千万元钱没有概念的农民，终究是件令人开心的事情。

聊到感情，石道吉半眯着眼，脸上浮现笑意说："你狗日的桃花旺，感情波折得很！但你命犯天煞孤星，指不定要孤独终老。"他续了口茶继续说，"嗯，最爱你的那个女人，好像命不太好，你们走不到一起的。她、她、唉！好像跟你姐姐有点关系……"

"咋了？"石岳文摸不着头脑，又有些心急。

石道吉宽慰道："都给你说了，我是感觉到哪儿就说到哪儿的……反正你以后行事多存善心多求福报，大灾小难的禳一禳就过去了。人一辈子嘛，进出就靠一口气，没事儿你多练练气……"

石道吉东拉西扯地岔开话题，再没一句算命的话。当晚他在道场念叨着待了很久，才回屋睡觉。

回县城没两天，石岳文便把石道吉的话抛到了爪哇国。他很忙，忙着串联中学同学频繁聚会、逛舞厅。

于建社在县城租了铺位卖菜，正和一个卖服装的姑娘打得火热。邓红军已和英子结婚，生了个女儿。贺敏则进了一家事业单位，端上了铁饭碗。

林玲和她姐姐一样，进县城招待所干了服务员。高中时期两个人的陈年旧事，除了大家聊天时偶尔提起，权当开胃菜，没有任何后遗症。

周六晚上，大家仍然相约去县城药厂开办的舞厅跳舞。

舞厅流行交谊舞，男女捉对儿跳。多数男士没有熟悉的异性舞伴，曲子一开场，几乎是小跑着抢先一步邀请瞅准的姑娘。跑得慢的，只能和同伴搂在一起跳。有的姑娘遇到面相丑陋的男士邀请，会断然拒绝，宁可和闺蜜跳。

肥水不流外人田，石岳文只邀请同去的女同学跳舞，而女同学则对前来邀请的其他舞伴一概拒绝。散场后，他还负责任地把女同学一个个护送回家……

如今三年过去，舞厅的门票都从三块涨到了五块，可每周和石岳文一起跳舞的女同学，没有一个找到男朋友。

然而，这个彼此心照不宣的规则，被石岳文打破了。

药厂舞厅是一个上千平方米的大房间，端头的舞台上排开现场演奏的乐队，屋顶挂满流光溢彩的射灯，台下场地四周摆放一圈椅子，跳累了可以坐下来休息。

这晚，刚跳完一支曲子的石岳文，瞅空位坐下休息，出神地看着摇曳的灯光和舞池的人群，偶尔转头和旁边的贺敏聊几句话。

这时，邻座的姑娘突然从座位上站起，惊喜地打招呼："咦，石岳文？"

石岳文转头。老天！竟然是杨丽！他惊喜得不敢相信自己的眼睛，缓缓站起来问道："你、你是杨丽？"

"是啊！还能有谁呢？你该不会忘了我吧……"杨丽连珠炮似的说。

八年时间过去，杨丽出落得亭亭玉立，一袭粉色修身中裙，将她的身材勾勒得凹凸有致。

她还是那张略圆的瓜子脸，干净整齐的齐耳短发黑亮亮地飘出一弯刘海，黑亮的大眼睛满含笑意，皮肤略黑但很干净，鼻翼微翕鼻梁挺翘，嘴唇略厚两端微微上翘，下颏一粒小痣可爱地点缀着生动明朗的面部……

石岳文忘情地抓住杨丽的手："哇噢，真没想到在这儿遇见你，真是太好了！"

重新落座，两人聊着各自的过往，其间跳了好几支舞曲。坐在旁侧的贺敏、林玲等人，不满地朝他翻白眼，无奈也开始接受其他男士的邀请。

石岳文浑然不觉，久别重逢的喜悦，令他顾不上照顾高中同学的情绪。

杨丽说，她退学后顶替了父亲的空缺，进了药厂的车间，如今熬了个班组长的岗位，一个人吃饱全家不饿，日子过得还算滋润。

"唉，我当年如果好好学习，就不至于这么多年还在车间混，肯定老早就坐办公室了。"杨丽感慨地说。

石岳文怀着悔不当初的歉意，还有莫名的心酸嗫嗫地说："也不能这么说，等我以后大学毕业，能帮上你的，肯定全力以赴……"

杨丽的眸子瞬间闪亮，随之黯淡："只要你还记得我，我就很高兴了。你学习那么好，将来肯定前途无量……"

正聊得起劲，一个小伙站在座位前，看看杨丽，再看看石岳文，一脸疑惑。

杨丽慌忙起身，挽起小伙的胳膊说："来，我给你们介绍一下，这是我男朋友，这是我初中同学石岳文……"

石岳文愣了愣，赶紧站起来和对方握手，怀着惊讶和失落的情绪。

两个人的私聊，变成了三个人的寒暄，而且小伙显而易见地对石岳文怀着抗拒和敌意。眼见聊下去也没啥味道，石岳文便找个台阶告辞，重回到贺敏和林玲身边。牙尖嘴利的贺敏，自然对他一顿奚落。

当晚躺在床上，石岳文心潮起伏。小学破旧的校舍，杨丽孩童时候的模样，一起打乒乓球的场景，杨丽送给她蛋壳做的不倒翁，他煞费苦心地攒钱买球拍送她，他俩在学校外面的那场对话……那是多么纯真、多么美好的往日时光啊！

"如果当年没有那些误会，自己和杨丽会怎样呢？"石岳文想。

石岳文断定他俩不会有什么结果，因为少年懵懂的情愫，只能停留在少年时代。如果两个人不发生那些误会，也许会一直成为好朋友；如果他俩初中越了雷池，石岳文考不考得上大学都未可知。

人生如戏，幕幕散去。如今他在遥远的首府大学念书，大概率不会再回县城谋生。他和杨丽的人生，就像两条平行线，注定不会再有相交的可能。

"先把你自己捯饬好再说吧，那些不着调的海口少夸为妙。每个人都有属于自己的生活，哪怕你混得再牛，也成不了别人生活的主角。"石岳文默默告诫自己说。

13

新学期刚开始一个月，学校春季运动会又开始选拔参赛队员。前两年石岳文每次报名都惨遭淘汰，因为力量和速度达不到参赛水准。

这次石岳文仍然不甘心地参加测试并且又一次惨遭淘汰，现实再次残酷地证明，体育是靠天赋的。

他沮丧地坐在一边，看着体育老师登记参赛者的名字和比赛项目。散场后，他来到体育老师身边，难为情地说："老师，难道真的没有我可以参加的项目吗？虽然我力量和速度不够，但我对自己的耐力还是有信心的。"

小时候漫山遍野地放羊，跑惯了，石岳文觉得自己好歹有点优势。

体育老师思忖半响："嗯，竞走项目你可以试试，这个项目两年来你们班都没人报名，名额很富余……"

"竞走？"石岳文脑海浮现出电视上运动员扭腰摆胯比赛的画面，"那、那会不会太娘了？"他迟疑地问道。

"不会！想什么呢？那是正规比赛项目，技术含量很高的好吧！"体育老师说着话，一只脚尖拖地，画出一个大圆圈。

"你先按自己的理解，沿这个圆的边线走一圈试试，用你最快的速度。"老师命令道。

石岳文试着沿边线快速走了两圈，回头看老师的反应。

"你动作不对！"说罢，体育老师边做示范边给石岳文讲解，"上臂和前臂弯成90度角前后摆动，通过手臂的摆动带动腰胯向前，这个动作要收腹提臀，再用腰胯的力量带动你的腿向前甩出去……

"记住！膝盖在脚着地的瞬间必须打直，否则双脚同时腾空就犯规了。另外，脚后跟要先着地，通过脚底外侧向前滚动，还要像模特走猫步那样走成一条直线……"体育老师强调说。

石岳文按照体育老师教的方法试了几次，竟然走得有模有样。

"啊哟！看来你的领悟力不错啊！"体育老师惊喜之余，意兴盎然地教了他半天。直到他动作基本合格，才在参赛名单里加了他的名字。

"既然你决定参加比赛，就要下苦功练习，有问题可以随时找我。"体育老师临走前叮嘱说。

石岳文忙不迭地表示感谢，并独自在操场上一遍遍揣摩老师传授的动作要领，直至夜幕低垂，才恋恋不舍地回宿舍。

每天下午上完课，在学校的操场的环形跑道上，都能看见一个学生发疯般地训练竞走——他双脚翻飞，扭腰摆胯，大汗淋漓也顾不上擦；他昂首挺胸，目不斜视，全然不顾路过同学的指指点点……

在宿舍里，在上课路上，在课间，在图书馆，在凌波湖边，石岳文都有意无意地做着摆臂、扭腰摆胯、单脚着地的训练。路人好奇侧目、指指点点甚至嘲笑，他完全无视——既然练不死，就往死里练！

石岳文在操场走圈时，孟晓晚就坐在看台上等他。训练完毕，她再陪他一起去吃饭，形影不离……

一个多月的时间眨眼就过，学校春季运动会如期举办。

跑道一圈四百米，石岳文参加的竞走比赛，要沿跑道走二十五圈。发令枪响，石岳文不慌不忙地夹杂在队伍中开始表演。

体育老师早叮嘱过，长距离比赛不要着急，不要在前面领走，中后段找准自己的节奏再发力——当然也不要跟在最后面，否则落后太多追不上对手。

看台上坐着密密麻麻的学生，有些同学紧靠赛道边沿，追着同班的参赛选手呼喊着加油鼓劲。孟晓晚更是急得像热锅上的蚂蚁，喊得满头是汗。

比赛中后段，石岳文双腿灌铅一样沉重，呼吸也粗重频繁，他打退堂鼓了——平时训练没有这么高的速率，他能适应；比赛时速率加快很多，这让他不堪重负。

一圈、两圈……石岳文感觉肺要爆炸一样难受，抬臂迈腿如同灌铅。前面的选手已经甩开他十多米，而且人家前面还有三位选手。

石岳文脑海中不停有个声音劝他：放弃算了！另一个声音却告诉他：一定要坚持到底！两只心魔争得不可开交……

就在他纠结万分的时候，瞥见人群中那个熟悉的面影——秦雨姗挥舞着手臂，和张卫骞、郭宗江、祝必成及其他同学，起劲地喊着加油为他鼓劲！

石岳文心念微动，脑海中浮现出秦雨姗拒绝自己的那一幕，昔日的对话也在耳边回响：

"说句你不爱听的话，我没觉得你有多优秀……"

"哦？你是说如果我足够优秀的话，你还是会考虑的？"

"嗯，也许吧！将来的事谁知道呢？"

石岳文的身体陡然生发出新的力量，他抬手一把抹掉额头的汗水，感觉脑袋澄清了一些。

他深吸一口气，开始调整呼吸与摆臂迈腿的节奏配合。半圈后，他感觉不像刚才那样难受了——他熬过了比赛中最难忍受的临界点。

后段赛程，石岳文开始逆袭。他神态自如，步幅加大，步频加快，仅在五六圈的赛程中就追赶并超越了前面三名选手，紧跟在第一名的身后。

暂居第一名的选手意识到威胁，两次加速，希望甩掉身后的尾巴。

令他绝望的是，石岳文一直紧跟着他，没有滞后哪怕一步。身后传来的呼吸声沉稳有力、节奏规律，与他的呼吸节奏格格不入。渐渐地，他的呼吸开始变得凌乱粗重，腿和臂也逐渐变得沉重起来……

距离终点还有最后一圈，石岳文发力冲到第一名的位置。那名选手好几次尝试反超，都被石岳文成功压制。三米、五米、十米……石岳文逐渐拉开与那名选手的距离，绝了他翻盘的念想。

终于，石岳文成功冲开终点线。一时间欢声雷动！石岳文又一次迎来他的高光时刻。

冲过终点线的石岳文，以原有的姿势走了十几米才止住惯性。他双手高举向看台示意，慢悠悠地走到班级同学中间，享受王者般的待遇。

意外的是，秦雨姗比其他同学更激动，她甚至抓住石岳文的胳膊，高兴地跳脚。那一瞬，石岳文有异样的感觉，像蜜。

当晚，张卫骞和几个要好的同班同学组局，凑钱请客为石岳文庆功。因为秦雨姗也会参加，石岳文不想带孟晓晚同去。孟晓晚软磨硬泡地央求，石岳文勉强应允。

还是过把瘾餐厅，饭桌上孟晓晚以女友身份坐在石岳文身旁，自始至终兴高采烈，给石岳文夹菜，与大家聊天，毫不见外。

秦雨姗静静地坐在石岳文对面，和往常一样，爱笑。

因了秦雨姗的缘故，石岳文刻意与孟晓晚保持距离，却又不好违拗，尴尬得坐立不安。

席终人散，石岳文照例送孟晓晚回家。走着走着，孟晓晚突然毫无征兆地问道："你是不是喜欢你们班那个秦雨姗？"

石岳文心下一惊，本能地支吾道："没！没啊……"

"哼！我就觉得你不对劲，你明明就是喜欢她！"孟晓晚不满道。

石岳文暗忖，自己在饭桌上只是出于礼貌和秦雨姗搭了几句腔，并无过分举动，孟晓晚究竟从哪里看出来的？女人的直觉，真是准得吓人！

"虽然你俩交流不多，但你的眼睛，一直黏在她身上，傻子都看得出你在乎她！"孟晓晚酸溜溜地说。

石岳文想解释，却又不知从何说起。他一口咬定孟晓晚无理取闹，孟晓晚却不依不饶，争论到最后便是一路的沉默——孟晓晚默默上楼，石岳文默默回家，第一次在分开时没有拥抱。

石岳文的高光时刻没有维持多久，便因为一件事情跌入人生谷底。

系里评选三好学生，其他班级的做法是班委会成员开会商议确定。石岳文和班委商量为体现公平、公正和民主，采用普选的办法确定，即综合考试成绩、特长加分、对班级的贡献以及同学们的评分等因素综合打分。

石岳文对自己入选有绝对的信心，才决定采用这种方式，然而一整套流程操作下来，他傻了眼：作为班长的石岳文并列第三，每个班的名额却只有三个。

石岳文忿忿不平，他考试成绩名列前茅，加上特长以及对班级的贡献分值，评选应该没有悬念，可万万没想到，大家给他的不记名评分却拖了后腿——换句话说，大家对他的评价并不高。

"哼！平日里掏心掏肺地为他们服务，到头来一点儿都不落好！"石岳文心里埋怨道，又自怨自艾地感慨，"唉！尽心尽力为他们服务，他们认为是应该的。但自己打考勤、组织劳动、维护班级纪律，哪一项不是得罪人的活？班里那几个老好人，平日里对班级没啥贡献，但谁也不得罪，评分就比自己高得多……"

吐槽归吐槽，石岳文终究不甘心，犹豫了一下午，他自作主张把自己报了上去，将那位并列第三名直接剔除。

无巧不巧，班里有位同学去辅导员办公室，无意中瞥见那份名单，当即称这份名单与实际评选结果不符。此事非同小可，辅导员马上向系里汇报了情况。

系书记平常对石岳文青眼有加，没想到这个蠢货干出这等事情！思忖良久，他派学生会干部约了石岳文，吩咐晚上去他家里谈话。

晚饭后，石岳文心虚不敢去，苦苦央求张卫骞作陪，这才惴惴不安地去系书记家里。他的腿像灌铅一样沉重，短短半截路愣是磨蹭了半个多小时。

系书记狠狠批评了石岳文，说他弄虚作假、欺上瞒下，行为恶劣令人发指。臭骂一顿后，系书记说了处理决定：罢免石岳文的班长职务，同时要求他向全班同学做检讨。鉴于他认错态度良好以及治病救人的原则，系里不予通报也不记档，算是网开一面。

祝必成没有悬念地当选为新任班长，因为他是励志典范，因为他人畜无害的好性格，还因为他开了餐馆后对同学的乐善好施。

成绩中游的祝必成当选，证明情商比智商重要、性格决定命运的法则。

虽然他嘻嘻哈哈，以无为的态度履行职责，但全班同学似乎更和睦、更团结了。

此后很长一段时间，石岳文变得离群索居，无论集体活动还是私下小范围的活动，大都找借口推托不参加。

这件不光彩的事情，石岳文没有告诉孟晓晚。蒙在鼓里的孟晓晚，却因为石岳文的沉默寡言且对她的态度大不如前，发了不少牢骚，好几次约会都不欢而散。

14

9月份，同学们开始私下讨论考研的事情。当初考大学，学校采用"双轨制"，即公费生和自费生同步录取，明确毕业生的工作国家不包分配。

沿袭几十年的毕业分配制度变了，石岳文这届学生凑巧当了小白鼠，大家的心理压力可想而知。于是，不少学生选择考研，为就业增加砝码。

石岳文考研的想法，被素珍一口回绝，因为家里经济条件有限。石岳斌面临结婚，彩礼、住房将是一笔大开销；石岳华高考失利，来年还要复读，十有八成会自费上学，又是很大的经济压力。

"等你将来工作挣钱了，自己再去考吧。"素珍无奈地说。如果石岳文考研，意味着他还要三年，才能毕业挣钱补贴家用。

石岳文理解素珍的难处，不再做考研打算。周日下午返校，他躺在床上百无聊赖地翻看一部小说。

这时，祝必成进来兴高采烈地说："各位，镇北堡影视城正在拍一部电影，要找一批群众演员，咱们星期三下午正好没课，要不一起去试试？就当免费旅游一趟，每人还有五十元报酬呢……"

祝必成亮开嗓门，说话间来到窗前，倒杯开水仰脖一饮而尽。他用手背擦了擦嘴又说："咱们读书三年多，还没去过影视城，张贤亮的书倒看了不少，有《绿化树》《灵与肉》《肖尔布拉克》——啧啧，尤其是《肖尔布拉克》写得有意思，说新疆这个地方有多大呢？讨饭的都要置头毛驴，否则从这个村讨了吃的，还没走到那个村，就饿死了……"

顺着祝必成挑起的话题，这些文科生兴致勃勃地讨论起张贤亮及其作品，踊跃表示乐意承接这单生意，迫切地想见识这位传奇才子——中国伤痕文学代表、入选"20世纪20位世界最伟大作家"名单，老年又靠"出卖荒凉"名动全国……

影视城位于学校西北约摸二十公里，建在半沙化的戈壁滩上，再往西就是巍峨的贺兰山脉。

张贤亮以著作闻名于世后，据说回到这片曾经被下放改造的戈壁滩，与当年插队时的村民商量后，遂圈下这个村庄，将其打造为影视作品拍摄基地。村民则集体搬迁，于别处另行安置。

镇北堡，顾名思义，早先是抵御外侵的屯兵据点。黄土坯砌就的宽厚围墙，上面宽到可以跑汽车。高大气派的城门楼子，驻军首领居住的三进深宅大院，士兵居住的土坯房、马厩等均较好地保存下来。

张贤亮将这些古旧遗迹重新规划和修缮，便开门纳客。早期张艺谋在这里拍摄《红高粱》一炮而红，遂立碑为记，上书"中国最美丽的蝴蝶从这里飞起"，据说奠基时他还把拍摄时穿的一双黄胶鞋埋在下面。

"曾经有一段真挚的爱情摆在我的面前，我没有珍惜，到现在才追悔莫及。如果可以重来一次的话，我要对她说'我爱你'！如果非要给这份爱加一个期限，我希望是，一万年！"

——这是知名电影《大话西游》的一段经典台词，拍摄布景完好地保留在原处，另外还有盘丝洞、牛魔王娶亲、朱茵大战天将以及周星驰剧终成全朱茵爱情的城门楼子等布景。

每拍一部影视剧，张贤亮会把有价值的布景保留下来，加上他自己修建的亭台、村委、商街、马场……以至于拍摄西部题材体现荒凉沧桑意境的影视剧，这里成为不二之选。

最终，他把整个镇北堡用宽厚高墙围起来，上面插满迎风招展的旗子，在门口雇人设卡卖票，干起了经营旅游区的生意。

对于这帮大学生而言，不但能免费旅游知名景区，还能挣到钱，一箭双雕。无独有偶，秦雨姗也号召同宿舍的女生，和大家一起骑着自行车，浩浩荡荡地去影视城当群众演员。

9月午后的北方，正是秋老虎发威的时候，太阳霸道，热浪扑面。广袤的田野里，连片的高粱、玉米、黄豆等农作物，像是临产的孕妇，鼓凸的果实眼看要从表皮中胀裂开来。

众人骑了近一小时的自行车，终于来到影视城，向看门人说明来意后，便有剧组的人出来接他们进去。

经过简单的剧情解说、角色分工后，大家开始换衣服演戏，都是些路人、奴仆、丫鬟之类的角色。石岳文和张卫骞则扮演烧柴拉风箱的伙夫。

几轮拍摄下来，众人全无新鲜兴奋的劲头。石岳文和张卫骞扮演烧火工，几番折腾下来，汗流浃背，脸被柴火熏得发黑，就剩眼白炯亮得特别有神。

拍摄完毕，红日悬山。大家简单梳洗后，换回自己的衣服，拿着工钱三三两两在景区里游荡。几个女生想爬到土围墙上看景，男生便一个个将她们拽上去。

轮到秦雨姗时，拽的人手滑，只听见一声惊呼，她高举双手后仰着倒下去。土围墙虽然只有一米多高，下面却有很长一段陡坡，被泥巴混着石块加固得坑坑洼洼。土坡底部杂草丛生，横七竖八地躺着乱石。

说时迟，那时快，秦雨姗后面的石岳文一个箭步鱼跃而出，在秦雨姗后仰倒地之际抱住她，在同学们的惊呼声中，两人缠绕着滚下土坡……

神奇的是，秦雨姗安然无恙。石岳文身上却被凸起的石头硌出几大片淤青，头上起包，胳膊和手背被刮擦得鲜血淋漓，伤口狰狞、不忍直视。

大家纷纷跑来扶起两人检查伤势。尽管石岳文疼得咧嘴吸冷气，却装作若无其事的样子宽慰大家，还一个劲儿地询问秦雨姗哪里不舒服云云，弄得秦雨姗又感动又尴尬。

晚上在祝必成的餐馆聚餐，大家提起秦雨姗意外摔倒的事故，说是多亏了石岳文，否则她凶多吉少。两个当事人却话很少，即便眼神相对也迅速挪开。

饭后回校，秦雨姗和石岳文心照不宣地落在后面，扯了几句无关紧要的闲话后，秦雨姗冷不丁地问道："你和那个孟晓晚咋样了？"

"没、没什么。"石岳文一时语噎，他心虚地解释道，"平时也就一起吃吃饭、散散步，或者去图书馆看看书什么的。"

"既然两个人在一起了，你应该对人家好一点，孟晓晚是个好女孩……"秦雨姗看似漫不经心地说。

石岳文无语，心想自己这几年投稿、学吉他、在校运会上夺冠，就是不断地逼迫自己努力，有资格获得她的芳心。她却鬼使神差一个劲地提孟晓晚，是嫉妒？还是提醒自己不要对她痴心妄想？

心念至此，他忍不住开口自嘲："你现在是不是觉得——我距离你心目中优秀的标准越来越远了？"

"没有啊，我觉得你一直很棒呀！你现在是全校有名的大才子，吉他还弹得那么棒，还有外系的女生偷偷打听你呢。"秦雨姗笑嘻嘻地说。

石岳文一阵感动，自从经历上次那起事件后，她是第一个这样鼓励他的人。

"上次评选三好学生——"石岳文欲言又止。

"哦，你说那件事啊！"秦雨姗迅速打断他的话，"我们在宿舍讨论过，觉得你从成绩、特长和贡献来说，确实配得上那项荣誉，可你的做法不合适——大家起初也觉得有些对不住你，现在也忘得差不多了。"

"人一辈子，谁还没犯过错？知错就改，还是好同志嘛。我劝你不要再纠结，放下包袱、轻装前进！"秦雨姗说完攥着拳头鼓劲说。

这段时间，石岳文夹起尾巴做人，觉得在同学面前抬不起头。大家见他如此介意，也刻意不向他提这件事，反而令他感觉在疏远和鄙视他。

这层纸被秦雨姗捅破后，石岳文感觉胸口一块巨石落地。他感动得眼泪差点儿掉下来，结结巴巴地问道："那、那你以前说的话，还、还算数吗？

就是、就是如果我足够优秀的话，你会不会考虑——"

"嗯、呃……"秦雨姗吭哧几下，突然语速很快地说："如果你考上研究生，那时候我会考虑。"言毕，她头也不回地跑进宿舍楼。

石岳文在路边伫立良久，回味着秦雨姗的话。在他身后的暗处，有一个因痛苦而抖动的身影，揣着一颗破裂的心。

那是孟晓晚。她无意中看见石岳文和秦雨姗走在一起，便躲在暗处一路尾随，明白了石岳文对她疏远甚至躲着她的原因。

石岳文回宿舍洗漱完毕，张卫骞约他下楼，带他来到一处僻静所在直截了当地问："咱们班入选三好学生的名单，你知道是谁告密的吗？"

"是谁？"

"祝必成！"张卫骞忿忿不平地说，"真是知人知面不知心！同在一个宿舍，平时关系也处得不错，没想到他居心叵测，把你搞下去，他自己上台……"张卫骞眼睛像要冒出火来，刹不住车地数落祝必成。

石岳文却出奇地平静，等张卫骞说完，他缓缓问道："你认为，这个、重要吗？"

张卫骞惊讶地看着石岳文，没想到他居然是这种态度。

石岳文说："纸是包不住火的，这件事情就算没有祝必成向系里反映，也会有张必成、李必成。错了就是错了，知错能改才是关键！往后的路还很长，我现在应该放下包袱开动机器，用努力证明自己的价值……"

张卫骞开始还争辩几句，后来渐渐不说话了——石岳文的话他听进去了。两兄弟聊到宿舍楼熄灯，才兴冲冲地回了宿舍。

金秋10月，石岳文瞒着素珍，执拗地报考了研究生。

因为家里的经济状况，他选择了妥协；但因为爱情，他又选择了坚持。

石岳文重启"不疯魔、不成活"的学习模式：天麻麻亮就起床，跑到凌波湖边背书；宿舍晚上熄灯后，跑到盥洗室的长明灯下看书；他取消了聚餐、舞会、逛街、打球、电影等一系列课余活动，整天在宿舍、食堂、图书馆、教室绕圈儿。

孟晓晚吃饭时在食堂门口等他，见不着他身影，最后找到教室，才发现他在如饥似渴地看书，手边两只冷馒头；孟晓晚陪他去图书馆，他看书专注到没话说，甚至舍不得多看她两眼；孟晓晚拉他去凌波湖边散步，他也一副心不在焉的样子，孟晓晚扫兴极了……

以前，大家经常聚餐、跳舞、踢毽子、打排球之类的活动，如今就剩下孟晓晚形单影只，看着别人捉对儿亲热呢喃，心里别提多难受了。

"整天见不着人，见面又对我不冷不热，你究竟咋回事？！"孟晓晚终于爆发了。

"哦，我报考了研究生，你知道我们这一届不包分配——"

"算了吧！"孟晓晚冷笑着打断，"考研和咱俩相处根本不是一回事！如果你不想和我好就直说，免得这么不阴不阳地害人……"

孟晓晚涨红了脸，历数石岳文对她的各种冷落：别人的女朋友有鲜花、有生日宴、有情书、有接送、有陪伴、有各种各样的礼物，而她什么也没有，反而整天琢磨着找各种借口去陪他，见到后又发现热脸蹭个冷屁股……

说着说着，孟晓晚红了眼圈。一个美好年华的女孩，也是象牙塔里的天之骄子，爱得如此卑微，却在男友面前得不到一星半点的安慰。

孟晓晚忍了又忍，没把那晚在校园看见石岳文和秦雨姗的事情说出来。她想过，自己没有他俩亲密相处的证据，石岳文必然会辩解说同班同学在一起走路很正常，还会说她小心眼，甚至指责自己跟踪他，导致两人关系破裂。

她发一通火的目的，就是希望石岳文哄哄她，也就好了。

"我不要你的解释，我要的是你的关心和爱，你懂吗？如果要合，咱们就像以前一样，我可以陪你苦读寒窗；如果要分，你也说清楚，我以后绝不会再打扰你！"孟晓晚咄咄逼人。

石岳文纠结了。一年来，孟晓晚对他掏心掏肺地好，她爱得勇敢、执着，甚至有些卑微。而自己习惯成自然，接纳了这份爱。事到如今，如果拒绝她，对她造成的伤害可想而知；可是如果不拒绝她，又无法面对自己的内心。

迟疑许久，石岳文鼓起勇气说："我、我们还是算了吧——我、我配不上你！"

"你真是个混蛋！我恨你！我恨你！"孟晓晚跺脚转身，头也不回地跑了，留下一串撕心裂肺的哭声。

石岳文懊丧地坐在凌波湖边，怀着深深的愧疚与自责，曾经相处的景象，电影一样在脑海中闪回：湖边牵手散步，树荫下的依偎，宿舍里的热吻，食堂里一起吃饭，会堂里一起跳舞，操场上一起打排球踢毽子……那些甜蜜的瞬间，像鞭子一样，一次次抽打着他的心。

孟晓晚曾经开心的笑容，刚才肝肠寸断的哭声，如此惨烈的对比，令石岳文心中阵阵绞痛，痛得他直不起腰来。

很久，很久，石岳文拖着沉重的脚步，步履蹒跚地回宿舍了，他要拿书本去教室苦读考研。

夕阳西下，他佝偻的身影，在路上拖下长长的影子，远远望去，就像一条孤独的狗。是的，孤独！

石岳文内心悲凉，却又充满幻想。他梦中甚至出现过这样的画面：他拿着研究生录取通知书站在秦雨姗面前，淡定地说他考上了；秦雨姗欢呼雀跃，张开双臂拥抱他，与他轻语呢喃……

12月，石岳文走进考场，参加为期三天的研究生考试；次年2月，考试成绩公布，他落榜。他的英语科目没考过，那是农村学生普遍的弱项，短期的勤补不了拙。

得知成绩那天，石岳文独自在凌波湖边枯坐整个下午。他双脚没了知觉，脸和耳朵已麻木，却雕塑般一动不动。

湖面的冰还未融化，冰面上三三两两的人在滑冰打雪仗。一位教师模样的人穿着冰刀，背起双手，在冰面上优雅地舞蹈。

"又在构思文章呢？我没有打扰你吧？"一个熟悉的声音掠过耳畔，伴随着动听的笑声。

石岳文以为是幻觉，转头一看，果然是秦雨姗！她穿着嫩绿色中长版绒大衣，脖子上系一条鲜亮的红围巾，米黄色毛线织成的帽子和手套，笑脸盈盈地站在自己后侧。

"我能坐会儿吗?"秦雨姗问。

"当然没问题!"石岳文忙不迭地答道。他起身把垫在屁股底下的报纸撕下一半,铺在旁边的台阶上。

"你看那个老师,滑得真好!"秦雨姗坐下哈了口气,搓着手说。

"是啊,我在这儿看了半天,他从来没有摔倒过。"石岳文回应道。

"还记得大一时班里滑旱冰吗?那时的你好倔强,明明不会滑还硬要吹牛逞强。不过你还真是奇葩,说会滑就会滑了,嘻嘻!"秦雨姗继续说,"如果现在让你穿上装备滑冰,你能不能滑?"

"应该没问题吧,我都看一下午了,原理和滑旱冰差不多。"石岳文说。

"嗯,我也这么觉得。"秦雨姗说,"我发现你很聪明,想做的事情几乎没有做不成的!"秦雨姗见石岳文没吱声,沉默片刻又问:"嗯,你将来啥打算呀?"

石岳文一听,就明白秦雨姗已知道自己落榜的消息,他有些颓废地说:"我也不知道,运气好的话能当个记者吧,或者当个老师也挺好。"

"你呢?"石岳文反问。

"我也不知道!不过车到山前必有路,你也不必太过担心,你这么有才,肯定有单位抢着要你呢。"秦雨姗笑着说。

"优秀?"石岳文自嘲地笑了笑,没说话。一个考研失败者,何谈优秀!

他一枚县城考来的大学生,家庭条件一般,父亲的人脉关系撑破天也出不了那座县城,最好的前途就是县委宣传部的新闻干事或县广电局记者。

而秦雨姗的父亲,却是自治区广电系统的领导。

两人际遇的差别,如同分别落入粪坑与茵席。他对秦雨姗的痴心妄想,现在看来就是个笑话。秦雨姗曾经的承诺,他没脸再提,他只有沉默。

"你家孟晓晚咋样了,好像很久没见你俩在一起了?"秦雨姗又问。

"我们分手了。"石岳文平静地说。他自怨自艾地想,自己对秦雨姗抱有幻想,才与孟晓晚分手;如今面对秦雨姗,连表白的理由都被自己的失败埋葬,算是报应。

秦雨姗耐心劝导石岳文半天,临走笑嘻嘻地说:"走吧!我请你吃顿饭,羊肉搓面咋样?"

"呃,你自己去吧,我想再坐会儿。"石岳文难为情地说。

"你就和我一起走吧,同学一场连这个面子也不给?再说,这湖边冷得要命,我真的坐不住了……"言毕,秦雨姗起身拉石岳文。

两人一个热情大方,一个扭扭捏捏,远远望去就像一对打情骂俏的小两口。石岳文最终拗不过,随秦雨姗去了校园一家小面馆。

进了面馆,石岳文开口便说:"这顿饭我请!"转头又喊道:"老板,来两小碗面,两大碗面汤!"秦雨姗微笑摇头,因为面汤免费供应,这家伙又在矫情了。

羊肉搓面上桌,石岳文皱起眉头问服务员:"嗯?你的羊肉搓面怎么没有羊肉,肉呢?"

服务员是个胖乎乎的小媳妇,见石岳文故意找茬儿,不耐烦地答道:"还不都是一样的面,你说肉哪儿去了?!"

石岳文冲她努努嘴,反问道:"你说呢?"他那贱兮兮的表情似乎在说,肉都跑你身上了,难怪长这么胖!

小媳妇气咻咻地哼一声,抛来一个恶狠狠的眼神,甩开门帘进了后厨。

15

无忧无虑地在象牙塔逍遥三年半,到了面对现实的时候,大家都内心沉重地忙着写论文和联系实习单位。

石岳文去晨报社找木心老师,请她帮忙联系新闻部门,觅得一个实习岗位。他幻想如果自己表现得好,兴许能留在晨报社工作。

他早晨花一小时,从家里坐长途公交车到报社上班;中午在小饭馆填饱肚子,就在报社大楼外的台阶铺两张报纸躺倒休息,两点钟上班后再去报到；晚上下班，坐同样线路的公交车回家。

平日里上班，干的活计就是打扫卫生、看报纸，偶尔被某个记者叫过去帮忙校对稿子。只有极偶然的机会，某位记者生病或突然有事，他们会被临时安排出去完成采访任务，算是天上掉了馅饼。

时间久了，不甘寂寞的几个实习生，会各自坐着公交车，或者干脆步行，在这座城市的大街小巷流窜，偶有几篇零星的豆腐块文章见诸报端。

这天，石岳文挤在一辆公交车上，眼睛猎狗一样地看着路边的行人、街铺，试图发现新闻线索。突然，他看见街上很多人往前面跑，便意识到发生了什么。

公交车一靠站，石岳文马上跳下车，跟着那些人跑的方向猛追——他不知道发生了什么，但他清楚一定有事情发生，否则他们跑什么？

跑过一条半街道后，石岳文来到人群聚集的地方。眼前的一幕让他惊呆了：他曾经来过几次的市体育馆，变成一堆残垣断壁，漫天的灰尘还未散尽……

石岳文费了九牛二虎之力挤进事故现场，打听到因为爆破操作失误，体育馆拆爆倒下的墙体，把好几个民工压在下面。

随后，120救护车来了，警车也来了。警察很快拉起一条警戒线，围观路人被连推带搡地赶到警戒线外。

"哎！你、你，说你呢！你是干啥的？赶紧出去！"警察看见石岳文，说话间就走过来，要把他推出去。

"我是晨报社的记者，这是我的介绍信。"石岳文硬着头皮，赶紧从兜里掏出半张A4纸大小、由报社开具的采访介绍信展开给警察看。

"哦，报社实习生啊！那也不行——唉！你！你们赶紧出去！"警察瞄了一眼介绍信，正准备将石岳文清出去，但身后几个人试图往里面挤，他便扭头先去驱赶其他人了。

石岳文紧张的心怦怦直跳，暗忖道："溜进去会死吗？不会！那你怕个啥，想成功就去做你最害怕的事……"他长吁一口气，泥鳅一样钻过警戒线，一溜烟跑进内场，对着那些从瓦砾残石中刨人的医护、警察和消防员，举起脖子上挂的相机一顿猛拍,又拖了侥幸躲过灾难的民工了解情况……

后来他才得知,报社派出的三名记者,无一例外地被警察拦在警戒线外面。

回到报社,石岳文中饭顾不上吃,一口气写了篇三千字的通讯稿。完稿已是下午四点半,他惴惴不安地把稿件打印出来,交到新闻部主任手上。

彼时,新闻部主任黄立中手上已有正式记者写的新闻快讯,他看到石岳文的稿件后大吃一惊,当即嘱咐石岳文把新闻快讯融到那篇通讯里去。

石岳文写完天已黑透,黄立中老师亲自修改,并打电话给相关部门确认信息的准确性,等总编签付印时,已经晚上近十二点。

忙完回家,石岳文坐在摇摇晃晃的末班公交车上,看着窗外五彩斑斓的灯光,感慨万千。他心里默念:"银川,你等着!我一定会在这里扎下根的!"

次日清晨,数十万份报纸出现在各个报刊亭中,机关领导的案头上,各个单位的办公室,菜场摊贩的柜台上,很多家庭的餐桌上……头版整版就是石岳文写的那篇通讯,醒目的标题下有三名作者的署名,第一作者赫然是石岳文!

当石岳文在办公室看到这份报纸时,心情久久不能平静,他反复把报道看了好几遍。黄立中主任也在晨会上特别表扬他,鼓励他好好干。石岳文从其他记者的眼光中,看到了赞许和尊重。

后续两个月实习,石岳文干得顺风顺水。新闻部派给他的采访多起来,他自己也不停地创作散文、小小说,还经常扎进暗房和摄影记者一起冲洗照片。

实习结束,石岳文将四年来发表的作品用两个硬壳笔记本剪贴起来,足足有上百篇——这是他找工作的本钱。而他求职的第一目标,就是晨报社,他直接到黄主任办公室,掏出厚厚两本作品集放在桌上,恳请黄主任帮他推荐。

黄主任国字脸、浓眉大眼,穷苦出身,从县城通讯员一步步走到今天,算是鱼跃龙门。他爽快地答应石岳文的恳求,并承诺会向毛社长力荐。

临走,黄主任提醒石岳文买两条红塔山牌香烟作为见面礼,晚上下班带他去毛社长家面谈。

石岳文当即坐公交车回家，向素珍讨四百元钱去买了两条红塔山，用黑塑料袋装好提着，又回到报社楼下一处没人的地方，等黄主任下班。

夜幕降临，黄主任忙完下楼，找到自己的自行车，载着石岳文去毛社长家。石岳文看见黄主任斑白的两鬓，微微佝偻的脊背，内心泛起异样的温暖和感动。

是啊！他和黄主任认识两个多月，根本谈不上什么交情，自己何德何能，值得人家亲自骑车载着他去求请办事？他暗自发誓，有朝一日事业有成，一定对黄主任涌泉相报。

在毛社长家，黄主任极力保荐石岳文。毛社长却慢悠悠地对石岳文说："我知道你这个年轻人，写的几篇东西呢，确实不错！但报社的编制很紧张，动不动就有领导托关系，办不了就给你施压！再说，就算你写了几篇稿子，但每年从外地重点名校回来的毕业生也是卧虎藏龙，而且有些人的背景还得罪不起……"

黄主任再三请毛社长斟酌，不停暗示石岳文多施礼、多说恳求的话，期望毛社长高抬贵手。聊了约摸一小时，社长抬腕看表，示意两个人该走了。

临出门时，毛社长对黄主任说："这个事情我有数，回头会在社委会上提一提，听听其他编委的看法，虽然编制紧张，但报社对人才一向是欢迎的！"

毛社长最后的话又燃起石岳文的希望，和黄主任辞别时，他充满希冀地问道："主任，您看这件事情能成不？"

黄主任沉吟良久，黯然说："我看十有八九是不成了，你赶紧去别的地方找吧，咱们做两手准备，免得耽误你的将来……"

石岳文激动的心瞬间沉入谷底。看着黄主任骑车远去的背影，他感到茫然无助。偌大的城市，找个立足之地咋这么难？！

回到学校，大家忙着论文答辩、制作简历、推销自己，彼此对毕业去向的交流也有点遮遮掩掩、鬼鬼祟祟的意思——大家虽是同班同学，却也是竞争对手。

这天晚饭后，石岳文正在校园甬道上溜达，系书记迎面骑自行车过来，老远看见石岳文就打招呼，他下车问道："石岳文，你工作找得咋样了？"

"嗯，还没找到。"石岳文老实回答。

系书记略一沉吟："自治区党委要到我们院系招几位秘书，我觉得你挺合适，笔杆子硬，我把你推荐过去怎么样？"

石岳文眼睛一亮，但瞬间黯淡。他心虚地说："您的好意我心领了，但我既不是班干部，又不是三好学生，怎么能进得了那么大的衙门？"

"试试有什么关系！你有班干部的履历，上次评选三好学生的事情也没有给你记档，而你确实也发表过那么多文章，还在校运会上得过冠军，从这些方面来看，我认为你被选上的可能性很大！"系书记兴致勃勃地劝说道。

系书记不提评选三好学生的事情也就罢了，他一提，石岳文瞬间感到莫名的愤怒。他强捺住这强烈的情感，不阴不阳地说："您的好意我心领了，我再考虑一下吧！大不了回老家当个老师……"

石岳文莫名其妙冒出这段阴阳怪气的话，就像兜头一盆冷水，把系书记浇了个透心凉。他二话没说，拎起自行车调转方向，骑走了。

石岳文蒙了，连他自己都不敢相信，怎么会突然说出这么不着四六的话来？！人家系书记好意给你介绍工作，而且是个金饭碗，就这么轻易砸了？！他懊悔地想抽自己耳光，可说出去的话，泼出去的水，收不回来。

几天后，院系又通知说陆军军官学校招生，被选中后再念一年就分配工作，军官待遇，双学士（相当于硕士）学位。通知强调全校共二十个名额，大家有意向可以报名。

石岳文赶紧报名，经过简历筛选、面试、体检等一系列严格流程后，他最终看到主考官在他的名字上用红笔画了一个大大的五角星。

果然没过两天，石岳文收到录取通知书，同时收到一纸《献身国防志愿书》。他拉开被子蒙头睡了一下午，起来后把录取通知书，还有那张志愿书撕了。

他放弃了，他居然选择了放弃！

石岳文对同学开玩笑说，因为部队没女人，担心去部队讨不到老婆。其实他的内心，是对陌生远方的恐惧，是对家人的不舍。更要紧的，是他对秦雨姗深深的眷恋。

他胡思乱想了很多，脑海里出现最多的顾虑，是自己如果去了军校，这辈子就算和秦雨姗分道扬镳了——想到这一幕，他心里就泛起隐隐的痛。

石岳文糟蹋录取名额，院系领导当即将他列入黑名单，招生名额不再对他开放。同时，院系领导对军官学校主考官好说歹说，请对方重新增补了录取名额。

那个增补名额，最终落到祝必成头上。

又一条就业的路被自己堵死！随着毕业临近，石岳文整日郁郁寡欢、一筹莫展。

知子莫若父。石岳文的状态石爱看得心疼，周末回到家，他把石岳文叫到身边关心地问："你工作找得咋样了？"

"还没找好。"石岳文垂头丧气地回答。

"你先不要挑来拣去的，有机会先找个工作试试，不一定非要做记者，将来不合适再想办法调动……"石爱忧心地说。

"要不咱们找找周大庆？"石爱眼睛一亮，突然从炕上坐起来说。

"周大庆？"石岳文不解地问。

"是啊！我怎么把他给忘了，他现在可是日报副总编呢。"于是，石爱讲了当年周大庆来村里插队的来龙去脉，以及当时两人深厚的情感。只是造化弄人，以后再没有联系。

"你的名字还是人家给取的呢。"石爱说。仿佛抓到一根救命稻草，父子俩当晚兴奋地交流了很久。

费尽周折打听到周大庆的住址后，父子俩提着见面礼，敲开周大庆的家门。

见到两位不速之客，周大庆先是讶异，继而激动地给石爱一个大大的拥抱。多年未见的老朋友，打开话匣子一聊就是半天。

"今年娃娃毕业了，想找份工作，你看能帮忙给安排不？"石爱硬着头皮说，随即难为情地解释道，"老朋友刚见面就求你办事，我也不好意思，可是我没有办法……"

坐在旁侧的石岳文，看得揪心。

"哦！"周大庆愣了一下，脸上的表情有些许微妙的变化，他详细询问石岳文的在校情况及找工作的进展，摊了摊手说，"这件事比较棘手，现在哪里编制都紧张，领导托关系的也多，还不敢得罪，所以我们对于新人的引进非常慎重。另外，报社七个编委，单我一个人同意也不作数，我得想想……"

父子俩竖起耳朵屏住呼吸，生怕漏掉一个字。周大庆看着两人的表情，顿了顿又说："如果你们能找到总编的关系，让他在编委会上提出来，我再敲敲边鼓，兴许能成！"

父子俩面面相觑，他俩连总编辑是谁都不清楚，这八竿子打不着的人，怎么会在编委会上为石岳文提名呢？

周大庆也觉得尴尬，他咳嗽几声道："这个事情得从长计议、从长计议。咱们先吃饭吧，多年未见，今天一定要多喝两杯！"

午饭上桌，周大庆和石爱喝了一瓶半白酒，都有些醉了。临走，他抓着石爱的手，打着嗝说："老石，你放心，你儿子就是我儿子，你儿子的事情就是我儿子的事情，包在我身上，一定给你办成！"

石爱感激涕零，他不停地弯腰作揖，嘴里反复说着"拜托你""感谢你"之类的话语。

坐公交车回家的路上，石爱如释重负、喜气洋洋。他感慨地说，当年自己真没交错朋友，周大庆确实重情重义，质朴的品性这么多年一点没变……

石岳文一语不发，侧头看向窗外。面对高兴得手舞足蹈的父亲，他既心疼又无奈，不忍说出真相。

周大庆的话以及他说话时的表情手势，和晨报毛社长何其相似！石岳文也曾天真地认为毛社长会言出必行，直到被黄主任一语点破，他才恍然大悟——这是有些领导惯用的路数。

不出所料，周大庆应承的事情一拖再拖。石爱给他打过几次电话，他每次都支支吾吾地说在办，再等等。再后来，这件事情不了了之。

石爱为此郁闷了好一阵子，从此绝口不提周大庆。黔驴技穷、走投无路的石岳文，也有深深的无力感，做什么事都心不在焉。

山重水复疑无路，柳暗花明又一村。这天秦雨姗找到石岳文，说科技导报招人，建议他去试试，并且给了他一个电话号码。

"这么好的机会，你自己为啥不去？"石岳文疑惑地问。

"我已经找好了呀。"秦雨姗笑嘻嘻地答道。

秦雨姗的身世背景石岳文清楚，也就没再细究。他按照秦雨姗给的电话号码打过去一问，果然有这回事。经历了投递简历、筛选、面试等必备程序后，石岳文被录用，并且约定毕业后就上班。

自己辛苦几个月没办成的事，居然被秦雨姗给的一个电话号码解决。石岳文感激涕零，他约了秦雨姗、张卫骞和祝必成等几个要好的同学，在过把瘾餐厅吃了顿大餐，以示对秦雨姗的感谢。

毕业前一周，大家工作基本落定，整天聚餐，合影，互赠照片及礼物，写临别赠言，忙得不亦乐乎。

几乎每个晚上，宿舍楼里都在上演毕业生的滑稽剧情：有蹲在角落里烧书的；有女生扮男装混进来，在男友床上留宿的；有喝醉酒硬闯女宿舍楼，被拉回来后发疯咬人的……更变态的是有个男生，不知从哪里搞来一只胸罩顶在头上，挨个儿敲开宿舍门，探头就问："你们看我像不像个飞行员？"

离校这天，十几辆挂着红条幅的大巴车停在操场，等着在毕业生奔赴工作岗位前送一程。每辆车的离开，都是一幅撕心裂肺的离别场景。

送完其他同学，石岳文和张卫骞回到宿舍，坐在冰冷的床板上，有一搭没一搭地聊天。他俩早已将铺盖打包，等候各自的家人安排车子来接。

"你和姜水云咋样了？"石岳文问。张卫骞最近总唉声叹气，也很久没见他和姜水云在一起了。

"应该是没戏了！"张卫骞懊丧地说，"她爸没给她联系工作，毕业后要把她关在家里复习考研，还不准我俩来往……"

"啥年代了，还这么粗暴地干涉子女的婚姻问题？你俩就没抗争一下？"

石岳文忿忿地说。

"该努力的都努力了。我去过她家，还和她爸吵起来。她爸掀桌摔椅，最后是她把我推出门的，哭着央求我以后不要再和她联系……"说到这里，张卫骞痛苦地摇摇头，眼中隐隐有泪光闪烁。

"咱们不说我了，说说你吧，你和秦雨姗咋样？"张卫骞显然想了结这个令人伤心的话题。

"秦雨姗？我和秦雨姗能有啥？"石岳文心虚地打着哈哈。

"嘿嘿！养驴还不知道驴的毛病？相处四年，我还不了解你的秉性？你虽然看上去花心，其实挺专一。不管你平时怎么撩妹，还有你和孟晓晚打得火热，其实心里一直念念不忘的是秦雨姗对不对？你和孟晓晚分手，也是因为放不下秦雨姗是不是？"

石岳文不置可否地苦笑。单恋四年，连人家的手都没有正经拉过，不知道这算不算爱情？

坐上石爱单位的吉普车离开校园，石岳文扭头望向窗外，那些熟悉的树、熟悉的路、熟悉的操场和教室，缓缓向后移动，今日一别，物是人非；人非草木，孰能无情？

这时他看见了孟晓晚！

车窗外巨树浓荫，洒下一路的斑驳光圈。孟晓晚小鸟依人地挽着一个男生的胳膊，满脸洋溢着幸福，偶尔假装嗔怒地举起粉拳，捶打那个男生的胸口……

虽然和孟晓晚分手已九个月，其间还是碰见过几次。两个人每次碰见都形同陌路，曾经的过往却在心底生根。

"去年今日此门中，人面桃花相映红。人面不知何处去，桃花依旧笑春风。"石岳文突然想起这首诗，如今又不是墙头马上的年代，摊上谁就是一辈子，哪会有这么长的相思？！

"唉！虽然如今的爱情没有过去那么长情，又是蒲苇又是磐石的，但没有哪份感情是虚假的。以前她爱我，那是真爱；现在她不爱我了，那也是真的不爱了……"石岳文安慰自己道。

他脑海中突然跳出"曾经沧海"四个字，他曾经把它写在笔记本上送给杨丽，后来杨丽又写在送给他的不倒翁上，而高中时期他想送给林玲的那部随声听，隐含的不也是这四个字吗？

想到这里，他嘟囔了一句："过去的就让它过去吧，人一辈子还是要向前看的！"随即，脸上浮现出欣慰的笑容。

第三部 寻情记

1

迈入社会第一件事，就是租间房把自己安顿下来。无论窝棚还是大厦，没间房栖身，就像没有壳的蜗牛。

一上午找下来，石岳文蔫巴了。距离科技导报社近的地方，房租至少每月三百元以上，而报社和他商谈的工资，只有四百元钱，他无力承担这样大笔的开销。

胡乱吃了碗面，石岳文又骑车去了环城路外的城乡接合部——他当天必须找到房子，否则就要把铺盖再弄回家，太折腾了！

功夫不负有心人。环城路外一家名为月亮神宾馆的旁边，有条石子路，道路两侧是绿油油的稻田。道路尽头，有个崭新的村庄，不但有水泥硬化道路和小卖部，而且居然有路灯！

这个村庄，家家户户是整齐划一的砖房。谁家有空房出租，就用白纸写上字贴在大铁门上。

石岳文按图索骥，很快和房东谈妥，每月一百五十元房租，水电费另算。

那是一间朝北的房子，比房东朝南的厅堂卧室层高矮了近一米。仅有的一扇窗虽然合不严实，但外面焊了钢筋保笼，还算安全。屋内有张钢管床，床腿坚固、床板结实。令人欣喜的是，居然有张条形课桌和一把腿脚动过手术的椅子。

石岳文很满意这个栖身地。他好不容易挤进这座城市，住回农村不假，但这个农村，却是离城最近的农村，那是他进城的跳板。年轻人最大的财富，就是未来可期。

宿舍用过的床单被褥，离家时绑在自行车后架上。预缴一个月的房租，他理好铺盖去购置生活用品，锅碗瓢盆、油盐酱醋、塑料衣柜、米面粮油等一应俱全。

每天早晨上班，石岳文在路边买个鸡蛋饼，再加袋豆浆。中午回家煮一锅米饭，将茄子切成条状搁进饭锅蒸笼，饭熟了菜也熟了。他在菜里调上油盐酱醋，一顿饭便大功告成。

有时胃里实在寡淡，石岳文就下馆子吃碗羊肉面，或者买几根火腿肠就着青菜下面吃。周末回家，素珍做了好吃的，他吃得狼吞虎咽。

好几次，石岳文的吃相让素珍直皱眉头，忍不住问他独自过得好不好，吃不吃得饱，能不能照顾好自己。他总是回答没问题，素珍提出去银川看他，他又找借口拒绝。

石岳文认为自己大学毕业就应该自食其力，坚决不向素珍要一毛钱，哪怕素珍硬塞给他也不要。

彼时，石岳文腰上已经别了一台数字传呼机，两个火柴盒大小，那是毕业前为找工作联系方便置办的。谁想要找他，只要打电话给服务台，对方的电话号码就会显示在传呼机上，石岳文再找台电话拨回去，方便极了！

同学几乎人人腰里别着一台传呼机，有了这款神器，大家没事就呼来呼去，晚上或周末空闲时，约到一起喝酒、打牌、骑车旅游。

石岳文的出租房性价比最高，聚过几次后，就有同学也搬到这个村租房，彼此之间有了照应，也不孤独了。

转眼间，石岳文在新单位上班已五个多月，生活比起象牙塔有更多斑斓的色彩，以及更多实现未来梦想的可能性。

唯一没有变化的，就是穷得很稳定。

然而石岳文神奇地攒了五百元钱。他跑到商场挑了半下午，选中一只四百多元的银镯子，周末回家送给素珍，作为回报养育之恩的一点心意。

素珍当即眼泪汪汪、嘴唇颤抖："好！好！儿子有心了……"

然而，素珍的好心情没有持续多久，这个孝顺儿子就在当晚的餐桌上，带给她一个爆炸性的坏消息：他打算辞职！

素珍不敢相信，石岳斌和石岳华面面相觑。石爱则大发雷霆："费尽九牛二虎之力找来的工作，怎么说辞就辞？！"

原来，石岳文到科技导报社后，只用三个月时间就崭露头角，被委任为头版编辑。虽然工资低，而且加上财务和总编也就十来个人，但着眼于未来，石岳文还是相当满意的。

然而与同学聚会时，他才得知别人的档案都被录用单位从学校提走了，自己所在的报社却从未提过他的档案。于是他去找社长询问——社长是最终面试并拍板录用他的人。

社长表示录用石岳文时确实有空缺编制，但名额控制在主管单位，他打了好几次报告索要编制，厅长就是不批复，搞得他也很狼狈。

社长劝石岳文先熬着再说，从长计议。他还打了个比方，说这就像锅盖上的米花花，总有熬出头的一天。

石岳文感觉上当，因为这与当初的承诺不符。初生牛犊不怕虎，他鼓起勇气私自跑到主管单位，敲开了厅长办公室的门。

厅长是个和善慈祥的老头，听石岳文说明来意后解释说："厅里现在机构精简，有些在编多年的职工也要被清退，这种风口浪尖让你进来，显然不合适……"

石岳文重申报社招聘时开出的条件，并表示不给他吃财政饭，那就是失信。如果报社不承诺这些，他宁可去晨报当个临时工。

"要么图安稳，要么挣钱多，两头我总得靠一头吧！"石岳文说。

石岳文絮叨完，厅长为难地想了想问道："你看这样如何？我先安排你到贫困山区搞支教，大概一两年的样子，等这边机构精简工作完成，再把你从下面抽调上来……"

"吃苦我倒不怕，我就想知道，我的工资是财政发，还是报社发？"石岳文问道。

"嗯、嗯，我是说——"厅长支吾说，"这一两年，你的工资由报社发，机构精简完成后，再找机会给你编制……"

石岳文还想说什么，厅长起身告辞："小伙子，我后面还有个会，就不和你聊了，你先回去吧。小伙子精神可嘉，要加油干！"

不知厅长是怎么通知的，门外即刻进来一个秘书模样的工作人员，招呼石岳文离开厅长办公室。

"你胆子挺大嘛！厅长办公室我没接到通知，也不敢随便进去，你倒是说去就去，就像回家似的！这不，电话跟着就打来了……"石岳文前脚回到办公室，后脚就被社长叫到办公室训话。

社长心有余悸，石岳文怀着不忿。社长没有过多责怪他，而是继续开导他要多加忍耐，小不忍则乱大谋……

饭碗不稳定，还挣不到钱，这是石岳文下决心辞职的理由。当他把整件事的来龙去脉讲完，石爱不再发火，他无奈地说："你应该听厅长和社长的话去支教，人家已经答应你，支教回来就解决编制问题……"

"一两年后他如果不解决呢？或者那时候他调走或退休了呢？"石岳文反问。因为社长也罢厅长也好，都不是第一个表示要帮他的领导，之前在晨报毛社长和周大庆那里，石岳文已经交过学费。

"这个、这个——这个确实也难说。可不管咋说，你这也是份体面工作呀，进编就像你们社长说的，总会解决的。"石爱不甘心地劝道。

"如果能有编制端上铁饭碗，我待在这里没问题。如果端不上铁饭碗，哪里挣钱多我去哪里干！"石岳文斩钉截铁。

眼看儿子犟得九头牛也拉不回来，石爱只好无奈地说："你自己看着办吧，只要将来不后悔就行！"

星期一到单位，石岳文径直去社长办公室，提出辞职。

社长很惊诧，又很惋惜，无奈他如何苦劝，石岳文都一副王八吃秤砣的样子，只能眼睁睁看着他离开报社。

相处五个多月，石岳文腿勤嘴甜，和同事积累了深厚的感情。大家深表惋惜，却又无可奈何，凑钱摆了一桌欢送宴，在席上直抒胸臆、大骂领导，一桌酒喝得豪气干云。

第二天太阳照常升起，大家该干啥还得干啥。

上班不到半年就失业了，石岳文在出租房蒙头睡了一天，拨通大学老师、当地新闻界泰斗王立德教授的电话——他需要工作，他得在这座城市生存下去，而他是立德教授最垂青的关门弟子。

立德教授在电话那头沉默良久，缓缓道："我有个学生以前是电视台主持人，现在转型做了栏目组长，你去他那儿咋样？虽然没有编制，但工资收入应该不低……"

第二天，石岳文应约面试。栏目组长不愧做过主持人，高大帅气、仪表堂堂，他直言不讳地说看了立德教授的面子才面试石岳文，并当场聘石岳文为节目编导。

进了电视台，石岳文写文章的特长没了用武之地。节目组外出拍摄，他就跟在摄像后面提设备、电池，举灯甚至端茶倒水；回到台里，就坐在剪辑老师后面学习剪片……十几天过去，他啥也没学到。

这天早晨一进门，栏目组长吩咐石岳文随他去全市最高档的酒店拍片，稍做准备后，便带着编导、摄像以及石岳文，坐出租车风风火火地去了酒店。

路上石岳文才得知，他们采访的是一名在国外有些成就的女艺人，上午拍摄女艺人在酒店接受访谈，下午拍摄她回国看望母亲及家人，后续拍她与同学、老师等相聚的场景……

女艺人还在化妆，大家就在酒店大堂咖啡吧等待。摄像老师整理器材时，皱着眉头说备用电池忘带了。

石岳文感觉栏目组长的眼光凌厉得像把刀，刷地向他射过来，刺得他禁不住打寒战。

"还不赶紧回台里去取？连设备都带不全，要你是来当摆设的?!"栏目组长大声斥责。

石岳文屁滚尿流地起身就跑，出门打了辆出租车急匆匆赶回台里。找到电池后他仍不放心，干脆把充电器一并带上。当他汗流浃背地赶回酒店，女艺人还没化好妆。又等了约摸一刻钟，女艺人才一身仙气地从电梯间走出来。

女艺人很漂亮，对着镜头侃侃而谈。她那些旅居国外的经历，令大家艳羡。坐在对面做访谈的栏目组长，态度愈加恭敬。

访谈结束，女艺人起身回房休息。栏目组长转身脸一黑，对石岳文说："你去附近花店买束花，贵一点的，待会儿我们去拍摄大明星看望母亲的内容！"

石岳文又跑出去，对比两家花店后，精心选了一束看上去还算漂亮大气的鲜花，急匆匆跑回酒店。买鲜花加上来回打出租车的钱，石岳文兜里仅有的二百元钱就剩下二十几元了。

栏目组长没有正眼看石岳文，劈手拿过他捧来的花，去敲女艺人的房门。片刻后，大家众星捧月地簇拥女艺人下楼出了酒店。

早有一辆黑色桑塔纳轿车停在酒店门口，女艺人直接拉开车门坐在副驾驶位置上。

栏目组长皱了皱眉，招呼编导和摄像挤进后排座位，临关车门时淡淡地对石岳文说："你后面打个车跟过去吧！"

石岳文背着摄像器材包，左手拿着三脚架，右手提着充电器。他正想打开后备厢把器材先放进去，车子喷出一股白烟向前跑了。他赶紧招呼一辆酒店门口揽活的出租车，手忙脚乱地将器材扔进后座，屁股还没坐稳就催促道："师傅，赶紧的，跟上前面那辆车！"

付完出租车钱，石岳文兜里就剩下几块钱，他赶紧从车里拿出器材，跑过去跟在大队人马后面。

女艺人敲开自家院门，顺手接过栏目组长手里的鲜花，一头扑进站在门口不知所措的母亲怀里，眼泪扑簌簌往下掉。

摄像老师几乎是屏住呼吸，变换着角度，将这感人的场面记录下来。

这是一个普通人家的小院，屋里陈设简朴却温馨。朴实的老母亲拿出干果、橘子、苹果等招待客人，倒完茶水后将女儿让到主位，自己坐在旁侧，双手扶膝，表情不自然地回答着女艺人和栏目组长深度煽情的问题。

站在外围的石岳文心下疑惑：女艺人既然多年未见家人，干吗不住家里？既然母女情深，为何老母亲对女儿如此拘谨？而且在酒店录访谈时，可是从没听她说过一句想家的话啊……

正胡思乱想着，节目录制已经结束。女艺人起身和母亲告别，在院里和栏目组长简单商量后期节目的录制安排后，坐上那辆桑塔纳轿车扬长而去。

石岳文识相地拦了辆出租车，麻溜地把摄像器材放进后备厢，跟着栏目组长一行回了电视台。

整个拍摄过程，摄像老师都没有换过电池。石岳文路上想着自己回电视台拿电池浪费的出租车钱，很是心疼。

当晚，栏目组长亲自坐在编导旁边剪素材。石岳文站在两人后面，帮忙倒水、翻找素材带……站到十点多，这才疲惫地骑车回出租房。

一周后，石岳文向栏目组长提出辞职。

栏目组长很惊讶，他重申是看了立德教授的面子才让石岳文留下来，准备把石岳文培养成一名编导。如今石岳文说走就走，让他怎么向立德教授交代?!

"这不是您的问题!"石岳文顿了顿说，"我在学校里主要学的是报纸新闻采编，压根儿没摸过摄像机，感觉自己很没用，不适合电视台的工作……"

"小石啊，做人要忠诚!"栏目组长说。他认为自己给了石岳文这么好的机会，搁谁身上都应该感激涕零，好好工作以报答知遇之恩，没想到石岳文却选择了背叛。

石岳文默默听完栏目组长的道德教诲，抬头较真地说："我上次采访买鲜花垫付了一百六十块钱，来回三趟出租车垫了三十二块钱，总共一百九十二块，希望能给我报销掉!"

栏目组长愣了，眼睛睁了好大——他苦口婆心地对石岳文讲人生道理，万万没想到，这个年轻人却惦记着他垫的区区一百多块钱!

"好吧好吧!你去找张报销单，把发票贴上去，拿过来我签字，再到出纳那里领钱!"栏目组长不耐烦地挥手道。

"发票?我、我没开!"石岳文蒙了。当时时间紧迫，他没想到要发票，再说小花店也没有发票开给他。

"没有发票咋报销?我们电视台是正规单位，财务讲的就是规矩流程。没有发票别说是你，就连我也一个铜板都拿不出来!"栏目组长没好气地说。

石岳文心知肚明，栏目实行包干制，即栏目每做一期节目，台里会相应付给栏目一笔费用。栏目组长按照台里的行情，给摄像、剪辑等人支付工钱后，剩下的全是他自己的。

"那我的工资——"石岳文又惴惴不安地问道，这些钱对他至关重要。

"你还提工资啊?!你在我这里干了不到一个月，摄像不会、剪辑不懂，就连你所谓擅长的文章,也没在节目里面出现过一句——"

"那我不要了!"石岳文说罢,起身转头就走。他不想争辩,他只想赶紧离开,一分钟都不想在这里多待。

虽然他极度缺钱,缺到连晚上的一顿饭都没有着落,但他更怕伤了自尊。他感觉眼泪快憋不住了,但哪怕去死,他也不能在这个人面前掉一滴眼泪!

2

整整两天,石岳文像一头生病的猪,失魂落魄地躺在床上胡思乱想,这是他疗伤的办法。

他不能回家说自己再度失业,父母已经饱受打击,再禁不住他折腾。他也不愿去找同学求助,因为刚进电视台时大家还为此聚餐庆贺一番,他丢不起人。

幸亏出租屋里还剩几斤大米,他每次煮好饭,倒些油盐酱醋炒一炒,就能凑合吃一顿。

晚上,初冬第一场雪,被凌厉的风裹挟着,混杂着雨水,落地不见踪影,留下一路的泥泞。合不严实的窗户咯吱作响,没完没了的冷气,顺着窗缝挤进来,侵袭着屋里的每个角落。

石岳文夏天租房时没想过取暖问题。现在的他,根本买不起取暖器。睡在床上的他虽然紧裹被子,还是忍不住瑟瑟发抖。

思来想去,他决定先给立德教授打个电话,汇报辞职的事情。不管咋说,都应该给老师一个交代。

他从床上爬起来穿好衣服,沿着村道昏黄的路灯光,深一脚浅一脚地来到村头小卖部——那里有固定电话,拨通一次三毛钱,再按通话时长计费。

电话接通，石岳文尽量抑制哽咽的声音，向立德教授汇报从电视台辞职的事情，并一再强调栏目组长对他挺好，只是自己不适合电视台的工作。

"那你以后咋办？有没有着落？"立德教授关切地问。

"没、还没呢！"石岳文据实回答，"工作的事我再想办法吧，总归天无绝人之路……"立德教授在电话那头安慰石岳文几句，叹息着挂了电话——他不理解这个年轻人的冲动。

第二天清早，石岳文一路步行走到环城路边，转搭公交车去通讯市场，卖掉了心爱的传呼机。

时近中午，石岳文手里攥着传呼机卖得的三百块钱，跑进一家面馆，结结实实地吃了碗羊肉搓面，出奇的好味道。回到出租房，他又置办了粮油蔬菜，预交了下个月的房租，将剩下的一张百元大钞和几十块零钱藏进塑料衣柜……他盘算至少还能坚持一个月，其间他无论如何也要找到工作。

十天过去，石岳文一无所获。他没去找木心老师，没去找黄主任，也没去找张卫骞，他甚至不见所有熟悉的人——他不想暴露自己的狼狈相，穷得就剩这点自尊了。

这天中午，石岳文正在出租屋里捣鼓中饭，院门外响起清脆的自行车铃声，有个熟悉的声音在喊他的名字。

喊他的人是张卫骞。他毕业后进了自治区广播电台，小日子过得相当滋润。

进屋后，石岳文将午饭分出一半给张卫骞。张卫骞眨巴着眼睛说给他带来一个好消息：

"立德教授让我给你捎话，他已经退休，现在帮《新生活报》做读者调研工作。他推荐你去那里，报社同意了。他打传呼问你想法，你不回电话，传呼就打到我这儿来了——"

"咦，你的传呼机呢？"张卫骞疑惑地问道。

"丢、丢了！"石岳文结巴着回答。

"怪不得，呼你那么多次都不回。嘻嘻，你也真够心大的。"张卫骞揶揄道。

石岳文心潮起伏，嘴唇颤动，感动得说不出话来。

读书时，自己和立德教授并无深交，甚至多次以采访的借口旷课。如今自己有难处，他却挂在心上，一而再地给自己推荐接收单位。如此师恩，何以为报?!

次日，经过一轮简单面谈，看过石岳文的作品剪贴本后，《新生活报》社长当场决定录用他。

"如果你来报社，期望的薪资是多少呢?"社长问道。

"嗯，我现在每月房租加水电一百六，吃饭省一点每月得二百块，加上电话费啥的，至少得四百块钱才能活下来。"石岳文犹豫着说，"我上家单位的工资，就是一个月四百块钱……"

社长扑哧一下乐了，他嗓音洪亮地说："我看这样吧，试用期每月给你四百八十元工资，稿费另算。转正后按照正常工资标准发，只要好好干，相信你拿到的绝对不止这个数！"

石岳文慌忙起身鞠躬致谢，表态自己一定努力，不负青眼。随即，他赶紧去立德教授的办公室，感激涕零。

《新生活报》原是生活服务类周报，每期八版，刊登生活小窍门、健康营养知识等内容，深受家庭妇女及中老年读者喜爱。

社长高瞻远瞩、锐意改革，将报纸内容扩展到社会生活的方方面面，将其打造成综合性的都市类报纸。他大刀阔斧地广揽优秀新闻采编人员，报纸版面也扩展至六十版，并成为全自治区发行量数一数二的报纸。

这不仅在经济闭塞落后的宁夏，在全国同类兄弟单位中，也是第一个吃螃蟹的。石岳文幸运地上了这趟快车，并以优秀的表现度过长达六个月的试用期，成为一名正式记者。

立德教授和石岳文也由师生关系转变为同事关系。作为读者调研部主任，他每周把读者调研的问题和数据反馈给石岳文所在的编辑部，指导编辑部报道的方向和内容。

作为当地新闻界泰斗，大家对立德教授很尊敬，也把他的话奉为圭臬。尤其石岳文，对立德教授更是恭敬有加、言听计从，没事就去立德教授办公室讨教。时间久了，他发现从立德教授那里学到的东西，比大学四年学到的还多。

　　随着报社的蓬勃发展，石岳文的工资水涨船高，一年后月收入达到骇人的三千余元。彼时张卫骞及其他同学的工资只有千余元，石岳文成了同学中最早在裤腰带别上诺基亚手机的人。

　　冬天来临，朔方的风刮到脸上刀割般疼，咆哮的黄河也被坚冰锁住不能动弹。

　　城里最大的公园，湖面结了厚厚的冰层。市民也像往年一样，三三两两地去冰上玩。尽管公园管理处在湖边竖了"禁止滑冰"的牌子，却无济于事。

　　这个星期天，有位老爷爷带孙女去湖面滑冰，孙女玩得兴起，奔跑着向湖中心滑去。老人家发现时已然阻挡不及，只听"咔嚓"一声便落水了。老人家撕心裂肺地喊着，跌跌撞撞地跑向孙女落水的地方。

　　附近一位带女朋友玩的小伙见状，奋不顾身地冲过去，衣服未解就跳进湖里。他抓住女孩的衣服在水面上露头扑腾了一会儿，便力竭和女孩一起沉到湖底——他根本不会游泳！

　　老人家和小伙的女朋友在冰面上大声呼救，无奈前两天刚下了雪，整个公园空荡荡的没几个人影。

　　周围的游园群众和工作人员赶来时，湖面平静得连个泡都没冒。

　　老人家数度昏厥，被救护车送去医院。小伙的女朋友，眼神呆滞地坐在湖边，谁来问话都不吱声。

　　当天下午，小伙和女孩被捞上来，双双毙命。

　　石岳文周一早晨上班，从晨报刊登的消息中得知这个事故后，便报选题对这次事故进行深度报道。他骑着自行车，从公园到老人家里，从医院到殡仪馆，追踪采访了事故后续整个过程，并做了翔实的采访记录。

　　周四追悼会，近千群众自发前去为英雄送行，为逝者哀悼。石岳文也数度哽咽落泪，掏出五百元钱，硬塞进小伙母亲的手里。

　　小伙来自贫困山区，一年前来这座城市打工，准备过完年和女朋友领证结婚，没想到人没救成，自己也殒命水中。

周五早晨，石岳文伏案写稿。他写了撕、撕了写，写到泪不能禁，直到主任再三催促截稿，方才完成。他用古龙小说的笔法，将这篇通讯稿写得催人泪下。

这篇名为《生命在瞬间绽放》的稿件共计五千余字，主任看完后二话不说，撤下原计划一整版的稿件，将两块版面打通刊登，并联系广告部门把下面及中缝广告栏移到别的版面去。

总编辑终审时，石岳文就坐在他办公桌对面。他阅完样刊，点燃一根烟深吸几口，揉了揉发红的眼圈，豪不犹豫地用红笔签下"付印"两个大字。

近二十万份报纸，星期六早晨铺遍各座城市的大街小巷。当天，报社的读者电话几乎被打爆；周一上班，不少读者陆续赶到报社，要求向英雄的父母捐钱或提供点别的帮助……

这起事故的报道，奠定了石岳文在报社的地位，甚至在圈内都有了响当当的名气。经历近两年的磨炼，他终于扬眉吐气。

然而，石岳文却清醒地明白这篇文章煽情有余、理性不足，一个来自贫困山区饭都吃不饱的年轻人，他清楚自己不会游泳，却为了一个素不相识的孩子舍生取义，这种令人泪流满面的力量，究竟来自哪里？

痛苦地思索两天后，石岳文收拾背包，踏上了去往年轻人家乡的长途汽车，他要去那里找答案——那里是很容易令人感到绝望的宁南山区，不毛之地。

冬日寒冷的清晨，在英雄家乡的小学，石岳文看到这样一幕：老师穿着破旧的黄军衣，在教室外墙的黑板上写字教书；孩子们穿着破旧的棉袄，在黑板前的沙土地上或蹲、或坐、或跪，手里拿根树枝，在沙土地上写几个字，再用手抹平重新写……

当晚，石岳文走访英雄的乡邻。一户人家正准备吃饭，九瓦的灯泡发出暗弱的光，和一支蜡烛的亮度差不多，柴火灶台上凿了三个饭碗大小的水泥坑，油光锃亮。年轻的母亲将锅里的面条依次盛进坑里，孩子们就搬过小凳，坐在灶台前狼吞虎咽地吃起来……

采访期间，石岳文睡在窑洞里的炕上，三餐要么是调了菜叶的荞麦面，要么是白粥就着凉拌沙芥或苦苦菜，还有馍。一个星期下来，胃里寡淡得看见一只活鸡都眼冒绿光。

村民们靠天吃饭，过着种一升收一斗的日子，前途绝望却又坚韧地挣扎着；没有一家的围墙是用来防贼的，没有一家的孩子去别人家会饿肚子；他们各自为营却又互相帮衬，挽手与恶劣的自然环境抗争，年复一年地将旱死的树苗拔掉，再补栽新的，一点点地扩展生存领地；如果有一户人家的娃考上大学，全村的人会凑钱供养，等娃有了出息，自然会反哺乡邻……

石岳文明白了，这位年轻人高尚的人格，不是课堂上学来的，而是村民们在恶劣的生存环境中，日积月累代代相传，置身其中，就会融入血脉。

临走，石岳文掏空钱包，去集市上买了两只肥羊送到学校。校长带着老师和娃娃们夹道相送，这让他难为情，又感觉灵魂在复杂的情绪中，得到了升华……

这是一个充满哀伤的冬天。

没过多久，又有噩耗传来：石岳文相处四年的大学同学、班里的励志典范祝必成，过世了。

石岳文在电话里听到这个消息，整个人傻了，当即约上原班委会的几个同学在一家饭馆碰面，了解事情的详细经过并商量祭奠事宜。从大家七嘴八舌的零散信息中，石岳文了解了事情的大概。

祝必成毕业后，就把过把瘾餐厅的股权转让给厨师合伙人，怀揣梦想去了录取他的军官学校报到。

祝必成在学校又一次经历了军训，但这次军训与大学时的民兵预备役军训根本不是一个量级，历时长达三个月，且训练量非常大，训练科目也丰富得多，每天折腾下来都是半死不活的状态。

然而祝必成坚持住了，并在之后一年的学业中成绩优良，毕业后被分配到部队，成为一名尉级文官，并且有了勤务兵。

头天晚上他和领导喝了点酒回营房睡觉，次日清晨却意外地没有出操。勤务兵敲门提醒他吃早饭却没人应答，几个人便撬开门锁进去，发现他躺在床上，人已没了气息。

祝必成因心脏病突发猝死，身后事宜均按照部队规定办理。他妹妹在收拾遗物时，看到一本大学毕业留言册，便联系到学校，想方设法把这个消息打电话通知了张卫骞。

"唉，老祝真是个苦命人啊！"张卫骞叹息道。

祝必成出生的那个贫困山区，石岳文前不久刚去过。光秃秃的山脉连绵起伏，满眼是被太阳晒成黄褐色的土石，毫无生气。在这里，你才能深刻感受到"濯濯童山"的意思——就像儿童一样，光溜溜的不长一根毛。

这里的农民靠天吃饭，春天播种，压根儿不知道秋天能收获多少。如果雨水充沛，还能多收个三五斗；如果天不下雨，颗粒无收也毫不夸张。

每户人家院子的低洼处，都挖有一口大而深的水窖。夏天的雨水，统统汇流到窖里去；冬天下雪，农民会收集漫山的雪，倒入窖中储存起来。一年四季，他们的饮用水、洗衣做饭、饮牲口，都靠这口窖。

祝必成在这种环境中长大，他发奋读书，目的是有朝一日能逃离这片土地。石岳文上初二那年，他就以优异成绩考上大学。

那年6月，学生们上街游行、发传单、搞串联，反对官僚和腐败。因为写得一手好字，高年级同学逼迫祝必成用毛笔写了很多标语，拿去贴到学校的角角落落。

后来学校追查到祝必成，他被开除学籍。据说，老父亲去学校接他时，父子俩一句话都没有说，互相担心对方受不了打击干傻事。

回家后，祝必成绝了念想务农。然而他终究不死心，四年后再度报考大学，这才成了睡在石岳文上铺的兄弟，彼时他年纪比同班同学大了六七岁，所以是长得最像老师的学生……

"老祝妹妹说，躺在床上的老祝被发现时，一脸微笑，很安详。"张卫骞说。

大家唏嘘不已，军训的魔鬼训练，他的心脏都能扛过来，居然会在不知不觉间睡过去，真是世事难料！

当晚，大家决定分头通知同学，组织周末去黄河大桥祭奠老祝。据老祝妹妹说，老祝的骨灰是撒进黄河的，老父亲认为他下辈子不该命里缺水。

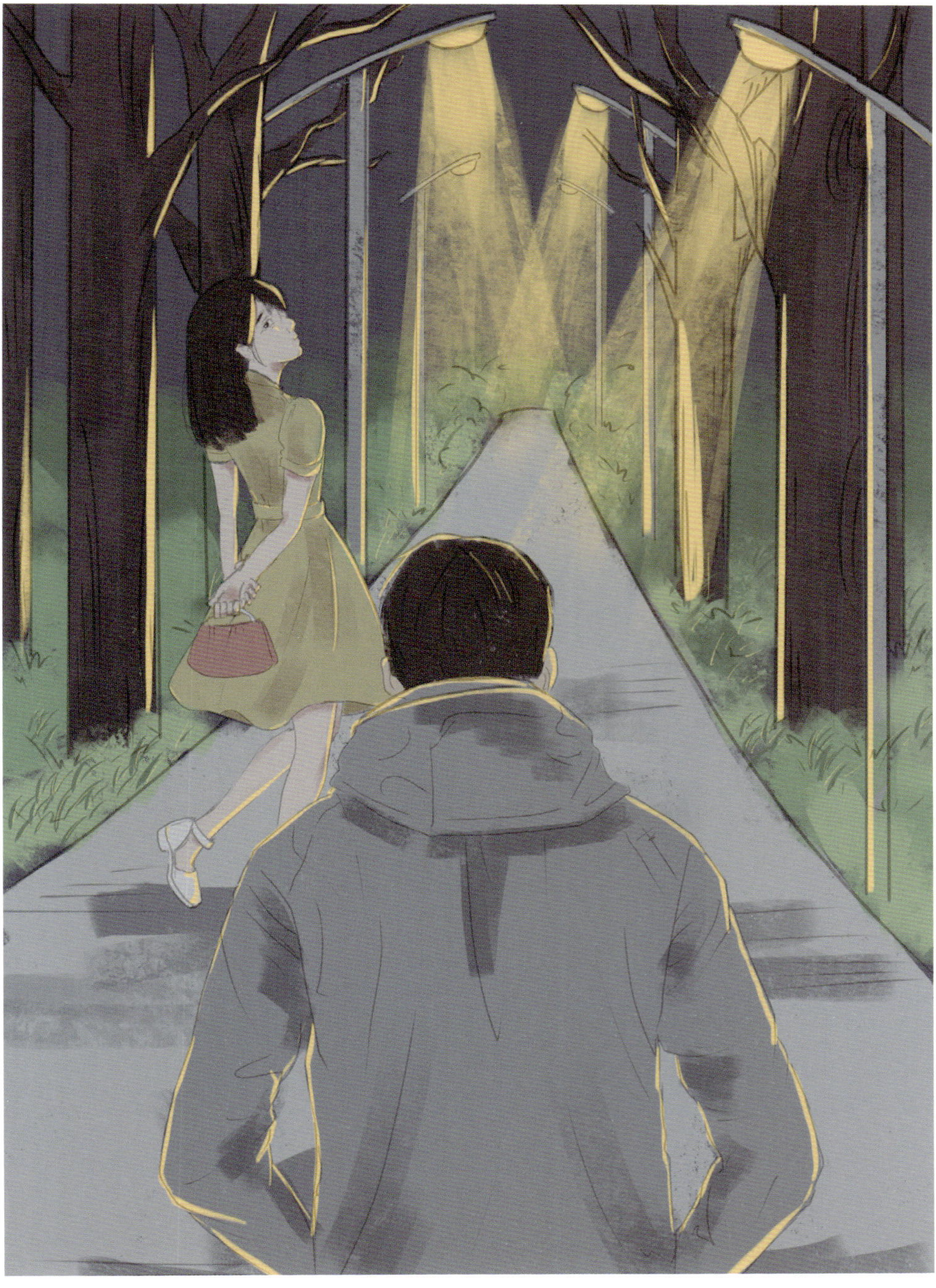

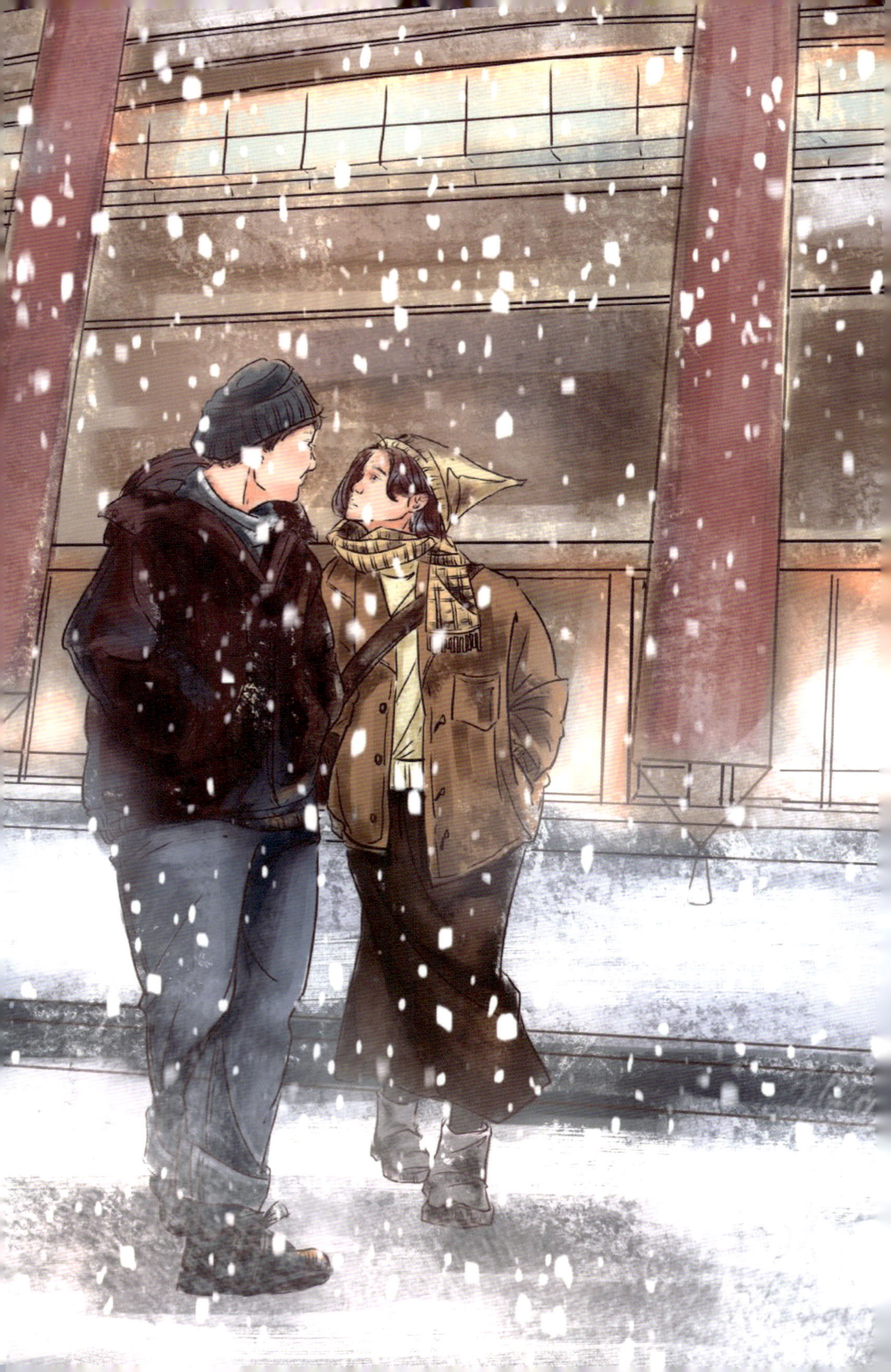

周六清早，班里共有二十余人赶来，在指定地点坐上事先承包的中巴车，驶向黄河大桥。

时值初春，朔风阴冷，冻土中的嫩芽儿奋力钻出地面，远望隐隐有些绿意。河水解冻，夹带着冰碴子，翻滚着向下游流去。

大家拿出事先准备的中华烟、五粮液、牛羊肉菜等倒进黄河，并将纸钱撒向天空，祈愿老祝一路走好——学校四年，没见他抽过好烟，吃过好菜，喝过好酒。

回到城里同学聚餐，又是一番感伤，临别每人掏出一百元钱作为心意，委托石岳文汇总寄给老祝的妹妹——老祝的妹妹也考上了大学，被当年开除老祝的那所大学录取。

老祝的离世对石岳文触动很大。世事无常，生命有时坚韧得超乎想象，就像沙漠中的芨芨草；有时又脆弱得不可思议，就像眼下的老祝。在人世间走一遭，今天想做的事就不要拖到明天，谁知道意外和明天哪个先来。

"再不动手就晚了！"他嘀咕道，脑海中浮现出秦雨姗的面影。

大学表白遭拒，整整四年他不敢再向前迈出哪怕一小步；工作后他命运多舛，自忖没有资格向她表白；如今他事业有了根基，前途光明，可以再度向她发起攻势，免得节外生枝遗憾终身。

说来奇怪，石岳文几次隐晦地向秦雨姗表达爱意，她都委婉拒绝。可是毕业以来，也没见她找过男朋友。

报社组织员工到青岛、青海湖、甘南草原旅游，每次石岳文邀请秦雨姗一起去，她一概拒绝，说自己和他只是同学关系，不符合报社只允许带家属的规定。

"我就说你是我女朋友呗。"石岳文假意开玩笑说。

"那怎么行！弄得别人真以为我是你女朋友呢。"秦雨姗咻咻地笑着，"咱俩目前这样相处挺好，你也确实该物色女朋友了，要不我给你介绍一个咋样？"她随即把电视台的同事介绍给石岳文听，这个挺好，那个也不赖，听得石岳文直翻白眼。

我本将心照明月，奈何明月照沟渠。无奈，石岳文只好采取温水煮青蛙的迂回战术。

"能否帮我个忙？"石岳文问道。

"啥事？"秦雨姗反问。

"想请你帮忙给我们报纸提供一些新闻稿件，有稿费哦。"随即，石岳文利索地说了自己的想法。

原来《新生活报》是采编一体的周报，石岳文是新闻版编辑，而秦雨姗在电视台负责社会新闻，他便想到将电视台每日播过的新闻稿件，摘编后在新生活报刊登。

石岳文的理由是两个媒体受众群体有差别，其次是播放和发行覆盖的区域不一样，如果效果好，他就把所有城市电视台的新闻稿件汇总后摘编刊发。

石岳文的私心一箭三雕：其一，他至少每周能与秦雨姗见面；其二，他能借机给秦雨姗开一笔稿费；其三，有了固定的供稿源，他也省事不少。

明修栈道暗度陈仓的事情，居然被他舌灿莲花说得冠冕堂皇，见秦雨姗犹豫不决，他还趁热打铁地说："如果你同意，明天我就向主任汇报，应该没问题！"

秦雨姗勉强答应。

果然，编辑部主任欣然允诺。从此，秦雨姗每周把电视台播过的新闻文稿送到编辑部来，顺便和石岳文聊会儿天，赶巧就一起吃饭，两人的关系在不知不觉中亲近不少。

3

寒来暑往，白驹过隙，转眼两年过去。

彼时石岳华大学毕业面临就业问题，这一重担自然落到石岳文身上。他反复斟酌，把目光投向民政厅福利彩票中心。

福利彩票的发行，早在80年代就开始了，那时是即开型彩票。

彩票中心会在某座城市的中心广场或下属县城的集市上，用汽车拉来一箱箱彩票，工作人员在桌子后面排成一溜叫卖。

彩票两块钱一张，买的人当场刮开涂层。如果是"谢谢参与"的字样，就垂头丧气；如果能刮到五块、十块甚至百元大奖，就欢天喜地，周边的人也会围拢瞧新鲜，沾沾中彩者的运气。

彼时电脑已升级到586型号，互联网概念大行其道。知名公司新浪、搜狐、网易等相继开办新闻门户网站，有实力的公司纷纷申请串联网络端口，贪婪地攫取网上的信息。

这些门户网站还相继开办电子邮箱，方便文字及图片远程传输，革了传真机的命。他们甚至开辟出"北京不夜天""上海同城吧"等聊天室，人们可以登录进去，与素昧平生的陌生人聊得火热。

在这种背景下，彩票中心筹备将彩票生意搬到网上，便在城市的各个角落布置彩票机，人们不用再到指定地点聚集去买即开型彩票，甚至在家门口，就能通过电脑选号打印彩票单，等着电视或报纸公布中奖号码。

推行电脑彩票，新闻媒体就成了彩票中心眼中的活菩萨，石岳文自然也是座上客。他不遗余力写出的那些报道，确实效果非凡，由此与彩票中心主任结下深厚的友情。

石岳华谋职的事情主任满口答应。本来彩票中心就在招人，干脆顺水推舟做个人情。

石岳文只花了一顿饭钱，石岳华便顺利入职，负责各地彩票机的管理和维修。此后几十年，石岳华谨遵石岳文的嘱咐，每日早到一小时、晚下班一小时，并创造过一年工作三百天的纪录，将自己打造成一个难以被替代的技术人才。

石岳文回想自己当年找工作的艰难曲折，感慨万分：山重水复与柳暗花明、寸步难行与举重若轻之间，究竟隔着多远的路？

石岳华的工作刚办妥当，石岳文又面临石爱退休与石岳斌工作调动的难题。

辗转奋斗大半辈子，石爱成功地把全家人带到县城，算是功德圆满。马上到了退休年龄，石岳斌的工作又成了困扰他的难题，折磨得他和素珍彻夜难眠。

原来石岳斌所在的玻璃厂面临破产窘境，石岳斌每月五六百元的工资，已经拖延几个月没发了。

一个大老爷们儿不能自食其力，白吃白喝靠父母养活，石岳斌心里难受、情绪消沉，好几次提出到南方去闯荡，都被苦苦劝住，为此家里没少吵架。

"你说斌斌的工作到底咋办呀？"石爱发愁地对石岳文说。

"爸，你不是马上退休吗？要不，让我哥顶你的编？"石岳文试探问道。

石爱沉吟半晌，迟疑地说："也不是不可能，我辛苦一辈子，临退休请政府看在这些年的份儿上，帮我儿子调动一下工作情有可原。可是、可是这恐怕得县长点头才行，我和县长又不熟。"

"不试咋知道呢？"石岳文说。

三天后的一个晚上，石岳文和石爱提了水果礼品，敲开县长家门。

县长果然和石爱不熟，等石爱自我介绍后才连连说："哦，知道、我知道的，你是老石嘛！"

县长家的客厅里，石爱拘谨地坐了半天，说不出事先商量好的说辞。石岳文使眼色、假装咳嗽提醒，石爱始终开不了口。

石岳文急了，他径直对石爱说："爸，您看县长日理万机也挺忙的，咱们不是要向县长汇报您退休后，能否安排我哥调到乡里上班的事情吗？"被儿子赶鸭子上架，石爱这才吞吞吐吐地向县长汇报了自己的意图。

县长首先代表政府对石爱多年的工作给予了肯定，并对石爱的付出表示感谢。他敷衍说石岳斌是企业编制，而政府及各部门是公务员和事业编制，难度较大，但这件事情他会考虑。

石岳文脑海中又浮现出自己找工作时那些领导的反馈，心里暗忖八成要黄。于是，他鼓起勇气做了自我介绍，请县长对一个退休老干部的家庭困难予以妥善解决。

"啊！你就是石岳文？报纸上那些文章都是你写的？"县长有些惊讶，他没想到，报纸上大名鼎鼎的记者，竟是眼前这个小伙子。

得到确定答复后，县长高兴地说："哎呀，我看过你不少文章，写得很不错！有机会你这个大腕儿记者，也到咱们县来采访，给家乡也出一份力……"

"那是自然！那是自然！"石岳文忙不迭地表态。

当时记者被称为"无冕之王"，自己没有一官半职，但无论大小官员，都会给几分薄面。成也萧何，败也萧何，官员都希望记者的报道少捅娄子，多报道政绩。

石岳文供职的报纸近二十万份发行量，影响力非同小可。况且像石岳文这样的大腕儿记者所写，万一某篇报道被领导看见，没准就能平步青云。

临走，县长分别与父子俩握手，并表示石岳斌的工作调动他会与组织部门、编办会议讨论，不能让退休干部凉了心。

回家路上，父子俩边走边聊。石爱驼着背、步伐晃悠，话中有几十年来两袖清风的自豪，更有岁月不饶人的落寞。

石岳文不觉红了眼圈。他没敢告诉石爱，自己悄悄将一个装有两千元钱的信封，放进了礼品袋中。石爱秉性耿直，被他知道的话，肯定要责骂自己。

父子俩提到县长家的礼品，就几样不上台面的普通水果。他并非想要贿赂县长，只是不想让县长看低——被小瞧的人，所求的事情就不会被放在心上。

正所谓"无可奈何花落去，似曾相识燕归来"，两个月后，石岳斌进了乡土管站，顶了石爱的编。

习惯了每天按部就班工作的石爱，猛然间退休赋闲，竟完全不能适应。

或许是当过领导的缘故，他不去广场聊天，与周边邻居也不咋来往，更不参加兴趣社团，每天离群索居，窝在家里看电视、看报纸。

如果家在农村，石爱还能种菜养鸡鸭，如今困居县城，多养几盆花都没地方搁，哪有菜地种、有鸡鸭可养？

时间久了，就算没毛病，也会憋出毛病来。

石岳文寻思给石爱寻个活计，这种活计不用按时上下班，活儿清闲，又有人陪着唠嗑，还不用担太大责任。他考虑过看大门、停车收费等工作，但自视清高的石爱，肯定不愿意干。

念念不忘，必有回响。

报社以前靠邮局发行报纸，量大了就不划算。社长一咬牙便决定自主发行，购买了大卡车，每周把报纸送到各县市再进行分发，如今正招人组建县市发行站呢。

石岳文敲开社长办公室的门，为退休后的石爱，谋得了县城发行站的站长工作，还顺带给他配了一个站员。

每个星期六早晨，发行车将成捆的报纸卸到发行站，石爱就会安排站员，按照订阅名单地址，把报纸送到订户家里或者单位。他自己则待在发行站，等着零售报刊亭的老板过来，将成捆的报纸取走。

其余时间工作就两项：一是完成订阅任务；二是和读者交流、反馈读者意见。

每订阅一份报纸都有提成，所以那位站员整天骑辆自行车，屁颠屁颠地四处推销报纸。石爱则每天晃悠悠地步行到发行站，沏杯茶，与上门的订户或读者聊天，工资不高，但很惬意。

退休后的素珍，整天忙着操持家务，去菜场一逛就是半天，有时和左邻右舍家长里短地聊，偶尔还去跳广场舞，日子过得还算充实。

早先石岳文在城乡接合部租房，那是迫不得已。转成正式记者后，他就搬进了单位宿舍，那里有健身房和专门的厨房，从起床到上班地点总共花不了半小时。

空闲时，石岳文就和舍友一起看电视、打扑克牌、健身、做饭或者去外面撮一顿，小日子滋润得很。

但这毕竟不是长久之计，如今石岳华在彩票中心工作，也需要一个落脚地，况且追到秦雨姗的话，迟早不得筑个巢呀……

最终，石岳文选中市区一套百余平方米的两居室新房，到报社步行二十分钟，距离彩票中心也不算远。

这套房每平方米一千六百元，总价近二十万，30%的首付款是五万元出头。几年工作下来，石岳文攒够了这笔钱，他一咬牙刷光所有银行卡，贷款买下这套房。

掏空口袋不说，还背了一身债，石岳文的日子马上捉襟见肘。

为了省钱，石岳文到劳务市场找来几个装修工人，安排他们就地吃住，下班及周末就和他们一起干活，背沙子、和水泥、铺地砖……甚至家里的床，也是他自己设计和木工师傅一起做出来的。

繁重的装修活，石岳文干得手磨出了水泡，但他乐在其中。好几次，他浑身肮脏不堪地坐在地上抽烟休息，脑海中幻想秦雨姗成了这个新家的女主人，嘴巴会不知不觉地弯出一个可爱的弧度。

三个月后，石岳文带石岳华搬进新居，嘱咐她先不要告诉家里人，省得父母瞎操心。一切安排妥当，这才选了一个周末，邀请全家人到新房来。

石爱和素珍既意外又感慨，意外的是儿子居然背着他俩干了这么大的事；感慨的是他俩压根儿没敢想，儿子居然这么快就在这座城市买房扎根——仅仅三年前，他还面临工作都没着落的窘境。

聊到这儿，素珍红了眼圈。

石岳华麻利地炒了几个菜，有红烧排骨、清炒土豆丝、蒜薹炒肉、醋溜白菜，还有一条鱼。石岳文则去楼下买了啤酒，热闹开吃。

"宁宁，你现在工作有了，房子也有了，婚姻大事是不是也该考虑了？"素珍问道。

"没！对象都没着落呢，跟谁结婚？"石岳文笑答。

"斌斌处了一个对象，顺利的话年底该结婚了，你也要抓紧呀。你们成了家，我和你爸爸也就安心了。"素珍又说。

听闻石岳斌有了对象，石岳文精神一振："哥，咱俩兄弟可是穿一条裤子长大的，这么大的事都没听你提起过，快说快说，新嫂子是谁？人咋样？"

石岳斌把处对象的过程大略讲了一通，最后问道："宁宁，你现在真没有女朋友吗？我不相信！转眼你也二十六岁了，不行先找个目标处着再说……"

"嗯！我算是有目标了吧。但对方好像没那个意思，单相思。"石岳文难为情地说。

"你倒是加紧追呀！"素珍着急了。

石岳文无奈苦笑。他早就抱着不到黄河心不死的念想，这辈子非秦雨姗不娶；秦雨姗却总是王顾左右而言他，落花有意流水无情。

他早就琢磨过，把要好的同学都邀请到家里认门暖房，秦雨姗自然无法推托，届时伺机而动，没准儿能手到擒来。

正出神间，别在腰间的手机响了，是报社广告部的同事周朝歌。他打电话来，想约石岳文去一家茶楼和广告商谈业务。

石岳文安顿好家里，便骑车赶往茶楼。周朝歌与石岳文工作上没有太多交集，却是最好的朋友。

原来每周六出刊前，报社会派一名新闻编辑和一名广告专员去印刷厂值班监印报纸，印刷前检查菲林片的排版和内容有没有问题，印刷过程中校验报纸有没有偏色、模糊等。值班时间从周五深夜三四点钟开始，直至八九点钟报纸装车运走才算结束。

石岳文和周朝歌被编成一个组值班，寒来暑往地共事了三四年。

空闲时，两人便坐在印刷厂门口聊天。周朝歌沉默寡言，多数时间都听石岳文讲述采访中经历的各种人和事，听他讲时政、经济、文化、科技信息甚至各类笑破肚皮的段子，听得开心且入迷。

监印结束，两人便到附近小店吃完早饭再各自回家，多数时候都是周朝歌抢着买单。

有一次，周朝歌请石岳文帮忙替广告商写一版广告软文，结果收到意想不到的宣传效果。广告商大悦，托周朝歌给石岳文支付了二百元稿酬。

从此，石岳文就通过周朝歌牵线，频繁给广告商的产品写各类广告软文，每月能额外增加近千元稿费收入。这次周朝歌邀石岳文去茶楼，就是和广告商讨论广告软文事宜。

谈完广告软文，周朝歌请石岳文去一家足浴店洗脚按摩。这是他俩经常活动的常规项目，一边享受搓泥、按脚、捶腿的服务，一边嗑瓜子吃水果、看电视聊天。服务费六十元一位，算是奢侈消费。

"我想辞职！"周朝歌突然冒出一句话。

"啊！"石岳文惊得差点儿从按摩椅上跳起来。周朝歌在广告部业绩排名第一，工作稳定收入高，怎么会冒出这么疯狂的想法？

"我接触那么多广告客户，发现他们也没啥本事，因为开了公司就挣钱多。咱俩每月两三千块的工资，连他们的零花钱都不够……"周朝歌说，他想开一家广告代理公司，将来发展得好，再考虑扩展产品代理业务。

"嗯，开公司要很多本钱吧？你看我刚买了房子，手头也没啥钱。你如果需要，我把房子抵押了贷款支持你。"石岳文思忖半天，慎重地对周朝歌说。

"不用、不用！我打听过，开广告公司花不了啥钱，提个皮包就能满世界跑业务。"周朝歌连声拒绝。石岳文提出抵押房子贷款支持他的事业，着实令他感动，愈加对这个小兄弟看重了。

这一周，石岳文紧锣密鼓地张罗，邀请同学周末到家里认门暖房。不出所料，秦雨姗爽快接受了石岳文的邀请。

星期天早晨，石岳文带石岳华去菜场买回鱼肉蛋菜，兄妹俩叮叮咣咣地忙活一上午，搞了桌丰盛大餐。

十二点刚过，同学们带着各色礼物陆续赶来，进屋后啧啧赞叹，夸石岳文有能耐。

秦雨姗显然精心收拾过，淡绿色无袖T恤，白色长裙配黑色高跟凉鞋，亭亭玉立，优雅动人。

这顿饭吃到下午三四点钟才结束，好几个同学当场喝醉，跑到洗手间吐了。石岳文兴奋过度，也喝了不少酒，红光满面却脑袋昏沉，最终没能撑到向秦雨姗单独表白，就被搀进卧室睡觉了。

一觉醒来，人去屋空，狼藉一片的屋子已经收拾清爽。石岳华正坐在客厅沙发上看电视。

"人呢？"石岳文趿着拖鞋从卧室出来，摸着发昏的脑袋问道。

"都走了！"石岳华说，"你们班秦雨姗人挺好的，留到最后才走，帮我洗锅刷碗打扫屋子，走的时候还叮嘱我给你盖好被子，免得你着凉呢。"

一阵强烈的失落感袭上心头，石岳文后悔不迭地敲打了几下脑袋，懊丧地叹气说："唉！喝多了！喝多了……"

"哥，你上次说的那个单相思，就是你们班的秦雨姗吧？我很喜欢她，人长得漂亮,脾气又好,让人觉得很舒服。她要是做了我嫂子,那可是福分呢。"石岳华眨着眼睛笑着说。

"唉,人都走了,还说个啥……"石岳文懊丧地说。

4

7月,石岳文搭乘飞往广州的航班。作为重点培养对象,他被报社选派去《南方周末》学习两个月。

《南方周末》当时堪称纸媒的一面旗帜,思想前卫、针砭时弊,尤其在深度报道方面,颇有独到之处,深受知识分子读者喜欢。

临走前,石岳文约请秦雨姗吃饭,说了出差的事情,并把摘编新闻稿件的工作交接给临时替班的同事。他下定决心,这次学习回来,无论如何也要向秦雨姗表白,无论她拒绝与否。

石岳文搭乘的并非普通民航飞机,而是一架军绿色型号为"图154"的飞机。

生平第一次坐飞机,石岳文惴惴不安。当这架马达轰鸣的飞机摇摆着升空时,他咬住牙关,紧闭双眼,浑身僵硬,那双紧抓座椅的手,骨节都发白了。

舷窗外景象奇妙,白云连绵千姿百态,似群山又像羊群。白云间隙的天空湛蓝,纯净得令人心疼。

但石岳文太过恐惧,根本无暇欣赏。

他后悔了!想着前两天吃饭时,就应该向秦雨姗表白,而不是等到学习回来后。如果这架飞机失事,他此生将没有机会向她表白。

飞机在厚重的云层中颠簸,就像石子路上飞速奔驰的马车,石岳文的悔意达到顶点,满脑子都是秦雨姗充满笑意可爱的脸。

还好，飞机在广州白云机场平安着陆。石岳文走下舷梯时的心情，充盈着劫后余生的幸福感。

两个月的学习期，石岳文却感觉有一个世纪那么漫长。

他白天向采编老师学习经验，参加编前会，听他们讲述采访写稿的经历与心得，甚至还掺和了两场足球赛，时间填得满满当当。晚上回到住宿的经济型酒店，他就心绪烦乱、坐立不安。

他已经近一个月联系不到秦雨姗了，电话不接、短信不回。他打电话给临时替班编辑，得知这段时间秦雨姗也没来送稿件，电话始终联系不上。

好不容易熬到学习结束，石岳文迅速买张火车票，熬了三天两夜终于到家——他不敢乘飞机，担心发生意外再也见不到秦雨姗。

石岳文不知道秦雨姗家在哪里，每天打电话、发短信给她，希望得到回复，日子过得抓耳挠腮。

两天后，石岳文别在腰间的手机响了，屏幕显示是秦雨姗的手机号码。

"你好！是石岳文吗？"电话那头是个疲惫、苍老、无力沙哑的男声。

石岳文很意外，结结巴巴地答复了对方，就听电话那头说："秦雨姗生病了，在住院，希望你能来一趟……"

石岳文的心猛地一坠，手机失手掉落地上。"莫不是出了啥意外？"顾不上多想，他赶紧下楼拦下一辆出租车，心急火燎地往医院赶去。

见到秦雨姗的那一刻，石岳文惊讶得张大了嘴巴：两个月没见，秦雨姗瘦得小了一圈。

她穿着病号服躺在病床上输液，没有光泽的头发随意披散，脸色苍白，眼眶深陷，嘴唇呈现暗紫色。

"哦，来了！过来坐……"看见石岳文，秦雨姗勉强挤出一丝笑容，挣扎着招呼石岳文坐下，并介绍父母给石岳文认识。

秦雨姗的父母都是新闻工作者，并在各自单位担任领导职务。秦雨姗的病，已将两位老人折磨得形容枯槁、萎靡不振，全无新闻记者那种丰神俊逸的风采。他俩见女儿有话对石岳文说，便互相使了个眼色，识趣地出去了。

"这是咋回事？什么病，咋会这么严重?!"石岳文焦急地一连串问道。

"唉！这是很久以前的病了，能走到今天，已经很不容易……"秦雨姗苦笑说。

原来早在上大学前，秦雨姗就得知自己是肾功能不全的病症。医生诊断说她将来不能结婚生子，否则会有生命危险。

医生甚至断言，秦雨姗的病情会发生不可逆转的恶化，三五年后肾脏功能会逐渐衰竭，直至死亡。

对于一个豆蔻年华的少女来说，这无异于晴天霹雳。

秦雨姗哭过、闹过甚至想过自杀，经过一段残酷的心理折磨后，她平静下来。她要考大学，毕业后还要工作，她要笑对人生，在未来不确定的日子里，活出人生应有的精彩和意义。

"人生就是一场意外，"秦雨姗说，"我们意外地来到世界，每一天都充满了不确定，唯一确定的是我们终将离开，所以认真过好每一天，才是我们生命的意义所在——"秦雨姗努力安慰石岳文，开始剧烈咳嗽。

石岳文红了眼眶，垂眼低头，极力忍住不说话。他怕秦雨姗看到难受。

歇息片刻，秦雨姗脸上泛起些许红晕，她伸出手在石岳文头上摸了摸："知道吗？你这个傻瓜，从大学见到你的第一眼起，我就喜欢你了！"

石岳文惊呆了！瞬间被巨大的喜悦和悲伤淹没。

他无法想象，一直拒绝他的秦雨姗，居然一直喜欢他，这让他欣喜若狂。可是将近八年的时间，她是怎么做到自我克制的？她可以早告诉自己的，为啥一直要折磨他到现在才说？

"那时的日子，多美啊！当时你滑旱冰的样子真是滑稽可笑，可你也算聪明透顶，一下就学会了——那天没和你去看电影，就因为我爸联系了一位名医，临时要我去看病。

"你在学校操场对我说那番话时，是我这辈子最幸福的时刻。可是、可是我不能答应你，我生了这个病，唉！注定要和你分离，我不能害了你……

"我希望你努力上进，所以说那些话刺激你。我利用你对我的好，激励你弹吉他、投稿、运动会上夺冠、考研究生，这些都因为我喜欢看到一个更加优秀的你——嘻嘻，你是不是觉得我很坏呀？"

此时的石岳文，泣不成声。

"那次评选三好学生，我看你在讲台上公开检讨，心如刀割。后来你萎靡不振、郁郁寡欢，又着实让人心疼。说实话，我不知道如何帮你时，自己也很难过。

"你和孟晓晚好了，我很痛苦。后来我想明白了，我不能给你的，有人替我给你，我应该感谢她才对……

"但是你俩莫名其妙地分手，我又很开心——虽然这很不地道。我看你那段时间痛苦的样子，又担心你想不开做傻事。

"我盼望你考上研究生——不过考不考得上也无所谓，你尽力了。你努力备考那些天，也是我最幸福的时光，你那么拼命就因为我的一句承诺……"

秦雨姗脸上再度泛起潮红，她顿了顿说："那时候我常想，如果真让你给考上研究生，你说我是答应还是不答应你呢？

"你《科技导报》的工作，其实是我央求我爸帮你联系的，那位社长是我爸的老同学——没想到好心没办好事，害你差点儿失业……"

秦雨姗说几句，就停下来歇一会儿。石岳文停止抽泣，静静地听她讲述——他忘情地将秦雨姗那只温暖柔软的手，捏在手心。

"你通过自己的努力，拼了一份好工作，还买了房，活成了我想象中优秀的样子——可是越到这时候，我就越害怕，我知道自己离不开你，可又害怕一时软弱答应你。你说，我咋这么没出息？"

说着，秦雨姗笑了，脸上挂着大颗的泪。石岳文见状，赶紧伸出另一只手帮她擦拭。

"你去南方学习差不多一个月，我淋了一场雨，回家后得了肺炎。肺治好了，人却出不了院，我感觉自己这次是扛不过去了……

"我本想一走了之，可我不甘心也忍不住——原谅我这么自私，我不想就这么孤零零地去那边，我真的很害怕——我走之后，你就忘了我吧，找个姑娘好好过日子，呜呜……"

秦雨姗泪如泉涌，伤心地耸着肩膀抽泣。

石岳文凑上前，将她揽入怀中，用自己的脸蹭掉她脸上的泪水，不停地说:"你会好的!一切都会好的!咱们好好养病,咱们还要结婚呢……"

良久,秦雨姗在石岳文的怀中哭睡着了。石岳文帮她擦掉泪痕,垫枕掖被,轻手轻脚地出去。

秦雨姗父母坐在病房门外走廊靠墙的椅子上。石岳文坐在两位老人旁边,详细询问了秦雨姗的病情。

"她的病真没希望了吗?"石岳文问道。

两位老人不约而同地点点头,又摇摇头,神情绝望。这些年为了秦雨姗的病,他俩北京、上海辗转奔波耗尽心血,自己都变成了半个专家。秦雨姗的病情发展到这一步,他俩都明白没救了。

石岳文含着泪,详细给两位老人汇报了他俩大学至今的情感纠葛。两位老人红了眼眶,喃喃地说"你们两个娃娃,命都太苦了……"

"从今天开始,我来照顾秦雨姗咋样?"石岳文恳求道。

"这不行!这不行!"两位老人双双摇手拒绝。一来石岳文工作忙,没名没分地这么照顾秦雨姗,他们心里过意不去;二来女儿病情发展到这一步,说不准哪天就走了,无论如何他们也要守在身边。

"您们年龄也大了,怕是禁不住这样熬。以后我每天下班来看她,晚上需要的话,我们轮班陪夜咋样?"石岳文退一步恳求道。

秦雨姗父母默默点头,算是答应了。两个月来,二老确实心力交瘁,有油尽灯枯的感觉。尤其是陪夜,已经心有余而力不足。

当晚,石岳文没回家,坐在秦雨姗床前整宿没有睡觉。第二天一大早换班后,他黑着眼眶去报社请了假,揣了张秦雨姗的照片,直奔乡下老家——他去找石道吉。

是的,就是那个当了阴阳先生的小学同学石道吉!

头天晚上,石岳文翻来覆去地琢磨秦雨姗的病情,突然想起五六年前他去石道吉家里那场对话:"你狗日的桃花旺,感情倒是波折得很……你和不少女人都有关系,不过最爱你的那个女人,好像命不太好,你们走不到一起的。她、她、唉!好像跟你姐姐有点关系……"

石岳文笃定地认为石道吉讲的那个女人就是秦雨姗,因为姐姐石岳灵当年得的就是肾病，后来发展成尿毒症走了。

石道吉也对他说过，大灾小难的禳一禳就过去了。

病笃乱投医。石岳文搭乘长途公交车，一口气坐到曾经读书的乡中学站，然后约摸三公里的路程，他一溜小跑直奔石道吉家里，已经汗透衣背。

不巧的是，石道吉去了他姐姐家，没回来。石岳文二话不说，赶紧去奶奶家骑了老爸爸石万的自行车，一路飞奔，不容分说地把他给拽回来。

当天下午，石道吉带着石岳文，钻进他家那间做道场的堂屋。

进屋后迎面一堵墙，挂着整张黑色镶蓝边的布幔，中间印着一张太极图。黑色布幔的两端，垂着红色和金色的布幔。布幔前面，摆着张覆了红布的长条供桌，桌上有香炉、供品、摇铃、神仙画像等物。

屋子四周，悬挂着写满字的宽长经幡，有黑底白字镶金边的、镶红边的，也有金底红字镶黑边的，说不出的诡异与阴森。

彼时10月，秋老虎余威未消，空气中饱含热气。但踏进石道吉那间堂屋，石岳文就感觉冷飕飕的阴气袭来，直往骨头里钻，禁不住打了个哆嗦。

石道吉身穿宽长道袍，手拈一柄木剑，在堂屋正中舞来舞去，嘴里念念有词。

突然，他剑尖向供桌前的火盆一指，不知怎么，火盆中事先放好的黄表纸竟燃烧起来。石道吉迅速盘腿坐在火盆前的蒲团上，抽出一张黄表纸穿在木剑上，就着火盆里的火，引燃了那张黄纸，又把剑尖竖起来。

他念念有词，双眼定定地看着木剑上的黄表纸燃尽，纸上剩余的火星像闪电般窜来窜去。

火星尽熄，他方才起身燃了三炷清香，对着神仙画像拜了又拜，再把清香插进供桌上的香炉里……

回到朝南睡人的房间炕上，石道吉闭眼掐指算了半天，方才睁开眼睛，向坐在对面的石岳文说："你想保住的这个人，恐怕凶多吉少……"

石岳文一把抓住石道吉的胳膊，着急地问："你能想办法救救她吗？你不是号称半仙吗？你不是救了很多人吗？你一定有办法的是不是？"

石道吉缓缓摇头叹气说："唉！人再有本事，也不能和天斗！"言毕，任凭石岳文如何央求，他都不肯再说一个字。

石岳文绝望起身，冷冷地看了石道吉一眼，默不作声地走了。

老爸爸石万骑车把石岳文送到公交站。他跳上一辆长途客车，匆忙回家。

进屋时已过晚饭时间，石岳文翻箱倒柜地找到一把菜刀、一只碗、三根筷子和一沓黄表纸，塞进背包就往医院赶。

赶到病房，秦雨姗的父母还在陪床。石岳文好说歹说，劝老人家回去睡觉，明天早晨再来顶他的班。他自己则坐在秦雨姗病榻前，有一茬没一茬地陪她说话，直说到秦雨姗眼皮打架，沉沉睡着。

石岳文蹑手蹑脚地去水房盛了一碗水，放到病房正中央的地上，又从背包里掏出菜刀、筷子、黄表纸、打火机等放在一边。

他学着素珍曾经的做法，拿三根筷子竖立在碗底中央，不停地念叨："姐姐、姐姐！是你吗？求你别再为难她了，她可是你弟弟的命根子啊！弟弟这里给你烧些纸钱，你就放过她吧……"他每念一句，就把捏筷子的手松一下，看筷子能否在碗底中央直立起来。

他念了一遍又一遍，筷子始终无法直立。他又把"姐姐"的称呼换成"灵灵"和"石岳灵"，仍然无济于事。

绝望之际，他索性捏住筷子，挥舞菜刀将筷子拦腰砍翻在地，燃了那沓黄表纸，再用菜刀将纸灰一点点铲进碗里，便手提菜刀，端着掺了纸灰的那碗水，向门外走去。

他先用菜刀在门框边敲了敲问道："姐姐，来了吗？"然后自问自答地说"来了！"如此说三遍，便推门出去。

走廊空荡荡的，石岳文轻手轻脚地去往电梯间。路过护士站，看见一个小护士坐在里面打盹，他侧身将菜刀衬在碗底，踮着脚尖走过去。

在电梯厅、住院部门口、医院大门口，石岳文都用菜刀磕磕门框或立柱，声音极轻地自问自答三遍——他担心被值班人员听见，会以为他是精神病或提着菜刀行凶，惹出不必要的麻烦来。

出了医院大门，石岳文找到道旁一个树坑，将掺了纸灰的水泼进树坑，自言自语："姐姐，求求你不要再为难秦雨姗了，拿了钱走吧。她若有个三长两短，等于要了你弟弟的命啊！"

言毕，他又像来时那样，每经过一道门，就自问自答地说三遍，只是这次的问题是"好了吗？"，回答是"好了！"。

进了病房，石岳文把碗倒扣在门背后，捡起散落在地上的筷子，从碗底斜搭在门框边，再蹑手蹑脚地走过去，将菜刀压在秦雨姗的枕头下。

他惊讶地发现，从窗外照进的冷月清辉中，秦雨姗大睁着眼睛，一动不动地注视着他。

"你在干吗？"她柔声问。

"没、没干吗，"他犹豫了一下说，"我想试试老家的土办法，让你好起来。"

石岳文把小时候母亲如何给姐姐治病、去石道吉家里给秦雨姗禳灾讲了一通。他隐瞒了结果，撒谎说："你放心！这套办法很管用，保管你明天醒来，病就好了！"

"唉，你这个傻瓜！"秦雨姗感动地说。她的头在石岳文身上蹭了蹭，撒娇说："抱抱我吧，有点冷！"

石岳文依言坐到床边，脊背靠着床头，让她舒服地睡在怀里。直到天亮，他甚至没有换一下姿势。

第二天中午下班，石岳文骑车来到市中心商业步行街。

逛街的人流接踵摩肩，街道两侧的摊贩拎着高音喇叭不遗余力地叫卖着，更有摊贩在喇叭中直接录了美女的声音"高档文胸，五元一个"，或者是"走过路过不要错过，真皮钱包挥泪甩卖"之类，循环播放。

两溜摊点的背后，是鳞次栉比的商业大楼，临街橱窗陈列着时髦的服装、诱人的珠宝以及各式各样的时新玩意儿。

石岳文无暇旁顾，径直走进步行街最大的百货商场。

直到下午快上班，石岳文才千挑万选地看中了送给秦雨姗的礼物——那是一枚铂金戒指，精致的指环顶着方形的戒托，上面镶嵌着一粒金光闪闪的钻石。

这枚戒指，花了石岳文七千余元，使得他下个月还房贷都成问题。但石岳文一点儿都不心疼，觉得只有这枚戒指才配得上秦雨姗——不仅因为它贵，更因为这是他倾尽所有为她买的。

他只恨戒指买得太晚，如果自己早知道，配上婚纱、礼堂和浪漫的婚礼进行曲，才算得上给秦雨姗真正的礼物。

下班后石岳文来到病房，看到秦雨姗父母脸上洋溢着久违的笑容。原来秦雨姗一整天精神特别好，而且胃口好很多，半碗小米粥全吃下去了——这段时间做透析，她吃啥都吐得稀里哗啦。

"真不知道该怎么感谢你！"秦雨姗父亲拉着石岳文的手说。

"伯父言重了！"石岳文不好意思地说，"我们都希望她能早点康复，说不定天可怜见的，让她的病好了呢。"

"就是！就是！"秦雨姗母亲在一旁开心地附和。

说这句话时，石岳文心怀侥幸暗忖："会不会昨天晚上，自己的那套做法应验了？难不成真是姐姐把她给汤住了……"

秦雨姗的父母放心回家，照旧由石岳文陪夜。他们觉得，石岳文只陪了一个晚上的夜，闺女精神就变得这么好；如果让他继续，兴许康复也未可知。

秦雨姗不但精神好了许多，心情也很好。当晚，她不但撒娇让石岳文帮她剪手指甲，还拿出一根猴皮筋让石岳文帮她把头发扎起来。她甚至拿出一面小镜子，认真地化了妆。

"嗯，你现在看起来就像新娘子。"石岳文打趣地笑道。

"我漂亮吗？"秦雨姗顽皮地问。

"漂亮！你是我见过最最漂亮的女人！"石岳文摇头晃脑地说着，趁机掏出白天挑选的那款戒指，小心翼翼地戴在秦雨姗的无名指上。

"戴上这枚戒指，就更漂亮了！"他自言自语。

秦雨姗惊讶地睁大眼睛，两行清泪瞬间滑落。

"嫁给我?!"石岳文托着那只戴戒指的手，凝视着她。

秦雨姗没说话。她侧转身体搂住石岳文，肩膀一耸一耸地哭了。

石岳文伸出手，将秦雨姗半拥在怀，轻轻地将唇印上她的额头，掠过她的眉、她的眼、她的脸、她的鼻子，最终轻轻落上她的唇。

秦雨姗"嘤咛"一声，伸出舌头，往更深处探寻……

问世间情为何物，直教人生死相许！

良久，两人依依不舍地松开对方，有一搭没一搭地聊天。

"你爱我吗？"

"爱！非常爱！非常非常爱！"石岳文答。

"如果有来世，我们一定要在一起！"秦雨姗说。

"瞎说啥呢！咱们就要活在当下，你可不能再像以前那样没心没肺地拒绝我了，挺伤人的！"石岳文说。

秦雨姗扑哧一下乐了："活该！我就是要伤你……"

病房里一时春光明媚，石岳文恨不得时间永远停滞，他们可以一直这样到地老天荒。

"讲讲你小时候的故事吧。"秦雨姗央求道。

石岳文便把记忆中的那些趣事，一一讲给秦雨姗听，去沟北耍水、放牲口，去队长院里偷葡萄，和小伙伴一起燎干、比武、耍打仗，旷课去摘榆钱，用砖头造假币……

秦雨姗不时面露微笑，鼓励石岳文讲下去。听着听着，她闭上眼，响起了轻微的鼾声。

石岳文关掉灯，在病床旁的行军床上和衣躺下。这几天没怎么睡觉，他眼皮已经在打架了。

黑暗中，秦雨姗突然幽幽地问："我如果走了，你会不会想我？"

"别瞎说！不会的，你一定会好起来的。"石岳文说。

"我走了以后，你不要再想我。你要好好吃饭，好好睡觉，好好工作，好好找个女人结婚，好好生活，你们要幸福到老……"秦雨姗自顾自地说。

"别再说了！咱俩、以后就咱俩，会长长久久地在一起！"石岳文说。

"不！你得答应我！"秦雨姗固执地说。

"好！好！我答应你！"石岳文敷衍道。

"还有我爸妈，为我的病操心了半辈子。他们就我一个女儿，我很担心他们。如果、如果可以的话，你逢年过节能不能帮我去看看他们？"

"嗯，好！好！"石岳文迷迷糊糊地回答着，渐渐响起了鼾声。

窗外的月亮又大又圆，清冷的光透过玻璃，洒在石岳文轮廓分明的脸上。秦雨姗转过头看着石岳文，眼角有泪滑下……

早晨醒来时，窗外太阳金黄的光，没头没脑地倾泻而下，透过玻璃窗，洒落在病房的各个角落。

"糟糕！"石岳文嘟囔一句。他昨晚忘记拉窗帘了，早晨这么亮的光线，会影响秦雨姗的睡眠。

他侧头一看，幸好秦雨姗没醒。她的脸上，因为阳光的缘故，浮现出圣母般圣洁的光辉。

他拉起秦雨姗伸在被子外面的一只手，想把它重新掖回被窝。

触手冰凉！

石岳文的心倏地一沉，赶紧把手搭在秦雨姗的鼻子下面，继而大惊失色、脸色惨白——"医生！医生！"他大声号叫着往门外的护士站跑去……

医生闻讯赶来，探探秦雨姗的鼻息，又搭搭她的脉搏，叹息着摇头说："人已经走了，你节哀顺变！"

石岳文双手颤抖着，拨通了秦雨姗父亲的电话，带着哭音喊道："叔叔！叔叔！你们赶紧过来吧！雨姗、雨姗她、她走了……"

5

秦雨姗走后，石岳文变得沉默寡言。

每天到报社上班，除了和同事迎面打个招呼，或者必要的工作沟通外，石岳文几乎一言不发，整天坐在工位上，魂不守舍。

下班回家，石岳文晚饭吃得很少。石岳华动脑筋变着花样做饭，仍然无济于事，也是暗自垂泪。

几乎每晚饭后，石岳文都拿几瓶啤酒放在桌上，一杯一杯地喝。有菜也罢、没菜也好，雷打不动，把自己灌得昏昏沉沉，才脚步趔趄回卧室睡觉。

每隔一星期，阳台上就堆满空啤酒瓶。石岳华只得找来收废品的，定期把这些空酒瓶清理掉。

石岳华更担心的是，晚上下班回家见不到石岳文。

有一次，石岳文通宵没回家。石岳华等到深夜十二点，熬不住先睡了，第二天上班，才发现石岳文躺在楼下草坪的树坑里呼呼大睡，身上肮脏得目不忍睹。

从那以后，只要石岳文十二点前没回家，石岳华就不停打电话给他。石岳文回到家，她才能安心睡觉。

周朝歌辞职开公司后，白天拎着皮包东奔西跑，晚上应酬也陡然增多，经常陪不同的客户吃饭、唱歌，难得歇上一两天。

得知秦雨姗的变故后，周朝歌刻意每周腾出一两晚，陪石岳文喝酒散心，盼望他早日走出那巨大的悲伤。

喝完酒，再去KTV唱歌。每次大家提出去唱K，石岳文都推托不去，偶尔被大家强拉去之后，他就成了麦霸，时而深情款款、时而歇斯底里，一首接一首地唱。

石岳文唱功一般，但他唱歌时的悲伤模样，令所有在场的人动容，甚至瞧着令人心碎——可是大家来唱歌，都为了买乐子的呀。

石岳文的每一首歌，都是唱给秦雨姗的。他总是唱得泪流满面，继而不要命地大杯喝酒，最终醉成一摊烂泥。

这天晚上，几个人喝完酒又去KTV唱歌，刚到门口，看见一个醉鬼站在台阶上吹着口哨，旁若无人地掏出家伙，当街撒尿。

"嗨！哥们儿，讲点文明好不好！"周朝歌没好气地冲醉鬼喊了一嗓子。

那个醉鬼乜斜眼睛看着周朝歌，蛮横回道："你管得着吗你！"

几个人坐在大厅等服务员排包厢时，那个醉鬼开敞着裤子的前门拉链，摇摇晃晃地走过来，指着周朝歌问："孙子！刚才就是你冲爷爷喊的？"

"是我又咋的?!"周朝歌捏紧拳头，硬着头皮站起来。

那个醉鬼人高马大、魁梧彪悍，顺手抓住周朝歌的衣领，把他拎到大厅中央，骂骂咧咧的要揍他。

旁边服务生别说上前劝架，连大气都不敢喘一口。

石岳文见状，起身走过去，冲醉鬼平静地说了一句："你把他放开！"

"你——"那个醉鬼话音未落，石岳文一条腿倏地向前跨到醉鬼身后，几乎是在同时，他一只手五指箕张，冲着醉鬼的面门就拍了出去。

醉鬼后仰着重重摔倒在地，痛苦地扭曲着。

堪堪过了两三分钟，电梯里冲出五六个彪形大汉，领头者气势汹汹地喊道："谁？是谁？！谁敢对我彪哥动手！"

石岳文正准备上前理论，周朝歌说好汉不吃眼前亏，强行拉他出了酒店大门，迅即拉开一辆出租车的门，上车就喊："走！快走！"

车子刚开出十来米远，后视镜里的酒店，冲出一群张牙舞爪的亡命徒……

饶幸躲过一劫，大家纷纷拍心口表示庆幸。石岳文却不以为然，他怀着一颗想死的心。

但是他不能死，因为秦雨姗临走时，逼着他答应要好好活下去。生活仍将继续；仍将继续的，是狗样的生活。

一波未平，一波又起。仅仅一个月后，心碎的石岳文又酿造了一起暴力事件。

这天在报社加完班，已是晚上十点钟的样子。石岳文沿街步行回家，不出意外的话，一刻钟就到了。

途经一家酒店门口，石岳文瞥见一个姑娘的背影——她体态举止太像秦雨姗了，个头一般高，绿色毛衣上印着深色波折图案，黑色紧身裤塞进中靿黑皮鞋里……

"雨姗！是雨姗吗？"石岳文心里轻声呼唤，有些恍惚。

一个高高壮壮的年轻人站在姑娘面前，看上去很激动，张牙舞爪地说着什么。他甚至一度抓住姑娘背后倚靠的栏杆，把她紧紧箍在里面，抽出另一只手推搡姑娘的头并大声训斥。

那个姑娘，低着头嘤嘤哭泣，模样可怜。

石岳文热血冲顶，感觉秦雨姗受了欺侮一样，三步并作两步地跑到年轻人前面，厉声喝道："你想干啥？赶紧把她放开！"

年轻人愣了愣神，回头问道："你是谁？你是在跟我说话吗？"

"说你呢！把她放开！一个大老爷们儿，欺侮女人算什么东西？！"石岳文呵斥道。

"咦？可笑！关你啥事？欠揍呢你！"说着，他撸起袖子，冲石岳文走来。一步、两步……石岳文紧盯他的步伐，待到他近身出拳时，石岳文抢先一步侧身闪头，故技重演，将一只脚跨到对方身后，重拳直击对方面门。

不出所料，对方仰面倒地。石岳文冲上去骑在对方身上，拳头疾风骤雨般砸向对方面门，直砸得对方满脸是血、没有还手之力才罢休。

打架时，那个姑娘在旁边直呼石岳文停手。

石岳文没理会。每一拳砸下去，他都有一种残酷的快感——他在保护秦雨姗，他的意识在现实和幻想中交错。

石岳文站起身时，才发现旁边的女孩对他声嘶力竭地大喊："你疯了啊！你为啥要打我男朋友？！神经病……"说着，女孩冲上来对石岳文又打又踢。

石岳文彻底傻眼，本以为自己见义勇为，没想到竟然是个乌龙。他一动不动，任由女孩对他又打又踢。

女孩发泄完，转头看到躺在地上的年轻人一动不动，遂掏出手机拨了110电话报警，还指着石岳文说："你不要走！等警察来了再说！"

石岳文有些愧疚，便打定主意不走。等警察的同时，他拨通了黄主任的电话："黄老师，我这里出事了，你能过来一下吗……"

闪烁着警灯的110警车过来时，黄主任也带着几个记者坐出租车赶来。警察执意把石岳文铐走，记者们则掏出证件阻止，双方僵持不下。

躺在地上的年轻人缓过神来，他爬起来扑向石岳文，疯狂叫嚣着要把石岳文带到派出所，挥出的拳头已经打到石岳文脸上。

石岳文一动不动，任由年轻人的拳头在他脸上肆虐。

黄主任身边一名记者看不下去，他跨步上前，三下五除二把年轻人再度撂倒在地，爬也爬不起来。

然后他回头，得意地对石岳文耳语道："兄弟，我是部队出身，你要知道打人不打脸，虽然是皮外伤，看上去却很严重。要打你就打内伤，外面看着好好的，其实伤得很重……"

此时石岳文虽身处风波却神游物外，眼前的事情就像跟他无关似的。

事实未必胜于雄辩。在众位记者七嘴八舌的辩论下，石岳文的行为变成了见义勇为，那名记者的行为也变成了正当防卫。

警察知道这帮记者不好惹，搞不好捅到领导那里也不好交差，于是在给石岳文做了简单的现场笔录后，拖着年轻人和姑娘去医院检查。

石岳文一一道谢，送诸位记者上了出租车离开，这才回头请黄主任到酒店咖啡厅里借一步说话。

"黄老师，我想辞职。"石岳文说。

"为啥?"黄主任意外地问道。这几年采访，他俩经常碰到，而且合作写过不少稿件，关系处得像老朋友一样。

石岳文把他和秦雨姗的故事和盘托出，说到动情处不觉流了泪。

"我想换个环境，感觉自己在这里快活不下去了!"石岳文说，"熟悉的街道，熟悉的饭馆，熟悉的同学，但物是人非，您能理解我的感受吗?"

"我理解。你是个好娃娃，心眼直，又善良，估计一时半会儿也转不过弯来。"黄主任慈祥地说，"这样吧，我以前有个同事，在北京一家报纸干得挺好，回头我给他打电话，看能不能给你找个落脚的地方……"

当晚回到家，石岳文便把去北京的决定对石岳华说了。石岳华沉默半晌没回应，最后竟啜泣起来。她幽幽地说："哥，我看你还是走吧!你这个样子待在家里，迟早会出事的!"

石岳文辞职去北京闯荡的想法，彻底激怒了石爱。

儿子原本事业顺风顺水，房也买了，接下来顺理成章地娶妻生子，这是两口子做梦都能笑醒的好事情。天知道会冒出一个生病去世的姑娘，儿子居然因此扔掉令人眼红的一切，到外地去当流浪汉?!

父子俩为此大吵一架，石爱甚至威胁如果石岳文敢辞职，就和他断绝父子关系。无奈石岳文王八吃秤砣铁了心要走，夫妻俩终日长吁短叹，白发陡然增多。

石岳斌和石岳华则站在石岳文这边。尤其石岳斌,刚与对象分手,深深地理解弟弟的痛苦,他说:"宁宁,我支持你去外边闯荡。退一万步说,隔两三年你要是过得不好,那就再回来,这个家永远等着你……"

咬牙熬到年终奖到手,石岳文才向报社正式提出辞职。因为每个月要还房贷,他口袋里又没有多余的钱。如果去北京闯荡,首先要解决的就是起码的吃住及交通问题,他又不愿觍着脸向父母要。

石爱和素珍始终不给石岳文好脸色,压抑沉闷的氛围贯穿了整个春节。石岳文索性趁着拜年的机会,回奶奶家住了几天。

奶奶满头银发,但精神尚可,她听了石岳文辞职的想法,唏嘘感慨:"孙子,你去吧,奶奶不拦你!自己心里的苦自己知道。奶奶这把老骨头也熬不了几年,你这一走,怕是再见不着了……"

石岳文不敢直视奶奶的眼睛,他心存愧疚。可是,他能咋办呢?在这座物是人非的城市,每天的生活如同炼狱。

他也想忘掉秦雨姗,甚至徒劳地在网络上查过忘情水这类东西,他走投无路。

从奶奶家回来,石岳文打点行装,带着石岳华回了银川的家,过两天他就要去北京闯荡了。

收拾行李时,石岳文意外地发现行李中有九千元钱——那是素珍偷偷塞进去的。尽管两口子反对儿子的做法,但儿子一意孤行地干了,他们又默默地选择了支持。

可怜天下父母心。父母的心在儿女上,儿女的心在石头上!

临行前一天的清早,周朝歌开一辆二手桑塔纳轿车来接石岳文,他说:"明天你就要走了,今天不管你想干啥,我都陪着你!"

于是,奇葩的一幕出现了:城市东南角有个湖泊,荒草萋萋、渺无人烟,岸边的冰碴子还没解冻。然而大清早的,却见两个年轻人赤着膊,各自穿一条紧身短裤,哆嗦着跳下湖去游泳。

因为石岳文说他想去那里游泳。

周朝歌很后悔，如果早知道这个结果，他也不至于说那么满的话，但兄弟既然说了，他也就义无反顾地跟着跳进湖里。

石岳文却很享受浸泡在冰冷湖水中的感觉，那种濒临忍耐极限所带来的残酷快感，是他与秦雨姗诀别的方式。而他的灵魂，也在刺骨的冰水中逐渐得到解脱……

游了约摸半小时，两人方才上岸，彼时已经嘴唇青紫，哆哆嗦嗦地说不出一句整话。

"我、我想去吃、吃吃饭了，羊、羊肉、肉老、老汆面。"石岳文牙齿打着架，边穿衣服边说。

两个年轻人先去吃了羊肉老汆面，又开车到石岳文读书的大学转了一圈，随后到洗脚店洗脚按摩，晚上吃火锅，最后去唱卡拉OK，直到凌晨两点多，才醉醺醺地回家。

第二天上午，周朝歌肿着眼泡，开车送石岳文去火车站。临行，他上前拥抱石岳文，用力拍着石岳文的背说："兄弟你记住，常回家看看，我们永远是好兄弟！"

火车开动的一刹那，石岳文流了泪，心里喃喃道："永别了，我的爱！"

火车喘着粗气蚯蚓般蠕动，咣哧咣哧地把一切过往甩在身后。不知遥远世界的秦雨姗，能否听到他的心声。

6

第二天清晨，北京西客站。

石岳文一出站台便蒙了：天哪！居然有这么大的城市，硕大无比的广场，仰着脖子才能看到顶的高楼，五彩斑斓的广告牌，八条车道宽的道路，熙熙攘攘的人流，纷乱嘈杂的声音……

石岳文左手拖一只大行李箱，拉杆上套着鼓鼓囊囊的旅行包，右肩背着大号编织袋，右手还提着一只人造革皮包，逃难似的站在出站口不知所措。他感到眩晕，已经分不清东南西北。

好不容易找到地铁口，石岳文被人流裹挟着进了地铁。他紧张地盯着车厢里的站点图，生怕错过站——他要去的地方，是郭宗江的出租屋。

昔日的大学同学郭宗江毕业后，辗转流落到北京捞世界，听说混得不错。石岳文事先和郭宗江取得联系，暂时去他那儿落脚。

郭宗江恰巧在外地出差，告诉他详细路线，让他按图索骥独自找过去。此时的石岳文，对于他要去的地铁站点，已烂熟于心。

石岳文终究不放心，担心在地底下错过站，便提前在五棵松地铁站下车。他盘算着在地面上怎么都好说，只要一路向西，总能找到石景山游乐园边上那个叫作"八角"的社区。

这一路，石岳文走了一个多小时！

好容易一路打问找到郭宗江租住的小区，石岳文已经累得要瘫倒在地。他抑制住紧张的心情敲了门，盼着有人开门——郭宗江交代过，他合租的室友应该在家。

如果他室友不在家，石岳文就只能坐在门口等，等到啥时候也不知道。

幸运的是门开了。石岳文一怔："靠！郭宗江合租的室友，居然是个女孩！"

"嗨！你是石岳文吧？早听宗江说过你要来，请进请进……"女孩大方地邀请石岳文进屋。

这是两室一厅的房子，进门正对客厅，南北各有一间卧室，北边卧室旁侧，是厨房和洗手间。

女孩住北边卧室，因为朝向不好，而且面积较小，所以只承担三分之一房租。郭宗江睡南边卧室，承担三分之二房租。他和石岳文早已商量妥当，等石岳文搬来后，房租各承担一半。

女孩将石岳文带进南边卧室，里边正好两张床。她一边帮石岳文收拾床铺，一边自我介绍叫孙亚敏，是电视台编导，有不明白的事情可以找她。

当晚，孙亚敏炒了三个菜，拿出几瓶啤酒，邀请石岳文到客厅吃饭，就当接风洗尘。一顿饭下来，石岳文不再拘束了。

第二天，石岳文收拾清爽，拨通黄主任前同事的电话，按照下午约定的时间，去城东找他。

出发前孙亚敏告诉他，要去城东办事，起码得提前两小时出发才不会迟到。

石岳文依言提前两小时出发，他先走到地铁站，乘坐地铁到国贸，根据公交站牌找到公交车坐了十几站，再步行穿过好几个路口才找到约见的地方。走进黄主任前同事的办公室，刚好两小时。

黄主任的前同事正端着一壶茶和朋友下围棋，见石岳文来了，随手招呼石岳文坐在旁边一把椅子上。

石岳文规规矩矩地坐在旁边观棋。他不懂围棋，更加忐忑不安，两手扶着膝盖，一动也不敢动。

一局棋下完，已是一个多小时以后。

黄主任的前同事简单问了几句石岳文的情况，连石岳文带来的作品剪贴本都没翻看，就拿出一张纸头抄了个电话号码递给他说："你回头打这个电话，他是我兄弟，我已经和他说好了，先去他那里上班……"

原以为很正式的面试，草草几句话了事，石岳文深感意外，他频频弯腰表示感谢后，便告辞回家。

石岳文想感受这座城市究竟有多大，就比对地图找到一趟可以绕三环坐一圈的公交车，花了一个多小时到终点站；又选择另一辆公交车，绕二环一圈；最后才选择乘坐地铁，到家已经晚上九点多了。

"北京真大啊！"石岳文咕咚咕咚喝了一大杯白开水，瘫倒在沙发上，自言自语说。

孙亚敏不在家，他到楼下买了两根火腿肠和一包方便面，就着开水吃掉，算是晚饭。然后他把自己关在卧室里，研究从地铁站买的那张地图。

幸好，黄主任前同事介绍的工作单位在西三环附近，石岳文步行—地铁—公交—步行，一趟下来，只用了差不多一个半小时。

黄主任前同事的朋友名字叫柳公明，头发蓬松，戴一副金边眼镜，文质彬彬的样子。寒暄几句后,柳公明把石岳文带进社长办公室——他是主编,录用新人他一个人说了不算。

社长是位五十岁左右的大叔,干净利落,却又和蔼可亲。他问了石岳文的工作履历,又认真看了石岳文的作品剪贴本,爽快地说:"你履历不错,这些作品也体现了一定的水准,录用没问题!你要知道,我们是房地产行业类报纸,这对你来说是陌生领域,要加把劲学哦……"

石岳文连连点头,表示一定不辜负社长的期望。

石岳文留心观察过,这家报社只有五六间办公室、十几号人,对此他挺失望。但想到能在北京有个落脚处,又心生感激——以后的事情,以后再说吧。于是,他在这家名为《中国房产》的周刊落脚,成了一名见习记者。

2003年,清明。距离秦雨姗离开人世,已经半年。

此时的石岳文,正趴在八角社区那幢住宅楼的阳台栏杆上抽烟。他的思绪早已飘回家乡,飘到令人心碎的半年前。

天空阴霾,淅淅沥沥地下着小雨。道路泥泞,弥漫着湿气的空气中,隐约混着些许青草味。

小区零星有几个行人,戴着口罩提着篮子进进出出,忙着祭奠逝去的亲人。孩子们穿着棉袄,在楼下跑来跑去,天真无邪地笑着,他们不懂忧愁。

进了报社后,石岳文才领略到北漂不易。上下班耗掉近三个小时不说,回到家往往是清锅冷灶,吃了上顿没下顿。房租分摊、电话费、交通费、吃饭穿衣加上其他日常耗费,每个月起码四千元。

每天到办公室,大家都在忙各自的事,没人搭理他。他每天的工作除了看报纸外,就是看报纸。

眼看一个月快过去,石岳文意识到如果仍然待在办公室看报纸,就距离被炒鱿鱼不远了。于是,他仔细翻阅其他报纸房产版的报道,找出几条采访选题,跑到柳公明办公室,请他指教是否可行。

柳公明从诸多选题中勉强留下一条,翻出手机通讯录给了石岳文两个电话号码说:"你打电话联系他们采访,报我的名字,他们会给面子接受采访的……"

石岳文将信将疑地拨通采访对象的电话，怯生生地自报家门，邀约对方。没想到还真管用，对方爽快地答应接受采访。石岳文不敢怠慢，拟了详细的采访提纲，再度交给柳公明请求指点。

柳公明几乎将石岳文的采访提纲重写一遍，这才语重心长地对石岳文说："你还不懂房地产，要抓紧时间补课啊！"言毕，他从背后书架上抽出两本书递给石岳文，一本《房地产基础知识》，一本《房地产营销策略大全》。

石岳文临时抱佛脚，如饥似渴地恶补知识，在办公室、在地铁公交上、在出租屋的床上……只要有空，就翻开那两本书看，而且做了厚厚的两本笔记，直把两本书翻得破皮掉线，才难为情地还给柳公明。

第一个月，石岳文只领到一千六百八十元的底薪。但是第二个月，他领到手的工资就达到了惊人的四千八百元钱，是他大学毕业以来收入最高的一个月。

然而，第三个月，悲催了——

刚开始只是零星的消息，后来报纸和电视铺天盖地报道说，北京有一种名叫非典的病毒肆虐，英文名叫作"SARS"，可以通过飞沫传播。

简单说，如果有人得了非典，他在你面前打个喷嚏，你就有可能被感染。要命的是，非典是一种全新的病毒，没有疫苗，更谈不上治疗药物，一旦被传染，致死概率很大。

一时间，病毒无孔不入的流言，在大街小巷疯传：某个人病死，整个小区被封锁，菜都不让下楼买；某个人得病，整幢公寓楼的人都被感染；有户人家虽然没出门，但厕所地漏没有储水，导致全家人感染……

石岳文开始不以为然，然而仅过了一星期，街上就空荡荡地没了行人，时而听到救护车的声音。报社紧急下发通知，要求所有员工居家隔离，复工时间另行通知。

此刻趴在阳台上抽烟的石岳文，就处在居家隔离状态。他回忆秦雨姗临走那几天的时光，心痛得直不起腰来。

清明时节雨纷纷，路上行人欲断魂。情感真是个怪东西，看不见摸不着，却实实在在噬你的心。人都不在了，情感却依然顽固地盘踞在活人心口，如影随形。

非典疫情越来越严重，传言北京要在小汤山建一所医院，将所有病人集中在那里，治好尚可，治不好就地火化，亲人连骨灰都不一定见着。

石岳文的钱包已经见底，如果拖延下去不能复工，恐怕连房租都付不起。他出来打拼三个月，蜷缩在如此大的城市这么小的一间卧室里，孑然一身，在淅沥的清明小雨中，内心的悲凉可想而知。

"不如回家吧？"石岳文犹豫着问自己。

"不！不可以！就这么灰溜溜地回去遭人耻笑不说，你要用多久，才能走出那片阴影？"另一个声音问自己。

石岳文很纠结，他想给素珍打电话诉苦，但是他不能！北京疫情父母在电视上看到了，担心得要死，再告诉自己的窘境，无异于火上浇油。

想来想去，他进屋拿了手机，给周朝歌发了条短信："兄弟，还好吗？"

两三分钟后电话响起，周朝歌心急火燎地问石岳文是否摊上事了。石岳文慌忙解释没啥事。两人东拉西扯地聊了会儿，便挂了电话。

石岳文又点燃一支烟，再度趴回阳台栏杆。他想，郭宗江这个家伙，神出鬼没地溜回银川躲避非典，他现在干吗呢？

郭宗江大学期间虽然吊儿郎当地频频玩消失，神奇的是他居然通过毕业考试，顺利拿到了毕业证。

毕业后，郭宗江去过上海，闯过深圳，后来才落脚北京。因为找不到工作，他一度到物流基地当过一段时间搬运工。

彼时的郭宗江，每天干着扛麻包的活儿，一天下来腰酸背痛、浑身肮脏不堪。奇葩的是每次干完活，他都会洗个澡，穿得人模狗样的，将破自行车停得远远的，步行去附近一家高端健身房健身。

凭着一张油嘴，一来二去的，他混熟了健身房的一圈人，并且混成意见领袖，日子过得蛮滋润。

圈子里有位大哥，是一本生活杂志的主编。在主编极力邀请下，郭宗江勉为其难地入了伙，被聘为杂志社广告部主任。

郭宗江管人胡萝卜加大棒，带着一股子江湖气。

前脚面试新人，语重心长地劝说人家学历不高，能有份工作就是天大的运气，只要拿出不要脸的精神，月入过万不成问题，这可是很多大学生都羡慕得流口水的高收入；一转身，他就对没完成业绩的老员工嚷嚷："还能不能干?！再过一个月完不成业绩，就卷铺盖给老子滚蛋！"

因了这股彪悍的江湖气，郭宗江把五六十号业务员管得服服帖帖。他们见了郭宗江又敬又怕，不要命地拉业务。短短两年，杂志社的广告盈收翻了一番。

有一次，郭宗江被主编派去山东讨一笔五万元的烂账，三言两语话不投机，就和对方三个人吵起来，双方剑拔弩张，眼看就要动手。

郭宗江一瞅寡不敌众，迅速掏出电话报警，说遭到对方袭击。挂完电话，他瞄准谈判室的玻璃门，一头撞上去，瞬间头破血流，看上去十分恐怖。

警察来后，对方辩解说他们没动手，是郭宗江自己用头撞的玻璃门。

警察厉声说："你们说他自己撞的？说瞎话都不过脑子，你们撞一个给我看看?！"

对方三个人百口莫辩、面面相觑，被警察拎到隔壁房间去审讯。

郭宗江则跷着二郎腿喝茶抽烟，得意扬扬地等着警察主持公道，帮他讨回那五万块钱的烂账。

出乎意料，警察回来后厉声训诫郭宗江说，人家根本就不欠他们杂志社钱，只是当时转账出了问题，总编换了账号给人家，那笔钱是实实在在打过去的。说罢，警察还拿出对方提供的银行回执单给郭宗江看。

郭宗江傻眼了！他第一反应就是主编私吞了这笔钱，再虚张声势派郭宗江去讨债来洗白自己。他料想郭宗江讨不回这笔钱，过段时间杂志社就会把这笔款项作为坏账销掉，这笔钱也就神不知鬼不觉地进他兜里了。

郭宗江忙不迭地赔礼道歉，紧随警察出门，迅速拦下一辆出租车直奔火车站——对方无辜被冤枉，不找他算账才怪！

回北京后，郭宗江打听到主编和几个朋友在茶楼打麻将，赶过去一脚踹开包厢房门，二话不说掀翻麻将桌，抓住主编一顿胖揍……

失业的郭宗江，没有再回物流基地做搬运工，而是凭着杂志社这两年积累的人脉，居然神奇地混进央视，被栏目聘为编导，成为一名光荣的"游击队员"。

所谓"游击队员"，是对混在央视边缘地带人群的戏称——圈子里把央视台聘工作人员戏称为"皇军"，部聘工作人员戏称为"伪军"，栏目聘用的工作人员就被称为"游击队员"——央视员工名册里压根儿找不到他们的名字。

孙亚敏也是央视"游击队员"，和郭宗江算是同事。因了这个缘故，他俩合租了这套房子。

郭宗江供职的栏目，需要经常到全国各地出差，一出去就十天半个月的。每次出差回来，他都和石岳文相约去喝酒、唱卡拉OK，偶尔邀孙亚敏一起，日子快活得神仙一样。

非典疫情期间，郭宗江正好在外地出差。见势不妙，他马上改签机票飞回银川躲避疫情。没承想一下飞机就被带走，签了一张疫情防控居家隔离的文书后，乖乖把自己关在家里看电视。

此时的石岳文，想邀郭宗江借酒消愁的想法，也实现不了。

百无聊赖，石岳文最终打电话给姜小烨，约他到楼下消毒。坊间传言，喝酒的人不会感染非典，因此他们把喝酒戏称为"消毒"。

原本石岳文还想约孙亚敏，哪知她把自己关在卧室里打电话、睡觉，对石岳文的敲门声全然不理。

实在被石岳文敲得不耐烦了，就听卧室里面传来声音说："你自己去吃吧，别惹我，烦着呢！"

孙亚敏上班全无规律可循，有时深更半夜才回来，有时睡到中午十二点还不起床。她没有周末的概念，甚至没有早晨、中午和晚上的概念。

有时候，孙亚敏会邀一群帅哥靓妹来出租屋折腾，打牌、弹吉他、做饭……整得一片狼藉后还余兴未尽地去外面玩，石岳文只好默默地把家里收拾干净。

有时候，孙亚敏又把自己关在卧室里一连好几天，除了上厕所就不离开那张床，天知道她是咋活下来的！

有一天石岳文下班回家，看见客厅餐桌上摆着几个菜，孙亚敏坐在一个络腮胡子的腿上，络腮胡子正在给她喂饭。

石岳文臊得满脸通红，低头急忙回自己的卧室。

孙亚敏丝毫不觉尴尬，敲门邀石岳文一起来客厅吃饭。石岳文推托说吃过了，还要加班写稿。其实他肚子饿得咕咕叫，又不好意思出去，只能硬挨。

石岳文隐隐感觉当晚会发生些什么，躺在床上心不在焉地翻看一本小说，耳朵却高高竖起，听着外面的动静。

果然，将近深夜十二点钟，门外传来孙亚敏细微的呻吟，伴随着床板的吱呀声，有韵律地响着。

呻吟声逐渐响亮，偶尔夹杂着男人粗重的喘气声。再后来，呻吟变成了肆无忌惮的号叫，一浪高过一浪，床板也从羞涩的吱呀声变成了豪放的嘎巴声。

一阵疾风骤雨后，只听见络腮胡子拖着长音、抑扬顿挫地高叫几声，屋里重回寂静。就像是刚经历过暴风雨的海面，平静得没有波纹。

过了一会儿，石岳文听到开门声，洗手间的淋浴声，两个人的低语声……入户门打开又关上后，石岳文心里暗忖，络腮胡子应该走了。

他的短裤，不争气地湿了一大片。他赶紧拿来一包卫生纸擦拭半天，重新换条短裤。

"唉，我和孙亚敏一个是鱼，一个是鸟，究竟是两路人。人家这种生活方式，咱学不来，学不来……"石岳文瞎琢磨了一会儿，沉沉睡去。

从那以后，石岳文刻意与孙亚敏保持距离，哪怕在躲避疫情期间，吃饭也各做各的，鲜有交集。

反倒是一个小区同住的姜小烨，几个月下来和石岳文处得很熟稔，包括他的合租伙伴。姜小烨在新闻学院读完大学，就进了《中国房产》周刊，比石岳文入职早半年。

石岳文第一天报到，发现和姜小烨都住八角社区，开心得不得了。当天下班，两人就相约一起回家，在石景山游乐园的大草坪上看人家放风筝，畅谈人生理想。

相同的北漂际遇，迅速拉近两个人的关系。

当晚，两个人在社区台球房打了十几局台球，而后又到小饭馆美美撮了一顿，喝得七荤八素。石岳文自忖已经工作好几年，腰包自然比姜小烨鼓得多，大方地全程买单。

隔离期间，石岳文、姜小烨以及他的合租室友，隔三差五到小区周边各个小餐馆去喝酒消毒。

餐馆老板的生意受疫情影响，有时一整天卖不了一桌饭，见石岳文等人上门给生意，自然笑逐颜开，丝毫不敢怠慢。时间久了，老板们都认识他们。

这次姜小烨接到石岳文的电话，没有和往常一样爽快地答应去喝酒，而是沮丧地说："哥，我发烧了，恐怕喝不了酒。"

"啥?!"石岳文声音高了八度，"应该不会是非典吧?"随后，他详细讯问姜小烨的症状，浑身起了鸡皮疙瘩。如果姜小烨得了非典，自己整天和他在一起，在劫难逃。

"你现在哪里？我去看你！"石岳文说。

"不要！你不要来！如果真是非典，你再过来，岂不把你也害了……"姜小烨拼命拒绝。

"我一会儿就去医院检查，真有啥不测的话，你帮我照顾我女朋友。"姜小烨悲哀地说。

说完后他仿佛想起什么，又说道："我遗书都写好了，就放在床边抽屉里，如果我去医院回不来，拜托你把这份遗书交给我妈……"

挂了电话，石岳文心绪烦乱、坐立不安，内心不停地祈祷姜小烨千万不要得上非典，又疑神疑鬼地想着自己是不是已经被传染了。

胡思乱想多了，石岳文就感觉自己好像体温升高了，喉咙也痒得想咳嗽。他手忙脚乱地翻出几包中成药，烧一大壶开水，咕咚咕咚地喝下去，然后拉开被子躺到床上睡觉，安慰自己发一身汗或许就好了。

晚上，石岳文接到姜小烨的电话，说他到医院查过，医生诊断是普通感冒，休息几天就好。谢天谢地！挂完电话的石岳文，身心愉悦，充满劫后余生的快感。

这场疫情据说源自广州，在那座全民皆是吃货的城市，因为有人吃了果子狸才招致这场灾难。疫情在香港快速爆发，那幢名为淘大花园的筒子楼，据说所有的居民都被传染，一时间举国闻名。

后来的疫情中心却是北京，这座城市将市民隔离近两个月，逐渐解封复工。

据说那些非典治愈患者，身体不同程度地遭到破坏，后来的十余年里，不是脏器逐渐衰竭，就是骨头逐渐坏死，只能用药物维持，日子苦不堪言。

疫情没完全结束，石岳文就戴着口罩，采访近郊低密度排屋及别墅楼盘。不出所料，这些楼盘销售全线飘红——被病毒吓坏的有钱人，争相抢购，距离远没关系，总价高也没关系，这些因素在珍贵的生命面前，又算个屁！

石岳文白天玩命跑盘采访，晚上熬夜不知疲倦地写稿。一个月四期报纸，他发表了两万余字文章，当月工资收入达到了惊人的一万两千元。

他终于有钱了，为自己争取了机会，有望在这座硕大的城市，扎下根来。

7

2003年尾。一场大雪，冻结了整座城市。

鹅毛般的大雪从头天午后开始飘扬。一夜间打扮出一个银装素裹的世界，目之所及白茫茫一片，刺人的眼。

石岳文早晨梳洗后，坐在床上犹豫很久，才磨蹭着去单位上班。今天要参加编前会，明天还要去报社盯排版。这天杀的雪，下得不早不晚。

石岳文咬紧牙关，深一脚浅一脚地走向地铁站。每跨出一步，积雪就会没至脚踝。幸好冒雪上班的不止他一人，大家在雪白的地上踩出一条羊肠小道，沿着小道走就不那么费劲。

地铁照旧准点运行，不受大雪影响。公交车就不行了，速度比往常慢了一半。石岳文到单位，已经十点半过了，而且单位只有不到一半的人。

平日里编前会上午开完，石岳文会和同事到附近的台球房玩到中午，一起吃饭喝点儿小酒，再各自采访或回家。遇到这样的天气，编前会只能推迟到下午开。

会议结束已是天色昏黄，虚弱的太阳那点残存的热气，被飘扬的大雪驱赶得无影无踪，迎面只有肆虐的风与刺骨的寒。街道上的车一辆接一辆，移动得没有行人快。喇叭声此起彼伏，但无济于事。

"堵成这个鬼样子，咱们明天早上都不一定能到家。"姜小烨忧心忡忡。

"是啊！我明天还有版面编辑，就算熬一夜回到家，明天怎么来单位编稿子呀？"石岳文同样忧心忡忡地说。

"我家远，现在回家估计走到一半，就得返回来上班，没准儿还得迟到……"另一个同事打趣道。

"要不咱们到单位旁边的宾馆开房间怎么样？晚上一起打牌，还不耽误明天上班……"报社同事顾胜男提议说。

顾胜男是报社最漂亮的姑娘，个头近一米七，白皙干净的瓜子脸，五官疏朗、细眉长眼，染成酒红色的齐脖剪发自然下垂，清纯中透出点妖娆，模样极像了当红明星孙燕姿，甚至有过之而无不及。

顾胜男是美编，必须天天到岗设计排版。她一提议，好几个编辑记者立即随声附和，甚至第二天不用到报社上班的人也不想回家。大家一商量，四男两女，开三间房就可以了。

报社旁边有家狗肉馆子，大家开好房间，商量一致先去打顿牙祭，据说吃了狗肉火力旺，不怕冷。

饭桌上，顾胜男盯牢石岳文不停碰杯，伙同大家起哄说这顿饭要石岳文请客，因为他连续几个月都拿了报社最多的稿费，好容易逮着机会，自然不能错过。

饶是石岳文左右招架，还是喝多了酒，晕乎乎地想睡觉。回宾馆打牌，他又不会玩，坐在边上没几分钟便深感困倦，打着哈欠回房间了。

洗完澡后，石岳文正躺在床上看电视，外面响起敲门声。他以为同屋的姜小烨回来了，只穿着内裤去开门。

他傻眼了：顾胜男站在门外，正歪着头盯着他笑。

石岳文下意识地捂住下身，忙不迭地跑去床边拉起秋裤套上。再回头时，顾胜男已经关门进屋。

"看他们打牌挺没劲的，还是来你这里聊聊天吧。"顾胜男说着话，将两手盘在后脑勺上，倚坐在另一张床上。

"哦，谁赢了？"石岳文问。

"谁知道呢，"顾胜男说，"反正姜小烨的脑门贴满了纸条，得揭开纸条才能看见手里的牌。"说完咯咯地笑起来。

"嗨，说说你的故事吧。"顾胜男说，"听他们说，你在老家还是个名记呢，怎么跑北京来了？你是为理想还是别的？"

"没、没有！北京的世界多大啊！不像我老家，开车油门踩狠一点儿，就出城了。"石岳文打趣道。他和顾胜男不是很熟，没必要把隐私抖出来给她听。

两人有一搭没一搭地聊天，石岳文也不觉得困了。他本来口才就好，又借着酒劲，把这些年遇到有趣新奇的事情讲给顾胜男听，逗得她前仰后合、花枝乱颤。

眼见十点多，隔壁同事玩得热火朝天，估计不到凌晨三四点不会罢休。顾胜男看表提议说："要不咱们下去买几罐啤酒，再弄点儿零食接着聊？"

石岳文欣然允诺，套上羽绒服，便随顾胜男出去觅食。

雪还在下，一脚踩下去半条小腿没入雪中。昏黄的路灯下，小汽车横七竖八地抛锚在路上。有的车还响着马达冒着白气徒劳地挣扎，有的则干脆熄火，估计车主已经弃车去找宾馆住了。

附近小店都已关门，两个人抄着手，深一脚浅一脚地去远处寻。凌厉的寒风吹到脸上像刀割一样，大雪飘落在脸上身上，连眉毛都变白了。

顾胜男摔倒两次，石岳文费了很大劲才把她拖起来。她索性抱着石岳文的胳膊，让石岳文拖着走。

虽然隔着厚厚的羽绒服，石岳文仍能感觉到顾胜男胸口的温软，身体有了异样的感觉，心跳加快，呼吸粗重，浑身发热，竟一点儿都不觉得冷，甚至希望路长一点、再长一点……

冷不防，顾胜男被一块石头绊了脚，整个人扑倒在石岳文怀里，将石岳文拖倒在地，正好压在她身上。石岳文心慌意乱地往起爬，蓦然发现顾胜男黑亮的双眸，深情地注视着他。

那闪亮的双眸，传递着大胆而热烈的信号。她呼出的气息，散发出软糯温香的味道，撩得石岳文内心一阵悸动。

石岳文意识到这危险的情愫，脑海中霎时浮现出秦雨姗的笑貌。他想推开顾胜男，又似乎没有力气。正当他内心挣扎着要不要拉她起来时，冷不丁地，两片温软堵住了他的嘴……

"我走了以后，你不要再想我。你要好好吃饭，好好睡觉，好好工作，好好找个女人结婚，好好生活，你们要幸福到老……"石岳文耳边，响起那晚秦雨姗说的话，感觉眼泪热乎乎地噙在眼窝。

"我会听你的，我会好好工作、好好活着、好好找个人恋爱结婚……"石岳文心里默默对自己说，开始热烈回应顾胜男。

时间仿佛停滞，风雪仿佛停滞，这空旷的天地间，似乎只剩下他和顾胜男……

良久，两个人松口起身，顾胜男将头埋进石岳文的羽绒服，喃喃地说："我喜欢你！我是不是吃错药了？咱俩能试试吗？"

"我穷鬼一个，长的又不帅，你是雪天冻发烧了？"石岳文打趣道。

两只粉拳砸在石岳文肩窝，顾胜男娇嗔道："坏死了你！"喘了口气，她起身对石岳文说，"你确实不够帅，眼睛小，个子又不高，也不知咋的，反正我就感觉你吸人眼，你还那么有才……"

"你、你还没有回答我呢！"唧唧咕咕说了半天，顾胜男才发现石岳文还没回答她的话。

"啊?！哦，我、我觉得咱们——"石岳文话说到半截顿住，狡黠地盯着顾胜男笑。

259

顾胜男睁大眼睛，表情饱含期许和紧张，不停地变幻着。

"咱们可以试一试呀，能和大美女谈恋爱，可是我上辈子积的福分呢！"石岳文俏皮地说。

"你可真是坏！"顾胜男展颜一笑，继而严肃地问道，"那你喜欢我吗？"

"当然喜欢！就在刚刚——"说着，石岳文舌头绕着嘴唇舔了一圈。

"你可真是坏死了！"顾胜男孩子般咧开嘴，笑中含着羞怯。言罢，她挽起石岳文的胳膊说："走，咱们再去找便利店，他们不知道睡了没有……"

买到啤酒和零食回到宾馆，已是凌晨。大家还在热火朝天地打牌，见两人拎着啤酒和零食进来，七手八脚地瓜分干净。

两人装模作样地看大家打牌，彼此眼神相对，便心照不宣地出门。在廊道里拥吻一番后，各自回房。

熄灯躺在床上，石岳文大睁着眼，思绪飞转。

秦雨姗离开一年多，自己也该放下了——这是他离开家乡北漂的目的，也是秦雨姗希望的结果。放下秦雨姗，就是放过自己，毕竟生活还将继续，明天太阳照样升起……

这场大雪以后，石岳文到报社上班的次数，明显频繁。

原本石岳文一周只需去报社一次就够了，其他时间要么出去采访，要么窝在出租屋写稿。现在只要不采访，他都会待在报社，每天来回三小时的通勤时间，也不再难熬。

在报社里，石岳文和顾胜男还和往常一样相处，偶尔默契地对个眼神，心里都会甜蜜好久。私底下手机短信却来往频繁，互诉衷肠。

下班后两人先后离开报社，先离开的那个人一般会在对方乘车的公交站等着，碰面后再一起去吃饭、逛商场、看电影……

短短半年时间，他们去看过香山的红叶，清华北大的校园，在西单看电影逛书店，去王府井逛新天地，在天安门广场留影，去昆明湖数桥洞，进故宫感受帝王生活，到798做创意手工，去簋街吃小龙虾，到后海泡酒吧……

石岳文心里，北京这座冷冰冰的城市，渐渐有了温度。

草长莺飞的4月底，柳公明派石岳文去南宁出差。那里将举办一场房地产专家高峰论坛，主办单位邀请报社派记者去采访。

一般情况下，这类论坛的组织者都是开发商。开发商想推进销售，除在本地打广告外，会借助行业协会、联盟等非官方机构的名义举办行业论坛，邀请专家造势，同时请专家参观指导自己的楼盘项目。

其间，开发商会广邀媒体，借着论坛、专家的声势制造新闻热点，为项目销售大做宣传。专家有出场费，记者有车马费，大家各取所需、乐得参与。

报社也有套路，通过免费新闻报道积累开发商资源，再借助更高级别官方机构的名义、邀请更高级别的专家组织行业评奖，奖项设定大都是"经典""创新""价值"等大词，再把这些奖项颁发给开发商——当然，获奖开发商都要向报社缴纳一定的评审费用。

开发商乐得参与评奖，并想方设法与专家搞好关系。因为这种奖项具有公信力，只要把奖牌在沙盘模型边一摆，购房者就会消除很多顾虑。

虽然媒体收取的评奖费用不菲，但与获奖后的销售收益相比，毛毛雨罢了。

石岳文便带着这样的使命登上去往南宁的飞机，他不但要写出貌似客观且有深度的新闻报道，还要照顾同行几位上了年纪的专家，并和开发商搞好关系。

论坛期间，石岳文结识了隔壁座位的华同川和他的搭档金铃。他俩想借参加论坛的机会，看看有啥生意好做。

经过多年采访历练，石岳文早已练就自来熟的本领，论坛还没结束，已经成功地令华同川相见恨晚。

论坛结束当晚，石岳文和华同川、金铃，找了家大排档喝啤酒吃烧烤。彼时南宁街头灯火辉煌，有了夏天的模样，坐在室外不觉得冷。

酒过三巡，石岳文已和华同川兄弟相称。华同川大石岳文十多岁，算是大哥。

华同川是老北京，参过军、当过大学讲师，后来到杭州下海经商，年届四十赚了些钱便回到北京，倾尽所有开了间酒楼，算是叶落归根。如今酒楼生意步入正轨，他闲来无事，便和搭档金铃出来考察。

石岳文把从事地产记者一年多来的见识毫无保留地告诉华同川和金铃，并大方地表示如需帮忙尽管说，自己一定竭尽全力。

华同川欣赏石岳文的才思敏捷和能言善辩，更喜欢他身上居然还有那股西北人憨厚老实的劲儿，当即表示认了这个小兄弟，邀请他回京后去自己酒楼吃饭。

三人喝到凌晨一点，才方兴未艾地回酒店歇息。路上华同川带着醉意问石岳文："兄弟，有对象了吗？将来什么打算？"

"没、没有呢！"石岳文回答说。他和顾胜男这种偷偷摸摸的恋爱关系，说出来害臊。

顾胜男曾告诉石岳文，她有男朋友，只是两个人在闹分手，至于是否已经分手，石岳文确实不知道。

"没关系，我们酒楼好姑娘多得很，回头给你介绍一个，保准能干又漂亮！"华同川说。

说到将来的打算，石岳文马上沉重起来。他算过，以自己目前的收入，想在北京买套六十平方米的房子，恐怕得十年左右。可十年以后，北京的房价会涨到啥程度，他心里一点儿数都没有。

"我最大的理想，就是能在北京买套小房子安家落户，再有一辆车就更好了。那种奇瑞QQ我问过，四万多块钱。"石岳文叹息说。

"兄弟，相信我，以我对你的判断，你将来肯定能混得不错，要比你的理想不知高多少个段位呢！"华同川对石岳文很有信心。

一年多来，石岳文各处采访，跑遍京城五环内几乎所有的地方，从苹果园到四惠东、从天通苑到亦庄，见识了什么叫大富大贵：西三环高教区、东三环使馆区，普通高层住宅单价已达万元以上，很多楼盘面积最小一百六十平方米起。更夸张的是温榆河畔别墅区，有的别墅面积达五六百平方米，业主要雇三五个用人打理，夸张得没人道。

每次石岳文采访开发商，自卑又矛盾。一个甚至为房租发愁的人，却和他们一本正经地探讨居住改变生活，尤其那些别墅或高端住宅的生活方式问题。

这让石岳文感觉无所适从，同时因巨大的心理落差，好几次采访完都郁郁寡欢，要费很大劲儿才能把负面情绪消化掉。

"这就是人生，有的人落于茵席，有的人落于粪坑，没有公平可言。"回到酒店的石岳文，躺在床上琢磨着自己的理想，无奈地自言自语。

因为要赶一早的飞机回京，石岳文事先定好了闹钟。但理想的问题，折腾得他翻来覆去睡不着，直至窗外亮光透进才头昏脑涨地睡着。

8

果然，回京后华同川打电话给石岳文，邀请去他酒楼吃饭。石岳文难为情地推托两下，也就恭敬不如从命了。

临行，他约了姜小烨和郭宗江一起过去。花了近一个小时，辗转找到华同川在定慧寺附近的酒楼。

酒楼红底金字招牌，两开间大门，一楼前厅占了一半地方，另一半是明档点菜区，陈列着山珍海味、菜蔬瓜果。

三人进门，一位穿职业套裙配黑丝袜、貌似经理的姑娘迎上来，她身材修长、模样俊俏，胸前双峰将小西装的V领撑出桃子的形状。

"先生这边请，想吃点啥？"姑娘落落大方地问道。

"哦，我们约了人，华同川。"石岳文眼神躲闪、红着脸搭腔，他担心姑娘察觉自己很在意她的胸部。

"华总的客人呀，这边请！"姑娘说着话，热情地邀请三人上楼。

二楼布置很多散台，热热闹闹地挤满食客。沿散台周边，排列着一间间包厢。姑娘把三人引到最末端的包厢，敲开门说："华总，您的客人到了！"

这是一间豪华包厢，大窗户，相对的两堵墙上，分别挂着"花开富贵"和"八骏图"，正中间的圆形餐桌，精致凉菜早已上席，在餐桌中央的玻璃盘上缓缓转动着。

华同川起身招呼三人坐下，转身对姑娘说："橘子，没啥事儿的话，你也来一起坐呗，桌子空得很！"

"得咧，你们先吃，等会儿我忙完就过来！"橘子姑娘爽快答应，转身出去忙了。

"橘子是大堂经理，很能干，人家可是正规大学本科毕业生，旅游专业，我们这里也是藏龙卧虎呢……"华同川得意地介绍说。

等橘子忙完过来，几个人近两瓶白酒落肚。酒酣耳热，自然没了先前的拘谨。华同川示意橘子挨着石岳文坐下，将三人逐个介绍给橘子。

"几位哥哥难为情，我来晚了，自罚一壶。"说着，橘子拎起座前的玻璃分酒器，仰脖一饮而尽。

分酒器倒满是二两白酒的分量，橘子居然一口拿下，众人见状纷纷鼓掌叫好。

很快第三瓶酒又去了一半。这时橘子对石岳文说："给我一百块钱！"

石岳文愣了一下。橘子说："给我就好，我给大家表演个绝活。"

橘子接过大钞，拿出一根筷子让石岳文捏住两端，又将纸币折成窄条捋平整，捏住纸币端头对着筷子瞄了瞄，以迅雷不及掩耳的速度向筷子砸下去。

不可思议的一幕发生了：被纸币砸过的筷子断为两截，断口平整，就像刀砍过一样。

大家啧啧称奇。石岳文拿着筷子翻来覆去看了好几遍，不懂其中关窍，便要求橘子捏住筷子端头，自己用钱砸了好几次，哪知筷子纹丝不动。

石岳文彻底折服，连敬橘子三杯，说着景仰之心如滔滔江水连绵不绝之类的奉承话。

为表景仰之情，石岳文现场快速将那张纸币折叠成一只戒指送给橘子。戒指顶端的戒托恰好露出那个"圆"字。

橘子惊喜之情溢于言表，当场撸下真戒指，将纸戒指戴在无名指上。

大家借着酒劲，争相施展才艺。华同川喜欢唱歌，表演了一段京剧。姜小烨当场背诵荡气回肠的《将进酒》助兴。郭宗江情歌唱到一半忘了词，自罚一杯。金铃架不住大家劝导，推托半天，讲了个笑话凑数……

第二天早晨起床，石岳文浑身虚浮、脑壳生疼，回忆不起来那场酒局怎么结束、自己又是怎么回家的——他喝断片了。

一通电话给姜小烨打完，他终于整明白后面发生的事儿：

大家总共喝光四瓶白酒，华同川倒在包厢沙发上睡觉，金铃又拧毛巾又端水地伺候，橘子则送他们仨下楼到路边拦车。

石岳文死活不肯走，拉着橘子谈心。他一股脑儿地对橘子讲了自己和秦雨姗的过往，又哭又笑地把橘子感动得稀里哗啦。临了，还对橘子说了很多肉麻的话，又搂又抱地掰都掰不开。

"我看人家那个橘子确实喜欢你，才会任由你胡闹，搁别人身上估计早翻脸了。你看酒店厨师和服务员虎视眈眈地站在旁边，脸都是绿的，收拾咱们仨还不小菜一碟……"姜小烨说。

"要不我看你俩一块儿得了，人家橘子人长得漂亮，脾气又好，还很能干呢。"姜小烨故意把"干"字拖长发音调侃说。

"滚！亏你想得出来，我和她不是一路人。"石岳文没好气地呵斥道。

他懊悔得要死，第一次去华同川那里喝酒就闹出这么大洋相，下次咋有脸见人家？事已至此，又能如何！挂掉手机，他暗暗告诫自己以后千万不能这么喝酒了。

这时，隔壁卧室传来孙亚敏歇斯底里的叫骂："你个畜生！怎么可以对我这样？当初你海誓山盟咋说的，简直跟放屁一样！滚！你滚！你不得好死！你全家不得好死……"之后，就听见摔东西的声音和撕心裂肺的哭声。

石岳文大概猜到，孙亚敏八成是被人甩了。

最近一段时间，他经常见孙亚敏穿着睡袍，蜷缩在客厅沙发上失神发呆。她一根接一根地抽烟，双眼红肿，牙齿和右手两根手指被香烟熏得发黄。

有时候，一整天也不见她出门，却又找不出她做饭吃的痕迹。

石岳文叹息出门，到楼下吃完早餐后，给孙亚敏打包一碗粥、两根油条、一只茶叶蛋和两个馅饼——照这么饿下去，孙亚敏不把自己作死才怪。

石岳文将早点放在客厅桌上，敲敲孙亚敏的卧室门说："亚敏，我带了早餐给你，出来吃点儿吧！"

孙亚敏已恢复平静，应声推门出来，一屁股坐在客厅沙发上，拿起筷子狼吞虎咽地吃起来，显然饿得不轻。吃着吃着，她放下筷子，长叹一声说："唉！男人没一个好东西！"

石岳文坐在旁边小凳上，没吱声。孙亚敏意识到说错话，赶紧纠正说："我说的不包括你啊！不包括你！"

"没关系，我理解！"石岳文说。

吃饭间，孙亚敏讲了她和络腮胡子的故事。

络腮胡子在文化界算个人物，半年前拍摄节目时认识了孙亚敏，对她嘘寒问暖、关爱有加，送包包、看电影、吃大餐等桥段密集上演。

孙亚敏一枚独自打拼的北漂，吃糠咽菜没少受苦，交往的朋友也经济条件有限，平淡的日子鲜有惊喜，突然有人这么暖心关爱，自然投怀送抱，你侬我侬。

男人承诺要和家里的黄脸婆离婚，等他三五个月把孩子安顿好，就和她举案齐眉。孙亚敏信以为真，以为人生有了依靠。

"就在一个多月前，我发现自己怀孕了，打电话给他，以为他会很开心，哪知那个畜生——"孙亚敏难过得说不出话来。

络腮胡子听说孙亚敏怀孕，就躲着不见她。孙亚敏逼得紧了，这才给她账户转了两千块钱，让她自己去做流产手术。

后来孙亚敏连他电话都打不通了，才发现自己除了一个手机号码外，对络腮胡子一无所知。

她辗转打听，才知道络腮胡子也是一枚北漂，家在遥远的山城，育有两个孩子，而且从未听说过他们夫妻不睦的信息。她好容易弄到络腮胡子新的手机号码，便出现了刚才歇斯底里的一幕。

"今天不上班的话，能不能陪我去趟医院？我想把孩子做掉……"孙亚敏带着央求的口吻说。

石岳文本来打算去报社，再约顾胜男吃晚饭，但看着孙亚敏可怜巴巴的样子，便决定先陪她去医院，完事再去报社也来得及。

等孙亚敏洗漱打扮后去医院，将近十二点钟，手术只能在下午进行。两人在医院附近随便吃了碗面，便坐在医院走廊的长凳上，等医生上班。

孙亚敏状态很差，眼睛肿得像桃子。廊道来往的人，都用怪异的眼神看着他俩，这让石岳文感觉很不自在。好容易熬到医生来了，说话的口吻与态度也不那么令人舒服。

石岳文意识到，自己被当成渣男了。

石岳文签署手术风险与责任确认书时，犹豫了一下。站在一旁的护士不耐烦地说："赶紧签掉吧，干坏事的时候，你就应该清楚会有这一天！"

没等他开口解释，护士便转头去做术前准备了。

石岳文忍气吞声地签了字，又去窗口缴费取药，回来递给护士，坐在廊道长椅上等着。他听见手术室里的医生和护士一边做手术，一边议论他这个坐在外面的渣男，心里憋屈得要死。

术后还要输液，石岳文又陪坐在病床边照顾，折腾到下午五点多钟才算消停。他搀扶着孙亚敏，歇歇停停，先坐地铁转乘公交回家，吃完晚饭已经八点多钟。

回到自己卧室，石岳文发现有很多未接电话以及短信息，都是顾胜男的。

下午顾胜男打来电话时，他接过一次。他没敢说陪别的女人去医院做流产手术，担心顾胜男误会。正是他语焉不详地打马虎眼，才诱发了顾胜男的疑惑，她不依不饶地打电话、发短信给石岳文。

当时石岳文鞍前马后地忙活孙亚敏的手术，竟把这茬事情忘了，再一细瞧，自己的手机不知道什么时候设置了静音。

石岳文再打电话回复，只听到一片忙音。原来顾胜男一怒之下，将他拉入了黑名单。

第二天，石岳文到报社上班，惴惴不安地走进办公室，感觉顾胜男眼中凌厉的杀气冷得像冰。

整整一天，顾胜男和他打照面时鼻子不是鼻子眼不是眼的，而且执拗地不回短信。下班后，石岳文提前跑去顾胜男乘车的公交站，等着向她解释原因。

顾胜男来了，酒红色的齐脖短发，红色长袖运动衫，牛仔裤，斜挎一只中号坤包，在夕阳下轻舞飞扬。年轻就是好，连走路都那么动人。

石岳文快速迎上去，这一整天的冷战，可把他憋坏了。

顾胜男看见石岳文，想要避开他走过去。可不论左闪右避，石岳文都挡在她前面。

"干吗？起开！好狗不挡道，你这是耍流氓还是怎么的？"顾胜男没好气地说。

石岳文索性耍赖一样张开双臂作势去抱顾胜男。他很开心，顾胜男越生气，越说明心里有他。

"拿开你的脏手！"顾胜男挥手拨开石岳文，转身往反方向走去。

石岳文三步并作两步，死缠烂打地去抓顾胜男的手。顾胜男甩掉两次后，也就由着石岳文了。

石岳文以最快的语速，将昨天的事情解释一番。顾胜男顿住脚步，将信将疑地问道："你说的都是真的？"

"那当然！我发誓，有一句假话，那就天打——"没等石岳文说完，顾胜男伸手捂住他的嘴，不容置疑地说："那好！现在我俩就去你家，会会你那个女室友！"

石岳文欲言又止。他脑袋飞速转动，郭宗江出差在外没回来，顾胜男住一晚也不打紧——如果不让她去，自己跳进黄河也洗不清。

"怎么？你不敢？！"顾胜男冷蔑地问道。

"没、没！去就去呗，反正相处这么久，你都没去过我那儿。"石岳文说。

下了地铁路经菜场时，石岳文带顾胜男买菜，顺便溜进便利店买了盒避孕套藏进包里，心想万一晚上擦枪走火，临时去哪里找这个东西？！

怀着卑鄙龌龊的窃喜和惴惴不安的期待，石岳文带着顾胜男回到家。从厨房清锅冷灶的迹象看，孙亚敏又一整天躺在卧室里。

两个人搭手做饭，没一个小时，两荤两素外加一个汤就做好了。

石岳文敲门喊孙亚敏吃饭。看见顾胜男的一刻，孙亚敏怔住。石岳文赶紧解释顾胜男是他同事兼女友。孙亚敏马上明白，热情地和顾胜男打招呼。

饭间，孙亚敏向石岳文表示感谢，毫不讳言地把那个渣男又批判一通。顾胜男表达了同情和愤怒，表明和孙亚敏同仇敌忾、与渣男不共戴天的立场。

两个女人你来我往聊得不亦乐乎，言谈间充斥着对男人这类动物的批判。石岳文脸色青红交替，又不好意思辩驳，尴尬得坐立不安。

好容易吃完饭，洗涮完毕已近十一点。回到卧室，石岳文故作自然地说："今儿晚上就别回去了，正好两张床，你我各睡一张。"

顾胜男犹豫一下道："也好，反正这会儿地铁停了，想回也回不去……"

石岳文揿灭灯，两人就着窗外的月光，窸窸窣窣地脱衣躺到床上，有一搭没一搭地聊天。

石岳文浑身燥热，脑袋飞速旋转，想着要不要提出和顾胜男睡在一起，并想象顾胜男的反应——他暗忖自己傻乎乎地问这个问题，让一个女孩咋回答？不如直接钻进她被窝。如果她愿意，那就顺理成章；如果她不愿意，顶多自己再被赶回这张床罢了。

思谋已定，石岳文悄悄起身，蹑手蹑脚地走过去，骨碌钻进顾胜男的被窝。他紧张得一颗心悬在半空，不自然地说："我也睡在这里好了。"

顾胜男悄无声息、一动未动。这给了石岳文极大的鼓励，他得寸进尺地转过身体，伸手抱住顾胜男的身子，发现她只穿了胸罩和小内内，触手光滑温暖。

石岳文搂着顾胜男的手不老实地游移，覆盖到凸起的山峰上，感觉她没有抗拒，便胆大妄为地滑进去。那紧致又光滑的物什，如玉一般细腻温润。

正当那只无耻的手向下滑动，触碰到小内内时。顾胜男身体紧绷，一下子坐起来。

"咋了？"石岳文问道。他做好了回自己床上睡的打算，同时又不甘心地怀着期冀。

"没什么！让我想想……"顾胜男说着，双手捂住脸。

石岳文迟疑着、纠结着，如果回到自己床上，那将是极尬的事情，到现在为止顾胜男也没有表示过拒绝呀。

心念至此，他伸出胳膊，再次将顾胜男搂住躺下来，故作镇定地说道："咱们都是成年人，想那么多干吗，来吧！"

顾胜男这次没表现出丝毫的迟疑与被动，她呼吸逐渐粗重，索性转头含住石岳文的嘴唇，贪婪地吮吸着，偶尔发出一两声"嘤咛"，另一只手麻溜地滑了下去……

石岳文口内芬芳香甜、心驰神摇，迅速扒下顾胜男的小内内，触手柔软湿润。

"有没有套套？"顾胜男蓦然惊觉，松口问道。

"嗯，有的吧？我去找找！"言罢，石岳文迅速下床，熟稔地从背包掏出便利店买的那盒避孕套。

饶是事先有准备，但这是人生第一次，石岳文还是露了怯。他捣鼓半天撕开包装，却怎么也套不好。

顾胜男扑哧乐了，劈手抢过套套，熟稔地帮他套好。彼时的石岳文早已控制不住，标枪霸道地撑满整个空间……

空荡荡的世界，只有那张床有节奏的吱呀声，两个人的喘气和呻吟。刚开时春风和畅，接着雨声滴答，再后来急风骤雨、山崩地裂。在一声长调和剧烈的抖动后，地球停止了旋转，空气不再流动，窗外的月亮也似乎闭了眼。

万物寂然。

良久，俩人才逐渐平静，手挽着手，并排躺在狭窄的床上聊天。

"我很想知道，你屋里咋会有那个东西？"顾胜男假装生气。

"哦！我买菜时偷偷买的，觉得今晚可能会发生点啥。"石岳文答道。

"你这个坏蛋，真是坏死了！"顾胜男娇嗔，"你老实交代，在我之前，你和几个女人上过床？"

"没有，你是第一个！"

"骗人！"

"真的没骗你！"石岳文辩解道，"你看我连那个东西怎么用都不知道——咦，不对呀，在我之前，你有没有和男人上过床，我看你戴套套——"

石岳文话未说完，就被顾胜男用口堵住了嘴巴。过了一会儿，她松开嘴巴幽幽地说："你知道的，在你之前，我有男朋友……"

顾胜男和男友闹分手石岳文知道，她楚楚可怜的样子令他心疼，而且当时人家不需要对他负什么责任。现在她抛弃男友和自己相处，也要很大的勇气冒很大的风险，这又让他感动。

心念至此，石岳文忍不住粘上去，又一场狂风暴雨开始酝酿……

整个晚上，石岳文和顾胜男用光了全部的三只套套。早晨醒来，他浑身酸软、脚步虚浮。顾胜男也一副生了病的样子，蔫嗒嗒的没有一丝精神。

担心被孙亚敏撞见彼此尴尬，两个人心照不宣地早早起床，胡乱洗漱后，蹑手蹑脚地溜出去上班了。

上班路上，顾胜男始终小鸟依人地吊在石岳文的臂弯上，腻歪得不行，直到单位附近才依依不舍地松开手。

她告诉石岳文，自己已经正式向男友提出了分手。

9

6月末，华同川打电话给石岳文，邀他去酒楼一趟，有事相商。

想起上次喝断片出洋相的糗事，石岳文心里疙疙瘩瘩，忐忑不安地想着如果碰见橘子，真不知道咋给人家解释。正逢郭宗江出差回来，石岳文便约了他和姜小烨一起去。

还是原来的包厢，只是没见到橘子，石岳文心下略定又有些失望，想着见到人家至少道个歉也好。

华同川开宗明义：他准备半个月后在北京举办三亚房产异地展销会，相关手续均已获批，三亚当地参展的开发商招募工作已近尾声。

万事俱备，只欠东风。他希望石岳文帮忙策划，邀请京城各路媒体房产版记者，为这场展销会摇旗呐喊，鼓动市民参展买房。

三亚的房地产项目拿到外地推销，打旅游地产概念，这在当时属于全新"物种"。住宅自住属性当道的彼时，城西工作的人甚至不愿跑去城南城北买房，更遑论去遥远的三亚？

石岳文好奇，自己没听到任何风声，华同川怎么突然会做这样一件事情？

华同川解释，他上次到南宁考察，偶然结识三亚房协的朋友，了解到当地很多楼盘因为市场消化量太小，在生死边缘挣扎，想去外地推介又势单力薄，如果能组团到外地大城市推介，会是一个相当好的发财机会。

华同川动了心，便专程去三亚考察，并在朋友的引见下结识了不少当地开发商，发现确实如此，便咬牙答应了这笔生意。

双方一拍即合，三亚房协的朋友负责招募当地参展商，华同川负责展销会在北京的落地事宜，利润按4：6的比例分配。

石岳文沉思半晌，提出三步走的建议：

第一步，因为多数市民不清楚或不认同旅游地产概念，得邀请相关专家举行研讨会，发起异地养老、旅游地产、分时度假等话题，请媒体朋友发表深度报道，先行洗脑。

第二步，趁着话题热炒的当口，在媒体释放展销会信息，鼓动民众参展。

第三步，展销会召开当天，广邀专家和记者，甚至不惜花钱雇用黄牛，把展销会的声势和氛围造起来，请记者报道展销会盛况，确保周末两天及周一的参展量和交易量。

华同川鼓掌击节，盛赞石岳文想法绝妙，夸得他有些不好意思。

想法虽好，不过是纸上谈兵，以石岳文的江湖地位和资源，无法支撑这个格局恢宏的想法，他便提出帮华同川约见柳公明。

石岳文信誓旦旦地保证，如果柳公明出马，必然水到渠成。

正事聊完开喝，郭宗江绝佳的口才和超大的酒量，把气氛推出一波又一波高潮，众人笑得前俯后仰脸抽筋。

正喝得酣畅淋漓，橘子推门进来，脸色绯红，显然喝了不少酒。她径直坐到石岳文身边，照旧给大家致歉、自罚满满一壶白酒。

石岳文脑袋"嗡"地大了一圈，脸色瞬间变得绯红——橘子左手无名指上，赫然戴着他那天用百元钞票折叠的纸戒指。

自罚后，橘子倒满一杯酒对石岳文说："大记者光临，蓬荜生辉！来，我敬你一杯！"她随即一饮而尽，那欣喜和幽怨的眼神，直盯着石岳文。

石岳文装作糊涂端起酒杯喝掉。他眼睛的余光，瞥见姜小烨正交头接耳地对郭宗江说着什么，华同川也眼神复杂地瞅着他笑。

场面有点尴尬，他只能低眉顺眼应付大家，瞅着一个空当，对橘子附耳悄声说道："上次来这里喝酒，对不起啊！"

"什么？你说什么？我没听见！"橘子大声反问，音量高得整桌人都听见了。

石岳文尴尬极了，心知橘子这是故意难为他。但箭在弦上不得不发，他鼓起勇气大声说道："上次来这里喝酒的事情，对不起啊！"

"啥事情？"橘子不依不饶地反问。

石岳文语噎。所有事情是他从姜小烨那里听来的，要让他说出个子丑寅卯，真不知从何说起。他支吾半天，涨红脸憋出一句话："那天我喝多了，有哪些对不住的地方，给你说声对不起！"

"呵呵呵！"橘子大笑，"那天你确实喝多了，但你没有做对不起我的事情呀，喝完后我就送你们下楼走了……"

一句话，化解了全场的尴尬气氛，大家又有说有笑地喝起来。这场酒，又喝到晚上十一点多。

在楼下等出租车时，石岳文再次给橘子道歉。

"说了没事就没事，你这人怎么叽叽歪歪的！"橘子说完扭头就走。石岳文分明看见，她撸下左手无名指上的纸戒指，像扔垃圾一样，丢进路旁的草丛里。

出租屋里，石岳文躺在床上，絮絮叨叨地给郭宗江讲上次喝酒的窘况。说到橘子扔掉纸戒指的那一幕，言语间不胜感慨。

"那你到底想不想和人家好？如果想和人家好，那就不该是今天这个样；如果不想和人家好，人家也给了你台阶下，以后就不要再撩骚招惹人家了。就这么点事，放下不就完了吗？睡觉！"

说罢，郭宗江翻个身，没几分钟，传来雷一样的鼾声。

石岳文羡慕郭宗江的性格，大开大合、干净利落，像个男人的样子。反观自己，拖泥带水、患得患失，还处处留情，谁都不想得罪，结果搞得自己心累不说，还让别人跟着受罪，真是活该！

行为养成习惯，习惯形成性格，而性格决定命运——石岳文暗自提醒自己的性格也要改一改了。胡思乱想一通后，迷迷糊糊地睡了。

两天后，还是这间酒楼的同一个包厢，石岳文带来柳公明。

石岳文提前向柳公明汇报了前因后果，所以沟通起来高效很多。柳公明就石岳文的想法又补充些意见，同时向华同川要了纸笔，列出拟邀专家和记者的名单，指明哪些人他自己邀约，哪些人吩咐石岳文去邀约。

最后，他在名单后列出一串串数字，从五千元至两万元不等。他交代华同川，这是专家出场费和记者劳务费，是行业潜规则——他强调比起单纯投放硬广告来说，这点费用只是毛毛雨。

华同川欣然允诺。

饭局终了，华同川拿出两只信封，分别递给柳公明和石岳文。石岳文到家后打开信封一数，整整五千元！他兴奋地将钱一张张铺在床上，盘腿坐在一边乐呵了好久。

收人钱财，替人消灾。在柳公明和石岳文的一番运作下，研讨会成功举办，媒体连篇累牍的报道果然掀起一波高潮，很多不明就里的媒体主动选择旅游地产的话题蹭热度。

展销会新闻发布会当天，前来的记者远超邀请数量。华同川大喜过望，给所有未受邀请前来采访的记者也一视同仁地发了红包。

因前期宣传铺垫到位，原本犹豫是否参加开幕式的主管单位领导，兴致勃勃地到场，在彩旗飘飘、鼓声雷动的氛围中慷慨陈词。记者朋友见有领导站台，更是不遗余力地大费笔墨，以客观新闻报道的名义大肆鼓吹展销会盛况。

为期四天的展销会，前来参展的三亚地产商卖得盆满钵满，庆幸自己押对了宝，喜气洋洋地把华同川当地产教父一样吹捧。

石岳文印象深刻的是，有家开发商推出面积最小六十平方米一套的海景房，总价二十万元出头，被大家疯抢。眼红得连他自己都想买一套，畅想将来能过上面朝大海春暖花开的日子。

难为他一枚穷记者，浑身上下连八万元的首付都凑不够，只好作罢——如果知道十余年后这套小房子能卖三百多万，他砸锅卖铁也在所不惜。

华同川大获全胜。他摆了一桌豪宴，邀请柳公明、石岳文以及所有帮忙的记者赴宴，席间频频敬酒致谢，声称有幸结交了一帮有情有义的兄弟。

席终人散，华同川又给每人发了一只信封。石岳文回家后打开信封一数，整整一万元！他高兴得心脏怦怦乱跳，数钱的手都有些发抖。

第二天早起上班，石岳文盘算下班后带顾胜男吃顿大餐，再一起去商场逛，送她那只心仪很久的包包。那只包包八千多元的价格，她一直下不了手。

他想趁机会和顾胜男确定恋爱关系。目前两人处得跟地下党一样，鬼鬼祟祟的很不自在。关系确定后，就可以名正言顺、光明正大地谈恋爱了。

他甚至天马行空地想从郭宗江那里搬出来，和顾胜男一起租房子住，时机成熟就水到渠成地结婚。

最近有几次顾胜男来家里过夜，两人总是提心吊胆的。虽然高潮时石岳文拼命用嘴巴堵住顾胜男的叫声，顾胜男也有意克制，但第二天孙亚敏别有用意的眼神，还是令他俩尴尬得很。

最尴尬的一次，是他俩趁郭宗江出差时共度良宵，不承想那厮居然深更半夜回来。当时郭宗江喝得东倒西歪，拍打着反锁的卧室门大声喊叫。无奈，他只得开门出来，摸黑把郭宗江摁倒在客厅的小沙发上将就一夜。为这桩事，郭宗江差点儿没和他翻脸。

下班后，石岳文早早到公交站等顾胜男。他没有提前给顾胜男发短信告知，甚至故意在单位当众说晚上有应酬，准备给她一个惊喜。

虽然已是黄昏，但盛夏的黄昏，强弩之末的太阳依然威力巨大，散发的热浪吞噬着整座城市。

石岳文捏张报纸不停地往脸上扇着热风，留意顾胜男走过来的方向。然而看见她的那一刻，他愣住了。

一个与石岳文年纪相仿的男人,和顾胜男并肩走来。男人浓眉大眼、面部棱角分明,头发梳得一丝不苟,白色短袖衬衫,束在褐色卡其布裤子里,教养很好的样子。

男人双手插进裤兜,顾胜男则挽着他的胳膊,小鸟依人。两个人有说有笑,偶尔还亲热一下。

石岳文万万没想到,惊喜变成了惊吓。他赶紧躲到公交站牌后面,目不转睛地盯着两人从身边走过。

他心虚,毕竟自己没和顾胜男确定恋爱关系,如今在正主面前,他做贼一样惶惑不安。他也很愤怒,顾胜男早告诉他已和男友分手,眼前的景象又算什么?

他又有些自怨自艾,顾胜男的正主男友帅气、潇洒、有教养,而且是老北京,父亲似乎还是处级干部;自己却相形见绌,说得好听一点是北漂,不好听就是盲流,一个连正经住处都没有的人,拿什么和人家比?

怀着复杂的心绪,石岳文不甘心地尾随两个人,眼睁睁看着他俩逛街、吃饭、看电影。偷窥他俩在暗处接吻的时候,石岳文紧攥双拳、努力克制自己到浑身发抖,他甚至听见自己牙齿咬合的声音。

眼看两人坐上出租车消失在夜色中,石岳文紧绷的神经才松懈下来。他一屁股坐在马路道牙上,将头深埋进臂弯,陷入巨大的悲伤与失落中。

再抬起头,他已泪湿衣襟。

这里是北京!

每年都有大量和自己一样的人涌进北京捞世界。他们没有可以倚靠的家,没有可以帮忙的朋友,也没有不花钱就可以住的房子。如果一时找不到工作,他们会窘迫到连吃饭都成问题——他们不会发北京土话那种特有的卷舌音,这是他们身上最显著的身份标签,这种标签意味着,他们是和这座城市的主人不一样的人,他们一无所有,他们活该被鄙视。

想到这里,石岳文心情好受了些,像自己这种穷人,在恋爱竞争中的失败是注定的,无关相貌美丑、是否有才以及道德品质高低。

他们这种北漂,因为孤独,因为生存不易,情感上会有强烈的渴望,渴望被理解、被帮助、被安慰、被温暖,所以很容易发生爱情。

然而爱情于他们而言,却奢侈又脆弱。奢侈到换个工作、搬个家就有可能谈不起;脆弱到甚至抵抗不了北京土话那种特有的卷舌音的诱惑。

此前石岳文怀着嫉妒、愤怒、怨恨、失望的情绪,因为他不甘心。想明白这一切后,这些情绪统统消失了——他没有资格嫉妒、愤怒、怨恨甚至失望。

是的,他说服了自己!有的人不是赢在起跑线上,而是生在了终点线上,他不是。

古人云"杀人莫过于诛心",因为哀莫过于心死——准确地说,石岳文死心了。他整个身体像被抽掉了灵魂,只剩下空荡荡的躯壳,在空旷的大街上,东倒西歪地蹒跚趔趄……

整宿没睡,醒来时已近中午。窗外明晃晃的太阳刺得人睁不开眼,卧室里热气蒸腾,闷得人想吐。石岳文趿着拖鞋去洗手间洗了澡,冲泡一袋方便面垫巴肚子后,懒洋洋地出门了。

他仍然执拗地想搬出去住,哪怕期望的女主人已不可能住进来。从小他就这样,但凡认准的事情,撞了南墙也不回头。

在租房中介的指引下,石岳文来到西四环边一个高层小区。小区房子外墙贴着瓷砖,成色较新。从气派的大门进去,水泥和石板铺就的甬路两侧绿树成荫、花开正艳。两块不大的草坪中间,点缀着建筑小品与休闲座椅。

石岳文一时迷糊了。自己提出的要求是房租每个月两千元以内,而依这个小区的现状,房租翻两倍恐怕都不够,中介居然说只要一千五百元!

中介是个圆乎乎的小胖子,眼睛小而细长,很有喜感。他从额头抹了一把汗甩掉,得意地说:"哥,这就是我给你推荐的小区,不错吧?"

"嗯,相当不错!"石岳文说,"可是这种小区的房租,每个月一千五百元怕是不够吧?"

"够了!够了!"小胖子忙不迭地说,"哥你租的房子确实在这个小区,只不过不是你看见的这些房子。"

说罢,小胖子带石岳文来到他要租的房子——在两幢楼之间几棵树的掩

277

映下,有个像碉堡一样的入口,从入口沿着台阶一级级下去,分别向两侧开出两条通道。通道一侧开着小而窄的气窗,另一侧便是一个个单独房间的入户门。

石岳文跟着小胖子推开其中一间入户门,里面摆着一张床、一个衣柜,一只配了茶几的三人沙发。门对面的墙上,也开着一个小气窗,有微弱光线透入。

"这不是地下室吗?我没说要租这种房子。"石岳文皱着眉头说。

"哥,这不是地下室,地下室黑乎乎的根本就没有自然光。你这房间有采光,最多算半地下室……"小胖子赶紧着急地解释。

"怎么没有洗手间和厨房?"石岳文问。

"我的哥呀!"小胖子无奈地说,"一千五百块钱的房租在这么高端的小区,怎么会有单独的洗手间和厨房?出门左拐到通道端头是公共洗手间,另外这里不允许开伙,如果想烧饭,自己就配个煤油炉在屋里悄悄地烧……"

小胖子展开热烈的攻势,强调想在北京四环以里租个房子有多不易,更有多少明星都是从住地下室开始起家的云云。他见石岳文有些动摇,担心石岳文不租的话,他就等于白干,眼看就要到手的一千五百元佣金,怕是要泡汤了。

被小胖子纠缠得烦了,石岳文敷衍说:"我再考虑考虑吧,不管租不租,最晚明天中午十二点给你打电话确定!"

小胖子无奈,依依不舍地与石岳文道别,失望的眼神掺杂着不依不饶的坚持。

辞别小胖子,石岳文没回家,而是去了同小区姜小烨那里,听听他的意见。他略去自己和顾胜男的关系,强调和郭宗江合住一间卧室不方便,至少自己要单独住一间卧室。

姜小烨租的也是两室一厅的房子,他和女朋友住一间,同学住另一间。厨房、洗手间、客厅共用,房租均摊,彼此互不干扰。

石岳文说完,姜小烨突然开心起来,他兴奋地说:"哎呀,巧了!你搬过来咱们合租吧，我同学换了工作，搬到城东通州那边去住，我这两天正为空出来的那间卧室发愁呢，真是瞌睡遇到了枕头！"

两人一拍即合。石岳文当晚就从郭宗江的卧室搬出来，全部家当用两只编织袋全部装完，方便得很。

搬迁结束，石岳文约了郭宗江、孙亚敏、姜小烨及其女友，五个人在八角小区外的餐馆大吃一顿。

石岳文酩酊大醉。他用这种近乎自残的方式，给这段爱情画上了休止符。

10

石岳文又恢复了以前的工作节奏，每周去一趟报社开会，其余时间采访或待在出租屋写稿、睡觉。

他暗下决心，以后就这么干下去，直到在北京拥有自己的房子，并且把那该死的带有卷舌音的北京土话学会。

顾胜男打电话、发短信，他一概不接不回。无奈，某天下班后，她直接找到石岳文以前租住的房子那里。

孙亚敏照旧过着黑夜和白天没有界线的生活。她显然已经从那个渣男的阴影中走了出来，化起妆、哼起歌，又开始呼朋唤友隔三差五地聚会，满血复活。

只是那口牙，因为抽了太多的烟更加泛黄。齿缝间顽固的黑渍，嚣张地恶心人，尤其在她笑的时候。

孙亚敏告诉顾胜男，石岳文搬家了，至于搬去哪幢楼，她也不清楚。

孙亚敏挽留顾胜男吃饭，并介绍朋友给她认识。顾胜男慌忙推辞，逃也似的离开了——她清楚，从石岳文搬离那里开始，她和孙亚敏之间的关系也就结束了。

在回家的地铁上，顾胜男难过地流了泪。她不理解更无法接受，石岳文这突如其来的怪异行为。她咬牙发狠地自言自语："石岳文，我看你往哪里躲！掘地三尺，我也要把你挖出来！"

这天石岳文去单位开周例会，刚下公交车，看见顾胜男在站台后面虎视眈眈地瞪着他。他心里突然刺痛，假装没看见，从她身边走过。

顾胜男斜跨几步挡住石岳文的去向，气呼呼地说："你给我说清楚，我究竟哪里得罪你了？电话不接、短信不回，你几个意思?!"

石岳文漠然听她讲完，反问道："没了？"

顾胜男愈加生气："整整一周多，你神龙见首不见尾，见面就这副态度？我招你惹你了？你还算不算个男人！"

石岳文显然被激怒，拔腿就走，没好气地说："你心里清楚！"

顾胜男斜退两步又挡在石岳文面前："我清楚啥呀我？前些日子还左一个亲爱的右一个心肝宝贝地叫着，没几天就跟仇人似的。今天你不把话讲清楚，就不要去上班！"

石岳文冷笑两声道："我要说清楚啥呀？人家和男朋友逛街吃饭看电影，卿卿我我相爱得很。我一个无名无分的同事，有啥好说的?!"

顾胜男愣了。她立马想起那天下班和男友一起逛街的事情。她心虚、疑惑又生气地问道："你跟踪我?!"

"切！跟踪？"石岳文不以为然，"就在你平时坐车的那个站台，和你今天在这里等我一样，我在等你！本想带你吃饭逛街看电影，顺便送你那只一直很喜欢的包包，结果看见啥了还用我跟踪？"

石岳文咽了口唾沫，觉得自己可怜又可笑，伤感地说："当时的我啊，觉得自己就是个傻子！"说完，他推开顾胜男，自顾自走了。

顾胜男怔在那里，周围来往的人投来异样的目光，她毫无知觉。

一整天的班，两个人六神无主、别别扭扭地熬过去了。石岳文下班刚走出报社门口，回头瞥见顾胜男追上来。他加快脚步，顾胜男倔强地一路小跑跟上来。

走到公交站，石岳文回头道："你总跟着我干吗？"

"你就不能听我解释吗?"顾胜男执拗地说。

"眼见为实耳听为虚,我该相信自己的眼睛,还是相信你的鬼话?!"石岳文有些激动。

公交车来了,石岳文转身上车时,顾胜男跨步上前拉住他的胳膊,着急地说:"你先不要走嘛,你听我解释……"

"好!我看你怎么解释!"石岳文气呼呼说话的空当,公交车驶离车站。

顾胜男垂头不说话,两只手捏着衣襟,楚楚可怜。

"你倒是解释啊,咋又不说话了?"石岳文说。

顾胜男仍然一言不发,表情愈加看得人心疼。

石岳文索性不坐公交车,转头大步走向商场方向。他内心很矛盾,一方面生气顾胜男脚踩两只船,觉得和她了断干净才是最好的选择;另一方面,顾胜男那副可怜相又令他心软,居然隐隐期待她继续跟着自己。

石岳文恨自己的优柔寡断,又似乎享受这种带着窃喜和期盼的感觉。理智与情感的激烈搏斗,令他无所适从行为反常,似乎连路都不会走了。

路过一家砂锅店,他进去坐下来,顾胜男也跟进来坐在对面。他对她视而不见,喊来服务员点菜——很明显,那是足够两个人吃的分量。

顾胜男突然高兴起来,她殷勤地跑去服务台拿了两只塑料杯,将两副碗筷用开水烫洗一遍,捏住石岳文搁在桌上的手,拇指在他手背上挠来挠去,可怜巴巴地央求道:"算我错了还不行?你就大人有大量原谅我吧!"

看着她撒娇耍赖又可怜,石岳文心软了,"扑哧"一下笑出声来:"如果你想咱俩好呢,以后就不要再和他来往;如果你和他继续,那我选择退出。"

"我当然和你在一起了!"顾胜男斩钉截铁地说,"我早和他提过分手,但你知道两个人几年下来也不是说分开就能分开。他提出的条件,就是再相处看看,哪怕不成,将来也留个念想……"

石岳文内心酸楚,百爪挠心般难过。他终于没忍住,泛着醋意问道:"这么说,那天晚上,你们——"

"嗯!"顾胜男含混不清地确认,目不转睛地盯着石岳文,那只手仍然捏着他的手,拇指在他手背上摩挲着。

"唉——"石岳文长叹一口气，目光空洞地望向顾胜男身后，一言不发。

时间似乎走了一个世纪那么漫长。服务员将酒菜端上桌打招呼，两个人全然不理，他奇怪地看看两个人，挠着头走了。

"那你要、答应我，从今往后，不可以再和他、来往，成吗？"石岳文收回眼神，一字一顿地说。

顾胜男如释重负地长舒一口气，开心地答道："没问题！听你的就是了。"继而她笑着说，"咱俩赶紧吃吧，菜都快凉透了……"

到底是年轻人，心里装不住事，没过多久，又像以前一样又说又笑。饭后逛街，顾胜男吊在石岳文的胳膊上，两人又像粘在一起的麻花儿。

石岳文执拗地买了那只包包送给顾胜男。顾胜男则在黑漆漆的影院里倚在石岳文肩上，手不停地在他身上腿上摩挲，撩拨得他心里火烧火燎。

电影剧终的字幕还没出完，两个人便心照不宣地离开，下楼拦了辆出租车，向石岳文新租的房子疾驰而去。

姜小烨和女朋友已经睡了，屋里黑漆漆一片。石岳文拉着顾胜男，借着窗外微弱的月光，踮着脚尖摸黑穿过客厅，走进自己的卧室。门一关上，两个人便如饥似渴地抱在一起……

问世间，情为何物，直教人生死相许。

第二天早晨，两人起床一推门，看见姜小烨站在客厅正中，大张着嘴，就像看见外星人一样。

他太震惊了！顾胜男——他的同事，居然从石岳文的卧室里出来，那他俩昨天晚上？他不敢相信自己的眼睛，用袖子擦了擦眼屎，再定睛一看，确实是顾胜男。

气氛变得异常尴尬。石岳文干咳两声，思谋着编个谎话搪塞过去，最终却红着脸说："昨晚你睡得很早嘛。"

顾胜男却大方地问："姜小烨，你家厕所在哪儿？我要用一下。"

姜小烨机械地指指厕所方向。顾胜男道了谢，径直过去关上门，少顷便传来厕所门反锁的声音，以及水冲马桶的声音。

姜小烨凑近石岳文身侧，带着诡异的笑容问："你老实交代，这是咋回事？"

"还能咋回事？当然是女朋友喽……"石岳文索性大方承认。

"那你俩昨天晚上那个——"姜小烨说着话，用手比划一个挥刀切菜的动作。

"那是自然！"石岳文得意地笑了。

"牛呀！"姜小烨冲石岳文竖起拇指，一脸艳羡。

说话间，顾胜男上完厕所出来。两个人手忙脚乱地翻了半天，总算帮她找到干净的毛巾和牙刷。顾胜男再次去洗手间冲澡，又等石岳文收拾停当，才和两位男士一起上班去了。

快到单位门口时，顾胜男停下脚步，转身对姜小烨说："我和他的事情，你先不要和同事说！"

"好的，我知道！"姜小烨忙不迭地回答。

石岳文心里却犯嘀咕："正经谈个恋爱，有啥不能说的？除非她还心猿意马地想要脚踩两只船。"

迈进单位大门的瞬间，石岳文迅速抄起顾胜男的手紧紧攥住。他要让同事看见，他和顾胜男谈恋爱了，断了顾胜男的念想。

顾胜男大惊失色，使劲甩了甩胳膊却没抽出手，便用另一只手抓住石岳文的手腕，硬把手抽回来，生气跺脚，头也不回地跑进办公室。

石岳文疑惑中夹杂着失望，冲着不明就里的姜小烨苦笑着摇了摇头。

上班时，趁着编稿空当，石岳文发短信给顾胜男："咱俩的事情，为啥不让同事知道？"

几分钟后，手机屏幕亮了。顾胜男回复的短信只有几个字："我还没准备好。"

"是没准备好和我在一起，还是没准备好让同事知道？"石岳文回复。他心神不宁地等了一上午，直到大家各自去食堂吃饭，才收到顾胜男的回复："给我点时间，行吗？"

这条短信，搅得石岳文没有心思工作。他索性约了姜小烨，请他到单位附近的台球房去打台球。

两人打台球的水平不相上下，他俩刚认识时，就靠打台球排遣孤独和苦闷，也结下兄弟般深厚的友情。

比赛规则一直是谁输谁买单，捎带着请对方吃顿饭。此次石岳文主动提出无论输赢都由他来买单，姜小烨自然乐不可支。

石岳文心事重重，打球心不在焉，自然大失水准，没赢过一局。以前两人打球，最紧张刺激的就是黑8争夺战，就连旁边观战的人都手心冒汗。然而这天下午的球局，他甚至没机会和姜小烨争夺黑8，总是打到半路就缴械投降。

刚开始，姜小烨还取笑石岳文纵欲过度导致落败，后来自然火大，没好声气地提醒石岳文要有点比赛精神。再后来，他索性摔杆不玩了。

"算了算了，不玩了！看你这样打球，真是没劲。"姜小烨不满地说。

走出台球房已临近下班，石岳文急匆匆赶往顾胜男回家的公交站等她——他必须问清楚，否则晚上觉都睡不踏实。

然而一直守到天黑，也没见到顾胜男的影子。石岳文心神不宁地发了很多条短信，也没收到回复。他尝试打电话，她开始不接，后来索性关机。

石岳文耷拉着脑袋回家，推开门，姜小烨正和女朋友卿卿我我地在客厅打游戏，没工夫搭理他。

他把自己关进卧室，闷闷不乐地躺在床上翻看手机。虽然整晚没吃饭，但不觉得饿。

突然，石岳文似乎发现了什么，调出和顾胜男相处以来所有的短信和通话记录，一遍遍地翻看。

每周二，石岳文最忙的时候，恰恰这天下班后，顾胜男几乎和他没有短信和通话记录；周日，顾胜男和他的来往是间歇性空白。剩余几天，顾胜男却主动密集性地和他来往。

"这说明什么？"石岳文冥思苦想。他隐隐觉得，顾胜男同时在和别人交往，并且处心积虑地打着时间差，瞒得密不透风。

石岳文打了个冷战，如果真的不幸被他猜中，那太悲催了——他试着拨通顾胜男的电话，听到的果然是那句温柔的女声：您所拨打的电话不在服务区……

难怪顾胜男不想暴露和自己的关系，原来她仍然脚踩两只船。是情非得已，还是她原本就喜欢玩弄感情？石岳文无法确定。

无法确定就没必要捅破，他思前想后，决定按兵不动，再观察一段时间，给这段感情留个机会。

第二天，石岳文收到顾胜男的短信："昨天手机没电，有什么事情吗？"他苦笑几声，没有回复，把手机重新揣回兜里。

接下来的日子，石岳文像啥事都没发生一样，继续和顾胜男约会、逛街、吃饭以及带她回出租房留宿。

他照例和顾胜男手机通话或短信聊天、频繁约会，刻意留心她周二和周日的反应。如他所料，手机大多是不在线的状态，约会也推托不方便。

石岳文拼命采访写稿，把白天时间安排得满满当当，迫使自己不去猜疑。然而晚上躺在床上，那种失望、嫉妒、愤怒的情绪，就像当年杨丽送他的不倒翁，好容易按下去，却又立起来，反而比之前摇晃得更厉害。

他感到痛苦，但又佯装甜蜜。一方面他不想伤害她，即使她玩弄感情，他也希望这段恋情无疾而终；另一方面，他仍然妄想她回心转意，就对他一个人好。

石岳文发现自己不可救药地爱上了顾胜男，无论是错的时间遇上对的人，还是对的时间遇上错的人，都不重要。重要的是他深陷其中、无法自拔。

从小城市到北京闯荡的石岳文，经历过柏拉图式单纯美好的情感，渴望遇到那种一牵手就能结婚的爱情，却生活在一个上了床都没有结果的年代。这种激烈的观念对撞，他内心的痛苦可想而知。

无数次，他都想起了秦雨姗。

那是多么单纯美好的感情啊！明知爱情没有结果，却默默地爱着他、守护他、帮助他，默默地为他担心、为他哭、为他笑，直到对方花好月圆，直到自己油尽灯枯！

"如果这段感情不能无疾而终，我却又无法自拔，那就辞职离开北京成全她……"石岳文最终打定了主意。

11

长时间的痛苦煎熬和偶尔的欢愉交替行进，构成了石岳文工作以外生活的全部。他很迷惘，想离开，却又舍不得。

时值9月，秋高气爽。北京有家开发商建了一个中式园林风格楼盘，邀请房产记者到江南一游，零距离体验粉墙黛瓦与曲径通幽，回来好给他家楼盘做宣传。

开发商邀请了柳公明。柳公明正巧有事脱不开身，便派石岳文代他去一趟。

开发商包了高速列车的一整节车厢，直达苏州。

一路上，媒体领导、资深老记者与开发商攒成一堆，打牌喝啤酒。石岳文这类资历尚浅的小记者观战，偶尔跑腿帮忙买个零嘴倒个水。

同行有位姑娘引起石岳文的注意。平时大家扎堆儿采访，此行记者他几乎全认识，唯独这位姑娘，所有人都面生得很。

她长得丑也就罢了，就好比放在车厢拐角的一袋土豆，不会有人搭理。偏偏她长得很漂亮，俊眼修眉，蜂腰翘臀，长发瀑布般垂到双肩，黑圆点白色宽松衬衣，下摆打结系在紧绷的牛仔裤腰部，既风情，又有韵味。

石岳文看得喉结滚动咽口水，但他有底线，心动不行动。

观察半天，他发现这位姑娘和一位地产专刊主任很熟。该主任在圈里炙手可热，大家见这位姑娘是他朋友，也都礼让三分。

彼时姑娘正歪歪斜斜地从餐车方向走过来，端着装满啤酒和零食的盘子。石岳文见状，赶紧上前搭手接过盘子。忙完后，两人便坐在一起聊天。

姑娘叫金小满，北京人，是个实习生。专刊主任此次带她出来采访，想让她锻炼锻炼，顺便认识圈里的兄弟们，为毕业后的工作铺路。

京城记者是混圈子的，大小记者都有自己的圈子。如果你没混进某个圈子，就寸步难行，没人提供消息源，各类活动也不会被邀请，在开发商眼中的地位自然不高。

假如你混在某个圈里，就会要风得风、要雨得雨。待在办公室，就有源源不断的新闻线索向你扑来，吃香喝辣，临走还能拿到俗称"车马费"的红包。

进圈子的路有三条：平台、人情、能力。如果你有幸进了有影响力的报社，身价自然摆在那里。此外你只有两条路：一是自己打拼得很牛，圈里的人都认你，你的力量也能使圈子进一步壮大；二是通过圈里的人把你带进去，混个脸熟，大家不看僧面看佛面也会帮你。

金小满就属于走后一条路的人，刚步入社会就跻身这个圈子，起跑线比别人高出好几截。她一路心花怒放，遇见谁都乖巧地称呼老师，加上天生丽质，深受大家认可。

到了苏州，大家游览狮子林、沧浪亭、拙政园、留园。当晚下榻酒店，饭后各自组团出去逛街、泡酒吧，不亦乐乎。

石岳文饭后独自溜出来，到山塘街的水巷去逛。他精心选了几条丝巾和一些地方特产，计划将一条丝巾加几样特产给顾胜男，其余的寄回家里。

忙完后，他坐在水巷桥墩上发呆，心绪烦乱地想着顾胜男，期望、颓废、甜蜜幸福、伤心难过。没有眼前的景，只有心中的人。揣着五味杂陈的心思，他竟至午夜才蓦然惊觉，在行人稀落的街巷回家，走得失魂落魄。

他刚从电梯出来，恰巧看见金小满穿着丝制睡袍、光着脚，被人从房间推出来，紧接着她的衣服、牛仔裤、内裤、胸罩、鞋子，一股脑儿从房间飞了出来。

"嘭！"的一声，房门从里面重重关上。

金小满噙着泪，弯腰捡起自己的物什抱在怀里，赤着脚，踉踉跄跄地向自己房间走去。

石岳文想要躲避，已然不及。目光相遇的一刻，石岳文半张着嘴说不出话。他后悔得要死，心想自己干吗偏偏在这个节骨眼上回来？

金小满一脸悲戚，看见石岳文后表情慌乱，迅速进了自己房间。

石岳文脑袋嗡嗡作响，掏出房卡开门进去，和衣躺在床上，揣测刚才碰见那一幕的剧情，竟迷迷糊糊睡着了。

第二天在早餐厅遇到金小满，石岳文做贼一样心虚，眼神躲闪着不敢看她，慌乱选了些吃食，远远地坐在餐厅角落。

不一会儿，金小满也选好吃食，径直在石岳文对面坐下来。

石岳文内心慌乱，抬起头，迟疑地说："昨天——"

"昨天咋了？"金小满迅速打断他反问道。

"哦，没什么，我就是想说我啥也没看见。"石岳文忙不迭地说。

金小满应了一声"哦"，低头不紧不慢地吃饭。

两个人默默地吃着早餐。石岳文偶然抬头，竟吃惊地发现，金小满眼中大颗的泪，掉落在餐盘里。

金小满拿纸巾擦擦眼中的泪，挤出一丝笑容对石岳文说："谢谢你！我吃好先走了，你慢慢来。"

活动后半程，大队人马先后去了南京秦淮河和扬州瘦西湖。石岳文暗中观察，发现金小满和专刊主任不说话，专刊主任偶尔看向金小满的眼神充满嫌恶，冷得像冰。

回京两星期后的一天中午，石岳文接到金小满电话，说晚上请他吃饭，地址是长安大剧院一楼的沸腾鱼香火锅城。

石岳文赶到那里已是晚上七点半。金小满早已在那里等他，涮菜均已备好。寒暄后，两人先敞开肚皮吃了一通，这才开聊。

"你想不想知道那天在苏州的酒店发生了什么？"金小满笑着问道。

石岳文怔了一下，嗫嚅地回答道："想是想知道，其实、其实也没那么想了。凡事看开一点，就好了。"

"你知道那个房间是谁的吧？"金小满捂嘴笑问。

"不、我不知道！"石岳文笃定回答，心里却在寻思，那十有八九是专刊主任的房间，金小满今天吃饭可能想套他的话，看他知道多少，会不会对外声张。

"你这个人看上去憨厚老实,心里可鬼得很呢!"金小满放下筷子,饶有兴味地打趣道。

"什么鬼不鬼的,那天我喝了很多酒,确实啥都没看见。"石岳文假装一本正经地说道。

"我今天请你吃饭,就是想谢谢你来着。你保护了一个女孩的尊严和名声!"说罢,金小满举起满满一杯啤酒,仰头一饮而下。

石岳文照着金小满的样子,也端起啤酒一饮而下。

"其实你知道,那个人就是专刊主任。"金小满有些伤感地继续说,"我虽然是北京人,但平民出身没啥背景,大学毕业找不到合适工作。一个偶然的机会,他遇见我,便隔三差五请我吃饭、逛街,给我买包买化妆品,于是我们——"

她顿了一下继续说:"后来你知道的,他把我介绍到报社做见习记者,又制造机会把我带进你们这个圈子——他有家室,可是我也没办法,没有哪个女孩不爱慕虚荣的,再说我也想借机找一份稳定体面的工作。反正日后的路长着呢,走一步看一步呗。"

石岳文一言不发。他知道打断、发问或者吃菜,都是不礼貌的,他可能是她在这个世上唯一的倾听者。

"那天他喝多了酒,自己不行,就骂我水性杨花,说我和开发商眉来眼去,背着他卿卿我我。我辩解说开发商对我献殷勤是拍他马屁,我又没有出格行为……"金小满说。

"后来的事情,你都看见了——来,走一个!"说话间,金小满又倒了一杯酒,仰头一饮而尽。

"那你以后咋办?"石岳文关切地问,他心里对金小满充满同情。

"还能咋办?又好了呗!"金小满兴奋地说,"他打电话给开发商,威胁说如果不给他一个交代,就会组织圈里的兄弟把对方楼盘封杀掉!对方傻了,寻思着马屁拍到了马腿上,赶紧请我俩吃了顿大餐——啧啧!那顿饭吃掉一万多块,临走还塞给他一个超级大红包……"

一口气说完,金小满发光的神情才逐渐恢复正常,继而有些哀怨又带着些嫉妒地说："你们男人啊，没一个好东西！你以为他就我一个女朋友呀？估计再过几个月，他也就腻了，我们不是一个世界的人。"

石岳文正想提醒她不要一桨打翻一船的人，金小满的眼神又开始发光："你知道吗？经过六个月的见习期，我今天转正啦！从此以后，我和他各取所需，各安天命，谁也不欠谁的！"

"哦！哦！那是好事情，要庆祝！"说罢，石岳文敬了金小满一杯……

饭后，两个人到地铁站口各奔西东。临上车，金小满握着石岳文的手说："从今儿开始，我们就是朋友啦，有啥事能帮到的我一定不遗余力。"

"嗯，好！好的！"石岳文笃定地点头回应。

无巧不巧，石岳文正在地铁座位里眯眼打盹，无意中瞥见五六米开外的两个人，头发忽地竖起来。

是的！两人中的那个姑娘，是顾胜男。

顾胜男紧靠的那个男人，却不是前男友，而是另一个他非常熟悉的人——编辑部主任冯一丙！

"天哪！这究竟演的哪一出？！莫非顾胜男还和这个人有一腿？"石岳文第一次感觉自己的脑回路出了故障。

他热血上涌，忍不住想冲上去打人，关键时他又心存侥幸地想，万一误会他俩岂不是弄巧成拙？再说自己和顾胜男的关系，本来也不明不白的，单位里根本没人知道。

他深吸两口气，强自按捺情绪，眼睛死死盯住顾胜男和冯一丙，生怕他俩跑了似的。

当顾胜男和冯一丙走出地铁的瞬间，石岳文也一个箭步，从另一扇门跳出地铁，迅速躲在一根柱子后面。

顾胜男与冯一丙不紧不慢地走着，石岳文不远不近地跟着——他要抓到两个人在一起鬼混的实锤。

走到一棵树下，冯一丙转身对顾胜男说着什么，后来竟捧起她的脸要亲。顾胜男左右摆头挣扎，还是被冯一丙得逞了。

石岳文脑海突然掠过那幅二十年前的画面：村头的一棵树下，小学同学石进抓着杨丽的手说着什么。他懦弱得没有站出来弄清真相，以至于一个误会就是三年，导致杨丽旷课逃学组织打群架，最后被学校开除——这件事情在他心里盘桓好几年，每每想起就觉得愧对杨丽。

正当两人旁若无人亲吻时，石岳文走上前去，强压怒火，伸手拍拍冯一丙的肩。

冯一丙应激反应，转头看见石岳文，尴尬地问了句："怎么是你?!"

"怎么就不能是我了？"石岳文挑衅地答道。

顾胜男看见石岳文，半张着嘴愕然得一句话也说不出来。偌大的北京城，两千万人，居然无巧不巧地在深夜偶遇，这比中彩票的几率还低，真是活见鬼了！

石岳文一把将冯一丙推得跟跄后退好几步，指着他一字一顿地说："你给我听清楚，咱俩的同事情分一笔勾销。如果再让我看见你勾搭她，我让你身上少个零件！"

冯一丙不明就里，想不到石岳文会发这么大的火，但他是有家室的人，还在这里和同事搞外遇，自知理亏，愣在那里不知所措。

眼看着火药味飙升，顾胜男上前抓住石岳文的胳膊说："你听我解释——"

"去你的！"石岳文说话间一个嘴巴抽了上去。顾胜男双手捂脸，蹲到地上。

石岳文冷冰冰地看了眼顾胜男，又恶狠狠对冯一丙伸出手指再次警告，转身头也不回地走了。

顾胜男见状，紧跟着跑上前，着急地喊着："等等我，你听我解释！"

石岳文驻足回头，恶狠狠地骂道："滚！你个贱货！"说罢，又继续发疯一样地往前走去。

顾胜男亦步亦趋地跟在石岳文后面。两个人在空荡荡的街上走走停停，不知不觉走了近一个小时。

石岳文怒气渐消，但内心仍被极大的悲伤包裹。看见旁边驶来一辆出租车，他毫不犹豫地招手叫停，拉紧车门后恶狠狠地说了一个字："走！"

从出租车的后视镜中，他瞥见顾胜男斜倚在一棵行道树上，身体软软地

291

倒下来……

车子过了两个路口,石岳文终究放心不下,又对司机说:"师傅调头,回去我刚才上车的地方。"

司机嘴里不清不楚地嘀咕一句,石岳文厉声问道:"刚才说啥?你再给我说一遍试试?!"

"没什么!没什么!"司机忙不迭地回应,老老实实地调头返回。

车子开回到上车的地方,石岳文没付钱,转头对司机说:"你就在这儿等着!"随即下车。

他刚关上车门,就见那辆出租车像是离弦的箭,"嗖"地一下开跑了。

石岳文来到顾胜男身边,只见她双眼紧闭,躺倒在行道树下。他一条腿跪下来,从后脖颈把顾胜男上半身托起来,另一条腿的膝盖从后面撑住。触手感觉顾胜男浑身软绵绵的,没有一丝力道。

他抓住顾胜男的下巴摇了摇,又拍拍她的脸,着急地喊道:"你咋了?醒一醒!醒一醒……"

石岳文掐了掐顾胜男的人中,她悠悠醒转,睁眼看见石岳文,勉强笑了笑,柔声道:"你来啦?我以为你不要我了……"言罢,大颗的泪顺颊而下。

石岳文心疼地把胳膊紧了紧,抽出另一只手摸摸顾胜男的头。顾胜男顺势将头埋进石岳文怀中,号啕大哭。

石岳文的愤怒和悲伤顷刻间化为乌有,取而代之的是无尽的心疼与自责。

顾胜男发泄完情绪嘤嘤抽泣,他拍拍顾胜男的肩头,柔声道:"我送你去医院?或者,打车送你回家吧!"

顾胜男头在他胸口蹭了蹭,鼻子哼着撒娇说:"我哪儿也不去,就要跟着你。"

石岳文无奈叹气,扶起顾胜男,拍掉她身上的土,搀着她到路边叫了辆出租车,一路向他的出租屋驶去。

一路上,两个人都没说话。虽然沉默,但石岳文内心挣扎得厉害,顾胜男的行为已大大超出他内心所能承受的底线,他应该毫不犹豫地离开才对,然而她一晕倒,他的理性归了零。

石岳文怨恨自己的懦弱与心软，却又懦弱与心软地对她呵护有加。他很想问顾胜男到底在干吗，但铁一样的事实摆在眼前，问起来只会徒增烦恼。他回想吃饭时从金小满那里听来的故事——他彻底蒙了，爱一个人，真的可以身心分离吗？

顾胜男仿佛猜透石岳文的心思，对于之前的事绝口不提，拇指不停地在石岳文的手心划圈，楚楚可怜的样子。

姜小烨和女友早已熄灯睡觉。石岳文和以前一样，牵着顾胜男的手，蹑手蹑脚地摸黑穿过客厅，在黑暗中窸窸窣窣地脱衣睡觉。

石岳文心思凝重，转身背对顾胜男，阵阵椎心的刺痛袭来，哪能睡得着？！他尽量憋住呼吸，过一会儿就长喘一口气，逼迫自己大脑缺氧产生睡意。

身后顾胜男的身子微微抖动，伴随着啜泣声。他思忖良久再次妥协，无奈转身揽过顾胜男，将她紧紧拥入怀中。

顾胜男仰头将嘴巴凑上来，两人在黑暗中拥吻，混合着泪水的咸味。

石岳文双手上下游走，在桃花源会合。

"初极狭，才通人，复行数十步，豁然开朗。"

顾胜男紧咬被角，双腿不由自主地一忽儿向左夹紧，一忽儿向右夹紧，一忽儿又蹬直。那片汪洋大海，贮满无尽的爱液，那是赤裸裸的诱惑与召唤。

石岳文彻底投降！怀着对顾胜男的怨，怀着对冯一丙和她前男友的恨，怀着对自己懦弱的自责，他爆发了！像一只发疯的猛兽，一次次猛烈地冲击，直到山崩地裂、日月无光。

那张床吱吱嘎嘎地响了半夜，伴随着顾胜男痛苦与甜蜜交织的叫声。直到东方亮出鱼肚白，两人方才沉沉睡去。

石岳文醒来时已近中午，转头见顾胜男还在酣睡，双眼紧闭、嘴角微翘，甜蜜中带着悲伤。他叹口气，帮她掖好被子，蹑手蹑脚地穿衣下床。

顾胜男睁开眼瞟了一下石岳文，蜷了蜷身子，安心地睡了。

石岳文来到客厅，见姜小烨坐在电脑桌前写稿子，便随口打了个招呼。

"你醒啦！"姜小烨转头，眼角挂着眼屎，戏谑地笑道，"你俩这是演电影呢还是咋的？大呼小叫的，楼都塌了。我估计你那张床够呛，下次换个结实点的,吵得我一宿没合眼。"

石岳文难为情地说了声"滚!"便迅速钻进洗手间,结结实实地洗了澡,又噔、噔、噔跑下楼,拎了一大堆油条、包子、稀饭之类,口口声声说晚上请姜小烨两口子吃饭,算是表达歉意。

再回到卧室,顾胜男已经叠好床铺。她穿过客厅去洗手间洗澡时,姜小烨干咳两声,迅速端正坐姿写稿,仿佛比顾胜男还难为情。

因为下午要回报社排版,顾胜男吃好早饭告辞。石岳文送出门,她在楼道里一本正经地说:"昨晚你没戴套,万一真的有了,我就把他生下来!"

12

石岳文去报社开会的路上,忐忑不安以为办公室会满城风雨,哪知平静得没有一丝涟漪。

他幡然醒悟,这件事无论对冯一丙还是顾胜男,都不光彩。他俩巴不得瞒得密不透风,哪有主动和人说的道理?换句话说,不管自己怎么收拾冯一丙,他都只能哑巴吃黄连,因为他有把柄捏在自己手里。

他心里浮上一丝有恃无恐的窃喜,后悔那晚对冯一丙下手轻了。

耳边又响起顾胜男临走时说的话,一个女人如果愿意为他生孩子,那一定是真爱。管她以前怎么样呢,婚前和谁相处都是人家的自由,无论她是否怀孕,自己都会和她结婚,往事一笔勾销,凡事往前看。

顾胜男的例假如期而至。

得知这个消息,石岳文心里一下放松下来——自己活得那么狼狈,真有孩子该怎么养?他心里也伴随着些许失望,孩子是顾胜男爱他最彻底的证据,生了娃就是铁板钉钉。

冯一丙表面上仍会和石岳文打招呼、交流工作。时间久了,他发现冯一丙对他使阴招。

编辑部主任对记者的稿件有生杀大权，提交到柳公明那里签付印时，已是成形的大样。以前石岳文稿件上报一直很顺利，但现在打回重写的频率大幅提高，采用的稿件也会大幅删减字数，这直接影响了他的工作效率和稿酬收入。

原以为把冯一丙治得服服帖帖，没想到被对方反制，如果把他俩的丑事抖出来，会牵扯到顾胜男，对谁都没好处——他手里捏的，只是自己想当然的把柄。

石岳文要么被迫辞职，否则除了硬着头皮死扛，别无他法。咬牙忍了两个月，他敲开柳公明办公室的门。

石岳文将来龙去脉向柳公明讲了一通，心想几年相处下来师徒情深，私下向他求助没有错。

"唉！这个人终究不是个省油的灯啊！"柳公明叹息道，"你来报社之前，顾胜男的男朋友就来报社大闹过一场。要不是同事们拦得及时，人家把他打残都可能……"

"啊？！"石岳文惊得眼珠子差点儿掉下来。原来这点破事，全单位就自己蒙在鼓里！

注意到石岳文的反常，柳公明笑问道："你不会也喜欢顾胜男吧？"

"没！没有的事！"石岳文本能地摇头否定。少顷，他抬头直视柳公明的眼睛，决绝地说："是的，我喜欢她，她现在是我女朋友！"

柳公明笑着摇摇头，又闭眼后仰在椅子上想了会儿，慢悠悠地说："这个事情我知道了，我来想办法帮你处理，你先去忙吧。"

从柳公明办公室出来，石岳文瞥了眼冯一丙的办公室。门虚掩着，石岳文从腰一样粗的门缝里，看见冯一丙坐在办公桌前，顾胜男站在旁侧。

石岳文心里"咯噔"一下气血上涌，他定定神，回到大办公室自己的工位。

十几分钟过去，石岳文心绪烦乱，满脑子是各种猜疑的画面。他再次徘徊到冯一丙办公室门口，想以询问稿件的借口去冯一丙办公室，制止脑海中两人所谓的奸情。

原本虚掩的门，紧锁着。石岳文调整呼吸，勉强压制怒气，轻轻地敲了敲门。屋里没有反应，他又敲了两通，还是没反应。

石岳文确信两个人就在里面，想踹开门觉得不妥，想走又不甘心。思谋约摸两分钟后，他径直去了报社行政办公室。

石岳文和行政办公室的大姐说，他有东西落在冯一丙办公室了，急用，但敲门人又不在，想借备用钥匙开门取一下。

大姐想都没想，麻利地找出备用钥匙递给他。石岳文攥着钥匙，慢慢走向冯一丙的办公室，拧开门锁的那一刻，他已打定主意。

冯一丙果然在办公室，他弹簧一样从椅子上蹦起来，涨红着脸厉声问道："你跑进来干吗?!"

石岳文没有作答，转身将办公室的门反锁，眼睛巡视一圈，发现鼓起来的窗帘后面，露出顾胜男的一截裙子。

他缓缓走近冯一丙，摘下眼镜放在办公桌上，挺直身体注视着冯一丙，一字一顿地说："我上次警告过你，如果再让我看见你和她在一起，我会让你身上少个零件，你忘了吗？"

冯一丙正要说话，一记重拳已结结实实地砸到他脸上。不消半分钟，石岳文的拳头如狂风暴雨般倾泻而下。

冯一丙毫无招架之力，双手抱头，像死狗一样蜷缩着躺倒在地上。石岳文不依不饶，一脚又一脚踢打冯一丙，伴随着愤怒的叫骂。

顾胜男冲上前来拉石岳文的袖子，被他一巴掌打得蹲倒在地不敢起身——他虽然愤怒，但还没到失去理智的程度，掌掴顾胜男用的推力，看上去骇人，其实不疼。

同事们听见动静，聚集在走廊里敲门。石岳文冲着躺倒在地的冯一丙啐了一口，低沉而凶狠地说："这次是个教训，下次再让我看见，就把你腿卸下来！"

言罢，他转身拿起办公桌上的眼镜，用衣襟擦擦镜片，戴上，又轻蔑地瞥一眼蹲在地上的顾胜男，打开办公室的门，旁若无人地走了。

来到洗手间，石岳文看到镜子里的自己面目狰狞，浑身血迹斑斑，右手拇指掌根肿起来好高。他摇头苦笑："看看你自己，都变成啥人了?!"

　　他脱掉外套，洗掉脸和外套上的血迹，使劲把外套拧干后又重新穿回身上，出门拦了辆出租车回家。

　　整整三天，石岳文没出门。除了吃泡面和上厕所，他就躺在床上胡思乱想。姜小烨见他这种状态，也不敢去打扰。

　　正所谓：丑是家中宝，俊了惹烦恼。石岳文思前想后，觉得自己虽然很爱顾胜男，但爱得太累，先是前男友的纠葛，又是冯一丙的出现，让他心力交瘁。

　　他狂揍冯一丙后，报社同事会怎么看他？他和顾胜男又将如何相处？最终，他打定主意无论被报社是否开除，他都卷铺盖回老家。

　　三天后，石岳文去报社上班的路上，心里忐忑不安，一遍遍劝自己道："只要你自己不尴尬，那尴尬的就是别人……"

　　然而到报社后，石岳文蒙了。办公室平静得没有一丝涟漪，同事们似乎完全忘记了几天前发生的事情，虽然他们心知肚明。

　　石岳文只好若无其事地装傻，他抽空去了柳公明的办公室，道歉并辞职。

　　哪知进门刚坐下，柳公明就微笑着明知故问："你右手咋肿了？"

　　"前两天喝醉酒，不小心摔倒，把大拇指给搣了。"他本能地撒谎道。

　　"以后少喝点酒啊！当心把脸摔破相，老婆都找不到……"柳公明揶揄道。他用很智慧的方式，暗示三天前石岳文殴打同事的事件，报社不予追究。

　　一个明知故问，一个就坡下驴，彼此心照不宣地化解了一场尴尬。

　　石岳文随意聊了会儿，没机会提辞职，便找个借口溜了。

　　他心下惴惴不安，表面又装作若无其事，魂不守舍地熬了一天后，长吁一口气，理好背包下班回家。

　　就在办公室，石岳文两次碰见顾胜男。他眼神空洞，就像对方是空气般擦肩而过。是啊！说什么呢？冲她再发一通火？或者让她解释自己亲眼看见的事实？还是让她向自己求情道歉？

　　一切都变得毫无意义。

顾胜男给石岳文发短信,解释她得知冯一丙有意为难石岳文后,去他办公室请他放石岳文一马,结果酿成一场误会。

石岳文没有回复。这种污糟事,她作为始作俑者就不应该夹在中间,再说如果只是简单求情,干吗反锁办公室?

同样的剧情再次上演。石岳文下班回家的公交站,顾胜男提前等在那里。石岳文视而不见,她却不依不饶地说要找个地方坐下来听她解释。

"没啥好解释的,咱俩结束了。"石岳文冷冷地说。

"就算咱俩结束,也应该把事情说清楚不是?"顾胜男忿忿地说。

眼看没法上车,僵在原地又挺丢人,石岳文转身向下一站走去。可无论他走到哪里,顾胜男就跟到哪里,也不说话。

石岳文索性招手叫了出租车回家,就在上车的一瞬间,顾胜男拉开后座门,趁机钻进去。他回头怔怔地看了顾胜男几秒,无奈吩咐司机出发。

下车后,顾胜男一直跟到出租屋楼下,石岳文准备迈进楼道门时,她拉住他的衣襟,带着哭音着急地说:"求你了,你先别走嘛!"

"你回去吧,我们之间、结束了。"石岳文凝重而悲伤地说。

时值初冬,九点多钟的夜晚泛着寒气。各家窗户流出暗弱昏黄的灯光,在伸手不见五指的黑密的夜里,清冷无力。

"你就不能给我点时间吗?你知道前几年我一个人在北京打拼有多难?你以为我就愿意这么累地周旋在你们之间?连个解释的机会也不给,这样对我公平吗?你知道你这样做多自私、多残忍!"顾胜男歇斯底里地喊叫道。

石岳文愣在那里,内心另一个声音警告他:千万别再心软!

他确实没有关心过顾胜男的生存状况,一个河南姑娘,这些年是怎么在北京立足的?他甚至没有认真问过顾胜男和她前男友的相识与相处情况。他只是站在自己的角度,认为顾胜男如果和他相处就不该再和前男友来往,顾胜男更不该在三个男人中周旋,将他的感情玩弄于股掌之间。

顾胜男抽泣说,她刚到北京那年,住在肮脏杂乱的地下室,饥寒交迫不说,半夜里醉鬼敲门、小偷撬锁的事情都经历过。因为是公共厕所,她半夜尿急不敢出门,就买一只塑料桶在屋里解决,第二天早晨再端出去倒掉……

有一次单位聚餐喝多了，冯一丙送她回家。目睹她的生存状况，大发感慨，后来便经常对她嘘寒问暖，送这送那，还帮她租了间一居室楼房——房租她支付不起，他便借给她钱，说等她有了再还。

顾胜男知道冯一丙是有家室的人，便和他保持距离，只把他当大哥看，自以为庆幸遇到了好人。

有天晚上冯一丙心情不好，打车到顾胜男那里说要喝酒。她便炒了几个菜招待，并且陪他喝酒排解烦恼。哪知冯一丙喝多酒后，死赖着留宿了一夜，并借着酒劲硬是和她发生了关系……

"反正我也想清楚了，从那以后，我每个月都按时直接开口向他要房租，这是他应该给我的。我也和他说清楚，我找男朋友他不得干涉，而且我找了男朋友后，就和他断绝来往。他都答应了。"顾胜男说。

"后来的事情你也知道，我找了前男友后和他厘清瓜葛，他却没有遵守诺言断绝关系，仍然骚扰我。我为此搬过两次家，可没有用，直到我前男友到报社大闹一场，他才有所收敛。"顾胜男又说。

"冯一丙这个人虽然不守承诺，但他仍然每个月按时往我卡里打房租，还买化妆品、包包、衣服、鞋子送我。我不要，他就寄到家里来……"顾胜男歇了口气，用手背擦擦冻红的鼻尖继续说，"我也是人，我也是有感情的活生生的人，有个人一直这么关心你，帮你解决各种烦恼，就算他不守承诺，我也做不到直接和他翻脸！"

"你不知道，冯一丙的妻子患了癌症，卧床多年……"顾胜男说。

原来石岳文恨之入骨的冯一丙，也是个可怜人，他不离不弃地照顾患病的妻子，每月支付高昂的医药费，还要挤出钱来接济顾胜男，实属真爱——他想熬到送走妻子的那一天，顺理成章地和顾胜男举案齐眉，谁承想半路杀出了程咬金，还不止一个。

石岳文愣住了！没想到顾胜男的故事如此曲折离奇，他忍不住插话道："那你前男友——"

"我和他谈不上有多深的感情，他却很喜欢我。他是老北京，父亲又是处长，这些对我而言足够了。我原本以为和他结婚生子，户口迁到北京，日子就这么过下去——可是、可是我遇见了你。"顾胜男说到这里,凄苦一笑。

她从石岳文脸上收回目光,自言自语地说:"是的,我喜欢你!喜欢你的才气,喜欢你飘逸的头发,喜欢你单眼皮眯着眼笑的样子,喜欢你身上淡淡的香烟味道,喜欢你慢吞吞地和我说话……你发表的每一篇稿件,我都把报纸带回家裁下来,到现在都贴了好几本,收藏在那里。"

说到这里,顾胜男满眼柔情,红扑扑的脸上洋溢着幸福的神情。

她无奈地叹口气,又吸溜一下鼻子继续说:"这辈子,一定要找个爱你的人,而不要找你爱的人,太累了!你想想,这两年你对我的关心有多少?我什么时候来例假?我的家庭什么情况?我下班回家怎么过的?我喜欢吃什么?我喜欢什么颜色?你都清楚吗?你只关心自己,只关心你联系我的时候我在不在,猜疑我背着你和谁在一起……

"是的!我和冯一丙的关系,是我自找的!我抛弃前男友家庭优渥的条件,非要和一无所有的你在一起,也是我自找的!可是我努力过,我为自己的爱情争取过,而且我也下定决心要给你生孩子——"

顾胜男哽咽着说不下去了,她"哇"的一声大哭,转身踉跄跑了,很快隐没在暗黑的夜里。

石岳文想追,脚却像生根般没法挪动半步。在这漆黑阴冷的冬夜,倚立着一个快要冻僵的人,他无所适从。

这场纷纷扰扰的感情纠葛中,没有胜者!

13

北京的这个冬天,意外地冷。

石岳文醒过神来回屋时,脚迈不开了。他斜靠在墙上,双手用力地拍打双腿,等双腿有了知觉再跺脚,阵阵巨大的酸麻感几乎将他击倒。身体活动开后，他才趔趔着上楼。

客厅桌上有只铝盆，盛着半盆泛红的姜汤。姜小烨叹息道："兄弟，先把姜汤喝下去吧，省得感冒。"

石岳文感激地看看姜小烨，端起铝盆咕咚咕咚把姜汤喝个精光，又用袖子擦擦嘴，低声说了句："谢谢啊！"

姜小烨坐在桌边，掏出一支烟递给石岳文，自己也点了一支，深吸一口后吐出好几个烟圈，装作不经意地说："刚才你俩在楼下我都看见了，就在窗口。"

石岳文先是疑惑，随即明白，顾胜男说话那么大声，而姜小烨就在三楼，自然被惊扰到了。他难堪地垂下眼睑说："嗯，我和她之间，结束了。"

姜小烨拍拍石岳文的背说："别难过，兄弟！既然分手了，就说明她命里不是你的，你只是在错误的时间遇到了错的人罢了，一辈子长着呢，真正和你在一起的人，还没有出现呢……"

"我想喝酒。"石岳文头也没抬。

"好的，你等着！"姜小烨说完起身，抓件外套出门。十几分钟后，他提了两瓶二锅头白酒，还有塑料饭盒里装着的卤味、水煮花生、盐水毛豆等，摆放在客厅的餐桌上。

"抽刀断水水更流，借酒消愁愁更愁。"两个多小时后，两兄弟面红耳酣，胡言乱语，一会儿意气风发，一会儿抱头痛哭，醉得不像话，这才跌跌撞撞地各自上床睡觉。

石岳文和顾胜男没有再联系，即使在办公室遇见，也视对方为空气。

冯一丙伤愈照常上班，虽然他和石岳文几乎不说话，但处理石岳文的稿件再也没有为难的迹象——这号狠人他惹不起。

石岳文感觉自己像行尸走肉般，内心空荡荡的。他每天机械地做完采访工作，就回家躲在租屋里，也不说话。他清晰地感觉到，自己再这么熬下去，就废了。

这天开完编前会，石岳文去找柳公明，敲开门后直截了当地说："柳总，我想辞职！"

"嗯?"柳公明有些意外,他习惯性地将身体后仰靠在椅背上,思考了几秒钟,又前倾身体,探头关切地问,"说说你的理由。"

"我的事情您都知道,很感谢您对我的关照,但我想回老家,我年龄到了,也该回去成家立业了,总在外面漂着,父母也担心得很,况且他们也老了,需要有人照顾。"石岳文一口气说完。

"你兄妹几个?"柳公明问。

"兄妹三个,有个哥哥,还有个妹妹。"石岳文回答。

"嗯——"柳公明沉吟道,"如果因为照顾父母回老家,其实你当初出来的时候,就想好有兄妹照顾他们吧?如果你因为事业回老家,那你应该清楚北京的机会更多,前景也广阔;如果你因为结婚回老家,那据我所知——"

柳公明就此打住,目不转睛地看着石岳文。

"您说得都对!但北京这么大,我却找不到自己的位置,没有归属感,也看不到前途。按照目前的房价和我的收入计算,恐怕得攒钱到四十岁才能买一套小房子,天知道那时房价又涨到哪里去了——生存本来就难,结婚更难,如果回老家我本来就有房子,应该容易得多……"石岳文又是一番长篇大论。

"那你来北京的初心是啥?"柳公明问道。

"初心?!"石岳文愣住,他的思绪顷刻回到三年前,秦雨姗的音容笑貌浮现在脑海中……他心一疼,低下头说不出话来。

"你当年义无反顾地来北京闯荡,你的初心是啥?咱们想象一下,如果你就此认输,当一个逃兵灰溜溜地回家,你甘心吗?而且你在父母、家人、同学面前,可抬得起头?"柳公明追问。

"我当年的初心,并没有事业理想,只是因为失去了心爱的人……"石岳文心里说。他脑海中突然浮现出两个字:"逃避!"当年他到北京闯荡,就因无法直面内心而选择了逃避;如今他从北京回老家,不也同样是逃避吗?

"这不是人生规划,这是脚踩西瓜皮的懦弱,是对自己的不负责任!"石岳文暗忖。可是转念一想,目前这种尴尬别扭的上班状况,又实在煎熬。

柳公明注意到石岳文的反应,以为自己的话奏效了,便试探问道:"要不你回去再想想？辛苦打拼几年，好容易扎下根，放弃挺可惜的。"

石岳文迟疑，脑海中突然跳出一个想法——申请回老家创建西北记者站，既可以摆脱目前的办公环境，又不会脱离报社这个发展平台，还能隔三差五地照应家里，一举三得。

柳公明听了石岳文的想法，缓缓问道："到地方上做记者站倒是个不错的选择，但你干吗要选择去西北？"

"国家现在西部大开发，机会应该会有很多。"石岳文不假思索地回答道。

"呵呵！"柳公明反驳道，"国家为啥要搞西部开发，就因为那里穷呗。我们是全国性媒体，采访的是行业优秀企业和顶级专家，把他们的思想、开发模式以及成功经验推广给更多人——这些人可都在发达地区呢……

"你去西北做记者站，是想把西北开发用地推荐给他们吗？说句实在话，如今发达地区购买力强、地产开发利润率高，要到什么时候，他们才会想到去你老家开发呢？"柳公明说得一针见血。

石岳文无言以对。

柳公明喝口茶继续说："如果你想去地方做记者站，我建议你选择江南！"

他解释说，目前全国最发达的地区，就是以北京为中心的环渤海湾地区，以广州深圳为中心的珠三角地区，以上海为中心的长三角地区。报社在长三角虽然有上海记者站，但覆盖江浙有难度，可以考虑让他在江浙创建记者站，落脚杭州是个不错的选择。

石岳文没去过杭州，他对杭州所有的了解都源于书本，所谓"上有天堂，下有苏杭"，柳公明推荐的这座城市应该没错，即使选错了，再去南京或苏州落脚也没问题。

几个深长的呼吸后，石岳文坚定地说："好，那我去杭州！"言毕，他掏出一个信封递给柳公明，托他在自己离开北京后交给顾胜男。

信封里有张银行卡和一张纸条，卡里是石岳文工作三年积蓄的三万元钱，纸条上只写了一句话——"密码是你生日。"

相濡以沫，不如相忘于江湖。

他与顾胜男爱过、恨过，哭过、笑过，即使现在，仍然深爱着她。然而爱又如何？恨又如何？不是所有的花朵，都能结出果实；而且越绚烂的花朵，越不容易结果。

当晚，石岳文照例给素珍打电话——他每周都会给素珍打电话报平安。聊完家常挂电话时，他突然说："妈，我要去杭州了。"

"哦，去杭州呀，哪天走？去几天？"素珍随意问道。她已经习惯每周通话时听石岳文去这去那的，以为石岳文要去杭州采访呢。

"不是，我要去杭州工作了。"石岳文说。

"啊？！干得好好的，为啥呀？是不是遇上啥事儿了？有啥事给妈说，我帮你参谋参谋。"素珍关切地说。

"报社创建江浙记者站，派我去杭州做站长，等于升职……"石岳文解释道。

"儿子你记住，人一辈子就是个混世魔王，如果有机会，你就大胆去闯荡，结果谁知道呢？但是你累了乏了就回家里来，闯失败了也回家里来，家就是你的后盾你的港湾……"素珍动情地说。

所谓"男儿有泪不轻弹"，石岳文心中那道坚硬的堤坝，瞬间崩塌。大学毕业一路披荆斩棘，遇到任何挫折他都独自咬牙硬扛，对家人从来报喜不报忧，素珍寥寥数语，便令他红了眼眶。

他怕素珍听出些什么来，惹出没必要的担心，硬憋住哽咽平静地答道："嗯，知道了，我电话先挂了，您保重身体！"随即狠狠地挂了电话。

"是啊，老妈说得对！反正趁年轻闯一闯，失败了回老家也是条路，至少自己努力争取过，不至于老的时候悔不当初……"石岳文躺在床上反复回味素珍的话，去杭州的决心更加坚定了。

石岳文又拨通周朝歌的电话，他正在加班。自从开广告公司后，他没日没夜加班，不但承包厂家的广告设计，还代理几款产品的销售，生意做得红红火火。

周朝歌也鼓励石岳文大胆去闯，表示有需要就尽管开口，他鼎力相助。

打定主意去杭州后，石岳文几乎每晚喝酒，和同事、相熟的采访对象以及圈里记者朋友道别。姜小烨多数时候陪着他，郭宗江不出差时也一起出动,喝得每天昏昏沉沉、脚步虚浮。

石岳文单独约金小满吃饭,告诉她自己要离开北京了。金小满双眼放光,兴奋地说:"啊呀!真好!以后姐们儿在杭州算是有家啦!"

石岳文惊出一身冷汗。

"玩笑归玩笑,说真的,我很佩服你的勇气。"金小满一本正经地说,"你勇敢、善良、有才而且有拼劲,我一直有预感,觉得你能成功……"

饭馆门口道别,金小满张开双臂,大方笑道:"嗨,咱俩抱一个吧,这样彼此记得深一些。"

石岳文笑着摇头,上前给金小满一个熊抱。金小满趁势在石岳文耳边柔声说:"如果我没有那些污七八糟的过往,你觉得咱俩会不会在一起?"

石岳文还没反应过来,金小满已松开拥抱,作势比了一个手机搁在耳边的动作,转身哼着小曲儿走了。

临走前三天,石岳文打电话约华同川去他酒楼吃饭,工作上这么大变动,一定要给老哥说一声。

石岳文约了姜小烨和郭宗江,再度来到华同川的酒楼。在北京这几年,华同川这间酒楼是他们除了出租屋和单位以外最熟悉的地方,每次走进来都像回家一样,宾至如归。

还是那个贵宾包间,菜还没有上齐,华同川就迫不及待地问他:"小老弟,你有啥要事和我商量吗?"

"我决定离开北京,去杭州做记者站了。"石岳文说。

"嗯?干得好好的,怎么突然要走了呢?"华同川疑惑问道。

他默不作声地听石岳文讲完前因后果,感慨地端起酒杯说:"小老弟,你这是真性情、真汉子,有句诗怎么讲来着?恸哭六军俱缟素,冲冠一怒为红颜。今天这顿酒不用你买单,咱们尽管喝,就当我给你送行!"

酒过三巡,华同川突然想起什么似的问道:"兄弟,你哪天出发?"得知具体日期后,他沉吟道,"你住哪儿?杭州那边安排好了吗?"

石岳文尴尬一笑:"我先坐火车过去,找宾馆住两天,再租套房子就解决了。"这一茬他压根儿没当回事,几年来每到一座陌生城市采访,先在机场或火车站买张地图,分区域、记路线、找节点,能迅速规划好采访行程和吃喝拉撒,这是一名记者的基本素养。

"我正好杭州那边有些事情要处理,就陪你一起过去吧——我在那里还有套房子空着,你免费住,当是帮我看家了……"

"这咋行?!"石岳文连连摆手。虽然他和华同川称兄道弟关系不错,但千里迢迢地送行还免费借房子给他住,这让他受宠若惊。

华同川固执己见,威胁说如果石岳文不答应,以后兄弟也不要做了。石岳文只好恭敬不如从命。

当晚,整桌人喝得酩酊大醉,就连对石岳文爱搭不理的橘子,也泪水涟涟地拥抱了他,嘱咐他到杭州要多保重,有空就回北京看看大家。

早晨醒来,石岳文头疼欲裂,早饭也没胃口吃,挣扎着洗澡后又爬回床上。他心里胡思乱想:"如果顾胜男来央求我留下来,我就不走了——其实只要她来找我,我就不走了。"

这些日子他表面上潇洒吃喝,内心其实空荡荡地难受,不期然会有莫名的伤痛涌上,疼得他直不起腰。他无数次看手机,生怕错过顾胜男的短信或来电。

心若没有归宿,到哪里都是流浪。自从断了和顾胜男的联系,他对北京这座城市就没有了牵挂。他拼命想要逃离这座城市,却又万般不舍。

顾胜男早知道石岳文外派杭州,却没有向他说过哪怕一句话,单位组织的欢送宴,她也没有参加。

临行那天,顾胜男依然没有电话、没有短信,就像从来没遇过石岳文,就像不知道单位里还有石岳文这个人,就像石岳文在她的世界里不存在一样。

咫尺天涯。

石岳文残存的最后一丝念想,在他离开北京当天,彻底烟消云散。他把家当该留的留、该送的送,剩下的东西用一只条纹编织袋、一只旅行箱以及一只电脑包全装完了。

他将这些物什塞进出租车后备厢,就和华同川一起直奔火车站。汽车路过天安门广场时,他黯然神伤。

两年多来，石岳文挤公交坐地铁，从二环内到五环外，每个区域都跑过，却没去过天坛，没去过颐和园，没去过长城……他总觉得那些知名景点是给外地人看的，自己以后会有大把时间去逛。

　　没想到一转眼，自己就变成了外地人。

　　记忆中去过的那些地方，几乎都是他和顾胜男一起去的，无论哪处地方，挥之不去的都是她的面影。他舍得北京，却舍不得顾胜男。

　　候车厅里，石岳文徒劳地东张西望，期冀有惊喜发生。如果顾胜男意外地在某个角落出现，他会毅然决然地跟她回去——直到火车启动，类似电影的桥段却没有出现。

　　安排好行李，石岳文到两截车厢的交接处透气，望着窗外快速倒退的建筑、街道和绿树，他忍不住泪雨滂沱。

第四部

黄粱梦

1

火车蜿蜒爬行一整天，穿过城市和村庄、田园和江河。多数时间，石岳文把眼睛剐向窗外，思绪万千。

自北向南，从北京到杭州，车窗外的景象从一望无际黄土裸露的平川，变幻为绿树密布小桥流水的水乡；村庄从黄褐色的平顶土坯房或红砖房，切换成两三层坡屋顶的小洋楼。越往南走，感觉越有生气，景致也越漂亮。

就连风，也似乎变得柔软了。

小时候学的什么"山外青山楼外楼"，什么"烟笼寒水月笼纱"，还有什么"绿树村边合，青山郭外斜"等形容优美风景的诗句，描写的大都是江南。而描写自己北方老家的，往往是大漠、孤烟、塞外、沙场，不是"渴饮匈奴血"，就是"古来征战几人回"，悲得很！

一路上，石岳文努力说服自己选择的正确性，可他的心，就像被绳子牢牢地拴住一样，绳的另一头拴在北京——离开越远，扯得越疼。

一路走走停停，终于在晚上七八点钟的样子，到达杭州火车站。两个人手提肩扛地走到出口，就有华同川的朋友迎上来，热情地帮忙拿行李。一辆轿车和一辆商务车，载着一干人等，位置相当富余。

轿车行驶在两侧灯光璀璨的中河高架路，石岳文感慨万千。

虽然自己一事无成，但回顾走过的路，但凡重要转折点，总有贵人相助，邓红军、林玲、张老师、王立德教授、黄立中主任、秦雨姗、周朝歌、柳公明、华同川……自己何德何能，配得上这样的深情厚谊？

自己穷鬼一个，只是他们生命中的过客，从来没有也没有能力帮过他们，他们却慷慨无私地帮助自己——靠的是运气？还是自己的善良与真诚？抑或别的原因？无论如何，他们值得自己珍惜一生，滴水之恩，涌泉相报。

311

华同川在杭州的经历,他在火车上已经一五一十地告诉石岳文。十几年前他在杭州扎根,帮助老板把一盒成本七元钱的药卖到五十余元,居然风靡一时,生意做得风生水起。

故土难离,不惑之年的他便向老板请辞回京,一晃近十年。

在杭州时,华同川结交了很多铁杆儿朋友,而且都或多或少地帮助过他们,回京后依然频繁来往。此次两人来杭州,就受到铁杆儿朋友热情隆重的接待。

大家先去豪华酒楼吃饭,再到富丽堂皇的夜总会唱歌。朋友约来几个小姐妹作陪,把气氛搞得既热烈又暧昧,喝到凌晨才尽兴而归。

千元一瓶的红酒,硬是喝了十多瓶,喝得石岳文惴惴不安——因为背负银川房子的贷款,石岳文所有存款留给顾胜男后,就剩点零头。

石岳文原本喝得晕晕乎乎,出门后小风一吹,变得清醒异常。他执意不随华同川一起回家,而是拦了辆出租车,直奔西湖。

他新闻专业毕业,算是喝过一点墨水,杭州远的暂且不提,单就近现代,就有所谓"一座杭州城,半部民国史"的美誉,那些历史风流人物,在美丽的西子湖畔,发生了多少令人浮想联翩的故事啊!

然而他对西湖的认知,却只是来自书本,苍白得很。造化弄人,他很有可能一生扎根西湖侧畔。

"水光潋滟晴方好,山色空蒙雨亦奇。欲把西湖比西子,淡妆浓抹总相宜。"这首诗在他心里引发过无数遐想,遗憾的是从未亲眼目睹。因此吃饱喝足,他最迫切的心愿就是先去西湖边逛逛。

据说,晴西湖不如雨西湖,昼西湖不如夜西湖。

凌晨时分的西湖,灯光尽灭,湖水轻微晃荡,晃到远处,却平静得像一面镜子,被三面高低起伏连绵的群山包裹。周边亭台轩榭静静伫立,掩映在枝繁叶茂的绿树中,向两侧的湖边铺展开来。

眼前的西湖,如一个优雅宁静的处子。而这个时节,北京的树木已经枯黄、枝叶凋零;自己老家的树木,更是只剩下光秃秃的树干和枝丫。

老家的景象是遍地不长草、风吹石头跑,尤其沙漠边缘,年年植树年年死；反观这里，插根筷子都能长出绿叶。都说人生而平等，其实投胎这一步，就已经注定了人与人之间的不平等！

一方水土养一方人。在这潭湖水的滋养下，出了多少大人物啊，称得上是物华天宝、群英荟萃。就连夜总会一起唱歌的小姐妹，个个娇小玲珑、皮肤细润，明眸皓齿，顾盼生情，漂亮得令人心惊肉跳。

而老家的女孩们，骨架大、嗓门粗、皮肤糙，言行举止都带着硬汉的基因。

"我有幸来到这人间天堂，就一定要扎下根，干出一番事业来！"石岳文心下暗自鼓劲。

凌晨时分天气湿冷，只穿一件单衣的石岳文瘫坐在湖边长椅上感慨一番，起身走一走，累了再坐下歇一歇，竟不觉歪在一条长椅上睡着了。

醒来时天已微亮，远处影影绰绰的有人晨跑、打太极、练剑。石岳文全身几乎冻麻，触手毫无知觉。他费了半天劲把自己搞热乎，瑟瑟发抖地拦了辆出租车，去华同川家歇息。

接下来的几天，石岳文随华同川不停地拜访朋友，吃饭、喝茶、聊天，逛了灵隐寺、梅家坞，尝了运河的船菜，还在钱塘江畔对酒当歌，逍遥过活。

华同川一回京，石岳文便手足无措，几天的逍遥生活，险些令他忘了自己还是个上班族——这就是现实，哪怕你有天大的理想，也得先安身立命。他定神想了想，便撸起袖管开始收拾屋子。

华同川的房子，坐落在杭州城西一个老旧小区中，是五十平方米的一居室住宅。屋里设施陈旧老化，空调是坏的，床铺要换新的，锅碗瓢盆都要重新置办……花了一整天时间，石岳文才大致理出眉目来。

毕竟地处成熟区域，小区外的商业配套相当齐备，吃穿用度、就医游乐应有尽有，交通也很方便，这让石岳文宽慰不少。

不像刚毕业时城郊结合部的那间出租房，所有的商业配套，只有村头那个小卖部。在那种环境熬过的人，住进这样的小区，称得上是豪奢了。

享用一顿简陋晚餐后，石岳文打着嗝，去了小区附近的网吧——华同川的房子没有开通网络，他采集新闻线索、查阅资料、写稿件等工作，得在网吧干。

网吧里泛着浓重的烟味和霉味，偶有吊耳环、穿鼻孔、纹身的社会青年出入打游戏，而且时不时发出惊呼声——这些都不重要，重要的是网吧里暖和。因为华同川屋里的旧空调已没有维修价值，新的又太贵，石岳文只买了一片电暖气，微弱的热量根本无法抵御江南冬天深入骨髓的寒气。

胡乱浏览一番网页后，石岳文来到一个名为"杭州不夜天"的聊天室。

以前出差或写完稿件，石岳文会窜进聊天室逛逛。反正网友彼此不认识，他可以随便说话，逢到有趣的人还会相约吃饭，从网友变成真实的朋友。

"各位好！我是一名记者，初到杭州，想了解一下当地风土人情……"石岳文熟稔地在键盘上敲着。

这时有个头上冒火的愤怒小人头像登录上线，开聊便是一副抬杠架势："哟，记者呀！怎么到处都是顶着记者帽子骗吃骗喝骗色的，你哪座庙里的和尚？"

"我从北京来的，正经记者。"石岳文答。

"哇哦，京城来的！微服私访还是偷鸡摸狗来的，是个脑满肠肥的主儿吧，还说什么正经记者？"愤怒小人说。

"请注意用语，别给你的城市抹黑！"石岳文有些沉不住气了。

"嫌我说话难听了？那你不要进来呀！有些人说话道貌岸然，其实满肚子男盗女娼，披着一张画皮！"愤怒小人不依不饶。

"你咋吃了枪药一样的！我招你惹你了，一上网就更年期呀？"

"我是不是更年期关你屁事！"

"满嘴喷粪，注意你的素质！"

"老娘就这素质怎么滴？再怎么说老娘也是浙大毕业，素质比你高多了！"

"浙大毕业？就是这样长大的吗？！"

眼见聊不下去了，石岳文黑着脸下线走人。莫名其妙招来一顿撑，他憋着一口闷气，脸色阴沉。街边卖甘蔗的、卖荸荠的摊贩打招呼兜售，他充耳不闻，仿佛这个世界与他无关似的。

第二天石岳文起个大早，揣一张地图上了公交车。房地产最核心的价值是地段，如果不了解这座城市的格局、楼盘分布的区域及所处地段，写出的稿子也是睁眼说瞎话。

中午，石岳文随意在公交站边吃碗片儿川面，抽空把去过的地方在地图上做了标注，再登下一辆公交车继续逛，夜幕降临才回到家里，晚上拿出地图凭印象对标记忆。

约摸十天时间，石岳文跑遍这座城市的各个角落，脑中装满街路巷以及标志性建筑的名字，结合网上查阅的资料，他自信对这座城市已有几分了解。

做了近十年记者，石岳文深谙按图索骥的套路。以前出差到一座陌生城市，他总是先买张地图，乘着在酒店休息的工夫，就把大致的区划及主要街路标记清楚，再从开发商那里搞点资料，炮制出一篇篇貌似专业的稿件。

这次他下了真功夫，脑海中能浮现各个区域的样貌。下一步，他决定先走访建委和房管局——来杭前，柳公明已提供当地对接人的联系方式。

这种顺藤摸瓜的采访套路石岳文也已熟稔，通过政府部门对接人，找到想要采访的开发商领导，再接触前期、工程、设计、营销端口负责人，以及外围的协作单位及业主等，以点串线、以线串面、由表及里地深度挖掘。

出乎意料，石岳文的采访线路，到开发商领导这里卡壳了。

石岳文所属的报社是行业类媒体，读者群体不是购房者，而是政府建设及房管部门、各大设计院所、开发商等。开发商关心的，却是刊登一篇稿子能接几组购房咨询电话，对于石岳文这张陌生面孔，精于市场经济的他们并不感冒。

石岳文不断约采访时间，开发商却总以各种理由推托，有的干脆连电话也不接。个别面情软的开发商禁不住软磨硬泡，随便派个策划专员敷衍了事。

两周过去，石岳文一篇稿件都没能拿出来，这让他很沮丧。照此下去，他生存都够呛，甚至得卷铺盖回老家。

百无聊赖、内心苦闷之际，石岳文多数时间又泡在网吧里。每次查询完资料和信息，他仍然会去"杭州不夜天"逛逛。他聪明地学会了潜水，偶尔发表一两句插科打诨的话。

这天,他正饶有兴致地看大家聊天,愤怒小人头像突然开口:"嗨,大记者,好啊!"

"嗯,不好!"石岳文随手敲着键盘回复。

"咋了?采访不顺利吗?没关系,万事开头难嘛,嘻嘻。"突然转变的话风,令石岳文不知所措。这家伙上次不是撑天撑地把人撑吐血的嘛,突然转性了?

出于礼貌,也因为憋在内心的苦闷确实无处宣泄,石岳文言简意赅地说了自己的困境,心想反正彼此不认识,就把她当作宣泄负面情绪的垃圾桶得了。

不知不觉,他长篇大论地敲了很多字上去。

良久,对话框跳出几行字:"开发商的态度能理解,建议你先从第三方评论的角度写稿,当然批评报道最好,再把报纸寄给他们,看看反应如何?"

"我咋没想到呢?"石岳文如醍醐灌顶,迅速表达了一连串谢意。愤怒小人则忙不迭地谦虚礼让。后续聊天风和日丽,毫无剑拔弩张的感觉。

临近下线,石岳文试探问道:"上次聊天你咋发那么大火啊?"

"哦,那天心情不好误伤了你,多包涵哈。"对方回复,继而又发出一行字,"我叫凌笑笑,一般下班后19:00至20:30会上网玩,咱们下次再聊啊!"

这次聊天石岳文感觉很棒,打算以后也在这个时段来聊天室,没准儿还有机会见面,万一对方是个大美女呢。想到这里,他脸上不觉浮现出笑意。

回家路上,石岳文盘算先去找撒东来聊聊再说。

撒东来是地产营销策划机构的老板,四十出头,瘦而高、披肩卷发,颇有些艺术家气质。当年华同川在杭州做生意时,把企业广告从平面设计、拍摄制作到媒体投放,全部交给他。因了华同川的帮助,他才创业成功。

然而石岳文打电话约见,他的答复竟和开发商如出一辙,忙得顾不上。他不胜感慨,撒东来起初的热情是因为华同川的面子,现在自然人走茶凉。

"或许他真的很忙呢?"石岳文心存侥幸地想。

他隔三差五地打电话约撒东来。功夫不负苦心人,终于在一个下午,他如愿以偿地走进撒东来的办公室。

石岳文这才知道,撒东来确实很忙。

他瘫坐在老板椅上,疲惫地解释没时间的原因:"我们三十多号人,服务十几个项目,三个人干五个人的活,挣四个人的钱,每晚通宵加班——你前几次约我,正逢年终促销会战,我忙得人仰马翻,快餐放到办公桌上都顾不上吃,一泡尿能从中午憋到晚上……"

开发商拿到地块,策划机构就要派团队进行市场调研,包括经济发展、宏观政策、供地分析、市场基本面分析、竞品情况、未来竞争预测等,再根据目标客群的需求和喜好的调查问卷,结合地块指标,拿出产品定位报告卖给开发商。

产品定位报告包括建筑的形制与风格、户型配比、配套业态、销售价格分析、成本与收益测算等等。

开发商收到定位报告,给建筑设计院下达设计任务书。策划机构同期提供咨询服务,与设计院在市场需求和设计规范的博弈中寻求平衡。

开发商施工时,策划机构已着手对项目进行包装,根据设计图梳理项目价值,由此延展案名、VI(视觉识别)系统、定位语、广告语、楼书、折页以及售展中心的包装等。

待到项目开始销售,策划机构又要定期出具营销策略报告,并且逐日落实到每个推广动作中。市面上的报纸广告、电视广告、电台广告、车体广告、户外广告等所有的创意和设计,都出自策划机构之手……

听完撒东来的介绍,石岳文瞠目结舌。

他深感自己专业知识的匮乏,难为情地说:"和你们比起来,我简直就是地产小白,以前采访地产大佬听来的知识,都是形而上的理念,轻飘飘地悬在空中不接地气,看来我要学习的东西太多了。"

"那倒不是,咱们隔着行呢!你们做记者的,要的是博大,而不是精深……"撒东来宽慰石岳文。

撒东来和他的公司,呈现了一个陌生而全新的世界。经过半下午交流,石岳文找到了采访突破口。

开发商手头的资料，主要集中在自己的项目上，要多深入有多深入，要多专业有多专业。而石岳文需要的资料，其实在策划公司手里——他们手里项目多，资料博且杂。

　　临近下班，石岳文丝毫没有告辞的意思，难得约到撒东来，不把问题聊透怎么行？他顾不上撒东来的感受，就像溺水的人抓住了一块木板。

　　撒东来暗示几次不见反应，便抬腕看表说："兄弟啊，今天难得空闲，你不忙的话咱们一起吃个饭，边吃边聊？"

　　石岳文难为情地搓搓手道："哥你太客气了！还是我请你吧，浪费你一下午时间，挺不好意思。"

　　"说啥呢？你是华同川的兄弟，就是我兄弟，这么见外干吗！"撒东来边说边拍拍石岳文的背。

　　撒东来开车，七绕八拐地带石岳文来到一条背街小巷，停在一家门脸很小的饭馆门口。饭馆门头红底白字：乐清湾小海鲜。

　　石岳文有些茫然。因为无论在老家银川或北京，有朋自远方来，一定会打肿脸请吃大餐，既撑足面子，又让朋友感觉备受尊重。撒东来好歹是个老板，请客居然选择这种路边店，务实？小气？还是他根本不重视自己？

　　怀着疑惑的心思，石岳文跟随撒东来进了饭馆。

　　撒东来似乎看透石岳文的心思，笑着说："就咱们两个人，随便吃一点，不要介意哦。"

　　"哪里哪里！"石岳文口是心非地答道。

　　提筷下口，石岳文才发现自己误会了，葱油蛏子、白灼香螺、清水甜虾、豆腐鱼、清炒空心菜，外加一条清蒸鲈鱼和一盘炒粉干，每道菜都是扎心的美味。

　　撒东来提起酒杯说："别看这个店门脸小，他家的小海鲜既新鲜又干净，味道做得很鲜美，生意好得客户经常排队呢！"

　　"果然不同凡响啊！"石岳文咂着嘴说，"我现在才发现，我们北方人死要面子活受罪，你们南方人就很务实，不讲究排场啥的……"

　　两个人相视而笑，仰头一饮而尽。

吃到一半，石岳文试探地问："撒哥，你们公司缺人手不？"

"当然缺啦！怎么，你想跳槽到我公司来？"撒东来嘻笑着问。

"不是、不是！"石岳文赶紧摇头，"如果你缺人手，我平时空了可以帮帮忙。别的我不会，但是写几篇广告软文，我还是有自信的。"

"那敢情好！"撒东来眼睛一亮，忙不迭地说，"你是首都来的大记者，能屈尊帮我公司写软文，那是求之不得的机会，也是他甲方的福气。我公司就缺你这种能写文章的人，那些个小鬼道行不够，写的东西上不了台面……"

这件事情谈成，撒东来很开心，饭后硬拉着石岳文去曙光路一家名为"YOU TO BAR"的酒吧喝酒。

"你看这个酒吧的名字，YOU TO BAR，你来了，你吐吧！哈哈……"撒东来说着话，已经推开酒吧门。

一进门，酒吧老板便迎上来，把他俩带到最接近舞台的位置。老板光头锃亮，显然和撒东来熟识已久。

酒吧舞台进深两米多、宽四米左右，键盘、吉他手、贝斯手、架子鼓伴奏，女歌手慵懒地坐在台上，唱着《流浪歌手的情人》，略带沙哑的嗓音、专注而略带忧郁的表情，一看就是有故事的人。

据说希腊语中"乐"就是"快"的意思，意谓痛苦才是人生永恒的主题，痛苦不在的短暂期间无以名之，才取名"乐"，可见快乐有多短暂。

酒吧的时光就很快乐，石岳文感觉没坐多久，时间已近凌晨。石岳文随同撒东来出门时，依依不舍地回头望着台上的女歌手，想着下回还要再来这个酒吧。

只听"哐当"一声，石岳文不经意碰翻身边座位上的一大桶生啤。溢出的啤酒浸湿半张木桌，还浇湿了座位上两个年轻人的衣服。

年轻人嘴里不干不净地骂着，甚至抓住石岳文的衣领，作势要动手。

石岳文忙不迭地赔礼道歉，撒东来也回身劝解。哪知年轻人不依不饶，非要石岳文给个说法，张口索赔两千元钱。

光头老板走过来，冲年轻人说："嗨嗨！你俩先放手，有事儿咱们外边去说，这里做着生意呢。"年轻人识趣放手，乖乖地跟着光头老板走出酒吧。

听完事情的原委，光头老板眼神飞刀一样地射向年轻人："碰翻你们一桶啤酒，就让人家赔两千块？"

年轻人噤若寒蝉，低着头不敢看光头老板。

光头老板掏出两百元钱，往年轻人手里一塞说："这个钱拿去洗衣服，酒吧的单不用买了，滚！"

年轻人面面相觑，互相交流一下眼神，冲着光头老板点头哈腰地说了两遍不好意思，瞬间消失得无影无踪。

撒东来握住光头老板的手一再表示感谢，掏出五百元钱赔偿光头老板的损失。光头老板大手一挥："不用不用，这么多年兄弟，还这么见外！"敷衍几句后，抽出两百元钱告辞进店。

第二天开始，石岳文隔三差五去撒东来公司帮忙。借助撒东来公司大量的资料，他写广告软文的同时，也以客观公正的媒体视角，写出不少扎实有分量的深度报道发回报社。

他将发表文章的当期报纸，寄给杭州排名前二十位的开发商。一个多月后，他陆续接到邀请采访的电话——他顺利打入杭州地产圈，并结识了一些地产大佬，采访开始顺风顺水。

撒东来的公司、华同川的房子、小区附近的网吧，石岳文多数的时间都耗在这三个地方，其他时间则坐公交车去采访、踩盘。

闲来无事，他会独自去西湖、清河坊、丝绸城、四季青服装城、西溪湿地、武林广场，逛饿了吃碗面，偶尔看场电影，日子也算逍遥自在。

唯一令他不适的，就是冷！按理说他北方苦寒之地出身，到南方绝无怕冷的道理。然而，事实并非如此。

北方的冷是干冷，猎猎的北风刮过，虽然皮肤像刀割一样，但穿件挡风的衣服就好了。南方的冷却全然不同，潮湿阴冷的空气，能穿透肌肤钻到骨头缝里，甚至深入骨髓。

北方室外冷，但室内有暖气供应，一进屋热得秋裤都穿不住。南方没有暖气，人们只在特别寒冷的时候，才打开空调驱走寒气。

每当回到家里，石岳文冻得满屋子转，因为只要坐下来，一会儿腿就麻了。睡觉时哪怕盖了厚厚的棉被，他依然忍不住瑟瑟发抖。

"回家！我要回家！"石岳文脑海里，每天都抑制不住回家的渴望。纠结几天后，他在春节前一个月，买机票逃回了银川。

他事先从撒东来那里拷贝大量资料带回银川，在老家通过电子邮件和电话采访开发商，炮制的稿件每周定期发回北京——过完春节再度回到杭州，报社领导还以为他过年留在杭州呢。

2

过完春节回杭州，石岳文走访熟识的开发商后，打点行装去北京汇报工作。

临行，他去丝绸城买了各种款式和价格的丝巾，计划给每位同事送一条。因为"丝"与"思"谐音，表达他孤悬杭州对同事们的想念。

飞机降落北京的瞬间，石岳文心里涌上莫可名状的难过。他初到杭州驻站时，给顾胜男发过短信，没收到过一条回复；他不甘心地打过电话，查无此号。

同事在电话里说，石岳文前脚去杭州赴任，顾胜男当天就向报社提出辞职，自此杳无音信——她同样等着石岳文给自己打电话或发短信，直到石岳文离开北京的那天，她才绝望地删除了他的联系方式。

那点可怜的自尊，毁了两人重归于好的机会。十年后，石岳文才明白四十不惑的意思，就是知道自己要什么，次要矛盾靠边站。可是残酷的时光，啥时候倒流过？

石岳文在报社附近的宾馆开了间房，简单洗漱后背上双肩包去了报社——第二天才开年度工作会议，他想提前去和同事们熟络熟络。

送完礼物寒暄之后，他去了柳公明办公室，送给柳公明的礼物，也是丝巾，只是价格贵了很多。

"柳哥过年好啊！这是我的一点小心意，嫂子系上一定会更漂亮！"石岳文敲开柳公明的门，嘻笑着在柳公明对面坐下来。

"自家兄弟，这么客气干吗！"柳公明说着，给石岳文倒了杯水。他对石岳文的表现相当满意，赞赏说，"你一个人在外驻站不容易，但能在短短半年时间打开局面，工作能力毋庸置疑……"

"那个、那个、有没有和大家联系？"石岳文迟疑问道。

"你是说顾胜男吧？没有联系了！不知道她回老家了呢，还是仍然留在北京，就像是人间蒸发了一样。"柳公明说。

见石岳文情绪低落，柳公明安慰道："当初你拼命想要逃离的北京，恰恰是你朝思暮想要回来的地方——生活赤裸裸的真相，就是我们无处可逃。如今你既然选择逃离，过去的就让它过去吧，就算能联系上，也别去打扰人家了……"

一席话，说得石岳文沉默不语。他原本做好准备，这次回京哪怕掘地三尺，也要找到顾胜男，只要她愿意，自己会毫不犹豫地和她在一起。

因为思念一个人的滋味，如万蚁噬心。

石岳文离开时，柳公明从背后书架抽出一本《阳明心学》递给他："天下圣人两个半，这本书你有空看看，读明白啥叫'致良知'、啥叫'知行合一'，心结自然会解开……"

年度工作计划会议结束，石岳文执拗地在北京多待了几天，晚上和华同川、姜小烨、郭宗江以及其他同事叙旧，白天则几乎走遍了和顾胜男曾经一起去过的所有地方。

每去一处地方，他脑海中会浮现出顾胜男的面影，她的快乐和笑容、她的眼泪和悲伤。他妄想在某个地方不期然地遇见顾胜男，就像小说中写的那样。然而生活不是小说，能翻来覆去地看。

离开北京前夜，同事凑份子搞了一场欢送宴，虽然菜品不是很正宗，但很难得地聚拢了北京烤鸭、驴肉火烧、炸酱面等本地特色，可谓用心良苦。

石岳文喝得酩酊大醉，趴在桌上模模糊糊地总觉得顾胜男就坐在同事中间，睁眼扫视一圈，又是巨大的失落和悲伤。

走出饭店大门，大雪纷飞，街上也厚厚地盖了一层。

"下雪了！下雪了！"同事们叽叽喳喳地叫着。入冬以来，北京没下过雪，眼看春天来了，这场久违的雪才姗姗来迟。

唯独石岳文沉默，仿佛丢了魂。

他执意不让同事们送，和大家道别后，独自跌跌撞撞地走回宾馆。在这大雪肆意纷飞的夜里，他在路灯下的身影孤独悠长。走到一个僻静的花坛边，他双腿一弯跪倒在地，头埋在雪中号啕大哭。

2003年尾的那个夜晚，也是一场大雪，冻结了整座城市。

那个雪夜，报社最漂亮的姑娘顾胜男，接近一米七的个头，白皙干净的瓜子脸，五官疏朗、细眉长眼，染成酒红色的齐脖短发自然下垂，清纯中透出一股妖娆——那个长得比孙燕姿还漂亮的姑娘，和他一起踏雪觅食。

那个雪夜，她虽然两手紧抱着他的胳膊走路，还是摔倒了，整个人扑倒在他怀里。

那个雪夜，那个漂亮得不像话的姑娘，冷不丁用两片温软堵住了他的嘴。

那个雪夜，她大胆地对自己说："我喜欢你！"

那个雪夜，他向她回应："我愿意！"

时过境迁，物是人非。

那个全报社最漂亮的姑娘，像飞蛾投火一样，勇敢地把自己献给了爱情，可是这所谓的爱情，却毁了她的青春！

自己给她的，除了一次又一次的伤害，还有什么？当感情出现危机时，自己不是选择直面问题，不是给她理解与宽容，不是给她信心与支持，反而自私地释放着嫉妒和恨意，折磨她、虐待她，甚至不惜令她在同事面前颜面扫地……

然后，自己像个懦夫般选择了逃离——就像柳公明说的，虽然他逃离了北京，但能逃离自己的内心吗？虽然他一次又一次地撕开伤疤，用彻骨的痛来说服自己逃离是正确的，但顾胜男才是最大的受害者，又有谁来为她疗伤！

从号啕大哭到低声啜泣，石岳文被酒精和寒雪麻痹的身体，逐渐没了知觉，双眼也沉重得快要闭上了。

北方城市经常发生这样的事情：雪夜，醉酒的人蜷在街边睡着，被冻死。

"不能睡！我不能睡！睡着就起不来了！"石岳文咬牙切齿地提醒自己。他左右开弓，重重扇了自己几记耳光，借着瞬间的清醒，扶着花坛边沿慢慢站起来，再使劲跺了一会儿脚，才逐渐恢复知觉，跌跌撞撞地走回宾馆。

距离宾馆还有一段路程，足够他收拾那颗支离破碎的心。

此情可待成追忆，只是当时已惘然。过去的，就让它过去吧。过度地沉湎过往，就是对当下的不负责任。

生命是一个过程，但人生却是分阶段的。在那个阶段，他遇到一个漂亮姑娘和她的爱情，也在生命旅程里烙下深深的印记，已经足够。

当下却是一段全新的旅程，自己仍要努力地活、努力地爱。就像罗曼·罗兰说的，世界上只有一种真正的英雄主义，就是认清生活的真相后，仍然热爱生活。

第二天，踏上飞往杭州的航班，他从心底将顾胜男卸载。

这里是杭州！

2、3月灵峰探梅，4、5月龙井梅家坞品茶吃农家菜、西湖边赏桃花看牡丹，6月份接天莲叶无穷碧——在这如诗如画的城市里，光阴似箭。

石岳文一如既往去撒东来公司帮忙，一如既往采访写稿，一如既往去聊天室和凌笑笑聊天，一如既往一个人四处转悠。

他促成报社和当地最大的开发商红城集团合作，在西湖边举办了一场声势浩大的"西湖论剑——中国地产品质高峰论坛"。从前期筹划到活动组织，他一手操持，搞得有声有色。这场论坛报社扬名立万，挣了二十万元合作费，还额外收取了近十万元门票钱。

唯一难为情的是，开发商派人去买四百元一张的门票，辗转找到石岳文那间五十平方米的蜗居小屋，难以置信，竟以为他是骗子，还打电话到省房协查证。

半年来，石岳文数次向凌笑笑索要照片，都被她搪塞过去，搞得他心痒难耐。两人早就互留手机号码，但除春节发短信拜年外，彼此没有联系过。

"她长什么样？不会是个如花吧？兴许是个美女呢？"好几次，石岳文想打电话约会，却最终放弃，因为很多网友见光死。

一个百无聊赖的星期天中午，石岳文收到凌笑笑的短信："傍晚有空吗？一起爬山哦。"

怀着惴惴不安的期望，石岳文认真地洗了澡，又到楼下理发店收拾一番，这才按照短信中的地址，不慌不忙地坐公交车去西湖边。

来到西湖东北角的六公园约摸四点。湖面平静，船影点点，远处三潭印月的标志和湖心亭清晰可见，湖边人流熙熙攘攘，拍照留影、玩闹嬉戏。

一些人在散落的茶台围坐，悠闲地饮茶打牌嗑瓜子；远处亭子里，另一些人在捣鼓乐器，为亭子中央唱越剧的人伴奏……他们是本地人，这是他们消磨闲暇时光的生活方式。

彼时刚立夏，中午的热浪尚未消退，跳下公交车的石岳文，汗透胸背。他四周搜寻一番，很快找到凌笑笑短信中说的那个爬山群。那群年轻人穿着运动衫，聚在一起有说有笑。

石岳文走过去，向一位面善的姑娘打问道："请问哪位是凌笑笑？"

"你是石岳文？"姑娘眨巴着眼睛反问道。

姑娘中等个儿，戴一副近视眼镜，皮肤白净，圆脸，齐耳短发，神态恬静，算不上漂亮，但也不丑。

"你是、凌笑笑？"石岳文疑惑反问，陌生人不可能知道他的名字。

姑娘点头确认。石岳文一时竟有些恍惚，眼前的姑娘模样清秀、气质恬静，说话细声细气，与聊天室那个撑天撑地撑空气的愤怒小人截然相反，真是一入网络深似海，从此萧郎是路人。

面对最熟悉的陌生人，两人从彼此的观感开始打开话匣，没多久便已熟稔。

石岳文和凌笑笑跟着大伙儿，顺着秋水山庄旁的小路爬上保俶山，在保俶塔前合影。西湖南边山上的六和塔显得臃肿肥硕，北边山上的保俶塔却是精瘦，双塔遥相呼应，相映成趣。

石岳文像导游一样，喋喋不休地讲述秋水山庄的来历——出于职业习惯，他初到杭州，就把西湖边的建筑遗存认真研习一遍，此时卖弄，直把凌笑笑这个当地人唬得一愣一愣的。

沈秋水原是晚清上海滩一名雏妓，成年后被一皇室贝勒携往京城。贝勒病故，她便席卷财物重回上海滩，结识了史量才，以身相许，成了他的二太太。

沈秋水将所带财物给了史量才，助他购进《申报》《新闻报》，使其一跃成为报业泰斗。史量才发迹后又有了外室，良心不安，便置办这座院墅送给沈秋水，并亲手题写"秋水山庄"匾额。

1934年史量才与沈秋水从杭州去上海途中，被特务暗杀。据说在史量才的灵堂上，秋水白衣素服、形容憔悴，抱着史量才最喜爱的七弦琴，弹了一曲《广陵散》。

乐曲将终，琴声激昂，琴弦崩断。秋水抱琴走近火钵，将琴付之一炬。《广陵散》绝，知音不再！

后来，沈秋水离开秋水山庄，也离开史家，独自焚香诵经，了却残生。

石岳文讲得绘声绘色，凌笑笑听得唏嘘不已。

因入戏太深，石岳文自怨自艾、情绪低落——他感觉自己就像那沈秋水，对顾胜男一往情深；而顾胜男却像史量才，风流多情，左右逢源。

这个念头随即打消——对错也好，爱恨也罢，都已随风而逝。未来的人生，是一个崭新的开始！

走下山天已黑透，众人寻了农家菜馆吃完饭，又去小酒吧坐了两三个小时。凌笑笑自始至终和石岳文在一起，笑眯眯的样子，偶尔说两三句话，也显得温柔恬静。相形之下，石岳文简直是个话痨。

从那以后，几乎每个周末，大家就约会爬山、聚餐、唱歌、游泳、打保龄球……石岳文喜欢这样的生活，每逢周末就渴望收到群主的通知——不单因为孤独，也因为有冠冕堂皇的理由可以和凌笑笑见面。

两个人彼此有好感，却自始至终保持若即若离的关系，是彼此害羞心照不宣？还是都曾受过伤、用厚厚的壳把自己包裹起来？抑或感情还没发展到那一步？至少在石岳文心里，对凌笑笑下不了手，更别说下嘴了。

某个晚上醉酒后，石岳文决定尝试和凌笑笑交往——结束一段旧恋情最好的方法，就是开启另一段恋情。

秦雨姗去世，令他丧失在银川直面生活的勇气；顾胜男劈腿，又让他变成一条逃离北京的丧家犬。石岳文清楚，他无处可逃，因为他逃不脱自己的内心，痛苦也没有因逃避而减弱半分。

凌笑笑是浙大高才生，工作按部就班，日子波澜不惊。

石岳文频繁邀约凌笑笑，吃饭、看电影、逛街、去游乐园。她从不爽约，就像事先等着石岳文约她一样。偶尔，石岳文邀她到那个蜗居小屋一起做饭，孤男寡女同处一室，彼此也规矩得很。

石岳文偶尔会拿凌笑笑和顾胜男比较。顾胜男漂亮，漂亮到可以令他发狂；凌笑笑却给他温暖踏实的感觉，现世安稳，难道不是人生最好的选择吗？

又一个周末，还是爬山群的老套路：上北高峰，吃农家菜，泡酒吧。

大家先在浙大玉泉校区集合，从学校后门拾级而上，直达北高峰。返回时在中途岔口处进入植物园，穿过偌大的植物园到达青芝坞餐饮一条街。酒足饭饱后，再相约乘出租车去吴山广场一间名为"红番茄"的酒吧消遣。

体力差异加上男女有别，十几人的团队拉开距离近千米。石岳文陪着凌笑笑，勉强跟住队伍的尾巴。行至半山腰转弯处，有块巨石可以站上去俯瞰西湖。

凌笑笑额头冒汗、气喘吁吁，她索性脱下外套系在腰间，牛仔裤、短袖衫搭配旅游鞋，活力十足。

石岳文从背包取出矿泉水递给凌笑笑，自己也拧开一瓶咕噜噜喝掉半瓶，一起坐在巨石上欣赏美景。

秋深桂子香。漫山遍野的植物，不知从哪里传来阵阵幽香，时而有一簇深红或深黄叶子的植物点缀其间。远处的西湖，在淡青色的天际下显得苍茫渺远。

凌笑笑觉得有点冷，重又穿上外套。石岳文见状，便又坐近些，两个人肩碰肩地倚靠着，看来秋寒并非全无是处。

爬山群陆续从山顶返回，看见俩人互相倚靠坐在巨石上，很是惊讶：

"嗯？你俩咋爬那么快，这么早就返回来了？山顶上没看见你俩呀！"

石岳文笑笑，不置可否。

"会不会你俩根本就没往上爬，一直坐在这儿？"

石岳文歪头笑着说："你猜！"

"你们体力真好！我爬到这儿就爬不动了，石岳文陪我坐在这儿等你们——如果我也爬上去，会拖大家后腿，害你们所有人都得等……"凌笑笑不紧不慢地解了围。

说话间，大家相继来到巨石前会合，一起走岔道穿过植物园，在青芝坞找了家酸菜鱼馆吃完饭，直奔吴山广场的红番茄酒吧。

红番茄是背街小巷的小酒吧，屋檐下挑着几个红灯笼，在寒意袭人的初冬散发着温暖的意象。

推开厚重的木门进去，居中一个吧台，四周零散布局着沉船木做的大小长桌，每张长桌上放着两三只不等的番茄灯。大家找了位子坐下后，便向老板点了几箱啤酒、各类坚果小吃和水果拼盘，摇骰子、说笑话、喝酒……

有个网名叫"西湖不在"的家伙，是爬山群的组织者之一。他头发梳得油光水滑，圆脸小眼，色眯眯地盯着凌笑笑。

这让石岳文感到很不舒服，他借机和"西湖不在"摇骰子赌酒，试图转移这家伙的注意力。

哪知"西湖不在"放下酒杯或骰盅，仍然色眯眯地盯着凌笑笑，时而和凌笑笑搭讪，说几句不荤不素的玩笑话，后来索性端了酒杯坐到凌笑笑身边，甚至得寸进尺地去揽凌笑笑的肩膀。

凌笑笑礼貌地躲避开他的脏手，往边上让了让。哪知"西湖不在"狗皮膏药一样地挪动屁股往上凑。

石岳文忍无可忍，端了酒杯来到两人身后，让"西湖不在"挪挪位置，他要坐在两个人的中间。

"你有病吧？这中间哪有地方坐的？""西湖不在"羞恼地说。

"我就想坐这儿，你有问题吗？"石岳文直视着他，眼神中满溢挑衅。

"我就不让你能咋的？你又不是她男朋友！""西湖不在"硬邦邦地回应。

"谁说我不是她男朋友了？！"石岳文说话间，走到凌笑笑身后，顺手揽上她肩头，目不转睛地盯着"西湖不在"。

凌笑笑不自然地动动身体，也就由着石岳文了。

"西湖不在"半张着嘴，指着石岳文将信将疑地问凌笑笑："他、真的是你男朋友？"

"嗯！"凌笑笑声音细若蚊蝇，随即低下头。

"真是活见鬼了今天！""西湖不在"懊恼地嘀咕一句，拿起外套转身离开酒吧。

石岳文试探地抓住凌笑笑的手。她微微抽了一下，没抽动，也就由着他了。

离开酒吧送凌笑笑回家，在她租住小区附近高架桥下的阴影处，石岳文主动拥抱，并且得寸进尺地吻了她。

凌笑笑起初惊恐地挣扎几下，随即倒进石岳文怀里，两只手也不知不觉地从后面抱紧他。初冬、寒夜，两颗孤独的心，融合了……

对于相爱的人来说，时光飞逝；然而一日不见，又如隔三秋。

转眼第二年春，石岳文与凌笑笑几乎天天见面，短信来往不计其数。下班后，凌笑笑便骑小电驴去石岳文的小屋一起做饭，偶尔看场电影，腻歪得差不多了，石岳文再骑小电驴送凌笑笑回家，自己坐公交车回来。

石岳文好几次和凌笑笑提结婚，表示要拜见她父母，都被她以各种理由拒绝。

石岳文百思不得其解，两人均已而立之年，父母都急着催婚，明明心意相通，为啥不能结婚呢？凌笑笑却坚持说结婚是终身大事，时机还不成熟，为此两人还吵过架。

4月的一个晚上，石岳文洗漱完毕准备上床睡觉，凌笑笑发来一条莫名其妙的短信："我自由了！"

石岳文一头雾水，便拨了手机过去。

电话那头，凌笑笑语气中掩饰不住的喜悦："我自由了！我终于自由了！整整三年，我以为一辈子毁了呢……"

石岳文从她激动的表述中得知，原来她已婚，因和前夫感情不和分居两年多，她提出离婚时对方百般刁难，屡次上门闹事，而且提出高额索赔。凌笑笑不屈不挠，终于以一套房子的代价，离掉了。

石岳文这才明白，平时性格温顺的凌笑笑，为什么会在网络聊天室里愤世嫉俗、撑天撑地撑空气。每个人心理承受力都有限，负面情绪积累多了，如果没有宣泄的出口，迟早会得精神病。

"这件事、为啥你没早告诉我？"石岳文怅然问道。

"我不敢和你说，我怕说了你就不理我了！"凌笑笑可怜巴巴地说，"我知道你是个好人，也很珍惜咱们这段感情。好几次我鼓起勇气想坦白，但我真的很怕，害怕失去你，想自己悄悄把这件事处理完，咱们就能正大光明地结婚了……"

听了凌笑笑的话，石岳文心乱如麻。

他为凌笑笑隐瞒自己这么久而感到愤怒，却又同情她的遭遇。他想和凌笑笑一拍两散，却又搁不下这段相濡以沫的情感。

胡乱聊了一通后，石岳文挂掉电话，辗转反侧。

石岳文想起了顾胜男，当年她为了和自己在一起，背负沉重的心理压力，隐瞒了很多事情独自面对，没想到被自己发现，结果伤痕累累。眼下这种情况何其相像！如果自己像以前一样发泄嫉妒、愤怒，等于又把凌笑笑推上绝路。

"你爱凌笑笑吗？"石岳文反复问自己。答案确定后，他下决心给凌笑笑理解与宽容、信任与支持，做她坚强的后盾！人不能两次绊倒在同一块石头上，他已经错过一次，不能再错了！

凌晨三点时分，石岳文给凌笑笑发了短信："周末咱俩去你家吧！"

短信发出一分钟不到，手机响了，电话那端凌笑笑号啕大哭："呜呜，我以为你不要我了——呜呜，其实我和他啥都没有……这辈子，咱俩一定要相亲相爱、白头到老，呜呜！"

凌笑笑哭得梨花带雨，石岳文也热泪盈眶。他第一次感受到，原来宽容有如此巨大的力量。

3

自古至今，杭州都是一座藏富于民的城市。为人父母的当地人，大都不愿女儿远嫁他乡，尤其遥远的西北。

凌笑笑家在杭州郊区城中村，因为城市扩张征地，拿到一笔不菲的补偿款、一套大房子以及村集体每年的分红。她家老宅是一幢三层小楼，所处位置已变成正宗城区，老两口把小楼隔成多套小房间租给外地人，每月都有不菲的房租收入。

老两口平时逛街、收租、看电视，闲时揽一些村办企业的活计在家里做，计件收费，日子过得富足且安稳。

石岳文的家庭条件与之相比，约等于一贫如洗。在凌笑笑家的堂屋，石岳文单独和凌笑笑父母进行了一番对话——

"你们两个咋认识的？"

"哦，我们是和朋友一起爬山吃饭认识的。"

"凌笑笑的情况你都知道吗？"

"嗯，知道！"

"说说你咋打算的……"

"我从银川一路漂到杭州，和笑笑结婚，就是想在杭州扎根……"石岳文介绍自己的过往后紧张地观察对方的态度，见老两口神色不变，便继续说，"我家条件一般，但我不是坏人；我吃过很多苦，所以知道珍惜这来之不易的幸福，不会乱来。我给不了笑笑优越的物质条件，但我一定会对她好，虽然眼下条件一般，但请相信我们会越来越好的……"

石岳文展现了一名记者过硬的素质，口若悬河、滔滔不绝。虽说是一场对话，其实老实巴交的老两口，结结实实地当了一回听众。

最后，老两口面面相觑，凌笑笑的父亲慢吞吞地憋出一句话："那你俩以后就好好过日子吧！"

事后凌笑笑对石岳文说："我爸妈告诉我，你这个人嘴太能说了，不像个实在人；但你又戴个眼镜，斯斯文文、老实本分的样子——他们让我以后放机灵点儿，不要被你算计了，嘻嘻！"

石岳文一脸蒙圈。

凌笑笑父母这关算是过了，但还有一关，石岳文无论如何也绕不过去，那就是娶杭州人的女儿，必须得买套房。这是杭州丈母娘对女婿的门槛要求，不能让女儿跟着一个外地佬儿颠沛流离。

石岳文把兜翻个底朝天，也攒不出几块钱来，而杭州房价即使是在近郊，也要近7000元／平方米，普通一套九十平方米的两居室，总价就要六十余万元，心有余而力不足。

石岳文从报纸上看到一则广告，有个名为月亮湾的楼盘，距离主城区约二十公里，均价只要3800元／平方米，总价不到四十万元，心动不已。根据他在北京的生活经验，二十公里的距离不算远。

择了一个周末，石岳文带凌笑笑清早去看盘，先花一个半小时坐公交车，出城后看到道路两边绿油油的农田，间或几个破旧厂房和村落，他心凉了。

以前在北京打拼，因为城市格局大，所谓二十公里路程，有地铁和川流不息的道路、鳞次栉比的高楼，不显得偏远。而月亮湾明显是一块"飞地"区域，虽然冠了"卫星城"的称谓，但隔着仿佛走不到终点的农田，感觉和杭州没啥关系。

更令他接受不了的，是下公交车后还要坐一辆三轮蹦蹦车，在铺满石子的路上颠簸半小时，才到达目的地——这时石岳文惊讶地发现，手机区号都变了。

月亮湾是一个超级大盘，总建筑面积达五六十万平方米，一幢幢崭新的高楼林立，面朝钱塘江，气势磅礴。前来看房的大都是年轻人，他们将这里作为杭漂梦想升起的地方。

在售楼部里待了不到半小时，两个人走出来，相视苦笑。

凌笑笑一脸凄苦地说："如果咱们住在这里，以后上班要五点钟起床，下班回到家快九点了……"

石岳文也无奈地说："是啊！如果是北京，坐地铁不到一小时就能回到家……"

两人最终决定放弃月亮湾，在市区选一套老旧二手房过渡。辗转两个多月，终于找到一套房子，8000元／平方米，五十平方米两室一厅，总价四十万元出头。

虽是拆迁安置房，设施陈旧、质量一般，邻居素质也不咋的，可毕竟在主城区，上班近、生活方便。

房主据说很忙，选了晚上让中介约小两口看房。在昏暗的灯光下，小房子显得整洁而温馨。小两口畅想着未来的美好生活，满意极了，回家路上就兴致勃勃地商量筹钱。

石岳文所有的积蓄就剩下银川那套房，即使卖给石岳华，石岳华也无力支付全款。兄妹俩掏空口袋，加上素珍和石岳斌的赞助，勉强凑够十万元钱。

他如实告诉凌笑笑，如果首付30％的话，还缺几万元钱。凌笑笑说："我这几年的积蓄，差不多有十万块钱，你都拿去吧！"

石岳文心中满是感动，这种老旧便宜的婚房，人家不嫌弃也就罢了，还把私房钱贡献出来，自己何德何能配得上这份感情?！

思忖良久，他拿出一页纸，斟酌写了一份夫妻协议让凌笑笑签署，大意是两人各凑十万元，买下这套房作为爱巢，也是两人爱情的见证，今后一定要相濡以沫、白头到老。

凌笑笑看得捂着嘴笑："呵呵，你虽然写得浓情蜜意、冠冕堂皇，但我看你是担心将来如果婚姻有变故，把这个拿来做证据是不是？得！我签、我签……"说着，她在那份协议上签下自己的名字。

一席话说得石岳文老脸臊得通红。他斟酌这份协议的时候，确实有过这种念头，毕竟这是自打他出生以来，花出去的最大一笔钱了。他一个穷小子，谈不上高尚，却也不卑鄙。

付款办完手续，小两口从房主手里拿到钥匙，再度来到这套房里，惊讶得合不拢嘴。

家具已全部搬空，劣质地板凸凹不平，墙体陈旧破损多处开裂，户内门也残废得合不拢，厨房卫生间更是一塌糊涂……小两口这才反应过来，房主约他们晚上看房的原因，原来昏暗的灯光能遮蔽所有的瑕疵。

两人相视苦笑，但木已成舟，只好硬着头皮商量重新装修。

石岳文又一次发挥吃苦耐劳的精神：他寻来一家路边装修游击队，讲好只包清工，自己亲力亲为地跑建材市场买材料，从水泥沙子到木料电线，大到一块地砖、小到一颗钉子，都货比三家精挑细选……

每天下班，石岳文风风火火地跑来监工，和工人一起干活，偶尔带来酒菜和装修工人一起吃。他甚至拿来一床被子，紧忙活的时候，就在这套未完工的房子里打地铺睡。

凌笑笑也没闲着，下班后除了给石岳文做帮手外，还杂七杂八地买了很多零碎，等装修后布置进去。

他俩的第一次，就发生在这套正在装修的小房子里。石岳文的地铺虽然极致简陋，却甜蜜得一塌糊涂。

一个多月后，小房子焕然一新。

石岳文把结婚的消息告诉素珍，素珍乐得流了泪，一定要他把电话递给凌笑笑，两个女人拉拉杂杂地在电话里聊了很久。

婚礼先后在杭州、北京、银川举办了三次，广而告之。小两口拉着行李箱，一边组织婚礼一边旅游，相当于度蜜月。

回银川举办婚礼时，石岳文抽空和周朝歌单独碰面。正是这次碰面，石岳文的人生轨迹拐了弯。

两个人吃了爆炒羊羔肉，在洗脚店休息聊天时，周朝歌难掩心中激动，双眼熠熠生辉地说："哥们儿，我最近干了件大事！"

"啥？"石岳文好奇地问。在他印象中，周朝歌很少这么激动地说话。

"我弄了一块地皮！"周朝歌说。原来他做广告和产品代理时，认识了几个房地产开发商，听了不少拿地的手段。只要政府和银行关系够硬，哪怕手头钱不够，也可以签协议拿地。

"嗯，这怎么可能?"石岳文疑惑地问。

"土地出让协议签好后交一笔首付款，就能办出土地证，再把土地证质押给银行申请贷款，用贷款去缴纳剩余土地出让金。"周朝歌老到地说。

"后续开发建设要求工程总承包商垫资，能一直垫到项目封顶再支付工程款——实际上项目工程进度只要达到正负零零，我就可以领预售证卖房了，到时再拿卖房的钱支付工程款。万一销售遇阻，还能向银行申请在建工程抵押贷款，用来支付工程款……"周朝歌成竹在胸。

"国家不是早在前年就要求土地出让招拍挂吗？而且要求开发商自有资金不得低于总投资额的30%，你怎么做到的?"石岳文不解地问。

"咳、咳、咳！上有政策，下有对策。这里又不是北京，山高皇帝远的，管得了那么多？阿基米德说，给他一个支点，只要杠杆足够长，他能撬动地球。我不需要那么长的杠杆，只要拿下这块地，嘿嘿！"

说着，周朝歌开始测算利润：九十亩土地1.8的容积率，都建成六层不带电梯的楼房，能产出近十一万平方米的房子。楼面地价300元/平方米，加上建安、财务、税金等成本大约2500元/平方米，而市场价3300元/平方米，减去成本有800元/平方米的利差，十一万平方米就是八千八百万元的利润……

八千万！居然有八千万利润！

士别三日，刮目相看！周朝歌从报社离职后开代理公司，短短几年身家几百万，如今又像变魔术一样，凭空折腾出八千万利润——单是这个数字，就令石岳文瞠目结舌、心惊肉跳。

"会不会有啥风险？你得当心，免得最后——"

"零风险！"周朝歌打断石岳文的话，"都说富贵险中求，但我觉得房地产开发在未来十年二十年，是唯一不冒风险又能赚得盆满钵满的行业。"

"既然这么好，为啥别人不干?"石岳文不解地问。

"房地产是大生意，门槛就在于量大且密集的现金流，动辄几千万上亿元，不但自己要有钱，还得能从银行搞到钱。不了解这个行业的人，想都不敢想！"

周朝歌顿了顿又说："房地产开发说穿了就是借鸡生蛋的生意，除了启动需要些自有资金外，用的都是银行、建筑商以及购房者的钱……"

听君一席话，胜读十年书。

石岳文醍醐灌顶。一个人永远挣不到他认知范围以外的钱，而周朝歌帮他打开了一扇认知大门——他一直认为生意是有钱人才能做的，从没想过没钱也能做生意。是的，他动了做生意的念头。

他想到了鼎鼎大名的红城集团。

红城集团始于1995年，创始人是个大学老师。这位老师在90年代初辞职下海，办过杂志、干过推销，回杭州后联合同学凑了五十万元，注册了一家房地产开发公司。

那个年代拿地大都是银行的钱，和周朝歌讲的套路一模一样。红城集团开发的第一个项目，就是神话般存在的丁香苑。

因投资金额所限，他的项目选址在绿油油的农田包围的城郊，滞销风险很大，然而这在大学老师眼中，却是前景不可限量的热土。不出所料，丁香苑项目大卖，获利近五千万元。

客户对丁香苑赞不绝口时，他却在交付前干了一件出乎意料的事情，不但敲掉几幢房子的外立面重贴墙砖，还拿出两千万元，重新做了小区景观——原因是他自己不满意！

这种近乎疯狂的做法很快传遍杭州，所有人都对这位老师心怀崇拜，前来参观的业内人士一拨又一拨。这位老师借势在接下来的几年中，接二连三开发了多个项目，每次开盘即售罄。

十年时间，红城集团项目遍地开花，有别墅、排屋、多层、高层，分布在城市的各个区域，成为全省地产开发的龙头企业，规模和品质双料冠军。

石岳文想去帮红城集团做客户会杂志——既然白手起家，就先借自己的长处积累第一桶金，除了能写点文章，他想不出自己还有啥能耐。

不疯魔，不成活。

蜜月后回杭州，石岳文切换疯狂学习的模式，就像海绵遇到水，凡是和房地产知识有关的，他都如饥似渴地钻研。

开发商动辄上百页PPT的定位报告，他一遍遍学习揣摩；设计院的建筑规划设计方案、户型设计方案、景观设计方案,他都不放过;他积极参加撒东来公司的各类评审会、头脑风暴会,即使熬到半夜三更,早晨又鸡血满满地出现在撒东来公司……

他利用一切空闲时间去踩盘,出没于各个售楼部和工地,将图纸和电脑上学到的东西,与楼盘模型、工地实景进行对照……

知道得越多,石岳文越发现自己的无知。他这才感受到,自己写的那些稿件不接地气,貌似专业,实则苍白。他更加殷勤地帮撒东来写稿,任务繁重时,就到楼下买来火腿肠、方便面外加两三包香烟,两三天不下楼。

时间久了,撒东来甚至产生石岳文是他公司员工的错觉。这天早晨,他拿出一只牛皮纸信封塞给石岳文,里面装着厚厚一沓人民币,两万元。

"兄弟,这几个月辛苦你了!这是我一点心意,你收下。"撒东来真诚地说。

"不用、不用!你太客气了!"石岳文忙不迭地拒绝。

石岳文不是不缺钱。相反,他太缺钱了。

工作近十年,他一直穷得很稳定。买房结婚后,还完房贷的钱包,就像水洗一样干净。他出门采访舍不得打车,生活用品都是地摊货,凌笑笑也跟着他一起受苦,两个人没有正经吃过一顿大餐。

但这份钱他不能拿。君子爱财,取之有道!

石岳文利用撒东来提供的市场调查数据,写了大量新闻稿件传回报社。他俩是各取所需的合作关系,要说感谢,应该是他感谢撒东来才对。

石岳文笔下出现频率最高的公司,便是红城集团——他默默地建立起和红城集团的关系,内心基于这层关系的创业理想肆意滋长。

石岳文坚辞不受,撒东来无奈收回信封,思索片刻,他郑重邀请道:"要不你辞职到我公司上班,每月底薪一万,提成另算,怎么样?"

撒东来喋喋不休地介绍公司的薪酬模式与发展思路,声称石岳文一定会成为公司的中流砥柱,每年到手二三十万不在话下。他觉得石岳文是个品性、态度和能力俱佳的苗子,是不可多得的人才。

他公司需要的,正是这种有才、贫穷却又努力的年轻人。

出乎意料,石岳文拒绝了。虽然撒东来开出的条件相当诱人,但他的梦想却是星辰大海。

一周后，石岳文坐公交车去见红城集团营销负责人毕大力。

毕大力欣赏石岳文的才气，经常请他帮忙代写集团新闻通稿，他从不推辞。毕大力有时忘了给他支付稿酬，他也绝口不提，便对他高看一眼，奉为上宾。

因了这个缘故，石岳文在地产记者圈，有了相当的地位。

红城集团总部地处城市核心区，是一幢霸气的高楼，矗立在庞大的商业综合体旁侧，周边高档酒店、餐厅、健身房一应俱全，来往人流如织。

进出红城集团总部的人，穿着时尚摩登、气质非凡。石岳文每次来这里，都有自惭形秽的感觉，暗忖自己鸡立鹤群，局促得很。

他一次次硬着头皮坚持拜访毕大力的逻辑，就是如果和亿万富豪在一起，可能会变成千万富豪；和千万富豪在一起，可能会变成百万富豪；但和乞丐在一起，哪怕混得再好，顶多是个丐帮帮主……

石岳文常去拜访毕大力，除了高攀意图外，还因为毕大力从未因穷酸而看不起他，并且欣赏他的才华。

石岳文去的时候临近午饭。毕大力正像往常一样，微眯双眼，后仰躺在椅子上，捻一串佛珠闭目养神。

毕大力生活上不讲究，穿着随意，桌上放着大号白色搪瓷杯，杯子上印着"为人民服务"五个字。桌下则摆着一双黑皮鞋——平时在办公室，他会把皮鞋脱下换成布鞋，图个舒服。

听了石岳文的创业想法，毕大力身形一顿，身体略微前倾，端起茶杯喝了一口，微笑着缓缓道："什么？开公司？好事情啊！说说你具体的想法。"

石岳文的想法天马行空不落地，毕大力沉吟道："开广告公司需要租个办公场地，配备策划、文案、AE（客户执行）、设计等，策划和文案你自己倒是可以做，但设计和AE你恐怕得招几个厉害点的人……"

"嗯，这些我考虑过，开公司确实不容易，但凡事总有个开始……"石岳文长吁一口气说。

"你想没想过万一失败咋办？到那时钱赔光了，体面的记者工作也丢了……"毕大力问道。

"反正我本来就一无所有，如果创业失败，也没啥好失去的，了不起回老家，总少不了我一口饭吃。"石岳文洒脱地说。

毕大力赞许地点点头。他遇到过不少央媒地方站的记者，专找当地企业的漏洞或问题偷偷调查，甚至不惜添油加醋，炮制出所谓的批评报道寄给企业，要挟企业投放广告或者给笔钱私了。他对这种行为深恶痛绝，反观石岳文，却从未有过诸如此类的行径。

对这个朴实、有才且努力的年轻人，毕大力有心帮一把。他沉吟片刻问道："那你业务准备咋开展呢？"

石岳文的脸"腾"地涨红了，他原本做好了觍着脸向毕大力讨活的准备，比如编辑客户会杂志，先让公司活下来，但真的坐在毕大力面前，却一句话也说不出来，尴尬得全身发热、坐立不安。

见石岳文一脸窘相，毕大力会心一笑说："你们这种文化人面情太薄，在我面前都提不出要求，到别人那里又咋接活儿呢？"

石岳文尴尬地笑笑，红着脸低头不语。

"我们集团计划出一本产品价值白皮书，你来担纲总撰稿如何？到时我安排一笔稿酬给你，等你公司组了团队，我再考虑把客户会杂志交给你做，就当开张礼如何？"毕大力提议说。

石岳文大喜过望，忙不迭地点头作揖表示感谢。从毕大力的办公室出来，他的心扑通扑通狂跳不止，走路都感觉耳边带风。

4

回家路上，石岳文把这个好消息打电话告诉凌笑笑。凌笑笑也很开心，下班后直奔菜场，买了平时舍不得吃的鳜鱼、基围虾和一只大青蟹，下厨做了几个硬菜，要和石岳文庆祝一下。

小两口吃得很开心，畅想着未来翻身的一天。石岳文信誓旦旦地说，贫贱之交不可弃、糟糠之妻不下堂，将来发达了一定让凌笑笑过上好日子。

凌笑笑感动得红了眼圈："老公，你以后就是老板了，开门做生意，总要穿得体面一点，免得被人瞧不起，我给你买了件西装试试？"她变戏法般拿出一件崭新的西装，替石岳文试衣服。

西装很合身，衬得石岳文骨头轻了好几两。他欣赏完自己穿西装的形象后，美滋滋地脱下来收好，在凌笑笑额头上亲了一下感激地说："谢谢老婆！"

躺在床上，小两口开始盘算开公司的成本，租办公室、招人、买办公用品，加上可能要买辆轿车充门面，咋说都得十几万元。这笔钱他俩拿不出，开公司就像一场黄粱美梦。

最终，石岳文无奈地说："先睡吧，车到山前必有路！"

第二天，石岳文给周朝歌打电话说了自己的窘境。周朝歌二话不说，当天就给他卡上转了十万元，叮嘱说不够再找他。

当晚，凌笑笑下班没有按时回家。石岳文打她手机却联系不上，他心急火燎地等到近十点钟，才见她疲惫地推门进来。

进门后，凌笑笑鞋子也没换，一头扎进石岳文怀里。良久，她缓缓起身，从背包掏出一张银行卡递给石岳文说："老公，我回娘家向爸妈借了八万块钱，给你开公司，你这个人面情薄，知道了肯定不让我去……"

石岳文感动得红了眼眶。少顷，他拉过凌笑笑抱了抱说："老婆，我一定好好干，把钱给你爸妈还了，让你过上好日子！"

创业资金解决后，石岳文东奔西跑地看房，选中自家附近一座三层旧楼作为办公地点。旧楼下面两层是个大超市，从旁侧楼梯上去是一条宽敞的廊道，两边排布着一间间约摸二十平方米的办公室。

石岳文的公司便在正对楼梯的那一间，租金便宜一点，每月一千八百元，相当合适。交了半年房租和两个月押金后，石岳文拿到了办公室钥匙。

他从旧货市场淘来一套老板办公用具，大班台、老板椅，虽然陈旧滑稽，排场还是有的。他还给未来的员工置办四张办公桌椅，加上电脑、网线、百叶窗帘等等，总计两万元搞定。

纠结了几个不眠之夜，石岳文咬牙买来一辆汽车，花了整整八万元！再小的公司也有尊严，开辆车出去谈生意也体面。那辆崭新的雪佛兰轿车，手动挂挡、手摇车窗，好坏姑且不论，但有与没有的区别却大得很！

所谓"人靠衣装马靠鞍"，在嫌贫爱富的生意规则中，打肿脸充胖子很有必要。

石岳文始终觉得，低调才是最牛的炫耀。比如红城集团的老板，穿布鞋、着便装、爱吃咸菜，没人敢瞧不起。

他穿着朴素饮食简单，别人觉得他境界高；他喝醉酒骂人，那是性情率真；他喜欢豪赌，那是有魄力；别人的红配绿是狗屁，他的红配绿就是新颖；他把外墙材料换成石材，别人说他眼光高、讲品质；他把外墙材料换成面砖，别人又说他审美独到……

经济基础决定上层建筑。有实力的人，干啥都是对的！

如果当时石岳文也穿布鞋、着便装、吃咸菜，那就不是境界问题，而是暴露了自己的穷，暴露了自己的无能。说句扎心的话，他低调不起，穷在闹市无人问，富在深山有远亲！

彼时互联网上已有很多门户网站，诸如新浪、网易、搜狐等。网上通讯方式除了电子邮箱外，也有了MSN、QQ等新奇的即时沟通工具。电脑开机不用时，屏幕右下方会卧着一头小狮子，发出可爱的鼾声——那是瑞星杀毒软件。

石岳文光杆儿司令一枚，去哪里拉活都像个骗子。他找到一家网站发布免费招聘信息，没想到真有人应聘。经过舌灿莲花的洗脑，他以月薪三千元的代价，招到两名大学应届毕业生。

2006年6月，石岳文的新公司悄悄地开张了。没有鞭炮，没有花篮，没有前来祝贺的朋友——这些不重要，重要的是他终于朝梦想迈出了第一步！

当天下午，石岳文和两名员工，一起到工商局领了营业执照，晚上怀着激动的心情，在超市旁侧的小饭馆喝酒庆祝。

三个人都喝多了。他们的前面，是一条黑暗且布满荆棘的道路。但他们是年轻人，年轻人就意味着大把的时间、充沛的体力、无畏的精神、激昂的斗志和高远的理想，年轻就是他们最大的资本。

虽然现实与理想之间隔着厚厚的云层，但在云层的缝隙间，有亮光穿过。

公司开张当月，石岳文就向报社打了辞职报告，放弃了每月过万的工资收入。身在曹营心在汉的事情，他做不来。

但他绝没想到，公司一开张，各项固定开支一拥而上，流水哗啦啦的每月要花掉上万元。

红城集团产品价值白皮书已在着手编写，但那笔预期收入撑死也就抵挡两个月开销。不当家不知柴米油盐贵，如今他才体会到这句话的真义。

幸好凌笑笑在背后大力支持他。她进一步压缩开支，不但将那套二手房的按揭贷款接了过去，每月的生活花销都倔强地不向石岳文讨一毛钱。

凌笑笑喜欢钢琴，无数次萌生想去学的想法，但从网上一查，教钢琴的老师每课时最便宜也要一百元学费，便打了退堂鼓。

凌笑笑的化妆品都是便宜货，有一次逛商场看中一支洗护套装，看到近三百元的价格便放弃了。石岳文坚持要买，她坚决不要，小两口为此还生了一肚子气。

她穿的衣服，从里到外，都是地摊货。

石岳文向她表示歉意，她体贴地说："老公，咱俩是一条绳上的蚂蚱，肯定有难同当有福同享，哪个公司创业不是这样？我相信你，将来咱们一定能吃香喝辣，日子过得红红火火……"

石岳文垂头丧气时，凌笑笑给他鼓劲："老公，瞧你多厉害，一个公司说干就干起来了，我就没有这个魄力，嘻嘻！"

开公司不能坐以待毙，石岳文翻开通讯录，给采访过的营销负责人打电话，约时间去人家办公室坐坐，期望能接些营销策划的活儿。

有的营销负责人得知石岳文不再是记者，态度立马发生180度转变，推托说没时间见面。石岳文再打电话，人家甚至连电话都懒得接了。

石岳文这才意识到，开发商以前对自己客气，是因为他的记者身份。如今身后没了这个背书便门庭冷落，打脸就是这么快！

石岳文后悔自己贸然辞职，但不辞职开公司，心里又像做贼般难受，过不了那道坎。他又一次感受到《大话西游》里至尊宝内心两难的痛苦：不戴金箍，不能救你；戴上金箍，不能爱你。

其间，撒东来偶尔有几篇软文请石岳文帮忙代写，支付点稿酬给他。但这点钱于公司而言，杯水车薪。

眼看公司账上的钱只剩两万余元，石岳文慌了，这意味着如果再没进账，公司很快会发不出工资，届时除了倒闭别无他法。

义乌号称世界小商品之都，每天都有眼花缭乱的小商品运往世界各地。从这里出去的商品价格，一般是市场价的三至四折，也就是说能赚60%至70%的利润——基于这个简单粗陋的想法，石岳文带着两个大学生驱车两小时赶过去，想看看有哪些小生意可做，借此度过眼前危机。

大街上车水马龙，宝马、奔驰、奥迪、路虎、保时捷……还有很多石岳文叫不出名字的豪车，嚣张地拥堵在小商品城的各个路口，混杂在各类小货车、摩托车以及背着大编织袋的人流中，喇叭声此起彼伏。

太阳在厚重的云层中穿行，时而射出刺眼的光。置身其中，石岳文感觉这个世界很不真实，灵魂和躯壳逐渐剥离，压根儿合不到一块儿去。

三个人被人流裹挟着进了一扇门，一排排铺面摆放着琳琅满目的商品，被一条条走道分割开来，不知道从哪里开始逛，也似乎逛不到尽头。

从上午逛到下午五点左右，三个人才灰头土脸地从一扇门走出来，旋即傻眼了——花了近一天时间，他们才逛了不到一半的铺面。

更令人沮丧的是，他们一无所获。

出发前石岳文做过功课，国家步入老龄化社会，市面上对老年用品的需求量会越来越大，街上却几乎找不到老年用品店，甚至不如两性用品店铺数量多——这个大商机一度令他眼睛发亮、激情涌动。

石岳文这才发现自己的想法有多幼稚——他对那个行业一无所知，而那个行业已经是研究生的竞争水平，这不是市场空白，而是一个赔钱的坑。他的凌云壮志，一天时间就破灭了。

去停车场时路过一家皮具店，透过玻璃门看进去，一个长相漂亮的营业员站在柜台后面。石岳文带着两个随从，鬼使神差地推门而入。

营业员一眼看出他们是打酱油的，双手抱胸、面无表情地懒得搭理。石岳文被盯得不好意思，便指着柜台里陈列的一条皮带问价格，心想一条皮带贵不到哪里去，横竖自己买一条，免得被人瞧不起。

"八块钱一条！"营业员说。

"多少？"石岳文以为自己听错了，赶紧追问。

确定自己没有听错后，石岳文压抑着怦怦跳动的心脏，用近乎颤抖的声音说："那、那给我来十条！"

正当他盘算着要把这些皮带送给哪些人时，营业员冷冰冰地说："我们五百条起卖，不零售！"

石岳文尴尬地僵在原地！

回家路上，石岳文一边开车，一边和大学生商讨转型，结论是他们做不了这种生意——以公司目前的状态，所有钱拿出来进货，也买不了几样东西，更不知道去哪里卖、卖给谁。

干不下去、又收不了手，那是石岳文最难熬的辰光。

每天，他双眼布满血丝去上班，大学生也一筹莫展地瞅着他，大眼瞪小眼地互相看着心烦。他徒劳地拨着采访时积累的电话号码，偶尔兴致勃勃地载着大学生去接活，结果丧气而归。

午饭时间，他把自己关在办公室，饭也懒得去吃，泡一袋方便面加两根火腿肠交代，不停地抽着劣质香烟，抽到恶心得想吐。

晚上回家，凌笑笑关心公司的经营状况，他强颜欢笑欺骗道："挺好的，又有一个单子要签了……"凌笑笑付出得够多了，他不想她再担心和失望。

拧巴着熬了一个多月，公司账上的钱终于见底。晚上睡觉，等凌笑笑鼾声响起，他蹑手蹑脚地起床，独自在朝北的小书房里抽烟。直到烟气呛得连自己都感觉喘不过气时，他下定决心关停公司去给撒东来打工，花几年时间还掉周朝歌和凌笑笑父母的外债。

他没能力给凌笑笑更好的生活，但至少不能坑害她！

正当石岳文为关停公司的想法伤感不已时，有个熟识的策划专员打电话找他。策划专员说他老板祝一凡在鼎鼎大名的金碧辉煌夜总会，邀他去唱歌。

祝一凡的地产生意做得很大，也喜欢唱歌，经常邀约石岳文一起玩，因为石岳文采访他时一本正经，但在酒吧或夜总会玩时，却插科打诨、妙语连珠，逗得他很开心。

石岳文抬头看看墙上的钟表，深夜十一点半。策划专员说，祝一凡喝了很多酒，因为应酬的客户中有西北人，便想起要石岳文唱几首西北特色的歌曲助兴。

石岳文没有丝毫犹豫，洗脸穿衣出门，叫了辆出租车直奔夜总会——他隐隐觉得，这是公司最后一次扑腾的机会。

包厢里坐着五六个男人，身边各有一位如花似玉的陪酒小姐。祝一凡斜倚在沙发里，伸手和石岳文打招呼，介绍说石岳文是他小弟，正宗西北人，特地赶来给大家唱歌助兴。

石岳文点头示意，提着酒瓶逐一敬酒，而后拿起麦克风，示意包厢DJ点一首腾格尔的《天堂》。这首歌起势悠扬婉转、如倾诉低语，高潮部分则粗犷高亢、震撼人心。

音乐响起，石岳文手持麦克风步入包厢中央。连日的挫折，加上曲调本身的魅力，触动了他内心深处的情感，唱到高潮处禁不住双眼紧闭，表情痛苦，泪水涟涟，唱得动人心魂。

随着最后一声咏叹调结束，包厢里响起热烈的掌声。大家纷纷走过来敬酒，石岳文则忙不迭地回敬。没几分钟十余杯啤酒落肚，他脸泛潮红，顺势坐到祝一凡身边。

"兄弟，最近生意咋样啊？"祝一凡笑嘻嘻问道。这是句客套话，石岳文却清醒地抓住这个机会，以最快的速度汇报了公司的窘境，希望祝一凡拉他一把。

"哦，这样啊！"祝一凡沉吟道，"大钱我给不了你，但十万二十万的小生意，如果你公司真撑不下去了，那也不算啥事……"

东拉西扯地聊了几句，祝一凡站起来说道："各位兄弟，今天到此为止吧，明天还要上班呢。"说罢，他拿起衣服就走，其他人附和着起身撤退。

石岳文蒙了："自己才刚到啊！寒风里大老远打车赶来，屁股还没焐热，歌也只唱了一首,这就走了?"

他觉得自尊心受了伤害,但转念一想,还能咋样呢?自己一文不名的穷书生,能指望人家给你多大的尊重?能给你送点生意保住公司,就是最大的尊重与恩情了——想到这里,他释然了。

石岳文走出夜总会时,祝一凡的车已经离开。天空一片漆黑,却难得地看见有几颗星在闪烁。冰冷的寒意,无孔不入地侵袭着他的身体。他哈出几口热气搓搓手,竖起衣领,狗一样地缩缩脖子,回家了……

第二天早晨,石岳文径直来到祝一凡办公室,寒暄没两句,便直截了当地说:"哥,我公司撑不下去了……"

在祝一凡的安排下,石岳文接到公司开张以来第一单大生意——拍一部三分钟时长的广告宣传片,合同服务费总计十六万元,预支一半作为启动经费。

山重水复疑无路,柳暗花明又一村。有了这单生意,大家有活干、有钱发,公司就不用关停了。

在濒临破产的边缘,祝一凡伸手拉了他一把。于祝一凡而言,这只是一单小得不能再小的生意;但于他来说,却改变了自己的人生。

脚本撰写石岳文自己能干,半个月内就确认定稿。但导演、演员、摄像、后期剪辑等一系列工作,石岳文没有一项了解,只能外包。

石岳文托撒东来通过朋友关系,找了当地一家影视制作公司合作,摄像师水平有限,冬天景色又过于萧条,拍出的效果很差。次年开春,石岳文打电话给郭宗江,请他辗转邀请央视摄像团队操刀补拍。

他还软磨硬泡地将金小满从北京拽过来,当了三天免费的临时演员,代价是安排机票、住宿以及几个盒饭。

后期制作时,石岳文背着一大沓录影带三次进京,请央视后期团队帮忙剪辑,甚至不惜血本,请来红极一时的央视主持人帮忙配音。

石岳文心里只有一个念想:既然人家卖面子送这单生意,哪怕呕心沥血砸锅卖铁,也要保质保量地完成,否则拿不到另一半服务费不说,他在祝一凡面前也会人设崩塌。

石岳文心知肚明,他没有退路了。开公司前,自己还有回老家这条路,像鸵鸟一样把头埋进沙地，或者像猫一样把屁屁埋起来，但现在，他无论如何也要把这部宣传片做好。

次年6月，经历多个不眠之夜的煎熬，他终于成功地完成了这部处女作，顺利拿到剩余的服务费。经过两天核算，这部宣传片花去十六万八千元成本，亏损。

但石岳文内心对祝一凡充满感激。通过这单生意，他完成了从打工者向老板的蜕变，他原本是一个月万把块钱收入的格局，被残忍地撑大到能装下十几万元的生意——所幸他熬过来了，不知有多少人在这个坎上一蹶不振，甚至成了精神病院长期稳定的客户。

这单生意虽然没赚钱，却使公司获得大半年的续命期。其间他陆续接了好几单活，终于使公司生存下来。

公司续命期间，石岳文甚至带大学生远赴东北城市伊春接活。

项目是朋友介绍的，常规策划服务费行业标准是60万元/年，甲方却只愿出二十五万元，没人愿意干。但石岳文接了，只为了活下去。

在机场出口，一辆破旧的加长版凯迪拉克轿车来接石岳文一行。这辆霸气的轿车在高速上行驶约两小时，没去项目现场，而是将他送进一家饭店包厢。包厢居中一张紫红漆面的饭桌，足够坐二十人。中间一簇高大的盆景，遮挡得看不见对座的人。饭桌旁的柜台上，摆着一溜茅台酒。

开发商白衬衣束腰，一副正经生意人模样。他带着五六位项目负责人作陪，寒暄几句后，门外走进十余位寸头、黑T恤、有各种纹身的年轻人。

石岳文联想到港片里的黑帮，心里直犯嘀咕。他带来的那枚大学生，哪见过这种场面，大气都不敢出，拿筷子的手也哆嗦了。

从硬着头皮应酬，到打开话匣天马行空地瞎聊，酒席一直持续到下午三点多钟才结束。老板吩咐司机把两人送回酒店歇息，没几个小时，又将他俩拉回包厢一顿猛喝，最后带他俩耀武扬威地去夜总会唱歌。从门童点头哈腰毕恭毕敬的样子判断，老板在当地是个人物。

折腾到深夜近十二点，方才尽兴而归。回到酒店，石岳文吐得翻江倒海，没顾上洗澡便呼呼睡着。

醒来时，窗外已经大亮。石岳文一看手机，居然不到四点钟。他这才意识到，自己几乎在中国的最北端，要是搁在漠河，这个季节应该是极昼。

半睡半醒地挨到早晨八点多，石岳文趿着拖鞋带大学生去餐厅吃早餐，竟发现一对新人正在大宴会厅举办婚礼，遂对这种奇风异俗讶异不已。

凯迪拉克司机又打电话，说老板吩咐请他俩去吃早餐。石岳文推脱不掉，怀着满肚子的疑惑，带着大学生钻进了那辆凯迪拉克。

凯迪拉克载着两个人七拐八拐，居然在这样一座北方城市，找到一家港式茶餐厅，有虾饺、小笼包、蒸粉、蜂蜜糕等。

第二天复刻第一天的活动内容，老板既不提合同，也不带他俩去项目现场考察，搞得他俩忐忑不安。当晚，石岳文躺在床上休憩，一旁看笔记本电脑的大学生突然说："老大，这个老板不简单，咱们这单生意……"

石岳文一愣，赶紧下床凑过去看。资料显示，这位老板早在十几年前就很出名，黑白两道通吃，改头换面做正经生意只是近两年的事情，这令他胆战心惊。

大学生表态说，哪怕被开除，他也要坐次日的头班飞机回杭州。

如果放弃这单生意，不但损失差旅费，还可能惹怒这位老板，能否全头全尾地回去都成问题；如果硬着头皮接下这单生意，则可能白忙活一场。石岳文默然良久说："你订明天上午的机票回去，我留在这里……"

看过项目现场和规划设计图纸后，石岳文心下了然，这是一个再常规不过的项目：在一个方正地块的四角布局四幢楼，入口正中配建一幢服务会所——不出所料，他只把杭州楼盘常规的营销套路搬出来，就令老板及团队竖了大拇指。

签合同时，老板有意无意地问道："兄弟，你看这策划费能不能便宜点儿？"其实二十五万的收费，哪怕在当地也很难找到策划公司服务，他心知肚明。

没想到石岳文居然大方地说："承蒙各位老哥这几天盛情款待，心里真是过意不去。你们认我这个兄弟的话，策划费十五万干了！"

"好！我就认你这个兄弟了！"老板一拍大腿，开心地说。

石岳文返杭前，老板一再盛情挽留，表示哪怕石岳文没有带护照签证，也要想法帮他办个临时证件，带他去俄罗斯玩两天。

石岳文委婉拒绝，登上回杭的飞机，他松了一口气自我安慰道："不管咋说，能做成这种火中取栗的生意，也是本事哦！"

其实早在他去伊春考察项目前，撒东来就劝他不要冒险干这种不靠谱的事，说他有一哥们儿去东北接项目，对方起身敬酒时，露出别在腰间改装过的猎枪，给哥们儿吓得不轻，当晚连滚带爬地坐火车逃回去了。

撒东来还说，有个朋友去东北做楼盘销售代理，按合同能赚近两千万，便在当地租了办公楼准备大干一场。哪知向开发商结款时却赖账了，轻飘飘地说："你哪里来就滚回哪里去，否则留一条胳膊滚回去！"这位朋友回去后大病一场，从此不接长江以北的项目。

"人性是相通的，没有绝对的好坏之分，更不能以地域划分。其实相处下来，这些人热情、爽气、信守承诺，很好相处的……"石岳文心里反驳说。

他庆幸接了这单业务。十五万元服务费虽然不多，但以他公司的实力，在杭州指定接不到这样的活。没有这笔钱续命，他公司也撑不到今天！

5

石岳文不信没了记者身份的加持，自己只能坐以待毙。

他与相熟的地产营销负责人接触下来有了经验：约70%的人，压根儿没工夫搭理他；另有15%的人，虽然愿意和他见面聊，但会直截了当地拒绝；而最后15%的人碍于情面，愿意给他些小活儿试试看。

石岳文把大量精力投入到那15%的人身上，居然陆续被他谈成几笔零散的小生意——同样的套路，月费六至八万元的策划服务，他只收三四万。

石岳文燕子衔泥般边接活边招人，逐步将团队配置齐全，终于可以消化广告全案策划项目了。

他手头最具可持续性的项目，便是红城集团的客户会杂志《红城CLUB》，每季度出一期，每期服务费五万元。毕大力还额外给他一个活儿，负责红城集团园区生活服务体系的研究与搭建，每年二十万元服务费。

算下来，石岳文公司每年有六十万元盈收，养活不足十人的小团队绰绰有余。

公司开张第三年，石岳文不但还清周朝歌和凌笑笑父母的欠债，账上还有三十余万元现金。他一咬牙，花二十四万买了辆银色的宝马3系二手车。

早先石岳文组织高峰论坛卖门票，开发商派人去他那间蜗居小屋取票，看见墙皮扑簌簌掉灰，就怀疑他是骗子。后来石岳文创业，偶有合作方去公司探访，踏入那间二十平方米的办公室满脸鄙夷，令他的自尊心饱受摧残。

伤自尊是次要的。因为条件简陋，使得公司形象在开发商眼中大打折扣，服务费用压得很低——小公司提供的服务不值钱。

他把公司搬进市中心的正经写字楼，虽然面积不到一百平方米，但印在名片上的地址，足以证明公司实力。买了这辆宝马车后，他对公司的未来更有信心了。

正当石岳文度过公司最困难的生存期，准备撸起袖管大干一场时，一场劫难悄然袭来。

早在2007年夏，美国次贷危机开始形成；次年5月，著名的雷曼兄弟公司破产成为标志性事件，猝不及防的一场金融危机蔓延全球。

石岳文没想到，遥远的大洋彼岸一只蝴蝶扇动翅膀，真的会引起席卷全球的金融风暴，演化成一场令人伤感的经济危机：股市暴跌、房产交易迅速萎缩且价格大幅跳水，很多房企资金链断裂，一时间哀鸿遍野……

石岳文服务的几家房地产企业，策划费一拖再拖，就剩红城集团瘦死的骆驼比马大，还有两单业务给他做，然而收取的服务费较之于公司开销，仍处于亏损状态。

因搬家和买车的缘故，公司前两年积攒的利润消耗殆尽，真是"屋漏偏逢连夜雨，船迟又遇打头风"。每到月底，公司账户就干净得像水洗过一样，这种状况如果再拖一年半载，公司肯定拉锅。

公司已经没有业务可做，员工每天无所事事地盯着他，像是嗷嗷待哺的羔羊。办公室气氛凝重压抑，压得他喘不过气。

度日如年地熬到11月8日，记者节。距离石岳文离开记者行当，三年出头。

当晚，有家网站邀请业内朋友聚餐、泡酒吧，有好吃的羊肉串，好喝的啤酒，更有打扮精致的美女记者花蝴蝶般穿插其间。女记者和其他职业女性不一样，牙尖嘴利，把场面搞得热闹而有情调。

石岳文虽已转型创业，却始终与这个圈子保持着联系——公司有项服务内容，就是请记者朋友发表项目广告软文，再从开发商处按字数收费。

夜已深，聚会的人已走掉大半。石岳文窝在酒吧角落一张桌子边，啜着小酒，听台上歌手唱着忧郁伤感的民谣——创业遇阻的压力叠加内心深处的孤独和悲伤，与身边环境产生共振，他很享受这种感觉，并且沉溺其中。

另一张桌子旁边，有个姑娘目不转睛地观察着他。

姑娘一双扑棱棱的大眼睛、长睫毛，拉丝直发，上身穿牛仔服，下身着一袭红裙，干净利落、精致漂亮。她鼓足勇气到石岳文桌边坐下来，礼貌地问道："我能坐下来吗？"

"哦，当然可以！"石岳文忙不迭地答道。

姑娘要了两只酒杯和一桶冰块，打开自己带过来的洋酒瓶，倒出半杯推到石岳文面前。石岳文注意到，洋酒很贵，一瓶上千元。

姑娘和石岳文碰杯后一饮而下，然后一阵剧烈地咳嗽。石岳文赶紧向服务员要杯白开水，提醒她喝口水缓解一下。

姑娘自我介绍叫舒婷，平时不来酒吧这种地方，也喝不惯酒。

"心情不好？"石岳文问道。

"堵得慌，出来透口气。"她继而反问道，"我注意你半天了，感觉你眼神中藏着很深的忧郁，为什么？"

"没有吧？"石岳文矢口否认。

"哦！"舒婷没再追问，转而问石岳文公司规模如何、服务过哪些项目以及他对房地产营销策划的认识与看法等等。

两人都是业内人士，有共同话题，聊得很投机，心情也逐渐由阴转晴。转眼快十二点，舒婷瞅瞅墙壁上的挂钟，起身说："我该走了，酒你留着慢慢喝。"

石岳文赶紧起身道："我也该走了，酒你还是存这里以后喝——嗯、嗯，要不咱俩留个联系方式吧……"就在服务员做存酒卡的工夫，两个人互留手机号码，相随着离开酒吧。

过完记者节，春节假期就不远了，城市各处开始弥漫着年味。于打工者而言，春节是难得的福利；而于生意不好的老板，却是令人头痛的年关。比如石岳文面临的，就是员工一个月的工资外加年终奖开销，将他逼到穷途末路。

他去找撒东来借钱度过危机，哪知撒东来日子也不好过。他树大根深，手底下紧一紧自保不成问题，但借钱给石岳文，心有余而力不足。

石岳文不想欠薪，因为公司的年轻人都是月光族，每个月就等工资交房租吃饭，而且临近年底，他们手里得攥点钱回家过年。

石岳文后悔买那辆宝马车了，否则公司熬过这个冬天完全没问题。如今木已成舟，如果把车开到二手市场去卖，也换不回几个钱。

无奈，他硬着头皮去毕大力办公室借钱。虽然红城集团在这场危机中损失不小，但毕竟是大公司，这点钱属九牛一毛。

听完石岳文的困难，毕大力沉吟道："你需要的钱不多，我也想帮你，但以什么名义呢？公司虽然实力雄厚，但花出去的每一分钱，都要有名堂……"

一阵尴尬的沉默后，石岳文鼓足勇气说："老哥，你看这样行不行？我们双方签的合同明年6月份才到期，如果依照合同约定履行服务，届时您公司应该付我二十万元服务费——您能否考虑预付我十五万元服务费，让我公司渡过难关，您也节省了五万元服务费，对双方都是好事……"

毕大力眼睛一亮："你这个主意不错，可以考虑！"

签署补充协议三天后，红城集团一笔十五万元的服务费划到公司账上。当天下午，石岳文吩咐财务支付工资和年终奖，他估算剩余的钱还能撑一两个月，届时应该会有办法解决，走一步算一步。

当晚，石岳文召集大家到楼下土菜馆吃饭，算是年终聚餐。第二天，大家会各奔东西回家过年。

走出写字楼，漫天雪花在昏黄的街道上空肆虐，厚厚的积雪被横七竖八的车轮碾轧得凸凹不平。交警忙得热火朝天，汽车喇叭声此起彼伏，自行车和路人穿行其间，混乱热闹。

石岳文缩了缩脖子，将黑色呢绒大衣的领子竖起来，双臂裹着身体，带着大家说说笑笑步行去了土菜馆。

十来个人刚好坐满包厢，菜还没上齐，大家已喝得面红耳酣。石岳文端起一杯啤酒，站起来给大家敬酒道："经历这么多劫难，我们已经像家人一样了……虽然目前公司状况不好，但有我一口吃的，就有你们一口吃的，咱们只要咬牙坚持，一定会有光明的未来！"

一席话说得动情，几个女同事已经泪水涟涟，翻找桌上的纸巾擦眼泪了。

接下来，大家端起酒杯相继回敬。石岳文耳边回响着大家的话，感动得红了眼圈：

"老大，我们相信你！"

"老大，谢谢你不离不弃！"

"老大，我们一定会竭尽全力！"

"老大，我们一定追随你，一起打拼光明的未来！"

深冬、雪夜、土菜馆。一群挣扎在生存线上的年轻人，生活黯淡却怀揣光明，血脉偾张地互相鼓励——总有一种力量令人动容，总有一种力量可以绝处逢生！

春节后开工不到一个月，石岳文着手组建公关活动部门，这是他被逼无奈采取的策略。

广告策划服务按月收取固定费用，开发商一拖欠月费，公司就面临资金链断裂风险。公关活动场次频繁，每场活动只要签约，开发商必须预付50%费用，活动举办前付至80%，下游供应商的钱则可以拖欠一两个月，这样就能源源不断地提供现金流，给公司输血。

目前公司提供广告策划服务的项目，只要顺带把公关活动业务接下来，就能达到输血目的。

石岳文是外行，当务之急是要找个懂行的项目经理，先干起来再说。彼时坐在他办公室面试的，是一个颇有灵气的小伙儿，曾在一家大名鼎鼎的公关活动公司当过一年学徒。

小伙留着中间很长但两侧几乎剃光的时髦发型，白净的脸盘长得有棱有角，俊眼修眉、唇红齿白，帅得没有王法，一张舌灿莲花的油嘴，把石岳文忽悠得满意极了。

叽里呱啦自我介绍后，他直截了当地说："老板，你以后可以直接叫我'猴子'，这样听起来不显生分。"

"你为啥选择来我公司呢？之前你供职的可是一家大公司呢！"石岳文不解地问。

"我觉得跟着老板你干有前途，因为你看重我！之前的老板不拿我当回事，跟着狼吃肉，跟着狗吃屎……"猴子马屁拍得相当顺溜。

石岳文心花怒放，当即拍板录用，工资标准比他自己还高。

石岳文最早服务的策划项目，是红城集团的蓝宫。石岳文曾以该项目为蓝本，帮助红城集团搭建园区生活服务体系，在园区配套中设定三大服务系统：生活服务体系、文化教育服务体系以及健康医疗服务体系。

石岳文带着猴子，硬着头皮去找蓝宫项目佘总经理，想承接园区三大服务系统的公关活动。

佘总大圆脸盘、头顶半秃，永远一副人畜无害的笑容。两年来，他和石岳文相处很融洽。融洽的基础，是石岳文的耐性令他相当舒服。

每次开策划会，佘总的开场白都是"我先抛砖引玉地讲三点"，结果他每次都会拉拉杂杂地讲很多点，而且讲着讲着，讲话的内容就和主题无关了。

石岳文每次耐着性子附和，一听就是两小时，中途再想方设法将讨论内容拉回正题——佘总那些与会议主题无关的废话，其实给了他很多启发。

佘总笑眯眯地答应了石岳文的请求，一是因为石岳文的公司随叫随到，特别配合；二是他项目的公关活动量大却很零碎，价格又不高，那些规格高的公关公司都不大乐意合作。

猴子的表现证明了石岳文眼光的正确，他做事勤快、脑筋活络，不但每场活动执行得有声有色，还把客户关系维护得十分到位。他甚至把佘总上小学的女儿教出了满口的河南口音，尽管他是江南人。

堪堪半年不到，石岳文的公关部门已接近十数位员工，每月策划执行四五场公关活动。细水长流的进账，缓解了公司吃紧的财务状况。

当时报纸上刊载新闻，说有个孩子在暑期不慎掉进园区泳池淹死了。红城集团老板看到后，吩咐要在集团所有项目中，教会园区小业主游泳。

蓝宫作为集团园区生活服务体系的试验蓝本，自然接下这个任务——策划一款普适性的暑期游泳培训方案，在蓝宫项目试水后，推广到所有项目。

石岳文接到任务，不舍昼夜地组织召开头脑风暴会议、撰写活动方案。他还帮活动取了一个超级可爱的名字"孩豚计划"——这个创意来自于海豚的习性，会救大海中溺水的人。

活动方案很快评审通过，意味着石岳文公司会发一笔横财。因为一旦树立模板，红城集团就会有源源不断的项目找上门合作，推行"孩豚计划"。

石岳文早算过一笔账，红城集团在全国的项目上百，仅浙江就有三四十个，如果每个项目都组织"孩豚计划"，自己只要在浙江区域吃掉十几个项目的公关活动，公司财务难题就会迎刃而解。

然而在这个紧要关头，猴子消失了。

打电话关机，发短信也不回，石岳文甚至两次去猴子的出租屋找，都是铁将军把门。无奈，他辗转找到猴子住在梅家坞山里的父母家。他父母也苦着脸说好几天没见着他了。

石岳文不知道，猴子父母刚经历过一场惊心动魄的大事。

原来猴子大学毕业入行前，在西湖景区晃荡着当了几个月的野导。

杭州西湖闻名全球，每天游客如织，催生了很多野导。这些野导看见游客模样的人就凑上前去搭讪，赚一份带路钱。

猴子脑子活泛，专盯看上去有钱的主儿搭讪。因为那些人不还价，而且玩开心了多给的小费，甩手就是红红的一沓。

这次猴子盯上一个来自河北的三口之家，父母出手阔绰，女儿亭亭玉立、楚楚动人。

这对夫妻架不住猴子一副大学毕业生的模样、一副笑嘻嘻人畜无害的嘴脸和一张舌灿莲花的利嘴。尤其当猴子说出"如果你们不满意，一分钱也不用给我"时，两口子的顾虑全打消了。

凭着读书时业余说相声的功力，猴子在接下来的几天里，把三口之家侍候得相当惬意，对他的建议也言听计从。

临走买特产时，猴子建议他们不要去大商场，而是带他们到山里的父母和亲戚家，忽悠人家买茶叶、丝绸、珍珠翡翠等。他一路鞍前马后地侍候，统一改口称自己的父母、亲戚为"叔叔、阿姨"，还装模作样地帮人家讨价还价。

这家人不明就里地当了冤大头，还对猴子心怀感激，赞不绝口地夸猴子是个热情实诚的小伙儿。

启程前一晚，女儿央求猴子带她去杭州的酒吧见识见识。本着对猴子的无限信任，这对夫妻同意了。当晚，猴子带着人家女儿，到杭州一家出名的慢摇吧，玩得相当嗨。

令人发指的是，猴子送人家女儿回酒店后，就在这对夫妻隔壁的房间，和人家女儿行了苟且之事。

一家三口回家后，夫妻俩发现女儿整天魂不守舍，详细逼问，才知道女儿已被猴子俘获芳心。夫妻俩在当地是有头有脸的角色，绝不同意女儿和出身山里干野导的无业青年有瓜葛，斩钉截铁地表示反对。

女儿一哭二闹三上吊，居然背着父母偷偷跑到杭州，留下一封信说如果父母不同意，她就再也不回家了。

夫妻俩气急败坏，纠集十余人火速赶到杭州，到猴子父母住的小山村来要人，费了很大劲找到猴子父母家时，却傻眼了：原来当初他们买特产时，猴子口口声声说的"叔叔、阿姨"，居然是他的父母和亲戚！

真是"怒从心头起，恶向胆边生"，这对夫妻扬言，如果不把猴子和他们女儿交出来，就把猴子的家给拆了。

村邻闻讯，纷纷聚拢过来，把夫妻俩和他们带来的十余人围在中央。一时间群情激愤、剑拔弩张。

幸好派出所民警及时赶到，才平息了这场闹剧。

此时的猴子，正带着人家闺女，白天泛舟西塘，夜晚颠鸾倒凤，滋润得神仙都自愧不如。

石岳文这头却成了热锅上的蚂蚁，所有活儿揽到自己身上，没日没夜地撅着屁股写方案、开会评审，空闲时还不忘倒腾着托人寻找猴子的下落。

半个月下来，"孩豚计划"从预热到执行、收尾，大方案套小方案总计十多个，石岳文暴瘦十多斤。

当猴子嬉皮笑脸地出现在办公室时，石岳文气得钢牙几乎咬碎，恨不得当即暴揍他一顿。猴子却拿出发嗲卖乖不要脸的精神软磨硬泡，缠得石岳文没一点脾气，最终逼迫猴子请同事们吃了一顿大餐了事。

猴子回来后，正逢"孩豚计划"启动仪式筹划得如火如荼，各项目关于该项活动的咨询电话不绝于耳。

无奈红城集团多数项目分布在浙江省外的城市，而以石岳文公司的实力，根本没有能力跨省服务，等于赔本赚吆喝。

猴子灵机一动建议说："老大，咱们人虽然跨不出浙江，但物料可以呀。咱们定做一批赠送给业主的毛巾、香皂、小海豚模样的漂浮球、防水袋等，打上红城集团的LOGO卖给那些项目，比执行他们的公关活动赚钱！"

石岳文拍案叫绝，当即吩咐设计师出了几套图样，带猴子去城东批发市场找加工厂咨询。一套整物料做下来的成本三十九元，他俩商量以每套六十九元的价格卖给红城集团。

石岳文忐忑不安地向毕大力汇报想法，竟意外得到赞赏。毕大力当即决定"孩豚计划"的启动仪式，就订购石岳文公司设计的物料赠送给业主。

红城集团项目遍布全国六十多座城市，业主总数超过五十万，哪怕只有一万个小业主在暑期学游泳，这些项目统一订购物料，公司利润就能达到三十万元。

整整三十万元的利润，就一个暑假的工夫！

果然，"孩豚计划"启动仪式过后的一个多月里，各项目订单纷至沓来，均以每套六十九元的价格订购了物料。石岳文算了一下，加上浙江部分项目活动的落地执行收费，公司在暑假期间总计赚了五十余万元。

过去一年，石岳文整个公司的销售额才六十万元。

月度发薪日，根据公司确定的规则，石岳文给项目团队发了十五万元奖金，猴子一个人就拿了七万余元。

当猴子收到这笔巨款时，开心得手舞足蹈，不停地说："怎么样老大？我说得没错吧？跟着狼吃肉，跟着狗吃屎，去年我撅着屁股给人家干了一年，也没拿到这么多钱……"

瞅着同事们的乐呵劲儿，石岳文十分欣慰。就在去年底，他还预支服务费发工资和年终奖；大家吃年夜饭时，他还忐忑不安地发愁公司能活几天，哪知不到半年时间，就打了一个漂亮的翻身仗。

6

发薪当晚，石岳文带着全公司的人，到当地有名的酒楼吃了海鲜大餐。餐后去KTV潇洒，连带着包厢费和酒水，花掉近万元。

这是公司开张以来，石岳文出手最阔绰的一次，以往连年夜饭，都挤在土菜馆的小包厢里。

石岳文喝得酩酊大醉。他佝偻着腰，跑到KTV包厢的洗手间，趴在马桶上吐得翻江倒海、涕泗横流。稍歇片刻，他到洗手台前洗把脸，回到包厢继续喝……

如此往复，他吐了三次。最后一次吐完，他在镜子前站了很久，内心被巨大的情绪吞噬。

经历这么多曲折艰辛，他终于创业成功！但最大的功臣不是他，也不是包厢里和他寻欢作乐的同事，而是在背后默默无闻支持他的凌笑笑。

没有凌笑笑，他连这家公司都开不起来；没有凌笑笑，他可能早就举手投降了；没有凌笑笑，公司早就中途夭折了……

可是这个时候，凌笑笑在哪儿呢？大概率她应该刚吃完饭，在家里安静地等着老公回家。可是这个时候，自己不应该和她在一起庆祝吗？

再次回到包厢，石岳文坐在角落抽烟，没沾一滴酒。猴子数次敬酒被拒绝，便讪笑着对他耳语道："老大，是不是觉得不够刺激，要不我带你去个地方耍耍，那真是妙不可言的天堂哇……"

"滚！不去！"石岳文鄙夷地推开猴子站起来，长出一口气道，"你们先玩吧，我喝多回去了……"随即，在众人错愕的目光中，跌跌撞撞地走出包厢。

他要回家！

半年来，广告公司服务十余个地产项目，公关活动也在猴子的带领下折腾得风生水起，可是项目一多，事情就多起来，项目拓展、方案提报、文案策划、设计创作、物料制作、活动执行、供应商整合……每个环节，都需要石岳文事先谋划、过程中督导、出问题后救火擦屁股，往往是按下葫芦浮起了瓢。

石岳文几乎三分之一的晚上，都在办公室里熬夜加班。饶是他年轻力壮，也时常有心力交瘁、油尽灯枯的感觉。

凌笑笑几乎独揽所有家务，时而下班后到公司陪石岳文加班，困得熬不住，才独自骑着小电驴回家睡觉。

很多时候家里的菜冷了又热，只能第二天当早饭吃；很多时候她漫漫长夜独自睡觉，心里却惦着老公的苦；很多时候，她深更半夜被醉酒的老公打扰，又打水洗脸清理呕吐物……她没有一句怨言，只是上班时偶尔会走神，想象着老公赚钱了，能带她去国外旅游一次。

当晚回到家，凌笑笑正躺在床上看书，见石岳文回来，疑惑地问："老公，今天不是你公司的庆功宴吗？咋这么早就回家啦？"

"你不想我早点儿回来啊？"石岳文说着，和衣趴在凌笑笑身上。

"快走开！洗澡去！臭死了……"凌笑笑娇嗔一声将石岳文推开。

"老婆，公司能有今天，最大的功臣是你。"石岳文说，"要说庆功宴，真正要感谢的应该是你才对。你等着,我今天要好好感谢你,呵呵——"说着话,他麻利翻身,哼着歌,去洗手间洗澡了。

一夜风光旖旎。

业务多了应酬就多,吃饭、泡酒吧、逛夜总会……石岳文经常会带上猴子,这个家伙聪明、幽默,自带喜感,很会搞气氛,把甲方爸爸侍候得相当开心,石岳文自愧不如。

这天是星期五,石岳文忙完工作准备回家,猴子跑进办公室问:"老大,今天没啥安排吧,咱们喝一杯去?"猴子贱兮兮地笑问。

"呃——"石岳文犹豫着。他下午给凌笑笑说好要回家吃饭的,估摸这会儿她已经在厨房忙活了。

"老大,咱们喝一点呗!之前一直应酬甲方,喝了那么多酒,咱兄弟之间反倒没时间交心呢。"察觉到石岳文的犹豫,猴子趁热打铁地撺掇。

"要不这样吧,去我家喝怎么样?"石岳文做了一个两全其美的安排。

"好咧!"猴子开心地打个响指,回工位上收拾好东西,屁颠屁颠地跟着石岳文回家了。

一进家门,猴子就嫂子长、嫂子短地叫着,哄得凌笑笑很开心。饭桌上,猴子大谈自己的经历和各种糗事,夹杂一些笑话和模仿秀,逗得小两口笑得喘不过气来,脸上肌肉抽搐得不受控制。

正聊得开心,石岳文收到一条短信:"帅哥,老地方,咱们把存酒喝掉怎么样?"

手机号的备注名是舒婷。石岳文这才想起,去年记者节他在酒吧遇到的那个女孩——他早已将她忘到九霄云外了,如果不是互留电话时在她名字后面备注了酒吧名,肯定想不起来她是谁。

"又是客户吧?"凌笑笑问道。

石岳文含糊应声,抬头看看墙上的挂钟说:"都这么晚了,我还是回掉吧,咱们难得开心地吃顿饭……"

"你俩还是去吧,你们平时争取一个客户多不容易,咱们饭也吃得差不多了,剩下的我来收拾。"凌笑笑体贴地说。

去旅行者酒吧的路上,石岳文仍然犹豫着要不要回家:自己去和一面之缘的陌生女人约会,却欺骗老婆说应酬客户;老婆的大度和支持,更让他愧疚。

猴子仿佛看穿石岳文的心事,眨着眼说:"老大,做戏也要做全套喽,你们是在地产活动上认识的,说不定去了真能碰到生意呢……"

听猴子这么说,石岳文心里才坦然些。

杭州是一座精致婉约的城市,绿荫如盖、曲水流觞。而旅行者酒吧,影影绰绰地藏在湖边街角的绿荫里,流溢出暧昧温婉的魅惑。

舒婷一袭红裙,简洁精致,虽然略施脂粉,但显然精心打扮过,怎么瞧都感觉舒服。

舒婷是杭州人,父亲是一家中型地产公司的老板,身家数十亿。她毕业后进入该公司工作,从一枚普通的会计干到副总经理。

去年记者节那场活动,舒婷就注意石岳文了,因为策划经理提交的竞标名单中有石岳文的公司。她与石岳文搭讪,就想了解他公司的虚实。

舒婷所在的公司有几个项目,每个项目的策划都单独选一家广告公司合作,之前策划经理推荐选定的广告公司,服务费颇高,活儿却干得吊儿郎当。每次她提出不满,策划经理都跳出来替他们说话,猫腻显而易见,她却抓不到把柄。

眼看这几家广告公司的策划合同相继到期,她就筹划把他们全换掉,打包给一两家公司做,节约成本且利于管控。

舒婷暗地在圈子里摸过几轮,锁定的其中一家就是石岳文的公司。一是石岳文长期服务红城集团,服务水准自然不差;二是石岳文的公司属于中小规模,性价比高;三是石岳文地产记者出身,可以帮忙整合媒体资源,危机公关也能帮上大忙。

当晚,舒婷主动邀请石岳文第二天去她办公室,聊聊合作的事情。

踏破铁鞋无觅处,得来全不费工夫。没想到真被猴子说中了,两个人相视会心一笑。

有猴子在场,就永远不缺话题。哥俩使出浑身解数,起劲地聊天、喝酒、讲段子，不知不觉间，竟把舒婷灌醉了。她起身摇摇晃晃地上了趟厕所，回来后趴在桌上一动不动。

石岳文和猴子叫了好几声，舒婷不应。哥俩交流一下眼神，麻溜地去吧台买完单，便搀起舒婷送她回家。

酒吧门口，好容易问清楚舒婷的住址，猴子接到一个电话，难为情地讪笑道："老大，只能难为你自己送舒总回家了，我家那个神经病又发疯了，闹着让我赶紧回去呢！"

猴子口中的"神经病"，便是他当野导时骗来的河北姑娘。后来人家索性和家里断绝联系，搬到杭州来和他一起住了。

俗话说：炒房炒成房东，泡妞泡成老公。猴子就属于后一种人，人家姑娘黏着他，赶也不赶不走，逃又逃不脱。关键是河北姑娘担心猴子拈花惹草，把他看得很死，猴子应酬回家晚了，电话就一个接一个地催，急急如律令，回去就是事无巨细地盘问。

石岳文同情地叹口气，朝猴子摆手道："唉，赶紧滚吧！吃一堑，长一智，你这个用下半身思考的家伙总算知道，管不住下面，就管不住人生……"

猴子讪笑着敷衍："是、是，老大批评得对！"转头招手叫停一辆出租车，一溜烟跑了。

石岳文无奈叹口气，跌跌撞撞地扶舒婷上车送她回家——那是市中心一个高档小区，房价高得普通人不敢问津。

一进门，舒婷甩掉鞋子和坤包，扑向洗手间马桶，吐得一塌糊涂。

石岳文手忙脚乱地又是捶背，又是递纸巾和水杯，还指导舒婷抠嗓子眼儿，把胃里的东西都吐干净。折腾半天，才将她扶上床。

正准备离开，舒婷伸手抓住他的胳膊，含混不清地说："你不要走！"

一边厢是昏暗的灯光，醉酒的美人，融洽的聊天，年少的冲动；另一边厢，凌笑笑的善解人意，温柔的话语，期待的眼神。就像无形的绳索，捆住了他的手脚。

石岳文呆立在当场，犹豫着、挣扎着迈不动腿。

舒婷仍然躺在床上、闭着眼，含混不清地说着："你不要走，不要走嘛……"

"妈的！管他呢！"石岳文心一横，便上前俯身对着舒婷的嘴巴亲了下去，混合着酒气的一股甜香扑面而来……

舒婷起初发出"呜呜"的鼻音，左右摆头、扭动屁股，试图挣脱那张冒犯她的嘴巴。但是渐渐地，就变成了迎合，手臂不知不觉攀住石岳文的脖子，贪婪地吮吸着。

石岳文那只无耻的手，不老实地顺着丝缎质感的红裙滑下去……

就像触电一样，舒婷的身体虾米似的一下子绷直。她迅速推开石岳文，起身靠上床头，红着脸、喘着粗气、拢拢头发，阴沉着脸低声说："你好走了！"

石岳文被这突如其来的意外惊呆了，他尴尬地站在床边，磕磕巴巴地说："哦，那、那你好好休息，我走了！"

开车回家的路上，石岳文恨不得扇自己两个嘴巴，不停地自责："你是结婚才一年多的人啊，刚刚还冠冕堂皇地教训猴子，说什么管不住下面就管不住人生，随即自己就犯了戒！如果猴子的行为是禽兽，那自己就是禽兽不如。"

想象如果这件事被凌笑笑知道，将会是怎样一场灾难！他赶紧下意识地从汽车侧兜抽出几张纸巾，把嘴巴擦了又擦。他又想到第二天下午去舒婷办公室的约定，心里沉甸甸的……

第二天一早，猴子跑进石岳文办公室，一脸坏笑："老大，昨晚咋样啊？送人家美女回家，故事没有变成事故吧？"

"嗯，你倒是轻巧，知道我费了多大劲儿才把人家给送回家！嗯，你昨晚回去没发生啥事吧？"石岳文巧妙地转移话题。

"唉，别提了！"猴子神情沮丧，"真是个疯女人，硬说我整天在外面泡妞不管她，还抢了我的手机翻短信和通话记录——你看，我后脑勺还有个包呢……"

"哼！那你是不是确实在外面拈花惹草了？"石岳文嘻笑问道。

"这个嘛，老大你知道的，谁让你兄弟长这么帅呢。"猴子骚情地甩了甩头发，"人家姑娘偏要喜欢我，咱也没办法啊……"

"无耻！"石岳文顺嘴骂了猴子一句，随即问道，"今天下午拜访舒婷，你自己去吧。我有个方案要改,时间排不开。"

"别呀老大!"猴子着急上火地说,"人家要见的人是你,我只是个陪衬。而且和这么大的金主谈生意,我也镇不住呀我……"

"那怎么办呢?"石岳文沉吟着,脑海中浮现出头天晚上两个人亲热的画面,心里愈发忐忑。

最终促使他下决心见舒婷的,还是当年入行当记者时问自己的那个问题:"会死吗?不会!那就去干好了……"

石岳文发现,很多事情之所以失败,就是因为不够勇敢。而所谓的勇敢,就是去做自己害怕的事情。克服内心恐惧最好的方法,就是预设一个最坏的结果,看自己能否承受。

下午,在舒婷公司楼下,石岳文紧张得手心冒汗,设想了多种见面寒暄的方式,却没有一种方式合适。

最后,他硬是拖着猴子在大楼拐角处吸了支烟定神,才假装神态自若地走进去,心里反复告诫自己——就当什么事都没发生过好了。

舒婷这里果然是大公司,占据了偌大的一整层楼。单是前台区域,就比石岳文整间公司的面积还大。

前台带着两人径直来到舒婷办公室,敲开门汇报一声离开,留下两人直愣愣地杵在办公室中央。

正在批阅文件的舒婷抬起头,神情自若,老练且职业地抬手招呼一声:"来啦!来,这边坐!"帮两个人沏好茶,她收了收裙子坐在对面,脊背挺得很直。

整个谈话过程,舒婷一本正经地在商言商,绝口不提头天晚上在酒吧喝酒的事情,短短几十分钟,双方达成好几项合作意向。

随后,舒婷打电话叫来策划经理,明确表达与石岳文公司合作的意向,便起身送客出门:"具体合作方式你们自己谈,我这里还有事,就不作陪了……"

舒婷定调,策划经理自然不敢为难两人,更不敢开口暗示索要回扣,谈判进展很顺利,就剩下拟定合同签字盖章。走出舒婷公司所在的大楼时,猴子高兴得忍不住跳起来:"耶!老大威武!这下咱们公司离上市又近了一步……"

石岳文心生喜悦，也不禁有点小失落——这个女人真厉害，居然可以当作什么都没发生一样，她、她怎么可以当作什么都没发生呢？

毫无疑问，增加了舒婷公司这种重量级的战略合作伙伴，石岳文的生意如虎添翼。

三年时间，石岳文的广告公司有超过二十个全案策划服务项目，公关活动公司的业务也蒸蒸日上，员工激增至五十余人，年营收额近两千万元，年利润额也由早先的二三十万元达到三百余万元。

石岳文用赚来的钱，在服务的项目中又买了房子。广告公司的老板就是这样，购买的往往是服务对象的房子，他们在绞尽脑汁忽悠购房者的时候，往往先把自己忽悠倒了。

无数个夜晚，石岳文要么在办公室通宵熬夜加班，一杯杯地用浓茶刺激神经；要么招待甲方负责人或目标客户，吃饭、泡酒吧、唱卡拉OK、洗桑拿……

白天更是忙得滴溜溜乱转，开会、评审方案、写软文、审设计……有时候忙到一泡尿能憋一上午，中午让同事帮忙代买的盒饭，搁在办公桌上放冷扔掉都顾不上扒一口。

纵然年轻精力旺盛，也架不住这种高强度的挥霍。石岳文感觉自己就像一只高速旋转的陀螺，时常有心力交瘁、油尽灯枯之感。

凌笑笑更是可怜，每晚回到家，屋里空荡荡的就她一个人，清锅冷灶没一点生气。偶尔石岳文打电话说回家吃晚饭，她开心得像是过节一样。

没办法，创业就是这样，你得吃别人吃不了的苦，承受别人承受不了的压力，稍有懈怠，兴许就是灭顶之灾。

这天晚上，石岳文应酬喝到凌晨，蹲在楼下草丛吐得翻江倒海，挣扎着走到楼道口，他犹豫了——这么晚回家，肯定会打扰凌笑笑睡觉，自己可以睡到中午再到单位，凌笑笑却要按时上班。

他已经连续一个星期没有回家吃晚饭了。

他心里泛起深深的自责，低头想了一会儿，便重新返回车里，放倒座位，和衣呼呼睡了。

第二天清晨,他被车窗外的阳光刺激醒了,转头看向窗外,恰巧凌笑笑推着电瓶车从车边路过。她系着红围巾,穿一件灰白色羽绒服,黑着眼圈,头发胡乱地扎个马尾,神色匆匆。

石岳文分明觉得凌笑笑看见他了,自家的车子她没理由不认识。但凌笑笑的表情,明显无视。一阵巨大的悲伤袭来,石岳文难过得弯下腰。

跌跌撞撞地上楼,半梦半醒地睡到中午方醒,石岳文头痛得像要炸裂开来,思维却异常清晰。

回想和凌笑笑从相识到结婚的过往,石岳文发现自己从来没有认真关心过她。除了和家人及同事间的人情往来,他们的二人世界贫瘠得要命,哪怕滑场旱冰看场电影,都是记忆中很久远的事了。

"至少,应该去趟商场,给她买两件穿得出去的新衣服吧……"石岳文心想。结婚以来,凌笑笑的衣服都是自己买的,一向俭省的她,大都在路边店解决,极少逛商场。

石岳文马上给凌笑笑发短信:"老婆,今晚咱俩一起出去吃饭,再去商场逛逛如何?"

估计凌笑笑在忙,或者没留意,石岳文迟迟没等到回复,便无精打采地起床胡乱收拾一下,上班去了。

下午正忙的时候,凌笑笑的回复来了:"老公,出啥事了吗?"

石岳文心疼了一下,迅速回复:"公司没啥事,今天有时间。"他收到的回复,是一连串开心的笑脸。

下班到家,凌笑笑已经在等他了。临出门,她居然罕见地哼起了歌——她五音不全,从不在石岳文面前哼唱歌曲。

石岳文开车,穿过热闹的小区门口时,凌笑笑开心笑道:"老公车技越来越好了,简直是人车合一啊!"

石岳文开心地笑了笑说:"要不改天我教你好了,过段时间公司资金宽裕了,给你也买一辆!"

"好呀!好呀!"凌笑笑开心得孩子般拍手叫道,拿手捂脸,喜极而泣。

两人来到一家石岳文经常招待客人的海鲜餐厅,点了波士顿龙虾、清蒸米鱼、白灼香螺、白切墨鱼、基围虾、炒米粉,外加一份青菜和两碗米饭。石岳文点菜时,凌笑笑在旁边直呼:"够了够了!点太多吃不完,浪费了可惜……"

石岳文点了两瓶啤酒,打开盖给凌笑笑也倒了一杯。他端起酒杯,一本正经地说:"老婆,谢谢你啊,这两年委屈你了……"

"你干吗呀?发神经呀你!"凌笑笑打趣道。

"嗯!说实话,这两年挺对不住你的。别人的老婆,有老公陪着逛街买衣服,看电影,接送上下班,就像你说的连吃螃蟹都只吃肚子不吃腿——你看我,净忙着陪别人了,一天到晚不是加班熬夜,就是陪人花天酒地,对你关心太少,心里有愧……"石岳文说完,一饮而尽。

"快别这么说!老公!"凌笑笑抓住石岳文的手,动情地说,"在我心里,我老公是最棒的,养活那么多人,哪那么容易啊!其实我没啥要求,就是希望家里平安喜乐,老公事业兴旺发达,逢年过节陪陪家人,每年出去旅游一两次,就足够了。"

各自给对方撒了狗粮,气氛更加和谐。凌笑笑突然眨巴着眼睛问道:"老公,你经常陪客户去夜总会唱歌,那里黑乎乎的连个窗户也没有,空气污浊不堪,到底有啥好呀?"

"有小姐!"石岳文直言不讳地回答。他心想,如果遮遮掩掩地答复,反而会让凌笑笑心里不踏实,索性直截了当告诉她。

"嗯?"凌笑笑皱眉想想又问道,"小姐是不是都很漂亮?她们都做些什么呀?"

石岳文把夜总会小姐如何陪客户喝酒、唱歌,哪怕到卫生间吐过之后,还会被客户灌酒的事情形容一遍,给她们打上能歌善舞、多才多艺却又无比励志的人设标签。

"这样看来,那些小姐赚钱还真不容易!"凌笑笑叹息道。

"既然她们这么能干,为啥不找个正经营生,非要去那里作践自己呢?喝多了还被人揩油!"凌笑笑又问。

"当小姐来钱快,陪酒一晚上五百块到八百块小费,一个月就一两万块钱,她上哪里去赚?"

凌笑笑倒吸一口冷气："敢情我们撅着屁股从早干到晚，一个月下来，还不如人家天天喝酒唱歌挣的零头多？"

"那是自然！"石岳文道，"她们吃青春饭，挣得多花得也多，攒不下啥钱，而且她们见到的都是有钱人，养成了眼高手低的毛病。但是年龄不饶人，她们起初青春靓丽能大把赚钱，后来就只能鱼目混珠，等到人老珠黄连鱼眼睛也不是了，才发现蹉跎了人生，于是回家创业卖衣服，最终亏得啥也不剩……"

"哼！看看你们这些混歌厅的人，无论小姐还是恩客，哪一个不是在糟践自己？"凌笑笑语气中颇有不屑的意味。

石岳文尴尬地清清嗓子，无法辩驳。

酒足饭饱，他带着凌笑笑去逛商场。

八点钟的样子，商场灯火辉煌，人头攒动，尽情释放着城市多余的荷尔蒙。难怪有统计数据说全国一半以上的消费都发生在夜间，白天大家忙着上班挣钱，哪有时间消费？

在一家鞋类专柜，凌笑笑看中一双黑色小牛皮鞋子，试穿很合适，但价格接近三千元钱。凌笑笑犹豫半天，最终选择放弃。

"老公，咱们到别处再看看吧，指不定还有更好的呢。"凌笑笑说。临走，她恋恋不舍地回头看了好几次。

凌笑笑在其他专柜试穿鞋子时，石岳文借口上厕所，三步并两步地跑回来，迅速刷卡买了那双鞋，暂时寄存在专柜。

凌笑笑试穿了好几个专柜，都没找到心仪的鞋子，她有些沮丧地说："老公，咱不买鞋了吧，反正够穿，等快过年再说……"

石岳文不动声色地应承，又陪凌笑笑到服装专柜逛。凌笑笑看中一件打折的紫色羽绒外套，价格一千余元。

买单时，凌笑笑执拗地要刷自己的卡，说石岳文开公司花销大要省着用，她自己的工资卡买件衣服绰绰有余。

"我还是不是你老公？"石岳文有些生气地说，"我挣不挣钱，和买这件衣服有啥关系？再说，你的卡还是我的卡，不都是这个家的钱嘛！"

凌笑笑见石岳文生气了，赶紧解释说自己不是那个意思，由着石岳文刷卡买单。

两人提着外套离开商场，路过最初试鞋的那家专柜时，石岳文向销售员要来事先买好的那双鞋子，递给凌笑笑。

"嗯，咋回事？"凌笑笑不解地问。

"我想那双鞋子既然你这么喜欢，咱就买了呗。钱嘛，挣来就是花的……"

凌笑笑接过装鞋子的手袋，满脸喜悦地看着石岳文。看着看着，眼圈红了，嘴唇嗫嗫地动着，却一个字也说不出来。

"好啦，走吧！看你矫情的……"石岳文揽过凌笑笑的肩膀，搂着她走出商场，内心无比畅快。

刚走出商场，石岳文手机提示音响了，打开一看是舒婷的微信："我喝多了，你过来一下，旅行者酒吧……"

石岳文心里升起一股不好的预感，他定了定神对凌笑笑说："客户那里有事情找我，要不、要不你先自己打车回去吧，我恐怕得去一趟……"

凌笑笑撇撇嘴，无奈地叹气："那、那你少喝点酒，早点儿回家！"

"嗯，我知道！"石岳文答应着，随手叫一辆恰好停在路边的出租车，送走了凌笑笑。

7

石岳文来到旅行者酒吧，环顾一圈，见舒婷坐在离舞台最远的角落里，手里夹着一支烟发呆，桌上的一瓶洋酒剩下不到一半了。

看见石岳文过来，舒婷拿空杯倒了半杯递给他，用不容置疑的口气说："先把这个喝了！"

石岳文仰头一饮而尽。

369

舒婷缓缓说:"我今天去相亲了,我小姨给介绍的……"

"挺好的呀,人怎么样?"石岳文道。

舒婷眼中滑过一丝不易察觉的失望,没好气地说:"你是觉得我嫁不出去了咋的?再说这和你有啥关系!"

就在三年前,她明察暗访和石岳文搭讪的那个晚上,他眼眸中那深沉的忧郁就强烈地吸引了她,让她心疼,并且忍不住想帮他。

就在两年前,她和石岳文以及猴子喝醉酒那个晚上,石岳文送她回家,并在床上和她拥吻,虽然她装作什么事情都没发生,但此后多次,她都忍不住回忆那一幕,每次都心跳不止。

两年以来,两家公司的合作中,石岳文高度的敬业精神令她钦佩,才气令她喜出望外。她要求他亲自来公司开会,逼迫他加班,和她的团队一起吃饭庆功,请他帮助公司进行危机公关等,每次他都身先士卒、毫不推脱……

她感觉石岳文像一块磁石,强烈地吸引住了她。这个细长丹凤眼的男人算不上帅,但憨厚的笑容中闪着灵气,还带着点坏,那张能说会道的嘴巴总是妙语连珠——她看不够、处不够,人未离开就又开始想念……

她清楚地知道石岳文是已婚之身,自己不该有非分之想,却又忍不住想。她一次次拒绝家里介绍的相亲对象,甚至怀疑自己脑袋是不是被门挤了。

此次她扛不住家人的催促,第一次去相亲,心里就莫名其妙地难受,发微信约石岳文过来,至于为什么发微信给他,她也不知道。

此时,看着被自己无端抢白的石岳文,怔在那里说不出话,她又一阵难过,于是端起酒杯一饮而尽,期期艾艾地说:"平白无故的,跟你说这些干吗呀——哎,你公司经营得咋样?"

石岳文言简意赅地介绍一番,再次感谢舒婷能给他机会合作。

"你呀,人很聪明,也有才,就是死板了些!"舒婷说,"地产圈的营销策划公司,哪个没有5%至10%的回扣给到甲方负责人?你在这个行业一毛不拔的,能接到活儿糊口,已经算是奇葩了……"

石岳文目瞪口呆。行业里的回扣潜规则,他不是没听说过,但以他的秉性做不出来。然而以舒婷的身份,向他明目张胆地要回扣,这让他大跌眼镜。

"小时候，我爸是乡镇干部，帮人家解决落户问题，人家拎了十斤香油送到家里来，我妈一头雾水收下了，我爸下班回来大发雷霆，不容分说当晚就骑车把香油送回去……我是在这种环境的熏陶下长大的，哪怕公司破产倒闭，给回扣的事我也做不出来！"石岳文斩钉截铁地说。

随后，他又补了一句："既然你这么说，我也明白你的意思了！那份钱，我回头会给到你的。"

"说什么呢?!"舒婷懊恼地吼道，"我缺你那几个钱吗？我无非就是想提醒你，生意场上水很深，你经营公司也要灵活一点，才能接到更多的活儿，把公司做大，你懂吗！"

石岳文意识到自己会错意了，但死要面子的他想道歉又难以启齿，况且他仍然觉得舒婷所谓的"灵活"，和自己的价值观有冲突。

气氛在沉默中变得尴尬。最终，石岳文清清嗓子委婉地说："真不好意思，怎么想你也不是那种人！你提醒得也对，只是我做不出来，不知道我的意思你是否明白？"

"我懂！当然，正因为你这么轴，我才打心眼里觉得你和那些人不同，愿意和你做朋友……"舒婷说完扑哧乐了。

僵局打破，两个人又有说有笑地聊起来，说着说着，舒婷把话题拐到公司经营上来："现在做房地产项目的销售代理挺赚钱的，你考虑过吗？"

"嗯?"石岳文一愣，销售代理他从来没有想过。

"这么说吧，你做一个全案策划项目，案组成员包括AE、策划、文案、设计、总监，起码得配五个人，被甲方呼来喝去地撅着屁股干一年，也就六十万服务费，去除工资、房租和各项办公成本，所剩无几，你应该体会很深吧？"

"嗯，是的！"石岳文点头表示认同。平均一个案组负责两个项目，把他自己也搭进去拼命干，一年下来五十万利润不到。

"但你接一个销售代理项目，假设代理费用2%，十亿元总销额就是两千万元代理费，你配备一支十五人的豪华阵容，哪怕付一千万元的成本，也有一千万元的利润是不是？"

舒婷算的一笔账，令石岳文瞠目结舌、血脉偾张。一千万元！这么大的数字，居然只是服务一个项目的利润！

"做生意最重要的是认知和格局，格局大了，选择就不同，选择不同，最终的收益就会千差万别……所以，成功不是单凭努力就能实现的，认知和方向更重要。"舒婷颇为老练地说。

剩下半瓶酒，两个人喝到凌晨才瓶空人散。临走，舒婷看着石岳文摇摇晃晃离去的背影，若有所思——即便石岳文单身，他与自己也是门不当户不对……

第二天一早，石岳文把猴子拎进办公室："猴子，你看咱们公司拓展销售代理业务咋样？"

"销代？老大你在开玩笑吧！"猴子瞪圆眼睛夸张地说，"现在咱们的广告和公关业务如日中天，那是冲着上市的节奏跑的，半途而废你不觉得可惜吗？"

"谁说我要放弃广告和公关活动业务了？我说的是几个类型的业务齐头并进。"石岳文摇摇头说。

"那销代咱也不懂呀，怎么个搞法？再说咱们做公关活动多少高大上了，销代就是点头哈腰地推销房子，多low呀。"

"起初我做公关公司也啥都不懂，还不是搞起来了？只要有项目，组建团队不是问题。"石岳文反驳道。

"你不是一直强调我们要简单、专注、持久吗？还说只有专注于一行做精做透，才能成为一家受人尊敬的公司……"猴子嘟囔说。

"咱们不是还做房地产吗？哪里跨行了？如果我们把广告、公关和销代服务串起来，就是一条完整的地产营销服务链，三位一体，才更有竞争力！"石岳文反驳道。

"你猜猜做一个销代项目，收益有多大吗？"石岳文问道。

猴子沉默，一脸迷惘。

石岳文伸出一根手指，缓缓说道："一千万！"

"老天，干销代这么赚啊！"猴子瞪圆了眼睛，惊喜地问道。

石岳文微笑看着猴子，等于回答了猴子的问题。

"我靠！就凭我英俊潇洒玉树临风貌比潘安才比诸葛人称江南一哥的猴子哥，居然被公关活动埋没了这么多年……"猴子开始手舞足蹈、兴高采烈地胡诌吹牛。

石岳文挥手制止道："活儿还没有干，你怎么就像个亿万富翁似的？骨头这么轻！先讨论怎么入手干吧！"

两人随即在办公室唧唧咕咕地商量，最终确定拓展销代业务的策略：首先，从现有服务项目入手，将佣金提点降到最低，令甲方难以拒绝；其次，如果甲方愿意给销售代理业务，广告服务费用从后期销代佣金中扣回，等于广告服务免费；第三，公关活动服务收费，只收取成本价，其余全部让利给甲方。

也就是说，他俩想用广告和公关活动免费服务的方式，换取项目销售代理权，再把销售代理的佣金点数降低到别人不愿意干的程度。

万事开头难。这是在没有成功经历背书的情况下，做出的无奈之举。

"老大，咱俩聊着就把公司开张了，人呢？"猴子疑惑地问。

石岳文明白，拓展新业务最令人挠头的，就是先有鸡还是先有蛋的问题：如果先招人，接不到项目就得闲养着，赔了夫人又折兵；如果不先招人，就没有团队，又怎能接到项目？

思忖良久，他慢吞吞地说："你先挑个能干的人接班，把工作移交给他，抽出时间和我一起找项目，找到项目咱就马上组建团队，你带领他们边干边学——以你的能力，用不了多久就能独当一面……"

石岳文的安排，猴子心里完全没底，但老大给他戴的这项高帽，他相当满意。于是他挺直身子行个礼："遵命，老大！"

接下来的日子，石岳文得空就带着猴子去各个售楼部转悠，频繁邀约专业公司的人喝酒聊天，恶补专业知识。另一方面，两个人在为甲方服务时，经常有意无意地抛个橄榄枝给对方，期待能接到一笔销代业务。

落花有意，流水无情。任凭哥俩舌灿莲花，开发商就是不为所动。原因很简单，房产销售事关项目生死，他们万万不敢交给外行去干。

就在他俩深感前途渺茫的时候，事情有了转机。

373

石岳文公司服务的项目分两类，一类是住宅项目，一类是写字楼项目。销代公司普遍喜欢做住宅项目，因为跑量快。而写字楼项目却像鸡肋，食之无肉、弃之可惜——即使这类项目，也没有外行的份儿。

杭州的写字楼项目还有一类很特殊，就是留用地项目。

所谓留用地项目，就是村集体用地在城市化进程中，政府规定征用时留下10%比例的土地给村集体自主开发，其中49%部分可将产权分割到层，用于销售充抵建设成本，另外51%部分一幢楼一本产证，用于自持经营，收入分配给失地农民作为他们的生活补助。

村集体没有专业团队，也没有建设资金，只能找开发商合作——开发商出资建设的项目，不但49%部分可以拿去销售平衡成本，51%部分还可以拿走约20%以租代售获利，剩余的30%交付给村集体就可以了。

开发商和村集体签完合作协议后，只要筹一笔过桥资金交给土地收储部门，将土地从村集体用地变性为国有商业服务业用地。这笔钱一两个月政府又会返还给村集体，等于拿地没花钱。

至于项目开发建设资金，自然由总包建设单位垫资，销售过程中再按进度支付工程款，剩下的就是利润了。

对于动辄几亿元的地产项目而言，留用地项目几乎是空手套白狼。所以，一些资金实力弱小的投资商，就喜欢找这样的机会发家。

有个名字叫浣溪壹号的楼盘就是这种项目。开发商非专业出身，项目前期流程走完，才发现遇到了难题：单套面积不低于三百平方米的写字楼，总价太高；另外开发商手头只有政府的一纸空文，具体怎么操作、房产证能否办下来，谁都不知道，这样的房子谁会买？

开发商找了多家销售代理公司，没人愿意碰烫手山芋。最终，石岳文通过朋友圈介绍，找到这家开发商。

约定见面提报之前，石岳文和猴子耗费几天几夜的心力，炮制了一份销售策略及执行报告，想用这份PPT作为敲门砖。

提报当天，他从公司挑选几位形象气质不错的员工，带他们去商场，给每人买了一套工作制服换上，男士统一白衬衣配领带、灰色西装配黑皮鞋，女士则为西装、中裙和丝袜,看上去就是个像模像样的销售团队了。

石岳文带着山寨团队去提报前,志忑不安地一再嘱咐:"只坐在那里装样子就好,千万不要说话,免得露馅。"

"嗯?你什么时候组建的销售团队?"提报时,开发商睁大眼睛问。

"他们之前是另外项目的销售团队,房子卖完了。我想做你们的项目,就把整个团队挖过来了。"石岳文解释道。

"哈哈,看来你对我们项目志在必得啊!先看看你的提报……"开发商笑着说。

提报结束,开发商问石岳文:"你凭什么认为我们会选择你呢?"

"专业!"石岳文面不改色地回答。

"可你只是一家广告公司啊,在销售上谈何专业?"

"我的广告公司,营销策划能力毋庸置疑;我的公关活动公司,活动执行能力也没有问题;而在销售方面,只要我挖来的团队专业就够了,广告、活动、销售这三个专业是一条绳上的蚂蚱,相互依存,恰恰在我公司可以三位一体地整合,确保信息对称,执行高效……"

石岳文一阵忽悠,听得开发商频频点头。

"那么,佣金点数你的条件是什么?"开发商问道。

"您知道,这类项目的佣金点数没有低于3%的,因为出货很慢。但事在人为,我很看好这个项目,1.5%的点数我还能挣一点血汗钱。"石岳文回答得不卑不亢,其实心里完全没底。

眼看坐在对面的开发商团队犹豫不定地交头接耳,石岳文索性抛出全部底牌:"我给您项目提供广告策划服务,年费标准六十万元,将来结算佣金时,您可以分期扣回去。另外我公司做您项目的公关活动策划执行,费用一律打八折!"

这个条件有相当的诱惑力,开发商团队的决策人明显心动了。

"我对这个项目有十足的信心,您想如果真卖得不好,我的销售、广告、公关团队可是一损俱损,而且没有退路。只要您给我机会,我一定会给到您意想不到的回报……"石岳文继续说道。

"唔，你们先出去等一会儿，我们商量一下如何？"决策人说。

惴惴不安地等了约摸半小时后，会议室出来一个人，邀请石岳文独自去会议室商榷。

"我们商量过，虽然对你公司的销售能力仍有疑虑，但事在人为，你开出的条件、诚恳的态度、坚定的信心打动了我们，希望结果如你所说，我们给你阳光，你必须灿烂起来……"

石岳文瞬间被狂热的喜悦淹没，以至于对方后面说了些什么，根本没听清楚。他自始至终微笑着，一言不发，免得节外生枝。

一周后，盖了开发商印章的销售代理合同，一式六份，整整齐齐码在石岳文的办公桌上。

这种项目能否卖得出去？这样的佣金条件会不会亏损，会不会被圈里笑话？通过哪些招聘渠道组建销售团队？采取什么样的销售模式？团队佣金怎么分配？如果项目干砸该怎么办……杂七杂八的问题一窝蜂涌进脑海，当初谈成项目时的喜悦早已消失得无影无踪，石岳文感受到的，是前所未有的压力。

"管他呢！反正我创业时就一无所有，了不起再一无所有地重新开始呗，还能怎么样？！"已经用了无数次的精神胜利法，石岳文屡试不爽。

沉默半晌，他拨通舒婷的电话。对于这个引路人，在业务全无头绪时，他拉不下脸去找她。现在有合同在手，一方面他有显摆的意思，另一方面舒婷就是现成的老师。

约好舒婷，他把猴子叫进办公室，不动声色地说："晚上陪我见个人，旅行者酒吧……"

"是舒总吧？"猴子精巴地眨着眼说。

"狗贼！"石岳文笑骂。

舒婷听说石岳文接到了销售代理项目，自然很开心，这个经常给她带来惊讶的家伙，距离她的想法又近了一步。她知无不言，还允诺石岳文这个项目如果做得好，可以考虑把自己公司的项目代理权也交给他。

三个人喝了很多酒，临走，石岳文主动买单，并且和猴子一起将舒婷送到小区门口，目送她跌跌撞撞地走进去。

"老大，咱再去喝点儿怎么样，感觉还没过瘾呢。"猴子贼兮兮地笑着说。

"你说去哪里？"心情大好的石岳文，也有意再去喝点儿。将醉未醉，他心里有股邪火蠢蠢欲动。

"去REMAX酒吧怎么样？听说那是新开的慢摇吧场子，美女如云，气氛相当不错！"猴子挤眉弄眼地说。

"只是听说？"石岳文不屑地反问道。猴子这号人他清楚，那个什么REMAX酒吧，笃定去过好几次了，而且花销肯定不低。

"老大你就别再问了，有些事情戳穿就没劲了不是？"猴子难为情道。

时近十一点，两人赶到西湖边的REMAX酒吧。室内昏暗摇曳的灯光散发着暧昧的气息，劲爆的音乐催化剂一样激发着每个人体内过剩的荷尔蒙。一溜散台围绕着一个十平方米见方的小舞台。少男少女挤在舞台上，扭腰摆胯、摇手甩头，得了群体癔症一样嗨得没完没了。

两个人点瓶洋酒配八瓶雪碧混合起来，有一搭没一搭地喝着。偶尔交头接耳地大喊着说句话——因为酒吧音乐太响的缘故。

猴子终究按捺不住，也跑到小舞台上嗨了起来——群魔乱舞的景象、聒噪的音乐，酒劲上来的石岳文头痛欲裂，只想迅速逃离。

没多久，猴子一身臭汗回来，奇迹般地带来两个姑娘一起喝酒。

姑娘长得漂亮，一位细腰紧身牛仔热裤，胸部膨胀突兀，仿佛要把束腰白衬衣撑裂；另一位披肩长发，着装含蓄，却也掩不住凸凹有致的身材。

原本沉闷的小圆桌，立马显得活色生香。因为只有嘴贴着对方耳朵说话才能听见，石岳文和对方沟通了姓甚名谁之类的简单问题，就有些心旌摇曳了。

将近凌晨一点，四人才依依不舍地离座出去。在门口分手时，猴子又不甘心地提出一起吃宵夜。

这家名为"胖大姐"的烧烤大排档，鼎鼎大名，无论是卤鸭头、煮喜蛋、豆腐干儿还是烤肉串羊腰、烤韭菜茄子，都是棒棒的。每到这个点儿座无虚席，临时增加的塑料桌凳摆到马路中央去了。

四个人点了烧烤卤菜和几瓶啤酒，有说有笑地又吃又喝。石岳文这才搞清楚，两位美女是上海大学生，趁周末来杭州玩。

得知两位美女还没安排住处,猴子贼溜溜的眼睛更亮了,他一个劲地向石岳文使眼色,明里暗里拍石岳文马屁,说他老大腰缠万贯,为人大方好客,最喜欢帮助人了。

人设被猴子架上去,轻易下不来。石岳文硬着头皮,带着猴子去望湖宾馆帮美女开了两个房间。

在前台登记好后,猴子屁颠屁颠地随着人家去房间,没承想被石岳文截住。

"你干吗去?"石岳文问。

"我、我送她们上去。"猴子意外地说。

"你俩能找到自己的房间吗?"石岳文转头问两位美女。

美女捂着嘴咻咻地笑,给了石岳文肯定的答复。石岳文随即招手让猴子回到自己身边,目送美女进了电梯。

"老大,你这又是干吗呢?咱学雷锋也得做全套吧,你看这到手的鸭子,就、就这么飞了……"猴子搓着手,不甘心地嘀咕道。

"你那个河北女朋友咋样了?"石岳文冷不丁冒出一句。

"还能咋样!真是个疯子,一天到晚地闹,好不容易才分手,回老家了。"猴子没好气地答道。

"嗯,这也算是个教训!如果不是你这种处处留情、拈花惹草的德性,人家姑娘也不至于把你逼疯。"石岳文顿了顿继续说,"你不能伤疤没好就忘了疼,楼上这两位哪一个是省油的灯?别刚从一个坑里爬上来,又掉进另一个坑……"

在酒店大堂休息区,石岳文喋喋不休地给猴子上了半小时的思想品德课,直到猴子做了深刻的批评与自我批评后,才放他回去睡觉。

石岳文觉得,到这个时候,精虫上脑的猴子应该清醒了,就算他假装离开杀个回马枪,人家姑娘也不会开门。

回到车上,石岳文发现手机上两个未接电话,都是凌笑笑打来的。还有两条微信,其中一条是凌笑笑提醒他早点儿回家;而另一条,却是两个小时前舒婷发给他的,只有八个字:"你在哪儿?我睡不着!"

石岳文微微叹气，毫不犹豫地将这条微信删除，随即发动引擎，径直开车回家——舒婷对自己有意，但他不能顺杆爬。

他清楚，如果离婚和舒婷在一起，自己的人生从此将与众不同——舒婷家资产上亿，他几辈子未必能赚得到。

但他也明白，如果自己和舒婷在一起，必然是"倒插门"女婿——舒婷家财大气粗，而且只有她和妹妹两朵金花，未来他不但要在人屋檐下过活，孩子也得随母姓。这是石岳文难以接受的，北方男人即使被江南文化浸透，骨子里也是与生俱来的大男子主义。

况且，他觉得钱虽然很重要，但多到一定程度，就只是一串数字，没啥实际意义，而且走的时候一毛钱也带不走。

说千道万，他真正难以割舍的，其实是凌笑笑。

这个朴实善良、命运多舛的姑娘，一心一意地随了他，石岳文找不出抛弃她的理由。他也清楚她对自己的情感，如果抛弃她，都不确定她能否活得下去……

走进家门，凌笑笑在小客厅里给他留了一盏灯。柔和温暖的灯光，让他心里特别踏实……

8

第二天上班，猴子到石岳文办公室鬼鬼祟祟地问道："老大，昨晚你还好吧？"

"嗯，还好！"石岳文头也没抬。

"你猜我昨晚在哪儿睡的？"他得意地笑着说。

"你这个禽兽！"石岳文摇头笑骂。他从猴子贱兮兮的表情，以及眼角堆着的眼屎，猜到猴子肯定杀了回马枪，把人家姑娘睡了。

"老大这你可冤枉我了！"猴子打开手机微信道，"你看，我是被动的好不好！在你给我上思想品德课时，人家就说好在房间等我了——谁是猎手你都没搞清楚，如果这时还退缩，真就禽兽不如了我！"

石岳文想起舒婷给自己发的那条微信，暗忖自己禽兽不如。他笑了笑，觉得自己禁受住了诱惑，做得没错，心里踏实得很。

猴子粗枝大叶地描述了后面的过程，咂了咂嘴巴，意犹未尽地说："老大，我感觉这次坠入情网了！"

"嗨！醒醒吧！这么不要脸的话亏你说得出口？你哪天没坠入情网？说到织网的本事，蜘蛛都比不上你……"石岳文不屑道。

"老大，人家这次是真爱好不好！"猴子说。

"真爱？！你哪次不是真爱？要流氓立牌坊还冠冕堂皇，你这不要脸的精神，算是前无古人后无来者……"随即，他不容分说把猴子从办公室赶了出去。

按照舒婷的建议，石岳文将置业顾问的底薪和佣金标准提高到比市场上多出20%，在人才招聘网上发布了招聘广告，很快组建起一支销售团队。

他提拔闫桦顶替猴子成了公关活动公司总监，让猴子担任销代公司总监职务。但销售经理的岗位，却一直找不到合适的人。

置业顾问大都是新手，看到优厚的底薪和提成条件，被石岳文的三寸不烂之舌一忽悠，就兴冲冲地入了职。

而销售经理大都有四五年从业经历，面试时最关心的却是楼盘是否好卖。当了解到代理楼盘是写字楼性质，单套面积超过三百平方米，而且能否办出产权证也不确定时，无一例外地选择了拒绝。

他们的目的是赚取佣金提成而非底薪，对于销售难度大、出货速度慢的大面积写字楼不感兴趣。他们会首选住宅楼盘，退而求其次，也是小面积低总价的酒店式公寓项目。

正当石岳文一筹莫展时，公关公司新任总监闫桦推荐了她的闺蜜尹依然，说她虽然不是房地产行业的，但销售很厉害，建议石岳文不妨见面谈谈。

抱着死马当活马医的念头，石岳文同意了——按照甲方要求，销售团队

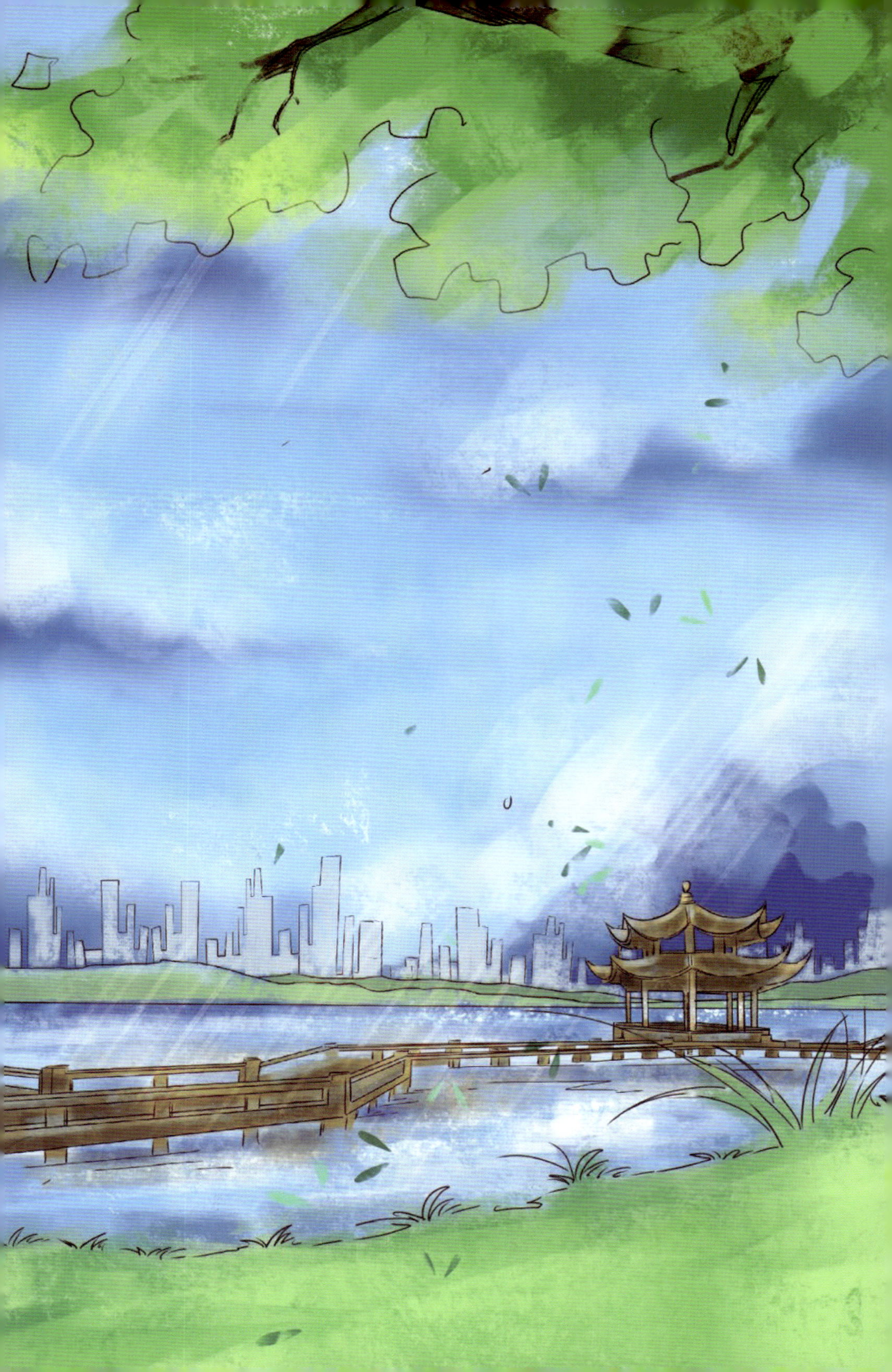

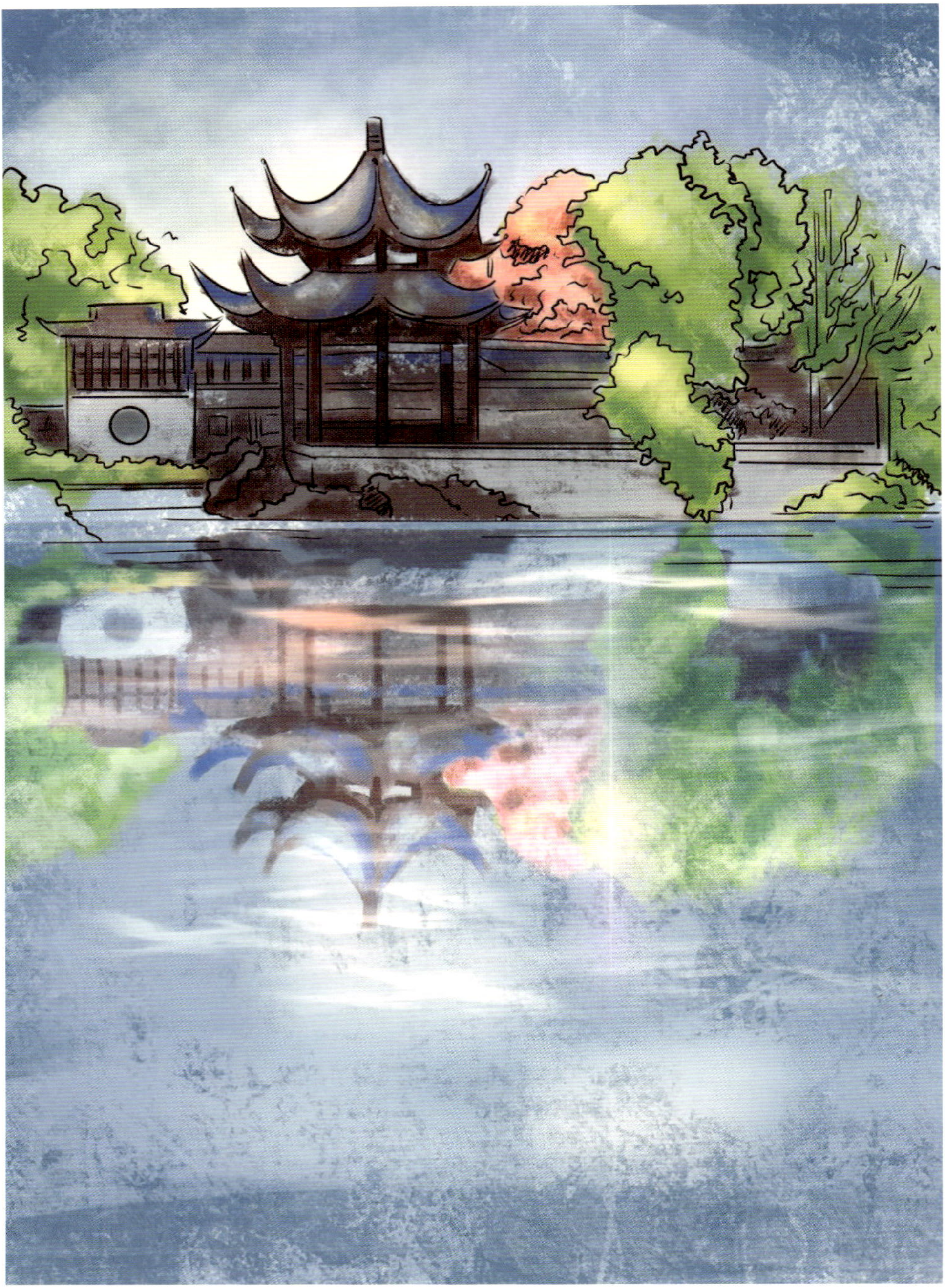

一星期后要进场，没有销售经理，西洋镜就会被拆穿。

尹依然坐在石岳文对面时，石岳文并没觉得她出色。身高一米六出头，鸭蛋脸，束腰白衬衣、紧身牛仔裤，颜值比那几位置业顾问逊色了些。

尹依然简单自我介绍，四年来一直做软件推销工作，换了两家公司，目前做销售经理，手下有二三十人。石岳文问她愿意面试的原因，她声称听说房地产行业收入高，想挑战一下自己。

"你四年换了三家公司，为什么？"石岳文问道。没有哪家公司，愿意录用频繁跳槽经历的员工，说明忠诚度有问题。

"其实我一年就换了两家公司，第三家公司已经待三年了……"尹依然回答说，前两次跳槽都是去和客户谈业务，结果被客户挖走的。

石岳文开始对尹依然刮目相看：她根据街边广告牌的一个电话号码，就能顺藤摸瓜地找到老板，说服对方买她的软件产品；买了软件产品的客户，大都和她成了朋友；她的客户中，有不少都萌生了挖她的想法……

尹依然不卑不亢、语态平和地讲述这一切，脸上始终带笑，不避讳糗事，说到漂亮业绩时也不自满，让人觉得很舒服。

舒婷传授给石岳文面试销售人员的标准有四条：一是形象好、气质佳，那是门槛；二是要有亲和力，给人如沐春风的感觉；三是与人沟通的能力，不但善于表达更要学会倾听，短时间内抓住客户的需求和喜好进行话题引导；四是过硬的专业能力。

石岳文认为尹依然前三条标准都超乎预期，只是第四条他内心还犹豫不决，暗忖如果聘用她做经理，会不会被甲方拆穿。

尹依然仿佛看穿石岳文的心思，适时说："您是不是觉得我不懂房地产，难以胜任这个岗位？"

石岳文惊讶，但神色马上恢复正常，用眼神鼓励尹依然继续说下去。

"我认为无论销售电脑软件还是卖房子，都是相通的，销售能力强才是关键，产品方面的专业知识还是容易补的……"尹依然随即谈了她对房地产的看法。

石岳文越听越惊讶，他没感觉尹依然外行，甚至有些认知不逊于业内专业人士的水准。

"你面试前，做过不少功课吧？"石岳文问道。

尹依然微笑点头："我不打无准备之仗。"

石岳文最后的疑虑打消，当即拍板聘用尹依然，简单沟通薪资问题后，便带她办理入职手续，没有试用期。

不出所料，短短三个月后，尹依然成了甲方的定心丸。这是后话。

无独有偶，石岳文带着猴子依样画葫芦，居然又接到一个名为七彩公馆的留用地项目，当然也是难啃的骨头。

七彩公馆前任销代公司被开发商踢出局，因为在过去三个月，他们只卖了两套以租代售的酒店式公寓，五百平方米一套的写字楼纹丝未动。

所谓"以租代售"，就是开发商和客户签订二十年房屋租赁合同，合同中约定到期后自动续期，附着在公寓上的权利一并归租客所有——这种酒店式公寓整幢楼只有一本产权证，不可分割。

买这种房子的客户只有两种：

一种是买不起住宅的人，因为它足够便宜。周边住宅一平方米近两万元，九十平方米的小套总价近一百八十万元；而这种房子一套只有四十平方米，每平方米七千元，总价三十万不到。另一种是投资客，因为价格低廉，租金收益反而高，又是精装修，不费太多精力。

这两种客户心里都有个坎：无产权证，不能抵押贷款，二手房市场上交易难度大。

七彩公馆另一部分写字楼产品，虽然有产权证，但五百万元一套的高总价，还是让很多投资客望而却步——如果有这笔钱投资到住宅，收益远超写字楼。

石岳文得知开发商更换销代公司的消息后，辗转反侧好几个晚上。不接盘吧，白白浪费机会；接盘吧，可能同样面临被踢出局的命运。举棋不定之际，他又一次拨通舒婷的手机。

彼时舒婷正在开会，看见石岳文的电话后，皱着眉头直接掐断。这个家伙！上次居然敢不回自己的微信！

自己多骄傲的一个人！向他发出那样一条没有尊严的微信，虽然假借醉酒的名义，那也是把面子狠狠摔在地上了。没想到微信石沉大海，害得自己睁眼躺在床上等了半夜没睡着！眨眼三个星期过去，这个混蛋不联系、没解释，就像这事儿根本没发生过一样，这不是赤裸裸的侮辱是什么！

　　石岳文拨了两次都被毫不留情掐断，再拨过去对方居然直接关机！他瘫坐在办公桌后，心情颓丧。

　　他原本想好先向舒婷解释没回微信的原因，再向她讨教对七彩公馆销代的看法，哪知这个女人根本不按套路出牌，明显和他绝交的意思。

　　猴子这时推门而入，正想开口说话，不料石岳文直接甩过来两个字："出去！"

　　猴子嘴巴直接定格在"O"形上，蒙了。

　　"这么没礼貌的！你就不知道先敲门吗？"石岳文没好气地训斥道。

　　"哦、哦，好的！"猴子转身急退，心里揣摩老大怎么吃了枪药一样?！

　　再度敲门进来，猴子点头哈腰地坐下。他见石岳文脸色阴沉，思谋着说话要小心些，免得讨苦头。

　　"老大，我想了半夜，七彩公馆项目压力山大，风险很高，不然咱们——"猴子及时收住话头，等石岳文的态度。

　　"放弃？"石岳文乜斜眼睛盯着猴子。

　　"嗯，我也不是这个意思——"猴子感觉石岳文语气不善，临时想把意思转换过来，却又找不到合适的表达。

　　石岳文长呼一口气，倒进老板椅中，盯着天花板入定一样。良久，他缓缓说："猴子，这个活儿我决定接了，比起项目失败的风险，我更担心没活干！"

　　市场已经证明七彩公馆的销售难度，所以开发商大方地允诺了高额佣金，即总销售额的3%，而且完成阶段性销售任务后还有跳点。

　　开发商早已打好算盘：如果房子销售不掉，石岳文也拿不到佣金，所有成本由石岳文公司一力承担，大不了届时再换个销代公司。如果石岳文公司做得好，说明他们没选错，佣金也是他应得的。

　　接到七彩公馆项目一个月内，石岳文组建起一支新的销售团队。不到两个月,就组织了改弦更张后的第一次开盘活动。

这次开盘,石岳文不但临时抽调尹依然的团队帮忙,自己也亲自上阵,在开盘现场以资深地产记者的履历背书,开起了"专家门诊"。

石岳文吩咐销售团队把所有问题客户引导到他这里来,舌灿莲花地说服客户下单。几天下来,尽管吃掉好几袋护喉含片,嗓子还是哑了,说话就像《教父》电影中的男主角。

因为几乎所有客户,都是问题客户。

一个星期过去,新推出的一百套房子,只签约二十八套。虽说刷新了以前的销售纪录,石岳文仍然无法接受,公司账户因为销售代理公司的消耗,迅速瘦成皮包骨,急需这两个项目销售变现输血。

石岳文组织销售团队开会,大家一致认为七彩公馆知名度低,而且给外界的印象是不受市场欢迎的滞销楼盘。

硬着头皮,石岳文递给项目总经理朱罡一份广告投放计划书——他建议甲方全媒体投放广告,单月预算为一百二十万,相当于此次销售总额的15%。

朱罡眯着眼睛看完计划书,为难地说:"石总,这个计划书我没法执行啊!"见石岳文不吱声,他接着说,"以前我们也投了不少广告,没啥效果,你现在又让我冒险投广告,等于是白砸钱……"

一阵尴尬的沉默。

见石岳文失望,朱罡咳嗽了一声道:"石总,我理解你的难处,巧妇难为无米之炊嘛。你看这样如何,我们的广告投放预算是销售额的2%,每个季度你卖出多少套房子,我就按照2%的比例给你投放广告如何?"

石岳文暗自思忖,这次开盘总计只有八百万元销售额,2%的广告费只有十六万元,杯水车薪,投下去指定连个水花都溅不起来。于是他直视朱罡说:"恕我直言,如果按这个比例,我建议干脆别投了,撒胡椒面一样地投广告,还是会像以前那样糟蹋钱——"

石岳文话未说完,朱罡恼怒打断:"怎么就是糟蹋钱了?按照你的意思,我把上百万的广告费砸下去,如果没有效果,你负责还是我负责?"

"朱总息怒,听我讲完嘛。"石岳文不紧不慢地笑着说。

朱罡涨红脸不吱声，他倒想看看面前这个人怎么收场。如果石岳文继续拧巴，他不介意把这家代理公司换掉，分分钟让他带着团队滚蛋。

"朱总，刚才您说公司有2%广告费的预算，意思是只要实现相应的销售额，您就可以按这个比例支付广告费？"

朱罡没好气地"嗯"了一声，表示确认。

石岳文继续说："您是不见兔子不撒鹰，媒体也是见了钱才会拿出广告资源对不对？矛盾就在这里，如果我说服媒体先给咱们项目打广告，回头按照销售总额的2%把广告费结算给他们，您看成不成？"

朱罡眼睛亮了一下，不假思索地答道"这当然没问题了！"随即苦笑道，"我和媒体打了多年交道，他们就像医院一样，不交钱是不会给你看病的，你让对方先看病再付钱，这根本不可能！"

"朱总，您只要答应和他们签署合同，约定按照销售额的2%支付广告费就行，剩下的事情交给我去和媒体谈怎么样？"

石岳文成竹在胸，朱罡自然满口允诺。如果石岳文能谈成，对七彩公馆无疑是利好；如果他谈不成，公司也不会损失什么。

没想到仅三天时间，石岳文就拿回十二份广告合同要朱罡签字盖章。

原来他约见朱罡前，就把这件事情想通透了。

开发商支付广告费，媒体拿出资源为项目打广告，天经地义。但开发商投广告首选一线媒体，导致一线媒体广告资源紧张，广告费节节攀高，绝对不会答应石岳文的条件。

但二三线媒体的业务员，拉到一笔广告则难如登天，请客送礼不说，还要经常拿出广告资源免费赠送，个别美女业务员甚至不惜被潜规则、去宾馆开过房间后才能拿到广告合同。

石岳文凭着多年的媒体从业经历，对这一切了然于胸。但他也清楚，即使二三线媒体，也未必愿意签署这样的对赌合同，除非有更大的筹码值得对赌。

玄机就在销售总额2%的广告预算中！

媒体广告费通常的算法，是按照版面大小或者播放时长收费，对广告效果不负责。这种收费方式保险但额度不高，十万二十万元的广告费，算是大单。

石岳文的对赌付费方式，却和销售结果挂钩，相当于佣金提成。他计算过，七彩公馆所有房源预计总销售额达十亿元，2%的比例就意味着两千万元的蛋糕，有着巨大的诱惑力。

有些事情就是这样，不是性质问题，而是数量问题。就像《百万富翁》中的那个新娘，不是不想背叛，而是背叛的筹码不够大。

前脚离开朱罡办公室，石岳文后脚就频频约见二三线媒体的广告负责人，摆事实、讲道理，只用三天时间，就拿回十二份合同摆到朱罡案头。

合同约定，石岳文的代理公司作为中间方，负责登记每一位上门客户的信息来源，形成统计表单分发给媒体，作为将来结取费用的凭据；对于无法甄别的客户，则按照各媒体的导客比例进行分配。

总之一句话，七彩公馆每位客户成交，都必须拿出总销售额的2%分配给这十二家媒体。

看着这摞合同，朱罡满脸不可置信，他惊喜地问道："这、这也太牛了吧！你怎么做到的？"他对眼前的年轻人刮目相看，对他的能量有了新的认识。

"其实我也没做什么，主要是朱总您决策英明，如果您不答应这2%的比例给到媒体，我有天大的本事也做不成这桩事。"石岳文谦虚地说。

他明白，公司的生存逻辑是卖掉房子才有钱赚，只要最大化地争取到甲方的广告支持就够了。他和朱罡抢功劳没有意义，顺水推舟地让给朱罡，对双方合作大有好处。

朱罡心情大好，兴冲冲地拿着合同去向董事长汇报。回办公室后，他吩咐手下利索地盖好公章交给石岳文，大手一挥道："今晚我买单，咱们痛痛快快地喝一场，预先庆祝一下……"

不出所料，面对两千万广告收入的诱惑，这十二家媒体不惜成本地拿出大量资源为七彩公馆打广告，生怕被竞争对手抢占了份额。

七彩公馆知名度迅速飙升，风头一时无两，售楼部来访客户数量暴增，销售团队几乎每天都要忙到深更半夜；各路媒体尝到甜头，劲头更足，不遗余力地投放更多广告资源进行轰炸……

一笔笔数量不菲的佣金进账，石岳文公司的资金难题迎刃而解。

没有对比，就没有伤害。七彩公馆同区域的竞争楼盘，售楼部却冷冷清清，门可罗雀。无奈，他们只能避其锋芒，七彩公馆推出小面积酒店式公寓，他们就销售大面积写字楼；七彩公馆推出大面积写字楼，他们再销售小面积酒店式公寓。

木秀于林，风必摧之。挡人财路，无异于欺人爹娘。在七彩公馆的高光时刻，却有暗流涌动。

9

时值9月，西溪国家湿地公园游人如织。

作为杭州四大景观名片之一，湿地公园早已打上5A级景区的标签。这个季节，浓荫覆盖、曲水流觞，时而有白鹭从头顶掠过，引得游人流连忘返。

周六，晴朗的午后，知了在绿荫中聒噪，空气因蒸腾产生模糊的扭曲，在室外只要多待一会儿，就会汗流浃背，大树下也没有凉气。

公园对面的浣溪壹号售楼部，空气却显出不合时宜的冷冽。石岳文黑着脸，对面坐着猴子和尹依然，讨论销售问题。

"老大，不是我们不努力。你看公园那些游人虽然热闹，却不是我们的目标客户。他们来售展中心转悠，只是蹭空调来着，所以——"

"所以你们售楼部来访客户每天十几组，但月成交额就只有一两套？"石岳文没好气地责问。

"老大，您消消气。"尹依然端来一杯冰水放在石岳文面前，里面有片漂浮的柠檬。尹依然就是这样，哪怕你发再大的火，她都稳稳当当、不紧不慢地说话做事，弄得石岳文烦躁的火气无处发泄。

石岳文怒气渐消，尹依然才不露声色地说："猴子说得有道理，那些游客确实不是咱们的目标客户，否则咱们的销售业绩也不至于这么差劲……"

"那你说怎么办？"石岳文缓一口气道，"如果这种销售情况持续下去，不出两个月，咱们指定卷铺盖走人。"

"其实我们手上也积累了一批客户，出于商业产权性质、房产证办理的难度以及总价太高的情况，他们都很谨慎，而且他们不是刚需，根本不着急。"尹依然继续说，"我发现，虽然客户在下单前分析得很专业，其实下单那一刻却是感性的。人嘛，总有弱点的。"

石岳文点头示意尹依然继续说下去，后面的话才是他感兴趣的重点。

"我建议咱们向甲方申请一笔经费，邀约目标客户到湿地游玩，坐摇橹船、吃农家菜、喝米酒，晚上再包个会所请他们吃饭，让他们体验未来在这里工作和生活的状态，相信他们会爱上这里……"尹依然说完，及时收住话头。

她心里有数，之前成交的几组客户，她都自掏腰包请客去湿地游玩过，最终使他们接受了这个观点——地段才是房产的核心价值，房子哪里都有，湿地公园却不可复制；浣溪壹号是唯一的稀缺产品，错过便是过错。

石岳文点头表示赞赏，转头对猴子说："这个想法不错，我负责向甲方申请款项，尹依然在售楼部坐镇，陪客户吃喝玩乐的事情你来负责，这个你擅长！"

猴子动动嘴想说什么，最终蹦出的话却是："老大放心，保证让你满意！"

正说着，手机响了，是公关活动公司的新任总监闫桦。

"老大，不好了，出事了！"闫桦的话中带着哭腔。

"慌什么，天又没塌下来，慢慢说！"石岳文镇定地说。

原来公司准备在周日举办的七彩公馆客户晚会，万事俱备，没承想收到文化主管部门一纸公函，内容是勒令停办！

普通的公关活动文化部门是不干涉的，但涉及商业演出，按规定就要到文化主管部门申请和报备，包括规模、聚集人数、节目、演员情况等。而这场活动，朱罟的合同约定就是花大成本搭舞台表演，请来伴舞和走秀的还有外籍演员。

闫桦周五下班前去文化部门报备，原本半小时就能办妥的事情，哪知负责报备的办事员临时出去办事，回来时报备窗口已经关闭，只能等星期一再去办理。

活动的举办时间，却是星期天晚上。

以往这种百来组客户的小规模活动，闫桦她们可报备可不报备。全市每天举办的活动有很多场，监管部门都是睁一眼闭一眼。偏偏这场活动收到要求停办的公函，声称有群众举报，如果他们一意孤行，将面临严厉处罚。

石岳文用脚后跟都能想到，这是竞争对手搞出的名堂。他迅速拨电话给朱罡："朱总，晚会遇到一点麻烦，挺着急的，您在哪里，咱们商量一下……"一小时后，在朱罡家小区门口的咖啡馆，石岳文在朱罡面前正襟危坐。

"这件事很棘手啊！"朱罡为难地说。此前他打电话给相熟的领导，对方都声称爱莫能助，建议他取消晚会。

"钱都花出去了，三十多万呢！如果取消，不但钱打了水漂，而且失信于客户，少卖几十套房子，那就两三千万元的生意没了……"朱罡垂头丧气地说。

朱罡话锋一转："这场晚会是你们公司策划的，你也信誓旦旦地保证说不会有事，现在出问题了，你说咋办？！"

朱罡一副问责的架势，石岳文心里咯噔一下。政府部门的阻碍是不可抗力，不能赖在他身上，但老板怪罪下来，他一准脱不了责任。况且晚会取消不办，开发商的损失他心里也过意不去，毕竟晚会是他策划和执行的。

面对朱罡咄咄逼人的架势，石岳文长呼一口气，镇定地说："朱总，我认为这台晚会咱们必须得办，如果出啥事情，我公司一力承担！"

朱罡张大的嘴半天没合拢，原以为石岳文会说服他取消晚会，并极力推脱责任，没想到石岳文居然说出这样的话。惊诧之余，他对眼前这个年轻人再度萌生敬佩之心，疑惑地问道："你、你想过这样做的后果吗？"

"我知道！轻则罚款，重则吊销演艺经纪资格证。但现在咱们钱花了、客户也请了，不办的话我心里过意不去。"石岳文从容地说。

"如果处罚的是我们甲方呢？"朱罡又问。

"虽然你公司是主办方，承办这场活动的却是我公司，届时我会把责任全揽过来，确保你们不会受到波及。"石岳文斩钉截铁地答。

"那好吧！"朱罡悻悻地说，"你的勇气和胆识我佩服，我同意晚会照常举办，后面出了事我也会找关系帮你说情……"

周日晚八点左右，七彩公馆项目的小广场灯光璀璨、人声鼎沸。正中央的舞台上，演员卖力地表演着；台下一排排白色沙滩椅上，坐满应邀而来的客户。

观众席旁侧，各类糕点、饮料一应俱全。烧烤台上的羊肉串嗞嗞地冒着烟，肉香四溢。几个小丑装扮的演员，拿着各种造型的气球走来走去，看见小孩就过去发一个……

这时，几个戴着大盖帽、穿制服的工作人员挤进来，拉住一个正在表演的小丑，语气不善地问道："你们活动的负责人是谁？"

没几分钟，闫桦就被拎到大盖帽面前。

居中的大盖帽跷着二郎腿，问明闫桦的身份后严厉地说："你们的胆子够肥的啊！"

闫桦垂头没吱声，心里慌得要死。刚刚她给石岳文拨过电话，无人接听。

"你信不信我上台中止你们的晚会？"大盖帽又说。

闫桦仍然低着头不吱声。

大盖帽火气瞬间暴涨，侧身对随扈说："你俩现在就去，叫停表演！"

闫桦急了，她两步跨上前，抓住大盖帽的手可怜巴巴地说："别、别呀、别上去，要是、现、现在中止的话，台下的观众闹起来咋办？"

这句话点中大盖帽的软肋。他原本休息，临时被派来加班，心里本身就有气，如果他不过来加班，又要被扣上行政不作为的帽子。他嘴里说中止晚会，不过撒撒气罢了。如果中止晚会，万一台下观众闹起来，性质就是引发恶性群体事件，这个责任他担不起。

心念回转，他招手叫回随扈，严厉地说："你们属于明知故犯、顶风作案，性质相当严重。"然后他又侧身对随扈说："给她做一份问询笔录，务必详细准确，这件事情我们要从严查处！"

随后，闫桦被叫到一边详细询问。其他人赶紧搬来圆形塑料沙滩桌和沙滩椅，拿来烧烤、饮料、糕点之类，点头哈腰地侍候着大盖帽。

约摸半小时，闫桦笔录做完签字。大盖帽起身道："明天下午两点，和你老板到我们监察大队来一趟!"说完趾高气扬地走了。

闫桦长出一口气,拍拍胸脯。她的手心和后背,已被汗水浸透。

彼时在暗处观察的石岳文,也长长地出了一口气。他早叮嘱过闫桦,晚会现场如果文化部门来人查处,老老实实地认错道歉就行。

如果对方是女性,他会适时出面干预;如果对方是男性,自己不出面反而更合适,他们不至于对一个柔弱女孩下狠手。刚才他故意不接闫桦的电话,就是发现大盖帽都是男性,索性让闫桦去以柔克刚。

星期一下午两点,石岳文带着闫桦,到监察大队科长办公室接受聆讯。

整个上午,石岳文都在打电话托关系,试图免予处罚,均遭到推托。这件事有举报、有笔录,事实清楚、证据确凿,谁想帮他翻案,都有徇私枉法的嫌疑。

科长四十多岁,平头,一口牙被香烟熏得焦黄。他示意两人拉来椅子,在距离他两三米的地方靠墙坐下。

科长问一句,石岳文答一句。科长偶尔皱一下眉头,似乎对石岳文的回答不满意——举报者是他朋友,他得考虑怎么为难石岳文,对朋友有个交代。

"按照相关规定,你这件案子要处以不低于五万元的罚款。"科长皱眉说。

"您看,能否给我们最重的吊销证照的处罚?我们是小公司,一直亏损,证照有一张,但钱是没有的……"石岳文了解过管理法规,如果情节严重,会被吊销证照,而吊销证照的处罚条款里,没有写罚款!

"你说怎么处罚就怎么处罚?拿这里当菜市场啊!"科长训斥道。对于石岳文死猪不怕开水烫的态度,他感觉很不爽。

石岳文针锋相对地反问:"我事先收到你们的公函,却一意孤行、顶风作案,性质难道不够恶劣吗?"

科长心里上火,又不好发作。因为石岳文说得有理有据,并非胡搅蛮缠。而且他上午接到几位领导的电话,隐含说情之意,他吃不准这个年轻人什么来头。

做人留一线,日后好相见。如果石岳文背后有强大的靠山,为难他就等于搬起石头砸自己的脚;如果顺水推舟不了了之,打电话的领导就欠了他人情。

科长一时想不好，拿腔作调地说："我们是政府职能部门，做事都要讲规矩，一是一，二是二。这样吧，这件案子我会汇报处里上会讨论，结果到时再通知你！"

"当然，可能是既罚款又吊销证照的双重处罚。"科长重重地说。这种丧失主动权的聆讯方式，他很不喜欢。

石岳文暗忖："这本来就是小事情，而且没产生任何不良后果，无非报备程序有瑕疵，科长完全有权处理，他就是故意找碴儿又不想担责的狐狸做派。"

他心念陡转，长呼一口气，客气地说："那我们先告辞等您通知？"随即话锋一转，"当然，还请您高抬贵手放我一马，以后我们不但要按规定经营公司，也要担负起一个公民应尽的责任——据我所知，杭州每天举办类似的活动恐怕不下百场，多数都没走报备审批流程，我们会积极向您举报，共同维护一个健康的演艺市场环境……"

科长有些蒙，因为石岳文说的是实情。如果这个家伙成天举报，他岂不要忙得连轴转！如果不理他的举报，会被投诉行政不作为。他清楚这个家伙在威胁他，却又说得冠冕堂皇，话里找不到一丝把柄。

他不耐烦地挥挥手："你们先走吧！到时处理结果会通知你……"

从监察大队出来，闫桦一脸崇拜地对石岳文竖个大拇指："老大威武！软硬兼施，搞得科长完全没脾气……"

"停停停！"石岳文马上呵止，"一拍马屁准没好事，以后做活动谨慎点，尽量给我少惹麻烦，我就算烧高香了。"

闫桦吐吐舌头，屁颠屁颠地跟石岳文回公司了。

果然如石岳文所料，一个星期后科长又打电话约他俩谈话，一番声色俱厉的批评后，告知他俩处理结果：免予处罚，下不为例！

聆讯期间，石岳文抽空约了浣溪壹号项目总，沟通了邀请客户畅游西溪进行餐叙营销的想法，得到准许后，便安排猴子和尹依然雷厉风行地执行了。

两个多月后，餐叙营销的打法明显奏效，浣溪壹号销量大增。鉴于七彩公馆和浣溪壹号两个项目的示范效应，前来请石岳文做销售代理的项目突然多起来。环绕湿地公园类似的写字楼项目，他们接二连三地接了五六个，俨然成了该区域滞销楼盘销售代理的扛把子，牢牢控制了楼盘和客户资源。

时值2016年，石岳文刚好四十岁。当年宁和村的半仙石道吉给他算命时，石破天惊地说他"三十八九岁身家何止千万"的预言，听得他云里雾里。如今回头再看，准得吓人……

石岳文公司的员工，一下子扩充至上百号人，原先的办公场地便显得局促。他一咬牙，将办公场地搬了家。

那是运河边一处创意产业园，由废弃的造船厂改造而成。园区内绿柳成荫，几排厂房用大面积玻璃结合青砖改造之后，散发出强烈的艺术气息。

石岳文租下其中一幢厂房的端头部分。踏进宽敞的玻璃门，是一堵流水幕墙构筑的玄关对景，下面小池里养了几尾金鱼。转身便进入一片前后都是落地窗、开阔敞亮的办公区。

唯一完整的那面墙上，刷着猴子不知从哪里找来的一句话："精神病人思路广，二逼青年欢乐多！"

从办公区一侧的楼梯上二楼，是一个半开敞的大会议室，沿窗是总监办公小隔间。石岳文的办公室在最里面，面积比总监的隔间大了差不多三倍。

石岳文叼着一支烟，坐在那张硕大的工作台后面，两条腿跷在桌子上，心满意足地品着一壶上好的龙井茶。

这时，手机响了，是舒婷。

10

上次没有回复舒婷的微信，她接连好几次挂断石岳文的电话，两个人有些时日没联系了。

"方便吗？我们去个地方……"舒婷的口气温柔中透着强势。

石岳文毫不犹豫答应，下楼开车去接她，路上他惴惴不安地揣测着，不知是福是祸。

在舒婷公司楼下等了没几分钟,她出现在写字楼门口,白色针织短袖,鹅黄色长裙,红色皮鞋,亭亭玉立,清新可人,与往常一身职业装扮的霸道总裁形象大相径庭。

舒婷顺手拉开副驾车门坐上去,都没正眼瞧一下石岳文,径直说:"走吧,咱们去拱宸桥!"

石岳文想开口说话,却不知从何说起,一路沉默。

拱宸桥所在,是运河文化历史街区。早年隋炀帝号令开凿京杭大运河,目的是将鱼米之乡的粮草运往北京,起点河埠头的标志性建筑,就是拱宸桥。

河水碧绿,两岸杨柳依依,粮仓、船厂、丝绸厂等一幢幢颇具历史感的老房子,改造后焕发出新的生命,在绿树红花的掩映中,接纳南来北往的游客。

舒婷选了一家茶楼进去,在二楼靠窗位置上坐下,时而摆弄手机,时而侧身出神地看着运河上来往的船只。

石岳文识相地点了一壶英式红茶、几样干果和一只果盘,坐在舒婷对面,斟了一杯茶推到舒婷面前。

"最近生意咋样?"舒婷问。

"还好吧!接了几个销代楼盘,比较忙。"石岳文答道。他没话找话地说着那些楼盘近期发生的事情。一个平铺直叙地说,一个心不在焉地听。

"你就不想知道我最近过得如何?"舒婷冷不丁问道。

"那、那你最近——怎、怎么样?"石岳文尴尬地问道。

"哧!"舒婷伤感地笑了笑说,"记得上次我和你说相亲的事情吗?我和那个大夫分手了!"

舒婷那个相亲对象石岳文有所耳闻,为人不错,出身背景官二代,人又长得帅。如果没有遇到石岳文,舒婷恐怕已经和他结婚了。

自从那晚在酒吧偶遇石岳文,他那忧郁的眼神、幽默的谈吐,以及白手起家无畏创业的精神令她着迷。从那时起,她就抑制不住地关心他的一举一动,从圈里侧面打听他的一切,明里暗里地帮过他不少次。

她清楚,石岳文的家世和经济条件与自己有天渊之别,家里断然不会同意他俩在一起。除非他愿意做上门女婿。但他早说过，哪怕单身至死也不做上门女婿。

她想方设法把自己负责的项目交给石岳文做广告策划，又引导他做销售代理，希望他的生意能快速做大，届时两人的结合便门当户对、水到渠成。

她也明明知道，石岳文是有妇之夫。

石岳文家里那位，她背地里调查过，小户人家出身，普通职员，收入不高，其貌一般。她压根儿没拿她当对手，直接忽略。可她哪里知道，石岳文简直是榆木脑袋，轴得令她束手无策。

她不相信石岳文感受不到她的感情，可他死活不松口。她不确定他究竟是真傻，还是装傻？

那位男友却一直对她大献殷勤，隔三差五地送花，还凭着父辈的世交关系频繁地到她家蹭饭，把她父母哄得很开心。

遇到石岳文后，她和男友的关系出现了微妙变化。起初约会她还三心二意地应付一下，后来始终油盐不进，像一块化不开的冰，无论他约饭、看电影、唱卡拉OK、爬山、出游，一概被她无情拒绝。

直到昨天晚上，她终于松口答应男友共进晚餐。

男友西装革履，捧一束玫瑰，请她到最高档的牛排馆，整个过程精心设计，甚至准备了一枚分量不轻的戒指表达爱意。这在寻常女孩心目中是梦寐以求的场景，可在她那里，却感觉恶心得要死。

就在对方单膝跪地献上玫瑰，并且打算进一步献上戒指时，她板着脸要他起身，否则她马上走。她还告诉他，自己答应和他一起吃饭，就是要告诉他自己完全无感，以后不要在她身上枉费心思。

舒婷王八吃秤砣铁了心，无奈男友死缠烂打不依不饶。耗了两三个小时，两人最终翻脸分手。

离开餐厅，舒婷迫切地想给石岳文打电话，最终忍住——她有自己的骄傲，自尊心不允许她在这种模棱两可的状态下，向他袒露心扉。

现在她坐在石岳文面前，如果不能确认他的态度，她照样不会表露心迹。

"你们、分手了？为什么？"石岳文小心翼翼地问道。他预感到些什么，内心惶惑不安，又隐隐有些期待。

坦白说，石岳文对舒婷也有好感，甚至有过出轨的想法，但他从没有过和凌笑笑离婚的念头，始终发乎情、止乎礼地保持若即若离的关系，就怕引火烧身。

如今舒婷与男友分手，是件遗憾的事。自己作为朋友，理应开导和安慰一番。

然而这层关系两人都不说破，聊起来就驴唇不对马嘴。舒婷索性脱了鞋，把腿搭在窗边的一个凳榻上，慵懒地享受着岸上的风、河中的景。

石岳文也依样斜躺，静静地陪在她身边。他戒心高悬，提防无声处可能会有惊雷。

天色渐晚，吃过简餐，舒婷提议去旅行者酒吧坐坐。趁着舒婷上厕所的工夫，石岳文拨了电话给凌笑笑，告诉她有客户要应酬，时间晚的话只管自己睡，不用等他。

旅行者酒吧一如往常，暧昧的灯光摇曳晃动，恋爱的情侣交头接耳，猎艳的混混四处打量，聚会的朋友骰盅摇得哗啦啦响……舞台中央，综艺节目超级女声中获奖的一位女歌手，抱着吉他，唱着虐心的情歌。

舒婷照旧点了价格不菲的洋酒，喝完后又硬撑着点了几瓶啤酒。她喝酒的架势，显然冲着买醉来的，而且醉得不轻。

石岳文结完账，苦笑着搀起趴在桌上的舒婷，将她塞进自己的宝马3系，昏昏沉沉地开车送她回家。

舒婷侧躺在后座上，偶尔哼哼几声，口齿不清地嚷嚷着难受。石岳文腾出右手，甩过去一包纸巾给她。

没有所谓的骄傲和自尊，舒婷断断续续地将她分手的过程、她对石岳文的心意，一股脑地说出来。

石岳文心惊肉跳，内心又有暖流涌动，既紧张又矛盾——舒婷分手的罪魁祸首分明是自己，自己却无力承担这份感情；如果自己承担，凌笑笑怎么办？

石岳文将舒婷搀回家，扶她在洗手间的马桶上吐得天翻地覆，帮她擦洗后，费力地把她弄到床上，再盖好被子。

他转身准备回家。蓦地,一只手伸过来,紧紧地抓住他。

舒婷幽怨地说道:"你就这么走啦?"

石岳文浑身一紧,愣在那里。

"你去帮我倒杯水放在客厅,我有话和你说。"舒婷的口气不容置疑。

石岳文去厨房倒了杯水,坐在客厅的沙发上,惴惴不安地等着舒婷,就像等待判决的囚犯。

差不多十分钟的样子,舒婷趿着拖鞋从卧室走出来,坐在石岳文身边,注视着石岳文问道:"你爱我吗?"

石岳文心虚地低下头,手心冒汗。

"看着我!"舒婷伸手扳过石岳文的脸,执拗地问道,"你要诚实地告诉我,你爱我吗?"

石岳文心念陡转,他无法判断自己对舒婷的感情算不算爱,自己和她相处得很开心,却给不了她什么,这种混合着欣赏、感谢与愧疚的情愫令他想要逃离,却又欲罢不能。

石岳文心绪烦乱,但他清楚舒婷想要的答案,于是故作镇定地说:"当、当然是、是爱了,否则又怎么会深更半夜待在这里?"

"那好,既然你爱我,那你打算怎么办呢?"舒婷步步为营。

"什么怎么办?"石岳文心里涌上一股不祥的预感,某个念头在脑海间转瞬即逝,他犹豫着说,"我虽然爱你,但是,她却离不开我——"

石岳文话音未落,只听"砰!"的一声,那只盛满白开水的玻璃水杯,碎了一地。

"既然你离不开她,干吗来招惹我?把我当什么了?你说,你把我当什么了……"舒婷歇斯底里地喊道。

石岳文头晕得快要炸裂开来,他想夺门而逃,却担心她做出傻事;他想辩解,却又觉得她说得没错。思前想后,他一动不动地坐着听她发泄,沉默不语。

直到窗外隐隐有了亮光,舒婷才瞪着红肿的眼睛对石岳文说:"你走吧!咱们以后不要再见面了,我算看清楚了,你就是个彻头彻尾的人渣!"

石岳文如蒙大赦，眼看着舒婷走进卧室后，一溜烟地跑下楼开车回家了。

和上次一样，他又一次和衣睡在车里，想着一来不会打扰到凌笑笑，二来如果凌笑笑问起，就说自己很早就回来了，只是喝得太多在车里睡着了。

早晨，凌笑笑骑着小电驴去上班，看见车里熟睡的石岳文，敲了半天车窗把他叫醒。看着眼圈发黑、双眼充血、浑身发散着酒气的石岳文，她埋怨又心疼地说："看你都喝成啥样了？赶紧上楼去睡吧……"说完，她跨上小电驴，歪歪扭扭地骑走了。

看着凌笑笑的背影，石岳文又是懊悔，又是愧疚，内心五味杂陈。

中午时分醒来，石岳文浑身酸痛、脑袋昏沉，起身洗澡换衣之后，发现小客厅的桌子上用碗扣着三菜一汤，厨房的电饭锅里有现成熬好的白粥，心里一暖。

正吃着，凌笑笑打来电话，安顿他喝粥吃菜，还叮嘱他把碗碟收进厨房水槽，等她下班回来洗。

下午，石岳文坐在办公室萎靡不振，快下班时心里盘算着要回家好好表现。就在他琢磨着讨好凌笑笑时，手机响了。

又是舒婷！

石岳文心里咯噔一下变得沉重，长吁几口气后，毅然摁掉电话——虽然舒婷说别再相见，但他深知她对自己的感情轻易放不下，自己拖泥带水的性格也不是那种说断就断的狠人，只是没想到电话来得这么快！

电话执拗地响了又响，挂断三次后，他无奈地接起来。

电话那端沉默。石岳文打了好几声招呼，才听电话里说："我在你公司楼下，你下来，有事和你说。"

"我在加班！"石岳文说。

"那你加班好了，我在楼下等你……"电话那头执拗地说。

依舒婷的性格，就算他加班到深夜，她也会等到他干完为止。最终，石岳文选择屈服，下楼看见舒婷那辆漂亮的玛莎拉蒂，径直钻进副驾驶座。

汽车"轰"的一声开走了，舒婷驾车目视前方，平静地说："翁家山那边有个吃饭的地方，我们去那儿聊聊吧。"

一路无话。由于下班高峰期道路拥堵，开到翁家山那家餐饮店，天已黑透。

两座小山包黑魆魆地矗在道路两侧，道路往右一拐没多远，便进了一个别有洞天的庭院。院中水池上端有两个管子汩汩地流着水，池中几尾锦鲤慵懒地摇着尾巴。池边两棵桂花树，幽幽地散发着香气。

石岳文没有心情欣赏庭院美景，随舒婷找到一张靠窗的座位坐下，沉着脸等待接招。

舒婷点了乌鸡煲、油焖笋、龙井虾仁、蒜泥菜心和一盆莼菜汤，外加两杯绿茶。少顷，几样菜品先后上桌。

石岳文神经紧绷，没有胃口，看着舒婷吃。

见石岳文不动筷子，舒婷露个笑脸，顺手拿勺子给石岳文盛了碗汤，搁在他面前。

"这么紧张干什么？就是一起吃个饭嘛，这里菜很不错的，不吃的话你指定后悔……"舒婷见石岳文不动筷子，和颜悦色地劝道。

石岳文心想，如果自己执意不吃，舒婷要是拉下脸来，没准儿就是一出演武堂，便就坡下驴地端起碗。

意外的是，舒婷绝口不提昨晚的事，只是和他聊一些行业看法以及圈内各种八卦。石岳文暗自长舒一口气时，舒婷突然毫无征兆地问道："昨晚我说的事，你咋想的？"

"啥？"石岳文惊得掉了筷子。他借着弯腰捡筷再到服务台换副干净筷子的当儿，脑袋飞速转动，思谋怎么回答她的问题。

重新落座，石岳文故作镇定地吃起来，希望能侥幸躲过。

舒婷的目光锁定在石岳文身上，一言不发。

石岳文被瞪得没了底气，这才支支吾吾地说："你说的那件事，我只能说抱、抱歉，但是离、离婚的事情，我做不到，她离开我活不下去……"

石岳文言语间一直低着头，不敢看舒婷那双眼睛。舒婷见状，冷笑问道："你觉得我就能活下去了？"

石岳文脸上青一阵白一阵，他无话可说。

吃完饭回家，石岳文主动开车。舒婷拿出一只盒子递给石岳文。他打眼一看，是条皮带，名牌，值四五千块钱。

石岳文内心纠结，这条皮带他不收，定然惹怒舒婷；如果他收下，心理负担又加重一层。思前想后，他硬生生挤出三个字："谢谢了！"

舒婷的风和日丽，舒婷的电闪雷鸣，舒婷的笑，舒婷的哭，有时让他感觉像在天堂，有时又像坠入地狱……非分的恋情，必然有非凡的感受，这是他的报应。

路上，石岳文的手机响了两三次，他没有接。他知道是凌笑笑打来的，但这个节骨眼上接电话，他吃不准会不会惹怒舒婷。

"电话响了，接啊！"舒婷话里透露出凌厉的意味。

"哦！"石岳文打着马虎眼，"开着车呢，我等会儿再接。"

"我就瞧不起你这种人，吃着碗里的，看着锅里的，有本事在外面拈花惹草，又不敢承担责任……"舒婷小声嘀咕道。

石岳文忍无可忍，破口冲舒婷激动地吵起来，不留神前面十字路口红灯亮起，他一脚急刹——"砰"的一声，后面的车撞上了这辆拉风的玛莎拉蒂。

电话铃声又响起来，石岳文索性心一横，抄起电话接通。

"你到底在干什么啊！一天到晚见不到人，电话也不接，知不知道你还有个家呀？"电话那端凌笑笑呜呜地哭着。

凌笑笑头天晚上开始，眼皮就一个劲地跳，早晨看到石岳文睡在车里，又懊恼又心疼，原本想着晚上回来问他有什么事情，哪知等到八九点钟还不见人，打电话又不接，便莫名其妙地感到心惊肉跳。

"我刚在开车，不方便接电话，你一个又一个地打过来，这下好了，撞车出事故了，这下开心了吧！"石岳文无耻地反咬一口——当然，他说的也是实情，只是刻意隐瞒了关键问题。

"啊！情况怎么样？人没事儿吧？"凌笑笑一下慌了。

"还好、还好，人没事儿，就是得等交警过来做笔录，再等保险公司定损……"石岳文口气软下来，安慰凌笑笑不用担心，自己处理完事故就回家。

400

舒婷轻蔑又懊恼地盯着石岳文打完电话，在事故车主来理论之前，先行一步下车，伸手招了辆出租车只顾自己走了。临下车，她重重地摔了车门。

虽然石岳文是急刹车，但后面的车子追尾负全责。倒霉的事故车主无奈地接受了交警的判罚，不停地絮叨："妈呀，这可是玛莎拉蒂啊！玛莎拉蒂……"

石岳文将舒婷的车开进她家附近停车场，钥匙放在物业管家那里，发了个微信交代后，便叫了出租车回家。

他不敢回公司取车，因为自己告诉凌笑笑出了车祸，想着把车子在公司停三五天再开回去，就说车子修好了。

凌笑笑经石岳文的车祸事故这么一闹，又见石岳文毫发无伤地回来，便也没再深究……

石岳文又动了买房的主意。

此前小两口买过开发商一套房子，但彼时两个人在这套小房子里住习惯了，就没搬过去住，权当是投资。

如今回头再看，两套房子都有不同程度的升值，差价比他公司赚取的利润还多。因此只要手头有钱，他就琢磨着买房子。

电话联系好后，小两口直奔一个名为擎天国际的高端楼盘售楼部。如今石岳文对这座城市有了深刻的了解，哪个区域的优劣势在哪里，哪个开发商的楼盘靠谱，哪个楼盘性价比高，他了然于胸。

擎天国际说是高端，只是对于它所在的远郊区域而言。它实际的价格，连杭州主城区同类楼盘的一半都不到。石岳文看中的，是它未来的升值潜力，这是低买高卖的底层逻辑。

小两口走进售楼部，迎上来一位置业顾问。姑娘一双会说话的杏眼、红唇皓齿，藏灰色职业套裙，脖间系一条鲜艳丝巾，肉色丝袜将修长美腿衬托得恰到好处，再配一双小巧精致的黑皮鞋，浑身散发着迷人的风韵。

"两位第一次来我们售楼部吗？"姑娘客气地打问着，躬身邀请小两口到沙盘区进行讲解。后续到样板房参观，再到洽谈区选房、议价，这位姑娘都干练熟稔，游刃有余。

石岳文对姑娘讲解的内容心不在焉，却一直注视着姑娘的一举一动，不时岔开话题问人家姓甚名谁、住哪里、收入多少等一系列与买房八竿子打不着的问题，花痴一样。

凌笑笑气得直翻白眼，好几次假装咳嗽，还从桌底下踢腿，警告石岳文不要像色狼一样盯着人家。

石岳文干脆地刷卡付款，在售楼部门口，他居然提出一个很不要脸的要求："下班方便的话，我们想请你吃个饭，咋样？"

凌笑笑傻眼了！自己哪里想请人家吃饭来着？她原本红润的脸色逐渐转白，继而转黑，一副气咻咻的神态。

"这家伙真是神经病一样的！当着老婆的面挑逗漂亮女孩不说，居然还请人家吃饭，当我是空气啊，真是情何以堪！"这样想着，她索性将头别向一边，不理会两人的谈话。

姑娘心思灵巧，自然看到凌笑笑的反应。石岳文整个接待过程的表现，她也感觉有些图谋不轨的意思。

她本能地拒绝道："先生您客气了！这都是我应该做的，说来我应该谢谢您俩才是。我们今天下班还有个会——"

姑娘话未说完，就被石岳文打断："我直说吧，今天你的接待工作，表现了一个出色的置业顾问的素养……我是房产销售代理公司的，我们在主城区代理了几个楼盘的销售，如果你有意去主城区发展的话，我想和你谈谈。"

凌笑笑再一次傻眼！原以为老公犯花痴，当着她的面肆无忌惮地拈花惹草，哪承想他买房时却惦记着挖人！回想整个接待过程，这位姑娘确实也让她感觉如沐春风……

她怀着难为情的歉意，换了一副亲切笑脸附和道："姑娘，不管咋说，饭总是要吃的嘛。再说，说不定有更好的发展机会，放弃了也怪可惜的……"

石岳文转身看看凌笑笑，一脸赞赏。

姑娘也吃了一惊。她没想到这位客人问那些与买房不相关的问题，原来是不知不觉地在暗中对她完成了面试，而且好巧不巧，她最近确实有离职的想法。

原来售楼部的销售经理是个标准的色狼，见她长得漂亮，就软磨硬泡地约她吃饭、唱K、旅游……她一概拒绝，哪知结果就是一连串的打压，考勤、绩效、福利、佣金等方面各种批评和扣罚，软硬兼施，逼她就范。

她想过向公司投诉这个禽兽经理，大不了鱼死网破，但最终放弃。因为很可能鱼死了，网却没有破——这个禽兽经理是老板的亲外甥，平日里嚣张跋扈惯了的，连总经理和营销总监都奈何不了。

这时，石岳文无疑是一根救命稻草。就在她犹豫不决时，凌笑笑的表态又起了至关重要的作用。于是她长呼一口气道："好吧！二位稍等，我收拾一下就出来……"

望着姑娘离去的背影，凌笑笑歉疚地对石岳文说："老公，没想到你花花肠子里还藏着公司的事情，刚才误会你了……"

石岳文伸手揽住凌笑笑的肩膀说："这个不怪你！公司涉足销代业务，最缺的就是这种一线销售精英，我们尝试了很多招聘通道都收效不大，所以遇到这种形象好、有亲和力、沟通能力和专业能力都不错的人，自然要想方设法挖一挖的。"

"嗯，我懂！"凌笑笑眯眼靠着石岳文坚实的臂膀，一脸幸福模样。

没一会儿，姑娘换完装急匆匆地从售楼部出来，白T恤配短牛仔外衣，下身粉色过膝长裙，白色运动鞋，亭亭玉立、朝气蓬勃，让人眼前一亮。

姑娘推荐了一家饭馆，朴素中透着雅致。三个人有说有笑，轻松自在地享受美食的过程中，敲定了一系列入职的事情。

回家路上，凌笑笑冷不丁说："老公，我可警告你啊，这姑娘漂亮人又好，我可把她当亲妹妹看的，你可不要像那个销售经理一样，对人家图谋不轨！"

"不可能！不可能的！"石岳文连连摆手。

想到此处，他的心沉落谷底，他想到了舒婷。

晚上睡觉，凌笑笑笨拙地钻入石岳文怀中，窸窸窣窣地想勾起石岳文的欲望，然而石岳文自始至终像块木头——她伤心、委屈甚至绝望地背过身独自啜泣，肩膀一耸一耸地，着实令人心疼。

石岳文心如刀绞。他很想尽一个丈夫的责任，但一想到舒婷，就无奈地泄了气，只好难过地嗫嗫道歉："对、对不起，我真的不行……"

"你是不是外面有人了？"凌笑笑委屈地问道。

"没！哪能呢?！"石岳文矢口否认，同时对自己的话恶心得想吐。

"世间安得双全法，不负如来不负卿。"大学时学过仓央嘉措这句诗，如今总算感受到其中的无奈与巨大的悲伤，真是年少不知曲中意，再听已是曲中人。

怀着深深的歉意，石岳文接连一周都推掉应酬，每天准点下班回家，生活规律得很——两人结婚好几年，也该要个孩子了，再说如果凌笑笑有了孩子，舒婷那边的困扰也就不算什么了。

石岳文甚至偏激地认为，人生绝大多数问题，都是吃饱了撑的。当一个人没饭吃的时候，吃饭就是唯一的问题；但当他能顿顿吃饱时，会涌出来一大堆问题——如果他和凌笑笑生了孩子，这个家庭就固若金汤。

这晚石岳文忙完工作，拖着疲惫的身体到家，凌笑笑已经做好三菜一汤，看见石岳文，她展颜一笑："回来了，赶紧去洗手吃饭吧。"说罢，她接过石岳文手中的公文包和外套。

吃饭间，凌笑笑一边不停地给石岳文夹菜，一边说："老公，你整天工作那么忙，难得在家里吃一顿热乎饭，多吃一点吧。"说着，她还拿出一瓶红酒打开让石岳文消乏。

这等温馨场面，对于漂泊多年的石岳文来说，渴望又难得。他蓦然发现凌笑笑鬓角出现了几根白发，心里愈发感慨和愧疚。

"你也吃！"说着，石岳文也夹了菜，放进凌笑笑碗里。

两人相视一笑，温馨幸福的氛围弥漫了整间小屋。

吃完饭，石岳文对凌笑笑说："我出去一下，半个小时回来。"

"哦！"凌笑笑应了一声，眉间掠过一丝隐忧——好几次，石岳文都在晚饭时出去办事或应酬，回家就是凌晨时分甚至彻夜不归，那种在惶惑的忧虑中入睡的感觉真的很差。

但这次不同，石岳文很快回来了，手里多了一大塑料袋零食、几瓶啤酒，没让凌笑笑看见的还有两张黄色小电影光碟——他看到路边一家卖光碟的小店，试探性地问了一句，没想到真的有。

小两口喝啤酒吃零食，开心地说笑到十一点。入睡前，石岳文让凌笑笑先睡，说自己还有工作要处理。

他去小书房关紧房门，将光碟插入电脑，一帧帧大尺度画面跃入眼帘，直看得血脉偾张、硬邦邦地难以忍受。他随即关掉电脑，将光碟藏在一排书的夹缝中，确信凌笑笑轻易看不见，这才蹑手蹑脚地回卧室，脱了衣服睡觉。

黑暗中，他轻轻地伸过手去撩拨凌笑笑，脑海里全是从光碟里看到的画面。直到凌笑笑被撩拨得心痒难耐，开始热烈地应和了，这才扳过她的身体，开始动真格的。

然而关键时候，石岳文突然软下来。他拼命逼迫脑海充斥碟片中的画面，一次次徒劳地折腾自己，哪知越折腾，就越发不行。

凌笑笑体贴地安慰他道："老公，今天算了吧！可能你最近太累了，以后日子还长呢，不用这么勉强，我已经很满足了……"说罢，她转过身，拉了石岳文的胳膊垫在头下，安心地依偎在他臂弯中。

听着凌笑笑安稳绵密的呼吸，石岳文愧疚又感动，最终叹口气，放弃了折腾的念头，感觉凌笑笑睡着，才小心翼翼地抽出手臂，仰面舒服地躺了下来。

他已下定决心，以后绝不再和舒婷来往。这种感情，注定死无葬身之地。

11

公司缺人，石岳文无论看房或请客吃饭，都像神经病一样地揣着挖人的执念，遇到好苗子绝不放过。

他甚至去夜总会考察陪酒小姐，硬是从那里挖回几枚置业顾问，理由很简单：漂亮、胆大、放得开。

作为滞销楼盘销代扛把子，他深知要啃硬骨头，就得有硬骨头团队，所以他招聘员工有"三不要"原则：家庭条件好的不要，混成油条的不要，当地人不要。

业务交流会上，石岳文赤裸裸地威胁说："咱们公司就像荒地里野蛮生长的植物，和温室的花朵不一样，如果你们不努力，公司就生存不下去。但我一定会在公司死掉之前，先把不努力的人干掉！"

挥下大棒，他再递一根胡萝卜："凡事都有两面性，咱们的房子虽然不好卖，但佣金提成一定是最高的……"

开会洗脑，加上各种培训、训练、考评，石岳文的团队能量日益强大——然而，他最大的困扰，却不是团队问题。

时下互联网营销风靡，微信、QQ加上各种APP炙手可热，手机已经成了人人离不开的神器。然而，楼盘在互联网上刊登广告热闹了一阵子后，效果开始衰退——热闹的是快速消费品，单价越低的产品越受欢迎。

楼盘在报纸、杂志刊登广告的效果更差，以前一版广告出去，能接四五十组有效咨询电话，现在降至个位数，还可能是发布方注水的虚假来电。

电台、电视广告的效果也下滑严重，各类户外、道旗、DM广告更是收效甚微。开发商甚至更愿意雇用一群大学生，手里举着广告牌站在路边充当人肉户外招揽客户，也不愿花冤枉钱去投放传统媒体。

没有广告，售楼部就没有客户。于是，更高效的销售方式出现了——渠道销售，组织中介门店给楼盘带客看房，成交后给中介支付高额佣金。

大量渠道公司雨后春笋般冒出来，他们作为中间商，先和开发商签订一份销售协议，再组织中介门店带客看房，从开发商处收到高额佣金，拿出其中70%左右分配给中介门店。

猴子已经不止一次劝说石岳文介入整合渠道的竞争，无奈石岳文总是拒绝。

"我们做案场销售的，怎能去干那么low的活呢？"当猴子再次劝说时，石岳文反问道。

"老大，没有渠道带看，就没有客户成交，咱们就没有佣金收入，公司迟早会被淘汰。"猴子劝说道。

"咱们案场可以多招人呀，分成两个组，一组驻守案场，另一组出去拓客，难道不行吗？"石岳文说。

"老大，咱们签约中介公司，两周能签半座城市的中介，有成百上千的中介骑着小电驴帮我们拓客；我们自己组织团队拓客，成本姑且不论，根本无法和成百上千人的力量相比！"猴子仍不死心。

"如果我们启动渠道，案场自然来访客户一定会消失。"石岳文沉思道。

"为什么？"猴子不解地问。

"案场自然来访客户成交，置业顾问的提成是千分之三，中介带看成交，提成起码百分之五，一套两百万元的房子就相差十万元提成，你认为置业顾问会怎么干？"石岳文问道。

"那肯定把自然来访客户算成中介带看客户，再从中介那里讨佣金分赃喽。"猴子眼也不眨地答道。

"是啊！这并非置业顾问的人品问题，而是渠道销售的游戏规则本身会进行恶的引导，我可不想让咱们的员工变成一群唯利是图的小人，否则宁可把公司关掉……"石岳文道。

"老大，咱们如果采取严格的制度管控和严厉的惩罚措施，漏洞也能堵住。"猴子还是不甘心。

石岳文不屑地说："马克思说过，如果有300%的利润，资本家敢践踏人间的一切法律！这么高的佣金差额，制度和惩罚算个啥！没准儿会把整个团队搭进去……"

"反正我是一定不会的，老大这一点你要相信我。"猴子连忙辩解。

"我不是指你！"石岳文说。

"反正我觉得吧，有些事情避免不了，我们就尽可能让它少发生，但不能因噎废食，否则过几年咱们公司可就没饭吃了！"猴子最后提醒道。

"嗯，你说得也有道理，再让我想想吧……"石岳文道。他心里明白，和猴子争论，其实在给自己找理由。

第二天，他再次把猴子叫进办公室："我想了一宿，决定组织渠道资源，但是你可得给我盯紧了，尽可能别让咱们公司出现那些污七八糟的事情。钱当然要挣，但我希望咱们的人挣的每一分钱，都是干净的！"

"得嘞！"猴子开心回应，屁颠屁颠地跑了。

石岳文选择了吉巷里项目试水渠道销售，该楼盘位于距离杭州一小时车程的桐庐县城。

楼盘位置在偏远的城郊，婆婆不疼奶奶不爱，尴尬得很。石岳文公司进驻后，销售半年不见起色。开发商每次组织营销会议，话语中夹枪带棒净是威胁之意。如果销售情况再无改善，公司被解约是迟早的事。

起初，石岳文选择了一家专业渠道公司合作，对方夸下海口，他们能调动上千家中介门店揽客，每周发两至三辆大巴车客户，三五个月会把八九百套房子清空。

石岳文承诺提高楼盘销售价目表，同时给渠道公司客户最低的优惠折扣。渠道公司将打着优惠超十万元的幌子，向客户收取每套六万元团购费。如果客户不支付团购费，就没有任何优惠折扣，买套房要多支付十万元。

开发商默许后，一场渠道带客的营销战役悄然打响。渠道公司大规模地发动中介公司，磨刀霍霍准备大干一场。

然而，事与愿违。整整三个月过去，石岳文公司压根儿没见有大巴车过来。销售案场门可罗雀，团队每天望眼欲穿地盯着门前大马路，盼望着能看见对方承诺的大巴车。

石岳文斩钉截铁地与渠道公司中断合作，自己组建渠道团队背水一战。

一个月过去，石岳文新组建的渠道整合团队，也没砸出水花来。开发商对他雷声大雨点小的折腾颇有微词，甚至坦言如果销售再无起色，就让他整个团队滚蛋。

石岳文再度把猴子和尹依然叫来商议对策，三人大眼瞪小眼，无计可施。

"那些中介门店的员工，咱们能否额外给些激励？"石岳文说，"这些人骑着小电驴到处揽客，如果带看没有成交，赔了精力不说还要倒贴交通费。如果带看成交，佣金虽然高，又会被中介老板抽走大头，消极怠工也是人之常情……"

"好啊!"猴子和尹依然异口同声地附和。这个行业确实有这种情况,虽然大把的钱从眼前飘过,但最终能拿到手的,却不如底层一线员工。

"咱们索性规定中介店员带客户看房,每组客户就补贴两百元;如果成交,再额外给个人奖励两千元一套!"

石岳文说得云淡风轻,背后却蕴藏风险:中介店员带客户看房,如果都不成交,他公司铁定亏损;如果成交状况良好,他公司额外支出的成交奖励也会把公司利润蚕食不少。

风险归风险,但当下情势已然骑虎难下。他对猴子和尹依然说:"咱们已经穷途末路,要么卷铺盖走人,要么放手一搏。搏成功了,后续可以降低甚至取消个人奖励,还能赚钱;如果咱们不搏,那就只能滚蛋了!"

留得青山在,不怕没柴烧。猴子和尹依然虽然还有疑虑,但老大执意这么做,他俩也就无话可说了。

新规定生效仅一周时间,形势惊天逆转!

不停有二手房中介店员打长途出租车带客看房,偶有中介公司组团租赁大巴车满载客户看房,更多中介店员自己开车接送客户——反正费用由石岳文公司支付,哪怕客户没有成交,他们还是有赚头!

原先冷清的售楼部,突然变得熙熙攘攘。甚至开盘摇号当天,售楼部的进户玻璃门,都被满怀激情的客户挤破了。

成交疯涨的情绪病毒般扩散,客户都担心买不到房子,中介机构甚至石岳文公司的员工,也信以为真地劝说自己的父母或亲戚前来抢购。

每组成交客户缴纳六万元团购费,每周上百组客户成交,就意味着六百万元入账,石岳文公司账上现金暴涨。虽然70%的进账最终要支付给中介公司,但就眼前的进账速度,着实令他心花怒放。

就在石岳文坐在办公室扬扬得意地算账时,猴子敲门进来,嘻皮笑脸地问道:"老大,咱俩好久没聚了,晚上没事儿的话喝点儿?"

"有事求我?还是没钱花了?"石岳文直截了当地问道。

"老大,瞧这话说的,没事就不能一起喝点了?真没啥事,就是想和你交交心……"猴子挤眉弄眼地说。

"还有哪些人?"石岳文下意识地问道。

他了解自己这个兄弟,时而邀一群狐朋狗友喝酒,又舍不得买单,就拖上他一起参加,席间一连串的彩虹马屁拍过来,不露痕迹地逼他买了单。

他曾经大言不惭地给石岳文炫耀自己的酒席哲学:"不要我请人,不要人请我,希望人请人,中间有个我!"

"没谁了老大,就咱俩!"猴子说。

思忖片刻,石岳文爽快地说:"好吧!我给你嫂子打个电话说一声,咱俩确实好长时间没一块儿坐坐了。"

"bingo!"猴子开心地打个响指,屁颠屁颠地出去了。

下班后,两人来到运河商业广场,在连绵的大排档中选了一家,点了烧烤和啤酒,边聊边喝。

正聊得开心,走过来一位扎小辫的姑娘,瘦弱的身体拖着音箱,怀里抱着一把吉他。她把一页塑封的单页递过来:"大哥,点首歌吧,十块钱一首。"

姑娘边说边鞠躬。石岳文于心不忍,接过歌单选了三首歌:《风中有朵雨做的云》《情网》和《忘情水》。

姑娘清了清嗓子,开始弹唱表演。她唱得很投入,饱含深情,婉转低回,令人沉醉。旁边桌上的客人也忘了吃喝,聚精会神地听着,姑娘每唱完一曲,都不约而同地鼓掌。

三首歌唱完,石岳文掏出钱夹,抽出一张百元钞票递给她:"谢谢哈,不用找了!"

姑娘惊诧地看看石岳文,慌乱地说:"那不行,那不行!要找你的——"

"不用不用,多出的钱是我给的小费。"石岳文摆手拒绝。

"那、那我再唱几首吧?"姑娘难为情地说。

"不用不用,你赶紧到别的地方看有没有人点,我这里不用再唱了。"石岳文摆摆手说。

"那、那谢谢、谢谢大哥!"姑娘怔了怔,鞠个躬,拖着箱子走开。

一旁的猴子假装吃醋地说:"老大,没见你这么大方过啊!"

"唉,你没仔细看——"石岳文说,"很明显她家庭条件不好,你看她的穿着,那个破音箱,而且吉他上的漆皮都掉了。"

"那又怎么样?家庭条件不好的人多了去了,你看西湖边的那些乞丐,哪个不比她可怜?"猴子对石岳文的观点显然不认同。

"她唱得显然是专业水准,再看她模样,我猜是学生。你说这样一个女孩,如果不是生计所迫,谁愿意抛头露脸挣这个钱?这姑娘打扮一下其实挺漂亮,如果去夜总会陪酒唱歌,一晚上千儿八百的收入不在话下,她为啥不去?"

猴子哑然,给石岳文竖个大拇指。

"咦,你的小女朋友处得咋样了?"说到唱歌,石岳文突然想起上次他俩遇到的上海女大学生。当时猴子暗度陈仓,时间已有年余。

"唉,别提了!"猴子沮丧地说。

"你不是信誓旦旦地要和人家谈恋爱吗?我当时就觉得不靠谱!"石岳文说。

"其实人家挺靠谱的,主要责任在我!"猴子一脸衰相。

原来猴子和人家姑娘确实正经谈过恋爱,三天两头往上海跑,每次人家姑娘都和他一起吃饭、逛景点、泡酒吧……晚上就在猴子住的快捷酒店,没完没了地折腾。

两人还商量过,姑娘毕业就来杭州找工作,时机成熟就结婚,甚至探讨过婚后生小孩的问题。

"我去上海时,她有时带那个闺蜜一起——那个女孩你见过的,问题就出在这里了。"猴子伤感地说。

"有天晚上我们一起去酒吧,喝到很晚回酒店。我想省点钱,就只开了一个房间,想着她俩睡床,我打个地铺凑合一夜得了。"猴子说。

"你是不是干了禽兽不如的事情?"石岳文打趣地问。

"是啊!哪儿能想到呢?"猴子说。

那天晚上他半夜醒了,一时精虫上脑,从地铺爬起来,把手伸进床上的被窝里撩来撩去,糊里糊涂的,谁承想撩的是女朋友的闺蜜。

对方被撩醒后,转过身来,目不转睛地看着他。

"老大你知道吗?她居然一声不吭!她居然他妈的一声不吭!"猴子挥舞

着手，激动地说，"我当时愣了一下，就顺势亲了她一下，她居然很配合，于是我轻轻把她抱下床，我用嘴堵住她的嘴，不让她发出一点声音……"

"被你女朋友发现了？"石岳文问。

"没有啊！我女朋友睡得跟死猪一样。完事后，她闺蜜又悄悄爬上床，第二天早晨醒来，就像啥事儿都没发生一样！"猴子说。

"你这个禽兽，这下可享齐人之福了，哈哈！"石岳文打趣道。

"唉，别提了老大！我再去上海，每次她闺蜜都要一起来，私下里还要我去上海和她单独约会，搞得我分不清自己是应召还是间谍……"

"最终纸没包住火吧？"石岳文问。

"是啊老大！她俩后来不知咋的，就不来往了——虽然我不知道她俩为啥翻脸，但她俩矛盾的始作俑者一定是我——我女朋友毕业回苏北老家，和我断了联系。"猴子说话时，双眼噙着泪，"这件事情怪我，还真被你说对了，管不住下面，就管不住人生。现在每每想起女朋友，心里就像针扎一样疼。"

"后来我和她闺蜜大吵一架，互相拉黑，从此老死不相往来——唉，一时性起，毁了两个女人，喝！"说完，猴子拿起一整瓶啤酒，咕咚咕咚喝了个底朝天，扔下瓶子，趴在桌上啜泣。

石岳文感慨万千，拍拍猴子的肩膀安慰道："兄弟，过去的事情就让它过去吧。像你这种人，就不适合四十岁前结婚，遇到谁害谁。"伤心不已的猴子，也给他敲了一记警钟。

伤感之际，老板端来一大盘烤生蚝，混合着蒜蓉香味，嗞嗞地冒着热气。

"嗯？我们没点生蚝啊！"石岳文意外地问老板。他清楚这盘生蚝的价格，没有一百块钱下不来。

"哦，刚才唱歌的那位姑娘点的，说是请你们的。"老板搓搓围裙说。

石岳文四下张望，看见远处弹吉他的那个姑娘，正笑着冲他俩打招呼。他赶紧招手，示意姑娘过来。

石岳文坚持把买生蚝的钱还给姑娘，姑娘死活不肯要。一番推托后，他邀请姑娘坐下来一起吃。

姑娘大方落座，自我介绍叫李凯歌，是旁边一所大学的学生，晚上经常背着吉他在附近勤工俭学。

"老大，咱们公司办活动，经常到周边学校招募学生帮忙，人均每天一百二十块，咱们可以请凯歌帮咱们招募。如果遇上舞台表演的小活动，她可以主持，顺带表演个节目咋样？"猴子一本正经地说。

猴子不愧是公关活动老油条，脑子一转就是生意经。公司办公关活动请主持人或者艺人，再不济也要人均两千元左右，像李凯歌这种就是白菜价。而且凯歌帮忙招募同学，每个学生只要八十元就乐得屁颠屁颠的，能赚四十元差价。这样既能帮凯歌，公司又节省成本，一举两得。

凯歌眼睛瞬间亮了，空闲时有这么多钱赚，又能利用所学专业实习，简直就是天上掉馅饼。

三个人在欢声笑语中，喝到凯歌告辞回校，才尽兴而归。

12

石岳文公司的销售代理项目，在吉巷里试水成功后，全部选择了渠道销售模式。眼看每月大笔的团购费流到公司账上，石岳文却心里发慌。

天若令其亡，必先令其狂。

虽然"团购费""茶水费"属于周瑜打黄盖——一个愿打，一个愿挨，但已有地方政府明文规定，称开发商价外收款属违规行为，将进行查处。这意味着，公司价外收款这条财路说断就断，不是正经的营利模式。

同时，互联网与渠道带客成交模式兴起，石岳文基于平面广告策划与设计的广告公司呈现颓势，公关活动公司业绩也明显下滑。

见微知著，叶落知秋。石岳文预感公司必须在传统行业倒灶之前，开辟一条新的发展路径，才能保障公司可持续发展。

他瞅准的目标是电商行业。

时下以淘货网为首的网络交易平台，正以摧枯拉朽之势侵蚀着各个行业，大到家用电器，小到针头线脑，人们热衷于在网上购买各种物品，快消品行业的传统销售模式，被碾压得体无完肤。

于是，石岳文召集员工开会，提出居安思危的想法，即创办电商公司，搭建网络平台销售快消品。

石岳文说完，大家面面相觑，他想象中那种兴高采烈、热情洋溢的场面，并没有出现。

"老大，咱们房地产干得好好的，为啥要转行呢？再说只要一两个销代项目成功，就能吃一两年，行业好坏和我们关系不大。"猴子迟疑道。

"咱们能赚到钱，是因为站在行业风口上，如今这个行业还有前途吗？"石岳文见大家不理解，便继续说，"从政策层面讲，国家坚持房住不炒的原则，限购、限价、限贷控制房价，房子没了升值预期，人们就不会像以前那样争先恐后地买房，开发商的苦日子也就到了。换句话说，地产开发的黄金时代过去了。

"另一方面，咱们从事的地产营销行业，被互联网公司控制了终端流量，他们再逼迫中介门店合作，号称不让中间商赚差价，可他们自己却做了最大的中间商。咱们就是要被消灭的中间商，胳膊拧不过大腿，手里没有博弈的筹码，要么被迫放弃，要么只能做亏本生意……"石岳文长篇大论地分析道。

大家开始交头接耳，嗡嗡地讨论着。石岳文喝了一口茶，静静地等着大家的反应。

"老大，咱们广告策划业务应该能做的呀？"猴子问道。

"广告公司十几年前总监年薪十万，服务年费六十万；如今总监年薪二十万打底，服务费仍然六十万，怎么干？况且，现在开发商只签三至六个月的短期合同，等我们撅着屁股做完基础工作就一脚踹开……"石岳文不紧不慢地说。

"为什么？"猴子不解地问道。

"因为如今的房地产销售，已经不靠打广告揽客了，没用！有本楼书和几张户型图足够卖房了，渠道为王！"石岳文强调说。

又一阵沉默后，闫桦不甘心地问："那我们的公关活动业务，总可以干的吧？那可是很好的现金流啊！"

石岳文一席话又断了闫桦的念想："咱们的营利模式是将活动方案卖给开发商，再组织下游供应商执行，从中间吃差价，本质上还是中介的活。如今供应商日益壮大，有能力直接和开发商博弈，成本及利润摆到明面上，就没有咱们吃差价的空间了……"

石岳文最后强调："继续这样干下去迟早倒闭，不如及早出手，开拓新的行业与营利模式，到时候这一行干不下去，至少还能保留一点尊严！"

这些想法石岳文心里已经盘桓许久，自己拼命打下的江山，他比任何人都舍不得。但现实就这么残酷，他必须顺势而为，革掉公司的命，涅槃重生。

"咱们苦熬几年，最终结果就是把公司关张吗？"尹依然十分不甘心。

"上帝关上门，一定会开出一扇窗。咱们不是公司关张，而是要抓紧时间搭建新公司，等这个行业衰落后还有饭吃！"石岳文喝口茶继续说道，"我看好电商行业，早十年前就关注了，因为当时地产行业很火，才迟迟没有动手，现在可以考虑杀出一片天地了。"

"老大，您的意思就是在网上开个店卖货呗？"猴子不屑地说。

"可以这么理解，但架不住量大！"石岳文说，"我农村出身，发现农民辛苦栽种的瓜果桃李、枸杞人参、锁阳苁蓉，不懂包装，又舍不得花钱推广，卖不出价。假如我们发挥专长，将这些农特产包装后提高附加值，收益应该不错……"

石岳文口沫横飞，无奈团队个个低头不语。

尹依然弱弱地说："老大，你不是说咱们要简单、专注、持久吗？有句老话叫隔行不取利，电商行业咱们不了解，我担心掉进坑里！"

猴子也按捺不住地说："老大，你知道的，我就是个卖房子的，你让我干别的，我怕是干不来！"

闫桦也不失时机地补刀说："老大，您这个计划听上去很美，可要想实现，恐怕没那么简单！"

石岳文霸道地一锤定音："公司怎么发展，我说了算！现有业务由尹依然、猴子、闫桦继续负责，我自己组建电商平台，为公司下一步发展做铺垫……"

说干就干！石岳文拿出公司账上几乎所有的利润，紧锣密鼓地筹办电商平台。招聘人员、搭建网站、设计制作包装……他甚至带着新组建的团队，半个月时间跑了六个省，订购了大批农特产品堆进公司仓库。

事与愿违。踏入这行，石岳文才知道"隔行不取利"的分量，各项许可证照办理繁琐、商品保质期太短、获客成本高企、员工薪资开销大……问题纷至沓来，令他焦头烂额。

新战场开辟遇阻，老阵地却不幸被他言中，公司服务项目陆续暴雷。

首当其冲的，就是吉巷里项目。

吉巷里一期二百余套房源销售殆尽，公司苦等的二期房源，却迟迟没有打开。巧妇难为无米之炊，案场团队没有活干，资金只出不进。

石岳文心急火燎地去寻项目总经理，催促甲方拿出二期房源来卖。他判断项目总看他赚钱眼红，故意设置障碍想捞点油水。

项目总经理姓姚，年近六十，细眼背头，额头没有一丝皱纹，一副人畜无害的笑脸。

姚总笑眯眯地给石岳文倒了杯绿茶，清清嗓子说："石总啊！你们工作还是有成绩的，但是咳咳、咳、我们是国企，国企的做事原则是，态度大于努力、程序大于结果，上面发现你们违规价外收款，要求你们整改，并且配合调查……"

石岳文蒙了："您这、这话啥意思？我们的销售策略报告不是向您汇报过吗？如果您不同意，我说啥也不敢这么干，您说是不是？"他藏在桌子下面的一只手，攥紧拳头控制着自己的情绪。

姚总干咳几声道："年轻人，说话注意点哈，是我授意你们向客户收团购费吗？我哪只手签字允许你们这么干的？你们房子卖给谁、收了多少钱我又不知道……"

石岳文启动渠道销售前，早将一揽子计划给姚总汇报过，并且私下给了姚总好处。姚总当时口口声声表示支持，现在出事了，却把责任推得一干二净。

他很后悔，当时应该让姚总签字，至少留下录音证据。现在对方屎盆子扣到自己头上，反倒逼得自己无话可说。前思后想，他放弃争辩一声不吭。

见石岳文认尿，姚总才舒展眉头，换上人畜无害的笑脸说："说实话，集团通知下发到我手上时，我才知道你们违规操作！"

石岳文出离愤怒了！但他只能哑巴吃黄连。

姚总又说："年轻人，咱遇到事情不能意气用事，犯了错误就得承认，知错就改惩前毖后才是正确的态度嘛。你往后的销售工作，还需要我们一如既往地支持，才能有效地推进嘛。"

石岳文听出了弦外之音，就是要他承认自己价外收款的错误，并且一力承担，否则今后的销售工作对方会对他痛下杀手。

最终，他憋着一肚子委屈，按照对方要求出具了一份情况说明报告，报告中隐去了姚总支持价外收款的事实。

项目公司的上级集团派驻调查组，对石岳文进行约谈。石岳文知无不言、言无不尽地配合调查。他心里始终抱定一个观点：没做亏心事，不怕鬼敲门。

调查期间，由于石岳文态度的改变，加上项目资金链紧张，姚总趁机又拿出上百套房源委托石岳文销售，并暗示他继续走渠道销售路线。

不到一个月，这批房源又销售殆尽。

原以为平安度过，没想到石岳文意外收到一份合同终止通知书，内容是公司在调查过程中居然顶风作案，情节恶劣，要求立即解除销售代理合同，销售团队即日撤场，石岳文收取的团购费限时如数返还。

石岳文蒙了半天没回过神来。既然还在调查，干吗打开房源让自己卖？自己按照要求卖了房，不但没受奖励，反而罪加一等？！

想了许久，他终于反应过来：对方自始至终的想法，就是要将他公司拿下，只是资金有缺口着急用钱，才让石岳文公司发挥余热，再卸磨杀驴！

如果撤场，团队就面临无事可干的尴尬境地，每月十几万的工资成本就打了水漂。另外，对方拖欠近五百万元的销售佣金怎么讨？解约通知书对此可是只字未提。

更要命的是，石岳文整合渠道销售的房源近三百套，总计收取团购费近两千万元，其中70%以上已支付给中介公司及用于团队佣金奖励——开发商的解约通知书中，却要求石岳文全额返还。

换句话说，如果按照解约通知书执行，公司将倒贴约一千五百万元，单这一项就足以令石岳文回到起点。

思前想后，他决定让团队坚守销售案场，自己则低声下气地讨要佣金，像祥林嫂一样解释渠道销售是怎么回事。

然而姚总避而不见，销售团队也被收回销售权限，并且受尽白眼。

坚持一个月，他无奈将团队撤出，在县城繁华地段租了门面房，将团队派过去做中介门店生意，仍然不厌其烦地找开发商讨说法。

屋漏偏逢连夜雨！就在石岳文讨说法时，有个交了团购费的客户一纸诉状将公司告上法庭，声称石岳文公司采用欺诈手段骗他交了本不属于房款的"团购费"，要求悉数退回并支付利息。

如果这位客户官司打赢，则意味着背后会有近三百位客户跳出来提出相同的诉求。石岳文公司虽然收了两千万元"团购费"，赚取了三四百万毛利润，然而要求返还的总金额却高达四千万元！

重若千钧的压力，使石岳文如泰山压顶，甚至经常忘记吃饭。同事看不下去，给他叫了外卖放在案头，下班后发现原封未动，只能无奈扔掉。

他开始大把掉头发，而且整宿睡不着觉，经常三更半夜起床，坐在客厅不停地抽烟，盘算着如何爬出困境，直抽到恶心反胃为止。当时的他不知道，这就是神经衰弱、抑郁症前兆。

他想逃却又无处可逃，或许只有公司的兄弟姐妹，能给他些许慰藉。

然而正是这些兄弟姐妹，却在节骨眼上过河拆桥，向他肋骨狠插一刀！

那支安排在中介门店的销售团队，居然集体提出辞职，理由如出一辙：吉巷里项目重新组建销售团队，将他们全部收编！

新租的中介店面，运营了堪堪不到四个月，钱没赚到几毛，就人走房空无法营业。预付房租、装修费加上人员工资，又是几十万元的亏空。

销售团队辞职时，提出要求说希望离开公司前，能够拿到吉巷里项目的销售佣金。吉巷里拖欠的五百万元佣金里，有销售团队近二百万元的提成。

如今钱没讨到，债却先来了。

石岳文解释说，按照公司规定，需要甲方确认销售团队的业绩并支付佣金后，公司才能向团队支付，况且以公司目前的经营状况，提前支付也不现实。

销售团队的态度发生180度的转变，前恭后倨，一口咬定石岳文能否追回这笔欠款与他们无关，但公司必须遵守承诺。他们风闻公司资金困难时，生怕石岳文赖账，从早到晚轮番打电话催钱：

"老石，我家刚买房子，没钱装修，您看啥时候给我发佣金，我好赶紧装修好搬进去，少交点房租……"

"老石，我家小孩马上要开学，学费还没有地方筹，现在真的很困难，您看是不是把佣金发给我好给娃交学费……"

"老石，真难为情，要不是急的话我也不打这个电话，主要是我爸生病住院，急需医疗费……"

"老石，我离婚分家，要给对方付一笔钱，你看那个佣金……"

公司风光时，团队成员老远看见石岳文，屁颠屁颠地跑过来打招呼，点头哈腰地一口一个"老大"称呼；后来集体离职，称呼变成"石总"；如今讨钱时，称呼就变成了"老石"。

无论石岳文怎么保证，声称公司创办以来从没少发员工一毛钱，但团队依然要求他现付，还警告说莫让他们寒了心。

无奈，石岳文保证分三期将佣金提前垫付给他们，年底前无论欠款能否追回，哪怕卖掉公司办公的写字楼，也会把佣金支付掉。

第一笔佣金支付后，销售团队的讨钱电话才逐渐减少——石岳文清楚，他们全部拿到钱后，铁定会与自己老死不相往来。

正所谓："屋漏偏逢连夜雨，船迟又遇打头风。"吉巷里项目的麻烦还没厘清，糟心的事情接踵而至……

第一个项目，团队驻场销售近两年，每个月赔着笑脸讨佣金，对方每次都挤牙膏般杯水车薪地付一点，至项目交付还欠一百五十万元，先是再三推托，后来索性避而不见……

第二个项目，公司提前半年驻场蓄客，耗费大量心血，好容易快要收

419

获佣金了，开发商临时起意变卦，自己组建团队销售，逼迫石岳文团队撤场……

第三个项目，公司临危受命，在甲方资金链行将断裂的节骨眼上接手销售，苦熬半年柳暗花明，对方却提出解约，并且欠下几十万元佣金迟迟不付……

第四个项目、第五个项目……或者销售遇阻，或者开发商解约并拖欠佣金，有的开发商摆明耍赖拒绝支付。更要命的是两个"团购费"项目，面临和吉巷里同样的麻烦，如果官司打败，石岳文倾家荡产也赔不起。

石岳文公司购置的写字楼已经交付，还没搬进去就迫不得已地八折处理，用以缓解公司的资金压力。签合同时，石岳文失落到极点，这是他最后的屏障，辛辛苦苦折腾几十年，到头来白茫茫大地一片真干净！

公司已然千疮百孔，甚至面临灭顶之灾。如果开发商和客户的诉求得到法院支持，凌笑笑将何去何从？

苦思冥想好几天，石岳文痛下决心——他必须在公司彻底暴雷前与凌笑笑划清界限，将家里的三套房产全部过户给凌笑笑，公司的麻烦由自己一力承担，免得将她也拖进这无底的深渊。

当年精神出轨为情所困，石岳文始终坚守婚姻；如今公司濒临破产边缘，他却别无选择！

可是一想到离婚两个字，他就浑身起鸡皮疙瘩。

13

这晚，凌笑笑想过夫妻生活，忙活半天，却被石岳文硬生生拒绝——她噙着泪，转过身去，哭睡着了。

次日清晨醒来，两人躺在床上展开一番谈话：

"老婆，我觉得咱俩之间出问题了——结婚好几年却没有孩子你知道为啥？而且、而且我和你一起那个的时候，真的激不起欲望，对不起……"

凌笑笑静静地听石岳文说话，眉头越皱越紧，她忍不住说："你的意思是说，咱俩过不下去了吗？你打算咋办？"

"嗯，我的意思是说——我想、我想如果实在无法解决，咱们不如分开，对你和我都好！"石岳文难过地说。他费力地撒谎，觉得难堪、羞于启齿。

凌笑笑憋了许久的泪，终于流下来："老公，当年我和你在一起时，啥钱也没有，但我们过得多快乐啊！你回想一下，咱们一起看电影，到小河边散步，到地摊上逛街，哪怕啥也不干待在家里，也甘之若饴……

"老公，以前你回老家探亲，我就像丢了魂一样，盼着你早些回来。而当你站在家门口，那个熟悉的单眼皮胖子站在家门口时，我就能感受到巨大的幸福，像海洋一样把我淹没……

"可是、可是现在你有钱了，轻描淡写地几句话就打发掉我们的婚姻，像扔掉一块破抹布一样抛下我，你、你觉得合适吗？"

凌笑笑絮絮叨叨地回忆往事。那些刻骨铭心的往事，一幕幕电影画面般从凌笑笑口中流出，将他整个儿淹没。

石岳文静静听着，强憋泪水。每一件往事，都像蜜一样地在脑海中绽放，又像一记记重锤，击打着他的灵魂。

他暗自警告自己："石岳文，你不能心软！不能流泪！不能改变！如果将实情告诉凌笑笑，这个傻姑娘会选择和你一起扛，这样会害她一辈子！"

凌笑笑又幽幽地说："老公，我明白覆水难收的道理。今天我先回爸妈家，明天傍晚回来。你自个儿好好想想咱们之间的问题——如果还想我俩在一起，咱们就好好过日子，有啥问题一起面对解决；如果不想我俩在一起，在我回到家之前，你就搬出去好了！"

说完，凌笑笑起身、洗澡，收拾好东西出门了。

石岳文僵尸一样躺在床上，他注意到凌笑笑洗澡时，进洗手间才脱衣服，而且把换洗衣物也抱进洗手间——他内心绞痛，这是从来没有过的，她已经避讳他看见自己的身子！

一直躺到中午，他才挣扎着爬起来，胡乱洗了把脸，去小区外的农贸市场，买回两只大编织袋。

整个下午，他都在默默地整理自己的东西——结婚几年的物什，他只装了两只大编织袋；仅仅两只编织袋的物什，他装了整整一个下午！

那只他用百元面额人民币叠成的纸戒指，凌笑笑很宝贝地珍藏着，好几次拿出来对他说："看我老公手多巧啊！"

公司做活动剩下的一只毛绒玩具熊，他拿回来送给凌笑笑。她很珍爱地摆在电脑桌上，每次工作时都抱在怀里。

他出差时，顺手买了一只镀银相框带回家。她在里面装上两个人的合照，擦得一尘不染，没事儿的时候就瞅着相框傻笑。

她给他买的衣服、鞋子、随身听、护腕、皮带、手表……他一一收拾好装进编织袋。每样东西，都是她的一片心意。

整理完东西，他又一头扎回到床上，一直躺到第二天下午……整整两天，他粒米未进、滴水未沾，也不觉得饿——哀莫过于心死。心都死了，还要胃干什么？

躺到次日下午，石岳文估摸凌笑笑快回家了，这才起身将两只编织袋搬进楼下汽车后备厢——原本不重的编织袋，却重若千钧，他花了很长时间。

他清楚，这一步迈出去，就再也回不来了。

他担心遇见凌笑笑，怕自己心软，却又隐隐希望遇见她，希望她能拦住他，哪怕天塌下来，他也不走了。

两只编织袋装进车里时，天色已暗。他又慢吞吞地回去拿电脑包，临出门时又在屋里转了一圈，关窗、拔插头、整理床铺，再把客厅、厨房用具规置好……

当他带着不舍与留恋、慢吞吞下楼时，在单元门口遇见同样心事重重的凌笑笑。

"老公，你、你这是干吗去呀？！"凌笑笑惊疑地问道。

"我、我想我、我还是搬出去好了……"石岳文沉痛地答道。

"啊？！老公，你不要走啊！我昨天只是说了句气话，你不要当真啊……"

凌笑笑突然紧张起来。

石岳文默然。

凌笑笑慌了,她紧紧拉住石岳文的电脑包背带,涕泗横流:"老公你不要走啊!好端端的怎么说走就走呢?我哪里做得不好我改!可是你不要走啊,你走了我怎么办?我一个人咋活呀……"

凌笑笑哭得上气不接下气。石岳文心如刀绞。

石岳文内心汹涌澎湃,好几次都想跟凌笑笑回家里去,却又咬牙忍住——他清楚后果。

"东西我已经收拾好,放进车里了……这两天我想了很多,觉得还是先搬出去住一阵子,如果咱俩之间的问题能解决,我再搬回来住……"石岳文违心地劝说凌笑笑。

"真的?你真的只是出去住几天?"凌笑笑将信将疑。

"嗯,是的!等我想清楚了,自然会搬回来……"石岳文回答。石岳文不会撒谎,当他说这句话的时候,甚至不敢看她的眼睛。

"那你要答应我,你一定会回来的……"凌笑笑再一次确认。

"嗯,想清楚后,我会回来的……"石岳文又一次违心地说。

"嗯——那、那好吧!你先出去住段时间也好……"凌笑笑无奈地答应。

就在石岳文转头要走时,凌笑笑又说:"老公,你一个人在外面我不放心,你要记得好好吃饭,可别亏待自己……"说罢,她依依不舍地松了手。

石岳文坐进驾驶室发动汽车时,凌笑笑还弯腰趴在车窗口、含泪带笑说:"老公,我在家里等你!"

直到汽车开出去很远转弯时,石岳文从后视镜中看见,凌笑笑仍然保持着同样的姿势,一直看着他的汽车。

汽车驶出小区,石岳文将车停到一处僻静地方,头埋进方向盘,号啕大哭……

他边哭边骂自己:"你这个混账东西!你这个王八蛋!你这个天杀的畜生!你不配有爱情!你不配有婚姻!你不配有这么好的老婆……"

他开着车,揣着满腹的悲伤,在城市的各条街道漫无目的地游弋。他真的变成了一条丧家犬，他无处可去！

城市里霓虹闪烁，各种声音热闹地交替着，车流与人流都向着各自的目标移动，有的回家，有的加班，有的应酬，有的出差，有的逛街……只有他，除了茫然，还是茫然。

这像极了他的曾经，他初次到银川、北京、杭州时候，都曾伫立城市街头，都有过这种感觉。

什么时候，自己才算真正地融入这座城市？

石岳文扪心自问，当一个人和一座城市的某个人发生关系时，才算真正融入这座城市——只有那时，他在这座城市里的所作所为，才有所牵挂，才有具体明确的指向。

如今，这座他打拼多年的城市，却突然与他隔离——是这座城市抛弃了他，还是他抛弃了这座城市？都不是！他和这座城市的关系，仅仅因为一个人，就发生了根本变化，虽然简单粗暴，却是最底层的逻辑。

漫无目的地游荡很久，石岳文鬼使神差地将车停在公司附近一家快捷酒店门口。离开凌笑笑，他就剩这点难以割舍了——那间不大的公司，那群跟着自己打拼的兄弟姐妹。

一个星期后，石岳文寻了间出租屋搬进去。一方面，酒店每天四百多元的住宿费，不划算；另一方面，住在酒店生活不方便，换洗物没地方洗，外面饭馆的快餐也令他难以忍受。

搬进出租屋，石岳文彻底做了个大扫除，笨手笨脚地炒了三个菜，就着半箱啤酒，和扎心的过往一并吞咽。

十年修得同船渡，百年修得共枕眠。他和凌笑笑的出生地相隔两千公里，之前从来没有过交集，如今能阴差阳错地走到一起，得多大的缘分啊！

他清晰地记得，有一次他回老家探亲，赶在情人节回家，想给凌笑笑一个惊喜，进门后只听一声惊呼，凌笑笑光着脚从床上蹦下来，扑进他怀里，笑得齿牙春色、哭得梨花带雨……在凌笑笑眼里，自己就是她生活的全部，分开几天都难以忍受。

他们相识近十年，就是一只小猫小狗共同生活这么长时间，也会舍不得分别，何况是人呢？

凌笑笑工资不高，也就四五千的样子，习惯了精打细算地过日子。单位发瓶洗发水，她用完后觉得很好，可超市里要卖一百多元，她犹豫了很久放弃了；她想学钢琴，可是一节培训课要两百元，她又咬牙放弃了……

可每个月一千五百元的房贷，家里水费、电费、煤气费、上网费、买菜、买衣服买鞋，以及过年回家往返机票、人情往来的费用，却都是她承担的，连自己的衣裤袜、皮带手表她都一手包揽，天知道这些钱她是怎么省出来的……

反观自己，却动辄花几千甚至上万元在外面吃喝唱K，从来没有操心过家里的开销，仿佛家里的生活从来都不需要花钱似的。

原来自己是这么自私的人，从来没想过她怎么过怎么想的，只关心自己花天酒地的生活以及享受赚钱的快感。

夜深人静，石岳文喝得头重脚轻摇摇晃晃，竟匪夷所思地开始洗碗、拖地、洗衣服、收拾屋子……他一直默默地干着活，他停不下来，因为他的身体、灵魂以及被极度压抑的情感，无处安放。

直到实在没有活儿可干了，他才跌跌撞撞地和衣躺到床上，酝酿了一个计划。

两周后的一个早晨，石岳文给凌笑笑拨电话，约她中午到一家汽车4S店见面——那家4S店老板是石岳文熟识多年的朋友，凌笑笑也认识。

凌笑笑自然很高兴，但石岳文约她到那里见面，她百思不得其解。

两人的态度都显得拘谨，不像是夫妻。但凌笑笑热切和喜悦的眼神，却令石岳文难过得很。

他先带凌笑笑去街边饭馆吃饭，她不停问他过得好不好、饭有没有按时吃、自己做还是下馆子、衣服脏了怎么洗……石岳文简单回复几句后，愈发觉得难过，便生硬地说："管好你自己成不成？问么多干吗！离开你还不能活了！"

凌笑笑怔了一下便闭口了，红着眼圈默默地夹菜吃饭。石岳文自知说错话，但又不知如何圆场，嗫嗫地说："你多吃点，吃完咱们还要去看车呢。"

"看车？看什么车?!"凌笑笑有些蒙。

"也没啥！"石岳文装作心不在焉地说，"你每天骑电瓶车上班挺辛苦，尤其冬天快到了，冷得很。公司这两年经营不错，我寻思买辆车给你上班用……"

石岳文说这番话时，自始至终没敢看凌笑笑一眼。他想在离婚前，尽可能地多剥离财产给她，反正债多了不愁，虱子多了不痒。

蒙在鼓里的凌笑笑感动了，脸上洋溢着惊喜的神色道："怪不得你前段时间要教我学开车呢，原来是这个想法——说实话，你实在不是一个好教练，后来我自己花钱请了教练，人家就很有耐心，我很快就学会了……"

正当凌笑笑心花怒放地说话时，石岳文打断她道："咱们早点儿过去选车吧，中午时间不多，下午还要上班呢。"

和之前一样，每当凌笑笑在兴头上时，石岳文就一瓢冷水浇下去。他无法解释自己的行为，反正她对他越关心，他就越难过；她越开心，他就压力越大。如果她横眉冷对甚至骂他几句，他心里反而好受一些。

左挑右选，凌笑笑最终选中一辆十万元出头的日产两厢轿车。直到石岳文刷卡交钱时，她还犹犹豫豫地说："我看还是算了吧，这么贵！其实我骑电瓶车挺好的，到哪儿停哪儿，又不用交停车费——"

石岳文瞪了凌笑笑一眼，硬生生逼她将后半截话给咽了回去。

办完手续，石岳文将车钥匙交给凌笑笑："这辆车你开回公司去吧，下午上班要迟到了。"

"我、我开回去？那、那你、你不回家吗?"凌笑笑吃惊地问道。她原以为石岳文要搬回家住，买辆新车送她是想冰释前嫌、重归于好。

"我下午还要回公司上班，最近公司很忙。"石岳文随口说道。

"那你晚上不回家吗?"凌笑笑又问。

看着凌笑笑紧张的神情，石岳文心都碎了。他强忍情绪，有些暴躁又答非所问地说："我说过公司很忙，你自己开车回去。"

"哦！那你保重！"凌笑笑答应着，满脸失望地上车，笨拙地发动，慢腾腾地开走了。

石岳文站在原地惆怅许久,直至凌笑笑消失不见,方才取车回公司了。

接下来的几天,石岳文做啥事都提不起精神,心里像堵着块巨石——他舍不得离婚,因此故意拖时间;但不尽早离婚,灭顶之灾就可能殃及凌笑笑。

他确信,如果仅以夫妻生活不和谐的理由,凌笑笑绝不会和他离婚。于是他私底下找来尹依然,交代她给凌笑笑打个电话,如此如此……

俗话说:"宁拆十座庙,不拆一门亲。"尹依然死活不肯干。石岳文花了近两个小时软磨硬泡,她才勉强答应匿名给凌笑笑打电话。

一周后,石岳文思忖凌笑笑情绪平复得差不多了,便惴惴不安地拨通凌笑笑的电话。

电话是在凌笑笑下午上班时打的,那时她工作应该很忙,顾不上和他纠缠。如果晚上打电话,天知道通话时长会有多久。

果然,凌笑笑安静地听他讲完,只淡淡地回复了一句:"知道了,让我考虑一下吧!"

此时凌笑笑内心波涛汹涌。她一直预感这件事情会发生,可是真的发生了,她还是难以接受,以至于差点儿晕过去。

她坐在工位上,眼神空洞地发了半天呆后,担心被同事发现端倪,强撑着去洗手间洗了把脸,回来后仍然平静地埋头干活。

挨到下班,同事都走了以后,她才虚脱一样地隐在工位里,回拨电话给石岳文。

"喂!你下午说的事情想好了吗?"她平静地问道。

"嗯、我想好了!咱俩目前的状态,与其相濡以沫,不如相忘于江湖。"石岳文违心地说。

"她叫什么名字?"凌笑笑问道。

"什么?"石岳文心头一紧,随即刺痛。

"我问你她叫什么名字!"凌笑笑口气凌厉地问道。几年相处下来,她从来没用这种口气和石岳文说过话。

石岳文沉默。他心里清楚,一周前他拜托尹依然打匿名电话给凌笑笑,大意就是石岳文瞒着她已经出轨好几年，这样的男人不值得留恋，劝她趁早离婚。

凌笑笑当时的回复是："我们夫妻间不管有啥问题，关你屁事！"

电话那端尴尬的沉默，凌笑笑心里算是落了实锤，她既心痛又懊恼，但最终忍住。

"老公，你可记得，当年咱俩结婚时发过的誓言吗？古人说贫贱不能移，富贵不能淫，威武不能屈，这三条你都犯了！"说罢，她泪水喷涌而出。

凌笑笑哭声悲凄，石岳文心如刀绞。他多想告诉凌笑笑这只是一出戏，多想告诉她这是为了保护她的无奈之举，但是他不能！他甚至安慰自己，凌笑笑把他当作负心渣男或许更好，将来她重组家庭时也不会有留恋。

凌笑笑确认石岳文心意已决，最终同意协议离婚，她很快提出自己思考了一夜的财产分配方案：三套房子都归自己所有，石岳文再额外给自己五十万元作为补偿，因为家里背负的房贷余额还有七十万元。

最后，她长吁一口气补充道："你答应的话，咱们周一下午就办手续！"

她心里清楚，石岳文白手起家打拼有多不易，挣点钱也都买了房。这种负债出户的条件，没准儿石岳文会知难而退，从而打赢这场婚姻保卫战！

退一步讲，如果石岳文答应她，这也是他拈花惹草应该付出的代价，而她的后半生也有保障。

然而，她失算了！她得到的答复是铿锵有力的三个字："我同意！"

那一刻，凌笑笑感觉全身的血液都凝固了，汹涌的泪水打湿双颊，顺着下巴滴滴答答地砸在面前的工作台上……

挂掉电话，石岳文跌进老板椅，浑身挤不出一丝力气——心中的石头终于落地，可自己心里怎会如此难过？！

他一直认为两个人会陪伴终身直到名字被共同镌刻在一块墓碑上，就像双方的祖辈那样。

早知现在，何必当初？！

透彻心扉的难过让他喘不过气，他开始大声咳嗽，咳嗽到呕吐，浑浊的体液混着眼泪和鼻涕，浸透大片衣襟……

现实的问题是，办理手续前，石岳文需要筹集五十万元交给凌笑笑——他的处境和凌笑笑推测的一样，他拿不出这笔钱。

电商平台亏损，销代项目官司缠身，广告和公关公司业务萎缩，应收账款被遥遥无期地拖延，离职员工催讨佣金的电话紧锣密鼓……偶有零星的一点进账，还要维持公司运转，这个节骨眼上，筹足这笔钱的难度可想而知。

挨到周一上午，石岳文问一圈朋友借钱，最终两手空空。哪怕他曾经让利百万的开发商，哪怕他开出高额利息，答复仍然是手头没钱，即使那些平时酒桌上吹嘘自己身家上亿的朋友。

锦上添花易，雪中送炭难。无路可走的石岳文，最终黑着眼圈拨通周朝歌的电话。离乡十几年，石岳文和周朝歌见面也只有回家探亲时零星的几次，现在开口借一大笔钱，他心里没底，也抹不开面子。

然而他无路可走，周朝歌是他最后一根稻草。

听完石岳文的诉说，周朝歌唏嘘感慨地安慰一番后爽快地说："兄弟，你放心！你的事就是我的事，中午十二点前，保证五十万元到账！"

石岳文感慨万千！是啊，几十年兄弟相处，周朝歌一直都把他当亲弟弟看待，无论他离开银川还是回老家，周朝歌都兴高采烈地开车接送、热情招待，石岳文遇到任何难处，他也当仁不让地鼎力相助。

相较而言，自己却对他没有过任何帮助。这种无私的友情，让他情何以堪！

收到借款第一时间，石岳文麻利地转给凌笑笑。当天下午，两人如约在婚姻登记处门口见面。她上身着朴素咖啡色外套，下身蓝色牛仔裤，素面朝天、容颜憔悴。

"来了！"石岳文面无表情地打个招呼。

"嗯！"凌笑笑同样平静地回应。

"咱们进去吧。"石岳文说完转身走进大门。

愧疚、自责、难过……各种情绪一股脑儿涌上来，石岳文不知道说什么，他甚至连与凌笑笑对视的勇气都没有！

为挽救这场婚姻，凌笑笑该做的努力都做了。如今走到这一步，她反而表现得很平静，一哭二闹三上吊的桥段，不是她的风格。

平静地办完手续，在婚姻登记处门口，石岳文驻足与凌笑笑对视。

"你还好吧？"石岳文问。

"还好！"凌笑笑答。

"对不起！"石岳文说。

"走到这一步了，还说这些干啥？"凌笑笑低头，用脚尖在地上划着圈儿。

"要不、要不咱俩吃顿饭吧？好聚——"

"不用了，我下午还要上班。"凌笑笑抬起头，打断石岳文的话，眼中满溢泪水。

石岳文同样红了眼睛说："那你、那你保重！"

"嗯，你也是！"说完，凌笑笑转头跑了。她撕心裂肺的哭声，传到石岳文耳中，像一柄尖刀，不停地剜着他的心。

她在网络聊天室撑天撑地与他相识，她鼓足勇气发短信约他爬山，她在西湖边和他初次相见，她和他在红番茄酒吧谈武论道说金庸，她在高架桥下给他初吻，她去他的出租房做饭一起看电影，她带他去见父母，他们在三个不同的城市举办婚礼，她拿出积蓄支持他办公司，她节衣缩食陪他熬过难关，他们一起凑钱购买和装修那套二手小房子……

然而，这个男人走到半道，却抛弃了她。留下她一个人独自坐在车上，驶向那个不可知的远方……

失魂落魄地回到公司，石岳文一直枯坐在办公室，直到天色渐黑，附近运河上偶尔传来的汽笛声将他惊醒，这才意识到下班了，便取了车钥匙下楼，开着车缓缓而行。

办公园区门外是一个小公园，道旁树木在灯影中影影绰绰，小径蜿蜒的尽头，是坐落在河桥上的凉亭，亭下河水直通运河。这里白天本就幽静，在漆黑的夜里，更透着无尽的凄凉。

石岳文将车停在道边，打开车窗，拿出一支香烟。香烟燃尽，他决定回出租屋独自疗伤。

出租屋外的那条小路，热闹得很。

热火朝天的餐馆，灯光暧昧的洗脚店，门外转动着彩色光柱的理发店，还有药店、水果店……熙熙攘攘的人流，吃饭的、遛狗的、散步的、健身的、下棋的各色人等，形成浓浓的烟火气。

石岳文突然感到很饿，他找个位置停好车，径直来到一家烧烤摊前，点了水煮花生、毛豆、羊肉串、烤茄子等等，外加半打啤酒。

他狼吞虎咽地吃着烧烤，间或拿起酒瓶咕咚咕咚地猛灌——他胡吃海塞，想用这种近乎残忍的吃法，填满内心的虚空……

杯盘狼藉时，石岳文也喝完最后一瓶啤酒——他从没有一次喝过这么多啤酒，百爪挠心般地想吐，眼泪也不争气地流到了下巴。

他扯起袖子擦了把脸，起身买单，跌跌撞撞地回到出租屋。

他躺在床上胡思乱想，自己二十二岁大学毕业，背井离乡辗转三座城市，不要命地打拼奋斗。如今十几年过去，却落得身负债务、孑然一身，结局悲凉又怨得了谁？

他和凌笑笑组成的那个小家庭，虽然只两个人，却使他有牵挂、有为之奋斗的目标，如今这个小家庭散了，他的心便没了归宿。心若没有归宿，到哪里都是流浪。

他耳边又响起素珍当年的叮嘱："儿子，人一辈子就是个混世魔王，你尽管去闯；失败了就回家里来，家里有吃有喝，照样能活人……"

我要回家！我要回家！

石岳文抑制不住地生发出回家的冲动，像连绵不断的海潮般一波接一波。虽然常年漂泊在外，但每次大喜大悲之际，他内心涌动的想法只有一个，那就是回家！

此时的石岳文，就像电影《飘》里的女主角郝思嘉，在城市里混得伤痕累累，最终挽起行李回到家乡，回到那片她自小长大的红土地，从那里重新汲取生命的力量……

第五部 桃花源

1

大学毕业闯荡至今，石岳文离家已近二十年。

辗转三座城市，他经历过颠沛流离的生存困境，领略过春风得意的高光时刻，品尝过爱情的甜蜜也因此伤痕累累，感受过软裘快马的富贵也体验过众叛亲离的落魄。

二十年来，每当他在城里混得久了，就感觉心浮气躁；可是一回到家，就莫名其妙地有了安全感，内心恬淡安宁。

年轻时他心野得灵魂跟不上脚步，如今公司摇摇欲坠、家庭离散，他的心就只剩下一个指向，那就是回家。

石岳文事先没有通知家人，当素珍打开小院的门，看见他站在门口呵呵傻笑时，嘴巴大张着半天没有合拢。

"哎，老石，快过来，你看谁回来了！"素珍朝屋里喊道。

石岳文搂着素珍的肩走进院子，看见屋里走出来的石爱，他的头"嗡"的一声，眼睛睁得老大。

眼前的石爱拄着一根拐杖，站在那里，颤巍巍的。

"爸，这是咋回事？"石岳文疑惑地问道。

"先进屋，咱们进屋说。"素珍说着话，把石岳文拽进屋里。

素珍手忙脚乱地烧水沏茶，拉开冰箱检查后说："你们爷俩先聊，我去下菜场，中午咱们先简单吃点，晚上把斌斌和小妮喊回来全家人聚。"

说完，她急匆匆出门，跨上自行车，风一样地骑去菜场了。

石爱脱下鞋子躺到炕上。石岳文盘腿坐在炕沿边，喝了口水疑惑地问道："爸，一年时间不到，你咋这样了？"

"唉，那天我骑自行车送报纸，被路上的卡车撞了一下……"石爱说，后来他被送去医院检查，腿歇两个月就好了，但是脑CT做出来，却发现他有小脑萎缩迹象。

"小脑萎缩？这是什么病？有啥后果吗？"石岳文问。

"就是脑部退行性病变，先是走路不稳，严重时就只能坐轮椅了。唉，年龄大了，这个病，不可逆的……"石爱说。

"这啥时候的事？咋没听你们提起过？"石岳文焦急地说。

"唉！没啥大不了，人到一定年纪都会有。我和你妈商量要是给你说了，怕影响你工作——你杭州的工作和生活咋样？凌笑笑情况咋样？你俩过得可好？赶紧说来听听……"比起自己的病，石爱更关心儿子在外地的生存状况。

提到凌笑笑，石岳文的心陡然疼了一下，他隐瞒了离婚的事，赞不绝口地夸凌笑笑识大体、知道疼人。石爱听得津津有味，脸上挂着欣慰的笑容。

爷俩正聊得起劲，素珍回来了，蔬菜肉类买了一堆。石岳文一边给素珍搭手帮忙，一边和父母聊天，不大的屋子洋溢着温馨欢快的味道。

石岳斌和石岳华闻讯，不约而同地下午请假赶过来。石岳斌的儿子已经上高中，石岳华的女儿也上了小学。

席间，素珍关切地问石岳文道："你俩结婚都小十年了，笑笑的肚子怎么连个动静也没有，要不你们去医院查查？"

这个老生常谈的问题，素珍每年都要问好几回。以前石岳文都嘻笑着敷衍过去，但是这次他黯然神伤，低下头久久没有说话。

他抑制不住地想把婚姻变故告诉家人，但是憋住了——他不忍打破家里的安宁祥和，何况石爱有病在身。

"正吃中药调理呢，该来的总会来的，急也没用……"石岳文违心回答，随即岔开话题问起农村老家的事情。

六爷爷去世了。老人家鳏居一生，走的时候却儿孙绕膝——金刚像对待亲生父亲一样侍奉他，金刚媳妇也在六爷爷卧床的大半年里，喂汤喂饭、端屎端尿地侍候——六爷爷一个善举，竟意外地改变了自己的一生。

"你看村里人为土地和院墙界线、为赡养老人的事情，总有打架干仗的，以为土地是属于自己的,终了发现啥都带不走,才明白自己不过是个过客。"石爱摇头叹息道,"你六爷爷明白这个道理,不计得失才成善终,这辈子也算圆满了!"

"那石道吉呢?"石岳文问道。

"也真是巧了,你六爷爷走的时候,恰巧石道吉在村里,他为你六爷爷主持了一场风光的法事,村里多少老人都羡慕得眼红。"素珍说。

原来石道吉在道家阴阳术的修炼上越走越远,后来竟抛妻弃子,一头扎进河南牛首山的一处道观——但他终究是凡人,割舍不下一家老小,因此每年都会回村一两次,每次住一两个月。

石道吉在村里时,远乡近邻生病的、逢灾的、遇事不顺的、心里有疙瘩的……都会跑去他那里,指望着他能祛病消灾、指点迷津。石道吉来者不拒,诚心相助,给钱不拒绝,不给钱也不在意。

六爷爷走时,石道吉恰巧在村里,金刚请他去做阴阳法事,石道吉满口应允,他原话是这样说的:"六爷爷是个好人,应该的!"

晚饭吃到九点多,石岳斌和石岳华各自拖家带口回了小家。石岳文帮素珍洗锅刷碗收拾停当,也回屋睡觉了。

尽管石岳文一年回家一两次,但他的卧室始终保留在那里。这次石岳文猝然回家,发现他的卧室照样收拾得干净整洁,心想素珍肯定隔三差五地进来打扫的,不禁神伤。

两天后是周末,三兄妹相约去农村老家看望奶奶。

还是那条黄渠,那条笔直的马路,那一排排方正院墙里的土坯房。只是寒冬腊月,广袤的田野没有丁点儿生气。树木光溜溜的,只有零星几片残叶在微风中瑟瑟发抖。触目尽是一望无际的黄褐色,黄得令人绝望。

奶奶耄耋之年,却精神矍铄,只是头发全白,牙齿几乎掉光。她穿着大裆黑棉裤、青色斜襟大褂,正躺在热炕上小憩。

老爸爸石万和婶婶,坐在外屋的沙发上看电视。屋中央的铁炉上烧着一壶水,嗞嗞地冒着热气。

听见院里的狗叫声,老爸爸赶紧出来,探头看见三兄妹时,露出开心的笑容，手忙脚乱地把三人迎进屋里。婶婶顷刻间倒好三杯水，拿出瓜子、花生等干果招待客人。

寒暄之后，三兄妹径直来到奶奶的卧室。

奶奶撑着身子坐起来，眯着眼睛问："这都是谁呀？"

婶婶在一旁打趣道："奶奶这是眼睛睡花了，你再看看是谁！"

奶奶揉揉眼睛定睛再看，这才把三个影影绰绰的身影瞧个真切："啊呀，斌斌、宁宁、小妮，你们来了哇，好！好！快坐快坐！"

兄妹三人贴着炕沿坐下来。婶婶搬出小炕桌，把茶水和干果重新摆到炕桌上，她边干边笑道："奶奶这两年眼神越来越不好了，上次帮我们封炉子，没看准炉口，结果把一堆煤末子堆在旁边炉台上，生生把炉子给放死了……"

奶奶问这问那，三人耐心作答。时近中午，婶婶在厨房忙活半天，从陶罐中捞出几棵腌酸菜，又翻出几只土豆，加了冻在油中的几大块肥猪肉，烧出几盘菜来，荤素搭配。那是童年熟悉的味道，三兄妹吃得心满意足。

吃完中饭，奶奶午休，婶婶和老爸爸商量去乡镇上买些新鲜菜肉，晚上做顿好的。

三兄妹则去村头小卖部买了罐头、糕点、柿饼等礼物，先去凤花姑姑家里唠嗑，又去金刚家做客，半下午也就晃过去了。

曾经热闹的村庄，比以前萧条多了。

小时候村头小卖部、理发店、村委办公室，冬天农闲时会聚集很多人，老人聊天打牌晒太阳，中年人抽烟聊天议论村里大事，年轻人东晃西荡寻衅滋事，小孩子则没完没了地跑着玩……

而如今，走到哪里都静悄悄的。偶尔遇到一两个佝偻着腰的老人，三五只闲庭信步的鸡，或者谁家院里传来一两声狗叫，那是村里还有活物的证明。

只有村头十几个游手好闲玩耍的小孩，营造出些许生气。

"唉，年轻人都出去打工了，剩下的除了老人，就是留守儿童，村子只有农忙和过年时，才有我们小时候的模样。再这么下去，我们长大的村庄，迟早会消亡的……"石岳斌感慨地说。

"可不是，人终究是具有社会性的动物，喜欢往热闹的地方钻。这要搁在我们三兄妹身上，照样会和村里年轻人一样选择。只是我们运气好，父母早早把我们带离了农村。"石岳文也感慨道。

"可是，哥，这物是人非的景象，我为啥会莫名其妙感到难过呢？"石岳华黯然道。

谁说不是呢？这里曾是他们全部的世界，人们完全自然地生活，就像一只羊、一条狗、一口猪，甚至一棵树那样，自然而然地出生、长大、衰老、死亡。小小的村庄，承载着人们单纯美好的生活，囊括了他们一生所有的故事。

阡陌交通、鸡犬相闻，人们相亲相爱、互相帮衬，面临生存困境，大家拧成一股绳进行抗争。在永恒的痛苦前面，偶有欢乐夹杂其中，又是最为纯粹的情感释放，是人性最美好的表达……

世风日下，人心不古。文明在推动社会进步的同时，却强暴了这延续千年的村庄，不留余地。

走完几家亲戚，三兄妹商量各自去曾经的同学和好友家叙旧，五点半准时回老爸爸家吃晚饭。

石岳文首先想到石道吉，时隔多年，不知道这家伙的修为又到了啥境界。

石岳文更关心的是，曾经石道吉准确地预测了他的发达，也提醒他会遇到劫难，还说他命犯天煞孤星可能会孤独终老，如今都一一应验，下一步怎么走，他想听听石道吉的说法。

石道吉年初已回村一趟，恰巧为六爷爷做了场法事，估摸他应该不会又恰巧在村里。但石岳文心痒难耐，鬼使神差般地想去看一下才甘心。

"吱呀"一声推开石道吉家那扇阔气的院门，石岳文看到的景象和几年前没啥变化。只是那些门窗、柱子新刷过漆，竖幅经幡似乎也重新换过，与陈旧的建筑显得格格不入。

石道吉媳妇头上系着灰头巾，刚喂完后院的猪，提着空桶准备回屋，看见石岳文后怔了半天，疑惑地问："你是？"

石岳文赶紧自我介绍，她才恍然大悟："哦，石岳文啊！这些年没见差点儿认不出来了，快进来屋里坐、屋里坐……"

石岳文坐上朝南那间屋的小炕桌，石道吉媳妇已经麻利地上了瓜子、花生和茶水，忙不迭地说："你先等会儿，我去把他叫来！"

石岳文暗自庆幸，莫不是冥冥中有什么因缘？为什么自己每次想见石道吉，哪怕极小的可能性，却偏偏都能很巧地遇到？

约摸十几分钟，石道吉随媳妇进来。他戴黑色道冠，着青布棉袍，白布袜子提到膝盖，脚蹬黑色棉布鞋，颏下蓄了胡子，仙风道骨的样子，与电视剧《八仙过海》里的吕洞宾有几分形似。

石道吉刚在邻居家帮人家禳灾——邻居家的儿子初中毕业后到县城打工，晚上和同学喝醉酒骑摩托车，结果撞到桥墩上，死了。

那个孩子石岳文记得，小名三胖。他和石道吉上初中时，三胖五六岁，跟屁虫一样黏着他俩，无论冬夏，嘴巴上端总悬着两条鼻涕虫，一副憨相。

石岳文和石道吉唏嘘半天，方才拉起家常。所有的拉家常都这样，先从共同熟知的人和事开始，再到互不了解的人和事结束。

说到儿时玩伴石红旗，石道吉喝了一口茶说："各人的路各人走，冥冥中自有天定，小时候看你和石红旗打架拼命的样子，以为你会像他今天一样，哪里想到你会是一个书生！"

石红旗冬天农闲在家组织赌局，石岳文还去他家玩过。如今他今非昔比，据说豢养了一批打手，不仅组织赌局，而且放高利贷，逼得好多村民倾家荡产；他还承揽修路搭桥的工程，几乎垄断半个乡镇土方砂石的活计……

如今的石红旗趾高气扬，出村入户，屁股下总压着一辆黑色的桑塔纳轿车，光鲜得很。

"一起长大的玩伴，一个积德，一个缺德；一个舞枪弄棒欺压乡邻，一个舞文弄墨教化别人，这人生啊，真是深不可测！"石岳文心里感慨着。

"人一辈子都有定数，就像电视里演的那样，眼看他起高楼，眼看他宴宾客，眼看他楼塌了，落了片白茫茫大地真干净！"石道吉摇头晃脑地说。

石道吉文化不高，但因了做阴阳法事的缘故，闲时练字看书，倒培养出一副文绉绉的气性形格,让全村人更加高看一眼。

"那你看我定数如何?"石岳文不失时机地插话问道。他知道石道吉一旦进入那个悟道世界,想拉回来是要费点工夫的。

"你?"石道吉在石岳文脸上端详一会儿,又要了他的手掌看掌纹,手里掐着诀,缓缓说道:"你这两年好像不太顺,遇上事了吧……"

石岳文惊出一身冷汗,赶紧把公司面临的困境说了一通,只是掐掉离婚的事情没说。他盼着石道吉能指点迷津,就像溺水的人看见救命稻草。

石道吉眼睛半闭,听石岳文絮絮叨叨讲完,才慢吞吞地说:"你之前能赚到钱是走时运,现在你那个行业运势不好,你咋折腾也没用,不如趁早收手!"

他顿了顿又叹息道:"人在发达时才容易栽跟头,如今你已栽了跟头,情况坏不到哪里去了,往后凡事多隐忍,把肚量放大,多积福报,还是能消解的——我早说过你有富贵命,咬牙挺过这个劫数,就又好了。"

石岳文仔细听着,生怕漏掉一句,眼见石道吉不吭声了,方又小心翼翼地问道:"你看我的婚姻呢?"

石道吉摇摇头,看破不说破:"你自己心里清楚,那都是命!"

石岳文彻底服了。

他一直认为石道吉一枚乡野村夫,所作所为只是装神弄鬼养家糊口,骨子里其实瞧不起他,只是软弱无助时来寻一点心理安慰,并没有真的当回事。

如今再度交流,他发现石道吉身上有他看不透的东西,貌似装神弄鬼,但他的话格局很大,那是星辰大海,背后暗藏玄机,凝结着人生的智慧和哲理。

自己大学里学的一点基础哲学知识,在他那里好像只是几个零件。石道吉的思想有独立的系统,因了那些说不清道不明的东西而自成一体,玄得很。

石岳文又试探问石红旗将来的命格,石道吉摇头微笑:"凡事皆有因果,种什么因,结什么果。"

聊着聊着,到了约定去奶奶家吃饭的时间。石道吉挽留石岳文吃完饭再回去。石岳文则力邀石道吉去奶奶家一起吃饭。

相持间,石道吉说:"万事随缘,不强求。"石岳文只好作罢,他把杭州带回来的两条丝巾、两罐茶叶以及村头小卖部里买的几样吃食留给石道吉。

石道吉表示谢意,随口说:"嗯,杭州是个好地方,啥时候有机缘我会去看看的。"

"那真是太好了!"石岳文说,"到时候一定给我打电话,我必须好好招待你才行!"

"呵呵!"石道吉笑着摆手,"你看我这个样子,有啥好招待的,一杯清茶够了,别的也消受不起……"

当天晚饭,老爸爸开了一瓶白酒。爷仨酒还没喝完,姑妈凤花又遣姑父邀去他家吃饭,几个人又浩浩荡荡去姑妈家喝酒。

三兄妹一商量,索性当晚就在奶奶家住下了。

酒足饭饱,老爸爸提议去石红旗家看热闹。冬天农闲,半个村的人都在外打工,留守的人憋得慌,石红旗就在家设赌局引村民去耍。一来二去,他家成了村里的活动中心,有些村民哪天不去逛一圈,就像丢了东西般魂不守舍。

石红旗如今已经不掌骰盅,那些粗活派小弟去干。他则在里屋和老婆卧在炕上看电视,谁输得没钱了,可以去他那里借,借一百元只给九十元,十天之内还回一百元;否则又一个十天后,就得还一百一十元了。

偶尔有人去里屋借钱,或者工程土方承包上的事情向他请示,都毕恭毕敬的。石岳文进去和他打招呼的时候,他正因包工的事情训斥生产队长呢。

生产队长五十多岁,在村里算是有威望的人,但他站在石红旗家的地中央,连边上的凳子都不敢坐。半倚在炕上的石红旗,手指着他骂得口水横飞,他连大气也不敢出。

石红旗和石岳文同龄,生活条件在全村算是最好的,饶是如此,他看上去仍然比石岳文大十岁的样子,抬头纹像琴弦一样,眼眶周边皱纹扎堆,肤质粗糙,脸膛黑红,一口牙被烟熏得黑黄,咧嘴一笑,看得人反胃。

见石岳文进屋，石红旗赶紧下炕，拉把椅子让座，嘱咐媳妇泡茶，转头对生产队长说："你先回喀，那件事办不好的话，给我小心点！"

转脸他又带着近乎谄媚的笑容，向石岳文打问外面的世界，不停地唏嘘感慨，与往日里飞扬跋扈的样子判若两人。

所谓秀才遇见兵，有理说不清，那只是特定情况下的极端事例。从石红旗的态度上，石岳文感受到文化强大的力量，使他在石红旗面前自信得很。他甚至有了当一回救世主的念头，想把石红旗拉回到正道。

"你这些设赌、放债、包土方的生意，公安那边怕是有问题吧？"石岳文问道。

"还好！"石红旗眯眼笑道，"多数时候和他们捉迷藏，过不去的时候塞点钱，大事化小小事化了……"石红旗老到地说。

"你有没有想过做点别的事情？说实话，这些生意——呃，我总觉得风险很大，常在河边走，哪有不湿鞋的道理……"石岳文字斟句酌地说。

"难哪！"石红旗叹息道，"手底下这帮兄弟都是过命的交情，至今还有几个待在班房里，他们养家糊口靠的也是这个……啥叫江湖？人心就是江湖！我不可能全身而退，只能一条路走到黑算尿！"

聊了半宿的天，石红旗说话也有了文绉绉的痕迹，最后竟神色黯然。石岳文蓦然发觉，表面上风光无限的石红旗，对于自己不看好却又无力改变的将来，也有着深深的恐惧。

2

回到银川的日子，石岳文先后拜访了张卫骞、秦雨姗父母、立德教授、黄主任等，又参加了几次同学和前同事的聚会——因为害怕独处时沉重的压力和噬心的痛，他像勤劳的蜜蜂一样四处应酬。

张卫骞早已从新闻行业转为从政,如今已是处级干部。黄主任则在杂志社兼职做校对,挣些外快给孙子买奶粉。秦雨姗父母业已退休,觅了一个在公园看自行车的活计,早晨一起到公园,就把音箱摆在自行车棚外面的空地上,与一群离退休干部叮叮咣咣地跳广场舞。立德教授老当益壮,热衷于出书、被各种活动邀去站台,精神头不减当年。

沉舟侧畔千帆过,病树前头万木春。主宰世间一切的,是时间。

周朝歌生意如日中天,应酬不断。每隔一两天,他会打电话约石岳文吃饭,饭后再去夜总会唱歌。一应开销,都是周朝歌掏钱。

这晚,周朝歌约石岳文去全市有名的贵发饭店吃饭。老板和周朝歌熟识,亲自作陪用餐。当服务员进包厢端上第一道菜时,石岳文傻眼了——那是林玲,他高中时代死缠烂打追求未遂的梦中情人。

林玲还是一头干净利落的短发,鹅蛋脸,只是短发少了光泽,鹅蛋脸也比以前大了一圈,眼中没了当初的神采,手上也不再是精致的皮书包。

她眼睑低垂,把菜放到餐桌中央的玻璃圆盘上随手一转,报出一个谁也没听清楚的菜名,退后两步便出去了。

石岳文的心怦怦跳,眼神始终停留在林玲身上,直到她退出去关上包厢门,这才起身快步跟出去,冲着林玲的背影喊了声:"嗨!"

林玲驻足转身,看见石岳文,脸上露出激动喜悦的表情:"啊!我以为是谁呢吓我一跳,原来是老同学!"

两人亲热地在走廊聊起来。林玲说她高中毕业后,就接班到县城招待所当了服务员。招待所收入低,而且经常拖欠工资,她便咬牙辞职,半年前来这里工作,虽然辛苦,但一个月能多挣差不多两千块钱。

因为要忙着上菜,林玲没说几句就急匆匆地走了,留下话说石岳文哪天有空,约几个同学一起吃顿饭,她请客。

回到包厢,周朝歌疑惑地问:"哥们儿你咋了,刚出去走得那么急?"石岳文难为情地指指肚子,搪塞过去。

席间林玲进来上菜,低眉顺眼的同时,偷偷瞅石岳文两眼,眼神瞬间变得温暖而有神采。石岳文想找机会和她说话,甚至想提议林玲坐下来一起吃

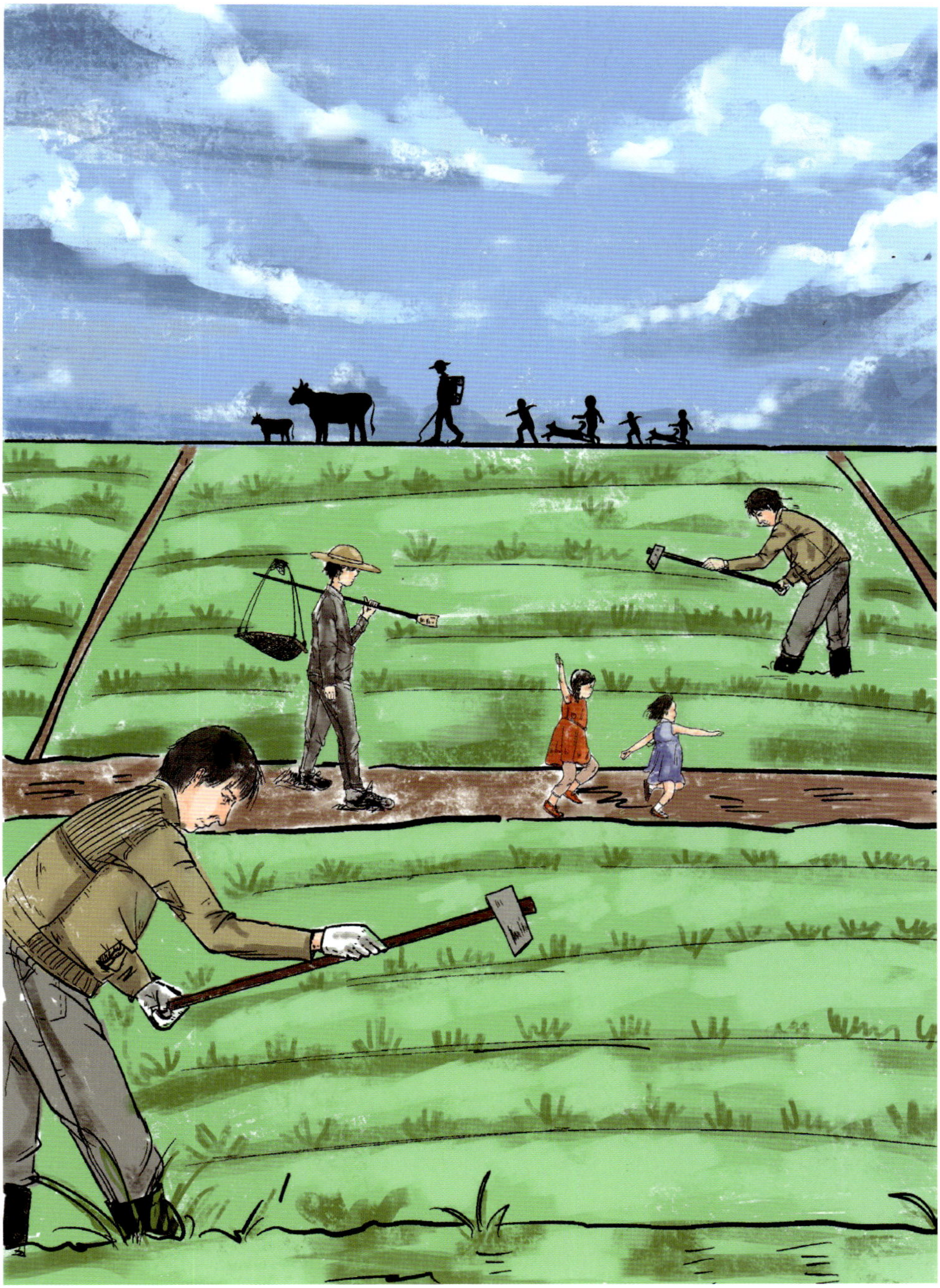

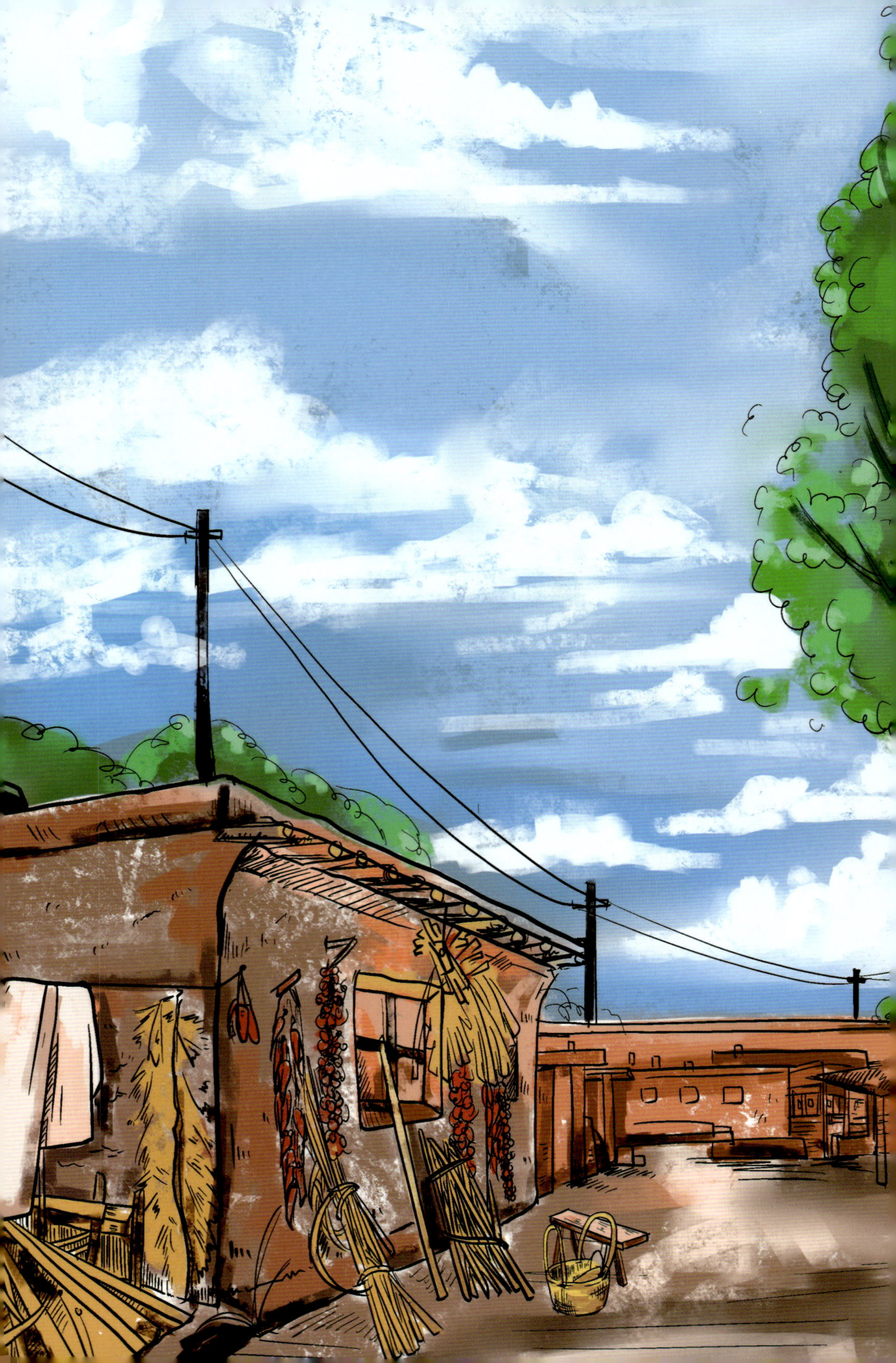

饭，但碍于她职责所在，而且担心林玲面子挂不住，硬忍住没说。

席终人散，石岳文瞅机会将贵发餐厅的老板拉到一旁，一本正经地作揖说："老哥，刚才那个上菜的服务员是我高中同学，麻烦你多关照哈。"

"哦，你同学啊！"贵发老板做恍然大悟状，热情地说，"没问题、完全没有问题！兄弟你的事就是我的事，哥一定给你做漂亮了！"言罢，他还做出个暧昧的表情，就是你俩指定有啥破事的意思。

去红都夜总会的路上，石岳文回想遇见林玲的一幕，慨叹命运造化，心想如果自己能力够的话，会帮她过上好一点的生活。但转念又觉得不现实，就像自己的兄妹，在各自的轨道过着不富足却安定的生活，自己其实帮不了啥忙。

况且自己混得并不牛，而且一地鸡毛，只是表面上瞧着光鲜罢了。

周朝歌见石岳文心不在焉，又一次问石岳文咋回事。石岳文便如实相告。

"哥们儿，你是个善良的人。老话说'穷则独善其身，达则兼济他人'，但各人各命，有些事你勉强不了。"周朝歌若有所思。

石岳文黯然，他认同周朝歌的观点——自己的亲生弟弟王宝，就是活生生的例子。

王宝初中毕业回家务农。石岳文毕业当了记者后，有一次趁采访的机会去邓红军家，托邓红军把王宝约出来见面。

几个人在邓红军家喝得七荤八素，石岳文借着酒劲把王宝的身世和盘托出。兄弟相认，抱头痛哭。临走，石岳文要了王宝的电话号码。

一周后，石岳文找到编辑部主任，谎称王宝大专毕业，请求接收王宝为实习生，自己亲自带他——他想把自己的亲弟弟，从农民改造成记者。

然而才过一个月，王宝沮丧地对石岳文说，他打算放弃，想回家继续种地。

石岳文大发雷霆，咆哮说王宝是扶不上墙的烂泥，雕不成器物的朽木。自己千方百计帮他争取机会，又费心费力地带他，只要他吃得下苦，哪有干不成的道理?!

然而王宝就是低头不回应，每次石岳文洗完脑后问他要不要改变决定，他都固执地说想回家种地。

"哥,你就让我回家种地吧。你们这里都是大学毕业的高才生,我一个初中生真的抬不起头,感觉比蹲监狱还难受。再说出去采访写稿子,你在那里和人家谈笑风生,我就像个傻子一样提不出问题,东西也写不出来……"王宝被逼急后说的一番话,令石岳文哑口无言。

是啊,那就是他的人生,准确地说他的人生已经定格。如今王宝在村里除了种地,还承包了十几亩鱼塘,买了摩托,娶妻生子,是小有名气的能人。

农闲时他和伙伴喝几瓶劣质老酒,吹些不着边际的牛。他也偶尔到集市上闲逛,不忘给老婆买块方巾、给娃买几颗糖果,在妻儿欢天喜地的惊呼中感觉自己是个英雄……

幸福就是幸福,哪有什么高低贵贱之分!

石岳文意识到,王宝像水里的鱼,而自己像树上的鸟,除了骨肉亲情外,往后余生不大会有交集。于是,自己也就刻意尽量不打扰他的生活……

胡思乱想间,周朝歌已经在夜总会停车场泊好车。两人像往常一样,带着朋友大摇大摆地进去。

大家都清楚,无论谁买单,来这里消费肯定要被狠宰一刀。平时活得像条狗,而在这里短暂的几小时,他们是帝王,因此每个人的角色迅速调整到位。

夜总会大堂装修得金碧辉煌,两排手提坤包、身着高衩旗袍的美女一字排开,看见一行人走进,齐刷刷鞠躬道:"老板好!"

周朝歌随手一指,被点中的美女亦步亦趋紧跟上来,噌噌地赶到前面领路、按电梯、开门。她的岗位是DJ,专门负责帮客人点歌。

进入包厢,一面墙上镶嵌着超大屏幕的大彩电,对面是一溜气派的长沙发。黑色大理石桌面的茶几上早已摆好果盘、纸巾盒、骰盅、酒杯等。少顷,一位裹着紧身旗袍花枝招展的女人走进来,身后跟着一溜身着黑超短裙的陪酒小姐,足足有十几个。

陪酒小姐们搔首弄姿、顾盼生情,盼望着能被恩客点到。五百元的小费被夜总会扣掉五十元台费后，剩下全是自己的，等于这一晚没有白来。偶有长得俊俏或精力旺盛的，一晚能坐两个台，收益翻倍。

大概因为花费太高不想吃亏的缘故，每一拨客户的精力，比午后才起床的陪酒小姐还要旺盛，不折腾到深夜甚至凌晨不罢休，所以陪酒小姐一晚上坐两个台要靠运气。

有的陪酒小姐耍小聪明，同时陪两个包厢，俗称"串台"，动辄就要玩消失，结果惹怒客户引发冲突的事情屡见不鲜。

酒量好是陪酒小姐打底的本事，察言观色撒娇卖萌是她们的看家本领，此外有歌唱得好的，骰盅摇得好的，口才很棒的，不一而足。至于颜值，那是衡量一家夜总会是否高端的重要指标。

红都是这座城市的顶级夜总会，陪酒小姐个个身材高挑、蜂腰肥臀，一双艳波乱飞的眼睛，没多长时间，每人身旁都坐了一位。

唯独石岳文身边没有。周朝歌清楚他有心事，也不勉强，起身带了陪酒小姐坐过来，陪他摇骰盅喝酒。

这是两个人最喜欢玩的游戏，内容就是猜测对方加上自己的骰盅里，究竟有几粒点数一样的骰子。每个人的胜算至多50%，另外50%的概率全凭对方的动作表情和一轮轮叫出的数字判断，要命的是很可能对方叫出的数字也是欺诈。

因此这种游戏想要赢，除了靠运气外，既要倚仗自己的伪装能力迷惑对方，又要凭准确的判断力推断对方的数字，特别烧脑。

第一轮12局石岳文输了10局。周朝歌看他不在状态，就和别的朋友去玩了。石岳文独自坐在沙发上抽烟，偶尔点一两首歌唱。

一伙人玩得正酣，夜总会妈咪进来敬酒。所谓"妈咪"，就是这些陪酒小姐的头领，除了从陪酒小姐身上提成五十元钱台费外，夜总会还得额外给妈咪发工资和酒水提成。因此混得好的妈咪，夜总会老板都不敢惹，否则等于摇钱树倒了。

然而妈咪来到石岳文面前敬酒时，两人同时愣住了。

无巧不巧，这个连夜总会老板都惹不起的妈咪，竟然是杨丽——石岳文的小学同学。

杨丽穿着堪堪遮到大腿根部的短旗袍，左手夹一根香烟，右手端着红酒杯，保持着半弯腰的姿势，愣在那儿。

"是你？"

"是你？"

两人不约而同地问了对方一句。谁也没想到，他们居然在这种地方、以这种方式相遇。

石岳文大睁着眼，脑海中迅速回溯到小学五年级杨丽插班时的样子：一张略圆的瓜子脸，干净整齐的齐耳短发黑亮地飘出一弯刘海，忽闪闪的大眼睛满含笑意，皮肤略黑但很干净，鼻翼微翕、鼻梁挺翘，嘴唇略厚、两端微微上翘，下颏一粒小痣可爱地点缀着生动明朗的面部……

那时的杨丽，穿一件干净且没有褶皱的蓝粉两色方格子上衣，蓝色长裤下面是一双黑色的人造革皮鞋，鞋带上缀着两颗可爱的粉色毛线球。

可如今，天晓得他是怎么认出杨丽的，可他就是认得！

杨丽掐灭烟，把红酒放在茶几上，委身坐到石岳文身边。石岳文立马嗅到一股清香，伴随清香入眼的，是那张依旧生动的脸，漆黑的眼眸、翘翻的刘海。

因为施了脂粉的缘故，杨丽光彩照人，更增加了魅惑的韵味。她在这种夜总会混得久了，身上自然带着一股霸道的气场，哪怕她态度谦逊，照样会令对方心旌动摇、不敢小觑。

石岳文也感受到这种气场，为掩饰自己的慌乱，他不自然地挺了挺身子，一只手搭在膝盖上，另一只手端起茶几上的啤酒，侧转身体和杨丽碰杯。

"啧啧！你还是这么漂亮。来！咱们先走一个！"石岳文故作镇定地拍马屁。

"好！"杨丽顺手端起桌上的一整杯红酒，一饮而尽。

旁边小助理见状，摇摇杨丽的胳膊劝道："姐，你不能这么喝，后面还有好多场子要敬酒的！"

"少啰嗦！"杨丽不耐烦地扬扬手说，"今晚后面的场子我都不去敬酒了，你去找那个谁谁，你俩一起去对付就行了。"

"姐——"小助理为难地站在那里，无奈地央求道。

"我的话——你没听清楚吗？"杨丽板起脸。

小助理马上听话地点点头，唯唯诺诺地退后两步出去了。

气氛有点尴尬，石岳文清清嗓子，欲言又止地问道："老同学，你怎么——？"他不知道后面的话怎么接下去，便用手指了指地下。

"哦，你问这个呀！"杨丽顿了顿说，"我原先上班的厂子倒闭了，娃要养活，老公又不争气，你说我咋办？后来有小姐妹在这里上班，我就跟她来陪酒赚钱，混来混去，就成了你今天看到的这副样子……"

从杨丽的描述中石岳文得知，她原本在一家酒吧上班，因为人长得漂亮，又仗义，结交了一群小姐妹。后来她认识了这家夜总会老板，两个人便谈定合作关系，把小姐妹拉到这里来坐台，至今已两年多。

"你看！"杨丽撸起袖管，露出胳膊肘处一道香烟盒长短的伤疤，狰狞外翻，触目惊心。

"就因为我把女孩都拉到这边坐台，那边酒吧老板不乐意，拉了兄弟来算账，才留下这道刀疤。我又不是吃素的，当即抢刀给对方砍回去了……这件事情的结果，就是我把这个场子给镇住了，这两年倒也平安无事。"

杨丽说得云淡风轻，石岳文听得心惊肉跳。

包厢有杨丽坐镇，其他坐台小姐自然殷勤卖力地表现。杨丽也一展歌喉，唱了好几首歌。一时间莺声燕语，活色生香。

大家唱得正嗨，突然"咣"的一声，包厢门被踹开。一个喝多酒的醉鬼，反靠在门上，乜斜了眼睛，色眯眯地盯着几位花枝招展的坐台小姐。

醉鬼跌跌撞撞地走到茶几前，端起一杯酒，顺手搂住一位小姐的脖颈，嚷着要小姐陪他喝酒。油嘴使劲往小姐脸上蹭，那只肥腻的手已经顺着小姐的脖子窜到胸上……

大家一时没反应过来，呆若木鸡。杨丽缓缓起身，厉声问道："你谁呀？跑这里撒野，给我滚！"

醉鬼松开那位惊魂未定的坐台小姐，淫笑着朝杨丽走来，嘴里不干不净地说着："哟！这个妹子长得还真是漂亮，今晚你陪大爷一晚，保证让你爽歪歪，大爷有的是钱——"

"啪"的一声，醉鬼话音未落，脸上已经多了几道鲜红的指印。

杨丽一个大嘴巴子抽出去后，顺势抄起茶几上的空酒瓶，冲着醉鬼脑门抡上去。

酒瓶碎裂，醉鬼双手抱头蹲了下去，杀猪一样号叫着。殷红的血顺着指缝流得满脸都是，狰狞恐怖。

包厢外呼啦啦冲进来几个人。领头的寸头纹身，颈上挂着金链子，怒气冲冲地叫嚣："谁这么大胆，敢打我们老大……"

杨丽双手抱胸，面色阴沉，目光冷冽地注视着眼前那帮混混，一动不动。

"丽、丽姐……"在摇曳昏暗的灯光下，领头混混总算看清楚杨丽的脸，突然间舌头僵硬，说话也不利索了。

"带上你的人，马上滚！包厢费不用结了，就当赔你们的医药费。"杨丽一字一顿地说。

"好的、好的丽姐！"领头混混点头哈腰、唯唯诺诺，招呼后面的兄弟扶起那个醉鬼，麻溜地消失了。

包厢里一众人等仿佛石化般，被眼前的一幕震惊了，反应过来后，纷纷端起酒杯给杨丽敬酒，溢美之词纷至沓来。

"今天对不住啊，扫了大家的兴。你们放开喝，所有包厢酒水费我来买单，算是给大家补偿！"杨丽大气地说。

"哪能让你买单呢！"周朝歌慌忙说，"今天有幸结识你，遇到这种糟心事，三两下就摆平了，否则真不知道要闹到啥地步呢，咋能让你破费……"

周朝歌坚持买单，杨丽知道这关乎男人的面子问题，也就由着他了。一切就像没发生过一样，大家继续又喝又唱，直至约摸凌晨一点，才尽兴而归。

散场之后，杨丽问石岳文："你住哪里？"

石岳文犹豫说："本来我打算回县城老妈那儿住的。可现在太晚了，我怕打扰她，还是开个酒店睡一宿好了。"

"那我送你！"杨丽说着，跟其他人道别，带石岳文上了她的红色奥迪轿车。

不知是否刻意为之，杨丽车里播放的音乐，是邓丽君的《甜蜜蜜》：在哪里，在哪里见过你，你的笑容那样甜蜜，我一时想不起，啊，在梦里……

车用空调打着暖风，这首歌在狭小的空间里缓缓流淌，石岳文一时竟感觉回到了当年那个时代——

她在班里俏皮地自我介绍，他的小心脏扑通通狂跳；她在她家门口的小河钓鱼，他们相约去教室里的课桌上打乒乓球；他想送她一副乒乓球拍，她送他一只蛋壳做的不倒翁；她初中时打架被学校开除，又送他一只蛋壳做的不倒翁……

仿佛心有灵犀，两个人一路都没有说话。

因为喝多了酒，加上一路颠簸，石岳文有些难受，在酒店门口下车后，蹲在路边的花坛边干呕。

杨丽帮石岳文开了间大床房，一路搀着他进了房间。开灯后，杨丽三两下帮他换好拖鞋，又把他的衣服扒得只剩秋衣秋裤，然后扶进洗手间，叮嘱他洗个热水澡。

站在温热的喷头下，石岳文逐渐清醒。他胡思乱想一通，想象着后面可能会发生的事情，下面陡然硬起来。

他转念沮丧地想，或许只是自己一厢情愿，杨丽送他只是关心小学同学的安全，别自作多情，搞得尴尬不已——突然间他想到了凌笑笑，心里顿时像针刺一样痛，痛得他腰弯成一只虾米。

洗完澡，石岳文怀着矛盾的心情，重新穿好秋衣秋裤，出了卫生间的门，不声不响地拉开被子躺床上去了。

杨丽烧好开水，倒出一杯放到床头柜上，和颜悦色地说："你喝多了酒，半夜醒来会口干，喝些水好很多。我先走了，你好好睡……"

杨丽正说着，石岳文鬼使神差地伸手拉住她的胳膊，双眼定定地看着她。

他终究没能忍住。生活已经烂成这样，还有啥好忌讳的？！索性放过自己任性一回，今朝有酒今朝醉……

杨丽叹口气，缓缓坐在床沿，幽怨地说："其实晚上看到你时，我就感觉咱俩之间可能会发生点什么——唉，这就是命！"说罢，她抽手把灯光调暗，开始窸窸窣窣地脱衣服。

杨丽身材秀丽挺拔、前凸后翘，当她反手打开拉链褪下旗袍时，粉色颤动的胸罩、粉色有蕾丝花边的小内内，磁铁般牢牢吸住了石岳文的眼睛。

"还看！你还看！"杨丽伸出两只手指假装嗔怒地要戳石岳文的眼，随手解开胸罩，甩到他脸上，扭着腰肢去洗澡了。

听着洗手间哗哗的水流声，石岳文心怦怦跳。他不晓得一会儿看见赤条条的杨丽，自己该有多狼狈，索性拉开胸罩放在枕头边，用被子蒙住头，竖起耳朵忐忑不安地等着——内心又一个自己，却惴惴不安地盼着她洗好澡离开。

灯光随着开关响动的声音灭了，石岳文感觉被子一掀，一个细腻光滑的身体滑进来，紧贴着自己，像棉花般轻又像木瓜般紧实的两团温热，在身侧挤得自己喘不过气来。

石岳文紧张得绷直身体，两只手不知放哪里好，就感觉有只胳膊从脖子下面穿过，两片湿润的嘴唇已贴到脸颊，慢慢地从耳根、到鼻子……柔滑的舌头顺势探进自己口中。

石岳文的意识开始变得混沌，不知不觉地腾出手，一只手抓住压在胸侧的两团温热，来回地摩挲着。他另一只手，则无耻地顺着脊背下滑到腰际，再到弧形的臀部，去花园深处流连……

自己身下早被一只小手攥住、引导着，伴随着她销魂蚀骨般的一声嘤咛，陷入汪洋……

石岳文醒来时，太阳已经明晃晃地挂在窗外。

他头疼欲裂、口干舌燥，顺手端起床头柜上那杯水，仰脖咕噜咕噜地喝了个精光，随即又一头扎倒在床上。

他浑身像是被抽干一样，挤不出一丝力气。

石岳文模糊记得，自己头天晚上喝多了酒，迟迟达不到高潮，愈发神勇，直把杨丽折腾得欲仙欲死。也就是她狂浪的叫声与魅惑的身体实在难以抵挡，才使他在最后一刻喷薄而出……

后来，就记得杨丽在他耳边絮絮叨叨地说了很多话。至于她说了些什么，石岳文完全不记得了；自己说了什么，也一句都回忆不起来。现在回想，应该算是间歇性失忆。

他恍惚记得，又过了不知多长时间，杨丽起来窸窸窣窣地穿衣服。她离开时说的话，他倒是记得很清晰：

"这种地方，你以后少来为妙，都不是什么好人。还有，你说的那些醉话，我就当没听过，以后你自己多保重……"

此刻的石岳文，像展开的章鱼一样瘫在床上。他反复回想杨丽最后的话，内心被巨大的空虚和悲伤吞噬……

3

石岳文回老家舔舐伤口，只是短暂地逃避压力和悲伤，其实他无处可逃。再度回到杭州，公司的经营状况没有丝毫改善。

吃饱喝足，回家睡觉，凌晨三点醒来，便习惯性地去客厅沙发上呆坐着抽烟。这种情况已经持续很长时间，每晚两三点钟，他就像设了闹钟一样醒来，而且头脑异常清醒，熬过一两个小时后，再度爬回床上睡个回笼觉。

上班时便无精打采，脑袋蒙蒙的，有时甚至嗡嗡作响。

从早晨醒来到晚上睡觉，他随时可能接到员工打来的电话，要么催讨佣金，要么被裁员后讨说法，以至于手机一响，他会条件反射般感到紧张。

除吉巷里外，公司另外两个项目也令他寝食难安——公司整合中介门店带客看房，让客户缴纳团购服务费，再把团购服务费支付给中介门店。虽然业主购房时承认团购服务费，但交房后，却出尔反尔地把公司告上法院，要讨回这笔钱，甚至在微信圈发动业主群诉。

公司收取的团购费，大部分已支付给中介门店，剩下的利润也就10%-15%的样子，如今业主索要的却是100%。只要官司输掉一场，公司就可能赔个底朝天。

接洽新业务又困难重重。没有风险的项目，开发商大都自己做了；即使有机会接到个把低风险项目，对方也要求支付大笔履约保证金；履约保证金少的，又得送出高额回扣。

就像在股市被套牢一样，彼时的石岳文根本没有能力补仓，最终被逼无奈选择退出。

因为互联网蓬勃发展，个别网站及网络APP通过信息传播技术控制流量，几乎垄断所有中介门店，号称要消灭中间商的同时，自己做了最大的中间商，霸道地赚着大笔的差价。

互联网公司侵袭房地产销售行业只是冰山一角，实际上他们早已对大量传统行业下手，如同水银泻地无孔不入。即使政策和专业壁垒很高的银行业，都感受到危机。

山雨欲来风满楼！石岳文的公司，四面楚歌，风雨飘摇。一系列重压下，他的精神状态每况愈下。销代公司业务停摆，广告策划和公关活动业绩滑坡，没几个月，又是几十万元的亏损。

石岳文几乎病态地一次次翻看财务报表，一次次惴惴地希冀额外发现一笔救急的钱，又一次次失望地为大笔的应付账款发愁。

每次他叫来财务对账，那种眼神搞得财务也很紧张，感觉公司亏损的那些钱，都被财务贪污了似的。

财务实在憋不住了就说："老大，你如果不相信我，索性找第三方查账得了，别弄得好像这些钱都是我拿走的一样，或者你干脆另外找个人来干……"

这时候的石岳文，脸憋成猪肝色，一句话也说不出来。

这天晚上下班，石岳文没约到公司同事，便独自在出租屋楼下大排档点了两个菜、两瓶啤酒，落寞地喝着。

一个熟悉的身影在对面坐下，提起酒瓶倒出一杯啤酒，一饮而下。

是舒婷！

"怎么不接我电话？是要和我绝交吗？"舒婷半开玩笑地说——自从两人上次不悦的谈话之后，再没见过面。舒婷多次打电话发微信，都石沉大海。

石岳文怔怔地看着舒婷，看着看着，眼泪顺着脸颊流下来。他以手掩面擦掉眼泪，端起桌上的酒杯一饮而尽，低头默不作声。

舒婷想不到石岳文这种反应，一时间手足无措，吃惊地问道："你咋了？"

"没咋，喝酒呢！"说罢，石岳文又倒了杯啤酒一饮而尽。

冰雪聪明的舒婷心里清楚，石岳文这时的情绪已在崩溃的边缘，明智的做法，就是默不作声地陪他喝酒。

两个人你一杯、我一杯，直到酒瓶喝空又叫了两瓶喝完，彼此都没有说一句话。意兴阑珊地喝完酒，石岳文起身结账，转头对舒婷道："我回家了，你也回去吧。"说罢，他转身朝出租屋走去。

舒婷不说话，默默跟在石岳文后面。行至半途，石岳文转身对舒婷道："你怎么还跟着我？咱俩已经没有关系了！"说罢，他自顾自又往前走了。

走了几步后，见舒婷还跟着自己，石岳文生气道："你到底想咋样嘛?!我现在婚也离了、房子没了、公司也快没了，就剩下这条烂命——我配不上你，难道你不清楚吗?!"

"对、对不起——"舒婷嗫嚅道。石岳文公司及生活的变故，其实她早有耳闻，只是没想到他反应这么激烈。

"没啥对不起的！"石岳文粗暴地打断，"我之前确实招惹过你，是我不对，该说对不起的人是我！但我现在这个样子，根本不值得你在意，咱俩之间没有可能，麻烦你不要再跟着我了，让我静静好不好……"

舒婷还想说什么，被石岳文用手势止住。她僵在原地，眼睁睁看着石岳文跌跌撞撞地消失在小路转角。

石岳文眼下的状态，舒婷非常心疼。她这次主动来找石岳文，就是想看自己能否帮他一把。但她也怀着矛盾的心理，左右为难：以石岳文目前的状况，父母决计不会同意他俩在一起；而石岳文自尊心强，又很敏感，不但不会攀她这根高枝，反而会刻意躲避她。

此时的石岳文也心潮起伏，他渴望得到安慰，却又不愿舒婷看到自己这副狼狈相。尊严是他的底线，除了赶紧逃离，他别无选择……

这一年里，石岳文挥霍公司不多的流动资金，带着猴子频频出没于各种娱乐场所。生活已经烂成这样，还能怎样？索性今朝有酒今朝醉，通宵一醉解千愁。

很多个晚上，他在夜总会把自己灌得七荤八素甚至人事不省，有时候又满嘴污言秽语，甚至对服务人员动粗，搞得那些资深陪酒小姐见到他躲着走。

他通宵达旦地麻醉自己，偶尔让猴子提醒他早点儿回去，却往往吃完早点才回去。

这个冬天，漫天大雪，石岳文应邀去猴子父母家吃杀猪饭，喝得酩酊大醉，回家路上吐得满身都是，他居然脱掉脏衣物在马路上狂奔，还不停喊着"冻死我了、冻死我了……"

猴子费尽九牛二虎之力将他拖上车，脱下外套给他披上，他第一句话竟然是："带我去夜总会，我要去唱歌……"

确实，他已无家可归。

除了夜总会，还有哪个地方可以令他的痛苦减轻一点呢？他的行为有多出格，内心就有多大的悲伤！他就像一只乌龟，把自己的头，深深地缩进厚重的壳里。

没错，他在逃避！逃避离婚带来的伤痛，逃避公司经营带来的压力，逃避自己那颗无处安放的心。但每一次逃避，都带来更加猛烈的反噬。

抽刀断水水更流，借酒消愁愁更愁！

生活仍将继续，他无处可逃。只有夜总会那个花名叫作ROSE的陪酒小姐，能给他一丝心理安慰。

ROSE第一次坐石岳文的台，是被其他陪酒小姐硬推进来的，因为她是新手。她对石岳文的大名早有耳闻，惴惴不安地坐在他身边，双手扶膝。

彼时石岳文第一场已经喝多，红着眼睛坐在宽敞的沙发上，怔怔地发呆。

ROSE心里稍稍安稳些，起身给石岳文倒了杯白开水，又拿条热毛巾帮他擦脸，这才端起酒杯怯怯地说："老板，我敬您一杯吧，您喝白开水就行！"

石岳文端起白开水抿了抿，有些烫嘴。ROSE满满一杯啤酒一饮而尽，正襟危坐。

沉默半天,石岳文眼睛盯着电视上的卡拉OK画面突然问道:"你新来的?"

"是的,老板,我今天第一天上班。"ROSE忙不迭地回答道。

"好端端的干点啥不好,干吗来这种地方!"石岳文面无表情。

ROSE低头,不知道怎么回答。父亲长期瘫痪在床,弟弟又因为盗窃被关进监狱,刚刚大专毕业的她,实在找不到短时间内来钱快的工作。

"嗯?怎么不说话?"石岳文转头盯着ROSE问道。

ROSE头垂得更低,她鼓足勇气小声道:"每个人都有身不由己的地方——咱们、咱们还是喝酒吧!"说完,她倒了杯酒自顾自地一饮而尽。

夜总会的陪酒小姐,身上粘上毛比猴都精,大都惯于察言观色,擅长讨老板欢心,言行举止中自带妩媚与放浪。而眼前的ROSE清纯老实,如同污浊浑水中的一股清流,令石岳文刮目相看。

当晚,石岳文一直客气地与ROSR碰酒聊天,全然没了往常动手动脚以及胡搅蛮缠的霸道作风。

此后石岳文到夜总会唱歌,必然点ROSE的台。如果ROSE碰巧不在,他也不让其他陪酒小姐坐在身边。ROSE对石岳文也殷勤备至,替他挡酒,扶他上洗手间,拧毛巾擦脸,逗他开心……有两次石岳文碰巧钱不够付不了小费,她也大方地手一挥表示不要了。

有一回,夜总会的老板喊ROSE过去喝酒,而ROSE正在坐石岳文的台,征得他同意后,她出去后很快回来,脸上多了一个红色的掌印。

石岳文问她咋回事,她说老板喝酒时动手动脚,她直接把酒杯砸了,结果老板甩了她一个耳光。

石岳文酒劲上头,立马起身,说啥也要给ROSE讨个说法。ROSE死命拉住他,威胁说他如果出这个门,这辈子休想再见到她。石岳文摸摸ROSE被抽的那张脸,痛惜地说:"要不你就别干了吧!这种肮脏龌龊的地方不适合你……"

"我不干你养我啊?"ROSE扑哧一乐说。

"我养你呀!"石岳文夸张地大笑。可是,他靠什么养人家呢?自己泥菩萨过江自身难保——他笑着笑着，眼角泛出一颗泪，随即用手胡乱抹掉，端起桌上的酒杯道："来！喝！咱们不醉不休！"

"唉！你这个傻瓜……"ROSE叹息，端起酒杯一饮而尽。

问话的人没有当真，回答的人也没有认真，两人怀着身不由己的苦衷，哪怕是互开玩笑，也比虚情假意的逢迎更让彼此感到安慰。当晚，ROSE下班后随同石岳文去了他的出租屋……

几天后的一个深夜，石岳文正躺在出租屋里醒酒，收到ROSE的微信："你在哪里，我想过去找你。"

"已经睡了！"石岳文回复。

随即，他收到ROSE发过来的一张微信截图，那是她和客人的一段对话。

客人："妹子，今晚跟我走怎么样？给你一万！"

ROSE："大哥真是大方！但有个客人说给我两万我都没去！"

客人："那我给你三万怎么样？"

ROSE："可是我男朋友来接我了……"

石岳文哑然一笑，心里涌上一股温暖的感觉，他随手开玩笑地回了一个微信："可是我没有钱呀。"

"没有钱，我养你呀！"ROSE回复。

石岳文又发一条："我不是那种人！"

ROSE回复："一个月包吃包住，给你零花钱，还要陪睡，它不香吗？"

石岳文咧嘴笑了，他随即打出一连串字发过去："妹妹，我是有底线的！我的底线就是——遇见真爱我会大声说出来！"

放下手机，石岳文心想：自己爱ROSE吗？答案是喜欢但谈不上爱。自己会和ROSE在一起吗？答案是绝无可能。两个人的相处算什么？答案是逢场作戏，双方都知道没有结果，但同病相怜、彼此给对方一点温暖和安慰……

同是天涯沦落人，相逢何必曾相识！石岳文长长地叹口气，给ROSE回复微信："来吧，我在家。"

石岳文用公司账上所剩无几的钱，通宵达旦地买醉，他对公司已经不抱希望，就像即将上战场的老兵，想着自己可能再也回不来，便在出征前夜放浪形骸。

上班时他又满身酒气、萎靡不振，他不知道自己能做什么，索性糊里糊涂地等着头顶那柄达摩克利斯之剑掉落下来，清醒反而意味着更大的痛苦。

这天临近下班，石岳文接到舒婷电话，邀他一起吃饭。他张口拒绝——他固执地在心里把她做了删除处理。

哪知舒婷执拗地说："我已经在你公司门外等着了……"

坐上舒婷那辆玛莎拉蒂，石岳文莫名其妙地有了自惭形秽的感觉，这在以前从来没过。他沉默不语，眼睛别向窗外。

"咱们好久没在一起吃过饭了。"舒婷说。

"嗯！"石岳文不置可否。

车子穿过川流不息的城市，穿过一条长长的隧道后向右一拐，便上了去梅家坞的路。

道路两侧巨树林立，绿荫后面一幢幢造型精巧、风格各异的小楼，干净的院子里摆着圆桌或方桌，等着客人来喝茶、吃饭。沿着山坡缓缓上升，是连片的茶田和树林，连绵起伏，在落日余晖的映衬下，泛着褚色的光。

置身这世外桃源般的山坞中，石岳文的心情变得宁静、祥和，他喃喃道："几亩地、一幢楼，院里再养一条狗，这才是享受生活！"

舒婷"扑哧"笑了："是呀，我以前如果有啥烦心事，就会来这里逛逛。咱们吃完饭，也在这里走一走吧……"

店老板显然和舒婷相熟，特意把两人让到院里一棵大梧桐树下，干净麻利地摆好桌椅，沏上两杯上好的龙井茶，端盘瓜子往桌上一放，就颠颠地到后厨准备饭菜去了。

"最近公司状况有改善吗？"舒婷先打开话匣问道。

石岳文强笑说："胜败是兵家常事，做生意哪有只赚不赔的道理，执念太深害人害己，该认输的时候就得认输，从哪儿跌倒就趴哪儿算了……"

"扑哧"一声，舒婷被逗笑了。她以手掩口，小心翼翼地话锋一转："这个时候最要紧的是心态，你、你看我有能帮忙的地方吗？"

搁在以前公司的发展状态，石岳文肯定会心花怒放，因为那意味着公司会发展壮大，但现在他面临的状况是，人家要拿钱帮他填窟窿，借出去的钱会像肉包子打狗般一去不回，而且进不了他的口袋。

"哦，不用不用！公司撑得下去……"石岳文淡淡地说，他已经做好后半生负债的准备。

说话间菜已上桌，竹笋土鸡煲、腌笃鲜、梅菜扣肉、炒地衣、蒜蓉炒空心菜、白灼河虾，每一样都是道地的农家菜，色泽纯正，香气浓郁，味道鲜美。

舒婷因为要开车，不喝酒。石岳文觉得啤酒劲道不够，索性点了瓶白酒，想着喝不完就带回去。

结账时，石岳文没能抢先——他已经喝得晕乎，舌头都捋不直了。

临走前，舒婷从包里掏出一张当地知名健身会所的会员卡，递给石岳文道："我帮你办了张健身卡，空的时候可以去锻炼锻炼，放空下自己，夜总会那种地方少去为好……"

"哦！"石岳文胡乱应声，接过卡片揣进兜里。他没听清楚舒婷说什么，也不清楚她送给自己的是什么。他的注意力全在自己身体上，为了平衡脚跟上的重心，他努力将腿绷直，还是踉跄着向后退了几步。

上车后，他摇下车窗，耳边清凉的风吹过，不但没有清醒，反而恶心得想吐。

路上，舒婷絮絮叨叨说了很多话，大意是她下定决心帮石岳文走出困境，将来一起同甘共苦，哪怕和父母断绝关系也在所不惜……她渴望石岳文能给她积极的回应，给她破釜沉舟的力量和勇气。

然而她没有得到回应。石岳文根本没在听——他硬撑着不让自己睡着，他所有的意志力，都在控制自己不要吐到车里。

不知过了多久，舒婷把车停在路边，问道："你今天喝多了！要不、要不你今天就别回去了？你一个人回去我不放心！"

"我要回家！我要回家！"石岳文酒劲发作，说话的同时用力去推车门，他不想吐到车里丢人。

车门落了锁，石岳文推了几把没推开，他歇斯底里地吼道："开门开门！

我要下车！我要回家！"

吼叫间，他突然伸出腿，冲着副驾驶前的挡风玻璃踹了几脚，硬生生将挡风玻璃踹出一张脸盆大小的蜘蛛网。

舒婷忙不迭地喊道："我开！我开！"惊慌失措地按下解锁键。

石岳文顺势推开车门下车，跌跌撞撞地只顾自己走了，手里紧紧攥着喝剩下的小半瓶酒。

舒婷趴倒在方向盘上，掩面大哭。

不知走了多久，也不知道自己身在何处，石岳文停下来四处张望，在路边找到建筑工地围挡外的一处空地，坐下来。

他拧开酒瓶盖，仰面咕咚咕咚地把酒全部灌进肚里，找了个舒服的侧卧姿势躺下来，随后倏地翻身，大口的酒菜从喉间喷涌而出……

呕吐完他撩起衣服擦了擦嘴，换个方向重新躺下，喃喃地自言自语："我不能倒下！我不能倒下！我不能倒下……"声音渐弱，没一会儿工夫，便响起了粗重的呼噜声。

凌晨五点钟的样子，石岳文从寒冷的晨露中醒来。

太阳还没出来，但天已微亮。枯黄的树叶在秋风中翻滚，又被路过的车轮卷起飞向道边，被附近几个穿着黄马褂的环卫工人扫成一堆，再装进身边的垃圾车。零星几个晨跑的人，穿着运动背心和短裤，戴着头箍，在坚硬的水泥路上留下踢踢踏踏的声音。

石岳文缩缩脖子，丧家犬一样茫然四顾，发现自己在城里的一条小巷里。小巷两旁植满梧桐树，夏日里绿荫如盖，但一到秋天，路上会铺上厚厚的金黄色树叶，被车轮卷起无尽的凄凉。

他爬起来拍拍身上的土，收好散落在身边的东西，朝出租房的方向走去。路过一家早餐摊，他点了笼热气腾腾的小笼包和一碗豆浆，就着咸菜吸溜吸溜吃完，感觉身上暖和了一些。

好容易等到一辆出租车，他迅速钻进去，没二十分钟回到自己出租屋所在的小区。趔趄着走到楼道口时，他胃里又一阵难受，便蹲在墙角翻江倒海地狂呕。

一位妈妈送女儿上学路过。女儿指着石岳文说："妈妈你看，那位叔叔吐得好难受，他是不是喝醉了？"

"嗯，一看就是个酒鬼，不分昼夜地在外面鬼混，不知道他妈妈见到他这个鬼样子，会不会后悔生了他！以后遇到这种人，你就绕远了别靠近……"妈妈说。

"嗯，好的！"女儿答道。

母女俩说话的声音不大，但石岳文一字不漏全听进去了。什么时候开始，自己在别人眼中居然变成这副鬼样子？难道拼搏几十年，就为了活成自己最讨厌的模样？再这样活下去，和街角的一堆垃圾又有啥区别……

他把自己关在出租屋里整整两天，不吃不喝，抽掉整整五包香烟。

他搬了家，删掉ROSE的微信和电话，同时删掉所有夜总会里他认识的妈咪、组长、公关、DJ的通讯方式——他要洗心革面，重新做回自己！

再去公司上班，他虽然形容憔悴，却收拾得干净利落，一副神采奕奕的模样，眼睛里也重新焕发出久违的神采……

是的，他活过来了！

4

猴子和尹依然清早上班，老远看见停车场里石岳文的车子，不禁对视一眼，心想两天没见老大，肯定去哪里喝得七荤八素忘了开车，不禁黯然叹息。

意外的是，刚进公司大门，就见石岳文精神焕发地站在办公室门口招呼他俩："你俩到我办公室来一下！"

两人面面相觑，边走边嘀咕："今天画风不对嘛，难道太阳打西边出来了？"

石岳文把公司面临的所有问题，事无巨细地与尹依然和猴子梳理一遍，并提出解决方案——他把自己关在出租屋里那两天，已将所有的事情想通透，如果能成功把应收账款讨回来，再将开发商和业主的无理诉求驳回，公司账面应该还能剩些钱。

猴子和尹依然目瞪口呆，他俩虽然知道公司业务有麻烦，但公司账户山穷水尽的情况，石岳文却从没提起过——他采取了保密策略，担心影响团队士气。

"老大，我知道公司经营困难、资金也紧缺，但没想到难到这个地步！"猴子沮丧地说。

"老大，这些事情你应该早点儿告诉我们呀，你自己一个人扛，多累呀！"尹依然感慨地说。

石岳文沉默，他在等待那个最坏的结果——树倒猢狲散、墙倒众人推，如果猴子和尹依然提出辞职，他已事先做好心理准备。

"老大，从这个月起，你给我发底薪就够了，反正我手里还有点余钱，这个难关，我们和你一起扛！"猴子大义凛然地说完，瞟了一眼旁边的尹依然。

"老大，这些年我也有点积蓄，大概十几万，如果公司需要，我也可以拿出来……"尹依然同样大义凛然地说。

石岳文内心陡然升起一股暖流，眼睛有些湿润。

这几个月他所经历的，大都是背信弃义、过河拆桥、落井下石的桥段，他甚至做好打算，万一猴子和尹依然也辞职，自己无论如何会先筹钱对他们有个交代，毕竟跟了自己多年的兄妹，不能亏待他们。

他哽咽着说："谢谢你们了！有你们这样的搭档，是我的福气——公司还没走到那一步，至少还有几百万的应收账款搁在那儿呢，这个难关，咱们一起闯！"

于是，三个人叽叽咕咕在办公室商量整整半天，对石岳文提出的闯关策略进行了补充和完善。

首先是节流，进一步降薪裁员，将公司的运营成本压至最低；其次，联系三四家律师事务所，将那些违约开发商统统告上法院，追索公司的应得利益，同时对于背信弃义起诉公司的购房客户，不能有丝毫妥协；最后是开源，努力储备一两个优质项目，把公司剩下的精英全部抽调过去，图谋东山再起……

行业内不到万不得已，乙方不会走法律诉讼这条路，因为传出去对业务拓展有影响。然而他们被逼到悬崖边上，只能背水一战。

当晚下班，石岳文约了猴子和尹依然，在新住处楼下找了家饭馆，请他俩吃饭，算是对公司重整旗鼓的开工动员。

正聊得火热，石岳文突然说："你俩知不知道？我的人生已经六次从零开始了……"

猴子和尹依然睁大眼睛盯着石岳文，难以置信。

"记得那时我刚大学毕业，国家不包分配，费尽九牛二虎之力，才进了当地一家报社，四个月后当了头版编辑，但我离职了——"

"为什么呀，老大？"尹依然问道。

"不给我编制呗！"石岳文继续说，"那个年代大学生就业已经双轨制了，要么捧个吃财政饭的铁饭碗，要么参与社会招聘挣个高工资，但我待的那家报社两头不靠。"

"后来，我到电视台当了编导，干了一个多月，人家想给我从试用转正式工的时候，我又离开了……"石岳文说。

这次猴子和尹依然都没有搭茬儿，竖起耳朵继续听。

"不受尊重，斯文扫地！"石岳文莞尔一笑，"知道我为什么从来不和你们端领导的架子吗？因为我知道职业无贵贱，做人有高低——我们在公司，只是职责和分工不同罢了，没有理由也没有资格对你们呼来喝去、颐指气使，大家都是平等的。

"后来我在大学教授的推荐下——教授是我这辈子的恩人——去了另一家报社，别看那是一张生活服务类报纸，我们却开创性地把它做成了一份都市报，最厚的时候一期有60P，这么厚！"石岳文用手比划着报纸的厚度继续说，"那是我记者生涯的高光时期，我也成了当地收入最高的记者，三年就买了房……"

"老大，这我就不理解了，你混得这么好，为啥还要离开呢?!"猴子眨巴着眼问道。

"天天喝酒，感觉人都快烂掉了——"说到这里，石岳文表情痛苦，端起啤酒一饮而尽。

"其实也不是啦。那时我有个女朋友，原本想和她结婚生子，自己就是最幸福的人了，哪知——"石岳文顿住，又倒杯啤酒仰脖入肚，垂头不语。

猴子和尹依然等了半天，不见石岳文吱声，却忍住没有追问。

"她去世了！她叫秦雨珊，很美的名字不是吗?"石岳文勉强一笑。

"后来我离开老家去了北京，那是我的人生第四次从零开始，不到三年时间，经历租房、搬家、疫情、谈恋爱等一系列变故，熬到年收入十多万，最终还是离开了……"

这时，石岳文脑海中又浮现出顾胜男的面影，依然那么可爱、漂亮。他的心像被针陡然刺了一下，疼得他弯下了身子。

咳嗽几声后，石岳文喝杯啤酒缓缓说："那个地方太大，找不着北，又不会说北京话那特有的翘舌音，别说归属感了，你连自己在哪个位置都找不着，心里没着没落的！

"后来我到杭州创建江浙记者站，算是第五次从零开始。又两个年头过去，我辞职创业，人生第六次从零开始，就是咱们现在的公司。"

"天哪，老大！你到底怎么做到的？要知道让一个人自愿离开他的舒适区，该是一件多难的事情啊！"尹依然啧啧感叹。

"嗯，这事要是搁在我身上——哦、不，这种事根本不可能在我这种人身上发生！"猴子也感慨道。

"拉拉杂杂说这么多，是想告诉你们，公司如今站在生死线上，于我而言相当于第七次从零开始。你们要相信我，咱们一定能再次迎来高光时刻！"

"是的！老大！没问题！干！"猴子端起一杯酒说。

"老大，我们相信你！干！"尹依然说。

三个人一饮而尽，情绪激动。石岳文缓缓说："谢谢两位的信任——我反思过自己的人生，其实我的每一次选择，似乎都是被动地选择逃避。而这一次，我们无处可逃！

"之前我有过卷铺盖回老家的想法，但现在，我不想这样了。咱们从哪儿摔倒就从哪儿爬起来，就算回老家也要像刘邦那样，大风起兮云飞扬，风风光光地回去，而不是灰溜溜地逃回去！"最后一段话，石岳文把自己都说感动了。

事有轻重缓急，当下所有问题中对公司影响最大的，就是吉巷里项目。石岳文已将所有资料收集齐备，并不厌其烦地和对方沟通。

然而当地房产交易网上的一则公告，令他直接崩溃。究竟多厚的脸皮，才能干出这等无耻之事?!

原来，吉巷里的开发商在将项目剩余房源打包做股权出让，公告上赫然写着已与另外一家公司签订工程代建和销售代理合同。很显然，开发商想把整个项目卖给这家公司，才着急与石岳文公司解约，帮助这家公司设立门槛条件。

交易价格是两亿元。撤场前，石岳文公司销售的房源价格超过8000元／平方米，而且供不应求；公告上的价格，却赤裸裸地不到6000元／平方米，而且付款方式是先付10%订金，余款三个月后分期支付。

也就是说，这家公司只要支付两千万元订金，就可以接手销售剩余房源，再用销售回款支付转让费，轻松赚取每平方米两千元的差价。剩余房源好几百套，能赚取上亿元的差价。

难为自己还整天抱着续约梦想，低声下气来回运作，哪知早就在人家设定的局里当了替罪羊。这种瞒天过海李代桃僵的计谋，已经超出自己的认知范围！石岳文感觉后背凉飕飕的，毛骨悚然。

"原以为能协商解决，哪知道是烟幕弹，你居然偷袭了珍珠港！"石岳文一巴掌将手底的电脑键盘拍得四分五裂。

第二天清早，石岳文急匆匆开车赶往吉巷里，他下决心找姚总讨说法，上午见不着就等到下午，下午见不着第二天再去……

售楼处门口的广告牌，已经换上新画面，一副喜气洋洋的繁华景象。售楼部还是原先的团队，只是那些员工已不属于石岳文的公司。

保安看见石岳文的汽车过来，礼貌地敬个礼道："先生，来看房吗？"

石岳文百感交集。仅仅半年多以前，这里销售火爆，石岳文在售楼处将军一样指挥着团队，走到哪里都前呼后拥，保安见了低头哈腰地开车门献殷勤。

如今再来，物是人非。

石岳文选了一处僻静角落坐下，拿出一本小说看着，不时地用余光打量售楼处门口，期望能堵到姚总。

临近中午，肚子饿得咕咕叫，一口口地吞咽口水，但他忍住了。事与愿违，直到下班，他都没见到姚总的影子。

第二天大早，石岳文又像上班一样，准点来到售楼处堵姚总。早有人给姚总通风报信，狡猾的姚总依然没有露面，石岳文仍旧扑了个空。

第三天，石岳文索性带了干粮和一个大暖水瓶，坐在售楼处入口的茶桌上，一副不见黄河不死心的架势。

终于，姚总熬不住了，心想躲着也不是个事，天知道这个人会熬到什么时候！于是第五天时近下午三点，石岳文终于看到了门口那个熟悉的身影。

石岳文急步上前，拦住刚进门的姚总，客气地说："姚总好，我在这里等您多时了。"

姚总脸上显出一丝不易察觉的尴尬，随即恢复平静，夸张地说："哟！是石总啊，想见面打个电话约一下不就完了么，还等这么长时间。"说着将石岳文让进办公室。

石岳文表面含笑，心里却在嘀咕："我打电话你倒是接呀，不来这儿堵你，怕是连你的毛都见不着一根呢。"

彼此虚伪地寒暄后，石岳文直截了当问道："姚总啊，我今天特意来找您，想问我公司的佣金啥时候支付呀？"

姚总眯着眼，老奸巨猾地笑道："我知道我知道！你们驻守案场两年来，辛辛苦苦地卖房也不容易，我给上面申请了好几次，但上面就是拖着不办，你知道我们是程序大于结果，我也做不了主啊。"

"等你项目卖掉，我找谁去索要佣金呢？"石岳文皮笑肉不笑、出其不意地问道。

姚总愣了一下，猜测石岳文已知道他们转卖项目的事情，立马转换话题道："我这是正宗的明前龙井，你尝尝，据说两千块钱一斤呢。"

石岳文端起茶杯抿了一口，附和一声："嗯，果然好茶，不错！不错！"说罢，仍然目不转睛地看着姚总。

姚总定了定神道："嗯，那个佣金，到时候你自然是向买家要喽！我们转让的只是股权，公司还是那个公司，欠你的账跑不掉的。"

"新的买家如果不认账咋办？"说着，石岳文拿出一份事先准备好的销售房源统计表，"哪怕您帮我讨不到佣金，还是希望您能签字盖章确认我的销售业绩，到时候您项目卖了，我向买家讨佣金也有个依据。"

姚总目光闪烁，咂着嘴巴道："嗯，这个、这个字我不能签，上面怪罪下来，我扛不了责任。"

"这是我团队在合同期内销售代理卖掉的房子，就让你证明一下销售业绩罢了，实事求是，有啥责任可担呢？"石岳文说道。

眼看逼宫不成，石岳文心想人心毕竟是肉长的，便又摆出可怜巴巴的样子诉起苦来："姚总，您也体谅我们做销售的，整天巴巴地待在售楼部望眼欲穿地等客户，厚着脸皮绞尽脑汁地编排各种理由邀约客户，可实际的到访转化率只有50：1，到访客户购房的比例又只有10：1……"

石岳文说相声一样，絮絮叨叨地说了半天。姚总却坐在那里，表情纹丝不动。

他啜了一口两千块价格的龙井茶，继续说："我们就是一群无房敬业的年轻人，是客户虐我们千百遍却仍然视客户如初恋的人，是客户早已忘记而我们对客户还念念不忘的人，是比客户爹妈还关心他住处的人，是帮助很多人发了财而自己还住在出租屋里的人——我们做的一切，不过是帮你们卖掉房子，赚点微薄的佣金混口饭吃，你们至少应该给我们应有的尊重，把佣金给到我们……"

说到动情处，石岳文差点儿把自己感动得红了眼圈。可他好说歹说，姚总就是不肯签字。

先礼后兵，石岳文亮出杀手锏："你们谋取私利流失国有资产，我管不着；你们绞尽脑汁让我当了炮灰，我也认了，反正佣金给我就行；现在你们要赖不支付佣金，我也忍了，反正跑得了和尚跑不了庙——但是现在，你们居然连我的销售业绩也不承认，那就太说不过去了，堂堂国企，咋能干出这么不要脸的事情来呢！"

石岳文语调平静，却字字诛心。姚总厚着一张脸皮岿然不动，脸色却青红交替。

"姚总，既然这样，我也明人不说暗话，我销售时8000多元／平方米的价格一房难求，你们却打包不到6000元／平方米。这种不合常理的事情，我如果把材料送到相关部门，相信他们一定会感兴趣的……"

说罢，石岳文将一份事先拟好的检举材料甩到桌上，起身道："你们不给我活路，就别怪我事情做绝……"

"你想怎样？"姚总一张脸冷得像冰。

"舍得一身剐，敢把皇帝拉下马！"说罢，石岳文转身就走。

三天后，石岳文桌上放着一份快递，是那份销售业绩确认表，上面有姚总的签字，盖着项目公司鲜红的印戳。

姚总电话后脚就打过来："石总啊！你的销售业绩我们上会讨论后，给你确认掉了。"他咳嗽一声，"你那份材料啊，实际情况并不是你写的那样，而且我听说已经有客户状告你们收团购费的事情，给你提个醒……"

这种暗藏杀机的话，石岳文自然心领神会。

他镇定地说："多谢姚总支持配合，客户诉讼我无所谓，没做亏心事，不怕鬼敲门。但你付我的佣金是另一码事……佣金我会向新买家讨，如果讨到，咱们彼此相安无事；如果讨不到，我不能担保自己干出啥事情来！"

电话那头先是沉默继而咳嗽两声道："石总啊！佣金我会尽力帮忙，那是你们应得的劳动报酬嘛，合同上也白纸黑字地写着呢——兴许你打官司是个办法，我们国企就这样，态度大于能力，程序大于结果。如果是法院判决的结果，哪怕多付一倍，上面也无话可说；如果我擅自给你支付，哪怕打五折，我也脱不开干系……"

手里有了销售业绩证明材料，石岳文一纸诉状将项目公司告上法院。短短一个月时间，他相继将其他几家开发商统统告上法院。

做人留一线，日后好相见！如果事情做绝，连兔子都会咬人。

那些起诉石岳文的购房客户撑不住，委托律师沟通要求协商解决。石岳文斩钉截铁地拒绝了，他相信法律是公正的，绝不拿妥协换取一时的安宁。

经过近一年努力，石岳文将公司上百名员工裁至十余名，虽然没啥新增业务，但成本大幅降低。

那些官司也逐个进入关键的判决阶段，如果胜诉，讨回来的钱除了填补亏空外还有盈余，可作为东山再起的倚仗；如果败诉，他将坠入无底的深渊，这辈子难有出头之日……

这天上班，石岳文又被几个催讨佣金的电话搞得情绪低落，下班后他独自坐在办公桌后纠结很长时间，想躲回出租屋去消化压力，又想去健身房试试看能否解压。

最终，他去了一家体育用品商店，买了健身包和整套装备去了健身房。

健身房里是动感的音乐，胸肌激突的帅哥和穿着塑身衣的靓妹，眼神四处打量的色鬼和色鬼眼神一样的私教……一个拿着抹布的保洁阿姨，轻易地单手将一副挂满铁片的杠铃移了位置，看得石岳文目瞪口呆。

健身房对任何一个小白，都会安排免费的私教体验课。接待石岳文的私教是个身材壮硕却细眼白面的小哥，黑色健身服将身材裹得凹凸有致，胸肌勒得要暴出来。

小哥选了几个器材做示范动作，含胸翘臀，看得他面酣耳热。

石岳文禁不住想："怪不得人家都说健身房容易出轨，我作为一个男学员，看教练这些动作都觉得不好意思，那些女学员不心猿意马才怪?!"

石岳文按教练要求做了半小时器械训练，又进私教室做了半小时核心训练，浑身湿透。

体验课结束，石岳文又将教练传授的动作复习一遍，寻找呼吸与发力的感觉——他虽然啥感觉也没找到，却神奇地发现这两个小时里，脑袋是清空状态；虽然浑身酸痛几乎瘫掉，却感到前所未有的轻松。

石岳文找到小哥，阔气地掏出一万块钱买了二十节课，把小哥惊得欢天喜地。回家路上他暗下决心："从今往后，每周至少去五次健身房，否则就算不会被压垮，迟早会被逼疯……"

石岳文再也不去酒吧夜总会了，而是买回一大堆书籍，每天准点回出租屋啃，就连和尹依然、猴子在楼下烧烤摊上喝啤酒，也是很久才会去一次。

石岳文甚至学会了瑜伽，每个体式都力求把意念集中在最难忍受的身体部位，配合深长的腹式呼吸，直到汗透衣衫……

晚上睡不着时，他就用瑜伽吐纳方法，将呼吸最大限度地拉长，所有的专注力都用在呼吸循环与身体配合上，很快就能进入梦乡，比数羊有效得多。

科学的说法是，摒弃杂念有助于睡眠。但石岳文执拗地怀疑，主要原因是呼吸拉长会使大脑间歇性缺氧所致。无论如何，他晚上睡得着，白天精力充沛，再也没有那种心力衰竭、油尽灯枯的感觉。

那些官司，开始一件件有了着落，石岳文公司作为乙方起诉甲方的那些官司，几乎全部打赢；客户反攻倒算的那些官司，最终被法院驳回。

历时近两年，石岳文总计经历十五场官司，讨回近千万元应收账款，填补公司亏空及补发佣金后，居然剩下五百余万元——这是他创业十几年来所有的身家，也是他日后东山再起的倚靠。

他终于活过来了！

到公司后，石岳文召集尹依然、猴子以及仅剩十余人的骨干开会，豪气地宣布拿出两百万给大家进行分配——这些人在公司最困难时，不离不弃地陪着他苦熬，首先要给他们一个交代。

办公室欢声雷动、喜气洋洋。剩余三百余万元计划二次创业，大家出主意、想办法、积极参与、踊跃发言，热热闹闹地讨论了一整天。

这场讨论没有任何结果，因为公司硕果仅存的一个项目，需要重新组建销售团队，也是难上加难。

石岳文深知，做销售的，颜值才是第一生产力。早年坐飞机很有面子，空姐收入高，个个长得跟电影明星似的，如今颜值却大幅缩水；前几年地产行业兴盛发达，售楼部的姑娘们个顶个的漂亮，如今指数也下滑得厉害。

漂亮姑娘哪儿去了？都去干主播了，因为视频带货很火。大凡颜值高的姑娘，情商智商都不低，因为经历的事情多，她们涌向哪个行业，就说明那个行业兴盛发达。

他曾经的销售团队也有颜值爆表的存在，如今想要东山再起，却发现符合招聘条件的，几乎一个都没有。

他也考虑过将离职员工再度招回，一起重新创业。因为公司发展过程中，他们都做过铺路石，如今公司起死回生，理应和大家一起共享公司发展的成果。

但他最终选择放弃。日落西山你不陪，东山再起你是谁？！

5

历经三年的痛苦煎熬，公司涅槃重生，此时的石岳文感慨万千。他首先想到给凌笑笑打个电话，想要告诉她当年自己选择离婚的真相，破镜重圆。

"喂——！"电话接通，凌笑笑平淡地打个招呼。她没用疑问的语气，说明手机里还存着他的号码。

"哦！你、你还好吗？"石岳文激动得竟有些口吃。

"嗯，普通人嘛，平平淡淡过日子，应该还算好吧！哦，对了，我结婚了，孩子现在一岁多……"凌笑笑平静地说。

石岳文有些蒙圈，事先想好的话全咽了回去，他尴尬地笑了笑说："哦，那恭喜你哦！我没别的事情，只是时间长了，打个电话问问……"说罢，他狼狈地挂掉电话，长吁一口气，陷进办公椅中，内心被巨大的失落吞噬。

"是啊！所谓缘分不就是在合适的时间遇到合适的人吗？既然缘分已尽，人家没有理由必须待在那儿等你——再说，人生终究是一段旅程，缘分总有到头的一天,只是早晚而已……"石岳文努力地劝慰自己。

都说浪子回头金不换,实际上打碎的镜子,定然拼不回从前的样子,况且如今人家的小日子过得平和而踏实,一别两宽,各自安好。

他又想起舒婷。去年初冬的晚上他闹腾一番后,她就像人间蒸发一样杳无音信。

石岳文后来联系过她,才惊讶地发现她已离开那家公司,不但换了手机号码,而且和两人共同的朋友都断了联系。他甚至去舒婷独居的那套住宅找过,却发现那套房子已经易主。

她出国了——这个在他最艰难的时候一心想要帮助他的姑娘,甚至勇敢地宁可断绝家庭关系也要和他在一起,却被他伤得透心凉。

舒婷对他的爱没有条件,无论贫穷与富贵;他对舒婷的爱,却夹杂了很多自私甚至卑鄙的想法。这种不对等的爱情,迟早爆雷。

事到如今,爱也罢,恨也好,都风一样逝去,只是在他心里结下的疤,会不期然地涌出一股彻骨的痛。

"你到底爱谁?"石岳文多次在心里问自己,却没有答案。他觉得自己就是一个处处留情的渣男,就像金庸小说里的张无忌。

儿女情长暂且不提,公司下一步的发展方向,石岳文心里一点儿底都没有,自己从事的行业,近两年几乎遭遇团灭命运,成片倒下。

一方面国家"房住不炒"的政策层层加码,令开发商苦不堪言,尤其是那些动用高杠杆撬动资金的开发商,接二连三地爆雷,导致他们这类服务公司要么接不到活,要么收不到钱,苦不堪言。

另一方面,互联网平台以迅雷不及掩耳的速度侵占了行业领地,又令他们的境遇雪上加霜。

石岳文熟识的诸多开发商中,红城集团却活得很滋润,销售稳定,负债率合理,利润不降反增。

他决定去拜会毕大力,请他指点迷津。

石岳文到杭州做记者、后来开办公司及一系列业务开展,毕大力都给予无私的帮助,不但在权限范围内把公司业务交给他做,还给他介绍过不少客户，自始至终没拿过他一分钱好处，反倒请他吃饭的次数，都多得记不清了。

石岳文一口气买了十条毕大力惯常抽的三五烟以及两饼陈年普洱茶，用黑塑料袋装好拎着，径直去了毕大力的办公室。

听完石岳文这几年的遭遇，毕大力感慨万千，他想了想说："要不你来我公司干吧？如今国家经济处于转型期，大家生意都很难做，我总觉得你重新创业风险挺高，如果来我公司干，不但收入不菲，而且相当稳定……"

石岳文眼睛一亮，又瞬间黯淡："我以前做记者，自由散漫惯了，没正经按时上过班；后来做公司多年，也没受人管过，到你公司估计适应不了……"

"如果你还年轻，我会鼓励你再次创业，如今你已年过不惑，说实话，如果公司经营失败，你考虑过下半生的风险吗？"毕大力劝道。

见石岳文沉默不语，毕大力心里已有答案。他了解这个小兄弟的执拗，便不再提邀他进公司的话。

思索良久，毕大力眼睛一亮，缓缓说道："说句实在话，房地产的产业链条很长，政府相当于庄家、操盘手，产业链最上游的是金融，其次才是我们地产开发企业，而你公司所处的位置，已经是产业链的最末端了。"

"所以呢？"石岳文疑惑不解。

"处于产业链的上游呢，干活少，挣钱多，利润大；处于产业链的下游呢，干活多，挣钱少，利润小。"毕大力回答。

"所以——您的意思是，我可以去产业链上游试试？"石岳文问道。

"我打个比方，我们红城集团的业务现在分两个板块，一个是自投板块，就是自己掏钱买地自己开发；而我现在负责的代建板块，就是别人掏钱买地，我来帮他开发，他给我支付代建费就好了。"

"别人手里有地，为什么要找你代建呢？"石岳文又问。

毕大力答道："红城集团几十年以来，通过打造高品质房产，已经有了很高的知名度和品牌价值，别人的房子卖得好的时候，我们的价格可以卖得更高，别人的房子卖得不好的时候，我们还能卖得掉。委托方找我们代建项目，可以保障品质、规避风险，而由我公司品牌额外产生的溢价，那是双方共同向市场挣来的钱，委托方分给我一半，也理所当然……"

毕大力对于红城集团代建模式的介绍，引起了石岳文的兴趣，他兴奋地问道："那我又能做些什么呢？"

毕大力说："我们集团接业务，遇到很多项目缺资金。如果你能整合金融机构解决他们的资金问题，指定红城集团帮他代建，那么红城集团会有代建费分成给你，这可是一笔不菲的费用哦，不比你代理一个项目的销售利润低……"

"多少？"石岳文的眼睛，瞬间神采焕发。

"嗯，我们代建一个房地产项目，代建费收入至少五千万元，多数项目的代建费，上亿甚至几亿都有。"毕大力得意地介绍说。

"您的意思是，如果我能够通过金融运作的方式指定你们代建，一个项目收益的分配就是千万级别？"

得到肯定的答复后，石岳文的心怦怦直跳。他以前做销售代理业务，销售一套房子赚取万元至几十万元不等的佣金，相当于别人开店卖几百双鞋赚取的利润，已经是大生意了，哪知毕大力这么一说，他才发现自己的格局小得很。

"可是我势单力薄，金融机构有啥理由与我合作呢？"石岳文刚被激起的雄心，又沉入谷底。

"你背后是红城集团呀！我会给你一个资金平台合伙人的身份。其实这个资金平台就是个空壳而已，你以这个身份去给金融机构输送项目，而红城集团的代建又是保障他们投资安全的抓手，他们自然欢迎的……"

"我的项目源又从何而来？又如何联系金融机构？"石岳文环环相扣地问，他又一次从厚重云层的裂缝中看到了亮光，就像自己当年创办公司时一样。

"你在房地产行业摸爬滚打这么多年，应该有些资源积累吧？而且以你以前从事销售代理积累的经验，找几家金融机构应该不是难事，再放出去几只小蜜蜂帮你搜罗代建项目源，正是你的强项呀！"毕大力笃定地说。

聊到此处，石岳文心里敞亮了。在他人生的最关键处，毕大力又一次给他当了指路明灯。这种模式从本质来讲，还是中介的活，格局却大了很多。

以前他做房产销售代理，要养一支团队，撮合成交抽取的佣金有限；现在做地产投融资，撮合投资方、土地方和代建方合作，赚取的却是不同量级的佣金。

以前他靠团队运作，需要投入成本，有亏损可能；现在只需有个端茶倒水迎来送往的助手就行了，投入成本有限，没有亏损风险。

以前他常说，做过房产销售代理，其他生意不想做，因为房子客单价高，佣金丰厚。如今的投融资业务，使他以前的业务小巫见了大巫。

以前他要每天按时上班，从市场开拓到公司治理，从行政财务到后勤保障，从人力资源到业务技术，事无巨细，呕心沥血。现在他却可以轻松玩转，想去哪里去哪里，想怎么干就怎么干……

毕大力也很欣慰，他趁热打铁地说："我认为你适合做这件事的原因，除了有资源积累外，更重要的是你的专业能力与经验，能够迅速对城市、区域、市场以及项目地块做出专业判断，并且有能力说服各方资源整合……"

石岳文感激起身，和毕大力握了握手，又弯下腰拥抱了一下，告辞说："真是太感谢了，老哥，这个事情我觉得能干！"

当天下午回公司，石岳文召集尹依然、猴子、闫桦等人开会，兴奋地讲了他准备向地产投融资领域进军的想法。

出乎意料，团队反应平平，甚至有抵触情绪。这是一个完全陌生的领域，而且专业度高，大家理解都费力，压根儿无从下手。

第二天上班，石岳文琢磨等人员到齐后再度给大家洗脑，尹依然、猴子和闫桦敲门进来。从他们闪烁躲避的眼神中，石岳文涌上不好的预感。

落座后，尹依然率先发言："老大，您是否已经确定，咱们不干老本行了？"

"嗯，怎么说？"石岳文示意尹依然继续。

"如果这样的话，我们三个商量过，决定向您提出辞职……"

尽管事先有预感，听到尹依然这么说，石岳文还是惊讶得张大了嘴巴。他收回眼神，调整坐姿，又清清嗓子，掩饰过去。

"老大，您知道的，在公司那么艰难的时期，我们都没有辞职，说明我们对您一直是忠心耿耿的，也希望您带着我们东山再起，但您的计划——

呃，说实在的，不是我们想走的路……"猴子说。

闫桦也不失时机地表达了自己的意思，说她喜欢做公关活动，如果石岳文坚持做投融资，她会另觅一家公关活动公司应聘。

石岳文自始至终沉默不语，心里却做着激烈的思想斗争。

从情感上讲，他们跟着自己一路走来，并在孤独无助的时候，给了自己精神和行动上的支撑，彼此间的感情已超越同事关系的范畴。他们突然说要离职，自己一时很难接受。

从道义上讲，他们也谈不上背叛，军有军路马有马道，每个人都有选择自己人生道路的权利，况且他们也没对自己落井下石。

从实际操作来讲，他们确实不适合这个行业，如果硬拖着他们和自己一起干，那也是对双方不负责任的做法。

心念至此，他抬眼和三个人对视一遍，缓缓说道："咱们晚上一起吃个饭吧。"

三个人面面相觑，不知道老大葫芦里卖什么药。此前，他们已经做好了应对老大歇斯底里发飙的心理准备。

石岳文说："你们的选择有道理，我能理解，人各有志嘛，不能强求。多年以来，我早已把你们当成弟弟妹妹一样看待，心里也期待着带你们闯出一番天地——真的，我甚至想过，将来我老了，公司交给你们经营，咱们一起面朝大海春暖花开……"

"只是、只是我没想到，咱们这么快就要分道扬镳了！我——"石岳文难过地说不下去。

"老大，您是我人生中的贵人，您永远是我老大！"尹依然红了眼圈。

"老大，咱们说好的，无论我在哪里，我混成什么样子，我都是你兄弟，你也永远是我老大！"猴子拍着胸脯说。

"老大，最难的时候我想过，哪怕公司只剩下一个人，站在你身边的那个人也会是我。在我心里，您一直都是我老大！"闫桦也红了眼睛说。

石岳文也是心潮起伏，难过得不能自已。

所谓"铁打的营盘，流水的兵"，公司成立十几年来，员工来来往往也有好几百人，有的员工他甚至连名字都没记住，但是这几个忠心耿耿的伙伴离开，着实让他感觉就像肋骨被抽掉一样。

更深刻的悲哀是，奋力拼搏多年，到头来竟混成孤家寡人一枚。

"好啦，咱们就不在这里煽情了！你们的心意我懂！以后有事没事，就常来坐坐，聊个小天，喝个小酒，有啥要帮忙的也不要见外，尽管提就是……"石岳文强笑着说。

因为公司基本没有什么业务开展，三人的离职交接手续一两天就办完了，业务条线的几个人也随同三人一起离职。最后留下的，就剩下综管部负责财务和行政的两个小姑娘。

团队辞职，石岳文虽然伤感却能接受，因为公司经营有自身的逻辑，感情不能当饭吃，专业的人干专业的事。他马上吩咐小姑娘拟定招聘广告，挖两个金融界的专业合伙人……

当晚，石岳文大摆筵席，邀请离职团队吃散伙饭。大家又哭又笑，最后与石岳文相拥道别——有的人走着走着，就散了。公司如此，人生不也如此吗？

石岳文回出租屋洗漱睡觉时，已近凌晨一点，迷迷糊糊睡到凌晨四点多时手机响了，屏幕上显示的是"妈妈"。

他强烈地意识到，家里出事了！这么多年，他从来没在深更半夜接到过家里的电话。

果然，父亲石爱去世了！

6

突如其来的噩耗，将石岳文击蒙了。

就在上个月，他还向素珍银行卡里转了两千块钱，嘱咐他们该吃的吃、该买的买，别舍不得花钱。素珍还像往常一样，开心地埋怨他别再打钱，他们自己的钱够花，让他多保重。

就在上周，他还在淘货网上买了一堆东西快递回老家。素珍电话里埋怨他乱花钱，而他给素珍解释说现在流行网上电商，一个小个子商人早几年创办的淘货网有上亿粉丝，网上下单买东西方便快捷，劝素珍也学着在网上买东西。

就在三天前，他还给家里打电话报平安——这是十几年来雷打不动的习惯，相隔千里的父母和子女，彼此用过滤后的消息互报平安，背后却是深沉的爱与牵挂。比如这次和父亲电话聊天，他得到的反馈也是一切安好。

就在这两天，远在两千公里外的他，几乎每天都念叨着要抽空带石爱去北京看病——他一直觉得父亲所谓的小脑萎缩和心脏左前支路阻滞，不至于有如此严重的后果。

外出工作这些年，石岳文从没有如此焦虑过父亲的病。他相信，亲人之间是有某种神秘感应的。

四十年前，父亲借遍全村的钱，带女儿去北京看病；四十年后，儿子完全有能力带父亲去北京看病，却直到父亲去世都还只停留在口头上。

父母的心在儿女上，儿女的心在石头上。

从素珍悲泣的诉说中，石岳文了解了父亲去世的大致经过：

他春节离家不久，石爱就瘫痪在床。家人怕影响他的工作，没敢告诉他。

这天夜里，石爱突然说肚子痛，紧接着嘴里大口涌出混合着血水的白沫。素珍手忙脚乱地捯饬半天，也未见好转。

素珍坐在床上无力绝望地把石爱揽在怀里，一边用毛巾擦着嘴里涌出的血沫子，一边抖抖索索地摸着床头的手机，要给孩子们打电话。

石爱用最后残存的一点力气说的话居然是："深更半夜的，你、你先不要、不要给娃娃们、打电话——"说完头就歪向一边了。

他以为自己能扛过去。可是，事与愿违。

素珍怀抱着石爱逐渐变冷的身体，泪流满面地挨个儿给三兄妹打了电话，然后悲伤木然地坐在床上，直到天亮。

听完电话的石岳文只说了一句话："哦，我知道了！"随即，他缓缓搁下电话，拿头蒙上被子睡了。他的表现极度平静，就像听到的是与自己无关的人和事，平静得令人发指。

然而他心里却波涛汹涌，脑海里清晰地浮现出自己上次春节回家的画面：

那时的石爱，已经不可避免地坐上轮椅。看到轮椅上的父亲一脸慈祥地看着他，石岳文蓦然间眼眶发热。

素珍赶紧倒上一杯热茶给他喝了暖身子。石爱双手抖抖索索地剥开一个橘子给他吃。

石岳文从旅行箱拿出新款剃须刀，一声不响地帮石爱刮胡须。他知道，石爱当了半辈子领导，平时很注意穿着打扮，收拾得利利落落的，如今却胡子拉碴，瞅着让人心疼。

一旁的石岳华和石岳斌赶紧解释，他俩每周都会回来看望素珍和石爱，而且每周石岳华都会把石爱推进洗手间，舒舒服服地帮他洗个澡……听到这些话，石岳文心里才稍觉安慰。

往事历历在目，父亲却音容不在——揪心的疼痛猛然袭来，石岳文突然掀开被子，跑到洗手间打开淋浴器洗澡，在哗哗的水中，他拼命压抑的哭声显得怪异。

半小时后，石岳文打点好行装，在网上订好机票。他流着泪，坐在客厅一根一根地吸烟，等着天亮出发。

早晨8：40的航班，经停西安，落地银川是傍晚18：50，整整一天时间。

天刚蒙蒙亮，石岳文已在路边等出租车了。出租车司机谈价钱时，表现出十足的市井小人模样，威胁说大清早车很少，没有一百八十块钱他不走，如果石岳文等下一辆车，很可能赶不上航班。

可是到机场后，司机匆匆跑出来，主动到后备厢帮石岳文取了行李，并紧握石岳文的手，双眼有些湿润地说："兄弟，多保重！"

短短四十分钟路程，石岳文相信司机的人生观——哦不，还有他自己的人生观，在交流中发生了嬗变。

多年来，石岳文和家人聚少离多。在飞机上，他每次回家探亲和离家时的情景——浮现眼前。

以往每次回家，父亲都是欢喜的笑声夹杂浑浊的泪；再一次离家时，父亲会抑制不住地流泪，并且总忘不了问一句："你下次啥时候回来呢?"

上次过完春节回杭州，石爱却意外地什么也没有说，只是双眼定定地注视着屋顶，嘴角抽动、神情落寞。他没问石岳文下次啥时候回家，难道他有预感?

石岳文清晰地记得，三天前和父亲最后一次通电话，父亲的第一句话是："宁宁啊，爸爸想你了，想得很!"父亲一生内敛寡言，从没有如此直露地表达过自己的感情。

石岳文记得当时有些蒙，他没良心地以为石爱因病过于脆弱，才会如此矫情——他不自然地回了句："哦，知道了，你保重!"就狼狈地挂了电话。

父母在，不远游。天知道，这竟是父子间的永诀!

晚上七点半的样子，石岳文从机场赶回家，只见一口掀开盖子的松木棺椁放在屋里，因刷了清漆，在昏暗的灯光下，发出幽幽的光。

家人和亲戚们一直站在门外等石岳文，见他回来，七手八脚把他推到石爱遗体前，让他跪下烧纸。

一块白布将石爱从上到下盖了个严实，也把这对父子隔到两个不同的世界。亲戚们不约而同地哭起来，声音很响。

石岳文无法形容自己的感受，脑袋白茫茫一片，心底某处莫可名状的难过不断涌出，变成大颗的泪。

跪了五六分钟，石岳文被本家亲戚扶起来，从头到脚换上白色麻布孝衣，和亲戚抬起父亲入殓，又将棺椁送进小区外用帐篷搭就的灵堂。

干完这一切，已是夜里十点多。石岳文对石岳斌说："哥，怎么帐篷只用一层帆布呀，爸爸会冷的!"

第二天，姨父家的女婿开车运过来一堆帆布，把灵堂裹个严实。

按照阴阳的"批文"，石爱会在灵堂待五天供人吊唁，然后再将他送到他必须去的地方。可是，送到哪里去呢?

本家亲戚讨论时一致认为，石爱是家族同辈长子，应该埋葬在农村老家，就在石岳文爷爷和奶奶的坟墓旁边，一起护佑家族兴旺发达。

481

"奶奶？我奶奶不是好好的吗？"石岳文疑惑地问道。

"奶奶半年前就过世了，当时怕你忙，知道了肯定得赶回来，就没对你说……"石岳斌解释道。

石岳斌说，奶奶去世那天早上，晃悠悠地提了一筐梨坐在院门外，看见有人路过就递一个给人家。吃过中饭，她躺在炕上叫来老爸爸两口子交代后事，特意嘱咐不让告诉石岳文，担心她孙子心慌着急路上有啥闪失，下午就走了……

石岳文低头、静默，没两分钟，大颗的泪顺颊而下，砸到雪白的瓷砖地上。接二连三的噩耗，令他元气大伤。

"奶奶九十二岁走的，算是高寿，也是喜事……"石岳斌拍拍石岳文的肩膀安慰道。

亲戚们唏嘘不已，七嘴八舌地说着安慰的话，说着说着，又把话题扯到石爱往哪里安葬的事情上，有人甚至表示：如果不把石爱埋葬在农村老家，村里肯定会有人戳脊梁骨。

亲戚们激烈地争论，石岳文三兄妹却沉默不语，因为他们一致反对。

姑姑悄悄告诉兄妹三人，村里过世的老人都被葬在野外。有些放羊的小孩闲来无事，把这座坟的墓碑搬运到另一座坟前，再把另一座坟的墓碑和别的墓碑调换。搞得前去祭奠的人莫名其妙，烧完纸后心里还惴惴不安地猜测，自己祭奠的会不会是别人的长辈！

再说，石家洼作为农村土地流转试点乡村，各家各户早已把土地承包给几个种植大户，携家带口搬进乡里盖的住宅楼。虽然大家口头约定承包户不可以动那些坟茔，但已有不少坟堆被铲平种了庄稼，那和挫骨扬灰有啥区别？

想到此处，石岳文抬头问了亲戚们一个问题："各位长辈，你们现在住村里还是乡里的住宅小楼？"

亲戚们面面相觑，不知道他葫芦里卖啥药。田地承包给有实力的种植大户后，他们就搬进乡里漂亮的住宅小区，过着和城里人一样楼上楼下的生活。

石岳文缓缓道："以前咱们把过世老人埋葬在田间地头，那是因为咱们还住在村里，活人心里有念想就去磕个头，祖辈也能护佑咱们和后代。如今

482

你们都已搬到乡里，除了清明、冬至、春节这几个时间，谁还在别余的时间回村祭奠过走掉的老人？"

没有亲戚能答上来，他们尴尬地垂下头，沉默。

石岳文又道："虽然咱们不允许承包户动那些坟茔，但是你们能看住几年？如果獾猪打洞、漫灌水淹，谁又会去修整……"

一席话问得亲戚们瞠目结舌，个别心思活泛的亲戚开始交头接耳，议论自家坟茔搬迁的事情。

"我爸要葬在公墓里，我爷爷奶奶也要一并迁坟，整个家族的坟都迁到贺兰山脚下，咱们再砌个围墙圈起来，将来自己也好有个地方睡。一应开销，都由我来出好了！"石岳文和石岳斌默契地对了一下眼神后，一锤定音。

父亲在世时没享到什么福，不能让他走了以后还受罪。

安葬石爱的这座公墓，说穿了，就是一个房地产项目。

墓地价格有高有低，有兵营式排列的普通公寓，也有联排和独栋，更有某些家族买断的组团——这些墓地的规格，直白地反映了亡者在人世间的成就；未亡人则想当然地认为，墓地的风光程度，决定了亡者在阴间的地位。

石岳文家买的那块墓地，预留了素珍将来的位置，折合每平方米大约五千余元，比当时郊区的住宅价格高多了。

石岳文心底一面诅咒这些发阴财的墓地开发商，一面暗自庆幸给父亲找了一处好的归宿——这里有好的景观和配套，不但会经常打扫卫生、定期修缮，而且有六七个人常年守护在这里，加上四周林林总总的邻居，想来父亲不会孤独。

如果葬回老家，在距离村庄两三里地的沟北岸畔独自待着，不知胆小的父亲在漆黑的夜里，会不会感到害怕？轮种水稻时，他的坟地会不会常年泡在水里？如果承包户不守承诺，他的坟头会不会被推土机残酷铲平……

父亲进了公墓，石岳文就心安了。人们常说一了百了，万般皆尘土，但活着的人，却不这样想。

当过村书记的石爱，在村里有相当高的威望。虽然离开老家那么多年，但送他走的那几天，老家赶来吊唁的人络绎不绝，送来的花圈沿街摆了上百米长。

按照老家习俗，棺椁要由十几个青壮年、八人一组轮换着抬，一路吹吹打打地抬出去一两里路，再抬到汽车上运走。而抬棺这种事情，除非是本家亲戚，一般人都不乐意干。

三兄妹来到村民居住的集合式住宅小区，身披重孝挨家挨户敲门、跪地磕头，央求从小长大的这批青壮后生为父亲抬棺。

令人感动的是，这些朴实的父老乡亲，慌乱地扶起兄妹几个，家家有求必应。

送走父亲后，石岳文家设宴请乡亲喝酒。大家纷纷念叨石爱的好：每年春节，他们都来家里请石爱写春联，有求必应，还管茶水喝；村里老人生了难治的病，石爱给人家买药送过去；虽说清官难断家务事，父亲却经常被请去评理；石爱后来当了乡镇领导，对求上门的乡亲，仍然热心尽力帮忙……

按照当地风俗，石岳文一家要给抬棺者每人两百元钱劳务费。当石岳文掏出钱时，他们无一例外地断然拒绝，说石岳文一家能记得他们，他们就很高兴了，否则就是看不起他们。

三兄妹已经热泪盈眶。面对那难以言状的乡土亲情，他们有愧……

家里缺少劳动力，他们帮过；家里缺吃少穿，他们接济过；家里着火，父母赶回时火已被他们扑灭；就连结伴去偷别人家的瓜菜水果，其他小伙伴被抓住后免不了一顿暴揍，三兄妹被抓住后却安然无恙……

然而，石岳文一家搬进城里几十年，却很少联系他们，直到石爱上路……

石爱退休这些年，最乐意听的就是老家那些事了：谁家老人去世，谁家儿子娶媳妇，谁家孩子上大学，谁家孩子丢人现眼……父亲每次听得津津有味，还时不时回忆当年那家人的情形。

每次老家来人探望石爱，他都高兴得要亲自做饭接待，问长问短。石岳文知道有一根线，一头系在父亲心里，另一头系在农村老家。

当初他费尽心力打拼十五年，带着全家人离开的那个村庄，却是他魂牵梦萦最想回去的地方。

可是无论如何，石岳文一家都不愿把石爱送回老家埋葬。因为这个世界的温情，他带不去那边。

石爱去世第三十五天，按照老家习俗，要念五七经。

父亲去世时，石岳文就想过请石道吉为父亲做法事，无奈听说他已和婆姨办离婚，去了牛首山不知所踪，只好作罢。这次他辗转打听到石道吉的手机号码，提前约请他回来一趟，替父亲做一场法事。

临近法事前两天，石道吉如约来到素珍家，峨冠博带、仙风道骨。石岳文招待他一杯清茶、几样干果和一盘馒头片。

石道吉交代石岳文另外再请几位阴阳师做助手，外加四个"吹故事的"。

"吹故事的"是石岳文老家对唢呐乐师的独有称谓，形象而贴切。石爱去世那几天，石岳文跪在那里侧耳聆听那时而高亢激越、时而婉转低回的哀乐，感觉就像在讲述亡人一生的故事，实在不可思议！

石岳文本家亲戚就有"吹故事的"，他们的学徒经历没有乐谱，全靠耳朵听，长年累月地听，然后自个儿一个音一个音地琢磨着吹出来，待到出师就游刃有余了，中间会夹杂随心所欲的华彩片断，听起来毫无生硬滞涩之感。

石岳文认真记下石道吉的交代。临走，石道吉冷不丁地说："你最近财运不错，要把握住机会……"

石岳文一惊，脑海迅速闪过官司打赢以及他和毕大力的那番对话，他斟酌着问道："那你看、你看——呃！我得注意点啥呢？"

"往后几年你都挺顺的，尽管按自己的想法往前走就是了——"石道吉说。

"那你看我的婚姻咋样？"石岳文又问。

石道吉闭眼沉思，睁开眼缓缓说："该来的终究会来，该去的终究会过去，抓紧忙你的事情去吧……"说罢，石道吉作揖告辞，去了事先给他预订的宾馆。

石道吉主持的这场法事，从石家洼到县城再到埋葬石爱的公墓，并且顺带把石岳文的爷爷、奶奶及祖辈的坟茔一并迁到贺兰山脚下，持续了三天两夜。

石岳文跪在那里，按照石道吉交代的方式诵经，在"吹故事的"凄凄哀哀的乐声中，关于父亲石爱的那些故事，一桩桩从心头掠过……

小时候石爱在石炭井煤矿工作时，一年回来两三次，带回各式新奇的东西，那是一家人欢天喜地的节日。

石爱回来后总有忙不完的家务活，闲暇之余教他们三兄妹打乒乓球、羽毛球、下象棋、玩骑大马游戏、猜谜语……他回去矿上后，三兄妹几乎教会半个村的孩子打球和下棋。

石爱带回家的气球，是煤矿里装炸药用的，三兄妹把它吹得很大，扎紧气口，带着全村小孩从这条村道穿到那条村道。

每次石爱回家，也会分别给三兄妹各自两三块钱，那是三兄妹每年获得的最大一笔巨款，每次拿到钱都高兴得骨头轻了好几两……

按照老家的说法，人去世三十五天后，才真正知道自己已经走了，所以会回来晃荡一圈。而此时请阴阳先生做法事的意义，就是超度他们去往生极乐世界。

法事期间泪水不断的，就数素珍了。

石爱七十二岁去世，彼时素珍也已七十岁。往后余生，儿女在外闯荡，就她一个人孤苦伶仃地待在家里，着实令人心酸。

法事最后一天，直到夕阳西下才结束。大家准备返程，素珍却坐在石爱坟头边的一棵小松树下，红肿失神的双眼盯着那座坟不说话，时而抽泣几声。任谁过去劝，她都当没听见。

石岳斌和石岳华先带一众人等回去，石岳文则陪坐在素珍身边，絮絮叨叨地和素珍说话。

夕阳沉没，给西边云朵镶了一圈暗黑的金边。石岳文坐得双腿发麻，身上也冻得瑟瑟发抖。他沉思良久，附耳对素珍絮叨了一段特别残酷的话：

"妈，咱们走吧！我总觉着天地间的能量是守恒的，人也是能量聚合体，我爸只是换了一个样子存在罢了。以后你也要走的，我也会走的——我们只是短暂的分离，他在那边等着我们呢，终究还会再见面！"

素珍惊讶地转头看向石岳文，眼神就像看陌生人一样。过了一会儿，她叹了口气说："扶我起来，咱们走吧！"

"唉！父母的心在儿女上，儿女的心在石头上——我就不是个东西！"石岳文懊丧地在心底骂自己道。

担心素珍想不开，石岳文索性在家陪着素珍，每天开导她，甚至劝素珍有合适的就再找一个人共度余生。素珍却沉浸在自己的世界里，不置可否。

第三天吃过早饭，素珍搁下饭碗平静地对石岳文说："儿子，你回杭州去忙吧。我想好了，就我自己一个人过，你不用担心……"

"妈，我不忙！我想在家再待几天……"石岳文固执地说。

素珍疑惑。知子莫若母，在她印象中，石岳文一贯来去匆匆，每次在家待上顶多一周，就风风火火地赶回杭州了，这次他搁家待了一个多月，竟毫无去意。

"你给妈说说，是不是杭州那边出啥事了？"素珍问道。

石岳文垂头，良久，冷不丁说道："妈，我离婚了！"

"啥？离婚？啥时候的事情？"素珍一下僵在那里。

"我说我离婚了，和凌笑笑，已经两年了……"石岳文重复一遍。

素珍当即把自己抛到九霄云外，急切地坐到石岳文身边说："好好的怎么说离就离了？到底是咋回事，你给妈说说。"

石岳文不急不缓地，把整件事的来龙去脉给素珍说透。

"原来是这样啊！"素珍感慨道，"笑笑是个好娃娃，说来你也真是的，那么多的债你就一个人扛，万一官司打输怎么办？"

随即她又说："你也算对得起她了，随手就把几套房子还有五十万块钱给了人家，我养你这么大，你都没有整整地给过我一万块钱——你怎么就不为自己想想，多少给自己留一点呢？"

石岳文沉默。素珍也沉默，间或一声叹息。

"唉，给了就给了吧，给了咱们自己也心安。"素珍自言自语。

石岳文还是不吱声。

素珍转而又说："儿子！你又不是圣母玛丽亚，别把所有的罪责都往自己身上揽，对不起这个又是对不起那个的。你总得为自己想想吧？我觉着一个人最大的责任感，就是先对自己负责，你对自己都不负责，又怎么对别人负责呢……"

"一个人最大的责任感,就是先对自己负责!"听到这句话,石岳文如醍醐灌顶,脑袋清明不少。

"嗯,妈,我知道了!"不同于以往的敷衍,他给了素珍一个确定的回复。

即使在回家的飞机上,石岳文都在纠结对不住凌笑笑,同时想到舒婷因自己而付出的代价,也觉得对不住她。

素珍一句话,点醒梦中人,使他释然不少。自责没有意义,自己也不是过去那个自己了,不如与过去做个了断,明天升起的,又是一轮新的太阳!

想到这里,他不禁笑了笑说:"妈,我饿了,我陪你去菜场买菜吧,咱们好好吃一顿!"

石岳文的神色多云转晴,素珍释然不少,她高兴地说:"好的儿子,咱们去买菜!人活一世草木一秋,咋样不是个活?天下就没有过不去的坎儿……"

7

全家人很快得知石岳文离婚的消息,周末晚上齐聚素珍家里吃饭。席间石岳文强颜欢笑,所有人心知肚明,彼此却心照不宣。

饭后收拾停当,石岳斌让媳妇带娃先回家,他提议和石岳文去小区门口一家烧烤店,吃烧烤喝啤酒,聊聊知心话。

"宁宁,你将来是咋打算的?回银川还是留在杭州呢?"石岳斌问道。

"我没想好呢,眼下杭州还有一大堆事情,现在想为时过早。"石岳文冷静地说。随即,他告诉石岳斌自己开拓地产投融资业务的想法。石岳斌一知半解,但仍然努力地和石岳文交流着。

"咱们别都聊我了,你现在情况咋样?"石岳文问道。

石岳斌尴尬地笑笑:"我嘛,老样子!在乡土管站工作,吃不饱也饿不死的，还算过得去。"

"那你一个月工资多少？"石岳文问道。

"嗯，到手三千多吧，有时候加一点补贴，能领到四千块的样子。"石岳斌说。

"就算四千块工资一个月，单说你那辆车每天来回油费恐怕得一千多块吧，还有每月将近两千块的房贷，加上吃喝拉撒和娃娃的学费，咋活呀？"石岳文不解地问道。

石岳斌干咳几声道："那点钱确实不够花，这不你嫂子在保险公司干，每个月也能挣个三五千块钱，两个人加起来，勉强过得去。"

"哦！忘记说了，最近我被抽调到县土管局干了，负责征地修路的工作，离家近多了，油费省不少，补贴也多了好几百块呢。"石岳斌开心地说。

"那是好事情！"石岳文开心地说，转念又问道，"早前听你说，咱们县城人员编制紧张得很，怎么会有机会调你到县城呢？"

石岳斌感慨道："唉，人心不足蛇吞象！我们土管局的工作就是征地拆迁，尺子松一松，就是好几亩地送出去了，所以有些人吃拿卡要，手伸得太长被送进去了，导致县局人手严重不足，只能抽调我们去干了……"

"那、那你没有干这种事吧？"石岳文犹豫地问道。父亲在乡镇当了半辈子领导，两袖清风，深受乡民敬重，也深深地影响了全家人。他不希望石岳斌在这种事上犯错误，误掉前程毁人生。

"怎么会？！"石岳斌笃定地说，"偶尔人家请吃一两顿饭是有的，但也仅限于此，目的也是怕我们刁难人家。依咱们兄弟和父亲一样的秉性，就算他不请我吃饭，我照样会按政策把事情干好。只是有的人感觉不请你吃顿饭，他心里不踏实，我推脱不掉才偶尔去一次，绝不会违反政策干昧良心的事……"

"嗯，这就好！就像父亲在世时教导我们的一样，人一辈子穷富不重要，只要活得踏实安心……"石岳文赞许道。

原本在杭州时，石岳文激情满满地想开拓地产投融资、代建业务，但石爱去世对他影响很大，一想到素珍七十高龄，还要孤零零地熬到去世，他心里就涌出莫名的难过，不停地蹦出回老家的想法。

再看石岳斌，虽然每月挣钱不多，但一家人小日子过得平安喜乐，相形之下，到底什么才是衡量成功的标尺呢？生活幸福的标准是什么？人生的意义与价值又是什么？

他想再回农村老家看看，孩提时代他们衣仅蔽体、食仅果腹，但那种踏实的快乐却至今难忘。农村老家穷乡僻壤的，到底有啥力量可以给到他们这些？

石岳斌欣然表示要陪弟弟一起回老家，两兄弟意兴盎然地吃喝畅聊，直至午夜，才意犹未尽地回家睡觉。

次日吃过中饭，石岳斌驾车带着石岳文，回到阔别多年的老家。虽然一个多月前给父亲做法事来过，可当时的心境和现在截然不同。

因为眼界宽了的缘故，那条宽阔的黄渠，如今看来窄得很。孩子们都去县城上中学，昔日的乡中学早已没了学生，被人承包养猪，一副凋敝破败的景象。曾经热闹的大街，只剩下稀稀落落的几家店铺，有气无力地开着门，半天见不到一个顾客。

物是人非，面目全非。

兄弟俩驾车顺着曾经上学的路，去他们曾经长大的村庄，一路上期待不已又惴惴不安，就像浪迹多年的游子，马上要见阔别多年的母亲。

汽车所到之处，都是横平竖直千篇一律的柏油路，道路两侧是长相一样的杨树和柳树，一眼望不到边的蔬菜大棚，或者连片垂着头的庄稼。

哥俩将汽车开到那条笔直的主干道上。那曾经连缀六个村庄的黄土路，如今与其他柏油道路没啥区别，唯一留下的建筑物，就是石岳文曾经读书的那所小学。

小学周围砌了一圈红砖围墙，低矮的平房已不见踪迹，取而代之的是一栋四层高的红砖小楼，突兀地耸立在正中央，成了外地种菜种粮的民工宿舍。每层廊道都悬着一两根铁丝，搭满了花花绿绿的床单、被套、洗过的衣服等，万国旗般迎风招展。

学校后面的晒粮场不见了，晒粮场上一座座小山似的柴草垛不见了；学校旁边的村庄不见了,村庄里面一排排的土坯平房小院不见了;村庄旁的水渠不见了,水渠里的鸡鸭鹅不见了;村庄后面的沟北砖窑不见了,砖窑旁那片榆树林不见了;阡陌纵横的羊肠小路不见了,路边的歪脖子树和夹杂的野花、野草不见了……

放眼望去,满眼千篇一律的农作物,千篇一律的蔬菜大棚,千篇一律的行道树和千篇一律的水渠。

若非从小在这里长大,谁能知道,这里曾经存在过跟大地紧密勾连的一片片村庄?谁能想到,这里曾经有过炊烟袅袅、鸡犬相闻,白发老人和黄口小儿怡然自乐的生活场景?谁能想到,在这里曾经发生过那么多的故事,经历过那么多的苦难,以及苦难中的欢乐?

石岳文心里清楚,他与这片大地那亲切而熟悉的连接,断了。那些曾经熟悉的生活画面支离破碎,逐渐模糊和消失……

怀着浓浓的乡愁,面对再也回不去的故乡,两兄弟怅然地站在那里,泥塑一样,他们已经彻底变成过客。

感慨一番,哥俩情绪低沉地开车去村民居住的乡镇集中住宅小区——老爸爸石万和姑姑凤花一家都住在那里。

当汽车行驶到曾经的丁字路口,石岳文发现这里热闹非凡:沿街左拐是一条笔直的水泥路,尽头是小区大门,一幢幢鳞次栉比的多层小楼,一眼望不到头。

大门两侧绵延上百米,是崭新的一溜商铺,蔬菜店、肉店、生活用品超市、信用社、药店、鲜花店、理发店等一应俱全。商铺前是硕大的广场,一侧布置各种社区运动设施,另一侧布置花坛、休闲座椅等设施。

时近黄昏,但还没到饭点,广场上无所事事的中老年人,散步的散步、锻炼的锻炼,聊天的聊天,打牌的打牌。金色夕阳洒在建筑上、树上、广场上,构成明暗不一的斑驳色块,透着难以言说的情绪。

汽车缓缓驶进小区,石岳文摇开车窗,寻着依稀记得的熟人,还真认出好几个来。但那些熟人已全然认不出他,石岳文打招呼时,才恍然大悟地惊讶道:"呀!你就是那个、那个——呀!你咋来了?"然后,露出开心的、憨憨的又有些难为情的笑容。

哥俩索性将车停在小区门口路边，下车和相熟的人寒暄、拉家常。他们还是那么淳朴，过分热情地邀请哥俩去家里吃饭，热心地把哥俩一路指引到老爸爸石万家里。

婶婶看见哥俩，慌乱用手抹平客厅沙发上罩着的一块床单，招呼哥俩坐下后，便一头钻进厨房手忙脚乱地准备饭菜。老爸爸则忙着给哥俩倒茶递烟，一屁股扎在沙发对面的小凳上聊起来。

离开村庄，没有蚊虫的侵扰，没有臭气熏天的粪肥刺鼻，不用忍受露天旱厕和雨天泥泞的道路，不用清理永远扫不干净的院子，也不必经历洗个澡也要费尽周折的糟心，更不必感受太阳落山后无趣得心慌……

夫妻俩每年能收到每亩地八百元的地租，农忙时节帮种植大户种菜种粮，挣到每日一百五十元的现结工钱，多数时间则无所事事地在小区内外遛弯、打牌、聊天吹牛。

石岳文明显感觉到，两口子并没有因为搬进这种现代化的住宅小区，增添更多的快乐。

前些日子，老爸爸石万还住进医院，据说心脏支架就搭了三个。

以前因为长期在田地里干农活，老爸爸黑且瘦，脸上沟壑纵横，粗糙的双手铁钳般有力。他一顿能吃两碗米饭，吃得香睡得着，精神得很，一看就是和医院天然绝缘的那类人。

如今的老爸爸不但皮肤变白，胖得脸上褶子都撑没了，就像发酵的白面馒头。于是，血脂、血糖、血压不约而同附体，各种病症约好了折磨他。

老爸爸终于没能扛过这个秋天，住进医院动了一次大手术。

如果搁在从前，这个时节他一定快乐地哼着歌，在地里忙着割水稻、掰玉米、收大豆、种秋菜……古人说"伤春悲秋"，他这也算是够悲的。

农民的生活，说穿了离不开土地。

抑或说，所有人的生活，都根植于土地。生活在高楼林立、水泥铺就的现代城市中，"接地气"就变成非常奢侈的享受，但凡能养点花种几棵菜的排屋别墅，价格都高得牙疼。

聊天时石岳文一直在想，人们似乎陷入两难境地：喜欢城市的繁华，却又渴望乡村的宁静；追求城市的文明，却又想念乡村久违的温暖；贪恋城市炫目的霓虹，却又渴望山水的秀丽。

就像六世达赖仓央嘉措那样："自惭多情污梵行，入山又恐误倾城。世间安得双全法，不负如来不负卿。"

能否有一处所在，比城市更温暖，比乡村更文明？这处所在，种地不再是为了生存，而是与自然合作的艺术；这处所在，吃饭不单为了果腹，而为吸收最纯粹的自然能量；这处所在，山湖林草花鸟虫鱼，是与自然和谐相处的方式，是与自己的内心和谐相处的方式……

石岳文正出神，老爸爸感慨地说："老话说没有受不了的罪，却有享不了的福。唉！这辈子把老人送走，把娃娃养大，咋样还不都是活着么！"

老爸爸随口一句话，犹如一道霹雳，在石岳文脑海中炸开。

是啊！咋样还不都是活着么？活着本身就是人生的意义，食能果腹，衣能蔽体，享受天伦之乐，经历日落日出，一个过程而已。

回首前半生，自己苦心孤诣追求的一切，不过是过眼烟云，反而因此辜负了上天的馈赠。如此看来，再去杭州打拼确实没啥意义。

石岳文低落的情绪一扫而光。哥俩结结实实地陪老爸爸喝酒，直到老爸爸不胜酒力回卧室睡觉，才意犹未尽地去凤花姑妈家，和姑父又喝了一场……

第二天，哥俩在小区里晃悠，和儿时相熟的伙伴聊天，得知石红旗最终因为持刀捅人吃了官司，被法院送了十五年的牢饭，不禁唏嘘感慨。

吃过中饭，哥俩驱车去贺兰山脚下，在爷爷石伏祥和奶奶王玉兰的新迁的坟茔祭奠。

远处巍峨的贺兰山，在清阔辽远的蓝天映衬下，深沉而突兀，上千年前就应该是这个样子。空旷的西干渠畔不见人影，布满馒头状大小不一的坟茔，每座坟茔都埋藏着一个独一无二的故事。

爷爷奶奶的坟茔，背靠贺兰山，脚踩平川，面朝遥远的黄河，风水极好。石岳文祭奠时絮絮叨叨地自言自语，希望爷爷奶奶在另一个世界过得好，并且护佑家族平安喜乐、兴旺发达……

回家路上，哥俩绕道去了赵公墓。石岳文在石爱的墓碑前报告了自己几年以来的遭遇，就像他每年回家探亲时说的一样，只是这次说得毫无保留。

这次回杭州，石岳文绕道去了北京，趁此机会和多年未见的老朋友叙旧。

因为女儿在国外留学，柳公明早已办了绿卡，和老婆一起去陪读，一年只有三四个月待在国内，陪老父老母、走亲访友，捎带着做些策划顾问和资源整合的事情，日子过得逍遥自在。

姜小烨架不住郭宗江忽悠，于石岳文去杭州的第二年，随郭宗江一起辞职创办广告公司，半死不活地做了几年后，竟也干起房屋销售的活计。

他俩招来几个程序员捣腾出一个房屋交易APP，不停地开设房屋中介门店，将线上揽客和线下交易完美衔接，如今已在一二线城市开了近千家门店，年销售额比一家大型房地产公司还要高，成了名符其实的大老板。

金小满费尽心力进去的那家报社，最终没能追上时代潮流而停刊。她和男同事合伙开了家公关活动公司，专门在网上组织中产和白领游山玩水，居然玩出了名堂，在好多风景名胜区都有自营民宿。

她经常在微信朋友圈里凡尔赛式地晒图，配上几句戳心扎肺的心灵鸡汤，让看到的人感觉自己白活了一场。

金小满和那位男同事同居多年，却不结婚，也没生小孩，朋友们不理解她这种没心没肺的日子，却也不便打问。

石岳文最想见的华同川，却永远也见不到了！

两年前，石岳文因离婚和公司危机忙得焦头烂额时，从北京传来华同川去世的噩耗。他最大的遗憾，就是没能亲自去送一程。

华同川自打送石岳文到杭州回北京后，专心经营酒楼，还承包好几家食堂，员工一度超过五百人，生意做得风生水起。

餐饮生意理顺后，华同川又开始研究各式各样的白酒，不辞辛劳地走访各家知名酒厂，最终把自己培养成国家一级品酒师。自那以后，网络上最流行的视频网站出现了一个视频账号，主播就是华同川，他给粉丝介绍各种白酒知识，教他们品鉴白酒，顺便带货抽佣。

没两年工夫，华同川的视频账号变成知名大Ｖ号，他也成了大名鼎鼎的知识博主，每月有大几百万元的销量，带货抽佣收入比经营餐厅的利润还高，硬生生把副业做成了主业。

然而因为喝酒太多，他的健康状况江河日下，脸色一年比一年差，最终喝得胃穿孔后住进了医院。

出院在家休养期间，华同川一直吃中药调理身体，眼见健康状况一天天转好，却突然在一个凌晨，短短十多分钟的时间里，心脏骤停。恐怕连他自己也没想到，意外比早晨的太阳来得更早。

石岳文此次绕道北京，最主要的目的就是去八宝山，给他献上一束鲜花。

时值仲秋，北京的天气已透出些许寒意，石岳文在穿惯的Ｔ恤外罩了一件夹克，坐在华同川的墓碑前，感慨万千。

十几年前，石岳文初到北京，在南宁偶遇华同川，相见恨晚。

彼时的石岳文，北漂一枚，身无长物，只有一腔子的热血，说话没轻没重，办事也没分量。可是华同川就认这个兄弟，在他酒楼的大包厢里，一顿大几千元的珍馐美味，石岳文不知吃过多少回。

石岳文清晰记得，有一年元旦，大学同学来京办事，他邀请华同川一起招待，在石景山游乐园旁一家不入流的小餐馆吃饭，还在一家很便宜的小歌厅唱歌。

虽然请客的地方远在五环外，华同川仍然屁颠屁颠地从三环赶过来，还打趣说石岳文请他唱的是劳保歌厅，玩得相当尽兴。

华同川送穷困潦倒的石岳文去杭州，介绍朋友给他认识，房子免费借给他住，出差经常顺路看他。每逢石岳文遇到坎儿心情郁闷，他都关切地出主意、想办法，在电话那头一听就是一两个小时……

回忆往事，石岳文流了泪。

他默默将墓碑前的野草拔掉，用一圈塑料花装饰墓碑，到附近寻了把笤帚疙瘩将墓地打扫干净，这才从塑料袋中掏出水果、馒头、香烟、白酒等祭品摆好，燃起三炷香行礼插回，坐在墓碑前絮絮叨叨地自言自语。

临走，他瞅四周没人，扯开嗓子为华同川唱了段京剧："蓝脸的窦尔敦——盗御马，红脸的关公战长沙，黄脸的典韦，白脸的曹操，黑脸的张飞——叫喳喳……"

华同川除了餐饮生意做得好、品酒卖酒拿手，还有一副好唱腔，每次同桌吃饭喝到尽兴时，他就会唱上一嗓子梨园金曲，总能博得满堂彩。

斯人一逝，便是永恒。活着的人仍将继续，最终殊途同归。

当晚，石岳文应约赴宴，同桌有柳公明、金小满等，请客买单的人自然是郭宗江和姜小烨。

两人忙着公司上市，特意指派秘书事先安排好一切，宴席中场才急匆匆赶来。

落座寒暄后，两人狼吞虎咽地吃了半天，方才敬酒致歉。郭宗江亮开嗓门大笑几声："真是对不住各位了，也托石岳文的福，说实话，已经好多天了，我和姜小烨别说吃酒席，连盒饭都来不及往嘴里扒——别人看来光鲜的老板，其实惨得很……"

就着郭宗江的凡尔赛话题，众人感慨不已，转而发现金小满过着与他俩截然相反的生活，钱虽不多挣，但日子滋润得无法无天，神仙一样。

"唉，你俩撅着屁股干来干去，临了才发现，你啥都带不走，人生更多精彩的体验，已然来不及经历了……"石岳文感慨地说。

"屁呀！境界低了不是？大几千口子人要吃饭，指靠着公司养家糊口，那是责任！只要一开公司，你就不属于你了……"郭宗江用一贯没有正形的口吻，说着正经的观点。

大家问起石岳文的近况，他轻描淡写地几分钟讲完，顺口说自己可能要介入投融资圈，想结识一些金融圈的人。

"这些人我手头有啊！"郭宗江手一挥，"不是吹牛，我们公司最近筹划上市，净跟这些金融骗子打交道了，十个有八个都是忽悠，最后那两个，我攥在手里成了合作方，你啥时候需要，说一声就行……"

酒席上只要有郭宗江，就不用担心冷场，大家吃得津津有味，聊得满心欢喜。只有柳公明话不多，适时说几句铺垫搭台的话，照顾到桌上的每个人。

席终人散，柳公明打车顺路送石岳文回酒店，他在车上说："兄弟啊！人一生的每个年龄段,就应该有那个年龄段的活法儿,年轻时就该像春光般明媚,壮年时就得像夏花般绚烂,到我这个年龄就该活得像秋叶般静美了……你上次电话里说想回家养老,我建议你考虑考虑,你还年轻,时间没到呢!"

自从当了北漂认识柳公明后,石岳文觉得这位大哥像一位智者,每每在自己人生的关键处,总能穿透表象看穿本质,给他指一条正确的路。

感激之余,他好歹把柳公明从网约车上拖下来,坐在酒店大堂咖啡厅,聊了一个多小时。

柳公明临走留下的话是:"机会女神伸给你一头美丽的长发,如果你不及时抓住,再想抓时就是个光头!"

8

毕大力万万没想到,石岳文之前激情满满地表示要和红城集团合作,在地产投融资圈里搅个天翻地覆,仅仅过了一个多月,他却同样坚定地打了退堂鼓!

"这是出啥事了,你想法变化这么大?"毕大力坐在办公桌后,疑惑地对刚从老家回来的石岳文说。

"我爸去世了,老妈也七十岁了,我漂在外面二十多年,没尽过孝心。如今累了,该回家了……"石岳文伤感地说。

沉默良久,石岳文又说:"人活着的意义到底是啥?这个问题我想了很久,觉得和一只动物没啥区别,吃饱喝足玩耍嬉戏,尽享活着的过程;而作为一个人,往往因为想要得太多,才会有无穷的烦恼,反而背离了活着的本质……

"活了这么多年,我发现都没时间了解自己,也没弄清楚自己要什么——只是我一回到老家,就觉得恬淡安宁;而在这里,却心浮气躁得没有归属感。"石岳文最后强调说。

毕大力黯然，一时竟找不到说服石岳文留在杭州的理由。

从红城集团大厦出来，石岳文抬头看见雨后初霁的天空，一弯艳丽的彩虹悬在清澈湛蓝的天幕，街道两旁的梧桐树伸向远方，枝干虬劲，叶片金黄，美得教人心疼。

"自己有多久没去看过西湖、运河、钱塘江、西溪湿地的美景了？"石岳文感慨地摇头。

是啊！这些记忆太遥远，远到自己都记不清是哪一年了！哪怕一阵风带来的桂花香、花丛中飞舞的蝴蝶，抑或墙角处两只狗打架，他从没有静下心来感受和观赏，只是匆匆并苟且地赶路，直到父亲去的那个地方……

回到公司，石岳文告诉综管部两位姑娘：招聘停止，约好的面试取消，接下来着手处理退租、变卖资产、注销公司等一系列事宜。

他最终没能忍住，给凌笑笑打了一个电话。

凌笑笑得知石岳文要回老家，坚持请他吃顿饭，就在他俩曾经的出租房对面的小饭馆。道别时，石岳文掏出一张银行卡硬塞给凌笑笑——他离婚时给凌笑笑的房子和补偿，算起来她应该还有二十万元贷款没还。

银行卡里整整二十万元，密码是凌笑笑的生日。

凌笑笑坚辞不受。石岳文二话不说，将卡塞到她手中，转身拦辆出租车走了——他们此生恐怕不会再见面，这些钱赎罪也罢、交代也好，反正给到她手里，心里也就踏实了。

接下来的日子，石岳文陆续拜会了他杭漂十几年最重要的那些朋友。

撒东来是带他入行的人，并屡次在困难时接济他；祝一凡在他公司快撑不住时，给了他一票十六万元的生意，帮他渡劫；公司服务的项目总经理、营销总监等，这些合作方也要感谢；猴子、尹依然、闫桦等得力干将，在人生最美好的年华追随他……

他们都是他生命中值得感恩的人，将来能否再见亦未可知，理应拜会致谢，喝顿酒、谈谈心，从此各自仗剑走天涯。

一个月后的春节前夕，石岳文打点行装，买机票飞离杭州。落地后的第一件事，就是换掉那张已经用了二十年的手机SIM卡。

整个春节，石岳文不再步履匆匆地赶时间，而是踏踏实实地跟家人一起请客招待、走亲串友。其间他不仅去给立德教授、秦雨姗父母、黄立中主任等拜年，还和同学老友们频频聚会。

周朝歌在那个房地产项目上赚了一票，转行投身保健品行业，事业初具规模。实现财务自由后，他把生意撂给专业人士管理，开着越野车四处旅游。他的梦想是走遍全国，阅尽大好河山。

老友相见，自然分外亲热。

"兄弟，你干脆来我公司帮忙咋样？"两人饭后在足浴店洗脚时，周朝歌说道。

石岳文婉言谢绝："你的心意我领了，但是算了吧！干了这么多年公司，我已经不适应按点上班的节奏了。"

"这些年我听了你的话，投资了不少房产，如今算下来，公司赚得那点钱，还不如我炒房子赚得多呢。"周朝歌感慨道。

"是啊！"石岳文附和，心想自己这些年在杭州赚的钱，也都投进房子里了，只是因为婚变，他又得重新开始。

"我手里有套安置房指标用不上，干脆让给你得了，你回银川发展，好歹有个落脚之地……"

"嗯？"石岳文心里嘀咕，难为情地说，"你帮我这么多了，这套房子你拿下明显赚钱，我怎么好意思要……"

"自家兄弟不说两家话，再说买房的钱你自己出，我只是顺水推舟让个指标罢了。"周朝歌极力相劝。

石岳文坚辞不受。周朝歌好说歹说，他才勉强答应下来。

"下一步你准备做啥呢？"周朝歌问。

这个问题石岳文早已考虑清楚：曾经自己一头扎进电商行业，想在公司没落前培育新市场，没承想亏损得一塌糊涂，也使他明白隔行不取利的道理。但那次创业失败的经历，却给他打开一扇窗——公司后来渡劫的三年里，他不停研究互联网电商平台，硬生生学成了内行。

如今互联网一批短视频平台横空出世，逼得淘货网节节败退。原因很简单，人们接收信息的方式，从阅读时代跨越到读图时代，如今又步入短视频时代，一个巨大的行业风口又出现了。

石岳文计划用剩下的三百万元，在石家洼创建一个短视频直播带货基地，将当地出产的农产品卖到全国……

周朝歌连声叫绝，他兴奋地表示，如果过程中有啥困难尽管开口。他甚至夸张地开玩笑说："哥们儿如今穷得只剩下钱了……"

春节过后，石岳文一头扎进石家洼，紧锣密鼓地施展自己的抱负。

村边那所小学的地盘，属于承包村里上千亩土地的种植大户——那是自己儿时的玩伴石广财。

石广财虽然承包流转土地挣了几个钱，但和雇来的农工们同吃同睡同下田，皮肤粗糙、脸上沟壑纵横，年龄看上去比石岳文大了二十岁的样子。

他用袖管撸掉茶几上的浮尘，邀石岳文坐上那张冒出海绵内衬的皮沙发，端来一杯清茶，坐在对面凳子上，双手抠着膝盖，听石岳文忽悠。

寒暄一通，石岳文直截了当地问道："广财，你承包这上千亩土地，一年大约能挣多少钱？"

"嗯，挣不了几个钱，好的时候剩个三五十万，不好的时候平平过，有时还要亏掉几十万块钱。"石广财老实答道，"主要是找不到销路，上门的贩子把价格压得很低，产量越好的年景，价格越低……"

"你平时刷不刷手机上的短视频？很多人在上面卖货呢，据说单农产品就占了成交额的一半……"石岳文又问。

"刷呢么！"石广财挠头难为情地说。他现在连电视都很少看了，一有空闲就刷手机上的短视频，又哭又笑的，有时能强撑着刷到凌晨一两点，早晨一睁眼就平躺在床上，两只手抓着手机举在半空看，僵尸一样。

"我这每亩地的产量好几吨，指望在手机上卖掉是不可能的，再说我连半筐字都认不全的泥腿子，咋会搞那些东西，还得靠你们这些文化人才好使……"石广财难为情地说。

"嗯，我就是这个意思！"随即，石岳文提议在学校这幢小楼后面的空地上盖几座小院，就是他们小时候住的那种土坯房样式，分别规划生活区、办公区、直播间、仓库、宿舍等，再养一圈羊、骡、马、牛、驴等大牲畜，重建一个迷你型的石家洼村庄。

而小院后面的几十亩地，则规划种植中宁枸杞、海原黄芪、灵武长枣、中卫硒砂瓜，能碾出"西夏贡米"的水稻、小麦以及各种蔬菜瓜果。

石广财听得云里雾里，疑惑地问道："你搞这些个干啥，都是费钱的营生……"

"你把这些地种好，就像我们小时候种地一样，我组织人把种地过程以及大家的生活，统统搬到短视频网站上播放积累粉丝，一个人买咱三五斤，就是好几百万斤，将来你种的那上千亩地，产出的东西怕是不够卖哩……"石岳文胸有成竹地说道。

石广财听得两眼放光，随即垂头丧气地问道："我思谋做这些事情至少也得两三百万投入，这些钱谁来出呢？"

"我出大头，剩下的你也入一股，咱们再找找其他愿意合作的人，让他们也入一股，大家一起干！"石岳文答道。

石广财咧嘴憨笑。他做梦也没想到，自己有朝一日也能在手机短视频上有一席之地，便爽快答应。

盖房、挖渠、耕地、栽树、买牲口……这项浩大的工程，依照石岳文详细周密的计划，有条不紊地进行着……

石岳文给素珍做工作，劝她搬到石家洼和自己一起生活，腻烦了再回城里住段时间。石岳斌和石岳华也入了一股，平日在城里上班，逢周末及节假日就携家带口来石家洼休闲。

石岳文说服王宝索性举家搬迁到石家洼来打理庄稼，也给他分一院房子。家族里的亲戚如凤花、石万等，在石岳文的劝说下也愿意搬回来住，子女闲暇时就来这里探望他们……

石岳文甚至说服周朝歌也出钱入股，在这里分到一院房子，周末及节假日携家带口来这里休闲度假——和那些贵得要死的城郊别墅相比，这里的小院既便宜，又是纯粹自然的乡村，还有相熟的朋友在一起，妙不可言。

一番操作下来，仅小院出让所得钱款，就覆盖了这项工程绝大部分成本——石岳文用地产开发思路建设的这个视频直播基地，水到渠成。

招聘广告打出去后，最早前来面试的两个策划，石岳文做梦都没想到。

两个年轻人同在省城一家报社上班，是记者部的同事。由于手机互联网侵袭，报社经营举步维艰，给冗余人员每个月发一千五百元生活费，也不要求他们上班，目的就是逼迫他们自动离职。

两个人三天打鱼两天晒网地混了一段日子后，深感前途无望，看到招聘广告就像抓到了救命稻草，碰头一商量，便从市里驱车二十公里来石家洼面试——他们想赶上短视频直播的风口，深信振兴乡村有广阔的发展前景。

两个人的履历都很漂亮，新闻系本科毕业，分别在报社有三年和五年的记者经历，手机上能查到的署名文章足足有几十个下翻页。

他们紧张而又热切的眼神，令石岳文想起了二十多年前的自己。

看完周姓的小伙的履历，石岳文心念一动问道："周大庆是你什么人？"他清楚，小伙子能进这家报社，背后没有相当的关系资源基本不可能。

"他是我爷爷，您咋知道他？"周姓小伙子惊喜地反问道。

"我当过几年记者，见过你爷爷，他当时是你们报社的副总编辑。"石岳文没提周大庆插队的那段往事，更没提及周大庆给自己取名的那段渊源，回想起父亲当年带自己请周大庆帮忙安排工作未遂的经历，他苦笑着摇了摇头。

俄顷，他将目光转向和周姓小伙子一起前来面试的姑娘，微笑着问道："如果我没猜错的话，你爷爷以前应该是晨报社长吧？"

"呃！您也认识我爷爷？"这个毛姓姑娘同样惊讶地睁圆了眼睛。

石岳文微微点头。当年黄主任骑自行车带他去拜访毛社长，被一副官腔委婉拒绝，自己伫立街头茫然无措的情形，历历在目。

真是风水轮流转，毛社长和周大庆恐怕做梦也想不到，自己曾经拒绝帮助的那个年轻人，几十年后会面试他们的孙子孙女。

送走两个年轻人后，石岳文陷入沉思。

回溯二十多年前，毛社长和周大庆帮他是情分，不帮他是本分；而自己当年毕业找工作时，这两个年轻人刚出生，和这段所谓的恩怨也毫无瓜葛；再说自己做短视频直播事业，这两个年轻人是理想的人选，没理由拒之门外……

内容制作团队招聘齐全后，石岳文在互联网的短视频平台注册了一个账号，名为"村上"。

伴着清亮高亢的鸡鸣声，一轮红日从远方地平线缓缓升起，这个迷你村庄开始有了生气：袅袅炊烟升起，院中人影摇动，锅碗瓢盆的撞击声、狗吠声、马嘶声、牛叫声此起彼伏。约摸一小时光景，羊群出圈，大家扛锹荷犁，套车拽驴，各自到指定的地块上劳作……

几支摄影团队分头出动，将大家的生活、劳动场景一一记录，再交给后台剪辑部门制作短视频。在账号直播间，几个小姑娘卖力地推销着各类农特产品，而且现场连线切换，与田间地头的外场主播紧密互动。仓库里的人则负责将下单的商品整理打包，邮往全国各地……

一年后。

石岳文名为"村上"的短视频账号，积累了近千万粉丝，每天直播间的成交量都有近百万元，扣除所有成本后，每个股东年底都能分到大几十万元的利润。

外出打拼二十年，石岳文的内心，从没有像如今这般笃定和安宁。

此刻，石岳文坐在小院中央的竹椅中，慵懒地晒着太阳，手边是柳公明送给他的书——《阳明心学》。这本书他翻了无数遍，有些页面已残破不堪。

作为千年不出的圣人，王阳明创立"心学"，精髓就是心即理、致良知、知行合一。

石岳文背后土坯房的屋檐下，一根木杆横悬在窗框上方，上面挂着几串晒干的紫白色蒜头、金黄的玉米棒以及红红的干辣椒串，几只马蜂嗡嗡地绕着木杆上下翻飞——他的思绪，不知不觉地飞回到童年……

沟北破败的砖窑上，他们耍完水后光溜溜地跑来跑去，嘴里开心地喊着"麻利麻利干干，不干羞你家先人"。

通往砖窑的那条土路上，他们骑在马背、牛背、驴背上，在夕阳的余晖下开心地唱着跑调的歌曲。

道路两旁的柳树，他们一到暑假就把枝条砍下来剥掉外皮，晒干后捆好背到收购站，用换来的钱买文具和糖果。

道路两旁的田地里，藏着令人垂涎的宝贝，番茄、黄瓜、苹果、桃子，用手抹一下就塞进嘴里，西瓜、哈密瓜敲开吃，随手掰下一只向日葵的圆盘，就是晚上在村头看电影最好的零食……

他们的唇齿间溢满各种味道：用搪瓷缸煮熟的茨菰的甘甜，火堆灰烬里扒出来的土豆、黄豆、玉米的焦香味，黑白眉眼的榆钱花的清香甘甜，长在坟茔旁鲜红晶莹的野枸杞更是甜得令人发抖，还有雨后的蘑菇，玉米包浆时的秸秆，尚未长老的蚕豆，半红半绿的番茄……

他们像一群发疯的牲口跑去邻居家门口"燎干"，在田间地头摆阵"打仗"，去学校篮球场上"比武"，他们牵牛放羊、抓特务、偷青货、玩弹珠、赌香烟盒、抓麻雀、掏鸟蛋、去鱼塘和团结沟耍水……

村里村外、田间地头，到处是他们欢快的身影。虽然那时穷得没有底线，却是一生中最幸福的时光。

有的人用一生治愈童年，有的人却用童年治愈一生。

这是他心灵的原乡，是他力量的源泉。父亲用了十五年时间，将他们带离这片土地；而他二十年来兜兜转转，竟又回到这片土地——心若没有归属，到哪里都是流浪。

还有秦雨姗、顾胜男、凌笑笑……他拼尽一切力量想要逃离、想要遗忘，可是鬼使神差，却是他内心逃也逃不离的所在，忘也忘不了的念想。

"生存也罢，爱情也好，你最想逃离的所在，往往是你最想回去的地方，其实我们无处可逃！"石岳文心里感慨道。

是啊，父亲去过北京，见识了外面世界的大，意识到农村人和城里人不是一个命，千辛万苦地带着一家人逃离这片土地，然而他临走那几年，心心念念的不还是这片土地吗？

自己从乡村小学考到中学，见识了县城的繁华，后来上大学又领略了首府城市的格局，工作后怀着一颗无畏的心走南闯北，人在外乡却发现灵魂留在原地，最终还是回到这里。

心安之处，才是故乡！

石岳文抬眼看看院落墙角处：素珍坐在一个小马扎上，和姑姑、姑父、老爸爸、婶婶等人一边聊天,一边剥着青绿的蚕豆粒儿,面前的柳条筐里,满满地盛放着连枝带叶饱满的豆荚,地上散落着一堆剥掉的豆壳——他们午饭中的素菜就有油淋豆,而清炒蚕豆荚他们已经几十年没有吃过了。

素珍曾不止一次地问他:"儿子,你就没有考虑再找一个人成家?你一个人晃来晃去的,将来老了咋办?妈担心得很!"

他总是支支吾吾地搪塞过去,或者干脆顾左右而言他地打马虎眼。对于老人家的牵挂和担心,他无言以对。

杨丽、徐静、林玲、孟晓晚、秦雨珊、顾胜男、凌笑笑、舒婷……他生命历程中的这些女人,秦雨姗已经走了,顾胜男和舒婷联系不上,其他的即便能联系上,也都各自陷在蝇营狗苟的生活漩涡里,早把曾经的故事,抛到爪哇国去了。

过去的就让它过去吧,能在人生的某个阶段与她们相遇相知,已是莫大的幸事,情深缘浅也是宿命,如今再续前缘亦是物是人非,心境也大为不同,何必强求?

纵有万般不舍,终究走着走着也就散了。天命说穿了,就只是一个过程,随缘就好……

正出神间,小院的门"吱呀"一声被推开,是猴子!

猴子身后,是一个约摸四五岁的小姑娘,拽着猴子的衣角,偷偷探出头打量石岳文。

"老大,你这个地方难找的……"猴子说着话,径直来到石岳文身旁,拉开一张竹椅坐下来,随手抄起小方桌上的一把花生,剥开皮吃了几颗。

"咦?你咋来了,也没事先打个电话?!"石岳文疑惑问道。

"还不是因为她!"猴子冲着小姑娘努努嘴,剥开一粒花生塞进嘴里。

小姑娘头发微黄,皮肤白皙,不大的丹凤眼,鼻翼微弓,嘴巴小巧精致,白色T恤配褐色卡其布裤子。她两只小手搓着衣角,眼睛骨碌碌转,怯生生地看着石岳文,瞅得人心疼。

石岳文油然生出一股莫名的亲切感。他缓缓起身走到她身边,单膝跪地,拉起小姑娘的手,亲切地问道:"嗨,小妹妹,你叫啥名字?今年几岁啦?"

"我叫石思宁,我今年五岁了。"小姑娘口齿伶俐、脆生生地答道。

像被一道闪电劈中,石岳文瞬时僵在那里,眼眶热乎乎的。

"石思宁,这个小姑娘居然姓石!而他出生宁夏,小名就叫宁宁……"石岳文心念电转,一把抄起小姑娘抱在怀里,屁股还没坐稳,头已经转向猴子问道:"这、这是咋回事?"

猴子将花生扔进桌上的小柳条筐里,拍拍手上的花生皮说:"老大,你还记得咱们几年前去夜总会玩时,有个叫ROSE的姑娘吗……"

原来就在三天前,猴子接到ROSE的电话说约他见一面,见面时就带着石思宁——

五年前,她与石岳文有过两次肌肤之亲,发现自己怀孕时石岳文已经失联,这才发现其实自己对石岳文了解甚少,连名字都没问全,通讯录里的电话号码早已打不通,微信也联系不上,找到出租屋又发现他搬了家……

她想把孩子打掉却又万般不舍,便咬牙生下来并独自带到五岁。如今她找了两情相悦谈婚论嫁的男友,不可能带着孩子嫁过去,思前想后,便想把孩子交给亲生父亲抚养。

天可怜见!一个偶然的机会,她无意中发现当年写下的一个电话号码,那是她唯一认识、当年和石岳文一起逛夜总会的猴子,这才托猴子将女儿送去石岳文那里。

"老大,你换了手机号码也不告知一声,我找你可费老鼻子劲了。"猴子不见外地端起石岳文眼前的茶杯,咣咣地吞下去两大口继续说,"当我说我也联系不到你时,那个ROSE说'反正你肯定能找到',掉头就跑了,我再打电话就没再接了。幸亏公司那年组织旅游时我去过阿姨家,就带着小鬼头一路辗转找来,还真被我给找到了……"

猴子话未说完,石岳文泪如雨下、情难自已,他将石思宁紧紧抱在怀里,不停地喃喃道:"乖宝宝!乖宝宝!爸爸在这里!爸爸在这里……"

石思宁被这突如其来的举动吓蒙了,惊恐地蹬着腿,想要奋力从石岳文的臂弯里挣脱出来,那嘹亮的哭声,像极了当年石岳文出生时,在石爱怀里不要命哭叫的劲儿……

图书在版编目（CIP）数据

俯仰人间 / 伍文龙著. -- 北京：作家出版社，2023.3
ISBN 978-7-5212-2077-3

Ⅰ. ①俯… Ⅱ. ①伍… Ⅲ. ①长篇小说 - 中国 - 当代 Ⅳ. ①I247.5

中国版本图书馆CIP数据核字（2022）第197021号

俯仰人间

作　　者：伍文龙
责任编辑：桑　桑　小　寒
封面配图：梁书斌
内文插图：沈鸣飞
装帧设计：孙惟静
出版发行：作家出版社有限公司
社　　址：北京农展馆南里10号　　邮　　编：100125
电话传真：86-10-65067186（发行中心及邮购部）
　　　　　86-10-65004079（总编室）
E-mail:zuojia@zuojia.net.cn
http://www.zuojiachubanshe.com
印　　刷：河北鹏润印刷有限公司
成品尺寸：152×230
字　　数：486千
印　　张：32
版　　次：2023年3月第1版
印　　次：2023年3月第1次印刷
ISBN　978-7-5212-2077-3
定　　价：60.00元

作家版图书，版权所有，侵权必究。
作家版图书，印装错误可随时退换。